中國古代小說文體史

譚帆 等 著

上

中國古代小說文體研究書系

譚 帆 主編

歷史篇

本書入選 2022 年度《國家哲學社會科學成果文庫》

總　序
論小説文體研究的三個維度

譚　帆

　　《中國古代小説文體研究書系》是我主持的國家社會科學基金重大項目"中國小説文體發展史"的系列研究成果。此項目 2011 年獲批，2019 年通過審核，再經近兩年的修訂，於 2021 年陸續交付上海古籍出版社。從立項到定稿，前後相續恰好十年。經過十年之"辛苦"，我們完成的系列成果包括：《中國古代小説文體文法術語考釋》（"術語篇"）、《中國古代小説文體史》（"歷史篇"）和《中國古代小説文體史料繫年輯録》（"資料篇"）。三書合計兩百餘萬字，以這樣的格局和篇幅全面系統地研究和梳理中國古代小説文體，在海内外尚屬首次，具有一定的學術價值和創新意義。本文所論小説文體研究的"三個維度"即指小説文體研究的"術語"維度、"歷史"維度和"史料"維度。我們認爲，"術語""歷史""史料"三位一體，則古代小説文體之研究庶幾完滿。

一

　　"術語"考釋是古代小説文體研究的一個重要維度。而所謂"術語"是指歷代指稱"小説"這一文體或文類的名詞稱謂，對這些涵蓋面廣、歷史悠久的名詞稱謂作出深入的考釋，不僅可以呈現中國古代小説文體之特性，還有利於揭示古代小説文體的獨特"譜系"。對文學術語作考釋是中國文學批評史領域的傳統研究方式，取得了不俗的研究成績。在古代小説研究領域，對文體術語的考釋也有較爲悠久的歷史，並取得了較好的成績，但仍有提升空間，許多問題尚處於模糊狀態。譬如，古代小説文體術語非常豐富，但有無自身的體系？其構成體系的邏輯關聯是什麽？通過梳理和研究，我們認爲，中國古代小説的文體術語有其自身的體系，且在術語之間形成了相應的層級。

　　自《莊子·外物》出現"小説"這一語詞，一直到晚清以"小説""説部""稗官"等指稱小説文體，有關小説的文體術語非常豐富。概括起來可以作出如下區分：（一）來源於傳統學術分類的小説術語。如班固《漢書·藝文志》列"小説家"於"諸子略"，後世引伸爲"子部"之"小説"；又如劉知幾於《史通》中詳細討論"小説"的分類和特性，"子部""史部"遂成小説之淵藪。"小説""稗官""稗史"等術語均與此一脈相承。此類術語背景宏闊，影響深遠，是研究小説文體術語的核心部分，也是把握中國古代小説"譜系"之關鍵。（二）完整呈現古代小説諸文體之術語。如"志怪""筆記""傳奇""話本""詞話""平話""章回"等，這一類術語既能標示古代小説的文體分類，又能顯現古代小説文體發展之歷程。（三）用於揭示古代小説文體發展過程中小説的文體價值和特性之術語。如"奇書"與"才子書"，這是明末清初小説史上非常重要的術語，用以指稱通俗小説中的優秀作品，如"四大奇書""第一奇書""第五才子書"等，今人更將"奇書"一詞作爲小説文體的代稱，稱之爲"奇書文體"。[①]（四）由小説的創作方法延伸出的文體術語。如"寓言"本是言説事理的一種特殊方式，後慢慢演化爲與小説文體相關之術語。又如"按鑑"，原爲明後期歷史小説創作的一種方式，所謂"按鑑

---

　　① 〔美〕浦安迪著：《中國叙事學》，北京大學出版社1996年版。羅書華也將"奇書"與"才子書"視爲"章回小説"這一文體概念的前稱。見《章回小説的命名和前稱》，《明清小説研究》1999年2期。

演義"；推而廣之，遂爲一階段性的小說文體術語，即"按鑑體"。

上述四個方面的術語基本囊括了古代小說的諸種文體，其中所顯示的"體系性"十分清晰。就價值層面言之，上述四個方面的術語所呈現的"層級性"也非常明顯。如"小說""說部""稗官"等文體術語在中國古代小說史上最爲重要，處於小說文體術語體系之核心層面，是指代古代小說文體最爲普遍也是最難把握和釐清的文體術語。對這個層級的術語解讀是小說文體研究的關鍵，對小說文體研究會産生直接的影響。相對而言，顯示古代小說諸文體的術語如"志怪""傳奇""話本""詞話""平話""章回"等雖然也是古代小說文體史上的重要術語，但由於其所承載的文體內涵較爲單一，各自指稱之對象也比較清晰和固定，故而較少歧義，也較易把握。至於由創作方法、理論批評引申出的文體術語則處於小說文體術語體系之末端，是一類"暫時性"或"過渡性"的術語。如"寓言"雖與小說文體始終相關，但終究沒能成爲獨立的小說文體術語。"奇書"與"才子書"也並非嚴格意義上的小說文體術語，而是明末清初通俗小說評價體系中兩個重要的批評概念，可看成爲對通俗小說的價值認可，對通俗小說的發展有一定的"導向"意義。由此可見，中國古代小說文體術語相當豐富，其中顯示的"體系性"和"層級性"也十分明顯，值得加以重視。

再譬如，古代小說的文體術語體現了怎樣的屬性？這種屬性在小說文體發展史上起到了何種作用？現代學科意義上的中國小說史建構爲何獨取"小說"？"小說"這一術語又是如何建構中國古代小說史的？對於這些問題，也需要加以深入的研究和理性的評判，從而凸顯小說文體術語的研究價值。

一般而言，古代小說文體術語大致具備三種屬性："文體屬性""功能屬性"和"文體"與"功能"並舉之"雙重屬性"。三種屬性各有所指，如"志怪""筆記""傳奇""話本""詞話""平話""章回"等術語大體上顯示的是"文體屬性"，這是以小說文體的內容和形式來界定的術語；"稗官"

“稗史”等術語所顯示的是“功能屬性”，是體現小説文體價值的相關術語；而“小説”“説部”等術語則體現了“文體”與“功能”並舉的“雙重屬性”，既顯示小説的文體地位，又承載小説的文體特性。不言而喻，上述三種屬性的小説文體術語以第三種最爲重要，與中國古代小説文體史的關係也最爲密切。

試以“小説”與“稗官”的關係作一比較：

在中國古代小説史上，“小説”是一個使用最普遍、影響也最大的文體術語；相對而言，“稗官”之術語地位要遜於“小説”，但也是一個影響深遠的文體術語。之所以如此，關鍵在於兩者都能涵蓋古代小説之全體，無論文白，不計雅俗，都能用“小説”或“稗官”表述之、限定之。而其中之奧秘在於這兩個術語都具備小説文體的“功能屬性”，即都能在功能上限定古代小説之内涵。而其中維繫之邏輯不在於小説研究中人們所慣用的“虛構”“叙事”等屬於文體屬性之標尺，更爲重要的在於這兩個術語所顯示的功能屬性：古代小説（含文言和白話）貫穿始終的“非正統性”和“非主流性”。

在中國古代，無論是文言小説還是白話小説，其“非正統”和“非主流”的地位乃一以貫之。小説是“小道”，與經國之“大道”相對舉，是“子之末流”；小説是“野史”，與“正史”相對應，是“史家別子”。此類言論在小説史上不絶如縷。“稗官”亦然，據現有資料，“稗官”一詞較早出自秦簡，《漢書·藝文志》“小説家者流，蓋出於稗官”一語開啓了以“稗官”指稱“小説家”之先河。漢以後，“稗官”這一語詞頻繁見諸文獻之中，尤其從宋代開始，“稗官”一方面爲文人所習用，同時還與“小説”合成爲“稗官小説”一詞，用來指稱文言筆記小説和白話通俗小説。以下三則史料頗具代表性：

（《夷堅志》）翰林學士鄱陽洪邁景廬撰。稗官小説，昔人固有爲之

者矣，遊戲筆端，資助談柄，猶賢乎已可也。未有卷帙如此其多者，不
亦謬用其心也哉！（陳振孫《直齋書録解題》評《夷堅志》）[1]

余不揣譾劣，原作者之意，綴俚語四十韻於卷端，庶幾歌詠而有所
得歟？於戲，牛溲馬勃，良醫所診，孰謂稗官小說，不足爲世道重輕哉？
（修髯子《三國志通俗演義引》）[2]

各學堂學生不准私自購閱稗官小說、謬報逆書。凡非學科内應用之
參考書，均不准攜帶入堂。（《奏定學堂章程·奏定各學堂管理通則》）[3]

可見，無論是“小說”還是“稗官”，其共同的“功能屬性”——“非正
統性”和“非主流性”是其之所以獨得“青睞”的首要因素，因爲它最吻合
中國古代小說之實際。對此，浦江清的一個評斷頗爲貼切：“有一個觀念，從
紀元前後起一直到 19 世紀，差不多兩千年來不曾改變的是：小說者，乃是對
於正經的大著作而稱，是不正經的淺陋的通俗讀物。”[4]

然則“小說”與“稗官”雖同樣在小說史上廣泛使用，但在 20 世紀以來
中國小說史學科的現代建構過程中，兩者之境遇却大不相同：“小說”成爲學
科的唯一術語，而“稗官”則在小說史的建構過程中漸次消失。個中緣由衆
多，但最爲根本的應是兩者在術語屬性上的差異所致。“稗官”就其本質而言
是一個“功能性”術語，其“非主流”“非正統”的屬性内涵在中國古代文化
語境下指稱“小說”尚無問題，但顯然與晚清“小說界革命”以來對“小說”

---

① （宋）陳振孫撰：《直齋書録解題》，上海古籍出版社 1987 年版，第 336 頁。
② 黃霖、韓同文選注：《中國歷代小說論著選》（修訂本）上，江西人民出版社 2000 年版，第
115 頁。
③ 《奏定學堂章程·奏定各學堂管理通則》，見璩鑫圭、唐良炎編：《中國近代教育史資料彙編·
學制演變》，上海教育出版社 2007 年版，第 488 頁。
④ 浦江清：《論小說》，《浦江清文録》，人民文學出版社 1958 年版，第 193 頁。

的極力推崇和有意拔高格格不入。而"小説"術語的雙重屬性却起到了至關重要的作用，因爲只要摒棄或淡化其"功能屬性"，其"文體屬性"完全可以彰顯，而近代以來中國小説史的學科建構正是以"文體"爲其本質屬性的。近代以來對"小説"術語的改造主要體現在兩個方面：一是在與"novel"的對譯中强化了"虚構的叙事散文"這一"小説"術語中本來就具有的文體屬性，並將這一屬性升格爲"小説"術語的核心内涵，使"小説"成爲了一個融合中西、貫通古今的重要術語，在小説史的學科建構中起到了統領作用。另一方面，又將"志怪""傳奇""筆記""話本"和"章回"等原本比較單一的文體術語作爲"小説"一詞的前綴，構造了"志怪小説""筆記小説""傳奇小説""話本小説"和"章回小説"等屬於二級層面的小説文體術語。經過這兩個方面的"改造"，"小説"終於成爲了一個具有統領意義的核心術語而"一枝獨秀"，並與其他術語一起共同建構了現代學科範疇的中國古代小説文體的術語體系，影響深遠。

由此可見，"術語"維度在小説文體研究中是一個頗具學術價值的研究領域和研究視角，其重要性不言而喻。甚至有學者認爲，對一個學科成熟與否的考量，術語研究是一個重要的尺度："20世紀80年代末，曾有學者感嘆，中國古代文學史研究還僅僅處於前科學的狀態，這在一定程度上是事實。如果説得苛刻一點，中國古代小説史的研究，同樣存在這種情況。這是因爲，作爲一門科學意義上成熟的學科，構成此學科許多最爲基礎的概念與範疇，必有較爲明確的界定。倘若作爲一門學科的衆多最爲基本的概念與範疇都没有研究清楚，那麼，我們怎麼能説這一門學科不處於前科學狀態?"[1] 評價雖不無偏激，却也在理。

---

① 鍾明奇：《探尋中國古代小説的"本然狀態"與民族特徵——評〈中國古代小説文體文法術語考釋〉》，《中國文學研究》第四輯，復旦大學出版社2014年版，第143頁。

二

　　小説文體研究的第二個維度是"歷史"著述。20 世紀以來，中國古代小説文體史的著述主要集中於兩個時段：一是 20 世紀二三十年代，以魯迅《中國小説史略》爲代表。該書較多關注小説文體的演進，提出了不少小説的文體或文類概念，對後世小説文體史研究産生了深遠影響。二是 20 世紀 90 年代以來，以石昌渝《中國小説源流論》爲代表。該書專門以小説文體爲對象梳理中國古代小説史，在小説史研究中有開拓之功，其影響延續至今。^① 進入 21 世紀以後，小説文體史研究有所發展，^② 還出現了一批明確以"文體研究"爲標目的小説研究論著。^③ 所有這些都説明了小説文體的歷史研究已取得了很好的成績。本文擬在上述成果的基礎上提出一些建議和設想。

　　第一，中國古代小説文體的"歷史"著述要强化與"術語"考釋的關聯度，兩個維度的文體研究應該互爲補充，共同建構中國古代小説文體史。

　　20 世紀以來，影響中國古代小説文體研究最爲重要的是兩個術語——"小説"和"叙事"，這兩個術語均在與西方小説相關術語的對譯中得到了"改造"。^④ 我們以"叙事"爲例分析"術語"與小説文體史研究之關係。

　　何謂"叙事"？浦安迪云："'叙事'又稱'叙述'，是中國文論裏早就有的術語，近年來用來翻譯英文'narrative'一詞。"又云："當我們涉及'叙事

---

　　① 石昌渝著：《中國小説源流論》，三聯書店 1994 年版。
　　② 研究論著主要有：劉勇强《中國古代小説史叙論》（北京大學出版社 2007 年版）、林崗《口述與案頭》（北京大學出版社 2011 年版）、陳文新《中國小説的譜系與文體形態》（中國社會科學出版社 2012 年版）、李舜華《明代章回小説的興起》（上海古籍出版社 2012 年版）等。
　　③ 如王慶華《話本小説文體研究》（華東師範大學出版社 2006 年版）、李軍均《傳奇小説文體研究》（華中科技大學出版社 2007 年版）、馮汝常《中國神魔小説文體研究》（三聯書店，2009 年版）、劉曉軍《章回小説文體研究》（華東師範大學出版 2011 年版）、紀德君《中國古代小説文體生成方式及其他》（商務印書館 2012 年版）。
　　④ 譚帆：《論中國古代小説文體研究的四種關係》，《學術月刊》2013 年第 11 期。

文學'這一概念時,所遇到的第一個問題就是:什麽是叙事?簡而言之,叙事就是'講故事'。"① 這一符合 "narrative" 的解釋其實並不適合中國古代語境中的 "叙事"。但在當下的小說文體研究中,"故事"的限定乃根深蒂固,就如無 "虛構" 不能成爲小說一樣,有無 "故事" 也是確定作品 "叙事" 與否的關鍵。如談到唐代小說《酉陽雜俎》時,有學者就指出此書 "内容很雜,其中只有一部分可以算作小說",② 而古人非但視《酉陽雜俎》爲小說,更 "推爲小說之翹楚"。③ 古今之差異可謂大矣!問題的癥結在哪裏?我們試以唐代爲例作一分析:

在 20 世紀以來的小說研究中,大量的作品因被視爲 "非叙事" 或包含 "非叙事" 成分而飽受詬病,甚至被排斥在小說文體的歷史著述之外。這一類作品在古代小說史上延續久遠,如《博物志》《西京雜記》《搜神記》等都包含大量 "非叙事" 的内容;唐代小說如《封氏聞見記》《酉陽雜俎》《獨異志》《資暇集》《北户録》《杜陽雜編》《蘇氏演義》《唐摭言》《開元天寶遺事》等作品也包含大量的 "非叙事" 成分,可見這是古代小說創作的固有特性。

這些小說作品中 "非叙事" 成分最典型的表述方式是 "描述" 與 "羅列"。其中 "描述" 是指對某一 "事" 或 "物" 作客觀記録。我們舉王仁裕《開元天寶遺事》對 "遊仙枕" 和 "隨蝶所幸" 的記録爲例:

> 龜兹國進奉枕一枚,其色如瑪瑙,温潤如玉,其製作甚樸素。若枕之而寐,則十洲三島、四海五湖,盡在夢中所見。帝因立命爲 "遊仙枕",後賜與楊國忠。

① 〔美〕浦安迪著:《中國叙事學》,北京大學出版社 1996 年版,第 4 頁。
② 程毅中著:《唐代小説史》,人民文學出版社 2003 年版,第 249 頁。
③ (清)永瑢等撰:《四庫全書總目》,中華書局 1965 年版,第 1214 頁。

開元末，明皇每至春時，旦暮宴於宫中。使嬪妃輩争插艷花，帝親
捉粉蝶放之，隨蝶所止幸之。後因楊妃專寵，遂不復此戲也。①

"羅列"是指圍繞某一主題將符合主題的相關事物一一呈現，而不作説
明。我們舉《義山雜纂》"煞風景"爲例：

松下喝道　看花淚下　苔上鋪席　斫却垂楊　花下曬裩　遊春重載
石笋繫馬　月下把火　步行將軍　背山起高樓　果園種菜　花架下養鷄
鴨　妓筵説俗事②

這是一則典型的以"羅列"爲叙述方式的文本，它將符合"煞風景"這
一主題的諸多現象加以羅列，從而呈現"煞風景"的特殊内涵。

"描述"與"羅列"這兩種表述方式在唐人小説創作中是否也被視爲"叙
事"？限於史料不能貿然確定。但從"術語"維度檢索唐人相關資料，我們發
現，"叙事"這一術語所承載的内涵本來就有對事物的"描述"和"羅列"功
能，故在唐人觀念中，這當然也是"叙事"。譬如，唐代有不少專供藝文習用
的書籍，稱之爲"類書"，如《北堂書鈔》《藝文類聚》《初學記》等。在這些
類書中，有專門對"事類"的解釋，這種解釋有時徑稱爲"叙事"。以《初學
記》爲例，該書體例是每一子目均分"叙事""事對"和"詩文"三個部分。
請看"月"之"叙事"：

《淮南子》云：月者，太陰之精。《釋名》云：月，闕也，言滿則復
闕也。《漢書》云：月，立夏、夏至行南方赤道，曰南陸；立秋、秋分行

---

① 陶敏主編：《全唐五代筆記》，三秦出版社 2008 年版，第 3158 頁。
② （唐）李義山等撰，曲彦斌校注：《雜纂七種》，上海古籍出版社 1988 年版，第 22 頁。

西方白道，曰西陸；立冬、冬至行北方黑道，曰北陸。分則同道，至則
相過。晦而見西方謂之朓，朔而見東方謂之朒，亦謂之側匿。（朓，音他
了反；朒，音女六反。朓，健行疾貌也；朒，縮遲貌也。側匿猶縮懦，
亦遲貌。）《釋名》云：朏，月未成明也；魄，月始生魄然也。（承大月，
月生三日謂之魄；承小月，月生三日謂之朏。朏音斐。）朔，月初之名
也；朔，蘇也，月死復蘇生也；晦，月盡之名也；晦，灰也，死爲灰，
月光盡似之也；弦，月半之名也，其形一旁曲，一旁直，若張弓弦也；
望，月滿之名也，日月遥相望也。《淮南子》云：月，一名夜光；月御曰
望舒，亦曰纖阿。①

此處所謂“叙事”其實就是對事物的解釋，而其方式是羅列自古以來解
釋“月”的相關史料。《四庫全書總目》認爲《初學記》之叙事“雖雜取群
書，而次第若相連屬”。② 但“羅列”之意味仍然是濃烈的，可見《初學記》
的“叙事”内涵與唐人筆記小説“羅列”的表述方式頗爲一致，是筆記小説
創作獨特的叙事方式。

第二，中國古代小説文體史的著述要建立一個“大文體”的格局，用於
揭示古代小説“正文—評點—插圖”三位一體的文本形態。

在中國古代，小説文本的一個重要特徵就是正文之外大多有評點與圖像，
“圖文評”結合是古代小説特有的文本形態。對這一現象，學界尚未引起足夠
的重視，雖然小説評點研究、小説圖像研究都非常熱鬧，但研究思路還是以
文學批評史視角和美術史視角爲主體，對古代小説“圖文評”結合的價值認
知尚不充分。表現爲：研究者一方面對圖像與評點的價值功能給予較高評價，
另一方面却又在整體上割裂小説評點、小説圖像與小説正文的統一性。這一

① （唐）徐堅撰：《初學記》，中華書局 1962 年版，第 8 頁。
② （清）永瑢等撰：《四庫全書總目》，中華書局 1965 年版，第 1143 頁。

做法實則遮蔽了評點和插圖在小説文體建構過程中具備"能動性"這一重要的歷史事實。有鑒於此，我們應該從小説文體建構的視角重建關於小説評點和小説插圖的認知。我們認爲，對小説"文體"的理解不應局限於小説正文之"體"，而是應該突破傳統的研究方式，從文本的多重性角度來觀照小説之"整體"。即：既要關注小説之體裁、體制、風格、語體等內涵，更要建立一個以小説整體文本形態爲觀照對象的小説文體學研究新維度，將小説的文體研究範圍拓展到小説文本之全部，包含正文、插圖、評點等。同時，還要充分肯定評點與插圖對小説文體建構的價值和意義，考察小説評點"評改一體"的具體實踐和小説插圖對小説文本建構的實際參與；盡可能還原小説評點、小説插圖參與小説文體建構的客觀事實，從而揭示"圖文評"三者在小説文體建構中的合力效果和整體意義。①

　　第三，中國古代小説文體史的著述要加强個案研究和局部研究，尤其是對那些有爭議的問題要有針對性的突破。我們各舉一例加以説明：

　　其一，關於《漢書·藝文志》的評價問題。作爲現存最早著録小説的書目文獻，《漢書·藝文志》對小説概念的界定、小説價值與地位的評估以及小説文本的確認等諸多方面，一直影響著古代的小説觀念與小説創作。這樣一部反映小説原貌與主流小説觀念的書目，本應在古代小説研究方面擁有足夠的話語權。但 20 世紀以來，包括《漢書·藝文志》在內的小説目録總體處於"失位"的狀態。然而《漢書·藝文志》所録小説畢竟屬於歷史存在，在漢人的觀念裏，這種文獻就叫做"小説"，無論今人是否承認其爲小説，此類文獻作爲"小説"被著録、被認可甚至被仿作了上千年，這是無法抹去的歷史事實。我們認爲，《漢書·藝文志》所録小説及其體現出來的小説觀念是古代小説及其文體流變的邏輯起點。對其研究首先應回到漢代的歷史語境，剖析

---

① 參閲毛傑：《論插圖對中國古代小説文體之建構》，《文藝研究》2020 年 10 期。

《漢書·藝文志》"小説家"的立意；再擇取相關的傳世文獻與出土文獻作比照，盡可能還原《漢書·藝文志》所録小説的本真面目；最後綜合各種因素，論述《漢書·藝文志》"小説家"的文類屬性與文體特徵。[①]

　　其二，關於唐傳奇在小説文體史上的地位問題。在小説文體的歷史研究中，唐傳奇文體地位的提升是從 20 世紀開始的，以魯迅的評價最有代表性，如："小説亦如詩，至唐代而一變，雖尚不離於搜奇記逸，然叙述宛轉，文辭華艷，與六朝之粗陳梗概者較，演進之迹甚明，而尤顯者乃在是時則始有意爲小説。"[②] 又謂："唐代傳奇文可就大兩樣了：神仙人鬼妖物，都可以隨便驅使；文筆是精細，曲折的，至於被崇尚簡古者所詬病；所叙的事，也大抵具有首尾和波瀾，不止一點斷片的談柄；而且作者往往故意顯示著這事迹的虛構，以見他想像的才能了。"[③] 長期以來，魯迅的上述論斷被學界奉爲圭臬而少有異議，唐傳奇由此被視爲中國古代小説史上最早成熟的文體，所謂小説的"文體獨立"、小説文體的"成熟形態"等表述都是古代小説文體研究中的"定論"。其實，魯迅的表述還是審慎的，但後人據此延伸、放大了魯迅的觀點，得出傳奇乃最早成熟的小説文體等關鍵性結論。[④] 對於這個問題，學界已有較多論述，但在我看來，還是浦江清在近八十年前的評述最爲貼切，至今仍有意義："現代人説唐人開始有真正的小説，其實是小説到了唐人傳奇，在體裁和宗旨兩方面，古意全失。所以我們與其説它們是小説的正宗，無寧説是別派，與其説是小説的本幹，無寧説是獨秀的旁枝吧。"[⑤] 可謂表述生動，評價到位，確實已無贅述之必要。

---

　　① 詳見劉曉軍：《〈漢書·藝文志〉"小説家"的名與實》，《諸子學刊》第二十輯，上海古籍出版社 2020 年版，第 282—283 頁。
　　② 魯迅著：《中國小説史略》，上海古籍出版社 1998 年版，第 44 頁。
　　③ 魯迅：《六朝小説和唐代傳奇文有怎樣的區别？——答文學社問》，魯迅著：《且介亭雜文二集》，《魯迅全集》第六卷，人民文學出版社 1973 年版，第 87 頁。
　　④ 詳見譚帆：《論中國古代小説文體研究的四種關係》，《學術月刊》2013 年第 11 期。
　　⑤ 浦江清：《論小説》，原載《當代評論》四卷 8、9 期，1944 年。引自《浦江清文録》，人民文學出版社 1958 年版，第 186 頁。

三

小説文體史料的輯録也是古代小説文體研究的一個重要維度。20 世紀以來，古代小説文獻史料的整理與研究取得了很大的成績，可以説，小説研究所取得的成就都有賴於小説史料的開掘整理。史料整理不僅爲小説學科的建立與發展奠定了扎實的基礎，提供了有力的保障，還極大地推進了小説史研究的深入開展。① 但也有缺憾，主要表現爲：小説文獻史料的整理基本限於理論批評史料和經典小説的相關資料，除侯忠義《中國文言小説參考資料》（北京大學出版社 1985 年版）等有限幾部之外，專題性的史料整理相對比較薄弱；即便如小説文體史料這樣有價值的專題史料迄今尚無系統的整理和研究。而在古代小説史上，小説文體史料非常豐富，全面梳理和辨析這些史料有利於把握小説文體的流變歷史和地位升降。對小説文體史料作繫年輯録有如下三個方面的特性和意義：

首先，對小説文體史料作獨立系統的整理與研究可以有效解決小説文體史研究中的諸多重要問題，故小説文體史的著述與小説文體史料的編纂應互爲表裏，共同推動中國古代小説史研究的深入開展。

譬如，關於中國古代小説文體，今人一般持"四體"的分法，即筆記體、傳奇體、話本體和章回體，這一分法已成爲古代小説文體系統的經典表述，影響深遠。但對於小説文體的認知，古今差異非常明顯，可以説，從古代到

---

① 小説文獻資料的整理除大型工具書和大型作品集成外，以小説批評史料選編和經典小説資料彙編最富影響，前者如曾祖蔭等《中國歷代小説序跋選注》（長江文藝出版社 1982 年版）、孫遜等《中國古典小説美學資料匯粹》（上海古籍出版社 1991 年版）、陳平原等《二十世紀中國小説理論資料》（第一卷，北京：北京大學出版社 1989 年版）、黃霖等《中國歷代小説論著選》（南昌：江西人民出版社 1995 年版）、丁錫根《中國歷代小説序跋集》（人民文學出版社 1996 年版）等；後者如朱一玄"中國古典小説名著資料叢刊"（南開大學出版社 2012 年新版）、中華書局"古典文學研究資料彙編"（內含一粟《紅樓夢資料彙編》1964 年版，馬蹄疾《水滸傳資料彙編》1980 年版，黃霖《金瓶梅資料彙編》1987 年版）以及李漢秋《儒林外史研究資料集成》（上海古籍出版社 2017 年版）等。

清末民初，對於小説文體的認知一直處在變動之中。這可以從"小説體"及相關史料的梳理中加以把握。

在古代小説史上，古人常將"體""體制""體例""體裁"等語詞與"小説""説部"等聯繫在一起，稱之爲"小説體""小説體裁"和"説部體"等。依循這些語詞及相關表述，可以觀察對於小説文體的基本認知。大體而言，古人以筆記體小説爲小説文體之主流，如明陳汝元《稗海》"凡例"云："小説體裁雖異，總之自成一家。"明郭一鶚《玉堂叢語序》亦謂："《玉堂叢語》一書，成於秣陵太史焦先生。先生蔚然爲一代儒宗，其銓叙今古，津梁後學，所著述傳之通都鉅邑者，蓋凡幾種。是書最晚出，體裁仍之《世説》，區分準之《類林》，而中所取裁抽揚，宛然成館閣諸君子一小史然。"[1] 這種以"小説體"指稱筆記小説的傳統得到了清人的普遍認可和延續，如《四庫全書總目提要》評鄭文寶《南唐近事》："其體頗近小説，疑南唐亡後，文寶有志於國史，搜采舊聞，排纂叙次。以朝廷大政入《江表志》，至大中祥符三年乃成。其餘叢談瑣事，別爲緝綴，先成此編。一爲史體，一爲小説體也。"[2] 將"小説體"與"史體"對舉，其小説文體觀念非常清晰。又如馮鎮巒《讀〈聊齋〉雜説》云："讀《聊齋》不作文章看，但作故事看，便是呆漢。惟讀過《左》《國》《史》《漢》，深明體裁作法者，方知其妙。不知舉《左》《國》《史》《漢》而以小説體出之，使人易曉也。""漁洋評太略，遠村評太詳。漁洋是批經史雜家體，遠村似批文章小説體。"[3] 可見以"小説體"指稱筆記體小説在古代一脈相承。晚清以降，新的小説文體觀念開始建構，呈現出與傳統分離的趨向，其中章回體小説地位的提升最值得矚目，由此，"章回""筆記"二分的分體模式得以構建。而時人論小説也經常以"小説體"指稱章回體，如

---

① （明）郭一鶚：《玉堂叢語序》，（明）焦竑撰：《玉堂叢語》，中華書局 1981 年版，第 3 頁。
② （清）永瑢等撰：《四庫全書總目》，中華書局 1965 年版，第 1188 頁。
③ （清）馮鎮巒《讀〈聊齋〉雜説》，見（清）蒲松齡著，盛偉校注：《聊齋志異校注》，山西人民出版社 2000 年版，第 1725、1727 頁。

平步青《霞外攟屑》卷九《小棲霞説稗》："《殘唐五代傳》小説，與史合者十之一二，餘皆杜撰裝點，小説體例如是，不足異也。"①光緒七年（1881）十二月十四號《申報》刊載《野叟曝言》廣告云："《野叟曝言》一書，體雖小説，文極瑰奇，向只傳抄，現經排印。"②又如光緒十六年九月五號《申報》關於《快心編》的廣告："《快心編》一書爲天花才子所著，描情寫景，曲曲入神。雖不脱章回小説體裁，而其叙公子之風流，佳人之妍慧，草寇之行兇作惡，老僕之義膽忠肝，生面別開，從不落前人窠臼。"③對"二體"（筆記體和章回體）的評述以管達如《説小説》一文最爲詳備："（筆記體）此體之特質，在於據事直書，各事自爲起訖。有一書僅述一事者，亦有合數十數百事而成一書者，多寡初無一定也。此體之所長，在其文字甚自由，不必構思組織，搜集多數之材料，意有所得，縱筆疾書，即可成篇，合刻單行，均無不可。雖其趣味之濃深，不及章回體，然在著作上，實有無限之便利也。""（章回體）此體之所以異於筆記體者，以其篇幅甚長，書中所叙之事實極多，亦極複雜，而均須首尾聯貫，合成一事，故其著作之難，實倍蓰於筆記體。然其趣味之濃深，感人之力之偉大，亦倍蓰之而未有已焉。"④不難發現，管氏雖然將"筆記體"與"章回體"平列，但評價之天平已明顯傾向於章回體，筆記體之價值在他的觀念中僅"在其文字甚自由"和著述方式"實有無限之便利也"。此爲"一體"（筆記體）到"二體"（筆記體與章回體）的變遷，而從"二體"到"四體"的變化則更爲晚近。如傳奇體小説得益於小説觀念的轉變和魯迅的推重才從筆記體中析出，成爲獨立的小説文體。"話本體"的獨立則與小説文獻的發掘密切相關，如《宣和遺事》《五代史平話》《大唐三藏

---

① （清）平步青撰：《霞外攟屑》（下），上海古籍出版社 1982 年版，第 657 頁。
② 《新印野叟曝言出售》，《申報》1881 年 12 月 14 日第 5 版。
③ 申報館主人：《重印快心編出售》，《申報》1890 年 9 月 5 日第 1 版。
④ 管達如：《説小説》，引自黄霖編：《中國歷代小説批評史料彙編校釋》，百花洲文藝出版社 2009 年版，第 1000 頁。

取經詩話》《京本通俗小説》等，這些小説文本的發現使原本包含於"章回體"中的"話本體"成爲獨立的文體。至此，"筆記""傳奇""話本""章回"四分的觀念才終得確立，成爲古代小説文體研究中最爲重要的分體模式。① 由此可見，今人所謂"四體"並非古已有之，而釐清"小説體"認知的變化軌迹，對理解中國古代小説文體的發展演變有著切實的幫助。

其次，如何整理古代小説文體史料有多種形式可供選擇，但繫年或許是最爲適合的形式之一。繫年是中國最古老的史書體裁之一，歷來備受矚目。唐代劉知幾謂："莫不備載其事，形於目前。理盡一言，語無重出，此其所以爲長也。""故論其細也，則纖芥無遺；語其粗也，則丘山是棄。此其所以爲短也。"② 可知對史料巨細無遺的載録，既是繫年體的優長，也是繫年體的缺陷。但繫年"備載其事，形於目前"、"論其細也，則纖芥無遺"的特質還是適合小説文體史料的整理和研究的。且舉一例，在明清時期的小説史料中，以"賬簿"喻"小説"較爲常見，但内涵不盡一致。對此，在以史料梳理爲重心的繫年框架下，以"賬簿"喻小説之多重内涵可以得到清晰的呈現。試排比如下：

小説史上較早以"賬簿"喻小説的是晚明陳繼儒，其稱《列國志傳》："此世宙間一大賬簿也。"（萬曆四十三年，1615，陳繼儒《叙列國傳》）③ 又謂："天地間有一大賬簿，古史，舊賬簿也，今史，新賬簿也。……史者，天地間一大賬簿。"（萬曆年間，陳繼儒《〈湯睡庵先生歷朝綱鑑全史〉序》）④ 可見陳繼儒之所謂"賬簿"既指史書，亦指由史書改編的小説；而在價值評判上則基本持一種客觀陳述的態度，没有明顯的褒貶。較早以"賬簿"譏諷

---

① 詳見王瑜錦、譚帆：《中國小説文體觀念的古今演變》，《學術月刊》2020 年 5 期。

② （唐）劉知幾著，（清）浦起龍通釋，王煦華整理：《史通通釋》，上海古籍出版社 2009 年版，第 25 頁。

③ （明）陳繼儒重校：《春秋列國志傳》，《古本小説集成》，上海古籍出版社 1994 年版，第 1 頁。

④ （明）陳繼儒：《〈湯睡庵先生歷朝綱鑑全史〉序》，明萬曆刻本，北京大學圖書館藏。

小説的是張無咎："（《金瓶梅》等）如慧婢作夫人，只會記日用賬簿，全不曾學得處分家政，效《水滸》而窮者也。"（泰昌元年，1620，張無咎《平妖傳叙》）但這種評述在晚明没有得到太多的回應與延續，相反，以"賬簿"爲褒義者却不絶如縷。如崇禎年間余季岳贊揚《帝王御世志傳》："不比世之紀傳小説，無補世道人心者也。四方君子以是傳而置之座右，誠古今來一大賬簿也哉。"（崇禎年間，余季岳《盤古至唐虞傳》"識語"）清人褚人穫亦謂："昔人以《通鑑》爲古今大賬簿，斯固然矣。第既有總記之大賬簿，又當有雜記之小賬簿，此歷朝傳志演義諸書所以不廢於世也。"（康熙三十四年，1695，褚人穫《隋唐演義序》）又云："間翻舊史細思量，似愧偏排場。古今賬簿分明載，還看取野乘鋪張。"（褚人穫《隋唐演義》第一百回正文）其基本認知無疑來源於晚明陳繼儒的觀點。清人對張無咎的觀點貌似有所延續的是張竹坡，但思路和評價已有明顯不同，實際上是對張無咎觀點的辯駁。在張竹坡看來，世人因《金瓶梅》描述細膩瑣碎而謂之"賬簿"，乃不得要領；《金瓶梅》之特色和價值正是"隱大段精彩於瑣碎之中"，而其評點就是要揭示這種特色，從而爲《金瓶梅》的藝術特性張目。其云："我的《金瓶梅》，上洗淫亂而存孝悌，變賬簿以作文章，直使《金瓶梅》一書冰消瓦解，則算小子劈《金瓶梅》原板亦何不可。"（康熙三十四年，1695，張竹坡評點《金瓶梅》）從上述有關"賬簿"的史料來看，所謂以"賬簿"喻小説實則有一個頗爲複雜的内涵，其中指稱對象和價值評判都有所不同。而在上述史料中，真正視"賬簿"爲貶義來批評作品的僅張無咎一人而已。這明顯超出了以往小説研究中普遍認爲此乃譏諷《金瓶梅》叙事方式的認知。

　　第四，以繫年形式將小説文體史料作爲獨立的專題來輯録，還可以從更寬泛的領域擇取材料，因爲"備載其事""纖芥無遺"本來就是繫年的形式特徵，故能顯示更大的開放性和包容性。

　　輯録古代小説文體史料大致可從如下幾個方面入手：一是專門的小説論

著，如小説序跋、小説評點、小説話等，也包括小説文本中藴含的相關文體史料，這是小説文體史料最爲集中、最爲重要的部分。二是在歷史領域輯録相關小説文體史料，包括史書、筆記、方志等。三是在文學領域如選本、詩話、文話、曲話、尺牘等書籍中輯録小説文體史料。四是擇取歷代書目中的小説文體史料，尤其是《四庫全書總目提要》對小説的評判最具規模，也最爲典型，其中"雜家類"與"小説家類"中的小説文體史料甚至可以悉數載入。

綜上，我們從"術語""歷史"和"史料"三個維度梳理和探究了小説文體研究的基本領域及其理論方法，對小説文體研究中所出現的相關問題和不足也提出了個人的意見和建議。中國古代小説文體研究在學術界已延續多年，成果也比較豐富，但如石昌渝《中國小説源流論》這樣有影響的論著還不多，突破性的成果更爲罕見。個中原因很多，其中最爲重要的或許還是兩個老生常談的問題——小説觀念的偏狹，及由此引發的對小説文本的遮蔽。對於"小説"，對於"叙事"，我們持有的仍然是 20 世紀以來經西學改造的觀念，由此，大量的小説文本尤其是筆記體小説文本迄今没有進入研究視野。故小説文體研究要得到發展，觀念的開放、文本的完善和史料的輯録仍然是居於前列的重要問題。

序

吴承學

蕭子顯《南齊書·文學傳論》説：文章"彌患凡舊，若無新變，不能代雄"。這句話不僅適合文章創作，也適合理論研究，不僅適合古代，也適合當下。由於中國小説研究之悠久與研究人口之衆多，"新變"的難度也不斷被推高。這是中國小説研究者必須回應的學術挑戰。

譚帆教授成名於古代戲曲理論研究，20 世紀 90 年代以後轉向古代小説理論與小説文體研究，他在 2001 年出版的《中國小説評點研究》，是學界較早系統研究古代小説評點的專著。2006 年出版的《中國雅俗文學思想論集》，也涉及小説理論研究。2013 年出版的《中國古代小説文體文法術語考釋》，考釋了"小説""寓言""志怪""稗官""筆記""傳奇""話本""詞話""草蛇灰綫""羯鼓解穢""獅子滾球""背面鋪粉"等小説文體、文法術語。同一年出版的《中國分體文學學史（小説學卷）》，研究中國古代小説學。2020 年出版的《中國小説史研究之檢討》一書，勾勒了作者二十多年小説史研究之軌迹，也是對小説的研究觀念、方法、視角的全面梳理和思考。這部多卷本《中國古代小説文體史》（下簡稱《小説文體史》）更是譚帆教授及其團隊長期研究的成果，無論是對他自己的研究，還是對當前的小説文體史研究領域，某種程度上都有"集成"與"新變"的意義。

《小説文體史》以近百萬字的篇幅梳理中國古代小説文體的發展歷程，

以"還原歷史"的方法對中國古代小說文體的整體形態及各種文體類型的起源、演變進行全面系統的梳理；探討其發展演進的內在規律，並就其中較爲重要的現象和命題進行深入的專題研究；這不僅深化了對中國小說文體演變及其規律的認識，也彌補了學術界的一些不足和空白。譚帆教授的《小說文體史》和他此前幾部著作構成了有機的整體。可以說，以這樣系統的理論格局和宏大的篇幅來梳理中國古代小說文體史，在海內外學界尚不多見。

從中國古代文體學的角度看，古代小說是既簡單又複雜的文體。自西學東漸以來，小說文體剛好符合西方的文學觀念與文體分類，所以小說毫無疑問地具有合理性和獨立性。但如果按新文化以來形成的四大文體即詩歌、散文、小說、戲劇分類法的話，中國古代的詩歌、戲劇的形態是最爲明顯的，不難辨體。散文略爲複雜，但若用"文章"概念來代替，辨體也是清晰的。問題就在於，西方小說文體內涵與中國小說文體實際相差很遠，所以"小說"文體研究反而變得複雜。20世紀以來，用以"西"釋"中"的研究方法和以"西"律"中"的價值標準來研究中國古代小說，是一個相當突出和普遍的現象，並造成一些困擾。

我和譚帆教授研究中國文體學的重點雖然不同，但研究理念頗爲契合。我多次提出，要回到中國文體的語境，發現中國文學自身的歷史。譚帆教授也主張"回到中國本土立場去研究中國古代小說文體"，當務之急是還原被"遮蔽"的中國古代小說，回歸中國傳統的小說語境。我非常贊同這種研究觀念。

那麼，如何回到"本土"立場去研究中國古代小說文體呢？所謂"本土化"，一方面是指研究對象的"本土化"，即儘量還原古代小說之"實際存在"；同時也指研究方法、價值標準之"本土化"，即在借鑒外來觀念和方法的同時，努力尋求蘊含本土文化之內涵和符合本土"小說"之特性的研究視角、方法和評價標準，從而實現理論工具與研究對象的本土化。《小說文體史》力求用中國古代的小説觀念和價值標準去理解和把握古代的小説文體。主張要以貼近"古人"、貼近"歷史"、貼近"文體"自身爲原則,努力尋求"本土化"的理論方法和"西學"的本土化路徑,力圖回歸本原,探究梳理真正意義上的中國古代小説文體史。

《小説文體史》對中國古代小説觀念進行了深入細緻的探討,並以此作爲小説文體研究的基礎觀念。著者提出,從先秦兩漢到明清時期,"小説"概念的内涵經歷了明顯的演化過程,其指稱對象錯綜複雜,包括"小道""野史傳説""表演伎藝"和"虛構的叙事散文"等多方面内涵,大體呈現出"歷時態"的流變綫索,體現了小説文體自身的演化進程;同時,"小説"又是一個"共時性"的概念,"小説"觀念的演化主要是指"小説"指稱對象的變化,然這種變化並不意味著對象之間的不斷"更替",而常常表現爲"共存"。如班固《漢書·藝文志》的小説觀一直影響到清代,《四庫全書總目》對"小説"的看法即與《漢志》一脈相承。所以,《小説文體史》認爲,《總目》所框範的"叙述雜事""記録異聞""綴輯瑣語"的著述和明清以來的通俗小説被同置於"小説"的名下,此一特性或即爲小説在中國古代歷史語境中的"本然狀態"。而這也是《小説文體史》所強調和遵循的歷史傳統。

受西方叙事理論的影響,現代小説理論往往將小説理解爲虛構的叙事文學文體,小説大致有虛構與叙事兩個基本維度。如果再細緻的話,還有人物塑造、故事情節、環境描寫等要素。如果僅用"虛構的叙事散文"這一小説概念衡量中國古代小説,至少是不普遍適合的。如用此概念來審視中國古代小説,那麼很多作品都不屬於小説。如程毅中先生在談到《酉陽雜俎》時,指出此書"内容很雜,其中只有一部分可算作小説"(《唐代小説史》)。可是在古人的觀念中,《酉陽雜俎》非但是小説,更稱其"自唐以來,推爲小説之翹楚,莫或廢也"(《四庫全書總目》)。對於小説文體理解的古今差異,的確值得關注。

在中國傳統小說語境中，既有符合虛構與叙事的，也有非虛構、非叙事的小說。因此，不能以虛構與叙事作爲衡量小說的唯一標準。如果按西方的小說定義，在筆記體、傳奇體、話本體與章回體四種文體中，多數的筆記體是不能列在"小說"之内的，因爲它往往既非虛構，又不叙事。但筆記體小說是中國古代數量最大、歷史最悠久的文體，也是俗文體中最爲高雅的文體。

中國古代小說不能完全用"虛構"來概括，這是比較好理解的。因爲古代大量的筆記小說，本來就標榜著"實録"。"叙事"語義的古今差異非常之大，而釐清"叙事"的古今差異是爲了更好地把握中國古代小說文體的自身特性。對"叙事"的狹隘理解是 20 世紀以來形成的，與中國古代的"叙事"傳統，與"叙事"背後蕴含的文本和思想更是相差甚遠。《小說文體史》的研究表明，"叙事"内涵在中國古代非常豐富，不是"講故事"所能限定的。這種豐富性既得自"事"的多義性，也來自"叙"的多樣化。就"事"而言，有"事物""事件""事情""事由""事類""故事"等多種内涵；而"叙"也包含"記録""叙述""解釋""羅列""說明"等多重理解。《小說文體史》回到中國小說語境討論叙事，在研究觀念上深入梳理"叙事"在中國古代的實際内涵，打破傳統視叙事即爲講故事的現代認知，强調叙事在中國古代的多元屬性，尤其强調筆記體小說有别於其他小說文體的一種叙事特性。這種研究以多元化與特殊性的眼光，以變通與圓融的方式，大大拓展了"叙事"的内涵與表達形態，尤其爲中國古代大量的筆記小說争得了文體分類的正當性與合理性。這在小說文體學上，是一個理論拓展與貢獻。

《小說文體史》給我的啓發甚多。我對中國小說文體也曾有過粗淺思考，一直有點疑惑：中國小說存在很多表現博聞或情致的率意記録，未必與叙事有什麽關係。在中國小說的語境中，可不可能存在不"叙事"的中國小説呢？我們仍以筆記小説爲例。從《世説新語》書名來看，它所關注與表現的重點是"説"與"語"，其中有些篇目，如"言語"篇就明確標示其重點在記錄人物言語。"何平叔（晏）云：'服五石散，非唯治病，亦覺神明開朗。'""劉尹云：'清風朗月，輒思玄度。'"這兩則文字都非常簡短，只記人物的言語。這種情況在《世説新語》其他篇目中也是大量的存在。如"賞譽"篇："世目李元禮'謖謖如勁松下風'。""謠曰：後來領袖有裴秀。"這兩則簡短的小説文本也僅記言，一定要用"叙事"去解釋，會顯得有些牽强。除非我們把所有文字記錄都解釋爲"事"的一部分，凡所記錄，無非叙事。那反而證明西方的小説概念仍然是適用於中國古代小説文體。這個問題的本質是，除了研究中國古代小説叙事形態的多元性與特殊性之外，也許更要研究中國古代小説文體自身的特殊性。

學術創新，往往不是填補空白，而是對已有學術研究的開拓。高明者在人們所熟知處，下一轉語，即讓人看到柳暗花明之境，這也是一種學術功力與智慧。比如，學術界對古代小説的插圖與評點已有足夠的討論，《小説文體史》却將它們納入小説文體研究範疇之中，認爲對小説"文體"的理解，應該突破傳統的研究範式，從文本的叙述實踐、叙述的有效性等角度來觀照小説之"整體"，將小説的文體研究範圍拓展到全部的小説文本（包含正文、插圖、評點等）之中。中國古代小説的評點與插圖，雖分別具有文本批評與美術特性，但本質上仍是與小説正文融於一體的、供讀者閱讀的小説文本，而非游離於小説之外的附庸。中國古代小説之叙事實踐在整體上呈現出"正文、評點、插圖"三位一體的表現形態，而考察小説文體理應同時兼顧評點與插圖對小説文體的建構情況，用以考察"圖文評"三者的合力效果，從而盡可能還原評點、插圖參與小説文體建構的具體事實。

讀完這部書，我不禁掩卷遐想。

談到學術研究的"本土化"，讓人聯想到學術人才培育也有中國"本土化”的傳統，這就是一種注重師徒傳授、衣鉢相傳的培養方式。一個學者的學術成就，往往與其所處的學術環境與傳統有密切關聯。一個重要成果的產生，往往需要前輩的積澱和基礎。譚帆教授在小說學上取得的突出成就，在很大程度上得益於華東師範大學的學術傳統。華東師大研究中國古代小說的傳統源遠流長，早在其前身之一光華大學期間，著名史學家呂思勉先生就撰述了小說史（《宋代文學·宋之小說》）、小說理論（《小說叢話》）等作品。華東師大成立以後，中國古代小說研究代有人才，迄今為止，大致可以分為四代：徐震堮、施蟄存先生等前輩學者為一代；陳謙豫、郭豫適教授等知名學者為一代；陳大康、譚帆、竺洪波、程華平教授等學者為一代；劉曉軍、王慶華教授等學者為一代。可以說，這部《小說文體史》既凝聚了譚帆教授師徒兩代學者的心血，也積澱了前輩的優秀傳統。

　　一個傳承有序的學者群體和光有一兩位傑出學者還是不一樣的，就像一條延綿山脈和一座獨秀孤峰是不一樣的，一片森林和一棵大樹也是不一樣的。當我讀這部《中國古代小說文體史》時，不禁想到在小說研究領域，華東師大有這樣一個歷史悠久、傳承有序、實力雄厚的學者群體，那似乎是學術的森林、學術的山脈。

2022 年 10 月
寫於中山大學

目　録

第二編　先唐小説文體

第三編　唐五代小説文體

第四編　宋元小説文體

第六編　清代小説文體

導　論
研究史的回顧與檢討

　　從 20 世紀初開始，小說研究漸成爲中國古典文學研究之"顯學"，而自魯迅《中國小說史略》問世後，[①] "小說史"研究也越來越受到研究界之關注。近一個世紀以來，小說史之著述層出不窮，"通史"的、"分體"的、"斷代"的、"類型"的，名目繁多，蔚爲壯觀。而古代小說的文體研究也早在 20 世紀的二三十年代就引起了小說研究者的注意，如魯迅《中國小說史略》頗多關注小說文體的演進，提出了不少小說的文體或文類概念，對後世的小說研究影響深遠。胡懷琛《中國小說研究》單列專章《中國小說形式上之分類及研究》，將古代小說劃分爲"記載體""演義體""描寫體""詩歌體"四種體式。[②] 鄭振鐸《中國小說的分類及其演化趨勢》則將古代小說分爲"筆記小說""傳奇小說""平話小說""中篇小說"和"長篇小說"五種形式。[③]而日本學者青木正兒在其《中國文學概論》中提出了"筆記小說""傳奇小

---

　　① 胡從經《中國小說史學史長編》（香港中華書局 1999 年版）認爲發表於《月月小說》第 11 期（1907 年）的天僇生《中國歷代小說史論》是"最早在理論上倡導小說史研究"的文章。而從現有論著來看，最早對中國小說史進行歷史清理的是日本學者笹川臨風的《支那小說戲劇小史》（東京東華堂 1897 年發行），國人的最早著述是張靜廬的《中國小說史大綱》（泰東圖書局 1920 年版），魯迅《中國小說史略》於 1923—1924 年由北京大學新潮社出版。但從影響而言，開小說史研究之風氣者無疑是魯迅的《中國小說史略》。詳見黃霖、許建平等著：《20 世紀中國古代文學研究史·小說卷》第四章《"中國小說史"著作的編纂》，東方出版中心 2006 年版。
　　② 胡懷琛著：《中國小說研究》第三章《中國小說形式上之分類及研究》，上海：商務印書館 1929 年版。
　　③ 鄭振鐸著：《中國小說的分類及其演化的趨勢》，《學生雜誌》1930 年 1 月第 17 卷第 1 號。

説""短篇小説""章回小説"的小説文體概念。^①可見小説文體之分類已在當時成爲小説研究的重要内涵，並形成了相對統一的區分中國古代小説文體的核心概念。雖然這些概念折中於傳統與西學之間，帶有明顯的西方小説痕迹，如"短篇小説""中篇小説"等，但畢竟爲後世的小説文體研究奠定了基礎。一些在後世小説文體研究中已然固定的概念如"筆記小説""傳奇小説""話本小説"（"平話小説"）和"章回小説"等在此時期均已出現，且逐步爲學界所認同和接受，成爲中國小説史研究中約定俗成的概念術語。小説文體研究在以後的小説研究領域中曾經歷了一段頗爲漫長的沉寂階段，在相當長的時間内，古代小説研究主要是沿著作家作品考訂、思想藝術分析、題材類型和創作流派研究等方向展開，文體研究則停留在篇章體制特徵的介紹層面。學界重提小説文體研究大致是在 20 世紀八九十年代，其因緣主要有二：一是觀念的改變，學界反思以往"重内容輕形式"的研究格局，文體研究重新成爲大家關注的重要對象；二是西方小説研究"文體學""叙事學"等理論方法的引進。兩者合力促成了中國小説史研究從題材引向了文體，開拓了中國古代小説研究的視野和領域。如石昌渝《中國小説源流論》、董乃斌《中國古典小説的文體獨立》等專著均有開創之功。^②同時，小説史研究中還出現了一批分體小説史專著，^③但這些分體小説史或主要羅列作家作品，或主要概括幾個發展階段的創作態勢、題材主題、藝術特色，並未把小説文體從整個創作中獨立出來加以考察，只是以"分體"的形式按照傳統研

---

① 〔日〕青木正兒著，隋樹森譯：《中國文學概説》，上海：開明書店 1938 年版。

② 石昌渝著：《中國小説源流論》，北京：三聯書店 1994 年版。董乃斌著：《中國古典小説的文體獨立》，北京：中國社會科學出版社 1994 年版。

③ 浙江古籍出版社出版的"中國小説史叢書"，含苗壯著：《筆記小説史》，杭州：浙江古籍出版社 1990 年版；薛洪勣著：《傳奇小説史》，杭州：浙江古籍出版社 1998 年版；蕭欣橋、劉福元著：《話本小説史》，杭州：浙江古籍出版社 2003 年版；陳美林、馮保善、李忠明著：《章回小説史》，杭州：浙江古籍出版社 1998 年版。

究思路撰寫小説史。進入 21 世紀以來，小説文體研究有了長足的發展，[①] 尤其值得注意的是出現了一批明確以"文體研究"爲標目的小説研究論著，[②] 相關論文更是舉不勝舉，借鑒西方"文體學""叙事學"理論研究中國古代小説文體也呈興旺之勢。所有這些都説明中國古代小説文體研究已進入一個新的階段。

一

中國古代小説文體研究首先要關注的是"中"與"西"的關係問題。這是一個"老生常談"但又無法"繞開"的問題，也是晚清以來一直延續、至今仍未能解決的問題，影響了一個世紀以來中國小説史學科的生成和學科内涵的構成。其中有兩個方面最爲人注目且影響深遠，一是關於"小説"的觀念，二是關於小説的研究方法和價值標準。

經由晚清的過渡，中國古代小説研究建立了"現代"學術框範和開啓了"全新"的"現代小説學術史"，而所謂"現代學術"的建立和開啓其實在很大程度上就是小説研究的"西化"——以西方的觀念和方法從事中國傳統小説的研究。

一般認爲，現代"小説"之觀念是從日本逆輸而來的，"小説"一詞的現代變遷是將"小説"與"novel"對譯的産物。近代以來，小説研究受日本影響顯而易見，其中最爲本質的即是小説觀念，而梁啓超和魯迅對後來的

---

① 劉勇强著：《中國古代小説史叙論》（北京：北京大學出版社 2007 年版）、林崗著：《口述與案頭》（北京：北京大學出版社 2011 年版）、陳文新著：《中國小説的譜系與文體形態》（北京：中國社會科學出版社 2012 年版）、李舜華著：《明代章回小説的興起》（上海：上海古籍出版社 2012 年版）等對小説文體都有比較深入的闡發。

② 王慶華著：《話本小説文體研究》（上海：華東師範大學出版社 2006 年版）、李軍均著：《傳奇小説文體研究》（武漢：華中科技大學出版社 2007 年版）、馮汝常著：《中國神魔小説文體研究》（北京：三聯書店 2009 年版）、劉曉軍著：《章回小説文體研究》（上海：華東師範大學出版社 2011 年版）、紀德君著：《中國古代小説文體生成方式及其他》（北京：商務印書館 2012 年版）。

小説研究影響最大。經過梁啓超等“小説界革命”的努力，小説地位有了明顯提升，雖然近代以來人們對傳統中國小説仍然頗多鄙薄之辭，但“小説”作爲一種“文體”的地位有了根本性的改變，“小説爲文學之最上乘”的言論在 20 世紀初的小説論壇上成了一個被不斷强化的觀念而逐步爲人們所接受。① 而魯迅等的小説史研究更是以新的文學史觀念和小説觀念爲其理論指導，其中最爲主要的即是小説乃“虚構之叙事散文”這一特性的確立。故小説地位的確認和“虚構之叙事散文”特性的明確是中國古代小説研究形成全新格局的首要因素。這一新的研究格局對於中國小説史學科的構建意義是深遠的，其價值也毋庸置疑。但由此帶來的問題也不容忽視：將小説與“novel”對譯，其實只是汲取了中國古代“小説”的部分内核，它所對應的主要是元明以來的長篇章回小説。因爲“novel”本身就是指西方 18 世紀、19 世紀以來興起的長篇小説，它與章回小説有許多外在的相似點，如虚構故事、散體白話、長而分章等，故而如果僅將章回小説與“novel”比附而確認其特性和價值，尚情有可原。但問題是，20 世紀以來的中國小説史的學科構建從一開始就“放大”了與“novel”的比照功能，將其顯示的特性作爲觀照中國古代小説的準繩。

　　20 世紀以來對於中國古代“小説”觀的認識基本順循西人的路數。但人們也無法回避“小説”在中國古代的豐富内涵及其指稱對象的複雜性質，於是探尋“小説”的語源及其流變成了學術界綿延不絶的課題，尤其是近三十年來，考訂“小説”的文章充斥於報刊。但不無遺憾的是，人們雖然承認了“小説”在中國古代的豐富與複雜，然西人的“小説”觀仍然是横亘在絶大部分研究者心目中一根無可逾越的標尺。要麽是從“進化”的角度梳理“小説”的流變，探尋其最終符合西人“小説”觀的發展脈絡；要麽便乾脆

---

① 楚卿：《論文學上小説之位置》，載 1903 年 9 月 6 日《新小説》第 7 號，上海書店複印本，1980 年。

以"兩種小說觀"標目，認爲中國古代有小說家的"小說觀"和目録學家的"小說觀"，前者是指"作爲散文體叙事文學的小說"，後者"並不是文學意義上的小說"，"是屬於子部或史部的一類文體"，而其中之"分水嶺就是實録還是虛構"。更讓人遺憾的是，當人們區分了這兩類"小說"之後，研究的重心就自然轉向了前者，而僅將後者視爲"只是文學意義上的小說的胚胎形態"加以適當的追溯。[①] 不難看出，在這種研究路向中起決定作用的仍然是西人的小說觀。

頗具諷刺意味的是，當國人一個世紀以來熱衷於以西方小說觀念解讀中國小說時，海外漢學家對此却作出了無可奈何的解釋："期望中國小說與其西方對應文類彼此相似的讀者，必然會感到吃驚。儘管翻譯家和漢學家慣常用'novel'一詞稱中國的'小說'，但這只是因爲没有更好的詞兒。"[②] 需要特別指出的是，此處"小說"是指元明以來的章回小說，章回小說尚且與"novel"難以"彼此相似"，更遑論其他了。

研究方法和價值標準的"西化"在20世紀以來的中國古代小說研究中也非常明顯。早在1905年，定一在分析中西方小說異同並以西方觀念評判中國小說時就說出了一句頗有經典意義的話："以西例律我國小説。"[③] 這一非常精確的概括不幸"一語成讖"，成了20世紀以來中國古代小說研究的絕好"注脚"。自晚清以來，"西學東漸"是中國古代小説在研究方法和價值標準上的"常態"，雖然"西學"隨時代變化而有不同，但"東漸"始終如一。如在晚清時期，西方小說理論是梁啓超等提倡小說改良、小說革命的"利器"，西方的小說價值觀和小説類型觀不斷輸入，成爲評判中國小說的基

---

① 石昌渝著：《中國小説源流論》第一章《小說與小說文體諸要素》，北京：三聯書店1994年版。特別指出的是，石昌渝的宏著是國内較早專門研究小說文體的論著，影響深巨。其中關於小説觀的論述代表了當時的主流看法。

② 周發祥：《西方的中國小説文體研究——關於"小說"文體的辨析》，見國學網 http://www.guoxue.com/xueren/sinology/wenzhang/xfdzgxs.htm。

③ 定一：《小説叢話·定一十一則》，《新小說》1905年第2年第3號，第170頁。

本語彙。"五四"時期，隨著西方"文學觀念"的引進，小説成爲純文學之一種（詩歌、散文、小説、戲劇），西方以"人物""情節""環境"爲小説三元素的理論在當時頗有影響。"西方小説理論的興盛，意味著對中國小説的批評從思想層面向文體層面的深入，而古代小説一旦在文體層面納入了西方小説的分析與評價體系，它要得到客觀的認識勢必更加困難了。"①30 年代"典型理論的廣泛運用"，"表明以刻畫'人物'爲中心的寫實小説被視爲小説創作中的'正格'，而人物典型化的理論，環境與人物關係的理論，特別是恩格斯的'典型環境與典型性格'的理論也成爲最有影響力的小説理論。這一理論在此後的幾十年中幾乎成了評價中國古代小説的不二法門，小説人物論也成了小説研究的主流"。②一直到"改革開放"的新時期，隨著國門的重新打開，西方理論又呈興旺之勢，"文體學""叙事學"等大量引入，取代了以往以典型理論爲核心的現實主義小説理論，成了古代小説研究的思想"新貴"。

小説觀念的"西化"給中國小説文體研究的影響是顯見的。近年來，學界開始反思這一現象，提出了不少富有建設性的意見，對此，我們同意學者林崗的基本判斷："遮蔽"。在其《口述與案頭》一書中，著者分析了中國小説的兩大傳統——"口述傳統"與"案頭傳統"，認爲中國小説的重要源頭來自"文人的案頭世界"，即形成以"筆記"爲主流的小説文體，這種小説文體是中國小説的"正身"，但"西學東漸"遮蔽了"本土的小説概念"及小説文體。著者分析道："隨著小説觀念的西方化，中國漢語文學源遠流長的小説傳統逐漸沉入了文學邊緣的世界，從前是文學諸體裁裏的正宗……在一部煌煌的文學史裏，只處於被網羅的'放逸'的位置，其正面的名聲和顯赫的身世一朝不再。西來小説觀念的普及的確遮蔽了中國古代語境下小説的

---

① 劉勇强：《一種小説觀及小説史觀的形成與影響——20 世紀"以西例律我國小説"現象分析》，《文學遺産》2003 年第 3 期。

② 劉勇强著：《中國古代小説史叙論》，北京：北京大學出版社 2007 年版，第 555 頁。

真實面目。"並申言要"正本清源","重新探討作爲案頭文學傳統的古代小説及其觀念"。①

　　研究方法和價值標準的"西化"對中國小説文體研究的影響也是非常明顯的。我們僅舉一例：長期以來，我們對於古代小説的研究往往取用西方敘事文學的研究格局，持"思想""形象""結構""語言"的四分法來評價中國古代小説，且"思想"的深刻性、"形象"的典型性、"結構"的完整性和"語言"的性格化在古代小説研究中幾乎成了恒定的標尺，並由此判定其價值。這一評判路徑和價值尺度其實與古代小説頗多悖異。譬如，這一格局和路徑勉強適用於以"話本""章回"爲主體的白話小説領域，以此評判"筆記體小説"簡直無從措手，甚至對"傳奇小説"也並不適合。又如，中國古代的白話小説絕大部分是通俗小説，而通俗小説有自身的規範與追求，"思想"的深刻性、"形象"的典型性、"結構"的完整性和"語言"的性格化其實與通俗小説大多沒有太大關係。在這一尺度的"篩選"和"過濾"下，符合標準的其實已寥寥無幾。人們感嘆，爲什麼 20 世紀的古代小説研究集中於《三國》《水滸》《紅樓夢》等少數幾部優秀作品，道理其實很簡單，真正"作祟"的、起決定作用的就是我們的研究路徑和價值標準。

　　由此可見，小説觀念的以"西"釋"中"和研究方法、價值標準的以"西"律"中"是 20 世紀以來中國古代小説研究中一個非常突出和普遍的現象，對中國古代小説文體研究已然產生了深遠的影響，而回顧、反思這一現象對促進中國古代小説文體研究的深入發展有重要意義。我們認爲，反省古代小説研究中的西來觀念，儘量還原被"遮蔽"的中國古代小説，回歸中國傳統的小説語境是古代小説研究的當務之急。落到小説文體研究領域，則要拓寬小説文體的研究範圍，不再以"虛構的敘事散文"作爲衡量小説文體的

―――――――――

　　①　此處的"小説"主要是指"筆記體小説"。見林崗著：《口述與案頭》第六章《小説家的興起與文人的案頭世界》，北京：北京大學出版社 2011 年版，第 166 頁。

唯一標準，尤其要加强“筆記體小説”的文體研究。在研究方法和價值尺度上，不能一味“西化”，而要以貼近“古人”、貼近“歷史”、貼近“文體”自身爲原則，努力尋求“本土化”的理論方法和“西學”的本土化路徑。同時，運用“分類指導”的原則，對不同的小説文體采用不同的研究方法和價值標準，從而梳理出符合中國古代小説“本然狀態”的文體史。

二

受西方小説觀之影響，“虚構的叙事散文”成了 20 世紀以來中國古代小説研究中“小説”觀念的基本内涵，並以此爲鑒衡追溯中國古代小説之源流。於是，“虚構”與“故事”成了梳理中國古代小説文體源流的核心，而“虚構”之尺度和“故事”之長度也便順理成章地成了考核小説文體“成熟”與否的首要標誌，在小説文體的源流問題上形成了一些頗爲流行的思想觀念。研究中國古代小説文體之源流首先得辨析這些思想觀念。

一是以“虚構”爲標尺，唐代傳奇是中國古代小説中最早成熟的文體。所謂小説的“文體獨立”、“小説文體的開端”、小説文體的“成熟形態”等都是在中國古代小説研究中耳熟能詳的表述，這種思想觀念已成爲中國古代小説文體研究中的“定論”。此論較早由魯迅所創立：“傳奇者流，源蓋出於志怪，然施之藻繪，擴其波瀾，故所成就乃特異。其間雖亦或托諷喻以紓牢愁，談禍福以寓懲勸，而大歸則究在文采與意想，與昔之傳鬼神明因果而外無他意者，甚異其趣矣。”① 又謂：“唐代傳奇文可就大兩樣了：神仙人鬼妖物，都可以隨便驅使；文筆是精細、曲折的，至於被崇尚簡古者所詬病；所叙的事，也大抵具有首尾和波瀾，不止一點斷片的談柄；而且作者

---

① 魯迅著：《中國小説史略》，上海：上海古籍出版社 1998 年版，第 44—45 頁。

往往故意顯示著這事迹的虛構，以見他想象的才能了。"[1]然魯迅僅指出傳奇文體與志怪之區別，雖有"成就乃特異"、"見他想像的才能"等表述，但尚未把傳奇文體視爲最早成熟的小説"文體形態"，只是指出"虛構"是唐傳奇區別以往小説的一個重要標誌而已。後人據此延伸，進一步放大了"虛構"在小説文體構成中的地位，甚至視爲衡量小説文體的決定性因素，由此得出傳奇乃小説文體的"開端"等涉及小説文體源流的關鍵性結論。其實，中國古代小説本來就有兩種傳統，形成兩種"叙事觀"，兩者如清代紀昀所言有"著書者之筆"和"才子之筆"的差異，前者重在"記録"，是"既述聞見，即屬叙事"，不可"隨意妝點"的筆記體小説的叙事特性。後者追求"虛構"，是可使"燕昵之詞，媟狎之態，細微曲折，摹繪如生"的傳奇體小説的叙事特性。[2]兩者本各有其"體性"，無須强作比附，而以單一的"虛構"爲目標，判定其或爲"孕育"、或爲"成熟"更屬不倫不類。對此，浦江清的一段論述至今仍有意義："現代人説唐人開始有真正的小説，其實是小説到了唐人傳奇，在體裁和宗旨兩方面，古意全失。所以我們與其説它們是小説的正宗，無寧説是別派，與其説是小説的本幹，無寧説是獨秀的旁枝吧。"[3]故筆記體和傳奇體是中國古代小説的兩種著述方式，體現了不同的叙事觀念。兩者之間雖有傳承關係，但不能以"虛構"作爲梳理小説文體源流關係的準則。

二是以"故事"爲基準，"故事"的長度和叙事的曲折程度是衡量小説文體"成熟"與否的標誌。於是"粗陳梗概"的筆記體小説自然與"叙述婉轉"的傳奇體小説分出了在文體上的"高下"，傳奇體小説成了文言小説中

---

[1]　魯迅：《六朝小説和唐代傳奇文有怎樣的區別？——答文學社問》，見魯迅著：《且介亭雜文二集》，《魯迅全集》第六卷，北京：人民文學出版社 1973 年版，第 321 頁。

[2]　（清）盛時彦：《〈姑妄聽之〉跋》，（清）紀昀著：《閲微草堂筆記》，上海：上海古籍出版社 1980 年版，第 472 頁。

[3]　浦江清：《論小説》，《浦江清文録》，北京：人民文學出版社 1958 年版，第 186 頁。

最爲成熟的文體形態。此説的提出大概亦與魯迅相關。魯迅謂："小説亦如詩，至唐代而一變，雖尚不離於搜奇記逸，然叙述宛轉，文辭華艷，與六朝之粗陳梗概者較，演進之迹甚明，而尤顯者乃在是時則始有意爲小説。"[①] 魯迅對筆記體小説和傳奇體小説在故事形態上的總結是精準的，"粗陳梗概"與"叙述宛轉"很好地概括了兩者在故事形態上的特性。而對於兩者之優劣對比，魯迅則比較審慎，僅以"演進之迹甚明"加以表述。今人對此的研究則又一次放大了魯迅的判斷，將"故事"及其長度曲折視爲判定文體高下的準則。甚至將兩者的演進過程比擬爲"猿進化爲人"的過程："唐代小説絕非傳奇一體，仍還有'叢殘小語'式的古體小説——志怪小説和雜事小説。猿進化爲人，猿還存在，人猿共存是文學史上並不限於小説的現象。"而在以"故事"爲基準的視野下，甚至六朝志人小説也"不足與志怪匹敵"，因爲它的簡短程度比志怪還甚，只是"切取生活的一個片段"，"很少能表現一個比較完整的叙事過程和形象結構"。[②] 這種以"故事"來判定小説文體的做法在當今小説研究中較爲普遍，甚至視爲定則。於是在這種觀念的指導下，人們追溯小説文體源流時首先認定傳奇乃中國古代小説文體最早的"成熟形態"，而將以往的小説文體統統歸入尚在母體中孕育的小説文體"胚胎"，並命之曰"古小説"，從而完成了一次對中國古代小説文體的源流追溯。以"故事"的長度爲依據，20 世紀以來人們還習慣於用西方的"短篇小説""中篇小説"和"長篇小説"來爲古代小説分類，據此，那些"叢殘小語""比類爲書"[③] 且"粗陳梗概"式的筆記體小説則難以歸入，因爲無論是"故事"的長度還是"叙述"的曲折，筆記體小説的絶大部分都難以滿足其

---

① 魯迅著：《中國小説史略》，上海：上海古籍出版社 1998 年版，第 44 頁。

② 李劍國：《唐稗思考録（代前言）》，李劍國著：《唐五代志怪傳奇叙録》（增訂本），北京：中華書局 2017 年版，第 2、3 頁。

③ （清）章學誠《文史通義·詩話》"唐人乃有單篇，別爲傳奇一類"句後自注云："專書一事始末，不復比類爲書。"見（清）章學誠著，葉瑛校注：《文史通義校注》卷五，北京：中華書局 2014 年版，第 650 頁。

"要求"。誠然，"故事"是小説的基本屬性，但如何對待"故事"，不同的小説文體有著相異的"體性"規範。在古代小説的諸種文體中，大致形成了兩種"故事觀"：一種以筆記體小説爲代表，筆記體小説的所謂"故事"其實是指某種"事件"，這種事件或是歷史人物的逸聞軼事，或是歷史人物的言語行爲，或是得自傳聞的神怪之事。[①]而對這些"事件"的叙述方式，筆記體小説采用的是"記録"——隨筆載録，不作點染。因而筆記體小説的所謂"故事"不求完整曲折，往往是一個片段、一段言行、一則傳聞。另一種則以傳奇、話本和章回體小説爲代表，所謂"故事"就是一個有"首尾"、有"波瀾"的完整情節。兩者之差異可謂大矣！其實難以作相互比照，更不能強分軒輊，以彼律此。故源流梳理要以各自的"體性"爲準的，故事完整但冗繁拖沓者比比皆是，而"簡淡數言，自然妙遠"[②]的筆記體小説同樣顯示著中國古代小説的精華。誰能説《世説新語》在文體上還不成熟而仍處於"孕育"狀態呢！

　　三是從"虛構""故事"和"通俗"三方面立論，則以"章回體"爲主的白話通俗小説是中國古代小説的主流文體，"它的創作業績，體現了中國古代小説的主要成就，是中國文學史上具有代表意義的文體"。[③]並在"凡一代有一代文學"觀念的影響下，構擬了"唐詩、宋詞、元曲、明清小説（指白話通俗小説）"的"一代文學"之脈絡。而在中國古代小説文體源流的梳理中，循此又推演出中國古代小説文體實現了"由雅入俗"之變遷的結

---

　　① （唐）劉知幾《史通·雜述》劃分"偏記小説"爲十類，其中"逸事""瑣言""雜記"三類即爲"筆記體小説"。"逸事"主要載録歷史人物逸聞軼事，如和嶠《汲冢紀年》、葛洪《西京雜記》等；"瑣言"以記載歷史人物言行爲主體，如劉義慶《世説》、裴榮期《語林》等；"雜記"則主要載録鬼神怪異之事，如祖台之《志怪》、劉義慶《幽明》等。胡應麟《少室山房筆叢·九流緒論》將"小説家"分爲六類，其中"志怪"相當於劉知幾所言之"雜記"，"雜録"相當於劉知幾所言之"逸事""瑣言"，再加上"叢談"中兼述雜事神怪的筆記雜著均可看作"筆記體小説"；《四庫全書總目提要》"小説家序"則歸入三派："迹其流別，凡有三派，其一叙述雜事；其一記録異聞，其一綴輯瑣語也。"

　　② （清）紀昀：《姑妄聽之自序》，（清）紀昀著：《閱微草堂筆記》，上海：上海古籍出版1980年版，第359頁。

　　③ 陳美林、馮保善、李忠明著：《章回小説史》，杭州：浙江古籍出版社1998年版，第16頁。

論——通俗小説由此成了中國古代小説的主流文體。這一觀念實際上促成了中國古代小説研究的"古今之變"：由"重文輕白"變爲"重白輕文"，白話通俗小説及其文體成了小説研究之主流。20世紀以來中國小説文體研究的這一"時代特性"是明顯的，而究其原因，一在於思想觀念，如梁啓超"小説界革命"看重的就是小説的"通俗化民"，以後，"通俗性""大衆化""民間性"等觀念始終是中國古代小説研究的價值"標籤"。一在於研究觀念，如"虛構之叙事散文"的小説觀念無疑更適合於白話通俗小説。那如何看待中國古代小説或小説文體研究的這一"古今之變"呢？誠然，我們無需重審通俗小説的歷史地位，通俗小説在中國古代文學史上所取得的成就已毋庸置疑。但由此所產生的"錯覺"——中國古代小説是以"通俗文學"爲主流的小説形態——則不能忽視，否則就不能"還原"歷史。我們且不説中國古代小説本身就源於兩個傳統：文人的"案頭"傳統和民間的"口述"傳統。文人小説和通俗小説一直並存於中國古代小説史上，其間地位成就之消長容或有之，但從没形成通俗小説一統天下的格局。故以"通俗"來看待小説文體不符合歷史實際，因爲文人小説本身"是歷代文人士大夫精神生活中高雅的玩意兒，絶不是下里巴人一類的俗物"。[①] 而就通俗小説自身來看，其間之"文人化"或"雅化"的趨向也十分清晰，可以説，"文人化"是中國古代白話通俗小説發展中的一條明晰的綫索。而其關節點則在晚明，晚明文人高度關注通俗小説，且主要之關注點在文體，其目標是試圖改變通俗小説的"説話遺存"而將其變爲案頭的"文人小説"，這尤其表現在對明代"四大奇書"的改編整理。清代以來，通俗小説的文人化更成爲一個突出的現象，最終形成了《紅樓夢》《儒林外史》等高度文人化的小説巨著。[②] 由此，我們不能

---

① 以上觀點參考林崗《口述與案頭》第六章《小説家的興起與文人的案頭世界》（北京：北京大學出版社2011年版）的相關論述。

② 浦安迪曾將這一"文人化"進程中出現的優秀通俗小説單列，稱之爲"奇書文體"。詳見〔美〕浦安迪著：《中國叙事學》，北京：北京大學出版社1996年版。

過度放大通俗小説的文體地位，片面將通俗小説視爲中國古代小説的主流文體，更不能以"雅俗之變"來看待中國古代小説文體之源流。

辨析了上述在古代小説文體源流研究中的幾個流行觀念後，我們可以正面提出對小説文體源流研究的看法了：首先，中國古代小説文體之源流是一個"歷史存在"，小説文體源流研究就是要盡可能地理出這一個變化的綫索；但"變化的綫索"不等於古代小説文體就有一個"發展"的進程，"發展"的觀念是以"進化論"爲基礎的，它"先驗"地確認了歷史現象都有一個"孕育""產生""成熟""高潮""衰亡"等發展規律，這種"機械性"的觀念不利於"還原"古代小説文體源流的真實面貌。古代小説文體是一個複雜的"歷史存在"，它既是"歷時"的，"筆記體""傳奇體""話本體"和"章回體"等各有自己產生的時代，由此形成了一個流變的綫索。但同時它又是"共時"的，小説文體之間不是前後更替，而是"共存共榮"。故而"源流"研究不能等同於"發展"研究，而要以清理、還原爲首務。其次，古代小説文體的源流研究固然需要一定的思想觀念爲基礎，但不能以單一的觀念如"虛構的叙事散文"這一西來思想爲指導。以此爲指導必然會對小説文體之源流貼上"孕育""成熟"等價值標籤，這不符合歷史本然。因爲重視"虛構"的是小説，不重視甚至貶斥"虛構"的同樣也是小説，故而梳理古代小説文體源流的基礎觀念主要應是古人對於"小説"的認識觀念。再次，中國古代小説文體的"本源"是多元的，其形態也是多樣的，各文體形態之間其實絕大部分並無嚴格意義上的傳承關係，而維繫古代各小説文體之間的内在邏輯是中國古代小説貫穿始終的"非正統性"和"非主流性"。中國古代小説文體不是"一綫單傳"，也非"同宗變異"，因此，古代小説文體源流之研究應該在簡要梳理小説文體變化綫索的基礎上，將研究重心放在各文體形態自身的"追本清流"上，理出各小説文體自身的源流，從而揭示其各自的"體性"特徵。

三

中國古代小説文體研究在學術界已延續多年，成果也比較豐富，但如石昌渝《中國小説源流論》這樣有影響的論著還不多，突破性的成果更爲罕見。個中原因很多，其中最爲重要的或許還是兩個老生常談的問題——小説觀念的偏狹，及由此引發的對小説文本的遮蔽。如上所説，我們對於"小説"，對於"叙事"，持有的仍然是 20 世紀以來經西學改造的觀念，故小説文體研究要得到發展，觀念的開放、文本的完善和史料的輯録仍然是居於前列的重要問題。

本書以小説文體爲研究對象，以近百萬字的篇幅探討中國古代小説文體的發展歷程，涉及的文體内涵主要有"文體觀念""文體形態""叙述模式"和"語體特性"等諸方面。全書對中國古代小説文體的整體狀況及各種文體類型的起源、發展和演變進行了全面系統的梳理，探討其演進的内在規律，深化了對中國古代小説文體發展演變及其規律的認識。

全書共分六編，"總論"以下五編按照時間先後排列。第一編《總論》從宏觀角度論述了中國古代小説文體研究的若干核心問題，如小説的内涵與界域、小説文體觀念的古今演變、古代小説的叙事傳統、古代小説"圖文評"結合的文本形態等，以此作爲研究中國古代小説文體史的理論基礎。第二編至第六編以小説文體的歷史流變綫索爲經，以流變過程中重要的文體現象爲緯，采用點面結合的方式，探索了從先秦兩漢到晚清民初中國小説文體的發展歷程。五編分別爲：《先唐小説文體》《唐五代小説文體》《宋元小説文體》《明代小説文體》和《清代小説文體》，既宏觀梳理了古代小説文體的流變歷史，又分別清理了古代小説四種基本體式（"筆記體""傳奇體""話本體""章回體"）各自的演變進程。在具體的論述思路上，本書强調對各歷史時段的小説文體現象作專題性研究，以提升小説文體史研究的學術内涵。在論述對象的詳略上，我們也有所側重。如在對古代小説文體的整體研究上，我們相對重視古代小説文體史的"頭"和"尾"。就"頭"而言，《小説文體的起源》一章以"説、説體文與小説"和"史、雜史與小説"兩個視角詳細討論了中國古代小説與"子""史"之間的關係，爲追溯古代小説文體的起源確立理論基礎。在《"小説家"的文本與文體》一章中又深入考察了《漢書·藝文志》"小説家"的立意，並就傳世文獻中的"小説"文本作細緻的梳理，進而考訂"小説"的文類屬性與文體特徵。對於中國古代小説文體的"終結"，我們則以《傳統小説文體的終結與轉化》一加長版的章節對此作出詳細而又充分的討論。

在對中國古代小説四種文體的研究中，本書對筆記體小説的"額外"關注和擴大篇幅或許是一大特色，也是本書所要呈現的獨特價值。由於以往的研究大多強調小説的叙事文學屬性，又在觀念上認爲叙事即爲"講故事"，故筆記體小説的研究相比其他小説文體來説要薄弱得多。對此，我們一方面在研究觀念上深入梳理"叙事"在中國古代的實際内涵，打破傳統視叙事即爲"講故事"的認識，強調叙事在中國古代的多元屬性；同時依據傳統目録學對小説的分類，加大了"筆記體小説"在古代小説文體史研究中的分量。如在研究觀念上，我們在第一編《總論》之第二章《小説叙事的歷史傳統》中，詳細考證了"叙事"在中國古代的多重内涵；又在第三編《唐五代小説文體》之第六章《唐五代筆記小説的多元叙事》中，單列《描述説明與考證羅列：另一種"叙事"》一節，清理了"描述説明"與"考證羅列"在筆記體小説叙事中的獨特性，與上文相互印證。而在研究内涵上，筆記體小説更是我們撰寫小説文體史時最爲關注和傾力研究的對象。這不僅僅是有意識地"反撥"以往的研究格局，更是出於對中國古代筆記體小説的"尊重"和還原中國古代小説文體史的實際狀態。

本書爲團隊合作撰寫，具體分工如下（略以參與程度排序）：

譚帆（華東師範大學中文系）

負責全書的設計、整理、修訂、統稿等工作。《總序 論小説文體研究的三個維度》，《導論 研究史的回顧與檢討》，第一編《總論》之第一章《小説與文體》（與王瑜錦合作）、第二章《小説叙事的歷史傳統》、第三章《"圖文評"結合：古代小説的文本形態》之第一節《評改一體：小説評點的文本價值》。

劉曉軍（華東師範大學中文系）

第二編《先唐小説文體》之第二章《"小説家"的文本與文體》（與李軍均合作），第五編《明代小説文體》之第一章《明代章回小説的文體流變》、第二章《圖文結合與明代章回小説文體》，第六編《清代小説文體》之《概述》、第一章《清代章回小説的文體流變》、第二章《報刊連載與章回小説文體的嬗變》。

李軍均（華中科技大學中文系）

第二編《先唐小説文體》之《概述》、第二章《"小説家"的文本與文體》（與劉曉軍合作）、第三章《"小説體"與"傳記體"》、第四章《〈世説新語〉的文體特性》、第五章《先唐小説的"史才"與"詩筆"》，第三編《唐五代小説文體》之《概述》、第一章《初唐傳奇小説文體的發生》、第二章《中唐傳奇小説文體的成熟》、第三章《晚唐傳奇小説的尊體與變體》，第四編《宋元小説文體》第五章《宋元傳奇小説的文體流變及特性》，第六編《清代小説文體》之第六章《清代傳奇小説的文體發展》。

任明華（曲阜師範大學文學院）

　　第五編《明代小說文體》之《概述》、第三章《〈剪燈新話〉與明代傳奇小說的詩文化》、第四章《小說選本對傳奇小說文體的改編》、第五章《〈六十家小說〉：話本小說的成型》、第六章《“三言”：案頭化的話本小說文體》、第七章《從〈拍案驚奇〉到〈鴛鴦針〉的文體探索》。

王慶華（華東師範大學中文系）

　　第四編《宋元小說文體》之《概述》、第三章《宋元筆記小說觀念：以小說入正史爲視角》、第四章《宋人對傳奇小說的文體定位與歸類》、第六章《宋元小說家話本的文體特徵》，第六編《清代小說文體》之第五章《清人對小說與正史、古文關係的認識》、第七章《清代話本小說的文體特徵》。

周瑾鋒（蘇州大學文學院）

　　第二編《先唐小說文體》之第一章《小說文體的起源》，第三編《唐五代小說文體》之第四章《唐五代筆記小說的文體雜糅》、第五章《唐五代筆記小說的體制特徵》、第六章《唐五代筆記小說的多元敘事》，第四編《宋元小說文體》之第一章《宋元筆記小說的成書方式及其文體意義》、第二章《宋元筆記小說的體制、敘事及審美特徵》。

毛傑（上海師範大學人文學院）

　　第一編《總論》第三章《“圖文評”結合：古代小說的文本形態》之第二節《插圖對小說文體之建構》、第三節《小說圖像的批評功能》。

岳永（山西財經大學文化旅游與新聞藝術學院）

第六編《清代小説文體》之第三章《清代筆記小説的文體特徵》、第四章《清代筆記小説的兼備衆體》。

張玄（揚州大學文學院）

第五編《明代小説文體》之第八章《明代筆記小説的文體特性》、第九章《明代筆記小説的文體新變》。

孫超（上海師範大學人文學院）

結語《傳統小説文體的終結與轉化》。

楊志平（江西師範大學文學院）

第一編《總論》第二章《小説叙事的歷史傳統》第六節《古代小説的博物叙事》。

林瑩（同濟大學中文系）

第二編《先唐小説文體》第四章《〈世説新語〉的文體特性》第五節《以類爲評：〈世説新語〉分類體系的接受》。

王瑜錦（南通大學文學院）

第一編《總論》之第一章《小説與文體》（與譚帆合作）。

第一編　總論

第一章
小說與文體

欲治中國古代小說文體史，必先釐清小說之界域，而釐清小說之界域，則又必先梳理作爲術語的"小說"之內涵。本書叙述小說文體史，即從清理"小說"之內涵與界域爲起始。"小說"一辭歧義叢生，乃古代文學文體術語中指稱範圍最爲複雜者之一。今人對"小說"一辭的析解或以今義爲準，以今律古；或以古義爲準，以古律古；或古今義折中。論述甚夥，歧異亦繁，尚有進一步探討梳理之必要。

第一節 "小說"之內涵與界域

"小說"之名歷來紛繁複雜，所指非一，清代劉廷璣即感嘆："蓋小說之名雖同，而古今之别則相去天淵。"① 但細繹其中，亦有綫索可尋，大别之，約有如下幾種最爲基本的内涵：

一是由先秦兩漢時期所奠定的有關"小說"的認識。衆所周知，"小說"之名最早見於《莊子·外物》，據現有資料大致考定，從先秦到兩漢，有關"小說"的材料主要有如下數則，《莊子》："飾小說以干縣令。"②《吕氏春秋·慎行論·疑似》："賢者有小惡以致大惡，褒姒之敗，乃令幽王好小

① （清）劉廷璣撰，張守謙校點：《在園雜志》，北京：中華書局 2005 年版，第 82—83 頁。
② （清）王先謙、劉武撰，沈嘯寰點校：《莊子集解》，北京：中華書局 1987 年版，第 239 頁。

説以致大滅。"① 張衡《西京賦》："匪爲玩好，乃有秘術。小説九百，本自虞初。"② 桓譚《新論》："若其小説家，合叢殘小語，近取譬論，以作短書，治身理家，有可觀之辭。"③ 班固《漢書·藝文志》："小説家者流，蓋出於稗官。街談巷語，道聽塗説者之所造也。"④ 上述五種説法除《吕氏春秋》外均對後世産生重要影響，並奠定了"小説"的基本義界："小説"是無關於道術的瑣屑之言；"小説"是一種源於民間、道聽塗説的"街談巷語"；"小説"是篇幅短小的"叢殘小語"，但對"治身理家"有"可觀之辭"。這一"義界"對後世的影響大致有二：確定了"小説"的基本範圍，"小説"是一種範圍非常寬泛的概念，是相對於正經著作如經、史著作等而言的，大凡不能歸入這些正經著作的歷史傳説、方術秘笈、禮教民俗，又以"短書"面目出現的皆稱之爲"小説"。確認了"小説"的基本價值功能，從整體而言，此時期的"小説"是一個基本呈貶義的"語詞"，且不説《莊子》"飾小説以干縣令"的下句即爲"其于大達亦遠矣"。所謂"叢殘""短書"亦均爲貶稱，王充《論衡·骨相》云："若夫短書俗記，竹帛胤文，非儒者所見，衆多非一。"⑤《論衡·書解》又云："古今作書者非一，各穿鑿失經之實，傳違聖人之質，故謂之叢殘，比之玉屑。"⑥ 而"街談巷語""道聽塗説"更是如此，唐人劉知幾對此一語道破："惡道聽塗説之違理，街談巷語之損實。"⑦ 此一"小説"的内涵和外延對後世小説觀念影響甚巨，爲以後"小説"進入史部和子部在觀念上奠定了基礎。

---

① （秦）吕不韋編，許維遹集釋，梁運華整理：《吕氏春秋集釋》卷第二十二，北京：中華書局2009年版，第608頁。
② （梁）蕭統編，（唐）李善注：《文選·張衡〈西京賦〉》，上海：上海古籍出版社1986年版，第68頁。
③ （漢）桓譚著，吳則虞輯校：《新論》，北京：社會科學文獻出版社2014年版，第75頁。
④ （漢）班固撰，（唐）顔師古注：《漢書》，北京：中華書局1962年版，第1745頁。
⑤ （漢）王充著，黃暉校釋：《論衡校釋·骨相》，北京：中華書局1990年版，第112頁。
⑥ （漢）王充著，黃暉校釋：《論衡校釋·書解》，北京：中華書局1990年版，第1157頁。
⑦ （唐）劉知幾著，（清）浦起龍通釋，王煦華整理：《史通通釋·採撰》，上海：上海古籍出版社2009年版，第109頁。

　　二是"小説"是指有别於正史的野史、傳説。這一史乘觀念的確立標誌是南朝梁《殷芸小説》的出現，清姚振宗《隋書經籍志考證》卷三十二云："案此殆是梁武作通史時，凡不經之説爲通史所不取者，皆令殷芸别集爲小説，是小説因通史而作，猶通史之外乘。"[①] 這是中國最早用"小説"一詞作爲書名的書籍。而在唐宋兩代，人們在理論上對此作出了闡釋。劉知幾謂："是知偏記小説，自成一家，而能與正史參行，其所由來尚矣。爰及近古，斯道漸煩，史氏流别，殊途並鶩。権而爲論，其流有十焉：一曰偏記，二曰小録，三曰逸事，四曰瑣言，五曰郡書，六曰家史，七曰别傳，八曰雜記，九曰地理書，十曰都邑簿。"[②] "偏記小説"與"正史"已兩兩相對。以後，司馬光撰《資治通鑑》，明言"遍閲舊史，旁采小説"，[③] 亦將小説與正史相對。宋人筆記中大量出現的有關"小説"的記載大多是指這些有别於正史的野史筆記。如陸游："《隋唐嘉話》云：'崔日知恨不居八座，及爲太常卿，於廳事後起一樓，正與尚書省相望，時號崔公望省樓。'又小説載：'御史久次不得爲郎者，道過南宮，輒回首望之，俗號拗項橋。如此之類，猶是謗語。'"[④] 如沈括："前史稱嚴武爲劍南節度使，放肆不法，李白爲之作《蜀道難》。按孟棨所記，白初至京師，賀知章聞其名，首詣之，白出《蜀道難》，讀未畢，稱嘆數四。時乃天寶初也，此時白已作《蜀道難》，嚴武爲劍南，乃在至德以後肅宗時，年代甚遠。蓋小説所記，各得于一時見聞，本末不相知，率多舛誤，皆此文之類。"[⑤] 至明代，更演化爲"小説者，正史之餘也"的觀念。[⑥] 故在中國小説史

---

　　① （清）姚振宗：《隋書經籍志考證》，《二十五史補編》第四册，北京：中華書局1955年版，第5537頁。
　　② （唐）劉知幾著，（清）浦起龍通釋，王煦華整理：《史通通釋·雜述》，上海：上海古籍出版社2009年版，第253頁。
　　③ （宋）司馬光編著，（元）胡三省音注：《資治通鑑·進書表》，北京：中華書局1956年版，第9607頁。
　　④ （宋）陸游撰，李劍雄、劉德權點校：《老學庵筆記》卷四，北京：中華書局1979年版，第52頁。
　　⑤ （宋）沈括著，胡道靜校證：《夢溪筆談校證》卷四，北京：中華書局1959年，第195頁。
　　⑥ （明）笑花主人：《今古奇觀序》，（明）抱甕老人輯：《今古奇觀》，《古本小説集成》，上海：上海古籍出版社1994年版，第1頁。

上，將"小説"看成爲正史之外的野史傳説是一個延續長久的認識。

三是"小説"是一種由民間發展起來的"説話"藝術。這一名稱較早見於南朝宋裴松之注《三國志》所引《魏略》："太祖遣淳詣植。植初得淳甚喜，延入坐，不先與談。時天暑熱，植因呼常從取水自澡訖，傅粉。遂科頭拍袒，胡舞五椎鍛、跳丸擊劍、誦俳優小説數千言訖，謂淳曰：'邯鄲生何如耶？'"[1]"俳優小説"顯然是指與後世頗爲相近的説話伎藝。這種民間的説話在當時甚爲流行，如《陳書》載王叔陵"夜常不卧，燒燭達曉，呼召賓客，説民間細事，歡謔無所不爲"。[2]《魏書》載蔣少游"滑稽多智，辭説無端，尤善淺俗委巷之語，至可玩笑"。[3]至《隋書》卷五八言侯白"好俳優雜説"，《唐會要》卷四言韋綬"好諧戲，兼通人間小説"。唐段成式《酉陽雜俎》續集卷四記當時之"市人小説"，均與此一脈相承。宋代説話藝術勃興，"小説"一詞又專指説話藝術的一個門類，宋吳自牧《夢粱錄》卷二十《小説講經史》："説話者謂之'舌辯'，雖有四家數，各有門庭，且小説名'銀字兒'，如煙粉、靈怪、傳奇、公案、朴刀杆棒、發發蹤參（發迹變泰）之事。"[4]宋羅燁《醉翁談錄·小説開闢》："夫小説者，雖爲末學，尤務多聞，非庸常淺識之流，有博覽該通之理。……有靈怪、煙粉、傳奇、公案，兼朴刀、杆棒、妖術、神仙。自然使席上風生，不枉教坐間星拱。"[5]此"小説"即指説話中篇幅短小的單篇故事，以別於長篇的講史，所謂"最畏小説人，蓋小説者，能以一朝一代故事，頃刻間提破"。[6]以"小説"指稱説話伎藝，還

① （晉）陳壽撰，（南朝宋）裴松之注：《三國志·魏書》卷二十一《王粲傳》，北京：中華書局1959年版，第603頁。

② （唐）姚思廉撰：《陳書》卷三十六《始興王叔陵傳》，北京：中華書局1972年版，第494頁。

③ （北齊）魏收撰：《魏書》卷九十一《蔣少游傳》，北京：中華書局1974年版，第1971頁。

④ （宋）吳自牧著：《夢粱錄》，《東京夢華錄（外四種）》，北京：文化藝術出版社1998年版，第306頁。

⑤ （宋）羅燁著：《醉翁談錄》，朱一玄編，朱天吉校：《明清小説資料選編》，天津：南開大學出版社2012年版，第234頁。

⑥ （宋）灌園耐得翁著：《都城紀勝》，《東京夢華錄（外四種）》，北京：文化藝術出版社1998年版，第86頁。

與後世作爲文體的"小説"有别，但却是後世通俗小説的近源。

　　四是"小説"是指虛構的有關人物故事的特殊文體。此一概念與近世的小説觀念最爲接近，亦與明清小説的發展實際最相吻合，體現了小説觀念的演化。這也有一個過程：首先是確認"人物故事"爲小説的基本特性，這在宋初《太平廣記》的編訂中已顯端倪，該書之收録以故事性爲先決條件，以甄别前此龐雜的"小説"文類，但仍以"記事"爲準則。隨著宋元説話的興盛，尤其是通俗小説的勃興，這一在觀念上近於"實録"的記事準則便逐漸被故事的虛構性所取代。於是"小説"專指虛構的故事性文體。這在明代已基本確立，如嘉靖年間洪楩編刊的話本小説集《六十家小説》即然，且純以娛樂爲歸，體現了小説文體向通俗化演進的迹象。天都外臣在《水滸傳叙》一文中亦專以"小説"指稱《水滸傳》等通俗小説："小説之興，始於宋仁宗。于時天下小康，邊釁未動，人主垂衣之暇，命教坊樂部纂取野記，按以歌詞，與秘戲優工，相雜而奏，是後盛行，遍於朝野。蓋雖不經，亦太平樂事，含哺擊壤之遺也。其書無慮數百十家，而《水滸》稱爲行中第一。"①明末清初的小説評點也屢屢出現"小説"一詞，而所謂"小説"即指通俗小説，如"這樣好小説替他流芳百世"，"要替做小説的想個收場之法耳"。②清羅浮居士《蜃樓志序》對"小説"一詞的界定更是明顯地表現出了這一特色："小説者何？别乎大言言之也。一言乎小，則凡天經地義，治國化民，與夫漢儒之羽翼經傳，宋儒之正心誠意，概勿講焉。一言乎説，則凡遷、固之瑰瑋博麗，子雲、相如之異曲同工，與夫艷富、辨裁、清婉之殊科，宗經、原道、辨騷之異製，概勿道焉。其事爲家人父子日用飲食往來酬酢之細故，是以謂之小；其辭爲一方一隅男女瑣碎之閑談，是以謂之説。然則最淺

---

　　① （明）天都外臣：《水滸傳叙》，（元）施耐庵著：《水滸全傳》附録，北京：人民文學出版社1954年版，第1825頁。
　　② （清）李漁編，（清）睡鄉祭酒批評：《連城璧》外編卷之二總評，《古本小説集成》，上海：上海古籍出版社1994年版，第942頁。

易、最明白者，乃小説正宗也。"[①]

　　需要特別指出的是，"小説"既是一個"歷時性"的觀念，即其自身有一個明顯的演化軌迹，但同時，"小説"又是一個"共時性"的概念；"小説"觀念的演化主要是指"小説"指稱對象的變化，然這種變化並不意味著對象之間的不斷"更替"，而常常表現爲"共存"。如班固《漢志》的"小説"觀一直影響到清代，《四庫全書總目》對"小説"的看法即與《漢志》一脈相承，《總目》所框範的小説"叙述雜事""記録異聞""綴輯瑣語"和明清以來的通俗小説在清人的觀念中被同置於"小説"的名下。

第二節　古人的小説文體觀念

　　在古代小説研究中，對小説文體的認知決定了如何去構建小説史，即怎樣去認定小説的起源、歷史的分期和涵納的作品等。從古代到晚清民國，對於小説文體的認知一直在變動。古人以筆記體小説爲小説文體之主流，晚清以降，新的小説文體觀念被構建，呈現出與傳統分離的趨向，其中章回小説地位的不斷上升乃爲顯例，由此構建了"章回""筆記"二分的分體模式；隨之，依循文學觀念的轉變和小説文獻的發掘，原本包含於筆記體中的傳奇體和章回體中的話本體漸有獨立之趨勢，"筆記""傳奇""話本"和"章回"四分的觀念得以確立。此後，這一"四分"的分體模式爲文學史家和小説史家所接受，而現代學者也基本選擇了這一分體模式。

　　古人對文體頗爲重視，明代徐師曾就曾指出"體裁"之重要性，其云："夫文章之有體裁，猶宫室之有制度，器皿之有法式也。"[②] 雖然古代小説常

---

　　① （清）羅浮居士：《蜃樓志序》，（清）庾嶺勞人著：《蜃樓志》，南昌：百花文藝出版社1987年版，第1頁。
　　② （明）徐師曾著：《文體明辨序説》，北京：人民文學出版社1962年版，第77頁。

被視爲“小道”，然而這一觀念並不影響古人對小説文體的探究。古人常將“體”“體制”“體例”“體裁”等術語與“小説”“説部”等聯繫在一起，稱之爲“小説體”“小説體例”“小説體裁”和“説部體”等。

明清時期，“小説體”常與“史體”一起出現，前者所記爲叢談瑣事，後者所記爲朝廷大政。《四庫全書總目》（下文簡稱“《總目》”）《南唐近事》條下：“其體頗近小説，疑南唐亡後，文寶有志於國史，蒐采舊聞，排纂叙次。以朝廷大政入《江表志》，至大中祥符三年乃成。其餘叢談瑣事，別爲緝綴，先成此編。一爲史體，一爲小説體也。”① 記載“朝廷大政”的《江表志》和緝綴“叢談瑣事”的《南唐近事》出於一人之手，却形成了鮮明的對比。另外，“小説體”一詞常指含有神怪、諧謔内容的小説。如《總目》《曲洧舊聞》條下：“《通考》列之小説家。今考其書，惟神、怪諧謔數條，不脱小説之體，其餘則多記當時祖宗盛德及諸名臣言行，而於王安石之變法，蔡京之紹述，分朋角立之故，言之尤詳。蓋意在申明北宋一代興衰治亂之由，深於史事有補，實非小説家流也。”② 《四庫全書簡明目錄》《中朝故事》條下云：“上卷記君臣事迹、朝廷制度；下卷雜陳神怪，純爲小説體矣。”③ “説部體”一詞較早見於清代，計東《説鈴序》云：“説部之體，始于劉中壘之《説苑》、臨川王之《世説》，至《説郛》所載，體不一家。”④ 《總目》卷一四三“《客座贅語》”條下：“是書所記，皆南京故實及諸雜事，其不涉南京者不載。蓋亦《金陵瑣事》之流，特不分門目，仍爲説部體例耳。”⑤

古人還常以“體裁”“體例”“體格”諸詞評價小説，多數情況下用來形容小説的成書體例。如明代郭一鶚《玉堂叢語序》：“《玉堂叢語》一書，

---

① （清）永瑢等撰：《四庫全書總目》，北京：中華書局 1965 年版，第 1188 頁。
② 同上，第 1039 頁。
③ （清）永瑢等撰：《四庫全書簡明目錄》，上海：上海科學技術文獻出版社 2016 年版，第 379 頁。
④ （清）計東：《説鈴序》，轉引自丁錫根編：《中國歷代小説序跋集》，北京：人民文學出版社 1996 年版，第 450 頁。
⑤ （清）永瑢等撰：《四庫全書總目》，北京：中華書局 1965 年版，第 1223 頁。

成於秣陵太史焦先生，先生蔚然爲一代儒宗，其銓叙今古，津梁後學，所著述傳之通都鉅邑者，蓋凡幾種。是書最晚出，體裁仍之《世説》，區分準之《類林》，而中所取裁抽揚，宛然成館閣諸君子一小史然。"①從焦竑《玉堂叢語》各條目命名來看，其與《世説新語》多有類似之處，如卷一含"行誼""文學""言語"三類名目。《總目》《賀監紀略》條下："徵引古書，每事必造一標題，尤類小説體例也。"②《總目》《異林》條下："此乃摘百家雜史中所載異事，分爲四十二目，頗爲雜糅。如防風僬僥之類，世所習聞，不足稱異，而他書稍僻者，仍不無掛漏。惟詳注所出書名，在明末説家中，體例差善耳。"③上述《總目》諸條大多指其形式之特徵。黃丕烈《博物志序》："予家有汲古閣影鈔宋本《博物志》，末題云'連江葉氏'，與今世所行本复然不同。嘗取而讀之，乃知茂先此書大略撮取載籍所爲，故自來目録皆入之雜家。其體例之獨創者，則隨所撮取之書分別部居，不相雜厠。"④此處"體例"指《博物志》之"隨所撮取之書分別部居"的形式特徵。

　　需要特別指出的是，上述"體""體制""體裁""體格"諸詞在與"小説"相連使用時均指筆記體小説，可以説，這種指稱筆記體小説爲"小説體"的文體觀念在古代是占據主流位置的。事實上，追溯"小説體"的發展源流也可以發現這一點。具體來説，從《漢書·藝文志》開始，"小説體"以"叢殘小語"爲外在形式，以"小道可觀"爲内在價值屬性。這兩方面規定的"小説體"從漢代以降不斷被闡釋，尤其在目録學著作中被不斷確認，雖然内容時有變動，但其内在屬性則一以貫之。東漢桓譚所云"若其小

---

① （明）郭一鶚《玉堂叢語序》，（明）焦竑：《玉堂叢語》，北京：中華書局1981年版，序第3頁。
② （清）永瑢等撰：《四庫全書總目》，北京：中華書局1965年版，第544頁。此書有《四庫全書叢目叢書》本（據吉林大學藏清抄本影印），根據其内容和標題之體式，可知此處"小説"指的是筆記小説，參《四庫全書存目叢書》史部第86册，濟南：齊魯書社1996年版，第459—530頁。
③ （清）永瑢等撰：《四庫全書總目》，北京：中華書局1965年版，第1230頁。
④ （清）黃丕烈：《博物志序》，（晉）張華撰，范寧校證：《博物志校證》，北京：中華書局1980年版，第152頁。

説家，合叢殘小語，近取譬論，以作短書，治身理家，有可觀之辭"與《漢志》異曲同工，"合叢殘小語，近取譬論，以作短書"是小説形式與内容之規定，"治身理家，有可觀之辭"則爲價值之定性。[①]阮孝緒《七録》的小説觀念與漢代小説文體觀一脉相承，所收以記言記事的"叢殘小語"爲主。[②]至唐代，《隋書·經籍志》所反映的小説文體觀念在總體上仍然承接著《漢志》以來的傳統觀念，如其"小説家"小序所言的"街説巷語之説"，"過則正之，失則改之，道聽塗説，靡不畢紀"，"雖小道必有可觀者"，與《漢志》是相通的，即一方面强調小説是出於街談巷語，另一方面又强調其價值及功能。後晉劉昫的《舊唐書·經籍志》亦是如此。[③]中唐劉知幾《史通·雜述篇》認爲"偏記小説，自成一家。而能與正史參行，其所由來尚矣"，同時又將"偏記小説"分爲十類，[④]别傳、雜記兩類的加入使小説的史學意藴大大增加，但從總體而言，劉氏仍本著《漢志》以來的傳統小説觀念。宋初編成的《崇文總目》和《新唐書·藝文志》一方面在"小説家"收録了大量雜傳類的圖書，但是其範圍仍在傳統小説觀念的界域之内。[⑤]在南宋三種私家書目（晁公武《郡齋讀書志》、尤袤《遂初堂書目》、陳振孫《直齋書録解題》）中，《新唐志》的這一小説觀基本得到了貫徹。至明代，楊士奇在《文淵閣

---

①　（南朝梁）蕭統著，（唐）李善注：《文選》卷三一江淹《李都尉從軍》李善注引《新論》佚文，上海：上海古籍出版社 1986 年版，第 1453 頁。

②　其書雖佚，但《廣弘明集》收阮氏此書序言，據此序所言其"小説部"含"十種，十二秩，六十三卷"。任莉莉《七録輯證》輯得六種四十四卷［見（南朝梁）阮孝緒著，任莉莉輯證：《七録輯證》，上海：上海古籍出版社 2011 年版，第 196—197 頁。按：任莉莉誤作四十五卷］。張莉、郝敬則通過考證與推斷將其補全，十種分别如下：《燕丹子》、《青史子》、《宋玉子》、郭頒《群英論》、裴啓《語林》、孫盛《雜語》、郭澄之《郭子》、劉孝標注《世説》、劉孝標《俗説》、殷芸《小説》（張莉、郝敬：《〈七録〉著録小説考》，《古籍研究》2016 年第 2 期）。

③　一般認爲《舊唐志》是由其作者後晉劉昫根據唐毋煚的《古今書録》改編而來，而《古今書録》完成於開元年間，故《舊唐志》"小説家"的小説觀毋寧説是盛唐時人的小説觀念。

④　（唐）劉知幾著，（清）浦起龍釋，王煦華整理：《史通通釋》，上海：上海古籍出版社 2009 年版，第 253 頁。

⑤　如《崇文總目》小説類叙曰："《書》曰'狂夫之言，聖人擇焉'，又曰'詢於芻蕘'，是小説之不可廢也。古者懼下情之壅於上聞，故每歲孟春，以木鐸徇于路，採其風謡而觀之。至於俚言巷語，亦足取也。今特列而存之。"見（宋）歐陽修著，李逸安校點：《歐陽修全集》，北京：中華書局 2001 年版，第 1893 頁。此段話可看作是《漢志》"小道可觀"一語的再次重申。

書目》卷八"子雜類"收入了多種筆記小説，"詩詞類"和"史雜類"出現了一些通俗小説，從整體來看子部下的小説仍以傳統的"小説體"爲主。雖然明代中後期以及清初的諸多私家目録中著録了通俗小説，但是其文體自始至終並未被正統文人所接受。至乾隆朝編纂《四庫全書總目》時，通俗小説被摒除在外，"小説體"又一次得到了確認。可以説，從漢代至晚清，"小説體"爲主流的觀念不斷得到官方和正統文人的維護。

　　相對而言，近代以來被高抬的傳奇體小説在古人的小説文體觀念中並無太高的地位。"傳奇體"一詞最早出現於宋代，但最初並非指稱小説文體。①宋以來，傳奇通常被稱爲"傳記"和"雜傳記"，如《太平廣記》"雜傳記"類收唐人傳奇 13 篇，《郡齋讀書志》《直齋書録解題》《通志·藝文略》則將傳奇歸入"史部傳記類"。也有稱之爲"小説"的，如洪邁《容齋隨筆》："大率唐人多工詩，雖小説戲劇，鬼物假托，莫不宛轉有思致，不必專門名家而後可稱也。"②又云："唐人小説，不可不讀。小小情事，凄婉欲絶，詢有神遇而不自知者，與詩律可稱一代之奇。"③也正是從宋代開始，"傳奇體"以單篇流傳、完整叙述一人一事、情節之虛構、語言之綺麗等特徵使它始終與"小説體"保持著距離。④元代虞集《道園學古録》云："蓋唐之才人，於經藝道學有見者少，徒知好爲文辭。閑暇無可用心，輒想像幽怪遇合、才情恍惚之事，作爲詩章答問之意，傅會以爲説。盍簪之次，各出行卷以相娱

---

　　①　（宋）陳師道《後山詩話》云："范文正公爲《岳陽樓記》，用對語説時景，世以爲奇。尹師魯讀之。曰：'傳奇體耳！'《傳奇》，唐裴鉶所著小説也。"見（清）何文焕輯：《歷代詩話》，北京：中華書局1981年版，第310頁。此處"傳奇體"之"傳奇"二字無疑指唐代裴鉶的《傳奇》，並無文體含義。"傳奇體"的這一使用近似於"世説體"，均用書名來命名體，其義指某一本書的體例和語言被後來者所模仿。如《郡齋讀書志》《唐語林》條下："右未詳撰人，效世説體，分門記唐世事新增嗜好等七十門餘，仍舊云。"見（宋）晁公武撰，孫猛校證：《郡齋讀書志校證》，上海：上海古籍出版社2011年版，第559頁。

　　②　（宋）洪邁撰，孔凡禮點校：《容齋隨筆》卷一五，北京：中華書局2005年版，第194頁。

　　③　《唐人説薈》例言引文，（清）陳世熙輯：《唐人説薈》，宣統三年掃葉山房石印本。

　　④　關於這一點亦可參看潘建國《中國古代小説書目研究》之論述，上海：上海古籍出版社2005年版。

玩。非必真有是事,謂之'傳奇'。"①此處强調的都是"傳奇"在情節上的虚構、内容上的"幽怪恍惚"以及詞藻上的絢麗。明桃源居士《唐人小説序》云:"唐三百年,文章鼎盛,獨詩律與小説,稱絶代之奇,何也?蓋詩多賦事,唐人於歌律以興以情,在有意無意之間,文多徵實;唐人於小説摛詞布景,有翻空造微之趣。至纖若錦機,怪同鬼斧,即李杜之跌宕、韓柳之爾雅,有時不得與孟東野、陸魯望、沈亞之、段成式輩争奇競爽,猶耆卿、易安之於詞,漢卿、東籬之于曲,所謂厥體當行,别成奇致,良有以也。"②此處以"傳奇"爲一"體",此體之"奇致"在於語言詞藻的綺麗、情節的虚構與細緻描繪。至清代,與"小説體"相對比之下的"傳奇體"的體制特徵越來越明顯。盛時彦《姑妄聽之跋》謂紀昀嘗曰:"《聊齋志異》盛行一時,然才子之筆,非著書者之筆也。虞初以下,干寶以上,古書多佚矣。其可見完帙者,劉敬叔《異苑》、陶潛《續搜神記》,小説類也;《飛燕外傳》《會真記》,傳記類也。《太平廣記》,事以類聚,故可並收。今一書而兼二體,所未解也。"紀昀又云:"文章各有體裁,亦各有宗旨,區分畛域,不容假借於其間。"③以此標準衡量,則其所分的小説與傳記亦各具嚴格之"畛域"。值得注意的是,當人們用"傳奇"一辭來指稱這一小説文體時,往往含有一種鄙視的口吻。上引元虞集之口吻明顯帶有鄙視之氣。而紀昀對"傳奇"之鄙視最爲徹底,一方面,《四庫全書總目提要》摒棄"傳奇"而回歸"子部小説家"之純粹;而在具體評述時,凡運用"傳奇"一辭,紀昀均帶有貶斥之口氣,如"小説家類存目一"著録《漢雜事秘辛》,提要謂:"其文淫艷,亦類傳奇。"④《昨夢録》提要云:"至開封尹李倫被攝事,連篇累牘,殆

①　(元)虞集撰:《道園學古録》卷三八《寫韻軒記》,《景印文淵閣四庫全書》第1207册,臺北:臺灣商務印書館1986年版,第544頁。
②　(明)桃源居士編:《唐人小説》,上海:上海文藝出版社1992年版,第1頁。
③　(清)紀昀著,孫致中等校點:《紀曉嵐文集》,石家莊:河北教育出版社1995年版,第492、149頁。
④　(清)永瑢等撰:《四庫全書總目》,北京:中華書局1965年版,第1216頁。

如傳奇，又唐人小説之末流，益無取矣。”①而細味紀昀之用意，傳奇之“淫艷”“冗沓”和“有傷風教”正是其摒棄之重要因素，其目的在於清理小説“可資考證”“簡古雅贍”“有益勸戒”之義例本色，從而捍衛“小説體”之正統。

　　對於古代非常流行的白話通俗小説，明以來一般也稱之爲“小説”，但更有自身獨特的稱謂——“演義”。嘉靖元年（1522），司禮監刊出的《三國志通俗演義》產生了很大反響，仿效者甚衆。而隨著通俗小説的繁興，人們在使用“演義”一詞時已出現明確的辨體意識，如在追溯通俗小説的文體淵源時，人們習慣地以“演義”一辭作界定，以區別其他小説。綠天館主人《古今小説序》：“若通俗演義，不知何昉？……暨施、羅兩公，鼓吹胡元，而《三國志》《水滸》《平妖》諸傳，遂成巨觀。”②從小説文體角度言之，宋之説話對後世通俗小説文體之影響約在二端：“講史”之於章回小説和“小説”之於話本小説，但在明清人的觀念裏，章回小説與話本小説尚未有明確的文體區別，而均包含在了演義小説的範疇之中。如天許齋《古今小説題辭》云：“本齋購得古今名人演義一百二十種，先以三分之一爲初刻云。”睡鄉居士《二刻拍案驚奇序》亦云：“至演義一家，幻易而真難，固不可相衡而論矣。即如《西遊》一記，怪誕不經，讀者皆知其謬。……即空觀主人者，其人奇，其文奇，其遇亦奇，因取其抑塞磊落之才，出緒餘以爲傳奇，又降而爲演義。”③而凌濛初亦將其《拍案驚奇》稱之爲“演義”：“這本話文，出在《空緘記》，如今依傳編成演義一回，所以奉勸世人爲善。”④在清代，這一觀念仍較常見，觀海道人《金瓶梅序》中“客”有如下之語：“余嘗聞人

---

① （清）永瑢等撰：《四庫全書總目》，北京：中華書局1965年版，第1217頁。又《總目》對傳奇之評價詳見潘建國著：《中國古代小説書目研究》，上海：上海古籍出版社2005年版，第57頁。
② 黃霖、韓同文選注：《中國歷代小説論著選》（修訂本）上，南昌：江西人民出版社2000年版，第225頁。
③ 同上，第236、266頁。
④ （明）凌濛初編著，尚乾、文古校點：《拍案驚奇》卷二〇，濟南：齊魯書社1995年版，第396頁。

言，小説中之有演義，昉於五代、北宋，逮南宋、金、元而始盛，至本朝而極盛。"①"演義"發端於宋代的説話使它明顯地具有通俗性的特點，這一通俗性使其受到了社會的歡迎，然而就演義體小説在明清的生存境況觀之，這種小説文體並未得到太多的承認，明清時期屢屢禁小説淫詞的法令便是明證。而在古人的觀念中，"演義"之價值仍然是有限的，雖然人們將"演義"視爲"喻俗書"，但在總體上没能真正提升白話通俗小説之地位，明胡應麟《莊嶽委談》下云："今世傳街談巷語有所謂演義者，蓋尤在傳奇、雜劇下。"又云："關壯繆明燭一端則大可笑，乃讀書之士亦什九信之，何也？蓋緣勝國末村學究編魏、吳、蜀演義，因傳有羽守邳見執曹氏之文，撰爲斯説，而俚儒潘氏又不考而贊其大節，遂致談者紛紛。案《三國志》羽傳及裴松之注，及《通鑑》《綱目》，並無其文，演義何所據哉？"②其鄙視之口吻清晰可見。而清初劉廷璣的判定則更爲斬釘截鐵："演義，小説之別名，非出正道，自當凛遵諭旨，永行禁絶。"③胡、劉二氏對小説（包括文言和白話）均非常熟悉，且深有研究，其言論當具代表性。④

　　綜上所述，古人將"小説"與"體"聯繫時，這種"小説體"通常用來代指筆記小説，而這一發源最早的小説文體也被看作是古代最正統的小説文體。相比較而言，對傳奇體與演義體的評價均不高。⑤

---

① 黄霖編：《金瓶梅資料彙編》，北京：中華書局1987年版，第11頁。
② （明）胡應麟撰：《少室山房筆叢·莊嶽委談下》，上海：上海書店出版社2009年版，第436、432頁。
③ （清）劉廷璣撰，張守謙校點：《在園雜志》卷三，北京：中華書局2005年版，第125頁。
④ 詳見譚帆：《術語的解讀：中國小説史研究的特殊理路》，《文藝研究》2011年第11期。
⑤ 如章學誠《文史通義》卷五所云："小説出於稗官，委巷傳聞瑣屑。雖古人亦所不廢。然俚野多不足憑，大約事雜鬼神，報兼恩怨，《洞冥》《拾遺》之篇，《搜神》《靈異》之部，六代以降，家自爲書。唐人乃有單篇，別爲傳奇一類。專書一事始末，不復比類爲書。大抵情鍾男女，不外離合悲歡。紅拂辭楊，繡襦報鄭；韓、李緣通落葉，崔、張情導琴心；以及明珠生還，小玉死報；凡如此類，或附會疑似，或竟托子虚，雖情態萬殊，而大致略似。其始不過淫思古意，辭客寄懷，猶詩家之樂府古艷諸篇也。宋、元以降，則廣爲演義，譜爲詞曲，遂使瞽史弦誦，俳優登場，無分雅俗男女，莫不聲色耳目。蓋自稗官見於《漢志》，歷三變而盡失古人之源流矣。"見（清）章學誠著，葉瑛校注：《文史通義校注》，北京：中華書局2014年版，第650頁。

第三節　晚清民初的小説文體"二分"

19 世紀以來，筆記體爲小説文體之正統的現象有所改變，章回體小説的生存狀況慢慢得以改觀，"小説之體"開始用於指代章回小説及其文體特性。這一現象較早可追溯至 19 世紀的傳教士小説，① 此類小説的出現是"爲了讓中國讀者更容易理解和接受基督教信仰，部分傳教士作者或譯者特別針對中國人的宗教信仰和文化背景，把中國文化和基督教思想相參照，嘗試尋找和突出其中的共通點"。② 而其中"共通點"的一個重要特性就是很多傳教士在寫作時所采用的章回體式。對此，西方漢學家偉烈亞力很早就意識到了這一點，1834 年，其《基督教新教傳教士在華名録》一書在介紹郭實臘《贖罪之道傳》時謂："在這部作品中，作者旨在采用叙事的方式來解説福音至關重要的信條；改作以小説的形式撰寫，共 21 章，有一篇序言和一份附録。"介紹郭氏《常活之道傳》時亦謂："這部作品同樣也以中國小説的文體（按：韓南教授在《中國近代小説的興起》中引文翻譯爲"中國小説的風格"）撰寫，在作品中，作者以個人叙述的形式努力向人們灌輸基督教信條。"③ 此處所言的"小説形式"和"小説文體（風格）"便是指章回體小説，由此可以看出在當時漢學家和傳教士的認知中章回體小説完全可以代指小説。理雅各在其兩部作品（1852 年的《約瑟記略》和 1857 年的《亞伯拉罕紀略》所用同一序言）的序言中也有同樣的認識，其云："兹由聖經采出，略仿小説之體，編爲小卷。莫（無?）非因我世人，每檢聖經則厭其繁，一

---

① 韓南在《中國 19 世紀的傳教士小説》一文中限定的"傳教士小説"爲"基督教傳教士及其助手用中文寫的叙述文本（以小説的形式）"。見〔美〕韓南著，徐俠譯：《中國近代小説的興起》（增訂本），上海：上海教育出版社 2010 年版，第 55 頁。

② 黎子鵬編：《晚清基督教叙事文學選粹》，臺北：橄欖出版有限公司 2012 年版，導論第 4 頁。

③ 〔英〕偉烈亞力編：《基督教新教傳教士在華名録》，天津：天津人民出版社 2013 年版，第 68—69 頁。

展卷即忽忽欲睡，惟於小説稗官則觀之不倦、披之不釋。故仿其體，欲人喜讀，而獲其益，亦勸世之婆心耳；實與小説大相懸絶也，讀者幸勿視爲小説而忽之焉！"①這裏的"小説之體"便是指章回體的形式特性。

　　除了傳教士用漢文所著的小説用章回體外，本土譯者也嘗試用章回體翻譯西方小説。1873年，《申報》主辦的文藝刊物《瀛寰瑣記》連載了由"蠡勺居士"翻譯的英國小説《昕夕閑談》，這一小説也被學者稱之爲"第一部漢譯小説"。②爲了適應報刊連載和大衆欣賞的方便，譯者對全文分節並采用了章回體，每次刊載兩節。在每節的結尾處也即故事發展的緊要關頭，譯者通常采用"要知後事如何，下回詳談"的用語，故章回體已成爲當時小説創作者常用的文體。而時人論小説也經常以"小説之體"代指章回體，平步青《霞外攟屑》卷九《小棲霞説稗》"一軍中有五帝"條："《殘唐五代傳》，小説與史合者十之一二，餘皆杜撰裝點，小説體例如是，不足異也。"③1882年《申報》刊載《野叟曝言》廣告云："《野叟曝言》一書，體雖小説，文極瓌奇，向只傳抄，現經排印……"此後《申報》刊載的諸多兜售小説的廣告中都有這種表達。④1897年康有爲《日本書目志》云："吾聞上

① 黎子鵬編：《晚清基督教叙事文學選粹》，臺北：橄欖出版有限公司2012年版，第52頁。
② 參〔美〕韓南著，徐俠譯：《中國近代小説的興起》（增訂本），上海：上海教育出版社2010年版，第87—113頁。
③ （清）平步青著：《霞外攟屑》，上海：上海古籍出版社1982年版，第657頁。按：平步青（1832—1896），1872年棄官歸鄉，此書是其晚年所著《香雪崦叢書》中的一種。
④ 如光緒十四年（1888）《申報》所刊的《重印〈風月夢〉告成》云："蓋體雖仿章回小説，而其遣詞命意，誠有非率爾可以操觚者。"光緒十六年七月二十二日《申報》關於《快心編》的廣告："《快心編》一書爲天花才子所著，描情寫景，曲曲入神。雖不脱章回小説體裁，而其叙公子之風流，佳人之奸慧，草寇之行兇作惡，老僕之義膽忠肝，生面別開，從不落前人窠臼。"光緒十七年二月十七日《申報》："《快心編》初、二、三集，爲天花才子所著。雖體例不離乎小説，而其言情寫景娓娓動人，實非俗手所能及。"光緒十八年十月初六《申報》刊《贈書志謝》云："昨承文宜主人介藜床舊主以《英雄俠義風月傳》見贈，披讀一過，覺體例雖不脱乎章回小説，而其中叙佳人才子、義僕忠臣、俠骨柔情惟妙惟肖，洵乎如原序所謂借紙上空談一吐其胸中錦繡者乎？爲跋數語以表謝忱。"光緒三十一年四月二十六日《申報》廣告"《回頭看》"條："是書以小説體裁發明社會主義，假托一人用催眠術致睡不死，亦不醒，沉埋地下石室之内一百餘年，經人發掘覺醒來，另是一番景象，其所紀述之工藝隊、公棧、房電、機樂部、公家膳堂，免除關稅，改良訴訟。一切組織即歐美自號文明，其程度亦相去尚遠。試展讀之，真不殊置身極樂世界也。"

海點石者曰：'何書宜售也？'曰：'書、經不如八股，八股不如小説。'宋開此體，通於俚俗，故天下讀小説者最多也。"① 小説的"體"通常用以指章回體，而"小説體裁"也多指"章回體小説"的形式。從20世紀初開始，小説家在創作或翻譯小説的時候已經對章回體都有明確的認識，他們通常會在序、楔子或文中直言自己所作爲"小説體"。如1903年吳趼人《二十年目睹之怪現狀》第一回："想定了主意，就將這册子的記載，改做了小説體裁，剖作若干回，加了些評語，寫一封信，另將册子封好，寫著'寄日本橫濱市山下町六十番新小説社'。"② 1904年陳天華《獅子吼》："醒來原來是南柯一夢。急向身邊去摸，那書依然尚在。仔細讀了幾遍，覺得有些味道。趁著閑時，便把此書用白話演出，中間情節，隻字不敢妄參。原書是篇中分章，章中分節，全是正史體載。今既改爲演義，便變做章回體，以符小説定制。因原書封面上畫的是獅子，所以取名《獅子吼》。"③ 1905年《新小説》："上海有著爲《官場現形記》者。以小説之體裁，寫官場之鬼蜮。"④ 同年，血淚餘生在其《花神夢》楔子中説到："在下百無一長，從小只好看幾部小説，這回辜負不得隱空的美意，便將這本書編成了一部小説體裁，叫做《花神夢》刻出來。"⑤ 1905年，周樹奎撰《新譯神女再世奇緣》自序："此篇以小説爲體，而奄有衆長。蓋實兼探險、遊記、理想、科學、地理諸門，而組織一氣者也。"⑥ 上述所言《二十年目睹之怪現狀》《獅子吼》《官場現形記》《花神夢》等書均爲章回體小説，著者均以"小説體"稱之。

　　① 陳平原、夏曉虹編：《二十世紀中國小説理論資料》第1卷，北京：北京大學出版社1989年版，第13頁。
　　② 吳趼人著：《二十年目睹之怪現狀》，南昌：百花洲文藝出版社1988年版，第4頁。
　　③ 過庭（陳天華）著：《獅子吼》，南昌：百花洲文藝出版社1991年版，第36頁。
　　④ 則狷：《新笑史》"堂上親供"條，《新小説》第2年第8號，1905年。
　　⑤ 血淚餘生：《花神夢》，《繡像小説》第56期，1905年。
　　⑥ 周樹奎編：《新譯神女再世奇緣》，《新小説》第2年第10號，1905年。

由於章回體小説地位的提升，以及與筆記體小説截然不同的發展路徑，晚清民國學人逐漸嘗試章回、筆記"二分"的分體模式。高尚縉《萬國演義序》："自隋以來，史志小説家列於子部，其爲體也或縱或橫，寓言十九，可以資談噱，不可爲典要。然以隋唐志所載僅數十部，宋《中興志》乃至二百三十二家，千九百餘卷。不知古之聞人，何樂輟其高文典册，而以翰墨爲遊戲也。其至於今，則《廣記》《稗海》之屬，庋之高閣，而偏嗜所謂章回小説，凡數十百種，種各數十百卷。其誨淫誨盜，及怪及戲，卑卑無足論已；或依傍正史撰爲演義，亦且點綴不根之談，崇飾過情之譽，既誤來學，又以自穢其書。"①此處即以"《廣記》《稗海》之屬"和"章回小説"相對。至 1912 年，管達如《説小説》一文按體制將小説分爲"筆記"與"章回"二體，其文如下：

　　一、筆記體　此體之特質，在於據事直書，各事自爲起訖。有一書僅述一事者，亦有合數十數百事而成一書者，多寡初無一定也。此體之所長，在其文字甚自由，不必構思組織，搜集多數之材料。意有所得，縱筆疾書，即可成篇，合刻單行，均無不可。雖其趣味之濃深，不及章回體，然在著作上，實有無限之便利也。

　　一、章回體　此體之所以異於筆記體者，以其篇幅甚長，書中所叙之事實極多，亦極複雜，而均須首尾聯貫，合成一事，故其著作之難，實倍蓰於筆記體。然其趣味之濃深，感人之力之偉大，亦倍蓰之而未有已焉。蓋小説之所以感人者在詳，必於纖悉細故，描繪靡遺，然後能使其所叙之事，躍然紙上，而讀者且身入其中而與之俱化。而描寫之能否入微，則與其所用之體制，重有關係焉。此章回體之小説，所以在小説

---

　　① 陳平原、夏曉虹編：《二十世紀中國小説理論資料》第 1 卷，北京：北京大學出版社 1997 年版，第 87—88 頁。

界中占主要之位置也。凡用白話及彈詞體之小説，多屬此種。即傳奇，
實亦屬此種。[1]

管氏簡要概括了兩種文體各自的體制特性，同時從體制的角度對兩種文體的
優缺點給出了自己的看法，兩相對比無疑管氏對章回體小説更加青睞。

　　仔細考察當時學人之論述，可發現筆記體與章回體小説的"二分"與晚
清民國時期的文體思想與文化觀念緊密相連。細言之，筆記、章回二分的分
體模式實際受到了當時篇幅二分、語體二分、中西二分的影響。

　　首先，這種分體方式與晚清民國以來盛行的篇幅二分是相契合的，即長
篇小説與章回體小説相對應，短篇小説與筆記體小説相對應。吳曰法《小説
家言》曰："小説之體派，衍自《三言》，而小説之體裁，則尤有別。短篇
之小説，取法於《史記》之列傳；長篇之小説，取法於《通鑑》之編年。短
篇之體，斷章取義，則所謂筆記是也；長篇之體，探原竟委，則所謂演義是
也。"[2]吳氏直接稱筆記爲短篇之體，而演義爲長篇之體，由於明清時人所説
的演義多指通俗小説，所以此處的演義大體可視爲章回小説。1929年劉麟
生在《中國文學ABC》中云："在中國小説史中，宋代是一個大關鍵。換一
句話説，是由文言到白話，由筆記小説（短篇小説）到章回小説（長篇小
説）的過渡時代。"[3]劉氏亦將筆記小説等同於短篇小説，將章回小説等同於
長篇小説。陳彬龢《中國文學論略》："又有長篇短篇之別；筆記章回之異。
唐以前多文言、短篇；其後則尚長篇。《西遊記》八十一難，實即八十一短
篇小説耳。筆記以短篇自具首尾；章回則訂定回目，分章爲書，實長篇中最
善之體裁，沿襲至今，有未可廢者。"[4]此處認爲"筆記以短篇自具首尾"，而

　①　管達如：《説小説》，《小説月報（上海1910）》第3卷第7期，1912年。
　②　吳曰法：《小説家言》，《小説月報（上海1910）》第6卷第6期，1915年。
　③　劉麟生著：《中國文學ABC》，上海：世界書局1929年版，第107—108頁。
　④　陳彬龢著：《中國文學論略》，上海：商務印書館1931年版，第120頁。

章回是"長篇中最善之體裁",篇幅的長短之分成爲了筆記章回二分的内在區別。

其次,筆記、章回的二分也與語體二分相契合。晚清以來時人劃分小説多用文言和白話（俗語）,而章回體小説很多便是采用白話,筆記體小説一般用文言寫就,故語體的二分强化了文體的二分。關於這一區别,管達如就曾指出:"（白話派小説）此派多用章回體,猶之文言派多用筆記體也。用此種文字之小説,於中國社會上勢力最大。中國普通社會,所以人人腦筋中有一種小説思想者,皆此種小説爲之也。"[①]毫無疑問,這裏强調的是"文言—筆記"與"白話—章回"相對應的關係。胡懷琛《短篇小説概説》謂:"演義是小説裏的一種,也有些人,以爲演義便是小説,小説便是演義。再有一種人,以爲白話是演義,文言是筆記。"[②]"白話是演義,文言是筆記"成爲了當時一些人的普遍看法。而吻雲1931年在《中國小説的系統》一文中也認爲:"中國小説的系統,可以分爲兩個系統:一是文言的記傳式小説;一是白話的章回體小説。"[③]在解釋時,他認爲前者"可稱爲古代的短篇小説",具體來説就是漢魏六朝以來的筆記小説和唐代的傳奇,而後者則是以白話爲主的章回體小説,吻雲所言的"兩個系統"無疑是"語體+文體"來劃分的,語體的劃分不斷地强化了文體的區別。

再次,20世紀以來中西二分的小説觀念也在不斷强化著文體二分的模式。20世紀初,梁啓超倡導"小説界革命",以小説爲改良社會之武器,而後興起了翻譯西方小説的高潮,與此同時,西方的小説觀念漸漸傳入中國,而持"虚構之叙事散文"的小説定義去衡量,無疑章回體小説更貼近這一

---

① 管達如:《説小説》,《小説月報（上海1910)》第3年第5期,1912年。
② 胡懷琛:《短篇小説概説》,《最小》第3卷第86期,1923年。
③ 吻雲:《中國小説的系統》,《紅葉月刊》1931年第1期。1932年許嘯天在《中國文學史解題》中也有類似説法:"不妨將中國全部小説的統系説一説,中國小説的統系可以分爲兩個段落:一是文言的紀傳式小説;而是白話的章回體小説。"參許嘯天著:《中國文學史解題》,上海:群學書社1932年版,第367頁。

西方的含義。1924 年楊鴻烈在《什麼是小説》一文中認爲："中國舊時代"
對於小説的定義是 "凡是用典雅的駢文或散文來記録碎雜的可驚可愕的事
情的，就是小説"，而新時代下的小説 "是意味深長的事情之叙述。這個定
義在形式方面是確定小説必須是叙述體的"，前者 "斷不能做一般小説的定
義"，要以後者來衡量一部作品是否爲小説。[①] 楊氏所言舊時代之小説略近
於筆記體，新時代之小説近於章回體。1934 年劉麟生編著《中國文學概論》
也明確認識到這一點："我們在討論小説的體裁之先，必須先明瞭中國舊時
小説的涵義，與西洋的涵義不同。譬如劉義慶的《世説新語》，周密的
《武林舊事》，所記的或爲名人雋語，或爲風俗閑談，我們都叫他做筆記小
説，但是上面的記載完全没有小説上所謂布局的方法（plot），怎麼可以
叫做小説？這因爲小説是一切非正式的簡短的記載，並不必一定是故事或
神話，方才可以叫做小説，這是中國舊觀念與西洋小説的涵義根本不同的
地方。（西洋的筆記不得謂之小説。）"[②] 劉氏此處便認識到古代的筆記小説
完全没有西方小説的 "布局的方法"，而唯一貼近西方小説内涵的只有明
清的章回體小説，這種中西小説觀念的 "不合" 在一定程度上加劇了小説
文體的二分。

　　"二分" 的小説文體模式並非一成不變，其中也藴藏著多種可能性，20
世紀 20 年代興起的 "四分法" 正是脱胎於 "二分"。如俞平伯所言："其實
（小説）大别只有兩項，一筆記體之文言小説，二話本體之白話小説。此兩
端漸漸演進，逐漸脱離其本來幼稚面目而幾蜕化爲真的小説，其一爲傳奇
文，其二爲較高等之白話小説。此即爲二千年來演化之最後成績。"[③]

---

① 楊鴻烈：《什麼是小説》，《京報副刊》，第 15、16 期，1924 年。
② 劉麟生著：《中國文學概論》，上海：世界書局 1934 年版，第 67 頁。
③ 俞平伯：《談中國小説》，《燕大月刊》第 1 卷第 3 期，1927 年。

第四節　傳奇體與話本體的確立

除了筆記體與章回體的二分模式之外，當時還存在著其他分體方式及其思想觀念，其中三個現象尤爲值得注意。

其一，雜糅小說、戲曲和彈詞爲一體的小說文體觀念。1902 年新小說報社《中國唯一之文學報〈新小說〉》將其辦報內容分爲十五類，涉及古代小說文體的有第 3 種、第 11 種和第 12 種，分別爲歷史小說、劄記體小說和傳奇體小說，其中“傳奇體”即指明清以來的戲曲文體。1904 年俞佩蘭《女獄花叙》云：“中國舊時之小說，有章回體，有傳奇體，有彈詞體，有志傳體，朋興焱起，雲蔚霞蒸，可謂盛矣。”[①]而所謂“傳奇體”也指戲曲。1907 年，王鍾麒在《中國歷代小說史論》中更提出了中國小說的所謂四種體式：

> 吾以爲欲振興吾國小說，不可不先知吾國小說之歷史。自黃帝藏書小酉之山，是爲小說之起點。此後數千年，作者代興，其體亦屢變。析而言之，則記事之體盛于唐。記事體者，爲史家之支流，其源出於《穆天子傳》《漢武帝內傳》《張皇后外傳》等書，至唐而後大盛。雜記之體興于宋。宋人所著雜記小說，予生也晚，所及見者，已不下二百餘種，其言皆錯雜無倫序，其源出於《青史子》。於古有作者，則有若《十洲記》《拾遺記》《洞冥記》及晉之《搜神記》，皆宋人之濫觴也。戲劇之體昌於元。詩之宮譜失而後有詞，詞不能盡作者之意，而後有曲。元人以戲曲名者，若馬致遠，若賈仲明，若王實甫，若高則誠，皆江湖不得

---

① 黃霖、韓同文選注：《中國歷代小說論著選》（修訂本）下，南昌：江西人民出版社 2000 年版，第 142 頁。

志之士，恫心於種族之禍，既無所發抒，乃不得不托浮靡之文以自見。後世誦其言，未嘗不悲其志也。章回、彈詞之體行於明清。章回體以施耐庵之《水滸傳》爲先聲，彈詞體以楊升庵之《廿一史彈詞》爲最古。數百年來，厥體大盛，以《紅樓夢》《天雨花》二書爲代表。其餘作者，無慮數百家，亦頗有名著云。①

王氏以記事體、雜記體、戲劇體、章回彈詞體來分我國小説，其中記事體多含雜傳，唐代傳奇小説包含在此體中；雜記體類似於今所言筆記小説；其餘兩體則較爲明確。1909 年報癖（陶佑曾）《中國小説之優點》："蓋吾國小説，發生最早，體裁亦素稱繁賾。有章回，有傳奇，有彈詞，有短篇，有劄記。"② 此處傳奇亦指戲曲。1921 年胡惠生在《小説叢談》中按體裁將小説分爲"筆記體""演義體""傳奇體""彈詞體"四體，而將唐傳奇納入筆記體中，其言："此類小説，在宋以前，實可代表小説之全體。凡所稱小説均指此類小説而言，有一篇專叙一事者，如《南柯記》《長恨歌傳》等是也；有十數篇或數十篇共一總目者，如《博異記》《述異記》是也。"③ 無疑其所言"一篇專叙一事者"爲唐傳奇，而其劃分的傳奇體則指元明以來之戲曲，演義體和彈詞體並無歧義。胡懷琛則以記載體、演義體、詩歌體分之，1923 年，他在《中國小説考源》一文中對小説作如下分體："一曰記載體，即今人普通所謂筆記小説是也。大抵宋以前之小説只此一體。二曰演義體，即今人普通所謂章回小説是也。始于宋人。三曰詩歌體，即傳奇、彈詞等類是也。"④ 徐敬修《説部常識》采用與胡懷琛一樣的分體方式，只不過將

---

① 天僇生：《中國歷代小説史論》，《月月小説》第 1 卷第 11 期，1907 年。
② 報癖：《中國小説之優點》，《揚子江小説報》第 1 期，1909 年。
③ 胡惠生：《小説叢談》，《儉德儲蓄會月刊》第 3 卷第 3 期，1921 年。"演義體""傳奇體""彈詞體"內容見第 3 卷第 4 期。
④ 胡懷琛：《中國小説考源》，《民衆文學》第 1 卷第 11 期，1923 年。

胡氏所言的"演義體"變爲"章回體"。①1926 年，沈天葆《文學概論》依
文體也將古代小説分爲"記載體""章回體"和"詩歌體"。②1927 年范煙
橋《中國小説史》分小説爲五種："其後時代變遷，作者因環境之不同，小
説之體裁屢變不一變，所得而概説者：雜記小説始於漢——散文，演義小
説始於宋——白話，傳奇小説始於元——韻文，彈詞小説始於明——韻文，
翻譯小説始於清——散文與白話。"③此處分體亦與前述諸觀點相近，除去翻
譯小説，則古代小説仍爲這四種體裁。關於傳奇和彈詞，別士早在 1903 年
就提出"曲本、彈詞之類與小説之淵源甚異"的觀點，④張静廬在《中國小
説史大綱》也認爲前者"實在是曲的一種"，後者"似小説而又近傳奇的變
態"。⑤故明清傳奇並不應該被視爲小説，彈詞則部分含有小説的特性。但
這些觀點似乎並未產生多大影響。將小説、戲曲和彈詞雜糅在一起的小説分
體現象植根於當時小説觀念的混沌不清，也源於這些文體的地位低下，它
們與"小説"一樣同屬不登大雅之堂、無關政教的"小道"。因此，隨著小
説觀念的進一步明確，20 世紀 30 年代以後，這一分類方式和現象就逐漸
消失了。

其二，"傳奇體"從筆記小説中析出，成爲獨立的小説文體，其文體地
位得到了前所未有的提升。較早關注傳奇體小説的是別士，其《小説原理》
強調了唐人小説"始就一人一事，紆徐委備，詳其始末"的特色以區別於筆

---

① 徐氏從文體的角度作出如下劃分："1. 記載體，此類小説，在我國小説進程中，占據時間較長，
自周秦以至宋初，幾全乎此種體例，無論爲異聞，爲雜事，爲瑣語，爲别傳，皆用此種體例也。2. 章
回體，此種體例，始于宋代，而盛于元時，蓋有統系之記載小説也；其與記載體不同者，即分回目以叙
事，而每回目必用七字標題，如《三國志》《西遊記》《金瓶梅》，即此體也。3. 詩歌體，此種體例，即
長短之記事詩，而爲'傳奇''彈詞'開山之祖也。如《孔雀東南飛》《上山采蘼蕪》《木蘭辭》等古詩，
皆是也。"參徐敬修編著：《國學常識》，上海：大東書局 1925 年版，第 8—9 頁。
② 沈天葆著：《文學概論》，上海：新文化書社 1935 年版，第 92—93 頁。
③ 范煙橋著：《中國小説史》，蘇州：蘇州秋葉社 1927 年版，第 3 頁。
④ 别士：《小説原理》，《繡像小説》第 3 期，1903 年。
⑤ 張静廬著：《中國小説史大綱》，上海：泰東圖書局 1921 年版，第 53、56 頁。

記小説。①1918 年，蔡元培評論清代三部小説《石頭記》《聊齋志異》《閲微草堂筆記》時云："《石頭記》爲全用白話之章回體，評本至多而無待於注；《聊齋志異》仿唐代短篇小説，刻意求工，其所徵引，間爲普通人所不解，故早有注本；《閲微草堂筆記》則用隨筆體，信手拈來，頗有老嫗都解之概，故自昔無作注者。"②蔡氏此處大有以三部小説分三體之意，三體分別是白話章回體、仿唐小説之聊齋體和隨筆體，除筆記、章回二體之外，蔡氏對"唐代短篇小説"爲一體的體認也在加深。20 世紀 20 年代以後，在鹽谷温、魯迅、鄭振鐸等人的論述中，唐代傳奇體在小説史的地位漸漸清晰。日本學者鹽谷温《支那文學概論講話》的"小説部分"最早由郭紹虞在 1921 年編譯出版，命名爲《中國小説史略》。鹽谷温以先秦的神話傳説爲小説之起源，又以時間順序述及兩漢六朝小説、唐代小説和宋代以降的諢詞小説。在論及唐代小説時，③鹽谷氏將其劃分爲三類，即別傳、異聞瑣語與雜事，別傳是"關於一人一事之逸事奇聞"，也就是所謂的傳奇小説；異聞瑣語爲"架空之怪談異説"；"雜事"爲那些"史外餘談，虛實相半"，可以"補實録之缺"。鹽谷温認爲上述三類中，"第三類不足爲小説，第二類稍有小説的材料，唐代小説之精華，全在第一類——別傳即傳奇小説"，並將傳奇小説劃分爲四類：別傳、劍俠、艷情、神怪，舉作品一一詳加論述。④鹽谷氏較早認識到傳奇體的藝術特性，並自覺將其劃爲一體。綜觀鹽谷氏小説分體觀點，唐前

----

① 別士：《小説原理》，《繡像小説》，1903 年第 3 期。

② 蔡元培：《詳注〈閲微草堂筆記〉序》，見（清）紀昀撰，謝璿、陸鍾渭注：《詳注閲微草堂筆記》，上海：會文堂書局 1918 年版。

③ 鹽谷温曰："小説與一般文章之發達都至唐代而達於絢爛之域，在唐代以前之小説，非神仙談則宮闈之情話，都不過短篇的逸話奇聞，唐代小説雖有短篇而均爲關於一人一事者，加之當時作者如元稹、陳鴻、楊巨源、白行簡、段成式、韓偓之流，多爲才子，其間出自假借者固或不免。而下第不達之秀才，藉仙俠艷情以吐其無聊不平之感慨，事皆新奇，情主凄婉，文則典麗而饒風韻，故有一唱三嘆之妙。"見〔日〕鹽谷温著，郭希汾譯：《中國小説史略》，上海：新文化書社 1934 年版，第 36 頁。

④ 上述關於唐傳奇的論述，請參看〔日〕鹽谷温著，郭希汾譯：《中國小説史略》，上海：新文化書社 1934 年版，第 37—39 頁。

筆記小説、唐代傳奇小説、宋以來諢詞小説三體的分體模式較爲明顯。1923
年，葉楚傖《中國小説談》①同樣劃分小説爲三體，分別是筆記、章回、別
傳，認爲："別傳或者可説是筆記小説的別派，所差不過別傳是整個的寫，
不是別傳可分寫作幾起罷了。"又將別傳分爲"真人假事、真人真事和假人
假事"三種。從所舉例子可以看出其所設別傳類還是較爲駁雜，只是部分
包含唐人傳奇。②從 1923 年到 1924 年，魯迅出版了自己在北京高校講課時
的講義，命名爲《中國小説史略》，③第八篇至十一篇用很大篇幅介紹了唐宋
的傳奇文，他把傳奇文與六朝之鬼神志怪書鮮明地區別開來，其言："小説
亦如詩，至唐代而一變，雖尚不離於搜奇記逸，然叙述宛轉，文辭華艷，與
六朝之粗陳梗概者較，演進之迹甚明，而尤顯者，乃在是時則始有意爲小
説。"魯迅以唐傳奇爲一體的意圖在之後其所選的《唐宋傳奇集》④一書中也
得到了體現，此書與之前其所編的《古小説鉤沉》分別可視爲傳奇體與志怪
體的作品選集，在魯迅這裏，傳奇體顯然成爲了一種獨立的小説文體。1925
年鄭振鐸在《評日本人編的支那短篇小説》一文中認爲日人所編遺漏了好的
作品，無趣味價值，同時他又提出中國的短篇小説分爲兩派："一派是'傳
奇派'，即唐人所作的傳奇以及後人的類比作品；一派是'平話派'，即宋人
所作的白話體的小説及明清人的仿作，日人顯然忽視了後一派。"⑤此後鄭振
鐸決心自己編一部短篇小説集，在同年的《中國短篇小説集序》中他認爲：
"自唐以後我們中國的短篇小説可分爲兩大系：第一系是'傳奇系'，第二系

---

①　此爲作者在上海暑期講習會的講演。參葉楚傖：《中國小説談》，《民國日報·覺悟》第 7 卷第
24 期，1923 年。

②　葉氏云："在'一'類裏的，像《穆天子傳》《白猿傳》等；在'二'類裏的，像《大鐵椎傳》
《張夢晉崔鎣合傳》等；在'三'類裏的，像《毛穎傳》。"

③　詳見楊燕麗：《〈中國小説史略〉的生成與流變》，《魯迅研究月刊》1996 年第 9 期。

④　《唐宋傳奇集》的出版在 1927 年，關於其編訂和成書之過程可參顧農《關於〈唐宋傳奇集〉手
稿》一文，載《魯迅研究月刊》1993 年第 4 期。1929 年汪辟疆編成《唐人小説》一書，與周氏所編之
書相比，《唐人小説》突破了《唐宋傳奇集》將唐小説限定於單篇小説的局限，下卷收錄了 7 部傳奇集
中的作品 38 篇。

⑤　鄭振鐸：《評日本人編的支那短篇小説》，《鑒賞週刊》第 1 期，1925 年。

是‘平話系’。"① 來年，鄭氏所編的《中國短篇小説集》第一集出版，其中收録的正是"傳奇系"的作品。1925 年，史學家張爾田在《史傳文研究法》中區分了史之叙事與小説之叙事的區别，其中提到小説的文體劃分，曰："何謂不同小説傳記也。考小説傳記，其體不一。有雜記體，如干寶《搜神記》、徐鉉《稽神録》、洪邁《夷堅志》之類是也。有傳奇體，如《虬髯客傳》《李娃傳》《霍小玉傳》之類是也。有平話體，如《宣和遺事》《五代史平話》《唐三藏取經詩話》之類是也。雖流别不同，然大較不出二途，或實有其事而爲文人粉飾者，或本無其事而爲才士依托者。"② 這裏的"傳奇體"顯然已就唐代小説而言。劉永濟《説部流别》分古代小説爲"兩漢六朝雜記小説""唐代短篇小説"與"宋元以來章回小説"，③ 其中唐代短篇小説部分討論的就是傳奇體，可以説劉氏以筆記、傳奇、章回三分的觀點較爲明顯。至此，傳奇體作爲小説之一體基本成爲共識，此後的小説史和文學史著作在構建小説史脈絡時基本都單設傳奇一體。

其三，相較於傳奇體，"話本體"獨立的過程則與宋代小説文獻的發掘密切相關。《宣和遺事》《五代史平話》《大唐三藏取經詩話》《京本通俗小説》以及敦煌文獻中《唐太宗入冥記》《秋胡小説》等作品的發現使得話本小説漸漸得到了重視。1915 年，王國維在《宋槧大唐三藏取經詩話跋》中提到了"話本"一詞，曰："又考陶南村《輟耕録》所載院本名目，實金人之作，中有《唐三藏》一本。《録鬼簿》載元吴昌齡雜劇有《唐三藏西天取經》，其書至國初尚存。……今金人院本、元人雜劇皆佚；而南宋人所撰話

---

① 鄭振鐸編：《中國短篇小説集》（第一集），上海：商務印書館 1926 年版，序第 6 頁。鄭氏此編較之魯迅《唐宋傳奇集》還早，作爲專選唐傳奇的作品選，它無疑起到開創的作用。後來魯迅與汪辟疆之選都在此基礎上不斷完善，隨著唐宋傳奇文體觀念的確立，其作品的疆界也逐步得到廓清，由此唐傳奇文體在小説史上的地位真正確立。

② 張爾田：《史傳文研究法》，《學衡》第 39 期，1925 年。

③ 劉永濟：《説部流别》，《學衡》第 40 期，1925 年。

本尚存，豈非人間稀有之秘笈乎？"①同年他出版了《宋元戲曲史》，在第三章"宋之小説雜戲"中，王國維初步對宋人小説的風格和家數予以了廓清，王氏首先認爲六朝和唐之小説與宋人小説不同之處乃前者爲"著述上之事"，後者"以講演爲事"，②從本質上區分了宋之小説的内涵。王氏又辨析了宋人説話的家數問題，最後得出"今日所傳之《五代平話》，實演史之遺；《宣和遺事》，殆小説之遺也"的論斷，實際上區分了講史話本與小説話本的差異。這一年，繆荃孫影印了被其稱爲"元人寫本"的《京本通俗小説》，對後來者影響甚大，學界幾乎都視其爲宋代小説家話本。1923 年，魯迅在《宋民間之所謂小説及其後來》一文中就以《京本通俗小説》爲宋民間小説之話本，並把"三言二拍"等作品視爲明人的擬作，初步提出了"話本"與"擬話本"的概念。稍後在《中國小説史略》中，魯迅綜合了多種之前發現的新小説文獻，賦予了其明確的文體内涵，曰："'説話'之事，雖在'説話人'各運匠心，隨時生發，而仍有底本以作憑依，是爲'話本'。"還繼承了王國維對話本家數之辨析，區別了"講史之體"和"小説之體"，③則魯迅所言的"話本"實際上指説話諸家之底本，這些作品有著濃厚的民間色彩，與明清文人所創作之長篇章回小説存在著顯著不同，宋人之話本作爲一種與章回小説不同的文體出現在了小説史中。1926 年，曹聚仁《平民文學概論》一書的小説部分基本繼承了魯迅的看法，以《大宋宣和遺事》《京本通俗小説》《五代史平話》等爲宋人平話，區分於明清"純文學的小説"。④1928

① 李時人、蔡鏡浩校注：《大唐三藏取經詩話校注》，北京：中華書局 1997 年版，第 56 頁。

② 王氏曰："六朝時，干寶、任昉、劉義慶諸人，咸有著述；至唐而大盛。今《太平廣記》所載，實集其成。然但爲著述上之事，與宋之小説無與焉。宋之小説，則不以著述爲事，而以講演爲事。"參王國維著：《宋元戲曲史》，上海：商務印書館 1915 年版，第 39—40 頁。

③ 魯迅在《中國小説史略》有如下概括："是知講史之體，在歷叙史實而雜以虛辭，小説之體，在説一故事而立知結局，今所存《五代史平話》及《通俗小説》殘本，蓋即此二科話本之流，其體式正如此。"魯迅著：《中國小説史略》，上海：上海古籍出版社 1998 年版，第 73—74 頁。

④ 參曹聚仁著：《平民文學概論》，上海：上海梁溪圖書館 1926 年版，下篇第 13—16 頁。曹氏此書繼承了魯迅的四體劃分模式，在突出宋人平話體的同時，也將唐人傳奇立爲一體。

年，胡適在《宋人話本八種序》中分析了《京本通俗小説》中的八種作品，認爲其乃南宋時人説話人的底本，並認爲南宋時説話人有四大派，各有其話本。①1931年，鄭振鐸《宋人話本》云："詩話、詞話、平話爲了方便也可以總稱'話本'，話本的一體在宋代是盛行於民間的。那時的話本不僅單本刊行，且復演之於口，大約總是口説在先，然後爲了喜愛者的衆多，印刷術的便利，復將所口説的筆之爲書。以其本爲'説話人'的本子，故雖有'詩話''詞話''平話'之分而總離不了'話'字；又其體裁也因了此故而具著充分的演説宣講的氣氛，其口吻也總離不了'説話人'對著聽衆説話時的樣子。"②這裏無疑明確了話本的本質屬性爲"話"。稍後他在《明清二代的平話集》一文認爲："'話本'爲中國短篇小説的重要體裁的一種，其與筆記體及'傳奇'體的短篇故事的區別在於：它是用國語或白話寫成的，而筆記體及傳奇體的短篇則俱係出之以文言。"③鄭氏從語體區分了話本與筆記及傳奇之別。鄭氏上述兩文也詳細介紹了《京本通俗小説》等話本作品，由此，從20世紀初宋代小説的發現到20年代開始，魯迅、胡適、鄭振鐸等的闡釋，"話本"一詞最終成爲了小説文體名稱，指稱以小説家話本爲主體的宋代話本小説及其擬作。

從20世紀30年代開始，大部分小説史和文學史著作都以傳奇體和話本體爲單獨的小説之一體，加之原本存在的筆記與章回二體，"四分"的小説文體模式正式確立。1934年，胡懷琛《中國小説概論》以"古代所謂小説""唐人的傳奇""宋人的平話"和"清人傳奇平話以外的創作"劃分章節。1935年，譚正璧《中國小説發達史》除第一章爲"古代神話"外，其餘章節分別爲："漢代神仙故事""六朝鬼神志怪書""唐代傳奇""宋元話

①　胡適著：《胡適古典文學研究論集》，上海：上海古籍出版社2013年版，第568—582頁。
②　鄭振鐸：《宋人話本》，《中學生》第11期，1931年。
③　鄭振鐸：《明清二代的平話集》，《小説月報（上海1910）》第22卷第7、8期，1931年。

本""明清通俗小説"。1938 年，青木正兒《中國文學概説》述及小説時將六朝小説稱爲筆記小説或劄記小説，將唐代小説稱爲傳奇或別傳小説，此兩者爲文言小説；而白話亦分爲兩系，一爲小説家話本，一爲講史家平話及後來之演義。此劃分亦是較爲明顯的四體之分。1939 年，郭箴一《中國小説史》同樣也是四體之劃分。1938 年到 1943 年，劉大杰《中國文學發展史》上下卷完成，① 此書在以時代爲中心的文學史體系構建中納入了小説，而小説的四體之分也顯得較爲明顯。在全書的 30 章中，魏晉南北朝與唐代小説部分被安排在專章之下的一節，宋代及之後則設專章予以論述，這一寫作模式對後來文學史家影響深遠。另一部影響較廣的是林庚《中國文學史》，② 其中"黑夜時代"部分很明顯的也是以四體描述小説的發展過程。可以説，從 20 世紀 30 年代開始，小説文體"四分"的觀點已經趨於穩定。而明確將古代小説文體歸納爲筆記體、傳奇體、話本體、章回體四種文體類型的或許是施蟄存發表於 1937 年的《小説中的對話》一文，其曰：

> 我國古來的所謂小説，最早的大都是以隨筆的形式叙説一個尖新故事，其後是唐人所作篇幅較長的傳奇文，再後的宋人話本，再後纔是宏篇巨帙的章回小説。在這樣的發展過程中，小説的故事是由簡單而變爲繁複，或由一個而變爲層出不窮的多個；小説的文體也由素樸的叙述而變爲絢艷的描寫。③

綜上所述，古今小説文體觀念的發展明顯地經歷了從一元到二分再到四

---

① 此書上卷於 1938 年開始動筆，1939 年寫成。下卷於 1943 年寫成，因多方原因，直到 1949 年才出版。

② 是書爲林庚任教於廈門大學時撰寫，1941 年，前三編《啓蒙時代》《黃金時代》和《白銀時代》油印出版。1946 年，第四編《黑夜時代》撰成，1947 年 5 月全書出版。

③ 施蟄存：《小説中的對話》，《宇宙風》第 39 期，1937 年。

分的過程。在晚清以前，小説文體觀念基本以筆記體小説爲主流，發端於兩漢的筆記小説傳統經過歷代目録學家的確認，其地位不斷穩固。19 世紀以來，章回體小説的地位不斷上升，並在 20 世紀初形成了章回、筆記二分天下的局面。傳奇成爲小説文體之一種明顯也是觀念主導下的産物，20 世紀20 年代，小説是"美文學"、小説是"虛構的叙事散文"的觀念已得到大多數人的認同，故當魯迅提出唐人傳奇"叙述宛轉，文辭華艷，與六朝之粗陳梗概者較，演進之迹甚明"，便獲得了廣泛的認同。話本體的確立稍晚於傳奇體，與章回體的混雜使得宋元明清白話小説處於一種整體混存的狀態，隨著小説史和文學史的建構，"一代有一代之文學"的觀念深入人心，這一文體的獨立是必然的。20 世紀初葉宋代小説文獻的發掘，無疑爲此提供了一次重要的契機，使得"話本"作爲宋代白話短篇小説文體及其擬作的代名詞得以通用。

第二章
小說敘事的歷史傳統

　　研究古代小說文體，"叙事"是其中最爲重要的内涵之一，也是評判小說文體歧義最多的内涵之一。對叙事的不同理解既關乎對小說文體的擇取，更涉及對小說文體的評價。近年來，隨著西方叙事理論的引進，以叙事理論觀照中國古代小說的現象非常普遍，已然成了研究方法之"新貴"，對推進中國古代小說的研究起到了積極的作用。但無可否認，一種理論方法的引進必然要有一個"適應"和"轉化"的過程，它所能産生的實際效果取決於兩個基點的支撐：一是理論方法本身的精妙程度及其普適性，二是與研究對象的契合程度及其本土化。本章無意對近年來的叙事理論研究和運用叙事理論探究中國古代小說的現狀作出評價，我們僅關注如下問題：作爲一種理論學説標誌的術語對譯要充分考慮各自的内涵及其相互之間的關聯，否則難免圓鑿而方枘，而難以達到實際的效果。在古代小說研究領域，"叙事"與"narrative"的對譯同樣存在這一問題。由此，全面梳理"叙事"在古代的實際内涵，並進而歸納古代小說的叙事傳統，也是本書探究中國古代小說文體的一個重要前提和理論基礎。

第一節　"叙事"原始

　　"叙事"一詞乃中國固有之術語，語出《周禮》，後在史學、文學領域廣泛使用，成爲中國古代史學和文學的重要術語之一，尤其在小説等叙事文學發達的明清時期，有關叙事的討論更是創作者和批評者的常規話語。

"叙事"作爲語詞由"叙"和"事"二詞素構成。① "叙"之本意爲次第，即順序。《説文解字》："叙，次弟也。"② "叙"之表"叙述"之意較早見於《國語·晉語三》："紀言以叙之，述意以導之。"③ 而"事"之最初含義既指職官，如《戰國策·趙策》："趙太后新用事，秦急攻之。"④《韓非子·五蠹》："無功而受事，無爵而顯榮。"⑤ 故《説文解字》云："事，職也。"⑥ 亦表"事件"，如《禮記·大學》："物有本末，事有始終。"⑦ 在中國古代，將"叙"（"序"）與"事"連綴成"叙事"或"序事"者較早出現在《周禮》，凡六見，其指稱内涵雖與後世之"叙事"有一定差異，但也可以明顯感到其中所蕴含的關聯。這是"叙事"（"序事"）最早的集中出現，其内涵在"叙事"語義流變中具有重要意義。其中值得注意者主要有三：

第一，《周禮》中有關"叙事"（"序事"）的材料，其内涵非常豐富，涉及祭祀、樂舞、天文、政事等多個領域和"小宗伯""樂師""大史""馮相氏""保章氏""内史"等多種職官。而就"叙事"（"序事"）所指涉的行爲而言，則主要包括兩個内涵：一是所謂"叙事"就是安排、安頓某種事情。如"小宗伯之職，掌建國之神位……掌衣服、車旗、宮室之賞賜，掌四時祭祀之序事與其禮"。何爲"序事"？鄭玄注曰："序事，卜日、省牲、視滌、

---

①　以下對"叙"與"事"的解釋可參閱楊義《中國叙事學》（北京：人民出版社 1996 年版）、傳修延《先秦叙事研究——關於中國叙事傳統的形成》（北京：東方出版社 1999 年版）、周建渝《"叙事"概念在史傳與文學批評中的運用》（李貞慧主編：《中國叙事學——歷史叙事詩文》，新竹：臺灣清華大學出版社 2016 年版）等相關論述。

②　（清）段玉裁撰：《説文解字注》，上海：上海古籍出版社 1981 年版，第 126 頁。

③　（吴）韋昭注：《國語》，王雲五主編：《國學基本叢書》，上海：商務印書館 1935 年版，第 114 頁。

④　（清）程夢初撰：《戰國策集註》，上海：上海古籍出版社 2013 年版，第 198 頁。

⑤　（清）王先慎撰：《韓非子集解》，《諸子集成》第 5 册，北京：中華書局 1954 年版，第 345 頁。

⑥　（清）段玉裁撰：《説文解字注》，上海：上海古籍出版社 1981 年版，第 116 頁。

⑦　（清）孫希旦撰，沈嘯寰、王星賢點校：《禮記集解》卷二十四，北京：中華書局 1989 年 1 版，第 658 頁。

濯饔爨之事，次序之時。"①則所謂"序事"者，乃有序安排四時祭祀之事，包括卜取吉日（"卜日"）、省視烹牲之鑊（"省牲"）、檢查祭器洗滌及祭品烹煮（"視滌、濯饔爨"）等相關工作。又如"大史掌建邦之六典，以逆邦國之治……正歲年以序事。頒之於官府及都鄙，頒告朔於邦國"。何爲"正歲年"？鄭玄注："中數曰歲，朔數曰年。"賈公彦疏："云'正歲年'者，謂造曆正歲年以閏，則四時有次序，依曆授民以事，故云以序事也。"②通俗講，這裏的所謂"序事"是指大史要調整歲和年的誤差，按季節安排民衆應做的事，並把這種安排頒給各官府及采邑。二是所謂"叙事"明顯蘊含"叙述"某種"事件"的成分。如"保章氏掌天星，以志星辰日月之變動，以觀天下之遷，辨其吉凶……以詔救政，訪序事"。鄭玄注："訪，謀也。見其象則當豫爲之備，以詔王救其政，且謀今歲天時占相所宜，次序其事。"賈公彦疏："云'詔'者，詔，告也，告王改修德政。""云'訪序事'者，謂事未至者，預告王，訪謀今年天時也相所宜，次叙其事，使不失所也。"③此處所謂"序事"即據天文向王陳説吉凶並預先布置相關政事或農事。再如"内史掌王之八枋之法，以詔王治……掌叙事之法，受納訪，以詔王聽治。"鄭玄注："叙，六叙也。納訪，納謀于王也。"賈公彦疏："云'叙，六叙也'者，案《小宰職》有六序，六序之内云'六曰以序聽其情'，是其聽治之法也。"④則所謂"叙事"者，謂内史掌奏事之法，依次序接納群臣的謀議向王進獻。而其中對災異的辨析、"以詔王聽治"所接納的謀議，叙述事件的成分可謂

---

① （漢）鄭玄注，（唐）賈公彦疏：《周禮注疏·春官·大宗伯》，上海：上海古籍出版社 2010 年版，第 704 頁。

② （漢）鄭玄注，（唐）賈公彦疏：《周禮注疏·春官·大史》，同上，第 997—1000 頁。柳詒徵《國史要義》云："《周官》太史之職，賅之曰正歲年以叙事。此叙事二字，固廣指行政，而史書之以日繫月，以月繫時，以時繫年，所以紀遠近別同異者，亦賅括於其内矣。"見柳詒徵：《國史要義》，上海：上海古籍出版社 2007 年版，第 12 頁。

③ （漢）鄭玄注，（唐）賈公彦疏：《周禮注疏·春官·保章氏》，上海：上海古籍出版社 2010 年版，第 1019—1024 頁。

④ （漢）鄭玄注，（唐）賈公彦疏：《周禮注疏·春官·内史》，同上，第 1024—1025 頁。

無處不在。

　　第二，在《周禮》中，"叙事"（"序事"）所涉及的行爲具有明顯的空間性和時間性，强調以"時空"之秩序安排事物或安頓事件。[①] 如"樂師，掌國學之政……凡樂，掌其序事，治其樂政"。鄭玄注："序事，次序用樂之事。"賈公彦説得更爲明白："云'掌其序事'者，謂陳列樂器，及作之次第，皆序之，使不錯謬。"[②] 故所謂"序事"者，是謂"樂師"在用樂之時，負責在空間上陳列樂器和在時間上確定作樂之次第。又如"馮相氏，掌十有二歲、十有二月、十有二辰、十日、二十有八星之位，辨其叙事，以會天位"。鄭玄注曰："辨其叙事，謂若仲春辨秩東作，仲夏辨秩南譌，仲秋辨秩西成，仲冬辨在朔易。會天位者，合此歲日月辰星宿五者，以爲時事之候。"[③] "東作""南譌""西成""朔易"均指春夏秋冬相應之政事或農事，其中所體現的時間性清晰可見。同時，無論"叙"還是"序"，都包含了濃重的"秩序""規範"之意，而這正是後世"叙事"和"叙事學"最爲基本的要求。且看《周禮·天官·小宰》的一段表述：

　　　　以官府之六叙正群吏。一曰以叙正其位，二曰以叙進其治，三曰以叙作其事，四曰以叙制其食，五曰以叙受其會，六曰以叙聽其情。

鄭玄注："叙，秩次也，謂先尊後卑也。"賈公彦疏："凡言'叙'者，皆是

---

　　① 楊義《中國叙事學》："在語義學上，叙與序、緒相通，這就賦予叙事之叙以豐富的内涵，不僅字面上有講述的意思，而且也暗示了時間、空間的順序以及故事綫索的頭緒。"（楊義：《中國叙事學》，北京：人民出版社 1997 年版，第 11 頁）周建渝《"叙事"概念在史傳與文學批評中的運用》："'叙'乃次叙之一種，'次叙'乃依次而叙，或按照所叙對象之順序進行叙述。這個順序，或指先後順序，此涉及時間性質；或指方位、等級、層次順序，此涉及空間性質。"（李貞慧主編：《中國叙事學——歷史叙事詩文》，第 67 頁）
　　② （漢）鄭玄注，（唐）賈公彦疏：《周禮注疏·春官·樂師》，上海：上海古籍出版社 2010 年版，第 863—867 頁。
　　③ （漢）鄭玄注，（唐）賈公彦疏：《周禮注疏·春官·馮相氏》，同上，第 1007 頁。

次叙。先尊後卑，各依秩次，則群吏得正，故云正群吏也。"①可見，所謂
"次叙"雖然以"尊卑之常"爲基礎，但强調"秩序"和"次叙"是一致的。
還需注意的是，在《周禮》中，涉及"叙事"（"序事"）的史料均在《春官
宗伯第三》，如此集中恐怕並非無因。《周禮》分天、地、春、夏、秋、冬
（冬官缺）六官，分掌治、教、禮、政、刑、事六典，春官是"禮官"，《叙
官》云："惟王建國，辨方正位，體國經野，設官分職，以爲民極。乃立春
官宗伯，使帥其屬而掌邦禮，以佐王和邦國。"②主要執掌"吉、凶、賓、軍、
嘉"等五禮，而"秩序"正是"禮"最爲重要的内涵和追求。

第三，在《周禮》涉及"叙事"（"序事"）的六條材料中，有關"事"
的内涵已呈現多樣化的特色。其中包括：事物（如陳列之樂器）、事情（如
安排作樂之次序、檢查祭祀之工作）、事件（如災異吉凶之事）等。

第二節　作爲史學的"叙事"

《周禮》之後，"叙事"（"序事"）作爲一般用語的使用基本消失；代之
而起的是"叙事"進入"文本"領域，用作"文本"寫作和評價的術語，這
最初出現在史學領域，並伴生出"記事""紀事"等語詞。

"史"與"叙事"關係密切。"史""事"在《説文解字》中均隸"史部"，
《説文》云："史，記事者也。"③可見"史"的最初含義即指史官，而其職責
就是"記事"。當然，史官之職不限於"記事"，劉知幾《史通·史官建置》
云："尋自古太史之職，雖以著述爲宗，而兼掌曆象、日月、陰陽、管數。"④

---

① （漢）鄭玄注，（唐）賈公彦疏：《周禮注疏》，上海：上海古籍出版社2010年版，第76頁。
② （漢）鄭玄注，（唐）賈公彦疏：《周禮注疏·春官·大宗伯》，同上，第619頁。
③ （清）段玉裁撰：《説文解字注》，上海：上海古籍出版社1981年版，第116頁。
④ （唐）劉知幾著，（清）浦起龍通釋，王煦華整理：《史通通釋》，上海：上海古籍出版社2009
年版，第284頁。

王國維《釋史》云："史爲掌書之官，自古爲要職。"①可見，記載史事、掌管天文和管理文獻是"史"（"史官"）的三重職能。而落實到"文本"，"史"既以"著述爲宗"，則"記事"當然是其首務，故宋代真德秀直接將"叙事"之源頭引向"古史官"，其云：

> 按叙事起于古史官，其體有二：有紀一代之始終者，《書》之《堯典》《舜典》與《春秋》之經是也，後世本紀似之。有紀一事之始終者，《禹貢》《武成》《金滕》《顧命》是也，後世志記之屬似之。又有紀一人之始終者，則先秦蓋未之有，而昉于漢司馬氏，後之碑誌事狀之屬似之。②

以"叙事""序事"與"記事""紀事"兩組語詞評價史著文本最早大多出現在漢代。"紀事"出現於《史記·秦本紀》："十三年，初有史以紀事，民多化者。"③"叙事"見於揚雄《法言》："文麗用寡，長卿也；多愛不忍，子長也。"注曰："《史記》叙事，但美其長，不貶其短，故曰多愛。"④"記事"語出《漢書·藝文志》"小説家"注《青史子》："古史官記事也。"⑤"序事"則見於《後漢書》："若固之序事，不激詭，不抑抗，贍而不穢，詳而有體，使讀之者亹亹而不厭，信哉其能成名也。"⑥漢以來，"叙事"（"序事"）"記事"（"紀事"）在史著文本中廣爲運用，成爲史學批評的重要術語，且兩組

①　王國維：《觀堂集林》卷六《釋史》，謝維揚、房鑫亮主編：《王國維全集》第八卷，杭州：浙江教育出版社 2009 年版，第 175 頁。又《周禮》："府六人，史十有二人。"鄭注云："史，掌書者。"見（漢）鄭玄注，（唐）賈公彦疏：《周禮注疏·天官·序官》，上海：上海古籍出版社 2010 年版，第 9 頁。

②　（宋）真德秀：《文章正宗·綱目》，元至正元年（1341）高仲文刻明修本。清代章學誠也有類似看法："古文必推叙事，叙事實出史學。"見（清）章學誠著，倉修良編：《文史通義新編·上朱大司馬論文》，上海：上海古籍出版社 1993 年版，第 637 頁。

③　（漢）司馬遷撰：《史記·秦本紀》，北京：中華書局 1959 年版，第 179 頁。

④　（漢）揚雄撰，汪榮寶注疏，陳仲夫點校：《法言義疏》，北京：中華書局 1987 年版，第 507 頁。

⑤　（漢）班固撰，（唐）顏師古注：《漢書·藝文志》，北京：中華書局 1962 年版，第 1744 頁。

⑥　（南朝宋）范曄撰，（唐）李賢等注：《後漢書·班彪列傳》，北京：中華書局 1965 年版，第 1386 頁。

四個語詞基本通用，未有太明顯之差别。①

"叙事"在史學中用分二途：一是作爲對史書和史家的評價術語，尤其針對史家。二是作爲史著寫作法則之術語。

作爲對史書和史家的評價術語，"叙事"是古代史學中判别一部史書或一個史家優劣的重要途徑和標準。劉知幾甚至認爲："夫史之稱美者，以叙事爲先。"②故從"叙事"角度評價史書和史家者在中國古代不絶如縷，沈約《宋書》評王韶之《晉安帝陽秋》："善叙事，辭論可觀，爲後代佳史。"③房玄齡等《晉書》評陳壽："時人稱其善叙事，有良史之才。"④劉知幾《史通》謂："夫識寶者稀，知音蓋寡。近有裴子野《宋略》、王劭《齊志》，此二家者，並長於叙事，無愧古人。"⑤評《左傳》："蓋左氏爲書，叙事之最。"⑥《新唐書》評吴兢："兢叙事簡核，號良史。"⑦可見，所謂"善叙事""長於叙事"是具備"良史之才"和成爲"良史"的重要條件和標準。

作爲史著寫作法則之術語，古代史學中圍繞"叙事"而展開的討論主要涉及三個層面："實録""勸善懲惡"和叙事形式。

先看兩則引文：

---

① 最爲典型者是唐代史學家劉知幾，其《史通》基本通用諸語詞作爲其史學評論的術語：如《春秋》則傳以解經，《史》《漢》則傳以釋紀。尋兹例草創，始自子長，而樸略猶存，區分未盡。如項王宜傳，而以本紀爲名，非惟羽之僭盜，不可同于天子；且推其序事，皆作傳言，求謂之紀，不可得也"，"觀丘明之記事也，當桓、文作霸，晉、楚更盟，則能飾彼詞句，成其文雅。及王室大壞，事益縱横，則《春秋》美辭，幾乎翳矣。觀子長之叙事也，自周已往，言所不該，其文闊略，無復體統"。見（唐）劉知幾著，（清）浦起龍通釋，王煦華整理：《史通通釋》，上海：上海古籍出版社 2009 年版，第41—42、154 頁。

② （唐）劉知幾著，（清）浦起龍通釋，王煦華整理：《史通通釋·叙事》，上海：上海古籍出版社 2009 年版，第 152 頁。

③ （梁）沈約撰：《宋書》卷六〇《王韶之傳》，北京：中華書局 1974 年版，第 1625 頁。

④ （唐）房玄齡等撰：《晉書》卷八二《陳壽傳》，北京：中華書局 1974 年版，第 2137 頁。

⑤ （唐）劉知幾著，（清）浦起龍通釋，王煦華整理：《史通通釋·叙事》，上海：上海古籍出版社 2009 年版，第 154 頁。

⑥ （唐）劉知幾著，（清）浦起龍通釋，王煦華整理：《史通通釋·模擬》，同上，第 206 頁。

⑦ （宋）歐陽修、宋祁等撰：《新唐書》卷一三二《吴兢傳》，北京：中華書局 1975 年版，第 4529 頁。

　　司馬遷記事，不虛美，不隱惡。劉向、揚雄服其善敘事，有良史之才，謂之實録。①

　　"微而顯""志而晦""婉而成章""盡而不污""懲惡而勸善"。左氏釋經有此五體。其實左氏敘事，亦處處皆本此意。②

　　這兩則引文所涉及的内涵在史學敘事中至爲重要，是古代史學敘事的兩個重要原則，即："書法不隱"的"實録"和"勸善懲惡"的"史意"。

　　所謂"書法不隱"的"實録"準則最早見於《左傳》，《左傳·宣公二年》記載孔子針對晉國史官董狐所書"趙盾弑其君"一事評價道："董狐，古之良史也，書法不隱。"③"書法不隱"即指史官據事直書的記事原則，這一準則被後世奉爲作史之圭臬，所謂"不虛美，不隱惡""文直而事核"的"實録"境界，成爲中國古代史學敘事的一個重要標準。"勸善懲惡"的"史意"最早見於《左傳》對《春秋》一書的評價和《孟子》對《春秋》之"義"的揭示，《孟子·離婁下》："王者之迹熄而《詩》亡，《詩》亡而後《春秋》作……其事則齊桓、晉文，其文則史。孔子曰：'其義則丘竊取之矣。'"④何謂"《春秋》之義"？《左傳·成公十四年》作了總結："《春秋》之稱微而顯，志而晦，婉而成章，盡而不污，懲惡而勸善，非聖人誰能修之。"⑤被後人稱之爲《春秋》"五志"，劉熙載謂："其實左氏敘事，亦處處皆本此意。"可見，"勸善懲惡"的"史意"亦爲史家敘事的一個重要原則。

　　① （晉）陳壽撰，（南朝宋）裴松之注：《三國志·魏書·鍾繇華歆王朗傳》，北京：中華書局1959年版，第418頁。
　　② （清）劉熙載著，袁津琥校注：《藝概注稿》，北京：中華書局2009年版，第4頁。
　　③ 楊伯峻編著：《春秋左傳注·宣公二年》，北京：中華書局1990年版，第663頁。
　　④ （清）焦循撰，沈文倬點校：《孟子正義·離婁下》，北京：中華書局1987年版，第574頁。
　　⑤ 楊伯峻編著：《春秋左傳注·成公十四年》，北京：中華書局1990年版，第870頁。

案 "實録無隱" 與 "勸善懲惡" 貌雖異而實一致，"實録無隱" 是指秉筆直書，無所隱諱，所謂 "南史抗節，表崔杼之罪；董狐書法，明趙盾之愆"。[①]故劉勰要求史家 "辭宗丘明，直歸南、董"。[②]然南史、董狐之 "實録" 乃最終繫於政治道德評判，從而體現史家的 "勸善懲惡" 之旨。故 "直筆" 是 "表"，"勸懲" 是 "實"，所謂 "實録" 是以 "勸善懲惡" 爲内在依據的，"勸善懲惡" 是古代史家最崇高的理想和目的。

關於叙事形式，史學史上討論最爲詳備的是劉知幾，其《史通》單列《叙事》篇，專門探究史著的叙事形式，這是古代史學中一篇重要的叙事專論。細究劉知幾《史通》，關於叙事形式，有如下三點需要關注：

其一，《叙事》篇雖以 "叙事" 作爲篇名，但討論叙事形式之範圍並不寬廣，基本在叙事的語言修辭範疇。觀其論述之脈絡，此篇大致可分爲四段：開首以 "夫史之稱美者，以叙事爲先" 領起，以下則 "區分類聚，定爲三篇"，即以三個專題分論叙事問題。計分："尚簡"，闡釋 "叙事之工者，以簡要爲主" 的道理和實踐；"用晦"，説明 "省字約文，事溢於句外"、"一言而巨細咸該，片語而洪纖靡漏" 的叙事 "用晦之道"；"戒妄"，指出史著叙事 "或虛加練飾，輕事雕彩；或體兼賦頌，詞類俳優" 的弊端。[③]故從語言修辭角度闡釋 "叙事" 是劉知幾《叙事》篇的基本脈絡，而綜觀《史通》，劉知幾將《叙事》與《言語》《浮詞》三篇合爲一組，實有意旨相近、互爲參見之意。又，劉氏雖以 "尚簡" "用晦" "戒妄" 分別論述叙事法則，而其核心乃在於 "簡要"，故 "簡要" 是劉知幾《叙事》一篇之主腦。其對 "簡要" 之追求有時近乎嚴苛，"《漢書·張蒼傳》云：'年老，口中無齒。' 蓋於

① （唐）令狐德棻等撰：《周書》卷三八《柳虬傳》，北京：中華書局 1971 年版，第 681 頁。
② （南朝梁）劉勰著，范文瀾注：《文心雕龍注·史傳》，北京：人民文學出版社 1958 年版，第 288 頁。
③ （唐）劉知幾著，（清）浦起龍通釋，王煦華整理：《史通通釋·叙事》，上海：上海古籍出版社 2009 年版，第 167 頁。

此一句之内去'年'及'口中'可矣。夫此六文成句，而三字妄加。"①劉知
幾以"簡要"爲叙事之綱符合中國古代史學之實際，縱觀歷來對史著叙事之
評判，"簡要"之標準乃一以貫之，如《舊唐書·吳兢傳》："叙事簡要，人
用稱之。"②趙翼《廿二史劄記》評《金史》："行文雅潔，叙事簡括。"③王鳴盛
《十七史商榷》言："史家叙事貴簡潔。"④《四庫全書總目》評《新安志》："序
事簡括不繁，（其序事）又自得立言之法。"⑤不一而足。

　　其二，《史通》論述史著叙事尚有《書事》一篇，探討史家"書事之體"，
可謂與《叙事》篇相表裏。浦起龍按："《書事》與《叙事》篇各義。《叙事》
以法言，《書事》以理斷。"⑥前句言"各義"，確然；後句以"法言""理斷"
區分，則謬。其實，《叙事》篇重在"叙"，《書事》篇重在"事"，兩篇融
和，方爲"叙事"之合璧。該篇詳細論述了史家對所叙之"事"的要求及歷
來史著在叙"事"方面之弊端。就所叙之"事"而言，分析了荀悦"五志"：
"達道義""彰法式""通古今""著功勳""表賢能"。干寶"釋五志"："體
國經野之言則書之"，"用兵征伐之權則書之"，"忠臣烈士孝子貞婦之節則書
之"，"文誥專對之辭則書之"，"才力技藝殊異則書之"。再"廣以三科，用
增前目"，"三科"謂："叙沿革""明罪惡""旌怪異"，即"禮儀用舍，節文
升降則書之；君臣邪辟，國家喪亂則書之；幽明感應，禍福萌兆則書之"，⑦
認爲"以此三科，參諸五志，則史氏所載，庶幾無闕"。可見，在劉氏看來，
所謂"事"者非獨"事件"之謂也，至少還包括"體國經野之言""文誥專

---

① （唐）劉知幾著，（清）浦起龍通釋，王煦華整理：《史通通釋·叙事》，上海：上海古籍出版社2009
年版，第158頁。
② （後晉）劉昫等撰：《舊唐書》卷一二〇《吳兢傳》，北京：中華書局1975年版，第3182頁。
③ （清）趙翼著，王樹民校證：《廿二史劄記校證》卷三一，北京：中華書局2013年版，第721頁。
④ （清）王鳴盛著，黃曙輝點校：《十七史商榷》卷六八，上海：上海古籍出版社2013年版，第
955頁。
⑤ （清）永瑢等撰：《四庫全書總目》，北京：中華書局1965年版，第598頁。
⑥ （唐）劉知幾著，（清）浦起龍通釋，王煦華整理：《史通通釋·書事》，上海：上海古籍出版社2009
年版，第217頁。
⑦ 同上，第213頁。

對之辭”及“禮儀用舍，節文升降”的制度沿革。

　　其三，劉知幾雖然以專文論述“叙事”，且從“尚簡”“用晦”“戒妄”三方面詳論叙事的特性，但其實，劉氏並不太爲看重叙事形式層面的内涵，嘗言：“夫史之叙事也，當辯而不華，質而不俚，其文直，其事核，若斯而已可也。必令同文舉之含異，等公幹之有逸，如子雲之含章，類長卿之飛藻，此乃綺揚繡合，雕章縟彩，欲稱實録，其可得乎？”①從其“若斯而已可也”、“欲稱實録，其可得乎”的語氣中不難看出其中所蘊含的價值趨向。在他看來，一部史書的成功與否主要取決於歷史本身，所謂“言娬者其史亦拙，事美者其書亦工。必時乏異聞，世無奇事，英雄不作，賢俊不生，區區碌碌，抑惟恒理，而責史臣顯其良直之體，申其微婉之才，蓋亦難矣”。②故在“叙事”之兩端——“事”與“文”的關係上，劉知幾是“事”“文”兩分，且明顯地“重事輕文”。③

　　其實，在中國傳統史學中，不獨“事”“文”兩分，更爲典型的是“義”“事”“文”三分，並將對“史意”的追求看成爲史家叙事之首務。清代章學誠《文史通義·言公》上篇云：“載筆之士，有志《春秋》之業，固將惟義之求，其事與文，所以藉爲存義之資也……作史貴知其意，非同於掌故，僅求事文之末也。”在《申鄭》篇中又進而指出：“夫事即後世考據家之所尚也，文即後世詞章家之所重也。然夫子所取，不在彼而在此，則史家著述之道，豈可不求義意所歸乎！”④明確地以“求義意所歸”爲史學的最高目標。故在這種背景下，傳統史學對“叙事”的探究並不細密，所

<hr />

① （唐）劉知幾著，（清）浦起龍通釋，王煦華整理：《史通通釋·鑒識》，上海：上海古籍出版社 2009 年版，第 191 頁。

② （唐）劉知幾著，（清）浦起龍通釋，王煦華整理：《史通通釋·叙事》，同上，第 154 頁。

③ 章學誠也有類似看法：“叙事之文，作者之言也。爲文爲質，惟其所欲，期如其事而已矣。”見（清）章學誠著，葉瑛校注：《文史通義校注》，北京：中華書局 2014 年版，第 589 頁。

④ （清）章學誠著，葉瑛校注：《文史通義校注》，北京：中華書局 2014 年版，第 201—202、538 頁。

謂“叙事”的要求更多的落實於原則層面，這便是：“實録”“勸善懲惡”和“簡要”。

第三節　作爲文學的“叙事”

在中國古代，“叙事”內涵最爲豐贍的是在文學領域，對“叙事”問題討論最多的也是在文學領域，[①] 且完成了一個重要轉折——對叙事形式的重視。其中有幾個節點值得重視：

首先，據現有史料，在文學領域比較集中地談論“叙事”大概是在齊梁時期。[②] 以“叙事”評價各體文學者日趨豐富，“叙事”之指稱範圍也日益繁複，且在“辯體”過程中，逐漸凸顯了文學各體之叙事特性和風貌。先看引文：

> 傅毅所制，文體倫序；孝山、崔瑗，辨絜相參。觀其序事如傳，辭靡律調，固誄之才也。[③]

> 自後漢以來，碑碣雲起……其叙事也該而要，其綴采也雅而澤。清詞轉而不窮，巧義出而卓立。察其爲才，自然而至。[④]

---

① 此處所謂“文學”不取當今的純文學觀念，比較近似《文選》“事出於沈思，義歸乎翰藻”的文學觀念，亦與宋以來的文章概念相類似。

② （西晉）孫毓評《詩經・大雅・生民》：“《詩》之叙事，率以其次。既簸穅矣，而甫以蹂，爲蹂黍當先，蹂乃得舂，不得先舂而後蹂也。既蹂即釋之烝之，是其次。”其中已出現“叙事”，但尚不普遍，且從經學立論。引自（漢）毛亨傳，（漢）鄭玄箋，（唐）孔穎達疏，（唐）陸德明音釋：《毛詩注疏》，上海：上海古籍出版社 2013 年版，第 1546 頁。

③ （南朝梁）劉勰著，范文瀾注：《文心雕龍注・誄碑》，北京：人民文學出版社 1958 年版，第 213 頁。

④ 同上，第 214 頁。

建安哀辭，惟偉長差善，《行女》一篇，時有惻怛。及潘岳繼作，實鍾其美。觀其慮瞻辭變，情洞悲苦，叙事如傳，結言摹《詩》，促節四言，鮮有緩句：故能義直而文婉，體舊而趣新。[1]

次則箴興於補闕，戒出於弼匡，論則析理精微，銘則序事清潤，美終則誄發，圖像則讚興。[2]

上述四則引文及其相關文獻蘊含兩個共性：突出叙事文體的特性，注重叙事文體的形式。"誄""碑""哀""銘"均爲叙事文體，都體現了對某種事件的叙述，故以"叙事如傳""叙事也該而要"和"序事清潤"作描述性評價。而因各種文體之性質有不同，故又著重辨析其叙事個性，如"詳夫誄之爲制，蓋選言録行，傳體而頌文，榮始而哀終"，"夫屬碑之體，資乎史才，其序則傳，其文則銘"。"哀"則因其對象"不在黃髮，必施夭昏"（指年幼而死者），故所叙之事件有其特殊性，"幼未成德，故譽止于察惠；弱不勝務，故悼加乎膚色"。其形式，則"情主於痛傷，而辭窮乎愛惜"，"必使情往會悲，文來引泣，乃其貴耳"。以"潤"概言"銘"之叙事特色，不獨蕭統，陸機《文賦》"銘博約而温潤"，[3] 劉勰《文心雕龍·銘箴》"銘兼褒讚，故體貴弘潤"。[4] "清潤""温潤""弘潤"基本同義，均指因"銘兼褒讚"而在叙事上體現的特殊品格，既指涉所叙之事件的選擇，也兼及語言、風格等形式内涵。齊梁時期對於叙事文的重視及其文體辨析對後世影響深巨，實則開啓了後代暢論叙事文體的傳統。唐宋以降，隨著文體的不斷豐富和文章學

---

① （南朝梁）劉勰著，范文瀾注：《文心雕龍注·哀弔》，北京：人民文學出版社1958年版，第240頁。

② （南朝梁）蕭統編，（唐）李善注：《文選·序》，上海：上海古籍出版社1986年版，第2頁。

③ （南朝梁）蕭統編，（唐）李善注：《文選·陸機〈文賦〉》，同上，第766頁。

④ （南朝梁）劉勰著，范文瀾注：《文心雕龍注》，北京：人民文學出版社1958年版，第195頁。

的成熟，叙事文體及其理論辨析得到了空前的重視和發展。

此時期除直言"叙事"（"序事"）之外，蕭統《文選》在體制上還有一特異之處，亦體現"叙事"的獨特内涵，這就是"《文選》在録入獨立文體的作品時，一併'剪截'了史書所叙產生此作品之'事'，稱之爲'序'"。如《文選》賦"郊祀類"録揚雄《甘泉賦》，其起首云："孝成帝時，客有薦雄文似相如者。上方郊祀甘泉泰畤、汾陰后土，以求繼嗣。召雄待詔承明之庭。正月，從上甘泉還，奏《甘泉賦》以風。"此段文字即從《漢書·揚雄傳》"剪截"而來，用於叙說《甘泉賦》產生之"事"。① 在此，所謂"叙事"不過是陳說某種背景或緣起而已，而這種獨立的"序"對後世影響甚大，作家在文學創作尤其是抒情文體創作中加"序"在後代蔚然成風。這在宋詞創作中尤爲突出，宋詞小序，或鋪排背景，或陳述緣起，或介紹過程，或補足本事，或議論抒情，體現了"叙事"的多樣性。②

其次，大約從唐代開始，文學批評已將"叙事"作爲文學的一大脈流與"緣情"並列，《隋書》云："唐歌虞詠，商頌周雅，叙事緣情，紛綸相襲，自斯已降，其道彌繁。"③ 頗有意味的是，唐宋以來，素來被視爲"緣情"一脈的詩歌領域也不乏以"叙事"評判詩歌的史料，《文鏡秘府論》謂："是故詩者，書身心之行李，序當時之憤氣。氣來不適，心事或不達，或以刺上，或以化下，或以申心，或以序事，皆爲中心不決，衆不我知。由是言之，方識古人之本也。"④ 其中有兩個現象值得關注：

一是在詩歌創作中直接以"叙事"名題，這在唐詩中就十分普遍。《全唐詩》以"叙事"名題者不勝枚舉，如韓翃《家兄自山南罷歸獻詩叙事》、

① 參見胡大雷：《"左史記言，右史記事"與文體生成——關於叙事諸文體録入總集的討論》，《中山大學學報（社會科學版）》2015 年第 4 期。
② 參見趙曉嵐：《論宋詞小序》，《文學遺產》2002 年第 6 期。
③ （唐）魏徵等撰：《隋書·經籍志》，北京：中華書局 1973 年版，第 1090 頁。
④ 〔日〕遍照金剛撰：《文鏡秘府論·論文意》，北京：人民文學出版社 1975 年版，第 132 頁。

杜牧《奉送中丞姊夫儔自大理卿出鎮江西叙事書懷因成十二韻》、趙嘏《叙事獻同州侍御三首》、鄭谷《叙事感恩上狄右丞》、韋應物《張彭州前與緱氏馮少府各惠寄一篇多故未答張已云没因追哀叙事兼遠簡馮生》、方干《自縉雲赴郡溪流百里輕棹一發曾不崇朝叙事四韻寄獻段郎中》等。其内容豐富，或記事，或追憶，均以叙事遣懷爲其特性。而所謂“叙事”者，非謂叙述一段史實，一個故事，或表現一個人物之行狀，而是借某事（或“某人”）爲事由，叙寫一個過程和一段情懷。試舉韋應物《張彭州前與緱氏馮少府各惠寄一篇多故未答張已云没因追哀叙事兼遠簡馮生》以證之，詩曰：

> 君昔掌文翰，西垣復石渠。朱衣乘白馬，輝光照里閭。余時忝南省，接謙愧空虛。一別守兹郡，蹉跎歲再除。長懷關河表，永日簡牘餘。郡中有方塘，凉閣對紅蕖。金玉蒙遠貺，篇詠見吹噓。未答平生意，已没九原居。秋風吹寢門，長慟涕漣如。覆視緘中字，奄爲昔人書。髮鬢已云白，交友日凋疏。馮生遠同恨，憔悴在田廬。[1]

詩中所叙與詩題契合，其叙寫之人物（韋應物、張彭州、馮少府）和事件（未答張馮之書函、張亡故、與馮天各一方），其實都是韋氏表達其情懷（憶往事、悼亡友、嘆憔悴）的事由。

二是宋代的詩學批評對“叙事”内涵的重視，並直接提出詩歌的“叙事體”等概念：

> 劉後村云：《木蘭詩》，唐人所作也。《樂府》中，惟此詩與《焦仲卿妻詩》作叙事體，有始有卒，雖辭多質俚，然有古意。[2]

---

① （清）彭定求等編：《全唐詩》卷一九一，北京：中華書局1960年版，第1967頁。
② （宋）蔡正孫編：《詩林廣記》前集卷六，北京：中華書局1982年版，第121頁。

　　蔡寬夫《詩話》云：子美詩善叙事，故號詩史，其律詩多至百韻，本末貫穿如一辭，前此蓋未有。[①]

　　《生民》詩是叙事詩，只得恁地。蓋是叙，那首尾要盡。[②]

此處所謂"叙事體"專指那些叙寫事件"有始有卒""本末貫穿""首尾要盡"的詩歌作品，故其"叙事"與上文所述迥然相異。

　　再次，在中國古代，文學創作喜用故實和典故，稱之爲"事類"。[③]摯虞《文章流別論》云："古詩之賦，以情義爲主，以事類爲佐。"[④]劉勰《文心雕龍·事類》謂："事類者，蓋文章之外，據事以類義，援古以證今者也。"[⑤]而由對"事類"的重視出現了許多專供藝文習用的"類書"，如《北堂書鈔》《藝文類聚》《初學記》等。在這些類書中，有專門對"事類"的解釋，這種解釋有時徑稱爲"叙事"，值得我們充分注意。"類書"在中國古代源遠流長，一般認爲，由魏文帝曹丕召集群儒編纂的《皇覽》乃類書之始祖，歷代編纂不輟，蔚爲大觀。"類書"之功能或臨時取給用便檢索，或儲材待用備文章之助，還能輯録佚書，校勘古籍。"類書"之體例前後有異，大致而言，唐前類書，偏於類事，不重采文，歐陽詢《藝文類聚序》謂："前輩綴集，各抒其意。《流別》《文選》，專取其文；《皇覽》《遍略》，直書其事。文義既殊，尋檢難一。"《藝文類聚》乃開創新局，取"事居其前，文列其後"之新

---

　　① （宋）胡仔纂集，廖德明校點：《苕溪漁隱叢話》前集卷一八，北京：人民文學出版社 1981 年版，第 119 頁。
　　② （宋）黎靖德編，王星賢點校：《朱子語類》卷八一，北京：中華書局 1986 年版，第 2129 頁。
　　③ 一般而言，"事類"即指故實或典故，但劉勰《文心雕龍·事類》所述還包括引用前人或古書中的言辭。參見陸侃如、牟世金譯注：《文心雕龍譯注》（下），濟南：齊魯書社 1982 年版，第 220 頁。
　　④ 郭紹虞主編：《中國歷代文論選》（上），北京：中華書局 1962 年版，第 157 頁。
　　⑤ （南朝梁）劉勰著，范文瀾注：《文心雕龍注·事類》，北京：人民文學出版社 1958 年版，第 614 頁。

例，"使覽者易爲功，作者資其用"。①《藝文類聚》先例一開，後起者仿效
紛紛，"事""文"並舉遂成"類書"之常規，兼有"百科全書"與"資料彙
編"之效。②

　　《初學記》乃唐玄宗李隆基命集賢學士徐堅等撰集，凡三十卷。體例祖
述《藝文類聚》又有所推進，其每一子目均分"敘事""事對"和"詩文"
三個部分，其中"事""文"並舉承續《藝文類聚》，"敘事"部分則更爲精
細和條貫。胡道靜評曰："其他類書，只是把徵集的類事，逐條抄上，條與
條之間，幾乎没有聯繫，因此僅僅是個資料匯輯的性質。《初學記》的'敘
事'部分，雖然也徵集類事，然而經過一番組造，把類事連貫起來，成爲一
篇文章。"③故《四庫全書總目》評其"敘事雖雜取群書，而次第若相連屬"。④
誠非虚譽！試舉"文章"之"敘事"爲例：

　　　　文章者，孔子曰：焕乎其有文章。子貢曰：夫子之文章，可得而聞
　　也。（見《論語》）蓋詩言志，歌永言。（見《尚書》）不歌而誦謂之賦。
　　古者登高能賦，山川能祭，師旅能誓，喪紀能誄，作器能銘，則可以爲
　　大夫矣。三代之後，篇什稍多。又訓誥宣於邦國，移檄陳於師旅，箋奏
　　以申情理，箴誡用弼違邪，讚頌美於形容，碑銘彰於勳德，謚册褒其言
　　行，哀弔悼其淪亡，章表通於下情，箋疏陳於宗敬，論議平其理，駁難
　　考其差，此其略也。⑤

　　《初學記》之"敘事"在"敘事"這一術語的語義源流中有著頗爲特殊

①　（唐）歐陽詢編：《藝文類聚》，北京：中華書局1965年版，第27頁。
②　胡道靜著：《中國古代的類書》，北京：中華書局1982年版，第8頁。
③　同上，第96頁。
④　（清）永瑢等撰：《四庫全書總目》，北京：中華書局1965年版，第1143頁。
⑤　（唐）徐堅編：《初學記》卷二十一文部，北京：中華書局1962年版，第511頁。

的内涵。其可注意者在兩個方面：一爲“事”的事物性，二爲“叙”的解釋性（陳列所釋“事”之成説以解釋之）。故簡言之，類書之所謂“事”者，非故事、事件之謂也，乃事物之謂也；而所謂“叙事”者，亦解釋事物之謂也。胡道静評曰：《初學記》“的‘叙事’部分似劉宋顔延之和梁元帝蕭繹的《纂要》”，“因爲它們富於對事物的解釋性。《纂要》並不是類書，但和類書接近，《隋書·經籍志》著録類書於子部雜家類，和《博物志》《廣志》《博覽》《古今注》《珠叢》《物始》等書列在一起，蓋視爲解釋名物之書”。[①] 可謂切中肯綮。

復次，兩宋時期，文章總集勃興，不僅數量繁多，在文章收録方面也頗多新意，其中叙事文的大量闌入即爲一大特色。“《文苑英華》等宋人總集與《文選》相比，明顯多出傳、記二體”，宋代“文章學内部越來越重視叙事性，叙事性文章也大爲增多”。[②] 而真德秀《文章正宗》將文章分爲“辭命”“議論”“叙事”“詩賦”四大類，則標誌了以“叙事”作爲文類名稱的誕生，在“叙事”的語義流變史上具有重大意義。

《文章正宗》以“叙事”作爲文類，[③] 體現了“叙事”的多樣性。全書“叙事”類共收録文章 123 篇，包括《左傳》《史記》等史傳文章，以及碑誌、行狀、記、序、傳等文體，基本籠括了“叙事”的相關文體，可見“叙事”作爲文章之一大類的概念和意識已經確立。而細審其具體篇目，更可看出“叙事”的多重内涵，且不論《左傳》《史記》之文，碑誌、行狀之篇，那些重在議論的如韓愈《送李愿歸盤谷序》，偏於寫景的如柳宗元《鈷鉧潭記》等，真德秀均一併收入，可見其對“叙事”認識的寬泛。尤可注意者，真德

---

①　胡道静著：《中國古代的類書》，北京：中華書局 1982 年版，第 94 頁。

②　吴承學著：《中國古代文體學研究》，北京：人民出版社 2011 年版，第 321 頁。

③　胡大雷將真德秀《文章正宗》之“叙事”看成爲文體，此説或可商榷，其實以“文類”看待或許更爲準確，《文章正宗》分各種文體爲“辭命”“議論”“叙事”和“詩賦”四類，其中“叙事”即相關叙事文體的文章“類聚”。

秀《文章正宗》以史入總集，消解了文章與史的區别，强化了史的"叙事文"性質。"史"入總集以兩宋爲始，而真德秀《文章正宗》更在觀念上加以確認，並在技術和體例上完成了"史"作爲"叙事文"的改造。胡大雷分析道：

> （《文章正宗》）解決了以往"記事之史，繫年之書"不成"篇翰"的問題。……破《左傳》以"年"爲單位的記事而以"叙事"爲單位，篇題爲"叙某某本末"，如第一篇《叙隱桓嫡庶本末》，或"叙某某"，如《叙晉文始霸》。這些"叙事"，或爲一年之中多種事的某一選録，或爲一事跨兩年度的合一，如"左氏"《叙晉人殺厲公》就是把成公十七年和成公十八年事合在一起爲一篇。又其破《史記》以"人"爲單位的"記事"，節録爲以"事"爲單位者，篇題爲"叙某某"，如《叙項羽救鉅鹿》《叙劉項會鴻門》。雖然其亦有"某某傳"，但却是拆《史記》合傳整篇而單録一人之傳者，如《屈原傳》，且删略了原文所録屈原的《懷沙》之賦以及篇末的"太史公曰"，即"贊"體文字。總之，其"叙事"的構成是一事一篇，或一人一事一篇，其"叙事"作爲文體可謂以"篇翰"方式生成。①

還可值得重視的是，真德秀《文章正宗》雖"以明義理、切世用爲主"，②然亦以提供"作文之式"爲其目的，而這"作文之式"自然包括叙事之形式内涵。故"事文並舉"是真德秀在"叙事"領域的明顯追求，開啓了後世叙事文創作及其理論批評對叙事形式的重視。《綱目》云："獨取左氏、《史》、

---

① 胡大雷：《"左史記言，右史記事"與文體生成——關於叙事諸文體録入總集的討論》，《中山大學學報（社會科學版）》2015年第4期。
② （宋）真德秀《文章正宗·綱目》謂："正宗云者，以後世文辭之多變，欲學者識其源流之正也。……夫士之於學所以窮理而致用也，文雖學之一事，要亦不外乎此。故今所輯以明義理、切世用爲主，其體本乎古，其指近乎經者，然後取焉，否則辭雖工亦不録。"元至正元年（1341）高仲文刻明修本。

《漢》叙事之尤可喜者，與後世記序傳志之典則簡嚴者，以爲作文之式。若夫有志于史筆者，自當深求《春秋》大義，而參之以遷、固諸書，非此所能該也。"①可見，真德秀並不排斥叙事形式，叙事之"可喜"和"典則簡嚴"也是其選文的重要標準。尤其是"史"，其所擇選者更是爲作文之用，而非"有志于史筆者"，"史"之文本遂成文章之軌範。宋明以來，史著之叙事尤其是《左傳》和《史記》成爲了各體文學共同的叙事典範和仿效對象，在日益繁盛的文章學中談論叙事文體和叙事法則更是常規，而在這一格局的形成過程中，《文章正宗》可謂功莫大焉。

第四節　小説"叙事"的獨特内涵

宋以後，有關"叙事"的討論仍在繼續，但作爲一個概念術語，其思想内涵和論述思路在此前已基本奠定。"叙事"的語義源流實際構成了如下格局：一是關於史學的；二是關於文章的，涉及碑誌、行狀、記、序等諸叙事文體，亦包括文章化的"史著"；三是關於詩的，有涉及抒情詩的，如詩中以"叙事"名題的詩，也有涉及"有始有卒""本末貫穿"的"叙事體"的；四是《初學記》中的"叙事"，此雖不普遍，但其隱性影響不容忽視。②檢索宋以後有關"叙事"的史料，此時期對"叙事"的討論正是接續了這一内涵和格局。但變化也是明顯的，而其中最爲重要的是小説成了"叙事"討論的

---

① （宋）真德秀：《文章正宗·綱目》，元至正元年（1341）高仲文刻明修本。
② 《初學記》中的"叙事"強化"事"的事物性和"叙"的解釋性（陳列所釋"事"之成説以解釋之），將"叙事"視爲對於事物的解釋，這在古代"叙事"語義流變中是個特例。但其隱性影響值得重視，即唐以後雖然很少再這樣使用"叙事"一詞，但"叙事"的事物解釋性内涵已在具體的創作中得以體現，尤其在小説領域，如"博物性"是筆記體小説的重要特性，其成因或許與此相關，而近代以來對筆記體小説"博物性"的詬病乃爾於對"叙事"的狹隘理解。另外，白話小説習慣於（且喜好）在章回小説中鋪陳事物，這在《金瓶梅》《紅樓夢》《鏡花緣》《野叟曝言》等文人化程度較高的小説中表現得尤爲强烈。這種鋪陳事物或作叙述事件之延伸和補充，或僅爲"炫才"，但濃重的"博物性"構成了這類小説的一個重要特性，也成爲小説"叙事"的一個有機組成部分，或可稱之爲"博物叙事"。這是古代小説叙事的一個重要傳統，值得加以重視。

中心文體，"叙事"的傳統内涵在小説中得以融合和發展。

比如在史學領域，"叙事"仍然作爲一個評價和寫作的術語加以使用，在大量的史學及目録學著作中屢屢出現；其中"叙事"的基本内涵和原則未有太大改變，但也出現了不少有意味的變化。如"簡要"一直是史學叙事之不二標尺，此時期則略有異議，趙翼提出："凡叙事，本紀宜略，列傳宜詳。"[①] 王鳴盛則提醒："史家叙事貴簡潔，獨官銜之必不可削者，任意削之則失實。"[②] 更有意思的是，對一向尊榮謹嚴的史家叙事，黄宗羲以有"風韻"來評價史著列傳："叙事須有風韻，不可擔板。今人見此，遂以爲小説家伎倆。不觀晉書、南北史列傳，每寫一二無關係之事，使其人之精神生動，此頰上三毫也。史遷伯夷、孟子、屈、賈等傳，俱以風韻勝。"[③] 這或許是宋以來史著"文章化"的結果。

文學領域亦然，文章學中談論叙事者日益深入和細密，並進一步凸顯了《左傳》《史記》等經典作品的叙事典範性；詩歌領域中則仍然關注抒情詩中的"叙事"問題和"叙事體"詩的叙事特性。如茅坤在《唐宋八大家文鈔》中喜用"叙事"評價文章，稱"宋諸賢叙事，當以歐陽公爲最，何者？以其調自史遷出"，而"蘇氏兄弟議論文章，自西漢以來當爲天仙，獨於叙事處不得太史公法門"。[④] 盧文弨亦謂："夫善叙事者，莫過於馬班，要在舉其綱領，而於糾紛蟠錯之處，自無不條理秩如。"[⑤] 又如在詩歌領域，自唐詩中出現大量以"叙事"名題的作品後，所謂"抒情詩中的叙事"成爲了"叙事"語義場域中的一個獨特内涵。此内涵在宋以後的詩歌創作中得以延續，

① （清）趙翼撰：《陔餘叢考》卷一三，北京：中華書局 1963 年版，第 238 頁。
② （清）王鳴盛著，黄曙輝點校：《十七史商榷》卷六八，上海：上海古籍出版社 2013 年版，第 955 頁。
③ （清）黄宗羲著，陳乃乾編：《黄梨洲文集·雜文類·論文管見》，北京：中華書局 1959 年版，第 481 頁。
④ （明）茅坤編：《唐宋八大家文鈔》，上海：上海古籍出版社 1987 年版，第 14 頁。
⑤ （清）盧文弨撰：《抱經堂文集》卷四《皇朝武功紀盛序》，上海：商務印書館 1937 年版，第 40 頁。

明清詩歌中以"叙事"名題者亦屢屢出現。如《秋夜得李叔賓書見慰叙事感懷》《退齋左轄招飲雲居古衝適轉右轄復招宗陽之燕即叙事和韻各一首》《宜晚社成長句叙事》《浙江試竣叙事抒懷六首》《與張芥航河帥叙事抒懷》《與內子瑞華叙事抒懷八章》等,① 其"叙事"內涵與唐詩並無二致。② 這些論述雖然在"叙事"語義的認識上殊少歧義,但也提出了不少有價值的新見。如劉熙載《藝概》對"叙事"的探討更爲細密:"叙事有特叙,有類叙,有正叙,有帶叙,有實叙,有借叙,有詳叙,有約叙,有順叙,有倒叙,有連叙,有截叙,有豫叙,有補叙,有跨叙,有插叙,有原叙,有推叙,種種不同。惟能綫索在手,則錯綜變化,惟吾所施。"③ 王夫之對詩歌"叙事"與"比興"的關係也有精彩認識,其評庾信《燕歌行》云:"句句叙事,句句用興用比,比中生興,興外得比,宛轉相生,逢原皆給。"④ 而納蘭性德對詠史詩中"叙事"與"議論"關係的闡發更顯獨特:"古人詠史,叙事無意,史也,非詩矣。唐人實勝古人,如'江流石不轉,遺恨失吞吳''武帝自知身不死,教修玉殿號長生''東風不假周郎便,銅雀春深鎖二喬''此日六軍同駐馬,當時七夕笑牽牛',諸有意而不落議論,故佳。若落議論,史評也,非詩矣。宋已後多患此病。愚謂唐詩宗旨斷絶五百餘年,此亦一端。"⑤

此時期有關"叙事"的討論最值得關注的是小說領域。

以"叙事"評價小說和分析小說創作始於明代。在白話小說領域,較早

---

① 以上詩見:(明)彭堯諭撰:《西園前稿》卷之一,明刻本,第 22 頁 b。(明)邵經濟撰:《泉厓詩集》卷一〇,明嘉靖張景賢、王詢等刻本,第 9 頁 a。(明)朱樸撰:《西村詩集》卷上,清文淵閣四庫全書本,第 36 頁 a。(清)穆彰阿撰:《澄懷書屋詩抄》卷一,清道光刻本,第 11 頁 a。(清)穆彰阿撰:《澄懷書屋詩抄》卷三,第 14 頁 a。(清)湯鵬撰:《海秋詩集》卷一九,清道光十八年刻本,第 1 頁 b。

② 兹舉《與內子瑞華叙事抒懷八章》之一以概之:"瘦影伶俜怯見秋,西風吹雨上簾鉤。手調藥裹元多病,面對菱花只解愁。雲滿一枝簪影活,天寒九月杵聲柔。流傳只有詩家婦,每誦秦徐句未休。"見(清)湯鵬撰:《海秋詩集》卷一九,清道光十八年刻本,第 1 頁 b。

③ (清)劉熙載著,袁津琥校注:《藝概注稿》,北京:中華書局 2009 年版,第 190 頁。

④ (清)王夫之編:《古詩評選》卷一,上海:上海古籍出版社 2011 年版,第 68 頁。

⑤ 康奉、李宏、張志主編:《納蘭成德集》卷一八《渌水亭雜識》,北京:北京古籍出版社 2006 年版,第 561 頁。

以“叙事”（“序事”）評價作品的史料見於李開先《詞謔》：“《水滸傳》委曲詳盡，血脈貫通，《史記》而下，便是此書。且古來更無有一事而二十冊者，倘以奸盜詐僞病之，不知序事之法，史學之妙者也。”[①]在文言小説領域較早出自謝肇淛《五雜組》：“晉之《世説》，唐之《酉陽》，卓然爲諸家之冠，其叙事文采足見一代典刑，非徒備遺忘而已也。”[②]胡應麟《少室山房筆叢》則同時以“叙事”評價文言和白話小説，如評《夷堅志》“其叙事當亦可喜”，評《水滸傳》“述情叙事，針工密緻”，[③]都把“叙事”看成爲評價小説的重要徑路。而其興盛則始於小説評點，小説評點在晚明興起，其因繁多，但明代以來文章學的影響不容忽視，文章學重視文法，小説評點接續之，以叙事文法爲主體，實際開創了小説批評之新路。“容本”和“袁本”《水滸傳》評點是其開端，“容本”回評：“這回文字没身分，叙事處亦欠變化，且重複可厭，不濟，不濟。”[④]而“袁本”是小説評點史上較早歸納小説文法的批評著作，其提出的諸如“叙事養題”“逆法”“離法”等可視爲小説評點史上文法總結之開端。以後相沿成習，對於小説叙事的評價和文法總結在小説評點中蔚然成風，並逐漸延伸至文言小説領域。有意味的是，小説家們也常常用“叙事”一詞穿插其創作之中，兹舉幾例：

　　説話的，你以前叙事都叙得入情，獨有這句説話講脱節了。[⑤]

　　這也是天霸見第二人來，滿想“一箭射雙雕”，因又祭上一鏢，不

　　①（明）李開先著，卜鍵箋校：《李開先全集·詞謔》，北京：文化藝術出版社2004年版，第1276頁。

　　②（明）謝肇淛撰：《五雜組》，上海：上海書店出版社2001年版，第264頁。

　　③（明）胡應麟撰：《少室山房筆叢》，上海：上海書店出版社2009年版，第286、437頁。

　　④《容與堂李卓吾先生批評忠義水滸傳》，上海：上海人民出版社1975年版，第543頁。

　　⑤（清）李漁著，李聰慧點校：《十二樓》，《拂雲樓》第二回，北京：中華書局2004年版，第102頁。

意智明躲得快，不曾打中，只在肩頭上擦了一下，依舊被他逃走。這就
是智亮被擒，施公免禍的原委。若不補說明白，看官又道小子叙事不清
了，閑話休提。①

晚明以來，對於"叙事"的理論探討主要集中在兩個時段，各針對兩部
作品。一是明末清初，金聖歎於崇禎年間完成《水滸傳》評點，對小說"叙
事"問題作出了深入解析，其以叙事爲視角、以總結文法爲主體的評點方式
和思路在小說評點史上產生了深遠影響。清初毛氏父子評點《三國演義》，
"仿聖歎筆意爲之"，直接繼承了金聖歎評點《水滸傳》的傳統，在《三國演
義》的評點中廣泛探討了小說的叙事問題，提出了諸多有價值的見解。金聖
歎、毛氏父子的評點傳統以後在張竹坡、脂硯齋等小說評點中得以延續，形
成了小說史上談論"叙事"問題的一脈綫索。二是清代乾隆以來，隨著《聊
齋志異》的風行和《閱微草堂筆記》的問世，紀昀提出"小說既述見聞，即
屬叙事"的命題，批評《聊齋志異》的叙事特性，由此引發對筆記體小說
"叙事"問題的爭執和討論。這一場討論由紀昀發端，其門下盛時彥鼓動，
而以嘉慶年間馮鎮巒評點《聊齋志異》對紀昀的反批評作結。而其中對於
"叙事"問題討論最爲深入，在"叙事"語義流變中最值得重視的是金聖歎
和紀昀的相關論述。

金聖歎對"叙事"問題的貢獻主要在三個方面：一是明確認定"叙事"
是小說的本質屬性，他稱小說爲"文章"其實就是指"叙事文"，故其評點
就是從"叙事"角度批讀《水滸傳》、評價《水滸傳》，而其所謂"叙事"即
指"叙述事件或故事"。二是在《水滸傳》評點中總結了大量的叙事法則，
諸如"倒插法""夾叙法""草蛇灰綫法""背面鋪粉法"等，歸納總結的叙

①　佚名著，固亮校點：《施公案（續）》，北京：中國戲劇出版社1993年版，第140頁。

事法則在古代小説史上最爲詳備。三是在"事""文"二分的前提下，明顯表現出"重文輕事"的傾向。① 在金聖歎看來，小説創作"無非爲文計不爲事計，但使吾之文得成絶世奇文，斯吾之文傳而事傳矣"。② 因此，小説之叙事應專注於"文"，務必寫出"絶世奇文"，故在"事"與"文"的關係上，金聖歎明顯地傾向於後者，而小説叙事之本質即在於寫出一篇有"故事"的絶世奇文。金聖歎的上述觀點在叙事理論史上是有其獨特價值的，從劉知幾的"重事輕文"，到真德秀的"事文並舉"，再到金聖歎的"重文輕事"，叙事形式日益受到了重視。而就古代小説史而言，這種觀點也合轍於明末清初文人對通俗小説叙事形式的改造，甚至可視爲這一"改造"行爲的理論綱領，故而也是古代通俗小説文人化進程中的重要一環。

紀昀有關"叙事"的論述緣於對《聊齋志異》的批評，語出其門下盛時彥的《〈姑妄聽之〉跋》，在其中由盛時彥轉述的一段文字中，集中體現了紀昀對小説"叙事"的認識。首先，紀昀所謂"小説"是指筆記體小説，與"傳記"（即"傳奇"）相對，認爲"小説"有其自身的文體規範，與"傳記"在表現内涵（即"事"）方面並無嚴格的區分，其區别之關鍵在於"叙事"。其次，紀昀提出了小説"叙事"的特性："小説既述見聞，即屬叙事，不比戲場關目，隨意裝點。"③ 其中"述見聞"，明確了小説的表現内涵在於記録見聞。而觀其"既述見聞，即屬叙事"之語序，尤其是"既述""即屬"之關聯詞，則"叙事"似有特指。此"叙事"何指？紀昀並未明説，實則即是古代延續長久的筆記體小説的叙事傳統，其特性即爲上句之"述見聞"和下句之"不比戲場關目，隨意裝點"。故簡言之，在紀昀看來，所謂筆記體小

① 參見高小康：《中國古代叙事觀念與意識形態》之《金聖歎與叙事作品評點》，北京：北京大學出版社 2005 年版。

② （明）施耐庵著，（清）金聖歎批改：《第五才子書水滸傳》第二十八回回評，上海：上海古籍出版社 1994 年版，第 1560 頁。

③ （清）盛時彥：《〈姑妄聽之〉跋》，見（清）紀昀著：《閱微草堂筆記》，上海：上海古籍出版社 1980 年版，第 472 頁。

説之"叙事"即爲"不作點染的記録見聞"。並以此爲準繩,對《聊齋志異》作出了批評,認爲其"隨意裝點"違背了筆記體小説"述見聞"的叙事本質:"今燕昵之詞、媟狎之態,細微曲折,摹繪如生。使出自言,似無此理;使出作者代言,則何從而聞見之?"[1]紀昀對小説叙事的認識有其合理性,他實際所做的是對小説(筆記體小説)叙事傳統的"捍衛"和正統地位的確認,以反撥唐代以來"古意全失"[2]的傳奇(傳記)對筆記體小説叙事的"侵蝕"。

第五節　古代小説的叙事傳統

至此,對於古代範疇的"叙事"的歷史梳理和理論辨析大致可以告一段落。而在上述梳理和辨析的基礎上,我們擬對古代小説的叙事傳統作出簡要的描述。所謂"古代小説的叙事傳統"有兩個含義,從外部而言,是指古代小説所接續的是怎樣的叙事傳統;而就内部來看,則指古代小説形成了怎樣的叙事傳統。中國古代小説大致可以分爲"筆記體""傳奇體""話本體"和"章回體"四大文體,而檢索古代小説史料,有關"叙事"的討論很少關注"傳奇體"和"話本體"小説,主要涉及的是"筆記"和"章回"兩種小説文體,故以下的討論主要涉及以"章回體"爲代表的白話小説和以"筆記體"爲代表的文言小説。又,古代小説的叙事傳統是一個極大的論題,非本章所能涵蓋,學界對此也論述頗多,毋庸重複。故本章僅就與"叙事"史料相關的問題作一簡要梳理。

筆記體小説的叙事傳統頗爲明晰。從叙事的精神層面而言,筆記體小説接過了史學的叙事傳統,即"實録""勸善懲惡"和"簡要"的叙事原則,

---

① (清)盛時彦:《〈姑妄聽之〉跋》,見(清)紀昀著:《閲微草堂筆記》,上海:上海古籍出版社1980年版,第472頁。
② 浦江清云:"現代人説唐人開始有真正的小説,其實是小説到了唐人傳奇,在體裁和宗旨兩方面,古意全失。"參見浦江清:《論小説》,《浦江清文録》,北京:人民文學出版社1958年版,第186頁。

但又有所變異。如"實録"在筆記體小説多表現爲"據見聞實録"的記述姿態，這些耳聞目睹的傳聞，雖不免虚妄，但只要"據見聞"，即屬"實録"。李肇《唐國史補》自序："因見聞而備故實。"①洪邁《夷堅乙志序》："若予是書，遠不過一甲子，耳目相接，皆表表有據依者。"②均表明了記録見聞的寫作態度，故筆記體小説之"實録"在於叙述過程的真實可靠與否，而不在於事件本身之真實。又如"勸善懲惡"亦爲筆記體小説之叙事宗旨，但又不拘于此，曾慥《類説序》："可以資治體，助名教，供談笑，廣見聞。"③《四庫全書總目》"小説家叙"："中間誣謾失真，妖妄熒聽者，固爲不少，然寓勸戒、廣見聞、資考證者，亦錯出其中。"④而"簡要"的要求則與史學一脈相承，叙事"簡要""簡潔""簡浄"的評語在筆記體小説的評論中隨處可見。就叙事範圍層面來看，筆記體小説可謂容納了"叙事"語義幾乎所有的内涵，記録故事、陳説見聞、叙述雜事，乃至綴輯瑣語、解釋名物均爲筆記體小説的叙事範圍，形成了筆記體小説無所不包的叙事特性，故"叙事的多樣性"是筆記體小説叙事的重要特性和傳統。清劉廷璣《在園雜志》謂："自漢魏、晉、唐、宋、元、明以來，不下數百家，皆文辭典雅。有紀其各代之帝略官制，朝政宮幃，上而天文，下而興土，人物歲時，禽魚花卉，邊塞外國，釋道神鬼，仙妖怪異，或合或分，或詳或略，或列傳，或行紀，或舉大綱，或陳瑣細，或短章數語，或連篇成帙，用佐正史之未備，統曰歷朝小説。讀之可以索幽隱，考正誤，助詞藻之麗華，資談鋒之鋭利，更可以暢行文之奇正，而得叙事之法焉。"⑤劉氏以"得叙事之法"作爲筆記體小説的特性之一，而所謂"叙事之法"包括上述"或列傳，或行紀，或舉大綱，或陳瑣細，或短章

① （唐）李肇等撰：《唐國史補　因話録》，上海：上海古籍出版社1979年版，第3頁。
② （宋）洪邁：《夷堅志·夷堅乙志序》，北京：中華書局1981年版，第185頁。
③ （宋）曾慥：《類説序》，（宋）曾慥編纂，王汝濤校注：《類説校注》，福州：福建人民出版社1996年版，第1頁。
④ （清）永瑢等撰：《四庫全書總目》，北京：中華書局1965年版，第1182頁。
⑤ （清）劉廷璣撰，張守謙校點：《在園雜志》，北京：中華書局2005年版，第83頁。

數語，或連篇成章"的所有内涵，可謂深得筆記體小説叙事之奧秘。今人治小説者，以"叙事"劃定筆記體小説之疆域，又囿於對"叙事"内涵的狹隘理解，對筆記體小説的"雜"多有貶斥，殊不知筆記體小説的"雜"正是其"叙事"多樣性的自然結果。

學界論及章回小説的叙事傳統，一般都以"史"和"話"爲觀照視角，認爲章回小説接續了"史"和"話"的叙事傳統並形成了以"史"和"話"爲根柢的叙事特性。此説在學界頗爲流行，亦無異議，是確然不易之論。但細審之，實際還有可議之處。一者，史著例分"編年""紀傳"二體，而章回小説除歷史演義尤其是"按鑑演義"一脈在叙事體例上承續編年之外，一般都與編年體史書無關，然《左傳》又向來被看成"小説之祖"，其何以影響章回小説之創作？其説不明。二者，將"話"視爲章回小説之源起有三個因素：章回小説起源於"講史"、"説話"體制的延續、叙事方式上的説話人"聲口"。此三個因素亦確然無疑，深深影響了章回小説叙事特性的生成。然細考之，亦有説焉，"話"誠然是影響章回小説叙事的重要因素，"話"之"遺存"也固然無處不在，但縱觀章回小説的發展史，"去説話化"却是章回小説發展中一個不容忽視的重要現象，可以説，章回小説叙事的成熟過程正是與"去説話化"的過程相重合的。晚明以來，文人對章回小説的改造大多是以去除章回小説的説話"遺存"爲首務，這其中當然也包括叙事形式。而到了清代《紅樓夢》《儒林外史》等小説的崛起，所謂"説話"已不再是小説叙事的主流特徵，故"説話"對章回小説的影響主要是外在的"叙事體制"。"史"影響章回小説叙事也確乎無可非議，但不是原汁原味的"史"，而是經過"改造"的"史"。上文説過，南宋以來的文章總集大量選入史著文本，包括以"事"爲核心的編年體和以"人"爲核心的紀傳體，其中以《左傳》和《史記》最得青睞。史著文本遂得"改造"，包括觀念上的"文章化"和操作上的"節録"，其目的在於作文之用，而其核心即爲展示事件叙述和人物紀傳的種種 "文法"。這一觀念爲小説評點者所繼承，並付諸實踐，晚明以來文人對章回小説改造的另一重要工作就是以史著之文章標準批改小説，一方面他們把章回小説也稱之爲 "文章"，與史著文本一樣看待，又把章回小説之叙事與史著相比附，更以史著叙事文法之精神改造章回小説。而這一過程正是章回小説叙事走向成熟的關捩：弱化 "説話" 的叙事體制，强化文章化的 "史著" 叙事，並由此劃出了章回小説叙事的新階段，故 "史" 影響章回小説叙事最爲重要的是宋以來史著的 "文章化"。

　　以上我們對 "叙事" 的語義源流作了比較詳盡的梳理，也涉及相關叙事文本和叙事理論。通過梳理和辨析，我們大致可以得出如下結論：（一）"叙事" 在《周禮》中是作爲一般用語加以使用的，自史學用爲專門術語後，"叙事" 的這一用法已基本消失。但《周禮》中 "叙事" 的精神内核已融入了作爲史學和文學專用術語的基本内涵之中，如 "叙事" 的 "秩序性""時空性" 和 "事" 的多義性等都是後來討論 "叙事" 的重要内涵，尤其在文學領域。故《周禮》的 "叙事" 與史學、文學之 "叙事" 在精神内核上乃一脈相承。（二）"叙事" 在史學和文學領域呈 "分流" 而又 "融和" 之勢，"分流" 者，畢竟史學和文學分屬不同領域，其差異顯而易見；"融和" 者，一源於文學中碑誌、行狀、記、序等諸體乃史之餘緒，與史有千絲萬縷的關係，二緣於自《文選》以來的 "史" 入文章，尤其是《文章正宗》的 "史""文" 一體。（三）"叙事" 内涵絶非單一的 "講故事" 可以涵蓋，這種豐富性既得自 "事" 的多義性，也來自 "叙" 的多樣化。就 "事" 而言，有 "事物""事件""事情""事由""事類""故事" 等多種内涵；而 "叙" 也包含 "記録""叙述""解釋" 等多重理解。對 "叙事" 的狹隘理解是 20 世紀以來形成的，並不符合 "叙事" 的傳統内涵，與 "叙事" 背後藴含的文本和思想更是相差甚遠。在對古代小説的認識上，"叙事" 理解的狹隘直接導致了認識的偏差，這在筆記體小説的研究中表現尤爲明顯。（四）"叙事"語義的古今差異可謂大矣，故"叙事"與"narrative"的對譯實際"遮蔽"了"叙事"的豐富内涵，而釐清"叙事"的古今差異正是爲了更好地把握中國古代小説的自身特性。

第六節　古代小説的博物叙事

"博物"是當下較爲熱門的文化關鍵字，不過從本質上而言，古今"博物"内涵有著明顯不同。通常意義下的"博物"内涵多具有西方博物學色彩，即偏重於指涉地理、生物等自然科學背景下的廣博知識及現象的呈露，而中國古代的"博物"則更偏重指涉在人與外界之關係框架下的奇異世界書寫，具備更强的人文屬性。所謂"博物君子""博物洽聞"云云，其實都是古代士人孜孜以求的精神目標。在這種情形下，古代文學中的博物叙事大多可看成士人精神世界的延伸，其中的博物叙事多與作品的主體意趣存在有機關聯，並不像西方文學世界那樣成爲疏離於主體内容之外的"物自身"。正是在這個意義上，古代小説在産生之初即與博物叙事關聯密切（甚至可説以博物叙事呈現其原初形態），並且在文言小説領域與白話小説領域均形成了典型的博物叙事特徵。本節擬在追溯"博物"意涵的前提下，結合具體作品，就此問題加以相關論述。

一、"博物"辨義

"博物"一詞的本義殆指通曉萬事萬物，亦可形容萬物齊備，進而引申爲對全知全能式的品格之褒揚。按，"博"字最早見於金文，從"十"與"尃"，有四方齊備、寬廣宏大之義，《説文解字》釋爲"大通"。"物"字在

甲骨文中即可見到，"牛"爲形旁，"勿"爲聲旁。許慎《説文》云："物，
萬物也。牛爲大物，天地之數，起於牽牛，故從牛，勿聲。"[1]王國維、商承
祚認爲"物"的本義是指"雜色的牛"。[2]張舜徽對此進一步補充道："數，
猶事也，民以食爲重，牛資農耕，事之大者，故引牛而耕，乃天地間萬事
萬物根本。"[3]結合相關文獻，可知古人對"博物"的認識主要包含以下兩個
方面：

1."博物"：辨識名物與通達義理的融合

作爲一種體認世界的辨識能力，古人普遍重視與推崇"博物"在個人
知識素養結構中的分量，進而將"博物"視爲識見過人的判斷尺度。在古人
看來，"博物"之祖應屬孔子。孔子有云："小子，何莫學夫詩？詩，可以
興，可以觀，可以群，可以怨。邇之事父，遠之事君；多識於鳥獸草木之
名。"[4]"識名"的背後顯然是直指博物的詩教追求，即學詩可以廣博見識，這
對於有心向學者而言是十分有益的。因此，宋人王十朋評價道："多識鳥獸
草木之名，可以博物而不惑，兹其所以爲百代指南歟！"[5]四庫館臣則認爲：
"《三百篇》經聖人手訂，魯《論》云：'多識於鳥獸草木之名'，是已爲後世
博物之宗。"[6]在孔子之後，以辨識殊方異物、通曉古今事典爲風尚的"博物"
之舉日受尊崇，"博物洽聞""博物君子"與"博物多藝"成爲士人的普遍追
求（這種情形在文化昌明的兩宋尤爲明顯）：

---

① （漢）許慎撰，（清）段玉裁注：《説文解字注》，上海：上海古籍出版社1981年版，第53頁。
② 王國維著：《觀堂集林》，北京：中華書局1959年版，第287頁。商承祚著：《殷虛文字類編》
卷二，收録於《甲骨文研究資料彙編》，北京：北京圖書館出版社2000年版，第40頁。
③ 張舜徽著：《説文解字約注》第一册，武漢：華中師範大學出版社2009年版，第287—288頁。
④ 楊伯峻譯注：《論語譯注》，北京：中華書局1980年，第185頁。
⑤ （宋）王十朋著：《梅溪前集》卷十五，文淵閣《四庫全書》本。
⑥ （清）愛新覺羅·弘曆著：《（乾隆）御製詩五集》卷九十一，文淵閣《四庫全書》本。

君應期挺生，瑰偉大度，黃中通理，博物多識。①

博物君子恥一事之不知，窮河源，探禹穴，無所不至。②

博物強記，貫涉萬類，若禮之制度，樂之形聲，《詩》之比興，
《易》之象數，天文地理，陰陽氣運，醫藥算數之學，無不究其淵源。③

博物君子識鑒精，包羅錯綜能成文。④

何當喚起博物者，共騎黃鵠凌昆侖。⑤

可見，“博物”本身即是士人厚學養、廣見聞的切實體現，是士人生活
情趣與自我修養的內在要求。大凡辨識名物、暢曉性理、熟知源流、明乎利
害等義項，皆構成了“博物”的內涵所在，所謂“博物君子恥一事之不知”，
即是生動寫照。當然，博物之可貴惟有身歷其境約略可以感受一二，恰如古
人所云：“物不受變，則材不成人，不涉難則智不明，‘蒹葭蒼蒼，白露爲
霜’，此博物君子所由賦也。”⑥稱譽“博物”之意顯而易見，此自不必多論。
　　由此可知，辨識名物是“博物”的核心義旨，“博物”的立足點在於通
過士人自身閱讀視野的開拓、知識涵養的積累，進而達到辨認名物之目的。
不過，在真正有識之士看來，“博物”固然要求遍識名物，但是“博物”仍

----

① （漢）蔡邕著：《蔡中郎集》卷六《劉鎮南碑》，文淵閣《四庫全書》本。
② （宋）崔敦禮著：《宮教集》卷七，文淵閣《四庫全書》本。
③ （宋）程顥撰：《明道文集》卷四《華陰侯先生墓誌銘》，文淵閣《四庫全書》本。
④ （宋）王柏撰：《魯齋集》卷二《再詠番陽方節士》，文淵閣《四庫全書》本。
⑤ （元）范梈撰：《范德機詩集》卷四《古杉行》，文淵閣《四庫全書》本。
⑥ （宋）釋道璨著：《雙竹記》，曾棗莊主編《全宋文》第 349 冊，上海：上海辭書出版社 2006 年
版，第 357 頁。

應以物 "理" 感悟爲根本。唐代劉知幾有云："魏朝之撰《皇覽》，梁世之修《遍略》，務多爲美，聚博爲功，雖取悦小人，終見嗤于君子矣。"① 所論雖並不專指《博物志》之類的著作，但貶抑博物的傾向還是較爲明顯的。此外，宋人歐陽修也論及其 "博物" 觀："蟪蛄是何棄物，草木蟲魚，詩家自爲一學。博物尤難，然非學者本務。"② 顯然，在歐陽修看來，"博物" "非學者本務"，能 "博物" 者固然可喜，未能 "博物" 者亦不必自賤。與之相類似，元人劉因對 "博物" 境界亦有持平之論："嗚呼！人之于古器物也，强其所不可知而欲知之，則爲博物之增惑也。"③ 古往今來，因種種原因確實會導致某些名物難以辨識，在此情形下，出於博物的動機去追求所謂 "知其不可辨而辨之"，這對於 "博物" 本身而言實是無謂的。正如元人吳海所述：

> 其言（指諸子百家雜言邪説）或放蕩而無涯，或幽昧而難窮，或狃志易入，或近利而有功，故世鮮有不好之者。至其詼諧鄙俚，隱謬神怪之淺近可笑，誕妄不足信者，則俗儒賤士又争取以爲博物洽聞。④

正是出於同樣的考慮，明人方孝孺亦反對以多聞多識爲旨歸的 "博物" 之舉："君子之學貴乎博而能約，博而不得其要，則涣漫而無歸。徒約而不盡乎博，則局滯而無術。……士不知道而多聞之爲務，適足以禍其身而已。"⑤ 很明顯，方孝孺推崇的並不是物本身，而是物 "理"。

應該説，此類論説是古代 "博物" 觀念的精髓所在。若止步於辨識殊

---

① （唐）劉知幾著，（清）浦起龍注釋，王煦華整理：《史通通釋》，上海：上海古籍出版社 1978 年版，第 117 頁。
② （宋）歐陽修撰：《博物説》，李之亮箋注：《歐陽修集編年箋注》，成都：巴蜀書社 2007 年版，第 157 頁。
③ （元）劉因著：《静修先生文集》，北京：中華書局 1985 年版，第 47 頁。
④ （元）吳海著：《聞過齋集》卷八，文淵閣《四庫全書》本。
⑤ （明）方孝孺著：《方孝孺集》，杭州：浙江古籍出版社 2013 年版，第 142 頁。

方異物、稽古考訂之類的"博物"層面，那勢必物於物而難以物物。真正的"博物君子"應以通達義理爲要。這種以"理"爲上的"博物"觀念，顯然更爲通透。

2."博物"：尚奇呈異的虛擬叙事

如上所言，"博物"重在日常生存中的識見辨認與義理審問，因此"博物君子"備受尊崇。受其影響，古代士人往往通過虛擬構建的文學世界，來呈現自身的廣博見識，以期贏得"博物洽聞"的美譽。在此情形下，作爲文學叙事形態的"博物"即得以形成。

從源頭而言，古人眼中的"博物"與"叙事"有著天然的密切關聯，甚至可説構成一種彼此互訓的關係。一方面，作爲叙事形態的"博物"，對於慣常舞文弄墨並且擅於想像之輩而言，應該並非難事，當中關鍵在於撰述與構思之"物"須以奇異爲準的，惟此方可得到世人之關注。明代胡應麟指出："怪力亂神，俗流喜道，而亦博物所珍也。"[①]認爲奇異之物方可成爲博物者重視的對象，非此不能體現博物之意趣。此論實際上是對"博物"作爲文學書寫内涵的確認。結合古代文學著述而言，此論亦大體符合實際情形。另一方面，作爲内蘊複雜的"叙事"概念，其實也含有以奇異爲旨歸的文學書寫意味。這點在以《初學記》爲代表的古代類書那裏有切實體現。"其他類書，只是把徵集的類事，逐條抄上，條與條之間，幾乎没有聯繫，因此僅僅是個資料匯輯的性質。《初學記》的'叙事'部分，雖然也徵集類事，然而經過一番組造，把類事連貫起來，成爲一篇文章。"[②]"《初學記》中的'叙事'強化'事'的事物性和'叙'的解釋性（陳列所釋'事'之成説以解釋之），將'叙事'視爲對於事物的解釋，這在古代'叙事'語義流變中是個特例。

---

① （明）胡應麟撰：《少室山房筆叢·九流緒論下》，上海：上海書店出版社 2009 年版，第 235 頁。
② 胡道靜著：《中國古代的類書》，北京：中華書局 2002 年版，第 130 頁。

但其隱性影響值得重視，即唐以後雖然很少再這樣使用‘叙事’一詞，但‘叙事’的事物解釋性内涵已在具體的創作中得以體現。”① 作爲以資料齊備著稱的典籍形式，類書本身即帶有奇異趣味，因而對其中相關事物有必要作解釋性説明（只不過《初學記》因“次第若相連屬”的解釋性文字而彰顯文學意味），此舉即促成了古代“叙事”解釋事物的語義生成。毋庸置疑，平常所見之物，顯然不需解釋，惟有奇異難辨之物，需加解釋性説明。在這個意義上説，“叙事”確實與“博物”之義極爲相通，古代文言小説與白話小説的“博物性”特徵大抵因此而形成，古代小説的“博物叙事”意味亦由此而呈現。

需要注意的是，我們翻看《博物志》與《金瓶梅》等古代小説，其中的博物叙事又往往體現出奇異的方術色彩。對此，我們要關注的是，博物叙事爲何是此種奇異之態，而非别種奇異之態？我們認爲，這與博物者的思想背景與身份特徵相關聯。可以説，早期博物者普遍受到當時方術、神話以及陰陽五行思想的影響，使得《山海經》《博物志》《玄中記》等早期小説呈現出想像奇異的著述特點。明人胡應麟認爲：“古今稱博識者，公孫大夫、東方待詔、劉中磊、張司空之流尚矣。……兩漢以迄六朝，所稱博洽之士，于數術方技靡不淹通。”② 王瑶在《小説與方術》中指出：“無論方士或道士，都是出身民間而以方術知名的人……利用了那些知識，借著時間空間的隔膜和一些固有的傳説，援引荒漠之世，稱道絶域之外，以吉凶休咎來感召人；而且把這些來依托古人的名字寫下來，算是獲得的奇書秘笈，這便是所謂小説家言。”③ 王昕認爲：“古代博物之學並非科學的自然史知識，而是建立在方術基礎上的，包含著人文性和實用性的一套價值系統和認識方式。”④ 可見，包括

---

① 　譚帆：《“叙事”語義源流考》，《文學遺産》2018 年第 3 期。
② 　（明）胡應麟撰：《少室山房筆叢·九流緒論下》，上海：上海書店出版社 2009 年版，第 147 頁。
③ 　王瑶著：《中古文學史論》，北京：北京大學出版社 1986 年版，第 103 頁。
④ 　王昕：《博物之學與中土志怪》，《文學遺産》2018 年第 2 期。

《山海經》《博物志》在内的早期小説與方術有著密切關聯，方術的呈現方式
與内容選擇等因素決定了博物者相應的表達形態與著述取向。在此情形下，
博物色彩鮮明的《博物志》等文人著述，大體即呈現出與方術等門類相似的
奇異風貌，而《金瓶梅》與《紅樓夢》等小説的博物叙事則可謂其餘波。

　　"博物"概念在古代文獻中的主要意涵大體如上，有側重現實語境而著眼
的，有側重義理評判而定性的，有側重奇特書寫形式而立論的，語義雖經過
衍生，但基本内涵還是較爲穩定的，那即是以奇爲上、以廣爲求、以通爲的。
據此而展開有關奇異物象與物事的知識性與藝術性叙寫，即本文所謂"博物
叙事"。"博物"的内涵雖大體有別，但其實是歷時共存的。作爲一種叙事形
態的"博物叙事"，在中國古代小説史上則一直貫穿始終。換言之，並不是所
有的小説皆屬博物小説，但古代小説普遍皆有博物叙事的屬性。以下我們即
選取文言小説與白話小説相關經典作品，對古代小説的博物叙事加以討論。

二、文言小説與博物叙事：以《山海經》《博物志》爲例

　　作爲古代博物類典籍的兩部經典之作，《山海經》與《博物志》的博物
叙事有著密切關聯。宋代李石在《續博物志》中即指出兩書有著緊密的承傳
關係："張華述地理……華仿《山海經》而作"，清代汪士漢《〈續博物志〉
序》有言："華所志者，仿《山海經》而以地理爲編。"[1] 當下也有不少研究者
認爲"《山海經》就是一部原始的《博物志》，是中國博物學的源頭"。[2] 因
此，我們以《山海經》與《博物志》作爲早期文言小説代表，來考察其中的
博物叙事意味。

---

　　[1]　（宋）李石撰，（清）陳逢衡疏證，唐子恒點校：《續博物志疏證》，南京：鳳凰出版社 2017 年
版，第 13、3 頁。
　　[2]　劉宗迪《〈山海經〉：並非怪物譜，而是博物志》，《中華讀書報》2015 年 12 月 2 日。

1. 博物叙事之内容：廣博化而非精深化

如上所言，“博物”在古代文人著述語境中，本身就有備陳萬物之義。因而，追求記載内容的廣博化，即是《山海經》與《博物志》之爲“博物書”的基本要義。作爲早期小説形態的兩部博物典籍，題材内容上確實相對廣博，豁人心胸不少，但却並非散漫蕪雜。從載述形式上看，《山海經》仿照古代地理書的體例，以諸如“南山經第一”“西山經第二”……“海内經第十八”的樣式來分領全篇，各篇亦分别記録遠方珍異、他國奇俗等内容，無論是形狀、性質、特徵還是成因、功用，大抵均有詳略不等的描述，内容確實非常駁雜。先秦時期民衆的世界圖景，藉此得到大致呈現。就《博物志》而言，情况亦是基本如此。現今所見十卷《博物志》中，大體也是載録山川、物産、人民、異類、鳥獸、物性、物理、方士、典制、異聞、雜説等奇異内容，同樣十分繁富。雖撰述次序較之《山海經》相對更爲理念化，但實質内容却從形式上看與《山海經》差别不大。從全書整體來看，雖然胡應麟有“《博物》，《杜陽》之祖也”（即《杜陽雜編》）之論，但有關地理博物方面的内容仍占突出地位，這與《山海經》是類似的。與此同時我們還應看到，正是由於《山海經》與《博物志》的叙事内容偏重於廣博，因而未能在精深維度上用力掘發。例如，兩書均載述了不少奇珍異俗，相較之下其實還是有類同之處的，而晚出的《博物志》在相應叙事中顯然未有歷時比較進而加以推論的寫作意識，仍然僅是將一人一時的博物所見呈列叙事而已，换言之，小説家熱衷於面上的視野炫呈，而不深耕於點上的精細推導。這一博物叙事特點，在此後的文言小説中體現得十分鮮明。

必須指出的是，《山海經》與《博物志》的内容廣博性，固然是作者追求“博物君子”所致，不過就各自内容來源來説則不盡相同。通常認爲，《山海經》的廣博内容源自於先民當時的實際認知狀况，所載内容即是先民有關世界認識的知識性反映，現實指向性較强，虛構意味並不明顯。而《博物志》的相關內容除了承襲包括《山海經》在內的之前典籍載録之外，還吸納了不少當時的民間傳説、方術伎藝甚至街談巷語等內容，書齋趣味較濃厚。換言之，《博物志》刻意"博物"的主觀色彩更爲明顯，秦漢之前那種古樸活脱的博物意味淡化不少。這也反映了博物叙事的文人化意味，後世文人主撰小説的博物叙事特徵於此初露端倪。

2. 博物叙事之旨趣：奇異性而非故事性

好奇尚異，自古皆然。在今人看來，追求與呈現奇異之美亦是普通民衆崇尚博物與博物者熱衷博物的初衷與目的所在，而奇異之質往往又成爲有無故事性的重要評判基石，因此研究者往往將兩者關聯一體。就《山海經》與《博物志》來看，作者是否"作意好奇"，那倒值得深究。《山海經》中"精衛填海"（《北山經》）、"黃帝戰蚩尤"（《大荒北經》）等相關載述，《博物志》中《八月槎》（卷十）、《東方朔竊桃》（卷八）等有關篇章，以神話思維講述離奇情節，故事意味極强，讀者往往視之爲志怪小説。不過，在作者看來，奇則奇矣，未必可做小説看。這與當時人們的認識水準與作者的創作觀念密切相關。

在人類早期社會中，對宇宙自然的認識較爲蒙昧而混沌，諸多難以解釋的現象往往皆以神話思維去對待，並且將其作爲實踐行動中的信念教條。而在此後的社會變化與發展過程中，此前難以理解的認知盲區逐漸得以合理解釋，因而相關怪異記載相對減少。對此，針對人們以奇異眼光來看待《山海經》的現象，晉人郭璞有較爲深刻的認識："世之所謂異，未知其所以異；世之所謂不異，未知其所以不異。何者？物不自異，待我而後異，異果在我，非物異也。"[1]也就是説，審視者主體是否意識到"奇異"，是《山海經》

---

[1]（晉）郭璞撰：《山海經序》，丁錫根編著：《中國歷代小説序跋集》（上），北京：人民文學出版社1996年版，第5頁。

"奇異"能否成立的關鍵。若閱讀者眼界顯豁，就不必將"精衛填海"之類的記載以奇異眼光而看待，所謂故事性那就無從談起。另外，《山海經》的奇異之感可能與書中大量象喻化敘事有關。因在早期社會，諸多事物尚難以確切辨別與命名，因而與當時的思想認識產生隔閡，故此要敘述外在對象時往往用熟悉而又生硬的喻詞來加以總體呈現，後世讀者對書中所要敘述之對象產生奇異之感就在所難免了（但事實上對當時的民衆而言可能至爲熟悉不過）。例如，《山海經·南山經》有言："又東三百里枳山。多水，無草木。有魚焉，其狀如牛，陵居，蛇尾有翼，其羽在魼下，其音如留牛，其名曰鯥，冬死而夏生。食之無腫疾。"此"鯥"在當下不少學者看來，其實並不奇異，就是平常所説的穿山甲而已，但這種敘事方式使得讀者感覺奇異罷了。

　　至於《博物志》的奇異意味，因其"剌取故書"的創作方式，魯迅即嚴加質疑："（《博物志》）殊乏新異，不能副其名，或由後人綴輯複成，非其原本歟？"[①] 言外之意，《博物志》實在缺乏稱奇之處，以致悖離了"博物志"這一名稱。我們認爲，這一問題需要回到作者張華的創作實際去理解。翻開《博物志》，我們可以看到諸多類似的載述形式："《河圖括地象》曰：……""《史記·封禪書》云：……""《周書》曰：……""《神農經》曰：……"顯然，這種敘事形式反映了張華的"怪異"觀：是否怪異，應以典籍作爲評判依據；縱然有所怪異，因其載籍的經典性也不應以之爲怪。這與同時期王嘉的看法有相似之處："故述作書者，莫不憲章古策，蓋以至聖之德列廣也。是以尊德崇道，必欲盡其真極。"[②] 綜合而論，可以看出張華創作《博物志》的初衷就不是炫奇呈異，其僅僅是在展現被時人普遍接受的具有神怪意味的博物知識而已，而不是將其作爲神怪故事來津津樂道。只不過物轉星移之下，今人覺之爲奇，並以爲故事罷了。

---

① 魯迅著：《中國小説史略》，上海：上海古籍出版社 1998 年版，第 25 頁。
② （晉）王嘉著，蕭綺録，齊治平校注：《拾遺記》，北京：中華書局 1981 年版，第 72 頁。

據此而言,《山海經》與《博物志》或許確有不少載述奇異之處,但這只是時人認識水準與對待過往態度之反映,而在今人小説觀念與叙事觀念主導之下,研究者往往推崇《山海經》與《博物志》中故事性較强的篇什,這種理念實在不得兩書趣味之三昧。要之,兩書雖有奇異之風,但並不絶然存在故事趣味。

早期小説的博物叙事特徵大抵如上,其以"博物"的原初語義爲核心,通過對成序列的個體之物進行整體炫奇呈異式地叙寫,給人以極爲震撼的博物洽聞之感。從具體叙事形態而言,總體上呈現小説與非小説、現實載述與虚幻衍生等屬性相容的趨向,呈現出怪奇與尋常、整飭與個性之對立轉化的格局。就實際叙事價值來看,博物叙事本身即是目的所在,叙述對象各自争奇而彼此互不干涉,有效地從廣度上爲何以博物提供了正名。這種博物叙事特徵在《山海經》與《博物志》等典型的博物小説中有鮮明體現,在《拾遺記》《搜神記》《玄中記》等非博物小説中同樣有生動體現,至於諸如《酉陽雜俎》《清異録》《續博物志》《博物志補》等同類博物小説更有明顯烙印。可以説,博物叙事是中國古代文言小説叙事傳統中極爲突出的叙事特徵。

三、白話小説與博物叙事:以《金瓶梅》爲例

在《山海經》《博物志》等早期小説之後,博物叙事傳統仍得以演進,只不過那種通過集中成規模的方式來展現博物的樣式不占主導,取而代之的是以博物視角來聚焦於某個物象、某個場景與某種格調。例如唐人小説的名篇《古鏡記》中的"古鏡降妖"叙事、明代話本《蔣興哥重會珍珠衫》中的"珍珠衫"叙事、小説《西遊記》中諸種寶物叙事,其實都可以感受到早期小説博物叙事的些許印迹。不過,在後世小説中,相對而言還是《金瓶梅》《紅樓夢》與《鏡花緣》等作品的博物叙事最令人稱道。出於論述充分之考慮,

以下我們即以《金瓶梅》爲例，來感受古代小説博物叙事的另一重韻味。①

1. 博物叙事之内涵：鋪陳名物與誇飾方術

作爲一部反映晚明人情世態爲主的世情小説，物象鋪陳與名物辨識成爲《金瓶梅》常見的博物叙事形態，一改此前文言小説大肆概陳物事的單一形態，豐富了博物叙事的樣貌。例如第四十回西門慶叫裁縫替吳月娘裁衣服，以此反映西門家族的奢華："先裁月娘的：一件大紅遍地錦五彩妝花通袖襖，獸朝麒麟補子段袍兒；一件玄色五彩金遍邊葫蘆樣鸞鳳穿花羅袍；一套大紅緞子遍地金通麒麟補子襖兒，翠藍寬拖遍地金裙；一套沉香色妝花補子遍地錦羅袄兒，大紅金枝緑葉百花拖泥裙。"再如第六十七回有關"衣梅"的聚焦叙事，反映的則是西門慶個人的誇耀姿態："伯爵才待拿起酒來吃，只見來安兒後邊拿了幾碟果食，内有一碟酥油泡螺，又一碟黑黑的團兒，用桔葉裹著。伯爵拈將起來，聞著噴鼻香，吃到口猶如飴蜜，細甜美味，不知甚物。西門慶道：'你猜？'伯爵道：'莫非是糖肥皂？'西門慶笑道：'糖肥皂那有這等好吃！'伯爵道：'待要説是梅酥丸，裏面又有核兒。'西門慶道：'狗才過來，我説與你罷，你做夢也夢不著，是昨日小價杭州船上捎來，名喚做衣梅。都是各樣藥料和蜜煉製過，滾在楊梅上，外用薄荷、桔葉包裹，才有這般美味。每日清晨噙一枚在口内，生津補肺，去惡味，煞痰火，解酒克食，比梅酥丸更妙。'"借此"衣梅"叙事，我們看到的不只是一個怎樣精緻美味的食物，而是在西門慶的"你猜"和應伯爵的"猜不著"的互動之中，見到了一個涎臉蹭吃的幫閑人物應伯爵，還有一個帶著得意與炫耀心理的西門慶。除此之外，諸如元宵節放煙花、燈節掛花燈、人際往來贈送的禮品、西門慶幫韓愛姐準備的嫁妝等物象，雖然不再像《博物志》《山海經》

---

① 下引《金瓶梅》，均出自（清）張竹坡評點，王汝梅校點：《張竹坡批評金瓶梅》，濟南：齊魯書社 2014 年版。

當中那樣直白的"科普"化表述，甚至鋪陳的物象屬性也發生了改變——由此前人間罕見的異物變成了更加生活化的常物，但是我們仍舊能明顯地感覺到《金瓶梅》對早期博物小説傳統的繼承——物象鋪陳的形式本身就是明顯佐證。如果説《山海經》《博物志》中的博物叙事是以奇異之廣度引人注目，那麽《金瓶梅》的物象鋪陳與名物辨識則更主要以奇異之密度而自我敞亮。

此外，在《金瓶梅》中有許多博物叙事是以方術知識爲基礎的。如果説此前在《山海經》與《博物志》中方術叙事略顯琵琶半遮，那麽在《金瓶梅》中，方術叙寫終於得以正大光明地出現於博物形態之列。例如第二十九回吳神仙給西門慶相面，即是整部書的"大關鍵"處："神仙道：'請出手來看一看。'西門慶伸手來與神仙看。神仙道：'智慧生於皮毛，苦樂觀於手足。細軟豐潤，必享福禄之人也。兩目雌雄，必主富而多詐；眉生二尾，一生常自足歡娛；根有三紋，中歲必然多耗散；奸門紅紫，一生廣得妻財；黄氣發于高曠，旬日内必定加官；紅色起于三陽，今歲間必生貴子。又有一件不敢説，淚堂豐厚，亦主貪花；且喜得鼻乃財星，驗中年之造化；承漿地閣，管來世之榮枯。'"在這樣的方術叙事中，西門慶仿佛預見了自己的命定一般，讀者藉此也可預先感受到整部小説相關人物的命運走向。除相術之外，《金瓶梅》中還有圍繞巫醫巫術的詳細叙寫，這其實也屬於博物叙事。例如王姑子和薛姑子是巫醫的典型，月娘求的坐胎符藥、西門慶求的梵僧藥是巫藥的典型，李桂姐爲報復潘金蓮將其頭髮踩在鞋底、劉理星給潘金蓮回背，則是巫術的典型。它們在小説博物叙事中也起到了特定作用。

2. 博物叙事之趣味：故事背後的價值追求

同早期博物類小説相比，《金瓶梅》博物叙事的價值功用發生了明顯變化。如果説早期的博物類小説更注重博物叙事的知識性功能，那麽《金瓶梅》的博物叙事則更具藝術性功能。可以説，"蘭陵笑笑生"在展現"煙霞滿紙"的奇異世界之時，將此琳琅觸目的奇物異象、奇觀異境真正融入了小説主體叙事的有機鏈條之中。換言之，《金瓶梅》在擴充小説知識性內涵的同時，也使得博物書寫真正內化爲小説意趣，進而實現了博物叙事的雙重價值。這在以下三方面體現得尤爲鮮明：

作爲古代世情小説的典範之作，博物叙事在《金瓶梅》叙寫世情的過程中起著牽引、縮合情節的微妙作用。不妨看看孫雪娥和龐春梅的"恩怨史"。第九十四回孫雪娥與潘金蓮、春梅這一對主僕結下了仇怨，後來春梅進了守備府得寵，正遇孫雪娥與來旺拐財被抓，要被發賣。春梅抓住機會將她買進守備府，然後伺機報復，讓她做鷄尖湯兒。這當中就有一段博物叙事，演繹了一段絕妙情節："原來這鷄尖湯，是雛鷄脯翅的尖兒碎切的做成湯。這雪娥一面洗手剔甲，旋宰了兩隻小鷄，退刷乾淨，剔選翅尖，用快刀碎切成絲，加上椒料、蔥花、芫荽、酸筍、油醬之類，揭成清湯。盛了兩甌兒，用紅漆盤兒，熱騰騰，蘭花拿到房中。"這一段描寫照映小説開篇所説孫雪娥擅作湯肴，鷄尖湯的做法確實令人眼界大開。然而，無論此時孫雪娥將鷄尖湯做得美味與否都是無謂的——它本來就只是春梅用以懲戒孫雪娥的一個藉口。當然，這裏把鷄尖湯兒換成別的食物也是一樣的，但無論是什麼食物，如果缺少了此類博物叙事，都會減少情節的生動而奇異之感。與此同時，又因此"鷄尖湯"終被棄置，使得孫雪娥"用心在做"與龐春梅"存心不吃"之間形成了絕妙的叙事張力。在前後映照的博物叙事中，小説那種"千里伏脈"的深悠之感油然而現。此類博物叙寫的存在使得《金瓶梅》絕非"閒閒之作"。

《金瓶梅》的博物叙事對於小説人物塑造也起著獨特作用，讀者從相關博物叙事中不難感受人物的審美品味與性格特徵。這點也是此前小説博物叙事不曾出現的。且看第六十一回西門慶附庸風雅般地賞花叙寫："西門慶到於小捲棚翡翠軒，只見應伯爵與常峙節在松牆下正看菊花。原來松牆兩邊，擺放二十盆，都是七尺高各樣有名的菊花，也有大紅袍、狀元紅、紫袍金帶、白粉西、黃粉西、滿天星、醉楊妃、玉牡丹、鵝毛菊、鴛鴦花之類……
伯爵只顧誇獎不盡好菊花，問：'哥是那裏尋的？'西門慶道：'是管磚廠劉
太監送的。這二十盆，就連盆都送與我了。'伯爵道：'花到不打緊，這盆正
是官窯雙箍鄧漿盆，都是用絹羅打，用腳跐過泥，才燒造這個物兒，與蘇州
鄧漿磚一個樣兒做法。如今那裏尋去！'"菊花名目繁多，賞菊本爲文人雅
事，談遷《棗林雜俎》載録了諸多菊花名貴品種，如金鶴頂、銀鶴頂、絳紅
袍、紅鵝毛、狀元紅、白鵝毛、銀蜂窩、金盞銀臺、荔枝紅、大粉息、小粉
息等衆多品種，[①]與小説此回所述大體相似，相形之下，《金瓶梅》確實堪稱
博物之書。不同的是，賞花自古即爲雅事，而在西門慶及其幫閑這裏，貌似
賞花，其看重的只不過是花盆罷了，確可謂暴殄天物。因而，張竹坡譏諷他
們賞花"反重在盆，是市井人愛花"。西門慶的俗氣與無趣，也就通過這買
櫝還珠般的形式表現出來，名爲賞花，實則辱花。藉此，西門慶的市井混混
的形象再次得到確認——小説博物叙事的反諷意味亦不難想見。

　　《金瓶梅》的總體叙事格調呈現出大道幽微、艷歌當哭的趨向。耐人尋
味的是，這種趨向同樣在博物叙事中有突出體現。透過種種博物書寫，讀者
不免有愈精緻、愈驚奇却愈哀憫、愈絕望之感。例如，宋惠蓮是小説中頗具
爭議的女性形象，其卑微出身與非分之想，使其遭致滅頂之災。第二十三回
爲揶揄此人之出身，刻意叙寫其在潘金蓮要求之下施展厨藝絕活"豬頭肉"，
確實堪稱奇特："惠蓮笑道：'五娘怎麼就知我會燒豬頭，栽派與我？'於是
起身走到大厨灶裏，舀了一鍋水，把那豬首、蹄子剃刷乾净，只用的一根長
柴禾安在灶内，用一大碗油醬，並茴香大料，拌的停當，上下錫古子扣定。
那消一個時辰，把個豬頭燒的皮脱肉化，香噴噴五味俱全。將大冰盤盛了，
連姜蒜碟兒，教小厮兒用方盒拿到前邊李瓶兒房裏，旋打開金華酒。"聯繫

---

① （清）談遷著：《棗林雜俎》，北京：中華書局 2006 年版，第 468 頁。

前後相關情節，這段博物叙事其實飽含深意。一方面意在暴露其此前委身于
厨子的底色，另一方面宋惠蓮却要同潘金蓮等人争風吃醋，去贏得主子寵
幸。這實在是癡心妄想，此後悲劇結局的確屬於咎由自取，"猪頭"的隱喻
意味可以想見。這顯然反映了小説作者對此哀其不幸、怒其不識的無奈，由
此也不難看出小説博物叙事的背後所隱含的悲憫情懷。再如，第四十九回圍
繞梵僧和梵僧藥而展開的大段雙關叙寫，與其説是博物叙事，不如説是深刻
的隱喻。西門慶沉溺於梵僧藥，猶如被動物本能支配一般，喪失了人的理
性，最終不可避免地走向了滅亡。這顯然不是作者的惡作劇，而是對縱欲之
惡的直白訓誡。這確如論者所説："看官睹西門慶等各色幻物，弄影行間，
能不憐憫，能不畏懼乎？"[1]博物叙事背後的艷歌當哭意味躍然紙上。

　　以上我們對《金瓶梅》博物叙事作了粗略勾勒。可以發現，以《金瓶
梅》爲代表的古代白話小説的博物叙事在總體上是從屬於表現"人情世態之
歧"這一旨趣的，其中的博物叙事與小説整體命意有機關聯，在古代小説博
物叙事形態演進歷程中有著特殊意義。從形式上看，《金瓶梅》的博物叙事
雖亦具有古代小説炫奇呈異這一固有特徵，但實際上，小説有意與《山海
經》《博物志》之類的博物叙事傳統拉開了距離——"博物"是人情世態視
域下的可能性"博物"，而非超脱於情理事理之外的無解性"博物"[2]——從
而使得小説博物叙事既在尋常耳目之外，又在現實情理之中，實現了古代小
説博物叙事的截然轉變，推動了古代小説叙事理念的演進。如果站在古代小
説博物叙事傳統宏觀視角來看，以《金瓶梅》爲代表的博物叙事形態相較於
早期小説，其有意"博物洽聞"的意圖已然淡化不少，而作爲叙事方式或修

---

　　[1]　（清）謝頤撰：《〈金瓶梅〉序》，丁錫根編著：《中國歷代小説序跋集》，北京：人民文學出版社
1996 年版，第 1082 頁。
　　[2]　學者余欣指出："中國博物學的本質，不是'物學'，而是'人學'，是人們關於'人與物'
關係的整體理解。"據此看來，確爲妙説。參見余欣：《中國博物學傳統的重建》，《中國圖書評論》
2013 年第 10 期。

辭手法的博物意味倒是一直留存，並在相當程度上更爲彰顯。換言之，《金瓶梅》的博物敘事由因其題材本身的價值敞亮轉變爲作爲一種敘事理念與形式的傳達，這一概念本身在審美意義上發生了由實轉虛、由奇而常的漸變。

經由以上三部分論述，我們可以得出下列認識：其一，中國傳統文化語境中的"博物"大不同於西方學界所謂的"博物"，它並不像"地理大發現"那樣絕緣於人們生活世界。雖有作意好奇進而辨識萬物的思維印迹，但是總體上還是具有"反求諸己"的色彩。義理識見的探求是古人"博物"的出發點與落腳點，盡可能去探尋未知之物與自得於至明之理，兩者並行不悖，"博""約"關係的處理是至爲通達的。其二，作爲著述形態與文學構思的"博物"，在古代小說發展歷程中產生了深遠影響。"博物"與"敘事"有原初語義下的互訓關聯，"博物"與"辨奇""尚奇"之風同樣有著天然的密切關聯，兩方面均對古代小說中博物書寫的發生與演進有推動作用。其三，以《山海經》《博物志》爲代表的早期小說，是古代文言小說博物敘事傳統的典範代表，其中的博物敘事是先民思想認識的反映，也是相關早期典籍的實録體現，當中如何看待奇異之風，是研究者審視博物敘事時需審慎對待的。文言小說中的博物敘事因其自身敘事的奇異意趣，使得博物敘事本身即彰顯了非同尋常的文學價值。其四，以《金瓶梅》爲代表的古代白話小說，接續了博物敘事傳統，其聚焦於單個物象與場景的奇異敘寫，並將之與小說主體意蘊有機結合，成爲看似游離於情節演進之外的贅餘書寫，實則暗合於小說作者的創作命意，進而成爲小說不可或缺的重要組成部分。相較於文言小說那種簡短而繁多的奇異敘事形態，白話小說的博物敘事在單個敘事客體的敘寫密度與深度上更勝一籌，同樣達到了文言小說那種豁人耳目的敘事意圖。藉此一脈相承的博物敘事傳統，或許一定程度上有益於彌合中國古代文白兩種小說系統敘事隔閡的固有認識。

第三章
"圖文評"結合：古代小説的文本形態

在中國古代，小説的重要體貌特徵之一便是正文之外附有豐富的評點與圖像，"圖文評"結合是古代小説常規的文本形態，也是研究小説文體必不可少的重要內涵。[①] 對於這一現象，學界已有所關注，然就研究思路而言，態度却頗顯曖昧：一方面對插圖與評點的主體性、功能、價值等予以深入研究與較高評價，另一方面却又往往偏向在整體認知上割裂它們與小説正文的統一性，而將其排除在小説文體研究範疇之外。這種做法實則遮蔽了評點和插圖在小説文體建構過程中具備"能動性"這一重要的歷史事實。有鑒於此，本章擬從小説文體建構的視角重建關於古代小説評點和插圖的認知。命題的展開基於如下思考：對小説文體的理解，不應拘於小説正文，而是應該從文本的叙述實踐、叙述的有效性等角度來觀照小説之"整體"，既要對小説的體制、風格、語體等方面予以關注，更要建立一個以小説整體文本形態爲觀照對象的文體學研究新維度，將小説的文體研究範圍拓展到小説文本（包含正文、插圖、評點等）之全部。故評點與插圖雖分别具有文本批評與美術屬性，但本質上仍是與小説正文融於一體，而非游離於正文之外的附庸。

---

① 本文以"圖像"一詞統稱古代小説中的各類木刻、石印、手繪圖像、表譜，包括被冠以"全相""出像""連像""繪圖"名稱的各類人物圖、事件圖、景物圖、輿圖等，它們或位於卷首、卷中，或單獨成册，畫面往往附帶題榜、印章等，是古代小説版本的重要組成部分。

第一節　評改一體：小説評點的文本價值

所謂小説評點的文本價值是指評點者對小説文本所作出的增飾、改訂等藝術再創造活動，從而使評點本獲得了自身的版本價值和文學價值。這一現象如果衡之以當今的文學批評觀念乃不可思議，因爲這已越出了文學批評的職能範圍；而在中國古代也並不多見，古代詩文在其流傳過程中隨著歷史年代的變遷，其版本歧異容或有之，但同一作品經批評者的手定更易而廣爲流傳却是罕見的現象。但在古代通俗小説領域，這種現象却屢見不鮮，且幾乎與通俗小説的發展歷史相始終。

小説評點的文本價值就其歷史演化而言，經歷了三個階段：明萬曆年間、明末清初和清乾隆以降。在表現形態上則構成了三個層面：作品情感主旨的强化或修正、作品藝術形式的加工和增飾、作品體制和文字的修訂。

就現存資料而言，通俗小説的評點萌生於明萬曆年間，在此時期存留的二十餘種評本中，體現文本價值的主要有如下幾種：

《三國志通俗演義》（萬卷樓刊本）

《水滸志傳評林》（雙峰堂刊本）

《李卓吾批評忠義水滸傳》（容與堂刊本）

《新鐫李氏藏本忠義水滸傳》（袁無涯刊本）

《繡榻野史》（醉眠閣刊本）

在上述五種刊本中，對文本的修訂大多出自書坊主及其周圍的下層文人之手，雖然後三種評本均署“李卓吾批評”，但真正出自李氏之手的實屬少數，《繡榻野史》之評點則顯係僞托李卓吾。[①] 因此顯而易見，這五種評

---

①　參見譚帆：《小説評點的萌興——明萬曆年間小説評述略》，《文藝理論研究》1996 年第 6 期。

本大多是在書坊主的控制下從事的，其文本價值主要體現爲對小說文本的修訂。如刊行《三國志通俗演義》的書坊主周曰校"購求古本，敦請名士，按鑑參考，再三讎校"。① 如《水滸志傳評林》余象斗的"改正增評"，② 如袁無涯本《水滸傳》的改訂詩詞、修正文字等都體現了這一特色。值得注意的是，此時期的小說評點也開始出現了對小說內容的增刪，余象斗《水滸辨》云："今雙峰堂余子改正增評，有不便覽者芟之，有漏者刪之，內有失韻詩詞欲削去，恐觀者言其省漏，皆記上層。"在《繡榻野史》評本中，評點者將"品評""批抹""斷略"融爲一體，其中"批抹"是對文本的某些刪改，"斷略"則是評點者綴於篇末的勸懲性文字。③

尤可注意的是容與堂本《水滸傳》，此書之評者在對文本作賞評的同時，對作品情節也作了較多改定，但在正文中不直接刪去，而是多設擬刪節符號，或上下鉤乙，或句旁直勒，並刻上"可刪"字樣，這一改訂對後世的《水滸》刊本也有較大影響。其所作的主要工作有：（一）對作品中一些與小說情節無關的詩詞建議刪去，並標上"要他何用""無謂""這樣詩也罷""極俗""可刪"等字樣。（二）對作品中過繁的情節和顯屬不必要的贅語作刪改，使敘述流暢，文字潔淨。（三）對作品中一些不符合人物身份、性格的行爲和言語作修改。如三十二回《武行者醉打孔亮，錦毛虎義釋宋江》，武松在孔家莊上重逢宋江，作品中武松有這樣一段話："只想哥哥在柴大官人莊上，却如何來在這裏？兄弟莫不是和哥哥夢中相會？"評點者在"兄弟莫不是和哥哥在夢中相會"一句加刪節符，並夾批云："不象！"（四）對作品中顯有評話痕跡的內容作刪節。如第十回《林教頭風雪山神廟，陸虞候火燒草料場》，林冲殺了陸虞候諸人，投東而去，於草屋中吃了半甕

---

① （明）周曰校：《新刊校正古本大字音釋三國志通俗演義》封面"識語"，萬曆十九年（1591）萬卷樓刊本。

② （明）余象斗：《水滸辨》，《水滸志傳評林》萬曆二十二年（1594）雙峰堂刊本。

③ （明）憨憨子：《繡榻野史序》，《繡榻野史》萬曆年間醉眠閣刊本。

酒，脚步踉蹌，醉倒在山澗旁。作品中有這樣三句："凡醉人，一倒便起不得，醉倒在雪地上。"這三句，前兩句屬評話中的"插入"敘述，後一句屬贅語，評點者建議一並删去。

明末清初是小説評點實現文本價值的重要時期，也是小説評點最爲興盛、成就最爲卓越的階段。其中體現文本價值最爲重要的作品是一組明代"四大奇書"的評點本，主要有：

《第五才子書水滸傳》（明崇禎刊本）

《新刻繡像批評金瓶梅》（明崇禎刊本）

《西遊證道書》（清初黄周星定本）

《三國志演義》（清康熙年間毛氏評本）

《皋鶴堂批評第一奇書金瓶梅》（清康熙年間張竹坡評本）

以上五種評本的一個明顯變化是：小説評點已從書坊主人逐步轉向了文人之手。這一變化使得小説評點在整體上增強了小説批評者的主體意識，表現在評點形態上，則是簡約的賞評和單純的修訂已被對作品的整體加工和全面評析所取代。此時期小説評點的文本價值表現在如下幾個方面：

第一，評點者對小説作品的表現内容作出了具有强烈主體特性的修正。這突出地表現在金聖歎對《水滸傳》的改定和毛氏父子對《三國演義》的評改之中。金聖歎批改《水滸傳》體現了三層情感内涵：一是憂天下紛亂、揭竿斬木者此起彼伏的現實情結；二是辨明作品中人物忠奸的政治分析；三是區分人物真假性情的道德判斷。由此，他腰斬《水滸》，並妄撰盧俊義"驚惡夢"一節，以表現其對現實的憂慮。突出亂自上作，指斥奸臣貪虐、禍國殃民的罪惡。又"獨惡宋江"，突出其虚僞不實，並以李逵等爲"天人"。這三者明顯地構成了金氏批改《水滸》的主體特性，並在衆多的《水滸》刊本中獨樹一幟，表現出了獨特的思想與藝術個性。毛氏批改《三國演義》最爲明顯的特性是進一步强化"擁劉反曹"的正統觀念，其《讀法》開首即云：

"讀《三國志》者，當知有正統、閏運、僭國之別。正統者何？蜀漢是也；僭國者何？吴魏是也；閏運者何？晉是也。……陳壽之《志》，未及辨此，余故折中紫陽《綱目》，而特於演義中附足之。"①本著這種觀念，毛氏對《三國演義》作了較多的增删，從情節的設置、史料的運用、人物的塑造乃至個別用詞（如原作稱曹操爲"曹公"處即大多改去），毛氏都循著這一觀念和精神加以改造，②從而使毛本《三國》成了《三國演義》文本中最重正統、最富文人色彩的版本。

第二，評點者對小説文本的形式體製作了整體的加工和清理，使通俗小説（主要指長篇章回小説）在形式上趨於固定和完善。古代通俗小説源於宋元話本，因此在從話本到小説讀本的進化中，其形式體制必定要經由一個逐漸變化的過程。明末清初的小説評點者選取在通俗小説發展中具有典範意義的明代"四大奇書"爲評點對象，故他們對作品形式的修訂在某種程度上即可視爲完善和固定了通俗小説的形式體制，並對後世的小説創作起了示範作用。如崇禎本《金瓶梅》删去了"詞話本"中的大量詞曲，使帶有明顯"説話"性質的《金瓶梅》由"説唱本"演爲"説散本"。再如《西遊證道書》對百回本《西遊記》中人物"自報家門式"的大量詩句作了删改，從而使作品從話本的形式漸變爲讀本的格局。對回目的修訂也是此時期小説評改的一個重要方面，這一工作明中葉就已開始，至此時期漸趨完善。如毛氏批本《三國演義》"悉體作者之意而連貫之，每回必以二語對偶爲題，務取精工"。③回目對句，語言求精，富於文采，遂成章回小説之一大特色，而至《紅樓夢》達峰巔狀態。

第三，評點者對小説文本在藝術上作了較多的增飾和加工，使小説文

---

① （明）羅貫中著，（清）毛宗崗批評，齊煙校點：《毛宗崗批評三國演義·讀三國志法》，濟南：齊魯書社 2014 年版，第 1—2 頁。

② 參見秦亢宗：《談毛宗崗修訂三國志通俗演義》，《三國演義研究論文集》，北京：中華書局 1991 年版。

③ 《三國志演義·凡例》，《三國志通俗演義》，明萬曆十九年（1591）萬卷樓本刊本。

本益愈精緻。這主要包括三個方面：一是補正小説情節之疏漏。通俗小説由於其民間性的特色，其情節之疏漏可謂比比皆是，評點者基於對作品的仔細批讀，將其一一指出，並逐一補正。二是對小説情節框架的整體調整。如金聖歎腰斬《水滸》而保留其精華部分，雖有思想觀念的制約，但也包含藝術上的考慮。又如崇禎本《金瓶梅》將原本首回"景陽岡武松打虎"改爲"西門慶熱結十兄弟"，讓主人公提早出場，從而使情節相對地比較緊湊。再如《西遊證道書》補寫唐僧出身一節而成《西遊記》足本等，都對小説文本在整體上有所增飾和調整。三是對人物形象和語言藝術的加工，此種例證俯拾皆是，此不贅述。

　　總之，此時期的小説評點對明代的通俗小説，尤其是"四大奇書"作了一定程度的總結，這種總結既表現在理論批評上，也體現在小説文本上。在某種程度上我們可以這樣認爲：此時期的小説評點是明代通俗小説的真正終結。同時，它也使"世代累積型"這一明代通俗小説編創方式的主體形式在整體上趨於收束。

　　乾隆以降，由於通俗小説"個人獨創型"編創方式的日益成熟，也因爲通俗小説中最富民間色彩的"歷史演義""神魔小説""英雄傳奇"等的創作和傳播地位逐漸被富於個體創作特色的言情小説所取代，小説評點者對文本的增飾也相應減弱，小説評點的文本價值又恢復到了以文字和形式的修訂爲其主流。如乾隆以來，《紅樓夢》與《西遊記》曾一度成爲小説評點之熱門，但在眾多的《西遊記》評本中，唯有《西遊真詮》（乾隆刊本，陳士斌評點）一書，評點者對小説原文稍加壓縮，而壓縮之內容也僅是書中之韻語和贊語。在《紅樓夢》的諸多評本中，亦僅有《增評補圖石頭記》（光緒年間刊王希廉、姚燮合評本）一種對小説文本較多指謬，但評點者不對文本作直接修訂，而僅於書前單列"摘誤"一段特加指出。此時期小説評本有一定文本價值的還有兩種：一是刊於乾隆年間署"秣陵蔡元放批評"的《東周列國志》，此書乃蔡氏據馮夢龍《新列國志》稍加潤色增删，並修訂其中錯訛而成；二是刊於同治十三年（1874）的《齊省堂增訂儒林外史》，然所謂"增訂"也大多屬形式層次，如"改訂回目""補正疏漏""整理幽榜""删潤字句"等。因此從整體上看，小説評點的文本價值經由明末清初之高峰後，乾隆以來已漸趨尾聲。

從小説評點的文本價值而言，此時期出現的一個新現象倒值得注意，這便是小説評點對"續書"的影響。如道光年間的《三續金瓶梅》，據該書作者訥音居士所云，其創作受張竹坡評本《金瓶梅》的影響，該書又名《小補奇酸志》，"奇酸志"一語即出自張竹坡評本中《苦孝説》一文。又如道光年間俞萬春之《蕩寇志》，其創作也明顯受金批《水滸傳》之影響。小説評點與"續書"之關係是小説評點史上又一值得考察的現象，也是小説評點文本價值的又一表現形態，在古代小説發展史上也有重要地位。

小説評點在小説自身的發展中能獲得文本價值，其生成原因是多方面的，而最主要的因素約有三端：

在中國古代文學發展史上，小説尤其是通俗小説是一種地位卑下的文體，雖然數百年間小説創作極爲繁盛且影響深遠，但這一文體始終處在中國古代各體文學之邊緣，而未真正被古代正統文人所接納。這一現象對通俗小説發展的影響有二：一是流傳的民間性，二是創作隊伍的下層性。而這些又使得通俗小説始終未能得到社會的真正重視，也未能在創作者的觀念中真正作爲正宗的事業加以從事。就是在通俗小説進入文人獨創時期的乾隆年間，人們猶然對吳敬梓發出這樣的嘆惋："《外史》紀儒林，刻畫何工妍。吾爲斯人悲，竟以稗説傳。"[①] 通俗小説流傳的民間性使其從創作到刊行大多經歷了一段漫長的抄本流傳階段，這樣輾轉流傳，小説在文本上的變異十分明顯。而最終得以刊行的小説，由於基本以"坊刻"爲主，其商業營利性又使小説

---

① （清）程晉芳著，魏世民校點：《勉行堂詩文集》，合肥：黄山書社 2012 年版，第 68 頁。

的刊行頗爲粗糙。這種流傳上的特色使通俗小説評點在某種程度上就成了一種對小説重新修訂和增飾的行爲。而創作者地位的下層性又使這種行爲趨於公開和近乎合法。古代通俗小説有大量的創作者湮没無聞，而其作品在很大程度上也就成了書坊能任意翻刻和更改的對象。因此小説評點能獲取文本價值，其首要因素在於小説地位之卑下，可以説，這是通俗小説在其外部社會文化環境影響下所形成的一種並不正常的現象。

　　小説評點之能獲得文本價值與古代通俗小説獨特的編創方式也密切相關。通俗小説的編創方式在其發展進程中體現了一條由"世代累積型"向"個人獨創型"發展的演化軌迹。而所謂"世代累積型"的編創方式是指有很大一部分通俗小説的創作在故事題材和藝術形式兩方面都體現了一個不斷累積、逐步完善的過程，因此這種小説文本並非是一次成型、獨立完成的。在明清通俗小説發展史上，這種編創方式曾是有明一代最爲主要的創作方式，進入清代以後，通俗小説的編創方式雖然逐步向"個人獨創型"發展，但前者仍未斷絶。"世代累積型"編創方式的形成有種種因素，但最爲根本的還在於通俗小説的民間性。明清通俗小説承宋元話本而來，因此宋元話本尤其是講史在民間的大量流傳便成了通俗小説創作的一個重要源泉。或由雪球般滾動，經歷了由單一到複雜，由簡約到豐滿的過程，最終成一巨帙，如《三國演義》《西遊記》等。或如百川歸海，逐步聚集，最後融爲長篇宏制，如《水滸傳》等。這種在民間流傳基礎上逐步成書的編創方式爲小説評點獲取文本價值確立了一個基本前提，這我們可以簡單地表述爲"通俗小説文本的流動性"。正因是在"流動"中逐步成書的，故其成書也並非最終定型，仍爲後代的增訂留有較多餘地。同時，正因其本身始終處於流動狀態，故評點者對其作出新的增訂就較少觀念上的障礙。雖然評點者常常以得"古本"而爲其增飾作遮眼，如金聖歎云得"貫華堂古本"，並妄撰施耐庵原序，如毛氏父子云"悉依古本改正"等，但這種狡獪其實是盡人皆知的，評點者對此其實也並不太在意。這一基本前提就爲評點者在對小説進行品評時融入個人的藝術創造提供了很大的空間和便利，而小説評點本的文本價值也便由此生成。

小説評點之獲得文本價值與評點者的批評旨趣也有著深切的關係。評點作爲一種文學批評方法本無對文本作出增飾的功能，但因了上述兩層因素，故小説評點在批評旨趣上出現了一種與古代其他文學批評形態截然不同的趨向，即：評點者常常將自己的評點視爲一種藝術再創造活動。金聖歎曾宣稱：“聖歎批《西厢》是聖歎文字，不是《西厢記》文字。”[①]他批《水滸》雖無類似宣言，然旨趣却是同一的，他腰斬、改編《水滸》並使之自成面目，正强烈地體現了這種批評精神。張竹坡亦謂：“我自做我之《金瓶梅》，我何暇與人批《金瓶梅》也哉！”[②]哈斯寶更明確倡言：“曹雪芹先生是奇人，他爲何那樣必爲曹雪芹，我爲何步他後塵費盡心血？那曹雪芹有他的心，我這曹雪芹也有我的心。”因此“摘譯者是我，加批者是我，此書便是我的另一部《紅樓夢》”。[③]以上言論在小説評點中有一定的代表性，雖然在整體上小説評點並非全然體現這一特色，但在那些成功的小説評點本中，這却是共同的旨趣和精神。小説評點正因有了這一種批評精神，故評點便逐漸成了批評者的立身事業，他們將自己的思想感情、審美趣味乃至生命體驗都融入到批評對象之中，而當作品之内涵不合其情感和審美需要時，便不惜改編作品。於是，作品文本也在這種更改中體現出了批評者的主體特性，從而確立了小説評點的文本價值。

小説評點體現文本價值，這在中國古代文學批評中確是一個獨特的現象。作爲一種批評形態，小説評點“介入”小説文本實已超出了它的職能範

---

① （清）金聖歎：《貫華堂第六才子書西厢記·讀法》，陸林輯校整理：《金聖歎全集（貳）》修訂版，南京：鳳凰出版社 2016 年版，第 865 頁。

② （清）張竹坡：《竹坡閑話》，《張竹坡批評金瓶梅》，濟南：齊魯書社 2014 年版，第 11 頁。

③ （清）哈斯寶著，亦鄰真譯：《〈新譯紅樓夢〉回批·總録》，呼和浩特：内蒙古人民出版社 1979 年版，第 135 頁。

圍，故而可以説，這是一種並不正常的現象。但評價一種文化現象不應脱離
特定的歷史環境，如果我們將這一現象置於中國古代俗文學的發展長河中加
以考察，那我們對小説評點的文本價值就有另一番評判了。宋元以來，中國
古代之雅俗文學明顯趨於分流，從邏輯上講，所謂雅俗文學之分流是指俗文
學逐漸脱離正統士大夫文人之視野而向民間性演進。宋元時期，這種演進軌
迹是清晰可見的，宋元話本講史、宋金雜劇南戲、諸宮調等，其民間色彩都
十分濃烈，且在元代結出了一朵奇葩——元代雜劇。因而從分流的態勢來
看待俗文學的這一段歷史及其所獲得的傑出成就，那我們完全有理由這樣認
爲：中國俗文學的成就是文學走向民間性和通俗化的結果。然而，我們也
應看到，民間性和通俗化誠然是俗文學在宋元以來獲得其價值的一個重要因
素，但雅俗文學之分流在很大程度上也會使俗文學逐漸失却正統士大夫文人
的精心培育，而這無疑也是俗文學在其發展過程中的一大損失。因此，如何
在保持其民間性和通俗化的前提下求得其思想價值和審美品位的提升，是俗
文學在發展過程中所面臨的一個重要課題。宋元以後，俗文學的發展在整體
上便是朝這一方向發展的，尤其是作爲俗文學主幹的戲曲和通俗小説，但兩
者的發展進程並不完全同步和平衡。對此，我們不妨對兩者的文人化進程作
一比較，並在這種比較中來確立小説評點文本價值的歷史地位。

　　不難發現，中國古代戲曲自元代雜劇以後並未完全循著民間性和通俗化
一路發展，而是比較明顯地顯示了一條逐漸朝著文人化發展的創作軌迹。這
裏所説的"文人化"有兩個基本内涵：一是戲曲創作中作家"主體性"的强
化，也即作家創作戲曲有其明確的文人本位性，突出表現其現實情思、政治
憂患和文人使命。二是在藝術上追求穩定、完美的藝術格局和相對雅化的語
言風格。這種進程就其源頭而言發端於元代，這便是馬致遠劇作對於現實人
生的憂患意識和高明劇作中重視倫常、維持風化的教化意識。這兩種創作意
識爲明代傳奇作家所普遍接受，丘濬《五倫全備記》、邵璨《香囊記》等將

高明《琵琶記》之風化主題引向極端，而在《寶劍記》《浣紗記》《鳴鳳記》等劇作中，則是對現實人生的憂患意識作了很好的延續。由此以後，傳奇文學在表現內容和形式格局等方面都順此而發展，至萬曆年間，文人化傾向更爲濃郁，湯顯祖“臨川四夢”爲其代表。入清以後，文人化進程猶未終止，而在“南洪北孔”的筆下，這一文人化進程終於推向了高潮。當然，明清傳奇文學的發展是一個複雜的現象，但以上簡約的描述却是傳奇文學發展中一條頗爲明晰的主綫，這條主綫構成了中國古代戲曲文學中的一代之文學——文人傳奇時代。與戲曲相比較，通俗小説的文人化程度在整體上要比戲曲來得薄弱，其文人化進程也比戲曲來得緩慢。一方面，作爲明清通俗小説之源頭的宋元話本講史，其本身就没有如元雜劇那樣，在民間性和通俗化之中包涵有文人化的素質，基本上是一種出自民間並在民間流傳的通俗藝術。故而緣此而來的明清通俗小説就帶有其先天的特性，文人化程度的淡薄乃並不奇怪。同時，明清通俗小説與戲曲相比較，其文藝商品化的特性更爲强烈，這種特性也妨礙了通俗小説向文人化方向發展。因此，上文所説的通俗小説“流傳的民間性”和“創作隊伍的下層性”無疑是一個必然的現象。當然，綜觀通俗小説的發展歷史，其文人化進程還是有迹可尋的，尤其是它的兩端：元末明初的《三國演義》《水滸傳》和清乾隆時期的《紅樓夢》《儒林外史》，通俗小説的文人化可説是有一個良好的開端和完滿的收束。但在這兩端之間，通俗小説的文人化却經歷了一段漫長且緩慢的進程。

正是在這種背景下，小説評點所體現的文本價值便有了突出的地位。首先，在通俗小説的文人化過程中，小説評點者充當著一個重要的角色，這是通俗小説在很大程度上脱離正統文人精心培育之下的一種補償，是通俗小説在清康乾時期迎來小説藝術黄金時代的一次重要準備。在中國俗文學的發展中，明萬曆年間至清初是通俗小説和戲曲發展的一個重要階段，而這一階段正是小説評點體現文本價值的一個重要時期。尤其是明末清初，大量出色的小説評點家和小説作家一起共同完成了通俗小説藝術審美特性的轉型，他們改編、批評、刊刻通俗小説一時競成風氣，這大大提高了通俗小説的思想和藝術價值。這種階段性且集合性的小説評改使通俗小説的發展邁上了一個新的臺階，可以説，通俗小説至此劃出了一個新的時代。其次，在通俗小説的發展中，明代"四大奇書"有著特殊的意義，這是一組具有典範性的小説作品，在小説史上有著深遠的影響。然而，"四大奇書"的文化品位也是在不斷累積中逐步形成的，而在這一過程中，小説評點所起的作用毋庸低估。清人黄叔瑛對此評價道："信乎筆削之能，功倍作者！"①雖有所誇大，但也並非全然虛言，清初以來，"四大奇書"以評點家之"點定本"流行便是一個明證。

第二節　插圖對小説文體之建構

我們之所以要把插圖對小説文體的建構予以單獨探討，基於如下兩點認識：第一，插圖（包括圖像與表譜）既可能在形而下層面改變小説的外在形態、叙述方式，又可能在形而上層面對小説自身的價值表達與風格塑造產生干預，當圖與文之間所形成的表意結構在小説編創、閲讀接受過程中成爲慣例時，插圖與小説正文的結合就有了體式的意味。第二，"圖文並茂"是小説重要的呈現方式，這種方式並非全是爲了照顧識字不多的讀者，或是在審美層面吸引受衆，而是與中國傳統的圖譜之學一脈相承，小説插圖本中幾乎全部的圖文結合體制都來源於文史典籍中既有的"程式"，它們源流有自，形式多樣，功能各異，因而在研究插圖對文體建構的作用時，與其套用西方理論，孤立地將全部著眼點放在插圖畫面上，毋寧將中國傳統的圖譜學作爲研究起點予以探討。

---

　　① （清）黄叔瑛：《第一才子書三國志·序》，雍正十二年（1734）郁郁堂本《官板大字全像批評三國志》卷首。

一、圖文結合：插圖影響小説體式的歷史脈絡

插圖參與小説文體建構的重要方式之一便是促成了小説外在形態的圖文結合，並形成了多種程式化的圖文表意結構。插圖對小説體式的影響主要表現在通俗小説領域，受出版文化及市場需求的影響，元代以降，小説出版者開始依據其時特有的插圖體例爲小説配圖，功能上以娛悦讀者爲主。在其後的小説史發展進程中，爲小説加像逐漸成爲了小説編創的慣例，至清康熙年間，小説中主要的圖文結合體式已悉數登場。我們大致將元代至清康熙間圖文本小説體式的演進分爲如下三個階段：

第一階段，從元至治到明正德時期。至遲在元代建安虞氏刊"全相平話五種"時，[①] 通俗小説插圖已登上了歷史舞臺；成化至正德時期，又有永順堂刊諸種説唱詞話、清江堂刊《新增補相剪燈新話大全》《新增全相湖海新奇剪燈餘話大全》等。它們大體能反映出此一階段圖文本小説的主要插圖意圖與體式特徵：

第一，對於"全相"的追求成爲這個時期小説出版的重要標榜。此時的帶圖小説，在標題中時常插入"全相"字樣，需要注意的是，所謂"全相"，是指圖像的完整不缺，[②] 而非"上圖下文"等特殊圖文排布樣式。第二，上圖下文的插圖版式成爲了此時期小説體貌的重要特徵，此種版式往往"按頁選圖"（亦有不少圖文相悖的情況），故客觀上形成了一種略具分節形制的式樣。第三，入明後，一些小説開始尋求適合自身的新插圖體式，小説圖文

---

① 有學者以爲最早的小説插圖爲宋代所刻之《列女傳》，但歷代書目基本將《列女傳》列入雜史雜傳，而不將其録入小説家類，出於嚴謹考慮，本文以"全相平話五種"作爲通俗小説插圖的開端。

② 魯迅、戴不凡等曾經對"全相"等語詞做過解釋，將"全相"視爲特定排版形式的稱謂，學界多從其説，然而從今天可見的諸多公私藏書來看，此一結論需要推翻，"全相"之"全"，當視爲"以偏概全"之"全"，即完整之意，而非"上圖下文"等特殊圖文排布樣式。

編排版式開始趨於多元。北京永順堂所刊刻的《新刊全相説唱開宗義富貴孝義傳》《新刊全相鶯哥孝義傳》等諸多詞話，已采用了整面插圖的版式，使得小説插圖不再囿於每頁必圖的體例。第四，在這一時期，已經出現了小説封面圖，如建安余氏所刊《至治新刊全相平話三國志》《新刊全相平話武王伐紂書》《新刊全相秦併六國平話》《新刊全相平話前漢書續集》，永順堂刊《新刊全相唐薛仁貴跨海征遼故事》《新刊全相鶯哥孝義傳》《新編説唱全相石郎駙馬傳》等，皆隨書附有封面圖。

　　第二階段，從嘉靖至萬曆時期。此時建安地區與江南地區成爲了插圖本小説的兩個刊刻中心。建安地區的小説插圖依舊以上圖下文版式爲主，如余象斗所刊《音釋補遺按鑑演義全像批評三國志傳》《京本增補校正全像忠義水滸志傳評林》之類。江南諸地的小説插圖則多爲大開本的半頁一圖，或兩個半頁合成一圖，如金陵世德堂本《新刻出像官板大字西遊記》、三山道人繡梓《新刻全像三寶太監西洋記通俗演義》、萃慶堂余泗泉刻本《新鍥晉代許旌陽得道擒蛟鐵樹記》等。此階段插圖（包括表譜）對小説體式的影響在於：

　　第一，爲小説加像逐漸成爲一種常態，甚至成爲了與校讎、圈點、音注、釋義、考證並列的小説例則與優劣評價標準。周曰校曾在《新刊校正古本大字音釋三國志通俗演義》封面"識語"中稱："敦請名士按鑑參考，再三讎校。俾句讀有圈點，難字有音注，地里（理）有釋義，典故有考證，缺略有增補，節目有全像，如牖之啓明，標之示準。此編之傳，士君子撫卷，心目俱融。"① 足見加像成爲小説編撰的内在要求和慣例，這一定程度上培養了讀者閲讀圖文本的習慣，使圖文結合成爲了一種相對固定的小説體式。

　　第二，通俗小説文本中出現了表曆譜牒。表曆譜牒本是史傳之制，而早期的歷史演義曾一度借用其體，内容多以表譜的形式列舉人物或朝代更迭。

_____

① （明）周曰校撰：《新刊校正古本大字音釋三國志通俗演義》封面"識語"，（明）羅貫中著：《新刊校正古本大字音釋三國志通俗演義》萬曆十九年（1591）周曰校刊本。

在嘉靖壬午本《三國志通俗演義》中，已經出現了展示人物關係的《三國志宗僚表》，此譜表有三個特點需要我們關注：（一）譜表大體抄撮於史傳，但新添了如周倉等正史中没有但小説中存在的人物；（二）除《三國志通俗演義》人物外，還列有嵇康、阮籍、阮瑀等許多小説中没有，但歷史上存在的人物；（三）《宗僚表》以蜀爲正統，改變了正史中魏國的正統地位。不難看出，《宗僚表》的設置，一方面使得小説具備了史傳的某些特性，甚至能流露出小説編者的某些歷史觀，另一方面其將虚構的人物添入歷史人物表譜的編輯手法，保持了演義的似真性，成爲小説混淆虚構與真實的手段。此類小説人物表譜的編撰方式在明代《三國志演義》版本中頗爲流行，萬卷樓本、評林本、湯學士本、鄭世容本、喬山堂本都有類似人物表譜存在。其所標名目略有變化，或稱爲《君臣姓氏附録》，或稱爲《君臣姓氏附》，幾乎成爲明代《三國志演義》的"標配"。除《三國志演義》外，夷白堂主人重修《新鐫東西晉演義》有《東西晉帝紀》，人瑞堂刊本《新鐫全像通俗演義隋煬帝艷史》有《隋艷史爵里姓氏》，《鐫李卓吾批點殘唐五代史演義傳》有《五代紀》，鍾惺編輯的《按鑑演義帝王御世盤古至唐虞傳》有《歷代統系圖》《歷代帝王歌》《曆數歌》，龔紹山梓《鐫楊升庵批點隋唐兩朝史傳》有《君臣姓氏》，萬曆乙卯本《新鐫陳眉公先生批評春秋列國志傳》有《列國源流總論》，求無不獲齋刊《臺灣外記》有《鄭氏世次》，它們都使用了此類表譜。至明末，隨著人物繡像套圖出現，歷史演義中的人物表譜纔趨於減少，在《鐫李卓吾批點殘唐五代史演義傳》中尚見人物表譜與人物繡像並存的情況，而入清後，此類表譜漸趨消亡，取而代之的正是大量的人物繡像。

第三，小説中出現了"圖像綱要"。讀者面對《三國演義》這類大部頭小説時，常常會出現"鮮於首末之盡詳"的情況，[①] 書坊主便仿照其時諸多

---

① （明）元峰子：《三國志傳加像序》，（明）羅貫中編次，〔日〕井上泰山編：《三國志通俗演義史傳》，上海：上海古籍出版社 2009 年版，第 5 頁。

"綱鑑體"通俗史書的編撰體例爲小説標注提綱並配上插圖，使讀者只需看圖像綱要便可知曉文本的主要内容。這類插圖，沿用了元代"上圖下文"的版式，但它們多采用半葉一圖的形式，與"全相平話五種"常用的那種兩個半葉合爲一圖的情況（也有例外）有顯著不同，從題畫文字來看，這一階段的上圖下文本小説已將"全相平話五種"插圖中的簡短圖目拓展爲略具形制的小説提綱。此類插圖的編撰，大約始於嘉靖間葉逢春父子對《三國志演義》的圖像化改造。葉氏父子對《三國志演義》圖像化編排，基本遵循了每半頁一圖的體例，圖繪内容大多以本頁事爲主，並附有提綱。萬曆以後，葉氏父子所使用的這套圖像提綱系統，逐漸成爲了建安地區小説的重要編纂方式。除《三國志演義》外，余世騰梓《京本通俗演義按鑑全漢志傳》、余文台梓《新刊八仙出處東遊記》、楊閩齋刊《鼎鐫京本全像西遊記》、聚奎齋刊《新刻全像廿四尊得道羅漢傳》、詹秀閩刊《京板全像按鑑音釋兩漢開國中興傳誌》、熊龍峰梓《新刊出像天妃濟世出身傳》、余成章刊《新刻全像牛郎織女傳》等大量"上圖下文"本小説都使用了這種圖像綱要，其形制一直沿用到清代，成爲了我國古代小説的重要的文本形態。

第四，論贊與楹聯大量羼入插圖，使插圖具備了一定的批評功能。小説插圖中常常有一些題畫文字，在此階段，人物像贊和楹聯是其主要形式。嘉靖間清江堂刊本《新刊大宋演義中興英烈傳》和隆慶間刊行的《錢塘湖隱濟顛禪師語録》較早在插圖中使用了人物像贊，它們對小説人物生平做出了概括與評價。萬卷樓本《新刊校正古本大字釋三國志通俗演義》、三山道人刊本《三寶太監西洋記通俗演義》、萃慶堂刊本《咒棗記》《鐵樹記》《飛劍記》、佳麗書林刊本《新刻全像音詮征播奏捷傳通俗演義》、卧松閣刊本《鐫出像楊家府世代忠勇演義志傳》則在插圖中插入了楹聯格式的圖贊，其楹聯文字，大多夾叙夾議，風格上偏向於世俗化、民間化。它們集中出現在萬曆中後期，萬曆以後則近於消亡。

　　第三階段，從明天啓至清康熙間。就小説插圖加像觀念而言，此時已經出現了講求神韻、意境的審美要求，插圖以"詞家韻事，案頭珍賞"①爲歸趣，使得插圖創作走上了雅化精工的道路。此時，古代小説插圖的繪畫内容也開始明顯轉型，插圖創作題材從以事件圖爲主逐漸轉換爲人物圖爲主，過去一書只畫一兩個人物，變成了畫人物群像，一些後來通行的《三國志演義》《西遊記》《水滸傳》的人物繡像多在此時成型。上圖下文版式的小説逐漸消亡，楹聯體式的圖贊也幾近絶迹，詩、詞、曲、散論大量介入小説插圖之中，成爲了題畫文字的主流。與此同時，在插圖正圖之外另配副圖的情況也逐漸增多，同一事件、人物，有時會配上一正一副兩幅圖。明刊《西遊補》與《七十二朝人物演義》是較早使用副圖的小説版本，至清代以後，爲小説同時配正圖與副圖成爲了一種較爲流行的插圖編撰方式。

　　雖然中國古代小説並非所有的版本都有插圖，但從小説史的整體發展來看，圖文結合一直是小説編創的可選體式之一，也是小説的重要呈現方式。在小説史上，"繡像""全相""繪圖"等指涉圖像的語詞一度進入了小説書名、目錄之中，在諸多序跋、凡例、識語裏，插圖成爲與音注、釋義、評點等小説要素並列的重要内容。數百年間書坊所熟用的圖文表意結構，架構了圖文本小説的諸種形態，在同一時段、同一地域的小説中，插圖可能表現出風格、形式近似的特性，因而具備一定穩定性。有時爲了維持小説圖文結合的體式，一些並不完全具備刊刻圖像條件的書坊，不惜勉爲其難地刊刻大量粗製濫造、毫無美感的圖像，既無法吸引讀者，更不能幫助識字不多的讀者閲讀文本，其價值僅在於對體式的勉强維持。插圖對小説體式的影響，由此可見一斑。②

---

　　①　《艷史凡例》，（明）齊東野人編演：《隋煬帝艷史》，《古本小説集成》，上海：上海古籍出版社1994年版，第6頁。
　　②　鄭振鐸曾批評這類插圖"人不像人，獸不像獸"，可參考鄭振鐸《插圖之話》，《鄭振鐸全集》第14卷，石家莊：花山文藝出版社1998年版，第16—17頁。

二、插圖對小説内涵的影響

如果我們要從一個寬泛的文體視野來看待插圖與小説文體的關係，那麼除了考慮插圖對小説體式的影響外，還需要進一步考察插圖對小説的表意效果、價值預設、風格品質等内涵的影響。就插圖行爲而言，在圖像選編、題榜、排序、鈐印等諸多環節中，作圖者或有意、或無意地憑藉各自不同的才氣、學識、閲讀體驗、插圖目的來發表評論、抒發情感，一旦這些插圖與正文粘合成共同的表意結構來呈現給讀者，便有可能左右小説的價值預設、表意效果和風格品質。從小説史實際來看，插圖對於小説内涵的影響通常有以下幾種方式：

第一，圖像作者可能通過插圖的選編、題榜、人物繡像的排序、鈐印等行爲，對小説的人物和情節予以批評，使得具備不同插圖的文本有可能被賦予不同的價值判斷。我們以程甲本、三讓堂本、光緒丙子聚珍堂排印本這三種《紅樓夢》的插圖爲例，簡要説明它們對於寶釵這一人物形象的塑造所顯示出的不同判斷與邏輯。

版本	圖像選編	圖贊	排序	鈐印
程甲本	繡鴛鴦夢兆絳雲軒	宜爾室家，多藉閨中弱息； 無違夫子，何殊林下高風。 庭閑鶴夢，知午睡之初長； 繡並鴛衾，感霜翎之忽鍛。	14/24	蘅蕪君
三讓堂本	寶釵撲蝶	同"程甲本"	11/15	無
光緒丙子聚珍堂排印本	單人像，另配有副圖"玉蘭"	全不見半點輕狂	4/64	貞彭

如上表所示，在圖像的選編上，程甲本選擇"繡鴛鴦夢兆絳雲軒"這個情節繪圖，圖繪寶玉臥床，面向裏而睡，寶釵坐於床邊面露笑意。原書情節

主要講薛寶釵探望寶玉，見寶玉已睡，便坐在床邊爲寶玉繡兜肚，不料寶玉
説起了夢話，極力否定 "金玉姻緣"，並表露出對 "木石姻緣" 的嚮往，寶
釵因之遭受到了入賈府後最大的心理打擊。三讓堂本則根據 "寶釵撲蝶" 這
一情節繪圖，畫面看似閑適，實則隱伏滴翠亭竊聽嫁禍之事。從圖贊來看，
程甲本、三讓堂本的圖像贊語相同，雖有 "宜爾室家" "無違夫子" 之論，
却也有 "繡並鴛衾，感霜翎之忽鍛" 之譏，對寶釵愛情追求的一廂情願及其
爲人處世充滿了諷刺。從人物排序來看，在程甲本二十四幀繡像中，寶釵
排第十四，在三讓堂本的十五幀繡像中，寶釵排行第十一，寶玉、元春、迎
春、探春、惜春、王熙鳳、巧姐等人皆排其前，體現出作圖者一定的家族
觀、正統觀，也表現出對人物持部分否定的態度。

聚珍堂排印本《紅樓夢》中的寶釵插圖則沿襲了道光間《新評繡像紅
樓夢全傳》的圖像系統，以白描的手法畫寶釵。畫中寶釵持扇而立，但並
未 "撲蝶"，圖中鈐印 "貞彰" 一枚，圖贊則摘《西廂記》句 "全不見半點
輕狂"，繡像之外另配有一幀 "玉蘭" 副圖。從人物排序看，在此書所繪
六十四個人物中，寶釵位居第四，警幻、寶玉、黛玉列於其前，這種對主
要人物的重視及以感情親疏來排列人物的方式，與前兩種版本有了明顯的不
同。整體上，圖繪內容對寶釵基本持肯定的態度。

從上例不難看出，作圖者完全可以通過圖贊、排序、鈐印等手段表達批
評，誠如道光間藏德堂鐫《閨孝烈傳》書首《序》所稱："因寫圖系詩，以
寄慨焉。……乃以拙作圖詠付弁簡端，而識其緣起如是。"[1] 顯然，這些由插
圖諸要素所建構的批評，蘊含較強的主體性，也足以對深諳繡像閱讀門徑的
古代讀者形成價值判斷方面的影響。

第二，插圖對小説思想主旨、情感取向施以影響，進而干預小説的整體

---

[1] （清）張紹賢著：《北魏奇史閨孝烈傳》，《古本小説集成》，上海：上海古籍出版社 1994 年版，
第 2—3 頁。

表意效果。插圖對於小説整體思想情感的調控，主要有兩種手段：其一，插圖者會根據自己的好惡與價值觀從整體上對小説的全部人物和情節表現出强烈一致的情感傾向性，其强烈程度有時足以改變整部小説的精神面貌。以兩種《水滸傳》插圖爲例，在清末民初排印本《評論出像水滸傳》中，[①]插圖作者對絶大多數梁山好漢都持否定態度，其論宋江“上不蕭曹，下者爲巢，爾義徒高”，論吳用“晁氏危，劉氏安，中士殺人用舌端”，論公孫勝“不學無術，大盗之賊”，論柴進“我哀王孫徒區區，柴也愚”，論李逵“祖褐暴虎，毋破我斧”。在插圖者眼中，一百零八人皆是“賊”。而在清刻本《漢宋奇書》中，其插圖作者對人物的評價則走向另一個極端，贊語對全部梁山好漢幾乎都保持肯定的態度。其論宋江：“一代大俠，起刀筆吏。疇驅迫之，縱橫若是。或曰奸民，或曰忠義。青史不誣，付之公議。”論盧俊義：“燕趙慷慨徒，江湖識名姓。胡不守三關，能使烽煙净。”甚至名聲不好的時遷亦有贊曰：“鷄鳴狗盗，卒出孟嘗。士在所取，得失何常。”兩種《水滸》插圖人物總體評價如此大相徑庭，勢必影響到兩種《水滸》版本的表意效果與思想情感，這也是插圖對小説内涵影響的重要方式。其二，插圖作者借助具備“總括”功能的插圖直接表現主旨。同一部書的插圖，“權重”並不一樣，一些特殊位置的圖有時具備總括主旨的功能。主要包括：（一）正文前後單幀的情節圖、器物圖、人物圖、地圖。如藜光堂劉榮吾刊本《精鐫按鑑全像鼎峙三國志傳》首有桃園結義圖一幅，清江堂刊《新刊大宋中興通俗演義》卷首的岳飛像贊，正氣堂藏板《精訂綱鑑廿一史通俗衍義》卷首的《大清定鼎圖》，佳麗書林刊《新刻全像音詮征播奏捷傳通俗演義》卷首的《播州方輿一覽圖》等，這些單幀的插圖，有時附有論贊，有時采用譬喻象徵，有時繪製典型的人物、情節，具備明顯的總括主旨功能。（二）小説各卷（或各

_____

① （明）施耐庵著，（清）金聖歎等評：《評論出像水滸傳》，華東師範大學藏清末民初鉛印本。

册）中的第一幅圖，如明代陳懷軒刊本《杜騙新書》，卷一繪 "燃犀照怪"，題 "水族多妖，一點犀光照破；心靈有覺，百般騙局難侵"；卷二繪 "明鑒照心"，題 "心隱深奸，妄作多端詭道；手持玄鑒，灼見五蘊奸萌"；卷三殘，其文僅剩 "我願君王心，化作光明燭" 一句，卷四繪 "心如明鑒"，題 "身似菩提樹，心如明鑒臺，時時勤拂拭，勿使惹塵埃"，就圖繪内容和所題文字來看，皆非原書故事情節，而是通過隱喻加强對該書 "杜騙" 主旨的强調。（三）小説中自成體系的插圖群，如《新鎸出像古本西遊記證道書》卷首有 "仙詩繡像" 十六幅，[①] 每幀繡像後題 "悟真詩" 一首，它們聯合成一個整體，共同呈現 "證道" 這一主旨，使得圖像、正文、評點之間形成了言理的 "互文"。

第三，小説插圖一度參與到小説的通俗化、文人化進程，這是小説文體在傳播與自我定位方面的内在需求，也使得小説讀本在整體上呈現出某些特殊的風格特質。

自宋元至明萬曆間，小説刊刻一度將上圖下文或雙面相聯的 "綱目圖" "節目圖" 一類故事性插圖運用到史傳通俗化的過程，這一做法無疑使得相對嚴肅無趣的歷史小説獲得了最爲廣泛的農、工、商及婦女孩童的支持。如葉盛《水東日記》所載："今書坊相傳射利之徒偽爲小説雜書……農工商販，鈔寫繪畫，家畜而人有之；癡騃女婦，尤所酷好……"[②] 萬曆十六年（1588），書林余氏克勤齋梓《全漢志傳》時亦稱："遂請名公，修輯《西漢志傳》一書，加之以相，刊傳四方，使憒然者得是書而嘆賞曰：'西漢之出處如此。'"[③] 圖像的插入，無疑爲小説帶來了更爲廣泛的讀者，也讓小説叙事行爲本身展現出明白曉暢的通俗化風格。

---

① （清）汪憺漪箋評，（清）黄笑蒼印正：《新鎸出像古本西遊記證道書》，《明清善本小説叢刊初編》第五輯，臺北：天一出版社 1985 年版。

② （明）葉盛撰：《水東日記》，北京：中華書局 1980 年版，第 213—214 頁。

③ 《叙西漢志傳首》，（明）熊鍾谷編次：《全漢志傳》，《古本小説集成》，上海：上海古籍出版社 1994 年版，第 2 頁。

萬曆到崇禎間，那些用以"通俗"的插圖却又常被斥爲"不過略似人形，止供兒童把玩"，[①]"非失之穢褻，即失之粗率，穢褻既大足污目，而粗率又不足以悦目，甚無取焉"，[②]致使小説插圖中的一支主動走上了"文人化"的道路。如畫面有了精美、雅化的追求，插圖被打造成"詞家韻事，案頭珍賞"。插圖作者借助圖贊開始表達觀點，圖贊、集句詩、副圖、篆書隸字等具備文人特質的元素也在此時進入小説插圖，部分小説插圖的表意方式由通俗直白轉向了"陌生化"。插圖的文人化，在一定程度上可能改變小説的整體風貌，所以即便是《醋葫蘆》一類格調不高的作品，一經與這類插圖結合，亦可能呈現出"雅化"的傾向。

光緒以後，隨著社會的劇烈變革和小説地位的提升，改變插圖形制與内容又成爲小説走上現代化道路的重要手段之一。如《新小説》《小説林》及《月月小説》等小説期刊，完全没有像《海上奇書》《繡像小説》一樣走傳統插圖體制的老路，而是形成了嶄新的風格：首先，《小説林》《新小説》《月月小説》等小説期刊都在篇首設立"圖畫"專欄，圖畫成爲專門的一個閲讀類目；其次，在技術層面，一些小説期刊的圖像改爲以照片爲主，而不再需要畫圖者的參與，求真求實成爲此種圖畫的重要要求；再次，小説期刊中的照片以海外小説家、女優、風景、王妃、詞曲家、奇聞異事、戲院、公園、博物院等具備廣見聞性質的内容爲主，而較少涉及小説正文本身的内容。

三、自成一格的"圖説體"小説

在諸種小説體例中，有一類小説在叙述方式上表現出"看圖説話"的形

---

① 《艷史凡例》，（明）齊東野人編次：《隋煬帝艷史》，《古本小説集成》，上海：上海古籍出版社1994年版，第6頁。

② （清）四雪草堂主人：《四雪草堂重編隋唐演義發凡》，（清）褚人穫彙編：《隋唐演義》，《古本小説集成》，上海：上海古籍出版社1994年版，第2頁。

制，其圖文結合的方式一般爲"以説繫圖"，即以圖爲核心，以"説"爲從屬，文字用以描述圖像内容。我們將這類"看圖説話"的小説文體稱爲"圖説體"，而這種"以説繫圖"的編創小説方式則是圖像參與古代小説文體建構的最早方式，也是學界較少關注的一個小説文體學現象。

"圖説體"小説之形制，遠源或可追溯到"河圖""洛書""鑄鼎象物"以及"左圖右書"的圖譜傳統，[①]近源當出於與經史注疏中的"圖説"之制。經史典籍中諸如《毛詩名物圖説》《書經圖説》《六經圖》《三禮圖》《易圖》之類皆屬此制。章學誠在《和州志輿地圖序例》一文中對"圖説體"典籍做過概括性描述："圖不能不繫之説，而説之詳者，即同於書……雖一尺之圖，繫以尋丈之説可也。既曰圖矣，統謂之圖可也。圖又以類相次，不亦繁歟？曰：非繁也。圖之有類別，猶書之有篇名也。以圖附書，則義不顯，分圖而繫之以説，義斯顯也。"[②]強調了典籍中"圖説"形制的叙述價值，顯然，在此表意機制中，圖、説一體不可分割。[③]其基本特徵在於：第一，強調了文字對圖像的説明性；第二，圖像本身也是"正文"，而非"正文"之外的附庸；第三，早期"圖説"類典籍偏重於實用性、釋義性、學術性，而非以圖像的藝術審美作爲核心價值；第四，涉及圖譜的典籍既有經學、史學，亦包括天文、地理等百科及小説、日用類書籍。

小説史上有過按圖徵文的案例，[④]也有過據圖寫作的傳説，[⑤]但真正在體制上形成"看圖説話"的小説，有如下三類：

---

① （宋）鄭樵《通志》立《圖譜》爲單獨一門，提到了必須要使用圖譜的十六類情況，並指出"河出圖，天地有自然之象。洛出書，天地有自然之理，圖，經也，書，緯也，一經一緯，相錯而成文"。

② （清）章學誠著，葉瑛校注：《文史通義校注》，北京：中華書局 1985 年版，第 636 頁。

③ （清）徐鼎《毛詩名物圖説發凡》曾説："圖説二者，相爲經緯，古人左圖右書良有以也。"見（清）徐鼎輯：《毛詩名物圖説》，乾隆三十六年刊本。

④ 光緒三年（1877）十月十七日，寓滬遠客曾在《申報》發布《〈有圖求説〉出售》啓事，並進行過一次徵文活動。參見《〈申報〉影印本》，上海書店 1983 年，第 11 册第 495 頁。

⑤ 解弢《小説話》云："聞之故老云：施耐庵之作《水滸》也，先圖一百八人之象，黏之屋壁，顧其面貌，揣摩其言行，然後落筆，故能一絲不走。是誠作小説之妙訣也。"見解弢《小説話》，黃霖編著：《歷代小説話》，南京：鳳凰出版社 2018 年版，第 3172 頁。

　　其一，文言小説系統中的"圖説體"。"圖説體"小説最早出現在文言小説系統中，形制大多與圖記、圖考、圖傳類同。較早出現在史志目録中的"圖説體"小説是《隋書·經籍志》中著録的《魯史欹器圖》與《器準圖》。①依《隋書·經籍志》所録，《魯史欹器圖》題"儀同劉徽注"，《器準圖》題"後魏丞相士曹行參軍信都芳撰"，《魏書》卷二十稱："又以河間人信都芳工算術，引之在館。其撰古今樂事，《九章》十二圖，又集《器準》九篇，芳別爲之注，皆行於世。"《魏書》卷九十一云："（延明）又聚渾天、欹器、地動、銅烏漏刻、候風諸巧事，并圖畫爲《器準》。並令芳算之。會延明南奔，芳乃自撰注。"②又《北齊書》載："芳又撰次古來渾天、地動、欹器、漏刻諸巧事，並畫圖，名曰《器準》。"③從所列史料來看，這兩部成書於魏晉南北朝時期的小説，其"圖説體"特徵主要有如下幾點：（一）以"圖"爲名；（二）在體制上或同時兼具"圖"與"説"，且可能具備注釋；④（三）圖繪内容皆爲被文字所説明的器物；（四）篇幅短小，《魯史欹器圖》僅一卷，《器準圖》僅三卷九篇；（五）從内容來看，二者都不是叙事類小説，《魯史欹器圖》應當與《荀子·宥坐》篇所述孔子觀魯桓公之廟見欹器有關，《器準圖》應當是與器物、器準有關，内容偏重於實用性、釋義性、學術性，而非以藝術審美、叙事當做核心價值。《隋書》取其語含勸諫、小道可觀之意，將二者録入"小説家"，至《新唐書》《舊唐書》，史家因《魯史欹器圖》内容與孔子相關，便將其轉録於"儒家"。唐宋以後，這種"圖説體"小説的内容不斷拓展，《宋史》小説家類著録小説 359 部，"圖説體"小説除《欹器圖》外，還著録有《靈異圖》《貫怪圖》《八駿圖》《異魚圖》等，它們的

---

　　① 《舊唐書》將《魯史欹器圖》列入儒家，《器準圖》失録。《新唐書》將《魯史欹器圖》列入儒家，將《器準》列入曆算類。至《宋史》，《欹器圖》則又重回小説家類，《器準圖》則自此不見著録。
　　② （北齊）魏收撰：《魏書》，北京：中華書局 1974 年版，第 530、1955 頁。
　　③ （唐）李百藥撰：《北齊書》，北京：中華書局 1972 年版，第 675 頁。
　　④ 在史志目録中，以"某某圖"爲命名規則的書籍，大多都是有圖（或表）且有文的作品，而非純粹的圖畫書。

體制大概與《魯史欹器圖》《器準圖》相似，但内容已兼涉志怪、博物。至明清時期，此類在標題上即注明"圖"的小説逐漸失録於《明史·藝文志》《欽定四庫全書總目》等史志目録中的小説家類，而舊志所録相關書籍也大多佚失，但"圖説體"文言小説依舊有市場，其小説標題未必一定注明"圖""圖説"，但大多具備一事（一人）一圖的編例，圖繪内容以繪事（如《後聊齋志異圖説》）、繪人（如《仙佛奇蹤》）爲主。值得注意的是，明代的通俗小説中也可能存在此種體例。俞樾在《九九銷夏録》"圖説如平話體例"條中曾説："明楊東明所繪《河南饑民圖》……圖凡十有四。前十三圖繪饑民之狀，各繫以説。末一圖乃東明拜疏之象，亦有説曰'這望闕叩頭的就是刑科右給事中小臣楊東明。'諸説皆俚俗之語，冀人主閲之，易於動聽，亦深費苦心矣。明薛夢李《教家類纂》一書，首以圖説繪畫故事，而繫之以説云：'這一個門内站的人，是某朝某人'云云。疑明代通行小説平話有此體也。"[1]

其二，"看圖説話"形式的講唱小説。唐五代以降的説經、轉變等口頭表演伎藝中可能存在著看圖講故事的表演形制，此類研究頗多。[2]僅就可見文本來看，這些説唱文本保留了"看……處"、"看……處，若爲陳説"等不少慣用句式，有學者認爲："這些慣用句式都是用來向聽衆表示即將由白轉唱，並有指點聽衆在聽的同時'看'的意圖。"[3]

其三，晚清民國出現的諸種"小説畫報"與"連環圖畫小説"。晚清以降，《瀛寰畫報》《畫圖新報》《飛影閣畫報》《小説畫報》等一系列雜糅小説的畫報、畫刊逐漸興起，這類刊物在體例上皆是以畫爲核心，其所附畫，形式與内容皆紛雜不一，但圖像成爲了"畫報"之必須。陳平原的《左圖右史

---

[1] （清）俞樾撰：《九九銷夏録》，北京：中華書局1995年版，第141頁。
[2] 可參考吉師老《看蜀女轉昭君變》等史料以及胡士瑩《話本小説概論》、梅維恒《繪畫與表演——中國繪畫叙事及其起源研究》等專著與論文。
[3] 白化文：《什麼是變文》，《敦煌變文論文録》，上海：上海古籍出版社1982年版，第435—437頁。

與西學東漸——晚清畫報研究》等專著對此類畫報曾做過詳細的研究，不再
贅述。除了小説畫報外，晚清興起的諸種連環圖畫亦可算做"圖説體"小説
之變體，茅盾曾在《連環圖畫小説》一文中將舊上海"小書"定性爲"連
環圖畫小説"，認爲這些書"大多數是根據了舊小説的故事而改制成的節
本……這些圖畫的體裁正像從前《新聞報》上《快活林》內的諷刺畫，除有
十數字説明那圖中人物的行動外，又從每個人的嘴邊拖出兩條綫，綫內也寫
著字，表明這是那人所説的話"。[①]

　　從整體看來，此類"圖説體"小説總量不大。但自魏晉南北朝至清代，
其發展却從未斷絶，文言小説中的"圖説"，講唱類小説中的"看圖説書"，
晚清畫報與連環圖畫，無論它們的圖像今天是否存在，它們存留下來的文本
都或多或少地表現出對圖像的依附性、解釋性，因而在叙述方式上都有著
"釋圖"的特性，這也是"以説繫圖"類小説最主要的特徵。

四、插圖成爲"正文"的兩種特殊方式

　　中國古代小説插圖參與小説文體建構最爲直接的途徑便是圖像成爲小説
不可分割的"正文"。它們與小説中的文字形成了一種同體共構的關係，圖
像不再是由正文所派生的"副文本"，[②]而是成爲了小説原生的"正文"本身，
它們與小説中的文字部分具備同等的文本地位。

　　插圖成爲"正文"的第一種方式是"圖文互嵌"。此類插圖往往具備三

---

　　① 茅盾:《連環圖畫小説》，張静廬輯注:《中國出版史料補編》，北京：中華書局1957年版，
第290頁。
　　② 在熱奈特《隱迹稿本》一文梳理的五種跨文本關係中，提到了文學作品中正文與副文本間所維
持的關係，並對副文本概念做出了簡要定義:"副文本如標題、副標題、互聯型標題；前言、跋、告讀
者、前邊的話等；插圖；請予刊登類插頁、磁帶、護封以及其他許多附屬標誌，包括作者親筆留下的還
是他人留下的標誌，它們爲文本提供了一種（變化的）氛圍，有時甚至提供了一種官方或半官方的評
論，最單純的、對外圍知識最不感興趣的讀者難以像他想像的或宣稱的那種總是輕而易舉地占有上述材
料。"見〔法〕熱奈特著，史忠義譯:《熱奈特文集》，南昌：百花文藝出版社2001年版，第71頁。

種特質：圖像與文本以"文內相聯"的形式構成正文的局部細節，其圖多繪正文中所出現的器物、地圖等內容，起到説明、圖示的作用。正文有明確提示讀者"看圖"的提示文字。圖像刪除後，相關文字無法完整叙事。

此類插圖較常出現在清代的章回小説中，僅就所見而言，較早采用此類體式的小説是《紅樓夢》，以庚辰本《石頭記》爲例，其書第八回有寶玉圖及金鎖圖，圖像之前的正文對讀者發出了讀圖的提示："寶玉忙托了鎖看時，果然一面有四個篆字，兩面八個，共成兩句吉讖。亦曾按式畫下形相。"此句之後，即空行繪製金鎖圖，圖上鎮"不離不棄，芳齡永繼"八字，圖後又叙："寶玉看了也念了兩遍，又念自己的兩遍。因笑問姐姐：'這八個字到真與我的是一對。'"①此處金鎖上所鎮八字，皆因圖而出，若無此圖示，則關目盡失，我們亦無從得知寶釵金鎖之文，故而《紅樓夢》實際已經主動采用了圖文共同叙事的表現方式。②

繼《紅樓夢》之後，又有《鏡花緣》沿用其體，如第四十一回"觀奇圖喜遇佳人"一段，在唐小山看璇璣圖時，小説正文寫道："小山接過，只見上面寫著。"接下來使用了數頁的篇幅，繪《蘇氏惠若蘭織錦回文璇璣圖》數頁以示讀者。③此外，在同書第七十九回談到"算籌"等物，也都是以圖爲討論對象，圖文之間互相指涉。

至晚清，又有於一處集匯衆圖之例，楊味西應傅蘭雅徵文所著《時新小説》，其書第二回"李夫人評論金蓮"中有一段李夫人關於婦女纏足的議論："李夫人道：'纏足乃是婦女要緊的事……合觀婦女之脚，其式樣亦不

① （清）曹雪芹著，（清）脂硯齋評：《脂硯齋重評石頭記》，北京：人民文學出版社 1975 年版，第 181 頁。

② 《紅樓夢》諸稿本的第八回雖圖像有簡有略，但大體多用此例，部分刻本去掉了圖像，因而相應地調整了原文，如嘉慶丙寅寶興堂藏板《繡像紅樓夢》所載："寶玉忙接在手中細看，果然一面有四個字，兩面八個字，共成兩句吉讖，鎮的是'不離不棄，芳齡永繼'。"已非原筆。

③ （清）李汝珍撰：《鏡花緣》，《古本小説集成》，上海：上海古籍出版社 1994 年版，第 723—737 頁。

一……也有一種稱爲假脚，假脚者，脚不甚小，謬托極小，鞋内裝木底，名爲高底板，假裝作小脚是也。'"在李夫人説完之後，作者緊接著補叙"夫人所説各處女人的脚，式樣不一，稗官因描畫成圖，以證明各處脚樣"。[1]並在其後配圖四面，每面繪"脚樣"兩種，圖上方題"脚樣"之名，其目爲"三寸小足式""未纏之足式""裝鞋底式""半籃足""寧波足""清江足""湖北足""削木爲足式"，除前兩圖外，餘圖下各附説明。此類"内嵌"的"圖文結構"並不如"圖説"般具備"體例"意義。這種"圖文"互嵌的文本，最大的文體價值在於讓我們明確認識到，小説作者會主動使用圖文"互嵌"的結構進行叙事，古代小説中存在著真正叙事意義上的"圖文體"。

插圖成爲"正文"的第二種方式是小説作者的"以圖謀篇"。小説作者會直接將插圖（包括圖像與表譜）設爲完整、獨立的小説叙述單元（條目、章回）。此種情況以文言小説中所列表譜最爲常見，[2]作者常常將家譜、世系設定爲獨立的條目，如元陶宗儀所著《南村輟耕録》即以《大元宗室世系》等表譜構成獨立的文本條目，表譜即文本本身，且無法删除。

以畫像作爲獨立的小説叙事單元的情況較爲少見，康熙間蘇庵主人編《新鐫移本評點小説繡屏緣》是目前在古代小説中僅見的一例。小説叙書生趙雲客與五位女子的風月故事，語涉穢褻，文學性並不高，但就小説體例而言，該書最具特色之處便在於將圖像設定爲獨立篇章。原書共有二十回，其第十八回末叙主人公在五花樓上極盡歡愉之事："趙雲客自上五花樓，便把此道看做第一件正經事……所以盡極歡娛，不分畫夜，風花雪月，時時領略佳趣。一舉一動，皆自己把丹青圖畫了，粘在五花樓繡屏之上。擇其中尤美者，標題成帙，爲傳世之寶。五位美人更相唱和，彈琴讀書，賦詩飲酒，時

---

[1]　（清）楊昧西：《時新小説》，周欣平編：《清末時新小説集》，上海：上海古籍出版社2011年版，第225—227頁。
[2]　在諸種歷史演義篇首中，常常有大篇幅的《宗僚》之類表譜，它們的文本價值亦值得討論，在此，本文只討論能獨立建構小説叙事單元且不可删除的表譜。

常把幾幅美圖流連展玩。"然而行文至此，作者便將故事戞然中止，稱："若是要看趙家的結果，還在末回（第二十回），若是要知幾幅美圖，但看下回。"[1]於是在緊隨其後的第十九回《繡屏前粉黛成雙　花樓上畫圖作對》中，僅繪製"美圖"七幅，並配有《駐雲飛》詞八首，[2]內容如下：

圖	《駐雲飛》詞
繪琵琶	昨夜飛雲，暫向陽臺寬繡裙。花照羅幃近，酒泛瓊卮穩。親簫史正留秦，多嬌聰俊。錦帳香濃，月透珠樓潤，一半鮮明一半昏。
繪屏風，上繪鴛鴦一隻，並有"情榜花主"鈐印	情榜掄元，種玉迷香總是緣。年少潘安面，錦繡陳思儔。仙亭畔戲雙鴛，百花開遍。滿座瓊姿，齊把金樽勸，一半長酣一半淺。（印署：雲客）
繪屏風，上繪連環雙扣，並題"堅潔不渝，始終不絕"	白玉無瑕，一朵千金龍絳紗。羞比行雲化，遠效瓊漿話。他夢裏抱琵琶，崔徽初畫。粉黛餘香，繡得湘裙衩，一半題詩一半花。（印署：玉環私印）
繪屏風，上繪花木、石頭，題"美人縈之兮"	羅幕雙棲，鏡掩迴鸞香暗低。歸鳳終成對，小燕添嬌媚。奇花裏定佳期，全憑夫婿。今世良緣，前世紅絲繫，一半相思一半喜。（印署：季苕氏）
繪屏風，上繪佛珠，題"侫佛"	睡損紅妝，風韻依稀似海棠。嬌怯情初放，引動魂飄蕩。郎曾記鳳求凰，銀河相望。歸夢同圓，始得圖歡暢，一半清閑一半忙。
繪屏風，上繪菊花，並題"夕餐"	暮雨溫柔，被蟾影分明照畫樓。眉掃雙蛾秀，鬢掠單蟬瘦。幽燈下更風流，並肩攜手。小篆香低，暫且鬆金扣，一半追歡一半羞。（詞末有"印章"字樣）
繪屏風，上繪草木	風韻難描，似映水芙蓉初放稍。隨葬花堆俏，楚岫雲光耀。嬌相會在藍橋，風流年少。這段姻緣，總是紅鸞照，一半多情一半巧。（印署：一名英）
無圖	瑤島仙娥，暫往人間卻女蘿。千尺情牽墮，五夜花相和。哥春酒醉顏酡，倚樓同坐。兩袖溫香，繡下昭陽唾，一半遮藏一半拖。（印署：名花傾國）

① （清）蘇庵主人編次：《繡屏緣》，《古本小説集成》，上海：上海古籍出版社1994年版，第340—341頁。
② 同上，第343—351頁。

此一回小説，全篇不涉叙事，僅以器物圖像和詩詞支撐全篇，其圖即爲第十八回中所謂"傳世之寶"的"美圖"。細考其圖、其詞，内容有相互關合之處，如第二圖屏風上繪鴛鴦二隻，與其詞中"仙亭畔戲雙鴛，百花開遍"相應，詞後署名"雲客"，圖中"情榜花主"鈐印，所指都是主人公趙雲客。從鑒賞角度來看，其圖與詞皆非佳構，但其體例意義却頗值得一提。該書《凡例》云："小説前每裝繡像數葉，以取悦時目，蓋因内中情事，未必盡佳，故先以此動人耳。然畫家每千篇一列，殊不足觀，徒災梨棗，此集詞中有畫，何必畫中有形？一應時像，概不發刻。"[1]可見小説作者對其時流行的小説繡像其實多有不滿，但他又主動使用這種圖文"文内相聯"的模式進行創作，甚至用以占據完整的一個章回，足見作者有著大膽的創體意識。限於所見，中國古代似《繡屏緣》這般以圖像爲章回的小説，僅此一部，因而實際影響有限。

第三節　小説圖像的批評功能

在小説繡像編纂過程中，圖像作者的"加像"行爲不僅只是一種對文字的忠實描摹和再現，更是一種基於理解的表達。這樣的表達一方面表現在圖像作者會依據自己的認知、信仰、想像和閱讀體驗對小説文本意義（包括事件、人物、場景等）進行有選擇、有意圖的具象化操作；另一方面則表現爲他們可能會通過小説繡像獨特的表意機制發表評論、宣洩情感，從而將他們的主體意識滲透到繡像之中。如果從一個寬泛的文學批評視野來審視這一現象，這些具備"畫外之音"的小説繡像實際上已具備了一定的批評功能。而其圖繪内容的選編、題榜、排序、鈐印正是"加像"程序中具備批評"行爲"與"内核"的四種方式。

---

[1]　《繡屏緣凡例》，（清）蘇庵主人著：《繡屏緣》，《古本小説集成》，上海：上海古籍出版社1994年版，第1頁。

一、圖繪内容的選編：基於認知的回應

在學界，小説繡像多被視作文字的輔助和表現手段，而較少重視繡像選編過程中編者對於圖繪内容的裁斷和選擇。而恰恰正是這種並不太爲人關注的篩選、建構行爲，實際上成了一種具備文本鑒賞和價值判斷的批評，因而或多或少地能體現出編者的傾向性。從繡像生成的實際來看，這樣的選編行爲存在一些較爲基本的操作模式，它們指向不同，功能各異，却都表現出圖像編者對小説文本的"回應"。

在古代小説繡像的表現體系中，從來没有産生能夠真正承擔全部叙事任務的圖像表現程式，在有限的篇幅裏，繪事的繡像往往只會通過情節發展中的一瞬表現最爲典型的場景，而繪人的繡像也同樣只會選取典型的人物作爲描摹的對象，這客觀上要求圖像編者對文本細節進行區別對待，因而選出最爲典型的情節片段和人物以繪成圖像成爲圖像選編的内在要求。無論是按頁選圖、按章回選圖，還是以整本小説爲取材範圍進行選圖，這三種選編繡像的方式都與生俱來具備了選菁舉要的特性。從内容上看，雖然它們都是對文本的"再現"，但實際上已經成爲經由選擇後的一種表達，大體能反映出繡像編者對於小説典型情節和典型人物的判斷和把握，而這恰恰是文學批評中的一項重要任務。

繡像作者對文本的"回應"還表現在他們有時會爲小説文本提供注解性質的圖像，其出發點不在於情節的展開，而是側重於對小説的認知功能進行拓展。在小説諸版本中，這樣的繡像通常包括：1. 輿圖，多出現在歷史演義、時事小説及帶有地域特性的小説集之中。2. 器物圖，描繪小説中出現的各類器物，具體可細分爲"博古"與"用今"兩類，前者如明刊《七十二朝人物演義》中所繪製的"瑟""屈盧之矛，步光之劍""合巹杯""爰居""琴

書""玉璧""玉兔""虎符"等，重在挑選博物性質的題材以資考證、鑒賞。後者如崇禎間雲林聚錦堂刊本《西湖二集》中刊刻的"埋火藥桶""滿天煙噴筒""飛天噴筒""大蜂窠""火磚""火妖"等諸種海防武器圖，圖旁附有詳細的製作説明。3. 勝景圖，如清康熙金陵王衙精刊本《西湖佳話》、乾隆五十六年自愧軒所刻《西湖拾遺》，二書都繪有"西湖十景圖"。其中《西湖佳話》中的繡像用五色板套印而成，是古代小説中少見的彩色繡像，其序稱"今而後有慕西子湖而不得親睹，庶幾披圖一覽，即可當卧遊云爾"，[①]顯然具備增廣見聞、娛人耳目之功能。4. 天文術數，如民國十三年上海大成書局印《三教一原西遊原旨》中"伏羲六十四卦圓圖""太陽平面之圖"等。5. 春宫秘戲，如《素娥篇》一類淫邪小説所繪春宫圖等。

在一些小説版本中，圖像作者所繪繡像有時並不直接描摹情節片段和人物，而是以比喻、象徵的方式對情節與人物進行模擬。以光緒三年（1877）龍藏街翰苑樓藏版《新評繡像紅樓夢全傳》爲例，[②]該書繡像采用雙圖版式，版心上題"紅樓夢像"，魚尾下題人物姓名，前半頁繪人物，後半頁繪各式花木用以關合人物，其所繪人物與花木名稱對應如下：

人名	植物	人名	植物	人名	植物	人名	植物	人名	植物	人名	植物
警幻	凌霄	寶玉	紫薇	黛玉	靈芝	寶釵	玉蘭	可卿	海棠	元春	牡丹
迎春	女兒花	探春	荷花	惜春	曼陀羅	史湘雲	芍藥	薛寶琴	梅花	邢岫煙	野薇
妙玉	水仙	李紈	梨花	李紋	李花	李綺	蘭花	熙鳳	妒婦花	尤氏	含笑花
尤二姐	桃花	尤三姐	虞美人	夏金桂	水木樨	傅秋芳	瓊花	巧姐	牽牛	嬌杏	杏花
佩鳳	鳳仙	偕鸞	青鸞花	香菱	菱花	平兒	夾竹桃	鴛鴦	女貞	襲人	刺蘼

　　① （清）古吳墨浪子：《西湖佳話·序》，（清）古吳墨浪子搜輯：《西湖佳話》，《古本小説集成》，上海：上海古籍出版社 1994 年版，第 12 頁。
　　② （清）王希廉評本：《新評繡像紅樓夢全傳》，清光緒三年刊本，龍藏街翰苑樓藏版。

續　表

人名	植物	人名	植物	人名	植物	人名	植物	人名	植物	人名	植物
晴雯	曇花	紫鵑	杜鵑	鶯兒	櫻桃	翠縷	翠梅	金釧	金絲桃	玉釧	玉竹
彩雲	金絲荷葉	彩霞	向日葵	司棋	夜合花	侍書	玫瑰	入畫	淡竹葉	雪雁	雁頭花
麝月	茉莉	秋紋	蓼花	碧痕	碧桃	柳五兒	夜來香	小紅	月季	春燕	燕尾草
四兒	香結	喜鸞	（缺）	寶蟾	楊花	傻大姐	薺菜	萬兒	萬壽菊	文官	丁香
齡官	孩兒蓮	芳官	素馨	藕官	蝴蝶花	蕊官	玉蕊	藥官	白藥	葵官	蜀葵
艾官	艾花	豆官	紅豆	智能	西番蓮	劉姥姥	醉仙桃				

　　從上表看，該套繡像取象的規則主要有三：一是選取與人物命運、身份、性格相關合的花，如以靈芝配黛玉（仙草）、西番蓮配智能（僧人）、妒婦花配熙鳳、女貞配鴛鴦、刺藤配襲人、夾竹桃配平兒等。二是選取典型情節中出現過的花，如史湘雲配芍藥、薛寶琴配梅花等。三是與人物姓名相關取象，如蕊官、藥官、葵官、艾官則分別取玉蕊、白藥、蜀葵、艾花等，完全是姓名語詞粘合產生的聯想，並不具備什麼内涵。

二、題榜：圖像中的文字批評

　　題榜，通常用以指代繡像中的各類文字，它既是中國古代小説繡像的基本組成要素，也是繡像體制中最爲直接的批評形式。在小説繡像中，題榜主要有兩類：一類是釋圖的標目，另一類是題圖的論贊。二者雖都是緣畫而作，但指向有所不同，前者以明代上圖下文本小説的圖目爲代表，其功能在於説明圖像所繪内容，本質上無關批評而僅僅只是一種標識。而後者則表現爲論贊、詩詞、楹聯等多種文體形式，甚至包羅短句、雜言等隨意性的評點，其主要功能在於因圖發論、抒發主體情感，因而實際上構成了一種文字批評。

　　從已有的資料看，以論贊題小説繡像大約始於明嘉靖間，至明末，小説繡像題榜的諸種批評形態皆已登場，大致有詩贊（包括像贊、詩、詞、曲等）、楹聯、散論三體，它們形式不一，功能也不盡相同。以詩贊爲繡像題榜，始於小説繡像中人物像贊的羼入。嘉靖三十一年（1552）建陽楊氏清江堂刊《大宋中興通俗演義》，刻岳飛像一幀，同時題有像贊一篇，這或許是現存小説版本中有確切年代可考的最早一篇人物像贊。贊曰：“維武穆王，天錫勇智。氣吞强胡，力扶宋季。桓桓師旅，元戎是寄。行將恢復，遭讒所忌。生既無怍，死亦何愧。萬古長存，惟忠與義。”①此類題榜的“史評”特性十分明顯，主要用以稱述人物生平，並對人物一生做出總括性的概括。

　　除人物像贊外，萬曆以後在繪事繡像中出現的詩、詞、曲也是重要的詩贊類題榜形式。這些題畫的詩詞，雖主要用以對小説人物和情節直接進行詮解和判斷，但有時却表現出與人物像贊截然不同的秉性，流露出“逞才”的傾向。最具代表性的例子就是小説繡像中出現的“集句”詩詞。以明刊本《隋煬帝艷史》爲例，圖像編者采選前人既成之詩詞曲賦爲版畫題詠，其編輯方式有以下三種：（一）采用現成詩詞，如“文帝帶酒幸宫妃”圖，采王昌齡詩“火照西宫知夜飲，分明復道奉恩時”爲題榜。（二）集同一作者不同詩詞合爲新句，如“蓄陰謀交歡楊素”圖，集李白“就中與君心莫逆（《憶舊遊寄譙郡元參軍》），却來請謁爲交歡（《贈從弟南平太守之遥二首》）”二句，以爲新詩。（三）集不同作者詩詞合爲新句，如：“黄金盒賜同心”

---

　　① （明）熊大木編：《大宋中興通俗演義》，《古本小説集成》，上海：上海古籍出版社1994年版，繡像第1頁。

圖，集 "黄金合裹盛紅雪（花蕊夫人），見此躊躇空斷腸（李白）" 二句等。編輯者以這種選集前人詩句的方式來爲版畫題詞，雖可露才，但内容極其空泛，不過文人遊戲而已。

楹聯式的題榜與上述詩贊類題榜有很大不同，相比之下，它與建陽本上圖下文小説中那種釋圖的標目更具親緣關係。[①] 楹聯原本就是介於雅俗之間的一種文學樣式，明以來，統治者帶頭興起了楹聯之風，[②] 因而吟詠楹聯一度成爲這一時代的風氣。反映在小説領域，楹聯大約在萬曆時期進入到小説繡像之中並形成固定的批評範式。以萬卷樓本《三國志通俗演義》爲個案，[③] 可以發現這些楹聯式的題榜兼具闡釋和評論雙重批評特性：一方面，題榜對圖繪情節進行延伸性的闡釋，使繡像、文字、題榜之間形成了一種 "互釋" 關係。如："董卓火燒長樂宫" 題聯 "紅焰冲天長樂宫中開火樹，黑煙鋪地洛陽城内列烽堠"，"袁術七路下徐州" 題聯 "七路雄兵處處鈴傳明月夜，一班健將人人劍倚白雲天"，"曹操會兵擊袁術" 題聯 "大將森森白鳥影移江樹没，强兵密密青萍光射野雲寒"。這類聯語與建陽上圖下文本小説中作爲圖名的題榜有著很大不同，我們來看余象斗評林本《三國志傳》，[④] "祭天地桃園結義" 一節的繡像題榜："靈帝登位青蛇繞殿"，"張角采藥偶遇仙傳"，"張角甦民欲思謀反"，"劉備與朋友游李定相貴"，"劉備店遇關羽張飛"，"桃園結義聚衆滅寇"，"張世平等獻馬助金"。此類題榜篇幅較短，徒具骨鯁而血肉不足，楹聯題榜篇幅較長，可塑性相對較强，它們重在對小説關鍵情節進行渲染和鋪叙，本質上是一種對情節的複寫延伸而非圖目式的標識。另一

---

① 嘉靖以來建陽地區 "上圖下文" 版式的小説繡像，標圖目時已用雙行楹聯式邊框，但除了萬曆間熊龍峰刊本《天妃娘媽傳》外，大多只具楹聯之形，而無楹聯之實。

② 《簪雲樓雜説》載："春聯之設，自明孝陵昉也。帝都金陵，於除夕前忽傳旨：'公卿士庶家門上須加春聯一副。'帝親微行出觀，以爲笑樂。" 見（清）陳尚古編：《簪雲樓雜説》，《叢書集成續編》第 96 册，上海：上海書店出版社 1994 年版，第 531—532 頁。

③ （明）羅貫中編次：《三國志通俗演義》，《古本小説集成》，上海：上海古籍出版社 1994 年版。

④ （明）羅貫中撰：《三國志傳評林》，《古本小説叢刊》第二三輯，北京：中華書局 1991 年版。

方面，楹聯題榜有時還會因事而發，對文本內容展開評論、抒發情感，論事者如萬卷樓本《三國志通俗演義》中"祭天地桃園結義"題聯"萍水相逢爲恨豺狼當道路，桃園共契頓教龍虎會風雲"，"李傕郭汜亂長安"題聯"漢室傾頹一木有誰支大廈，長安毀裂二軍無復築堅城"，"蜀後主輿櫬出降"題聯"輿櫬出降四野好花閑白晝，封疆失守滿庭芳草憶黃昏"等。論人者如"呂布刺殺丁建陽"題聯"半世稱侯自是不仁還不義，三家作子敢於無父必無君"，"呂子明智取荆州"題聯"計出陰謀犬吠雞鳴非將帥，兵行詭道獐頭鼠耳豈男兒"等，已明顯具備了批評的意味。然而，值得一提的是，這種具備批評性質的楹聯題榜，在小說繡像圖贊發展過程中只是一個階段性的存在，相關的小說版本主要集中在萬曆時期，入清後，此類楹聯式樣的題榜已極爲少見。

　　最後我們來看以散論爲題榜的情況。僅以明末《二刻英雄譜》（《精鎸合刻三國水滸全傳》）爲例，[①]該書成於明末最爲動蕩的時期，遼東後金未平，李自成、張獻忠兵亂又起，編者極其關注動蕩的社會現實，於是將《三國》《水滸》合刻爲《英雄譜》以振奮人心。在該書繡像中，已出現了關注歷史、社會的散論，如"鞭撻督郵"一圖，圖後有署名爲"黃道周"的散論："嚴氏父子當國時，鄢懋卿以假子得嬖，奉敕查理八省鹽課，所過虎喝，每出必攜妻子，州縣盛彩輿以四十女子舁之，獨海剛峰不奉檄，更加摧抑竟欽影而過，聲息俱無，論者謂庶幾督郵之鞭。"對明朝鄢懋卿這一禍國殃民的人物做出猛烈鞭笞。又"李逵壽昌縣高坐衙"一圖，題榜曰："李逵不讀書、不讀律，天生仙吏，案牘一清，今之爲吏者能不愧此？當署上上考。"以李逵這一莽漢形象對"今之爲吏者"做出了形象的反諷。這類借事諷時的題榜，雖在小說繡像中並不多見，但卻實實在在爲圖像中的批評開闢了一種關注現

---

① 《精鎸合刻三國水滸全傳》，《明清善本小說叢刊》，臺北：天一出版社1985年版。

實的風氣，在小説批評史上理應占有一席之地。另一方面，在小説繡像題榜中，還出現了圍繞小説章法結構而展開的分析。以圖像題榜來討論小説結構及如何作文，這看似不可思議，却切實地出現在這一時期的繡像題榜之中。在題署爲"馮夢龍增編"的《增補批點圖像燕居筆記》中，[①] 有圖三十八幅，題榜十六則，其中署名爲"鄒迪光"的題榜對《鍾情集三》中的文法做出評價，稱"情真誼殷，局鍊機融，補叙得古文之梗概，措詞皆時藝之尖巧"，並認爲"讀之實可助文人之筆趣"。而另一則題名爲"馮夢龍"的題榜評《雙雙傳》曰："此傳後半本來面目頓改，貫錯綜處，則條理分明。"亦對文本結構做出了極有見地的分析。客觀地説，此類圖像題榜的出現，在小説史中基本屬於"異類"，因並不常見，故影響有限。

三、排序：作爲批評的圖像序列

在中國古代小説觀念中，"排序"是一個重要的範疇，如《水滸傳》中的"排座次"、《隋唐演義》中的"第幾條好漢"、《三國志演義》前附列的《三國志宗僚》表、小説評點中金聖歎、葉晝等爲小説人物的"定品"等。[②]小説繡像也有類似的排序。

從迄今可見資料看，人物繡像至遲在明嘉靖間就已出現，但在繡像空前發達的明代，小説中的人物繡像却在很長一段時間内遵循每書繪一人的體例。[③]直至明末，這種體例纔被逐漸打破，多幅人物繡像的小説版本漸次登

---

① （明）馮夢龍編：《燕居筆記》，《古本小説集成》，上海：上海古籍出版社1994年版。
② 如金聖歎評《水滸》人物爲上上、上中、中上、中下、下下五品，"定考武松上上，時遷、宋江是一流人，定考下下"等。
③ 明代的繡像以繪事者居多，純粹的人物繡像並不多見。從可見資料來看，嘉靖三十一年（1552）建陽楊氏清江堂刊《大宋中興通俗演義》是最早出現人物繡像的小説版本，該書人物繡像僅有一幀，但繪事的繡像却有多幀。此後，如《錢塘湖隱濟顛禪師語録》《咒棗記》《海剛峰先生居官公案》《韓湘子全傳》雖都繪有人物繡像，但都遵循每書一幀的體例。

場，並在清代繁盛壯大。[①]人物繡像從一幅擴展到多幅，如何排列這些繡像的先後次序，是編者常常要考慮的問題。一般而言，人物繡像的排序大致遵循如下的幾條基本規則：（一）尊者在前，其他人物在後。以此爲標準，排在前列的人物通常包括帝王將相，如《混唐後傳》中遊地府的太宗、《七俠五義》中的宋仁宗等。師長，如《西遊真詮》中的唐僧、《鐵花仙史》中的蔡其志、《白圭志》中的張衡才、《鬼谷四友志》中的鬼谷子等。神佛仙道，如《西遊真詮》中的如來佛、李老君以及前文提到光緒三年龍藏街翰苑樓藏板《新評繡像紅樓夢全傳》中的警幻仙子等。男在前、女在後，如《白圭志》中張庭瑞與菊英、夏建章與蘭英等。帝位正統在先，僭國者在後，如《繡像第一才子書》中蜀、魏、吳之排列順序。（二）善在前，惡在後。如《西遊真詮》中的牛魔王、鐵扇公主、紅孩兒、黄袍怪、獅子精、蜘蛛精、犰精，《鐵花仙史》中夏元虛、畢純來，《白圭志》中的張宏，《嶺南逸史》中諸葛同以及《七俠五義》中的龐吉、襄陽王、神手大聖鄧車、花胡蝶花冲，這些反面人物和妖魔鬼怪一般都排在正面人物之後。（三）主要人物在前，其他人物在後。如《嶺南逸史》人物排列順序爲黄逢玉、張貴兒、梅映雪、李公主、明神宗、石禪師、吳桂芳、諸葛同，其中明神宗即排在小説主人公之後。（四）關係相近者排列一起。如《七俠五義》中的"五鼠"、《西遊真詮》中的唐僧師徒、《白圭志》中張庭瑞、菊英、夏建章、蘭英兩對夫妻，《繡像粉妝樓全傳》中的反面人物沈謙、沈廷芳、錦上天，《繡像第一才子書》中魏、蜀、吳各國勢力等。（五）以時間爲序。如老會賢堂藏板《繡像東周列國全志》中的諸人物，總體上以人物出場先後爲序。

在具體的一個小説版本中，人物繡像並不依據唯一的標準來進行排列，而往往是多重標準的綜合。如果我們將這種依據尊卑、善惡、主次、親疏、

---

① 較早出現多幅人物繡像的小説版本是明末的《殘唐五代史演義傳》，該書繪人物繡像十二幅，開一書繪多人的風氣。入清後，人物繡像逐漸增多，至清芥子園刊《鏡花緣》，肖像畫已超百幅。

時序五類關係對小説人物進行的綜合排列視爲一種批評，那麼其批評的有效性並不在於以唯一的標準判定人物，而往往表現爲通過序列將人物置身於多組關係之中，藉以從多組關係中托現出人物的定位。以《西遊真詮》繡像中的孫行者爲例，編者對於這一人物的定位具備著多重視角：以尊卑分，他位居如來佛、李老君、唐太宗、魏徵、唐僧之後，八戒、沙僧之前；以善惡分，列於牛魔王、鐵扇公主、紅孩兒、黃袍怪、獅子精、蜘蛛精、犰精之前；以親疏分，則與唐僧、豬八戒、沙僧這師徒三人並列。從這種看似混雜的序列中，我們却能看到編者對孫行者有著相對明晰的定位：地位不高，善良，與唐僧、八戒、沙僧有密切關係。這種以排序爲批評的人物評判方式，實際上是通過其他人物來"反觀"批評對象自身，維繫之基在於編者對文本的理解及小説人物間諸多關係的把控，故而若編排視角和文本理解之不同，同一小説完全可能表現出不同的排序方式。誠然，如上五條人物排序的基本規則絕非定則，規則之間甚至也會存在無法調和的衝突，但在面對人物繡像的排序問題時，繡像編者却總會有意、無意地遵從這些規則對人物關係進行一定程度的梳理，雖然這樣的排序遠遠談不上精準，但絕不妨害我們從中讀出編圖者的用心與偏好。

四、鈐印："煉意立骨"式的表達

小説繡像中的鈐印有時也可能成爲批評的媒介。在明以來的小説繡像中業已出現了印章這一書畫形式，它們一般位於圖題或題榜之末，所刻內容多爲圖像作者，題贊者，小説人物的姓名、別號、齋名等，用以維繫書畫章法布局、昭示身份，大多並無深意。入清後，小説繡像中"以印爲評"的現象多了起來，一些印文中漸次夾入制印者對文本的理解。如下兩種小説版本中的印章頗能説明問題：

光緒二年北京聚珍堂活字印本《繡像紅樓夢》繡像中的部分鈐印 ①

人物繡像	鈐印	人物繡像	鈐印	人物繡像	鈐印
寶玉	玉壺	黛玉	玉人	元春	清高
迎春	温甘如玉	惜春	齋心	史湘雲	臨風
妙玉	行雲	熙鳳	多情	尤二姐	流水
尤三姐	洗心	夏金桂	小窗	鴛鴦	清貞

光緒十四年上海大同書局石印本《圖繪五才子奇書》前十回"回目圖"鈐印 ②

回目圖	鈐印	回目圖	鈐印
王教頭私走延安府 九紋龍大鬧史家村	法師	史大郎夜走華陰縣 魯提轄拳打鎮關西	真性
趙員外重修文殊院 魯智深大鬧五臺山	静動	小霸王醉入銷金帳 花和尚大鬧桃花村	二醉
九紋龍剪徑赤松林 魯智深火燒瓦罐寺	暗明	花和尚倒拔垂楊柳 豹子頭誤入白虎堂	大力
林教頭刺配滄州道 魯智深大鬧野猪林	伴道	柴進門招天下客 林冲棒打洪教頭	後來好
林教頭風雪山神廟 陸虞候火燒草料場	一冷一熱	朱貴水亭施號箭 林冲雪夜上梁山	逼上

　　這兩例展示的是兩種不同類型的印文，前者印文因人而生，爲人而立，其文法主要可分如下幾類：一是直書評語。印文直接對人物進行總括式的判斷，如直接評鴛鴦以"清貞"、評元春以"清高"、評熙鳳以"多情"等，給予人物明晰的評論。二是以物喻人。印文通過某一具體意象來比况人物，如以"玉壺"喻寶玉、以"行雲"喻妙玉、以"流水"比喻尤二姐等。三是點染描摹。指印文對繡像中環境情態進行附加描摹，使人物形象更爲生動。如

---

　　① （清）王希廉評：《繡像紅樓夢》，清光緒二年聚珍堂活字印本。
　　② （明）施耐庵著，（清）金聖歎評：《圖繪五才子奇書》，上海大同書局清光緒十四年（1888）石印本。

史湘雲一圖，鈐印者營造出"臨風"的情境，使畫中湘雲貪凉醉臥芍藥裀之憨態顯得更爲生動。四是借物指事。指印文借小説中既有之物用來指代人物，如夏金桂繡像中的鈐印爲"小窗"，點出了《紅樓夢》九十回、九十一回夏金桂、寶蟾窗外誘惑薛蝌之事。五是以事代人。印文直接截取人物的重要行爲以指代小説人物，如尤三姐之"洗心"、惜春之"齋心"等。後者印文因事而立，它們對回目圖和回目本身進行一定程度的總括，如"史大郎夜走華陰縣，魯提轄拳打鎮關西"，鈐印爲"真性"；"林教頭風雪山神廟，陸虞候火燒草料場"，鈐印爲"一冷一熱"；形成了一種類似評點話語的"斷語"。這種具備評論内涵的印文，雖可看做是文字批評的變體，但其依然具備了自身的特性，它一方面要求作者煉意立骨，以極簡的文字捉住批評對象最主要的特徵；同時在表現形態上還要求制印者能恪守章法布局，帶給讀者美感，因而是一種同時具備批評性和觀賞性的書畫因素，在整個文學批評史上都可算得上是一種較爲獨特的批評形式。

第二編　先唐小説文體

概　述

　　討論先唐小説文體的源流，要注意兩種路徑的分野：一是依據“小説”（“小説家”）這一語詞所指稱的對象進行文體溯源；一是從作爲文學文體之一的小説文體的角度加以追溯。前者歸類的依據是言説方式、言説内容、言説價值和文本載體等；後者則是從文學的屬性來界定，有叙事、情節、人物、虚構等方面的基本軌範。對先唐小説文體的溯源，則需依循第一種路徑。

　　先唐小説的文體現象，就古代話語中“小説”（“小説家”）這一語詞所指稱的對象而言，可以發現這樣的事實，即先唐時期小説文體的生成，與先唐時期學術的發展和文獻載體的演進密切相關。近代學人陸紹明曾論述小説的源流與分期，言：“往古小説之發達，分五時代（見《畫墁瑣記》）：一曰口耳小説之時代，虚飾之言，人各相傳；二曰竹簡小説之時代，各執異説，刻於竹簡；三曰布帛小説之時代，書於紳帶，以資悦目；四曰謄寫小説之時代，奇異新説，謄寫相傳；五曰梨棗小説之時代，付梓問世，博價沽譽。”[①]陸紹明所謂古小説的“五時代”，是從文獻載體和編撰方式而言的，雖然五個時代的標準并不一致，但與先唐時期小説的狀態却也吻合。如“口耳小説之時代”，《漢書·藝文志》“小説家”所著録之《伊尹説》《鬻子説》，班固

---

① 　陸紹明：《〈月月小説〉發刊詞》，慶祺編輯：《月月小説》（第3號），月月小説社1906年，第2頁。轉引自陳平原、夏曉虹編：《二十世紀中國小説理論資料》第一卷（1987—1916），北京：北京大學出版社1997年版，第195頁。

認爲皆後世之人所僞托，後人以伊尹和鬻子爲僞托之對象，大概是因二人多有口耳相傳之小説。① 所謂"竹簡小説之時代"，大體即桓譚所謂的"短書"時代，其《新論》言："若其小説家合叢殘小語，近取譬論，以作短書。治身理家，有可觀之辭。"② 桓譚言小説家綴合"叢殘小語"③ 以成"短書"，所謂"叢殘"，即"殘＝殘缺＝斷片；叢＝細的或雜的東西"。④ 所謂"短書"，即書寫之竹簡或木牘尺寸短。王充《論衡·骨相篇》言："斯十二聖者，皆在帝王之位，或輔主憂世，世所共聞，儒所共説，在經傳者較著可信。若夫短書俗記，竹帛胤文，非儒者所見，衆多非一。"⑤ 此段文字雖非直言小説家，但其義與桓譚《新論》所言無差。又王充《論衡·謝短篇》引儒生言："二尺四寸，聖人文語，朝夕講習，義類所及，故可務知。漢事未載於經，名爲尺籍短書，比於小道，其能知，非儒者之貴也。"⑥ 漢制規定，凡經、律等官書，用二尺四寸竹簡書寫，官書以外包括子書等，均以短於二尺四寸竹簡書寫，此種竹簡約長一尺二寸至八寸不等，故稱爲"短書"。至於"布帛小説之時代""謄寫小説之時代"，《世説新語》《搜神記》等這類抄撮之小説堪稱這兩種時代的典範之作。史官的分化和史學的演化也是考察小説起源的一個重要途徑。《新唐書·藝文志》即認爲小説之源就是史官，其序言："至於上古三皇五帝以來世次，國家興滅終始，僭竊僞亂，史官備矣。而傳記、小説，外暨方言、地理、職官、氏族，皆出於史官之流也。"⑦ 何以小説、傳

---

① 伊尹，一名摯，相傳其在夏桀時耕於有莘之野，湯使人聘迎之，五反而從湯，相湯伐桀救民；或傳言伊尹爲有莘氏媵臣，負鼎俎，以滋味説湯，致於王道。關於伊尹的兩種説法，都具有傳奇性，誠爲口耳相傳之小説也。

② 《文選》卷三一江文通（淹）《擬李都尉從軍詩》李善注引。見（南朝梁）蕭統編，（唐）李善注：《文選》，上海：上海古籍出版社1986年版，第1453頁。

③ 《太平御覽》卷六〇二引桓譚《新論》又有"叢殘小論"一語，和"叢殘小語"意思相同。

④ 魯迅1933年6月25日致增田涉信，《魯迅全集》第十三卷，北京：人民文學出版社1981年版，第528頁。

⑤ （漢）王充著，黃暉撰：《論衡校釋》，北京：中華書局1990年版，第112頁。

⑥ 同上，第557—558頁。

⑦ （宋）歐陽修等撰：《新唐書》，北京：中華書局1975年版，第1421頁。

記、方言、地理、職官、氏族等皆出於史官？蓋因史官的職掌有其相應的才學識之要求，即《隋書·經籍志》“史部總序”所謂：“夫史官者，必求博聞強識，疏通知遠之士，使居其位……是故前言往行，無不識也；天文地理，無不察也；人事之紀，無不達也。内掌八柄，以詔王治；外執六典，以逆官政。書美以彰善，記惡以垂戒，範圍神化，昭明令德，窮聖人之至賾，詳一代之亹亹。”①從知識的角度來看，史官的博聞強識、疏通知遠，正是先唐小説的重要特色。

　　從文體表現而言，先唐小説大體可分爲兩個階段。第一階段是先秦兩漢，這一時期小説體式並不明晰，如前引陸紹明言吟於草野的《詩》有小説野史之義，好言災異的《周易》《春秋》有小説野史之旨。而小説不過是一種基於價值判斷、以説理爲旨歸的言説，如《漢書·藝文志》諸子略所著録之小説家。這一類小説的文體形態，因小説文本散佚過多而難以釐析，然則兩漢在文獻學上有卓越之成就的劉向，其所編次之《説苑》大體可視爲《漢書·藝文志》小説家的摹本。第二階段是漢末至隋，以類相從的小説編撰觀念逐漸明晰，促進了小説文本文體特徵的生成。

　　漢晉時期，知識累積的豐厚與類别意識的發展，形成了按圖書文獻的内容和性質進行整理編目的目録學知識譜系，在撰著方面也有了相對明晰的文類界域。劉向、劉歆父子《别録》《七略》及在其基礎上增删而成的班固《漢書·藝文志》，將文獻典籍“剖析條流，各有其部”，②分爲六藝、諸子、詩賦、兵書、數術、方技等六略。劉向等校書工作的開展，《漢書·藝文志》有記載，言：“詔光禄大夫劉向校經傳諸子詩賦，步兵校尉任宏校兵書，太史令尹咸校數術，侍醫李柱國校方技。每一書已，向輒條其篇目，撮

① （唐）魏徵、令狐德棻撰：《隋書》，北京：中華書局1973年版，第992頁。
② 同上。

其指意，録而奏之。"①由此可推知，劉向等人乃是按照圖書文獻的内容和性質進行整理編目的。②《漢書‧藝文志》的分類雖存在標準不一的弊端，③但依然"有比較嚴密的分類系統，通過分類，能夠反映學術的變遷，横觀可以看出學術的異同，縱觀可以看出學術的發展"。④《漢書‧藝文志》是删削《七略》而成，也應沿承了《七略》按圖書文獻内容和性質進行整理編目的特徵。西晉荀勖據曹魏時鄭默《中經》，撰《中經新簿》，總括群書，分爲四部："一曰甲部，紀六藝及小學等書；二曰乙部，有古諸子家、近世子家、兵書、兵家、術數；三曰丙部，有史記、舊事、皇覽簿、雜事；四曰丁部，有詩賦、圖贊、《汲冢書》。"⑤此種分類，雖然也存在標準不一的實情，但亦是按照文獻的文本内容和性質而進行的。另有南朝齊王儉《七志》、南朝梁阮孝緒《七録》等目録學典籍，依據其時的知識譜系，對圖書文獻進行了類分編目。在這一階段，對文體特徵的認知和界域的劃分也逐漸明晰。如曹丕《典論‧論文》中"奏議宜雅，書論宜理，銘誄尚實，詩賦欲麗"的總結，⑥即在界分文體的基礎上提出了不同文體的體式特徵。劉勰《文心雕龍》中的文體界分的論析，更是體大思精。此外，對文獻文本的分類輯集整理，如摯虞《文章流別集》、昭明太子蕭統《文選》等，也體現了强烈的文體特徵的認知和文體界域。

　　這一階段小説文本的編撰，一般依循明晰的類型意識，表現出一定的文體認知。如王嘉《拾遺記》、殷芸《小説》、劉義慶《世説新語》、干寶《搜

①　（漢）班固撰：《漢書》，北京：中華書局 1962 年版，第 1701 頁。
②　王重民著：《中國目録學史論叢》，北京：中華書局 1984 年版，第 17—18 頁。
③　姚名達指出《漢書‧藝文志》分類法因"標準不一"，造成"有聚傳習一部古典之書爲一類者""有聚學派相同之書爲一類者""有聚研究一種專門學術之書爲一類者""有聚文章體裁相同之書爲一類者"等四種錯亂弊端，因此認爲"其法草創，前無所承，原無深義"。見姚名達：《中國目録學史》，上海：上海古籍出版社 2005 年版，第 49 頁。
④　程千帆、徐有富著：《校讎廣義‧目録編》，濟南：齊魯書社 2001 年版，第 110 頁。
⑤　（唐）魏徵、令狐德棻撰：《隋書》，北京：中華書局 1973 年版，第 906 頁。
⑥　（南朝梁）蕭統編，（唐）李善注：《文選》，上海：上海古籍出版社 1986 年版，第 2271 頁。

神記》等書的編撰，皆是以類相從，並具有一定文體標識性的特徵。從作爲書名的"小説"和"志怪"來考察，魏晉南北朝時期小説的類型觀念尤爲鮮明。南北朝時期，至少有南朝宋劉義慶《小説》、南朝梁殷芸《小説》和南北朝無名氏《小説》三書以"小説"一詞命名。[①]劉義慶《小説》與無名氏《小説》已佚。殷芸《小説》，現有魯迅、余嘉錫、周楞伽、王根林等人輯本，大體可據之來考證"小説"之特性。清人姚振宗稱殷芸《小説》："殆是梁武帝作《通史》時事，凡此不經之説爲通史所不取者，皆令殷芸別集爲《小説》。是此《小説》因《通史》而作，猶《通史》之外乘也。"[②]雖有研究者認爲姚振宗此言乃臆斷，然姚振宗所言也可能符合事實。[③]觀殷芸《小説》體例、内容與所徵引書目，確實是有別於正史的野史、傳説。三部《小説》是"偏記小説"，不同於先秦兩漢所謂"小説"之言理説道的子書特性，另具有徵實與勸懲之史書屬性，[④]因而被論定爲"自成一家，而能與正史參行"。[⑤]這一時期，以"志怪"爲書名者亦數量繁夥，如《隋書·經籍志》著録有殖氏《志怪記》《孔氏志怪》《祖台之志怪》，另《玉燭寶典》引《志怪》《雜鬼怪志》，《法苑珠林》引《志怪傳》，《北堂書鈔》引《志怪集》，《太平御覽》引《志怪》《志怪集》《許氏志怪》，《太平廣記》引《志怪》《志

---

①　劉義慶《小説》見《舊唐書·經籍志》和《新唐書·藝文志》"小説類"，殷芸《小説》、無名氏《小説》皆見《隋書·經籍志》"小説類"。

②　（清）姚振宗撰：《隋書經籍志考證》，《二十五史補編》，北京：中華書局1955年版，第5537頁。

③　羅寧、武麗霞《〈殷芸小説〉考論》認爲《殷芸小説》成書於大通三年（中大通元年，529）之前，而《通史》在中大通二年尚未完成。見《華中科技大學學報》（社科版）2004年第1期。然據《梁書·吳均傳》載，梁武帝使吳均撰《通史》，"起三皇，訖齊代，均草本紀、世家功已畢，唯列傳未就。普通元年（520）卒，時年五十二。"余嘉錫《四庫提要辨證》詳考吳均、殷芸二人事迹及生卒年斷限，吳均長殷芸二歲，"二人仕同朝，同以博學知名"。（余嘉錫《四庫提要辨證》卷十七，北京：中華書局1980年版，第1013頁。）另余嘉錫《殷芸小説輯證》云："考芸所纂集，皆取之故書雅記，每條必注書名，與六朝人他書隨手抄撮不注出處者不同。"（余嘉錫《余嘉錫論學雜著》，北京：中華書局1963年版，第280—281頁）故吳均奉旨撰《通史》，殷芸奉旨撰《小説》，極可能是實際情況。

④　據劉義慶《世説新語·輕詆》載，裴啓《語林》因録謝安語不實而廢。裴啓《語林》與劉義慶《世説新語》乃同性質之著述，與殷芸《小説》雖有差別，但裴啓《語林》因不徵實而廢的案例，可略見當時"小説"徵實與勸懲（或教化）之價值追求。

⑤　（唐）劉知幾著，（清）浦起龍通釋，王煦華整理：《史通通釋》，上海：上海古籍出版社2009年版，第253頁。

怪録》，文廷式《補晉書藝文志》子部小説家類著録有《曹毗志怪》等。這一時期以"志怪"爲書名的群體現象，表明這個語詞已具有一定的普遍意義。綜觀魯迅《古小説鉤沉》所輯《祖台之志怪》《孔氏志怪》《殖氏志怪記》《曹毗志怪》四書，[①] 可以發現"志怪"的内容大體爲人世異事，且具有"傳聞異辭"的特徵。[②] 魯迅《中國小説的歷史的變遷》第二講題爲"六朝時之志怪與志人"，正文中也是分述"志怪"與"志人"兩類。後之學者遂有以志怪體和志人體爲六朝及此後之文言小説的文體分類。就一書中之單章而言，志怪體或志人體或可成立；但就一書之整體而言，言志怪體或言志人體則會以偏概全，因爲志怪體和志人體常常並存於一書之中。

根據文本的性質與篇幅，先唐小説之文體大體可分爲"叢殘短語"之"小説體"和雜史雜記之屬的"傳記體"。"叢殘短語"之"小説體"主要指《漢書·藝文志》《隋書·經籍志》"小説家"所著録諸家。這一類文體的抽繹，大體要按照兩個階段進行。第一個階段是先秦兩漢，僅有屬於諸子性質的"小説"對象，這一類小説的文本大多已經佚失或爲後人僞作，然依據現有各類文獻典籍，以"説"之言語行爲及其相關文字書事文本，可以推演小説文體的生成，是"小説體"的發生階段。第二個階段是兩漢至隋朝時期，分別有兩類對象：一類是先秦"小説體"的沿承，可分爲兩種，一種是以《笑林》《語林》《世説新語》《啓顔録》等爲典範的"小説體"，這一種從其文本内容、性質和編撰體制，姑且以"世説體"命名；一種是以《古今藝術》《座右方》《器準圖》《魯史欹器圖》等爲典範的"小説體"，就現有資料

---

①　魯迅《古小説鉤沉》輯《祖台之志怪》共十五條，第128—131頁；輯《孔氏志怪》共十條，第132—135頁；輯《殖氏志怪記》共兩條，第210頁；《曹毗志怪》共一條，第242頁。魯迅校録：《古小説鉤沉》，濟南：齊魯書社1997年版。

②　（南朝梁）劉勰《文心雕龍·史傳》："若夫追述遠代，代遠多僞，公羊高云'傳聞異辭'，荀況稱'録遠略近'，蓋文疑則闕，貴信史也。然俗皆愛奇，莫顧實理。傳聞而欲偉其事，録遠而欲詳其迹，於是棄同即異，穿鑿傍説，舊史所無，我書則傳。此訛濫之本源，而述遠之巨蠹也。"見（南朝梁）劉勰著，范文瀾注：《文心雕龍注》，北京：人民文學出版社1958年版，第286—287頁。

而言，這一種的文本基本佚失，僅從書名可知與前一種並不相同，但無法考察其體式，故存而不論。一類是雜史雜記之屬的"傳記體"，指向《山海經》《穆天子傳》《洞冥記》《拾遺記》《殷芸小説》等類。這一類小説多具有地志的特徵，并在地志空間書寫中呈現了豐厚的博物知識建構。這一類小説，即便如《殷芸小説》以年表繫事，有一定的史性特質，但仍呈現了博物觀念和相應的内涵。

　　關於先唐小説文體的研究，還有一問題要特爲表出，即小説文本的完整性與真實性問題。小説文體的研究必然依賴文本，文本的完整性和真實性不僅影響對小説原始文體的辨識，還會影響到對一個時代小説文體現象的認知。然傳統史志目録中著録的先唐小説，其原始文獻大多已佚失；所能見之文本，大多亦非完帙，且多有賴後世以考據、辨僞之方法輯佚、補正而成。而考據、辨僞、輯佚、補正最終成效的高低，既取決於文獻典籍的豐沛充實，也受限於文獻整理者的識見及其作出的取捨。就先唐小説而言，其編排體例、文本結構等都會影響到文體的判斷。如《搜神記》的汪紹楹校注本與李劍國新輯本即有異文，此種異文尚未影響到整體的文體判斷。六卷本《穆天子傳》則不然，《穆天子傳》本是晉太康時從先秦墓中出土之蝌蚪文古文獻，後經荀勗、和嶠等人校訂整理爲隸書之文本，最後由郭璞將汲冢竹書中歸入"雜書十九篇"之一的"周穆王美人盛姬死事"附於卷末。因蝌蚪文之原本已佚，經荀勗、郭璞等整理之《穆天子傳》，其成書真僞及其文體屬性便多有爭議。如童書業《穆天子傳疑》云："疑《穆天子傳》爲晉人雜集先秦散簡，附益所成；其間固不無古代之材料，然大部分皆晉人杜撰之文。"①

---

① 童書業：《漢代以前中國人的世界觀念與域外交通的故事》附録《穆天子傳疑》，《中國古代地理考證論文集》，北京：中華書局 1962 年版，第 42 頁。另黎光明《〈穆天子傳〉研究》也有相近之看法，云："今之《穆天子傳》一書，其中有一部分的材料，或係從汲冢中得來者。而其中大部分的材料，則爲荀勗、郭璞之所依附上去的，而尤以郭璞的依附爲最多。"見《國立中山大學語曆所週刊》1928 年 4 月第 2 卷，第 23—24 期。

關於該書的文體屬性，亦有究屬小説之書還是起居注之史書的辨析。此外，如被胡應麟譽爲“傳奇之首”的《趙后别傳》（一般題署漢代伶玄，後世一般稱《飛燕外傳》《趙飛燕外傳》），顯係僞書，且其成書時間也是衆説紛紜，既有東漢説，也有宋代説。如認同《趙后别傳》成書東漢並以之爲傳奇之首，則必然要重估東漢的小説文體及該時期的小説史定位。

第一章
小説文體的起源

　　探索中國古代小説文體的起源，實際追溯的是筆記體小説的源起。作爲中國傳統小説的代表，筆記小説"是小説家的貢獻，它使得中國小説具有一種最恰當表達其內容的文體"。[①]它孕育於中國獨特的文化傳統，其中子、史傳統是孕育傳統小説的兩大源頭。子學孕育了傳統小説的思想觀念和概念範疇，因子書對知識、經驗的追求而演化出博物、考證一路，又因"治身理家"的要求而發展爲對人情物理、日常生活的關注，使得小説具備了子書的屬性，確立了"子之末"的基本定位。强大的史學傳統對小説也具有重大影響，史書的分化造成一部分雜史雜傳向小説轉移，充實了小説的陣容，也將史書撰寫的原則引入小説的創作中。其中最爲突出的影響是"勸善懲惡"的"史意"和"書法無隱"的"實録"，[②]使得小説具備了史書的性質，確立了"史之餘"的基本格局。[③]中國古代小説一直遊移於子部與史部之間，或者説古代小説的屬性爲子和史共構，故對先唐小説文體的追溯，應從小説與子、史的關係中加以考察。

---

　　① 林崗著：《口述與案頭》，北京：北京大學出版社 2011 年版，第 191 頁。
　　② 譚帆：《小説學的萌興——先唐時期小説學發覆》，《中國雅俗文學思想論集》，北京：中華書局 2006 年版，第 140 頁。
　　③ 關於筆記小説的子史性質，明代胡應麟有所論述，其《少室山房筆叢·九流緒論下》云："小説，子書流也，然談説理道或近於經，又有類注疏者；紀述事迹或通於史，又有類志傳者。……至於子類雜家，尤相出入。"見（明）胡應麟撰：《少室山房筆叢》，上海：上海書店出版社 2009 年版，第 283 頁。

第一節　説、説體文與小説

　　學界追溯小説之本源，大多注意"小説"一詞中之"小"字，如《莊子·外物》中與"大達"對立之"小説"，桓譚《新論》所謂"叢殘小語""短書"，《漢書·藝文志》論小説出於"稗官"等，都指出"小説"之"小"，是無關大道的瑣屑之言，是篇幅短小的"叢殘小語"。其實，小説除"小"之外，"説"字也極其重要。"小説"是一個偏正短語，"小"是修飾詞，中心詞是"説"，"小"是對"説"之規定。"小説"之本質和指稱對象，乃由"小"和"説"兩者共同構成，即小説乃"説"之小者。故從語源的角度探討"説"及其作爲行爲的話語，或可解釋小説文體的起源。

　　在"説"之衆多義項中，[①]有一項指稱文體，即後世所謂的"説體文"。"説體文"以"説"字爲紐帶而與"小説"産生聯繫，如含蘊在先秦諸子言説及其文字載録的説體文，多寓道理於生動形象的叙事中，並運用譬喻、誇飾等修辭手法。説體文有多種類型，諸類型有各自的文體形態，且有不同之功能。其中以"言事説理"爲特徵的説體文，是從"説"到"小説"之過渡；其文體内涵和特徵，對小説的觀念、文體、素材和編撰方式，産生了深遠的影響。

---

　　①　查閲《漢語大字典》，"説"（shuō）有十一種義項，分別是講述、解釋、評議談論、道理學説、告訴、勸告責備、説合介紹、以爲、墨家推理名詞（推理）、古文體之一、周代祭祀名；"説"（shuì）有兩種義項，分別是勸説、通"稅"；"説"（yuè）有一種義項，即同"悦"，分別有高興喜悦、喜愛、取悦三個子義項；"説"（tuō）有一個義項，即通"脱"，解脱、脱下。這些説的義項，有不少和小説的内涵有淵源關係，而這些義項的出現，也大多在先秦時期的諸子散文中。

一、"説"之語義源流 ①

"説"由"言""兑"組合而成，未見於甲骨文和金文，而"言""兑"則見於甲骨文和金文。② 解釋"説"之語義的合理路徑之一，即從考察"言""兑"之含義著手。

"言"之字形，甲骨文中爲 ㅂ 與 ㅂ，像舌從口中伸出，説明"言"與口舌有關。《説文》"言"部云："言，直言曰言，論難曰語。從口辛聲。凡言之屬皆從言。"③ 鄭樵《通志》云："言，從二、從舌。二，古文上字。自舌上而出者，言也。"④ 説明"言"與話語行爲相關。郭沫若《釋龢言》云："《爾雅》云'大簫謂之言'。案此當爲言之本義。"又云："言之本爲樂器，此由字形已可得充分之斷定，其轉化爲言説之言者蓋引申之義也。原始人之音樂即原始人之言語，於遠方傳令每藉樂器之音以藏事，故大簫之言亦可轉爲言語之言。"⑤ 在郭氏看來，最初的音樂等同最初的言語，"言"（樂聲）中能"藏事"，是一種傳達信息的話語行爲。"言"在後世發展爲多種義項，但都離不開語言、言辭這一基本含義。

據現有材料可知，"兑"字主要有四種含義，一是"閲"之初文。魯實先《殷契新詮之一》云："兑於卜辭有二義：其一爲閲之初文……凡此諸辭

---

① 關於"説"的含義，已有較爲詳細的論述，相關論著有王齊洲《説體文的産生及其對中國傳統小説觀念的影響》（王齊洲著：《稗官與才人——中國古代小説考論》，長沙：岳麓書社 2010 年版）、邱淵的《"言""語""論""説"與先秦論説文體》（昆明：雲南人民出版社 2009 年版）、張端的《説煒曄而譎誑——先秦説體文叙事傳統研究》（北京師範大學文藝學專業 2008 年博士學位論文）、柯鎮昌的《戰國散文文體研究》（上海大學古代文學專業 2011 年博士學位論文）等，可看。

② 李圃主編：《古文字詁林》（第二册），第 712—713 頁；（第七册），第 737—738 頁，上海：上海教育出版社 2002 年版。

③ （漢）許慎撰，（清）段玉裁注：《説文解字注》，上海：上海古籍出版社 1981 年版，第 89 頁。

④ （宋）鄭樵撰，王樹民點校：《通志二十略》，北京：中華書局 2009 年版，第 254 頁。

⑤ 郭沫若著：《甲骨文字研究》，《郭沫若全集》考古編第一卷，北京：科學出版社 1982 年版，第 98、100 頁。

之兑並讀如春秋桓公六年‘大閲’之閲……兑之第二義乃鋭之初文。”[①]“閲”讀如“大閲”之“閲”，指“檢閲師旅因以田獵”。二是兑可表示鋭利。如《墨子·備蛾傳》:“木長短相雜，兑其上。”清人蘇時學釋云:“兑同鋭。”[②]《荀子·議兵篇》有言“兑則若莫邪之利鋒”，清人王先謙釋云:“兑，讀爲鋭。謂直擣則其鋒利遇之者潰也。”[③]三是兑用作副詞，表急速之意。如《殷契粹編》第1154號:“戊申卜，馬其先，王兑从。”其中“兑”即此義。[④]四是兑可表示喜悦。《周易》有“兑”卦，卦辭云:“兑。亨利貞。”《彖》曰:“兑，説也。剛中而柔外，説以利貞，是以順乎天而應乎人。”三國吴人虞翻注云:“兑口，故説也。”又《序卦》言:“入而後説之，故受之以兑。兑者，説也。”清人李道平釋云:“虞注云‘兑爲講習，故“學而時習之，不亦説乎”’，義尤精確。”又“兑”卦的《象》曰:“麗澤，兑。君子以朋友講習。”虞翻注和孔穎達疏皆對“麗澤”“兑”和“朋友講習”有相應之解釋，可與前引之説呼應。[⑤]故“兑”之喜悦意義明矣。又甲骨卜辭和金文中皆有“兑”字，兩者字形相近，現有相關研究亦大體認爲“兑”的本義爲喜悦，意像爲人開口笑之形。如林義光《文源》卷十云:“台非聲。兑即悦之本字。古作(師兑敦)。從人口八。八，分也。人笑故口分開。”高田忠周、商承祚對“兑”之考釋結論，大體與此相同。[⑥]五是談説。高亨認爲:“説既從言，當以談説爲本義。……兑即説之古文，從人，從口，八象氣之分散……《彖傳》等訓兑爲説，當取談説之義，非喜悦之悦也。本卦兑字皆謂談説。”[⑦]

---

① 李圃主編:《古文字詁林》(第七册)，上海:上海教育出版社2002年版，第739頁。

② 吴毓江撰，孫啓治點校:《墨子校注》，北京:中華書局1993年版，第882、890頁。

③ (清)王先謙撰，沈嘯寰、王星賢點校:《荀子集解》，北京:中華書局1988年版，第268頁。

④ 趙誠《甲骨文虚詞探索》:“兑……卜辭用爲鋭，有急速、趕快之意”，所舉例證即爲“戊申卜，馬其先，王兑从”。見陝西省考古研究所等合編:《古文字研究》(第十五輯)，北京:中華書局1986年版，第277頁。

⑤ (清)李道平撰，潘雨廷點校:《周易集解纂疏》，北京:中華書局1994年版，第502、503頁。

⑥ 李圃主編:《古文字詁林》(第七册)，上海:上海教育出版社2002年版，第738頁。

⑦ 高亨著:《周易古經今注》(重訂本)，北京:中華書局1984年版，第331頁。

梳理了"言""兑"之義項，再結合先秦兩漢典籍中"説"之語用，可以基本明確"説"之含義。

首先，"説"字從"言"，因此"説"具有"言"之含義，有"言説""談説"之義。楊樹達《釋説》一文認爲談説是"説"字始義，言："談説乃造文之始義，許以説釋爲正義，殆非也……談説者，説之始義也。由談説引申爲説釋之説，又引申爲悦懌之悦。……大抵談説者，言之慷慨激昂者也，而論議則樸實説理者也。"① 又許慎《説文解字》釋"説"有二義，其第二義是"談説"，然段玉裁"疑後增此四字"。② 不過，據王齊洲《説體文的產生及其對中國傳統小説觀念的影響》一文的統計，"説"爲"言説"義者，在《論語》中出現 4 次，在《墨子》中出現 160 次，在《孟子》中出現 10 次，在《莊子》中出現 24 次，在《荀子》中出現 107 次，在《韓非子》中出現 176 次，在《吕氏春秋》中出現 208 次，在《商君書》中出現 23 次，在《列子》中出現 6 次，遠高於"説"字其他語義之用。③ "説"字此種語用現象，應可説明在諸子百家騰躍的時代，其"言説""談説"語義已泛化，不再是一種特殊現象，故無論"説"之始義爲何，應不至於影響到諸子時代"小説"一詞的本體語義。

其次，"説"由"言説"引申出"道理""學説"之義。"言"在先秦有道理之義。如《論語·衛靈公》："子貢問曰：'有一言而可以終身行之者乎？'子曰：'其恕乎！己所不欲，勿施於人。'"④ 孔子回答子貢所問即"恕道"。"言"在先秦還有學説之義。如《孟子·滕文公下》："楊朱墨翟之言盈天下。天下之言，不歸楊則歸墨。"⑤ "言"指楊朱、墨翟之學説。受其影響，

① 楊樹達著：《積微居小學金石論叢（增訂本）》，北京：科學出版社 1955 年版，第 37—38 頁。
② （漢）許慎撰，（清）段玉裁注：《説文解字注》，上海：上海古籍出版社 1981 年版，第 93 頁。
③ 王齊洲著：《中國文學觀念論稿》，武漢：湖北教育出版社 2004 年版，第 356—392 頁。
④ 程樹德撰，程俊英、蔣見元點校：《論語集釋》，北京：中華書局 1990 年版，第 1106 頁。
⑤ （清）焦循撰，沈文倬點校：《孟子正義》，北京：中華書局 2017 年版，第 491 頁。

“説”字也可指道理、學説，如《尚書·康誥》：“王曰：‘封，予惟不可不監，告汝德之説於罰之行。’”孔安國傳云：“我惟不可不監視古義，告汝施德之説於罰之所行。”①“説”指“施德之説”，即施行德政的道理或理論。《周易·繫辭上》：“原始及終，故知死生之説。”②“死生之説”可解釋爲關於死生的道理或學説。

再次，“説”釋爲“脱”，有“解脱”“開解”“解説”之義。此義在《周易》中較多。如“蒙”初六：“發蒙，利用刑人，用説桎梏，以往吝。”清人焦循《易章句》卷一注云：“説，讀如脱去之脱。”③“遯”六二：“執之用黄牛之革，莫之勝，説。”高亨云：“説借爲挩。説文：‘挩，解挩也。’”“睽”上九：“睽孤見豕負塗，載鬼一車，先張之弧，後説之弧，匪寇，婚媾，往遇雨則吉。”高亨云：“説猶弛也，字借爲挩，《説文》：‘挩，解挩也。’解挩與弛義相近。”④由“脱”可引申出“開解”“解説”之義。馬叙倫認爲“説”的本義是“解”，即“解説”，“談説”是後增之義，戰國時才生成；説爲兑之後起字，而兑有喜悦之義，故“説”又借指爲喜悦，是訢的轉注字。⑤《論語·八佾》：“成事不説。”東漢人包咸即以“事已成，不可復解説”釋此句。⑥“説”即解説之意。

———————

①　（漢）孔安國傳，（唐）孔穎達正義，黄懷信整理：《尚書正義》，上海：上海古籍出版社2007年版，第545頁。

②　（清）李道平撰，潘雨廷點校：《周易集解纂疏》，北京：中華書局1994年版，第554頁。

③　（清）焦循著，陳居淵校點：《雕菰樓易學》，北京：北京大學出版社2012年版，第5頁。

④　高亨著：《周易古經今注》（重訂本），北京：中華書局1984年版，第255、273頁。

⑤　馬叙倫《説文解字六書疏證》卷五：席世昌曰：“《易·小畜》：輿説輻。《釋文》引《説文》曰：‘説，解也。’”按説訓解，故説輻之説其義本通，後人誤改作脱，非古義也。今本“説釋”字當是“説解”之誤。段玉裁曰：“一曰談説者。本無二義二音。疑後增也。”翟云升曰：“説釋即《詩·靜女》‘説懌女美’之説懌也。”倫按説字乃隸書複舉字也。説爲兑之後起字，從音，兑聲。喜而發聲也。故説次訢後，而不與議訟字同列。蓋爲訢之轉注字。訢音曉紐，説音喻四，同爲摩擦次清音。訢聲真類，説聲脂類，脂真對轉也。《詩》《書》《易》諸經無以説爲談説者。《國語》中説字有可以爲解義者。《墨子》經始言：“説，所以明也。”蓋戰國時始以説爲談説字。談説字當爲兑，或曰也，兑爲曰之異文。此訓釋也者或非本訓，釋借爲譯，譯者，解也。今言解説，説釋雙聲。釋也即譯字義。古借説爲譯耳。轉引自李圃主編：《古文字詁林》（第三册），上海：上海教育出版社2001年版，第29頁。

⑥　程樹德撰，程俊英、蔣見元點校：《論語集釋》，北京：中華書局1990年版，第204—205頁。

　　最後，受"兑"字影響，"説"有"言之鋭利者""言之使人喜悦者"之義。《説文》釋"説"云："從言兑聲。"①可見"説"與"兑"可通。楊樹達認爲"説"不是簡單的言説，而是"言之鋭利者"。②因"兑"即"鋭"，又"兑""説"相通，則"説"可通"鋭"。如《墨子·備蛾傅》"城下足爲下説鑱杙"句中，③"説"即假借爲"鋭"。"説"因"兑"而有"喜悦"之義。《説文解字》釋"説"第一義爲："説，説釋也。"段玉裁注："説釋，即悦懌。説、悦，釋、懌，皆古今字。許書無悦懌二字也。説釋者，開解之意，故爲喜悦。"④"説"與"悦"可互通互换，此種現象在古籍中很常見。如《詩經·召南·草蟲》："未見君子，憂心惙惙。亦既見止，亦既覯止，我心則説。"⑤《論語·學而》："子曰：'學而時習之，不亦説乎？'"由"喜悦"可引申出"取悦""討好"之義，如《論語·子路》："君子易事而難説也……小人難事而易説也。"⑥《潛夫論·明暗》："趙高入稱好言以説主，出倚詔令以自尊。"⑦"説"即以言説來取悦、討好對方之義。

　　通過以上論析，我們對"説"字含義有了較爲清晰的認識："説"的核心義（言）是"言説""道理""解説"，附加義（兑）是"鋭利""喜悦"，引申義是"言之鋭利者""言之使人喜悦者"。這些含義對説體文的文體内涵和特徵都具有決定性作用。

---

　　①（漢）許慎撰，（清）段玉裁注：《説文解字注》，上海：上海古籍出版社1981年版，第93頁。
　　②　楊樹達《釋説》："蓋兑者鋭也。《史記·天官書》曰：'三星隨，北端兑。'以兑爲鋭。《説文》十四篇上金部云：'鋭，芒也。從金，兑聲。'蓋言之鋭利者謂之説，古人所謂利口，今語所謂言辭犀利者也。"楊樹達著：《積微居小學金石論叢（增訂本）》，北京：科學出版社1955年版，第37頁。
　　③　吴毓江撰，孫啟治點校：《墨子校注》，北京：中華書局1993年版，第881頁。
　　④（漢）許慎撰，（清）段玉裁注：《説文解字注》，上海：上海古籍出版社1981年版，第93頁。
　　⑤（漢）毛亨傳，（漢）鄭玄箋，（唐）孔穎達疏，十三經注疏整理委員會整理：《毛詩正義》（十三經注疏），北京：北京大學出版社2000年版，第84頁。
　　⑥　程樹德撰，程俊英、蔣見元點校：《論語集釋》，北京：中華書局1990年版，第1106、937—938頁。
　　⑦（漢）王符著，（清）汪繼培箋，彭鐸校正：《潛夫論箋校正》，北京：中華書局1985年版，第58頁。

二、"説"作爲一種文體

先秦文獻中，無論"説"之"言論""道理""解説"之義，還是"説"之"鋭利""喜悦""取悦"之義，構成了説體文的基本類型和文體特徵。[①]具有"説體文"特徵之"説"，主要有三類：在祭祀場合的鋭利言説、解説經義之論説文、言事説理之論説文。

作爲祭祀場合鋭利之言説的"説"，具體表現爲"責讓"。如《周禮·春官·大祝》："掌六祈，以同鬼神示，一曰類，二曰造，三曰檜，四曰禜，五曰攻，六曰説。"賈公彦疏云："鄭司農云：'類、造、檜、禜、攻、説，皆祭名也。'……玄謂類造，加誠肅，求如志。檜禜，告之以時有災變也。攻説，則以辭責之。……董仲舒救日食，祝曰'炤炤大明，瀸滅無光，奈何以陰侵陽，以卑侵尊'。是之謂説也。"又《周禮·秋官·庶氏》："庶氏，掌除毒蠱，以攻説檜之，嘉草攻之。"[②]這裏的"説"首先是一種祭祀活動的名稱，祭祀中會宣讀祭祀文，表示對上天的責備。就現有可查證資料而言，無法確定在進行祭祀活動的"説"時是否有名爲"説"的文本出現，如果有，則這種文體的特徵就是"以辭責之"，是用責備的語氣來書寫的。《吕氏春秋·勸學》云："凡説者，兑之也，非説之也。今世之説者，多弗能兑，而反説之。夫弗能兑而反説，是拯溺而硾之以石也，是救病而飲之以堇也，使世益亂，不肖主重惑者從此生矣。"[③]楊樹達認爲此文中"兑"與《周禮》攻説之義相近，而與"説"（通"悦"）爲對文，因此"凡説人者，在以辭相攻責，非謂

[①]　王齊洲在《説體文的産生及其對中國傳統小説觀念的影響》一文中總結説體文的文體特徵有五點：解説性、譬喻性、誇飾性、情感性、靈活性。見王齊洲著：《中國文學觀念論稿》，武漢：湖北教育出版社 2004 年版，第 356—392 頁。

[②]　（漢）鄭玄注，（唐）賈公彦疏：《周禮注疏》，上海：上海古籍出版社 2010 年版，第 954、1424 頁。

[③]　許維遹撰，梁運華整理：《吕氏春秋集釋》，北京：中華書局 2009 年版，第 90 頁。

使人悦懌也"。① 表明 "説" 在當時是一種言論、説辭，特點是以言辭攻擊或責備，與祭祀中的 "説" 類似。

作爲解説經義之論説文的 "説"，大體出現在戰國時期，是一種與 "經" 相對的論説文體，如同 "注" "傳" 一樣，用於對經的解釋、解説，賦予了説體文 "解説性" 的文體内涵。先秦古書本無 "經" 之稱，只有在出現解説這些古書的 "傳" "記" 之後，才有 "經" 之名稱，其本義是使這些解説能先後相條貫，從而形成 "若網在綱，有條而不紊"② 的效果。"傳" "記" 等在當時比附於 "經"，用於解説經文，而 "説" 即其中一種解説方式。③《墨子》中的《經説上》《經説下》是早期以 "説" 名篇者。《經説》依附於《經》，如《經上》："慮，求也。"《經説上》作解説："説慮。慮也者，以其知有求也，而不必得之，若睨。"④ 由此可見，每一 "經説" 並不能獨立，必須依附於每一 "經文" 後，一如《春秋》之 "經傳" 與 "經文" 的關係。⑤ 漢代經學大盛，"説" 類著作相繼而出，如《漢書・藝文志》的《六藝略》中 "易" 類有《略説》，"書" 類有《歐陽説義》，"詩" 類有《魯説》《韓説》，"禮"

---

① 楊樹達著：《積微居小學金石論叢（增訂本）》，北京：科學出版社 1955 年版，第 37 頁。
② （漢）孔安國傳，（唐）孔穎達正義，黄懷信整理：《尚書正義》，上海：上海古籍出版社 2007 年版，第 342 頁。
③ 錢穆《國學概論・孔子與六經》："'經'者，對'傳'與'説'而言之，無'傳'與'説'，則不謂'經'也。《説文》：'經織也。'《左氏》昭十五年《傳》：'王之大經也。'《疏》：'經者，綱紀之言也。'古者於書有'記''傳''故訓'，多離書獨立，不若後世章句，即以比厠本書之下，故其次第前後，若不相條貫，而爲其經紀者，則本書也。故謂其所傳之本書曰'經'，言其爲'傳'之綱紀也。讀《墨子・經説》者，必比附於經而讀之，則若網在綱，有條不紊矣。此古書稱'經'之義。《書》有'傳'，《詩》有'故訓'，故亦得稱'經'。……故'經'名之立，必在'傳''記'盛行之後。墨家既稱之，諸家沿用之，而《詩》《書》亦得是稱也。墨家之辨有説，故《墨辨》稱'經'。"見錢穆著：《國學概論》，上海：商務印書館 1935 年版，第 25—26 頁。筆者對前引文標點略有調整。蔣伯潛云："《六藝略》所著録之'傳''記''説''故'雖係私家著述，但均所以釋經，亦是'述'而非'作'。"見蔣伯潛著：《諸子通考》，長沙：岳麓書社 2010 年版，第 3 頁。
④ 吴毓江撰，孫啓治點校：《墨子校注》，北京：中華書局 1993 年版，第 468 頁。
⑤ 梁啓超《讀墨經餘記》認爲："至《經説》與《經》之關係，則略如《公羊傳》之於《春秋》。欲明《經》，當求其義於《經説》，固也。然不能徑以《經説》與《經》同視。《經説》固大半傳述墨子口説，然既非墨子手著，自不能謂其言悉皆墨子之意，後學引申增益，例所宜有。"見梁啓超撰：《墨經校釋》，上海：商務印書館 1922 年版，第 4 頁。轉引自吴毓江撰，孫啓治點校：《墨子校注》，北京：中華書局 1993 年版，第 1032 頁。

類有《中庸説》《明堂陰陽説》，"論語"類有《齊説》《魯夏侯説》《魯安昌侯説》《魯王駿説》《燕傳説》，"孝經"類有《長孫氏説》《江氏説》《翼氏説》《后氏説》《安昌侯説》，這些著述皆爲解經而作。東漢班固曾論"六藝"云："後世經傳既已乖離，博學者又不思多聞闕疑之義，而務碎義逃難，便辭巧説，破壞形體；説五字之文，至於二三萬言。"[①]雖然持批評態度，但也從側面反映出秦漢以來"説經"之繁盛。其實不僅《六藝略》，《漢志·諸子略》中所收以"説"命名的作品，如"儒家"類的《虞丘説》，"道家"類的《老子傅氏經説》、《老子徐氏經説》、劉向《説老子》，也是釋經之作。[②]

作爲言事説理的論説文之"説"，"言事説理"是其最突出的特徵，這是由"説"使人愉悦這一含義引發的。"説"要使人愉悦，就不能過於抽象、呆板，使人感到枯燥。現存戰國子部著作中，除《墨子·經説》之外，還有不少以"説"名篇的文章，如《莊子》中有《説劍》篇，《韓非子》中有《説難》、《説林》（上下）、内外《儲説》、《説疑》、《八説》等篇，《吕氏春秋》中有《順説》篇，《商君書》中有《説民》等。《莊子·説劍》篇寫趙文王因好劍而使國衰，莊子往説之，論劍有三種：天子之劍，諸侯之劍，庶人之劍，勸文王當好天子之劍。《説劍》篇是一篇説體文，但莊子没有徑直陳説道理，而是用講故事的方式，將道理蘊含在故事中，以此成功勸説了文王。王先慎釋《韓非子·説難》之篇名，云："夫説者有逆順之機，順以招福，逆而制禍。失之毫釐，差之千里，以此説之，所以難也。"[③]故"説

---

① （漢）班固撰：《漢書·藝文志》，北京：中華書局1962年版，第1723頁。

② 先秦至西漢，説體文基本上是依經而作，是經之附庸，文體尚未完全獨立。到了東漢，一些學者開始呼籲論説文擺脱經、子的束縛，其代表爲王充。王充在《論衡·佚文篇》中論道："文人宜遵五經六藝爲文，諸子傳書爲文，造論著説爲文，上書奏記爲文，文德之操爲文。立五文在世，皆當賢也。造論著説之文，尤宜勞焉。何則？發胸中之思，論世俗之事，非徒諷古經、續故文也。論發胸臆，文成手中，非說經藝之人所能爲也。周、秦之際，諸子並作，皆論他事，不頌主上，無益於國，無補於化。造論之人，頌上恢國，國業傳在千載，主德參貳日月，非適諸子書傳所能並也。"見（漢）王充著，黄暉撰：《論衡校釋》，北京：中華書局1990年版，第867頁。

③ （清）王先慎撰，鍾哲點校：《韓非子集解》，北京：中華書局1998年版，第85頁。

難"是指"説"之難，"説"在這裏是進言、勸説的意思。《韓非子·説難》開頭云："凡説之難，非吾知之有以説之之難也；又非吾辯之能明吾意之難也；又非吾敢橫失而能盡之難也。凡説之難：在知所説之心，可以吾説當之。"① "所説之心"是指所要陳説的道理，説之難就在於如何將這些道理陳説出來，而不至於招來禍患。對《韓非子·説疑》篇的解釋，衆説紛紜，② 綜合來看，該篇是講人主對臣子的駕馭問題，從反面來闡述臣子奸賢難辨，人主當有所警惕。《呂氏春秋·順説》開頭云："善説者若巧士，因人之力以自爲力，因其來而與來，因其往而與往，不設形象。與生與長，而言之與響；與盛與衰，以之所歸。力雖多，材雖勁，以制其命。順風而呼，聲不加疾也；際高而望，目不加明也，所因便也。"③ 接著便舉例説明 "順説"是一種論説方式，是用引導、勸誘的方式加以論説。

因爲 "説"要言事以説理，就需要大量生動有趣、蘊含道理的故事，諸子作品中以《韓非子》最爲典型。《韓非子》有内外《儲説》和《説林》篇，司馬貞釋之曰："《内儲》言明君執術以制臣下，制之在己，故曰 '内'也；《外儲》言明君觀聽臣下之言行，以斷其賞罰，賞罰在彼，故曰 '外'也。儲畜二事，所謂明君也。《説林》者，廣説諸事，其多若林，故曰 '説林'也。"④ 王先慎云："'儲'，聚也。謂聚其所説，皆君之内謀，故曰《内儲

① （清）王先慎撰，鍾哲點校：《韓非子集解》，北京：中華書局1998年版，第85—86頁。

② 顧廣圻認爲 "疑"讀爲擬。見（清）王先慎撰，鍾哲點校：《韓非子集解》，北京：中華書局1998年版，第400頁。陳奇猷云："顧説非是。本篇皆言人主當疑奸人之説，故曰説疑。顧氏僅以篇末有 '四擬'之語，遂以此疑當讀擬。殊不知篇末所言 '四擬'之事，乃説明説者爲奸，將成四擬，人主當引爲警惕。"見（戰國）韓非著，陳奇猷校注：《韓非子新校注》，上海：上海古籍出版社2000年版，第965頁。梁啓雄云："'疑'借爲 '儗'。《説文》：'儗，僭也。'《禮記·曲禮》'儗人必於其倫'，注：'儗猶比也。'説疑，是論説奸臣僞裝好人來比擬賢臣的問題。篇中 '言是如非，言非如是，内險以賊，其外小謹，以徵其善'，即奸臣僞裝好人來比擬賢臣的描寫。"見梁啓雄：《韓子淺解》，北京：中華書局2009年第2版，第411頁。李祥俊認爲 "疑"指臣下各種難於分辨的是非善惡的行爲。見李祥俊注釋：《韓非子》，北京：新華出版社2003年版，第341頁。

③ 許維遹撰，梁運華整理：《呂氏春秋集釋》，北京：中華書局2009年版，第378頁。

④ （漢）司馬遷著：《史記》，北京：中華書局1973年版，第2148頁。

說》。"①太田方云："儲，偫也。《前漢·揚雄傳》注：'有儲畜以待所用也。'說者，篇中所云'其説在'云云之'説'，謂所以然之故也，言此篇儲若是之説而備人主之用也。"②概括而言，"儲説"即"儲存諸説"，先列出一個主題，然後舉出簡單的故事來闡釋它。③就内容而言，《説林》猶如故事集，司馬貞稱其"廣説諸事，其説若林，故曰'説林'也"的説法，大體符合《説林》的實際。④《説林》應該是韓非子所搜集資料的彙編，内容是歷史故事，用於遊説之用。這種彙集故事用於遊説的方式，對後世有一定示範效應，如劉安的《淮南子·説林訓》、劉向的《説苑》，其編輯和命名大概都受到《韓非子·説林》的影響。⑤

---

① （清）王先慎撰，鍾哲點校：《韓非子集解》，北京：中華書局 1998 年版，第 211 頁。

② 轉引自梁啓雄著：《韓子淺解》，北京：中華書局 2009 年第 2 版，第 226 頁。

③ 梁啓雄云：《内外儲説》的内容包括'經'和'説'兩部分。（一）'經'的部分首先概括地指出所要説的事理，然後用'其説在某事、某事'的簡單詞句，在歷史上約舉歷史故事以爲證。（二）'説'的部分，把《經》文中所約舉的歷史故事逐一詳明地來叙説一些，有時還用'一曰'的體裁作補充叙説，或保存不同的異説。見梁啓雄著：《韓子淺解》，北京：中華書局 2009 年第 2 版，第 226 頁。

④ 太田方云："劉向著書名《説苑》，《淮南子》亦有《説林》，皆言有衆説，猶林中之有衆木也。"轉引自梁啓雄著：《韓子淺解》，北京：中華書局 2009 年第 2 版，第 184 頁。陳奇猷云："梁啓超曰：《説林》二篇似是預備作《内外儲説》之資料。奇猷案：《索隱》説是。梁説誤，此蓋韓非搜集之史料備書及遊説之用。"見（戰國）韓非著，陳奇猷校注：《韓非子新校注》，上海：上海古籍出版社 2000 年版，第 461 頁。

⑤ 説體文的文體形態和特徵也並非一成不變，隨著時代的發展會有所變化。從總的趨勢看，一是由體裁、題材上相對寬泛，寫法上相對自由，發展爲要求相對嚴格，體裁單一；一是論説由形象愈趨抽象，尤其宋以後理學大興，説體文大多是對義理的闡述，是純粹的理論思辨，很少有叙事性的文字，即不再借事説理。如宋人張表臣《珊瑚鉤詩話》云："正是非而著之者説也。"見（清）何文煥輯：《歷代詩話》，北京：中華書局 1981 年版，第 476 頁。元人郝經《續後漢書》論"説"云："説自孔子説卦，六經初有説，以宓犧之易有畫而無文，故於八卦位序，體用意象，申而爲之説，以文王之易有繇，衹明其入用之位而已，（原注：自'帝出乎震'，至'成言乎艮'是也。其餘皆説宓犧八卦。）則其爲説，有不得已焉者也。戰國諸子，遂騰口説，而又書名篇，如《説劍》《説難》等，非聖人意也，後世遂爲辭章之文矣。"見（元）郝經撰：《郝氏續後漢書》，《景印文淵閣四庫全書》第 385 册，臺北：臺灣商務印書館 1983 年版，第 609 頁。（元）陳繹曾《文章歐冶·古文譜三》論"説"云："評説其事可否，是非自見言外。"同書附《古文矜式》論"説"云："以説理，貴明白而不煩解注。"見王水照編：《歷代文話》第二册，上海：復旦大學出版社 2007 年版，第 1241、1295 頁。明人吳訥云："説者，釋也，述也，解釋義理而以己意述之也。"（明）吳訥著，淩郁之疏證：《文章辨體序題疏證》，北京：人民文學出版社 2016 年版，第 172 頁。因此有人認爲説體文的文體内涵存在過"斷裂"："在歷代説體文研究中，存在著一個内涵的斷裂，先秦説體文與魏晉以後的説體文，在論述者那裏，有不同的文章爲代表，代表著兩種不同的文章體制。"張端：《説燁曄而譎詆——先秦説體文叙事傳統研究》，北京師範大學文藝學專業 2008 年博士學位論文，第 23—24 頁。有人認爲存在兩種説體："在我國散文史上，'説'曾經代表了兩種不同的文體，好在它們分别產生與使用於不同的時期，不曾相互干擾。"侯迎華：《以韓愈爲例論我國古代論辯文的幾種文體》，載《河南師範大學學報（哲學社會科學版）》2006 年第 4 期。

言事以説理，除了以事之形象生動而生發"譬喻性"特徵外，還會運用誇張的修辭手法，使其具有"誇飾性"的文體特徵。誇飾性是指講求語詞修飾、辭藻豐富誇張。《文心雕龍‧夸飾篇》云："神道難摹，精言不能追其極；形器易寫，壯辭可得喻其真；才非短長，理自難易耳。故自天地以降，豫入聲貌，文辭所被，夸飾恒存。"范文瀾釋云："至飾之爲義，則所喻之辭，其質量無妨過實，正如王仲任所云：'譽人不增其美，則聞者不快其意；毀人不益其惡，則聽者不愜於心。聞一增以爲十，見百益以爲千。'……夸飾之文，意在動人耳目，不必盡合論理學，亦不必盡符於事實，讀書者不以文害辭，不以辭害意，斯爲得之。"①説體文的"誇飾性"，主要特徵是對所講述的故事作一定程度的誇張、變形，不拘泥於事實與虛構，能運用想像，突破時空限制，從而達到"動人心目"的言説效果，既説服了對方，又給人留下鮮明深刻的印象。

説體文的文體特徵，在一些理論著作和文學選本中也有論及。陸機《文賦》論十種文體，"説"即其中一種，陸機曰："説煒曄而譎誑。"李善注曰："説以感動爲先，故煒曄譎誑。"方廷珪注曰："説者，即一物而説明其故，忌鄙俗，故須煒曄。煒曄，明顯也。動人之聽，忌直致，故須譎狂。譎狂，詼諧也。解人之頤，如淳于髡之笑，而冠纓絕；東方朔之割肉，自數其美也。"②皆指明説體文要有感染力，忌平鋪直敘的刻板敘述，講求語言的生動詼諧。劉勰《文心雕龍‧論説》分別論述了"論""説"兩種文體，在論述"説"體時云："説者，悦也。兌爲口舌，故言諮悦懌；過悦必僞，故舜驚讒説。"③劉勰肯定了"説"體具有使人悦懌的特徵，但也指出不能過分，否則便流於虛僞的讒説。劉勰對"説"體有所規範，言："凡説之樞要，必使時

<hr>

① （南朝梁）劉勰著，范文瀾注：《文心雕龍注》，北京：人民文學出版社1958年版，第608、610頁。
② （晉）陸機著，張少康集釋：《文賦集釋》，北京：人民文學出版社2002年版，第99、118頁。
③ （南朝梁）劉勰撰，范文瀾注：《文心雕龍注》，人民文學出版社1958年版，第328頁。

利而義貞；進有契於成務，退無阻於榮身。自非譎敵，則唯忠與信，披肝膽以獻主，飛文敏以濟辭，此説之本也。"①蕭統《文選序》中也提及了"説"類文章，認爲這類文字"蓋乃事美一時，語流千載，概見墳籍，旁出子史，若斯之流，又亦繁博，雖傳之簡牘，而事異篇章"。②

綜上，先秦説體文的首要品性是言説方式，即爲達到某種目的的話語行爲。這種言説方式有不同的表現形態。用於祭祀活動的"説"，具有"語氣尖鋭""以辭責讓"等特徵，並爲後世説體文有所繼承，如後世説體文之"言辭犀利""雄辯""利口"等特徵。"解説經義"的"説"與"言事説理"的"説"在先秦諸子説體文中較爲普遍，兩者都用於闡釋道理，但運用的話語却截然相反，前者抽象古板、形式單一，後者形象活潑、靈活多變。如果要將兩種説體文與小説聯繫起來，毋庸置疑，以"言事説理"的説體文與小説的聯繫更爲密切。

三、説體文與小説

説體文與小説的關係，大致表現在如下四個方面。

第一，表現在小説觀念上。就現有資料而言，"小説"這一語詞最早出現於《莊子·外物篇》，這並非偶然現象，而是説體文盛行時的必然結果。遊士的馳鶩奔競，使得説體文成爲遊説的最佳選擇。③莊子所謂的"小説"，所指即説體文，只不過是價值"小"的説體文，《荀子·正名篇》所言"小家珍説"與之大抵相同。遊士遊説人主，便有了説體文；遊士互相攻擊貶低，便有了"小説"。"説"是"大道"還是"小説"，取決於評斷者的價值

---

①　（南朝梁）劉勰撰，范文瀾注：《文心雕龍注》，人民文學出版社 1958 年版，第 329 頁。

②　（南朝梁）蕭統編，（唐）李善注：《文選》，上海：上海古籍出版社 1986 年版，第 3 頁。

③　楊樹達《釋説》："戰國之世，遊士或主連橫，或主合縱，騰其口舌以折服人主，謂之遊説。"楊樹達著：《積微居小學金石論叢（增訂本）》，北京：科學出版社 1955 年版，第 37—38 頁。

判定，與“説”的内容無關。“小説”是説體文的一種，其目的是通過言説達到説服、取悦對方，其被接受者從價值上判定爲“小”，從而被類分。在先秦國家分裂的背景下，“説”要求説服、取悦；在國家統一、儒學成爲主導思想以後，説服、取悦逐漸演變爲勸誡、教化，原來“衆口膽説”“取合諸侯”的説體文，被賦予了宣傳儒家思想政治教化的功能，并影響了“小説”觀念的演化。

“説”用於勸誡、教化，如劉向的《説苑》《新序》《列女傳》，《列女傳》“採取《詩》《書》所載賢妃貞婦，興國顯家可法則，及孼嬖亂亡者，序次爲《列女傳》，凡八篇，以戒天子”。[①] 桓譚的“治身理家”説已經涉及小説的教化功能，小説之所以有“可觀之辭”，是因爲其能夠“治身理家”，與儒家追求的“修身齊家”思想相一致。此後如《拾遺記》“言乎政化”、《大唐新語》“事關政教”、《卓異記》“無害於教化”、《類説》“資治體，助名教”、《雲溪友議》“街談巷議，倏有裨于王化”等，都表明“小説”應具備政治教化功能的觀念。同時，説體文要具備説服、取悦的功能，講故事成爲一種有效的途徑，這就使“説”這一文體具有某種娛樂效果，這也影響了後世的小説觀念。張衡《西京賦》云：“匪唯玩好，乃有秘書。小説九百，本自虞初。”[②]“玩好”並非直接指小説，而是指可供賞玩娛樂的東西，但將其與小説並舉，證明小説具有“玩好”的功能，即娛樂功能。小説的娛樂功能在後世得到繼承，如干寶《搜神記》指出小説具有“遊心寓目”的功能。魏晉以降的志怪、志人小説，無論搜奇記異還是掇拾舊聞，正如魯迅所言，皆爲“賞心而作”“遠實用而近娛樂”，[③] 而“供談笑”“廣見聞”成爲大多數文言小説具有的價值功能。

---

① （漢）班固撰：《漢書》，北京：中華書局1962年版，第1957—1958頁。
② （南朝梁）蕭統編，（唐）李善注：《文選》，上海：上海古籍出版社1986年版，第68頁。
③ 魯迅著：《中國小説史略》，上海：上海古籍出版社1998年版，第37頁。

　　第二，表現在文體特徵上。説體文的文體特徵可概括爲"譬喻""誇飾""詼諧""動人"，這對"小説"的影響至爲深遠。班固《漢書·藝文志》言："小説家者流，蓋出於稗官。街談巷語，道聽塗説者之所造也。……閭里小知者之所及，亦使綴而不忘。或如一言可采，此亦芻蕘狂夫之議也。"①此語認爲"小説"的來源具有民間性、傳聞性的特點。因爲出自民間，所以詼諧、生動、活潑；因爲來自傳聞，所以雜有神話傳説，甚至虛構的寓言。《漢書·藝文志》著録的十五家小説，多爲"淺薄""依托""迂誕"之作，淺薄可見其層次低下，無關大道，而流於道聽塗説；依托可見其假托人物、引述傳聞、造作故事；迂誕可見其語言誇張、荒誕不經。這些特徵，與説體文"譬喻""誇飾""詼諧""動人"的文體特性一致。魏晉以降，志怪、志人小説十分興盛，其中志怪小説"張惶鬼神，稱道靈異"，所述皆神鬼怪異之事、物；志人小説掇拾舊聞，記述人間言動。而從文體性質看，兩者都是記事性文體，這與説體文的"譬喻性"之以事言理的記事相關聯。志怪小説因講述怪誕之事物，經常運用誇張的描寫，這體現了説體文的"誇飾性"；志人小説記人間瑣事，其中不乏滑稽、諧謔之事，這體現了説體文的"詼諧性"。總體上看，志怪、志人小説記録傳聞、瑣事，無論是怪異誇張還是輕快詼諧，都具有"遊心寓目"的娛樂效果，因此，小説亦具有"動人"的文體特性。

　　第三，説體文與"小説"在題材上的關係也至爲密切。先秦説體文是後世文言小説的母體，尤其是先秦説體文"記事"的題材、修辭方式等，爲後世文言小説所承繼。《莊子·天下》中所謂的"謬悠之説，荒唐之言，無端崖之辭"，②蘊含了許多神話傳説、寓言故事，《吕氏春秋》《淮南子》《列子》等

---

①　（漢）班固撰：《漢書》，北京：中華書局1962年版，第1745頁。
②　（清）郭慶藩撰，王孝魚點校：《莊子集釋》，北京：中華書局2012年第3版，第1091頁。

亦如此，^① 故胡應麟稱《莊子》《列子》爲"詭誕之宗"。這些神話傳說和寓言雖然被用於說理，但其中奇異、詭怪、誇張、變形的人物或事迹，在"世好奇怪，古今同情"^②"俗皆愛奇，莫顧實理"^③ 的古代社會，激起了人們的好奇心、想像力和創造力，影響了中國人的宇宙觀、世界觀，確立了古人對萬物、對神鬼的觀念，從而不斷激發後世小說作者的創作靈感，開創了一個以神、鬼、仙、怪爲主題的志怪傳統。明人胡應麟稱"古今志怪小說，率以祖夷堅、齊諧"，^④ 綠天館主人稱"韓非、列禦寇諸人，小說之祖也"，^⑤ 謝肇淛稱"《夷堅》《齊諧》，小說之祖也"，^⑥ 都是就此而論的。先秦說體文的寓言敘事，確實以自覺的想像虛構、擬人化的手法，爲後世小說提供了有益的藝術借鑒。^⑦ 說體文中眾多的神話傳說、歷史傳聞、寓言故事，爲後世小說提供了很好的素材和文本，被後世小說吸納和改編。另外，說體文中的故事文本，在後世被收錄到各類小說選本中時，其用以說理的功能已被小說選本所有意消解，

---

  ① 今本《列子》雖是晉人偽作，但其中的材料並非杜撰，部分在一定程度上保留了先秦時之舊貌，馬叙倫《列子偽書考》云："蓋《列子》書出晚而亡早，故不甚稱於作者。魏晉以來，好事之徒，聚斂《管子》《晏子》《論語》《山海經》《墨子》《莊子》《尸佼》《韓非》《吕氏春秋》《韓詩外傳》《淮南》《說苑》《新序》《新論》之言，附益晚說，成此八篇，假爲向叙以見重。"楊伯峻撰：《列子集釋》，北京：中華書局 1979 年版，第 305 頁。故《列子》一書具有子書性質。《淮南子》乃"采儒墨之善，撮名法之要"而成，是先秦諸子材料聚合的産物。諸子中被後人視爲小說的大多是一些神話傳說和寓言的片段，這些零星片段，有的僅有概括性描寫，有的較爲完整。其中，保存神話比較多的是《淮南子》和《列子》，保存寓言較多的是《莊子》《韓非子》《吕氏春秋》。可參看相關論著：袁珂著《中國神話史》，袁珂、周明編《中國神話資料萃編》，胡懷琛著《中國寓言研究》，王焕鑣著《先秦寓言研究》，陳蒲清著《中國古代寓言研究》。

  ② （漢）王充著，黄暉撰：《論衡校釋》，北京：中華書局 1990 年版，第 164 頁。

  ③ （南朝梁）劉勰撰，范文瀾注：《文心雕龍注》，人民文學出版社 1958 年版，第 287 頁。

  ④ （明）胡應麟撰：《少室山房筆叢》，上海：上海書店出版社 2009 年版，第 362 頁。

  ⑤ （明）綠天館主人：《古今小說叙》，魏同賢主編：《馮夢龍全集》卷一《古今小說》，南京：鳳凰出版社 2007 年版，第 2 頁。

  ⑥ （明）謝肇淛撰：《五雜組》，上海：上海書店出版社 2001 年版，第 264 頁。

  ⑦ 吴志達《中國文言小說史》第一編第一章對此有所歸納：首先，寓言開了自覺虛構故事的先例，這對唐人傳奇及後來的小說，起了積極的推動作用；其次，擬人化、誇張、對比等多種藝術表現技法的運用，爲後世小說特別是神魔小說的創作所繼承；在簡短的篇幅中，以簡潔、犀利而有幽默意味的語言，叙述故事，刻畫人物，展開矛盾衝突等藝術手段，爲後來諷刺小說的發展，提供了良好的範例；還有，許多寓言故事的題材，爲後世小說作者所汲取，推陳出新。六朝文言小說中以奇異虛幻爲特色的志怪小說，及以傳神寫照見長的志人小說，實際上都發端於先秦寓言。見吴志達著：《中國文言小說史》，濟南：齊魯書社 1994 年版。

成爲一般意義上的小説文本。

最後，説體文的編纂方式對後世小説產生了重要影響。説體文言説的思維邏輯之一是象類思維，① 如《孟子》《莊子》《荀子》《韓非子》《吕氏春秋》等，其以物（或單一的事）象言理的話語和類事（一系列相同、相近或相反的事）象以言理的模式，是以“萬殊”之表象來闡明“一本”，皆内蘊着象類思維。② 尤其是《韓非子》《吕氏春秋》二書的綱目式的編次方式，對後世説體文中之小説書“以類相從”“條別篇目”的編撰，有直接影響。如漢代劉向雜采前代文獻中的文本，編次《説苑》《新序》《列女傳》三書，三書之體例即爲在沿承《韓非子》《吕氏春秋》基礎上的推進。《説苑》《新序》《列女傳》仍屬於説體文，其所編次之文本，因“以類相從”，其論説色彩已然褪去，具備了一定的作爲文學文本的小説質素，③ 故唐代史學家劉知幾譏其“廣陳虛事，多構僞辭”。④ 至魏晉六朝，志怪志人小説繁夥，其編次之

---

①　象類思維是源於中國古代先民的一種認知自然和社會的思維方式，如《周易·繫辭下》云：“其稱名也小，其取類也大。其旨遠，其辭文，其言曲而中，其事肆而隱。”見（清）李道平撰，潘雨廷點校：《周易集解纂疏》，北京：中華書局1994年版，第659頁。又《漢書·魏相丙吉傳》“贊”云：“古之制名，必有象類，遠取諸物，近取諸身。故經謂君爲‘元首’，臣爲‘股肱’，明其一體，相待而成也。”見（漢）班固撰：《漢書》，北京：中華書局1962年版，第3150—3151頁。

②　上舉諸書，其記事（或造事）以言理的方式雖有差異，但就思維模式而言則是相通的。如《孟子·梁惠王上》，無論是整篇還是篇中某一章，皆是類象思維模式。兹舉《梁惠王上》第2章以證：孟子見梁惠王，王立於沼上，顧鴻雁麋鹿，曰：“賢者亦樂此乎？”孟子對曰：“賢者而後樂此，不賢者雖有此不樂也。《詩》云：‘經始靈臺，經之營之，庶民攻之，不日成之。經始勿亟，庶民子來。王在靈囿，麀鹿攸伏，麀鹿濯濯，白鳥鶴鶴。王在靈沼，於牣魚躍。’文王以民力爲臺爲沼，而民歡樂之，謂其臺曰靈臺，謂其沼曰靈沼，樂其有麋鹿魚鱉。古之人與民偕樂，故能樂也。《湯誓》曰：‘時日害喪？予及汝偕亡！’民欲與之皆亡，雖有臺池鳥獸，豈能獨樂哉！”見（清）焦循撰，沈文倬點校：《孟子正義》，北京：中華書局2017年版，第48—53頁。此種言説模式的認知邏輯起點，即《孟子·滕文公上》所謂“且天之生物也，使之一本”。見（清）焦循撰，沈文倬點校：《孟子正義》，北京：中華書局2017年版，第433頁。

③　劉向《説苑》所輯録文本的小説性，前人已有指明。趙善詒《説苑疏證·前言》：“書中輯録之傳説與寓言，其中有不少故事生動，意味深長者。如師經援琴而撞魏文侯章（《君道篇》）、師曠對晉平公問學章（《建本篇》）、孔子拜受漁者獻魚章（《貴德篇》）……均有相當之文學意味，是爲魏晉小説之先聲。”見（漢）劉向撰，趙善詒疏證：《説苑疏證》，上海：華東師範大學出版社1985年版，第2頁。屈守元《説苑校證·序言》：“從它的寫作形式看，頗具故事性，多爲對話體，甚至還有些情節出於虛構，可以認爲其中有些作品屬於古代短篇小説。”見（漢）劉向撰，向宗魯校證：《説苑校證》，北京：中華書局1987年版，第4頁。

④　（唐）劉知幾著，（清）浦起龍通釋，王煦華整理：《史通通釋》，上海：上海古籍出版社2009年版，第482頁。

方式大多爲分類、分篇。如干寶《搜神記》原書分門別類編爲《感應》《神化》《變化》《妖怪》等篇，劉義慶《世説新語》亦是按一定主題編爲“德行”“言語”“政事”“文學”等三十六門。宋代被稱作“小説家之淵海”[1]的《太平廣記》、洪邁所編之志怪小説集《夷堅志》，所收故事和編纂體例也同《説苑》等書，與更早的《韓非子》《吕氏春秋》一脈相承。至明代，專題性的小説類書大量涌現，如馮夢龍所編的《古今譚概》《智囊》《情史》，皆先確立一個主題，然後搜集前代與主題相關之文本，其中收録了不少先秦子書中的傳説故事和寓言。[2]徐元太所編《喻林》一百二十卷，“采摭古人設譬之詞”，收録了大量先秦子書中寓言故事，是專題性小説類書中的上乘之作。[3]至於清代，此類作品更是舉不勝舉。

第二節　史、雜史與小説

小説學史上，關於小説與史部關係的探討，並無一定之論，但皆認可小

---

[1]　（清）永瑢等撰：《四庫全書總目》“史部·雜史類”序，北京：中華書局1965年版，第1212頁。

[2]　以《古今譚概》爲例，其《癡絶部》“嗔癡·賓卑聚”條見《吕氏春秋·離俗》；《專愚部》“蠢文蠢子·東家母死”條見《淮南子·説山訓》，“宋人鄭人等”中“强取人衣”條見《吕氏春秋·淫辭》、“買豚”條見《韓非子·外儲説左下》、“鄭人買履”條見《韓非子·外儲説左上》、“卜妻爲褲”和“有得車轅者”條亦見《韓非子·外儲説左上》、“其父善泅”和“刻舟求劍”條見《吕氏春秋·察今》，“楚王”條見《淮南子·泛論訓》；《癡嗜部》“愛醜·激治”條見《吕氏春秋·遇合》；《鷙忍部》“勇士相啖”條見《吕氏春秋·當務》；《閨戒部》“不樂富貴”條見《韓非子·内儲説下》；《委蜕部》“面狹長·公孫吕”條見《荀子·非相》；《機警部》“晏子”二條分見於《晏子春秋·外篇》和《内篇雜下》、“晏子馬氏語相似·晏子”條見《晏子春秋·内篇雜下》；《塞語部》“祠靈山河伯”條見《晏子春秋·内篇諫上第一》、“駱猾犛好勇”條見《墨子·耕柱》、“列子辨日”條見《列子·湯問》；《微詞部》“支解人”條見《韓非子·難二》；《非族部》“輆沐”條見《墨子·節葬》和《列子·湯問》。

[3]　《四庫全書總目》卷一三六《子部·類書類二》：“是書採摭古人設譬之詞，彙爲一編，分十門，每門又各分子目，凡五百八十餘類，歷二十餘年而後成。用心頗爲勤至，其引書用程大昌《演繁露》之例，皆於條下注明出處，並篇目卷一一臚載，亦迥異明人剽竊撏撦之習……然自六經以來，即多以况譬達意，而自古未有彙爲一書者，元太是編，實爲創例，其蒐羅繁富，零璣斷壁，均足爲綴文者沾丐之資，是亦不可無一之書矣。”見（清）永瑢等撰：《四庫全書總目》，北京：中華書局1965年版，第1154頁。

說與史部有著或深或淺的關係。^①小説的記事屬性，固然可推源於子書，但亦可歸因於史書，尤其是後世小説成熟的叙事性，更與史書叙事的胎孕相關。此外，隨著史學的發展及史書的丰富，一部分"小説化"史書逐漸爲正統史學所排斥，進而被歸類爲小説。同時，傳統文言小説爲自抬身價，以史書所標榜之"實録""勸懲"等原則自詡，主動附庸史學。史書的小説化和小説向史書的攀附，從而産生兼具史料價值和小説叙事特性的雜史。廣義的雜史包括一般意義上的"雜史""雜傳""雜記"等，它們是史書與小説偶合和分衍的關捩。據此，考察小説與"史"的關係，應著重探討小説與史官、史書、史學三者之關係。

一、"史"之内涵

"史"之含義甚廣，既可泛稱一般的歷史，也可實指具體的對象，如史官、史籍、史學等。"史"之最初含義，前人一致認爲是指史官，由史官引申爲史官所寫之史書。史書逐漸增多，體例漸繁，關於史官和史書有了相應的觀念和理論，於是就有了史學。"史"與小説之關係，可分别從史官、史書、史學三方面來展開。

---

① 唐代史學家劉知幾指出先秦兩漢時之偏記小説能"自成一家"，又以《吕氏春秋》《抱朴子》等書爲例，揭明子史雖兩歧，却有"叙事爲宗"的共性。見劉知幾《史通·雜述》言："是知偏記小説，自成一家。而能與正史參行，其所由來尚矣"。又言："子之將史，本爲二説。然如《吕氏》《淮南》《玄晏》《抱朴》，凡此諸子，多以叙事爲宗，舉而論之，抑亦史之雜也。但以名目有異，不復編於此科。"見（唐）劉知幾著，（清）浦起龍通釋，王煦華整理：《史通通釋》，上海：上海古籍出版社2009年版，第253、257頁。又有認爲小説爲"史之餘"者，如明人緑天館主人既稱"史統散而小説興"，又言"韓非、列禦寇諸人，小説之祖也"。（明）緑天館主人：《古今小説叙》，見魏同賢主編：《馮夢龍全集》卷一《古今小説》，南京：鳳凰出版社2007年版，第2頁。當今學界也認可小説和史部的關係，如李劍國指出"小説也是史乘支流之一"，"小説又是史流的進一步分流"。見李劍國著：《唐前志怪小説史》（修訂本），天津：天津教育出版社2005年版，第73頁。譚帆《小説學的萌興》："'小説學'之在先唐時期呈現爲一種依附狀態，對於小説的研究和評判主要是在史學和哲學領域，這一狀態與小説在先唐時期的生成與發展相一致。"見譚帆著：《中國雅俗文學思想論集》，北京：中華書局2006年版，第142頁。

"史"之本義，據許慎《説文解字》釋"史"云："記事者也。從又持中。中，正也。"[1]認爲"史"是指記事者，即史官。關於所持之"中"爲何物，學界有爭議，[2]但可確定的是，"史"最早是指史官，其本職工作是記事。即如李宗侗所云："無論以中象簡形，或象盛簡抑盛策之器，其爲象所手持記事用簡策之形則一。故史之初義確爲掌史之官（手持簡策記事的人），而非史書（簡策），明矣。"[3]保存、掌管史料文獻是史官另一重要職責。[4]先秦之史雖名稱各異，職責各有不同，但都要掌管從中央到地方的法令、檔案、史志，包括"書""典""志""治令"等。[5]春秋戰國以降，王官失守，典籍散佚四方，史官地位雖逐漸下降，[6]而史官職掌文獻典籍之使命未曾改移。[7]

① （漢）許慎撰，（清）段玉裁注：《説文解字注》，上海：上海古籍出版社 1981 年版，第 116 頁。

② 有謂"中"爲簡册、簿書者，如戴侗《六書故》、吳大澂《説文古籀補》皆認爲"中"爲簡册，江永、章太炎也認同此論。江永《周禮疑義舉要》云："凡官府簿書謂之中，故諸官言治中、受中，小司寇斷庶民獄訟之中，皆謂簿書，猶今之案卷也。此中字之本義，故掌文書者謂之史。"章太炎《文始》云："中本册之類，故《春官·天府》'凡官府、鄉州及都鄙之治中，受而藏之'。鄭司農云'治中，謂其治職簿書之要'……漢官亦有治中，猶主簿耳。史字從中，謂簿記書也；自大史、内史以至府史，皆史也。"以上皆轉引自朱希祖：《中國史學通論　史館論議》，北京：中華書局 2012 年版，第 5—6 頁。有謂"中"爲"飾中舍筭"，即盛筭之器者。參王國維《釋史》，《觀堂集林》第一册，北京：中華書局 1961 年版，第 263—274 頁。〔日〕内藤湖南著，馬彪譯：《中國史學史》第一章《史的起源》，上海：上海古籍出版社 2008 年版，第 1—5 頁。

③ 李宗侗著：《中國史學史》，北京：中華書局 2010 年版，第 2 頁。又《禮記·曲禮上》曰："史載筆，士載言。"孔穎達疏云："史，謂國史，書録王事者。王若舉動，史必書之；王若行往，則史載書具而從之也。"見（清）孫希旦撰，沈嘯寰、王星賢點校：《禮記集解》，北京：中華書局 1989 年版，第 83 頁。《漢書·藝文志》云："古之王者世有史官，君舉必書，所以慎言行，昭法式也。"見（漢）班固撰：《漢書》，北京：中華書局 1962 年版，第 1715 頁。

④ 王國維《釋史》云："史爲掌書之官，自古爲要職。"見王國維著：《觀堂集林》第一册，北京：中華書局 1959 年版，第 269 頁。又《周禮·天官冢宰》："府六人，史十有二人。"鄭注云："史，掌書者。"

⑤ 《周禮·春官》有大史、小史、内史、外史、御史之名，其中大史"掌建邦之六典，以逆邦國之治"、小史"掌邦國之志"、外史"掌四方之志，掌三皇五帝之書"，御史"掌邦國都鄙及萬民之治令"。"典"即法令，《周禮》有"六典"："治典""教典""禮典""政典""刑典""事典"；"志"即各國之史書："志謂記也，《春秋傳》所謂《周志》、《國語》所謂《鄭書》之屬是也。"

⑥ 李宗侗云："蓋時代愈後史官之權愈小，愈古權愈廣……即以地位而言，亦最初極尊，而後傳卑。"見李宗侗著：《中國史學史》，北京：中華書局 2010 年版，第 5 頁。

⑦ 《史記·太史公自序》云："自曹參薦蓋公言黄老，而賈生、晁錯明申、商，公孫弘以儒顯，百年之間，天下遺文古事靡不畢集太史公。"見（漢）司馬遷撰：《史記》，北京：中華書局 1973 年版，第 3319 頁。又裴駰集解《太史公自序》引如淳曰："《漢儀注》太史公，武帝置，位在丞相上。天下計書先上太史公，副上丞相，序事如古《春秋》。"見（漢）司馬遷撰：《史記》，北京：中華書局 1973 年版，第 3287 頁。

當然，史官的職能並不僅限於以上兩種，《史通·史官建置》云："尋自古太史之職，雖以著述爲宗，而兼掌曆象、日月、陰陽、管數。"① 《漢書·司馬遷傳》云："僕之先人非有剖符丹書之功，文史星曆近乎卜祝之間，固主上所戲弄，倡優蓄之，流俗之所輕也。"② 可見除了記載史事和掌管文獻，史官還精通辭令、卜筮、祭祀、典禮等知識。③ 倉修良認爲古代史官的職能主要關乎人事與天道（即宗教迷信）兩方面，"不過隨著時代的發展，這兩個方面的比重在不斷地起著變化，人事活動的内容逐步超過了天道"。④ 總之，史官的記載範圍是極其廣泛的，除了人君言動，還包括一切天人之事。以《左傳》爲例，人事之外的内容可以劃分爲天道、鬼神、災祥、卜筮、夢等五類。⑤ 隨著史官職務範圍的逐漸縮小和史學觀念的進步，史書記載的内容基本限於人事。

史官與小説的關係，可從史官的職能中窺得大概。史官作爲早期擁有書寫文字及保存文獻典籍職能的群體，在周室東遷王官失守前，是作爲學術和文化的代表而存在的，⑥ 擁有影響社會政治的權力。如在甲骨文中可考之商代"作册""史""尹"等史官，與"卜""巫""祝"等宗教職官，皆是神權掌控者，固有巫史同源之説。西周時期的史官，史官的政治權力可能有所減

① （唐）劉知幾著，（清）浦起龍通釋，王煦華整理：《史通通釋》，上海：上海古籍出版社2009年版，第284頁。
② （漢）班固撰：《漢書》，北京：中華書局1962年版，第2732頁。
③ 除了記載史事和保存文獻的職能之外，史官還有"宣達王命"、爲統治者提供諮詢、祭祀與卜筮、掌天象曆法等職能。參看林曉平：《春秋戰國史官的職責與史學傳統》，《史學理論研究》，2003年第1期。
④ 倉修良著：《中國古代史學史》，北京：人民出版社2009年版，第10—11頁。
⑤ 〔日〕内藤湖南著，馬彪譯：《中國史學史》，上海：上海古籍出版社2008年版，第30頁。（清）汪中《述學·〈左氏春秋〉釋疑》："問者曰：'道、鬼神、災祥、卜筮、夢之備書於策者，何也？'曰：此史之職也。"内藤氏之觀點與此略同。見（清）汪中撰，戴慶鈺、涂小馬校點：《述學》，瀋陽：遼寧教育出版社2000年版，第25頁。
⑥ 劉師培《古學出於史官論》云："有官斯有法，故法具於官；有法斯有書，故官守其書。（原注：會稽章氏説。）是則史也者，掌一代之學者也。一代之學，即一國政教之本，而一代王者之所開也。"見劉師培著，李妙根編，朱維錚校：《劉師培辛亥前文選》，上海：中西書局2012年版，第176頁。

弱，但依然承擔了規訓天子的職責。[①] 史官不僅承擔著溝通神人的巫祝之職能，還擔負著記載時王活動和天地人事的職責，因此擁有對相關文字的處理、編纂甚至解釋的權力。至漢代，有兩大類史官，一類專掌史料圖籍，一類專掌疏記撰述。[②] 從先秦兩漢史官制度的演變而言，早期文獻典籍的編撰與史官關係密切，故後人有"六經皆史"的説法。如此，被後世視爲"小説"的文字及相關文獻典籍，自然也與史官制度關係密切。《漢書·藝文志》指出小説家出於"稗官"，歷來對於稗官的確切含義説法不同，但稗官是"小説"的著錄者，這是可以確定的。魯迅指出稗官"職惟采集而非創作"，[③] 所謂采集即是對"小説"的記錄和整理（包括口頭傳聞以及形成文字的零碎片段）。稗官被稱作小説家，蓋因稗官的這一職能："他雖然不是'小説'的來源，却是這種'小説'之書的來源，故而才會被賦予'小説家'的稱號。"[④] 將稗官與史官相對比，發現兩者在職能上有所分工：稗官處於社會職官系統的基層，常行走於民間，熟悉地方的風俗民情、傳聞軼事，負責采集"街談巷語""道聽塗説"，並獻諸掌管相關工作的職官。而史官則是這些被采集材料的接收者、保管者、編纂者，如漢代的太史公即是範例。考察歷代小説的作者，可發現不少人身兼史職，或者參修史書：被稱作"鬼之董狐"的干寶，出身魏晉時史官世家；唐五代的劉餗、牛僧孺曾監修國史，張薦、裴廷裕、柳璨、尉遲偓都曾擔任史職；宋代的宋祁、歐陽修、司馬光、洪邁也都曾擔任史官。擴展來看，即使未曾擔任史官，古代小説家也常會以史官自居，在其作品中往往流露出

---

① 《國語·周語上》云："故天子聽政，使公卿至於列士獻詩，瞽獻曲，史獻書，師箴，瞍賦，矇誦，百工諫，庶人傳語，近臣盡規，親戚補察，瞽、史教誨，耆、艾修之，而後王斟酌焉，是以事行而不悖。"《國語·楚語上》云："在輿有旅賁之規，位宁有官師之典，倚几有誦訓之諫，居寢有褻御之箴，臨事有瞽史之導，宴居有師工之誦。史不失書，矇不失誦，以訓御之，於是乎作《懿》戒以自儆也。"（舊題）左丘明撰，鮑思陶點校：《國語》，濟南：齊魯書社 2005 年版，《周語上》第 5 頁，《楚語上》第 269—270 頁。

② 姜義華：《從"史官史學"走向"史家史學"：當代中國歷史學家角色的轉換》，《復旦學報（社科版）》1995 年第 3 期。

③ 魯迅著：《中國小説史略》，上海：上海古籍出版社 1998 年版，第 6 頁。

④ 譚帆等著：《中國古代小説文體文法術語考釋》，上海：上海古籍出版社 2013 年版，第 68 頁。

濃厚的"史官意識",反映出"史官文化"對小説創作所産生的深遠影響。

　　史書與小説之關係表現在内容和形式兩方面。内容方面,在唐代以前,史書的内容涵蓋了天地間一切現象,不管人事還是鬼神、災異、卜筮,都是史書記録的對象。即便被後世視爲小説源頭的神話和傳説,也經歷了從口頭到文字的歷史化過程。因此可以説,最早的小説都是存在於史書中的。正是因爲早期史書中有鬼神、災異等内容,後人在追溯小説發展時,往往從古史中發掘材料,甚至將古史等同於小説。①在史書中雜有小説内容,越是早期其現象越明顯。劉知幾《史通·採撰》對此有所論述,史有闕文,故需徵求異説、采摭群言以補其遺逸。《史記》采《世本》《國語》《戰國策》《楚漢春秋》,《漢書》采《新序》《説苑》《七略》,都屬此種情況。而如果苟出異端、虛益新事,或朱紫不别、故造奇説,則所謂史書也會近於小説。魏晉時期所撰史書,多采《語林》《世説》《幽明録》《搜神記》中"詼諧小辯""鬼神怪物"等内容,更是爲正經史家所鄙薄。②史書中的内容,也往往爲小説所直接采用。以唐代筆記小説爲例,周勛初、嚴傑等在論及唐代筆記小説的材料來源時指出,對唐修《國史》的剪裁利用,是《大唐新語》《譚賓録》《隋唐嘉話》《朝野僉載》《大唐傳載》等筆記小説的突出特點。特別是以朝廷舊事、宮闈秘聞爲内容的筆記小説,很多材料源自國史。③

　　小説對史在形式上的借鑒,首先表現在記事體、傳記體的文本形式。李宗侗云:"以中國史言之,約可分爲三類:一曰編年,二曰記事,三曰傳記。或獨用一體,或綜合衆體,史書大約不出此範圍。"④筆記小説中甚少使

---

　　① 參馬振方著:《中國早期小説考辨》,北京:北京大學出版社 2014 年版。

　　② (唐)劉知幾著,(清)浦起龍通釋,王煦華整理:《史通通釋》,上海:上海古籍出版社 2009年版,第 106—109 頁。

　　③ 周勛初著:《唐人筆記小説考索》,《周勛初文集》第五卷,南京:江蘇古籍出版社 2000 年版,第 72—83 頁。另參嚴傑《唐五代筆記考論》上編《唐代筆記對國史的利用》,北京:中華書局 2009 年版,第 16—27 頁。

　　④ 李宗侗著:《中國史學史》,北京:中華書局 2010 年版,第 10 頁。

用“編年體”形式，雖然一部分筆記小説以時間順序記録，或者逐日隨筆記録而成，但在體例上較爲隨意，不似“編年體”那般整齊嚴謹。對筆記體小説影響最大的是“記事體”和“傳記體”。“記事體”以事爲主，不限於年代，遇事則記，可長可短，可詳可略，較爲隨意；“傳記體”以人爲主，可專寫一人，也可寫多人，是爲單傳、類傳之分。“記事體”的筆記小説，早期可以《西京雜記》爲代表，多采用介紹性的文字，記事較爲簡略，有的甚至寥寥數語，在後世演化爲記録典章制度、草木蟲魚、風俗民情、逸聞瑣事的雜記類小説。這類小説缺乏故事性，甚至無故事可言，多爲“殘叢小語”。“傳記體”的筆記小説以記人物爲主，其人物可以是歷史人物，也可以是神仙精怪、僧道異人，它模仿正史傳記的寫法，開頭介紹人物的姓名、籍貫，接著叙述人物的經歷，一般只選取一兩個片段，通常以“怪”“奇”爲特色。史的形式還體現在“篇末議論”的運用上，史傳在叙述完成後會發表議論，評論人物事件，加以褒貶，這是史官的職責之一。《史記》有“太史公曰”、《漢書》有“贊曰”、《資治通鑑》有“臣光曰”，這種形式經常爲筆記體小説所采用，如唐代的《唐闕史》用“參寥子曰”、《雲溪友議》用“雲溪子曰”、《鑒戒録》用“議者曰”、《唐摭言》用“論曰”，宋代的《青瑣高議》用“議曰”、《雲齋廣録》用“評曰”等。

　　既有史官與史籍，則有相應之觀念、理論，而“實録”和“勸懲”是中國史學理論中產生最早、影響最大的觀念，也是對小説創作和理論具有深遠影響的觀念。“實録”即直書其事、書法無隱，是身爲史官的最高標準，只有做到實録才可稱爲良史。實録精神具體影響到史書的叙事風格，既然是實録，就排斥過度的辭藻修飾以及虛構、誇張等手法的使用，追求平易簡潔的叙事風格，力求叙事的簡約、平淡和客觀，這種叙事手法也對小説的叙事有很大的影響。“勸善懲惡”突出了“小説”應具有教化的功能，這在歷代筆記體小説中都有所表現。六朝時期以鬼神報應爲主要内容的“釋氏輔教之書"，如《冤魂志》《宣驗記》《冥祥記》等，其特徵是"大抵記經像之顯效，明應驗之實有，以震聳世俗，使生敬信之心"。[①] "輔教之書"雖然爲擴大影響而自神其教，但其重要目的之一是勸人爲善，宣揚善惡必報之理。唐宋時期宣揚"勸懲"思想的筆記體小説不在少數，如范攄《雲溪友議序》："諺云：街談巷議，倏有裨於王化。野老之言，聖人採擇。孔子聚萬國風謡，以成其《春秋》也。"[②] 陳翱《卓異記序》云："且神仙鬼怪，未得諦言，非有所用，俾好生不殺，爲人一途，無害於教化，故貽自廣，不俟繁書以見意。"[③] 張邦基《墨莊漫録自跋》云："稗官小説雖曰無關治亂，然所書者必勸善懲惡之事，亦不爲無補於世也。"[④] 王明清在其《揮麈後録》和《玉照新志》中分別指出其著書之目的是使"善有可勸，惡有可戒"，[⑤] "爲善者固可以爲韋弦，爲惡者又足以爲龜鑑"。[⑥]

二、雜史與小説

"雜史"有廣義與狹義之分。廣義的"雜史"可指正史以外所有的史料史籍，它可指具體的作品，也可指某一類作品。"雜"體現一種價值判斷，即駁雜、龐雜、雜糅，凡是自認爲體制不經、内容駁雜的作品皆可稱爲"雜史"。唐代劉知幾提出"偏記小説"概念："是知偏記小説，自成一家。而能與正史參行，其所由來尚矣。爰及近古，斯道漸煩。史氏別流，殊途並

---

① 魯迅著：《中國小説史略》，上海：上海古籍出版社1998年版，第32頁。
② （唐）范攄：《雲溪友議》，上海：古典文學出版社1957年版，第3頁。
③ 陶敏主編：《全唐五代筆記》，西安：三秦出版社2008年版，第1108頁。
④ （宋）張邦基撰：《墨莊漫録》，孔凡禮點校：《墨莊漫録　過庭録　可書》，《唐宋史料筆記叢刊》，北京：中華書局2002年版，第281頁。
⑤ （宋）王明清：《揮麈後録·自跋》，《全宋筆記》第六編（一），鄭州：大象出版社2013年版，第233頁。
⑥ （宋）王明清：《玉照新志·序》，《全宋筆記》第六編（二），同上，第124頁。

鶩。"①劉氏將"偏記小説"分爲十類，指出"偏記小説"乃"史氏別流"，與正史相對而能參行。張舜徽認爲劉氏的"偏記小説"即"雜史"："唐人以紀傳、編年爲正史。知幾於論述正史之餘，復釐雜史爲十科。有郡書、地里，則方志入史矣。有家史、別傳，則譜牒入史矣。有瑣言、雜記，則小説入史矣。於是治史取材，其途益廣。"②此處將"十科"視作雜史，就是使用了廣義的概念，將正史以外的各類史書統稱作"雜史"。劉氏不僅將"十科"視作"史之雜名"即雜史，甚至將子部中的《呂氏》《淮南》《玄晏》《抱朴》等子書也視作"史之雜"，③可見在劉氏觀念中雜史的涵蓋範圍極廣。

　　狹義的"雜史"即目錄學意義的"雜史"，其出現是由於目錄學的發展。漢代班固依劉歆《七略》編成《漢書·藝文志》，未立史部，史籍附在"六藝略"之"春秋類"下。此後史籍日繁，"不能悉隸以《春秋》家學"，④目錄中單獨設立了"史部"，又進一步對"史部"再分類，遂有了正史、雜史、雜傳等名目。《隋志》將"史部"分爲十三類：正史、古史、雜史、霸史、起居注、舊事、職官、儀注、刑法、雜傳、地理、譜系、簿錄，其中"雜史"位居第三，這是首次在目錄中出現"雜史"之名，故四庫館臣稱"雜史之目，肇於《隋書》"。⑤此外，與"雜史"較爲接近的是"雜傳"。目錄學中論述的"雜史"和"雜傳"在產生的原因、發展興盛的過程、內容特點等方面，有很多相似點：兩者都是因史官失其守的情況下，由下層人士"率爾而作"，與正史相對。因爲是"率爾而作"，所以會"迂怪妄誕、真虛莫測"，

　　①　（唐）劉知幾著，（清）浦起龍通釋，王煦華整理：《史通通釋》，上海：上海古籍出版社2009年版，第253頁。

　　②　張舜徽著：《史學三書平議》，北京：中華書局1983年版，第96頁。

　　③　《史通》卷十《雜述》云："於是考茲十品，徵彼百家，則史之雜名，其流盡於此矣。……又案子之將史，本爲二説。然如《呂氏》《淮南》《玄晏》《抱朴》，凡此諸子，多以敘事爲宗，舉而論之，抑亦史之雜也，但以名目有異，不復編於此科。"見（唐）劉知幾著，（清）浦起龍通釋，王煦華整理：《史通通釋》，上海：上海古籍出版社2009年版，第256—257頁。

　　④　（清）章學誠：《校讎通義·宗劉》，（清）章學誠著，葉瑛校注：《文史通義校注》，北京：中華書局1985年版，第956頁。

　　⑤　（清）永瑢等撰：《四庫全書總目》"史部·雜史類"序，北京：中華書局1965年版，第460頁。

"雜以虛誕怪妄之説"。然而兩者也並非没有區別，最明顯的區別是體制上的不同，馬端臨云："按雜史、雜傳皆野史之流，出於正史之外者。蓋雜史紀志編年之屬也，所紀者一代或一時之事；雜傳者列傳之屬也，所紀者一人之事。"① 焦竑亦云："雜史、傳記皆野史之流，然二者體裁自異。雜史紀志編年之屬也，紀一代若一時之事；傳記列傳之屬也，紀一人之事。"② 將雜史和雜傳（傳記）都目爲野史之流，主要是基於内容的虛誕怪妄，兩者的區別在於"體裁"，雜史是紀志編年之屬，而雜傳（傳記）是列傳之屬。

從史到雜史的演變過程，是史書（主要指正史）"正統""嚴謹""真實"等品格不斷流失的過程，即不斷"虛化"的過程。在這一過程中，"史性"逐漸減少，"小説性"逐漸增加，而"雜史"正處於由史到小説的中間狀態，具有史書與小説的雙重特性。明人陳言云："正史之流而爲雜史也，雜史之流而爲類書、爲小説、爲家傳也。"③ 由於相似點頗多，前人常將雜史（包括傳記）與小説聯繫起來，如馬端臨轉引《宋兩朝藝文志》曰："傳記之作……根據膚淺，好尚偏駁，滯泥一隅……而通之於小説。"④ 明人焦竑《國史經籍志》云："前志有雜史，蓋出紀傳編年之外，而野史者流也……但其體制不醇，根據疏淺，甚有收摭鄙細，而通於小説者，在善擇之而已矣。""雜史、傳記皆野史之流，然二者體裁自異……外此若小説家，與此二者易溷而實不同，當辨之。"⑤ 前人將雜史、傳記視作野史，野史等同於稗史，而小説因出自稗官而被稱作"稗官小説"。元人徐顯《稗史集傳·序》云："古者鄉塾里閭，亦各有史……庶民之有德業者，非附賢士大夫爲之紀，其聞者蔑焉……野史者，亦古閭史之流也歟……竊志其所與遊及耳目所

① （元）馬端臨撰：《文獻通考》，北京：中華書局 1986 年版，第 1647 頁。
② （明）焦竑撰：《國史經籍志》，北京：書目文獻出版社 1993 年版，第 287 頁。
③ （明）陳言撰：《穎水遺編·説史中》，《叢書集成初編》，上海：商務印書館 1939 年版，第 31 頁。
④ （元）馬端臨撰：《文獻通考》，北京：中華書局 1986 年版，第 1647 頁。
⑤ （明）焦竑撰：《國史經籍志》，北京：書目文獻出版社 1993 年版，第 263、287 頁。

聞見者，叙而録之，自比於稗官小説……或有位於朝、法當入國史者，此不著。"① 又明人王圻《稗史彙編·引》云："正史具美醜、存勸戒，備矣。間有格於諱忌，隘於聽睹，而正史所不能盡者，則山林藪澤之士復搜綴遺文，別成一家言而目之曰小説，又所以羽翼正史也者，著述家寧能廢之？"② 從中可以看出雜史、稗史（野史）、稗官小説三者之間的關係是極爲密切的，某些時候是相通的。

　　正因爲雜史具有兩重性，使得雜史（包括雜傳）與小説的界限十分模糊，不少作品可以在兩者之間流動，這在歷代目録中表現得十分明顯。這種流動性也造成了歷代目録學家的困惑，如馬端臨《文獻通考》引鄭樵語曰："古今編書所不能分者五：一曰傳記，二曰雜家，三曰小説，四曰雜史，五曰故事。凡此五類之書足相紊亂。"馬氏接著評論道："然愚嘗考之經録，猶無此患，而莫謬亂于史。蓋有實故事而以爲雜史者，實雜史而以爲小説者。又有《隋志》以爲故事，《唐志》以爲傳志，《宋志》以爲雜史者。"③ 馬氏指出目録中以史部最爲混亂，其實在五類中僅傳記、雜史、故事屬於史部，而雜家、小説屬於子部。鄭樵指出五類之書容易紊亂，在歷代目録中都有所反映，不少作品因其性質難以確定而遊走於子史各類目之間。《西京雜記》就是典型的例子：此書在《隋書·經籍志》入"舊事類"，在《舊唐書·藝文志》轉入"起居注"類，在《新唐書·藝文志》是"故事類"和"地理類"互見，到了《郡齋讀書志》轉入"雜史類"，而《直齋書録解題》又將其歸入"傳記類"，最後到《四庫全書總目》才進入"小説家·雜事之屬"。類似《西京雜記》這樣的書籍仍有不少，比較突出的是《隋志》"雜傳類"的作品如《宣驗記》《列異傳》《搜神記》《齊諧記》《幽明録》等，在《新唐志》被

①　（元）徐顯：《稗史集傳·序》，《説庫》本第二十八册，上海：文明書局 1915 年版。
②　（明）王圻纂集：《稗史彙編》，北京：北京出版社 1993 年版，第 19 頁。
③　（元）馬端臨撰：《文獻通考》，北京：中華書局 1986 年版，第 1648 頁。

轉入了“小説家類”；另外如《新唐志》“雜史類”的《拾遺録》《大唐新語》《國史補》《明皇雜録》《開天傳信記》《次柳氏舊聞》，《郡齋讀書志》“雜史類”的《桂苑叢談》《南部新書》《中朝故事》等作品，在《四庫全書總目》都轉入了“小説家類”。

雜史與小説聯繫如此緊密，在於它們都是史乘分化的産物。雜史既名爲“史”，自不必説。小説雖不爲史，也不入史部，但其具有史的特性，而前人也經常將小説與史聯繫起來。因爲是史乘分化的産物，故雜史與小説都有補史的功能，一些如今被視爲筆記小説的作品，如《新唐志》“雜史類”中的《淮海亂離志》《大業雜記》《大唐新語》《國史補》《補國史》《傳載》《史遺》《明皇雜録》《開天傳信記》《次柳氏舊聞》《金鑾密記》等，“雜傳記類”中的《朝野僉載》《國朝傳記》《尚書故實》等，在當時都作爲史部書籍被著録。且不論《國史補》《補國史》《史遺》等在命名上就有補史之意，其他作品也多有補史之目的，如：

> 臣伏念所憶授，凡有十七事，歲祀已久，遺稿不傳。臣德裕非黄瓊之達練，習見故事；愧史遷之該博，唯次舊聞。懼失其傳，不足以對大君之問。謹録如左，以備史官之闕云。[1]

> 竊以國朝故事，莫盛於開元、天寶之際。服膺簡策，管窺王業，參於聞聽，或有闕焉。承平之盛，不可殞墜，輒因簿領之暇，搜求遺逸，傳於必信，名曰《開天傳信記》。[2]

---

① （唐）李德裕：《次柳氏舊聞·序》，陶敏主編：《全唐五代筆記》，西安：三秦出版社 2008 年版，第 1006 頁。
② （唐）鄭綮：《開天傳信記·序》，同上，第 2246 頁。

這些雜史、雜傳作品因記載了朝野軼事，因而可以補正史之闕，但又因雜有虛誕怪妄之説，不少作品往往被視作小説。如高彦休《唐闕史·序》云："故自武德、貞觀而後，吮筆爲小説小録、稗史野史、雜録雜紀者，多矣。"① 又如李肇《唐國史補·序》云："昔劉餗集小説，涉南北朝至開元，著爲《傳記》。予自開元至長慶，撰《國史補》。慮史氏或闕則補之意，續《傳記》而有不爲。"② 都將雜史（稗史野史）、雜傳和小説等同起來。

　　雜史與小説聯繫緊密，但也有所區別。《隋書·經籍志》指出"雜史"所記雖有"委巷之説"，但"大抵皆帝王之事"，而"小説"則是"街説巷語之説"，對二者已經有所區分。此後晁公武也指出"《藝文志》以書之紀國政得失、人事美惡，其大者類爲雜史，其餘則屬之小説"，③ 認爲雜史是記載"國政得失、人事美惡"中之"大者"，其餘内容才屬於小説，思路與《隋志》一致，都是從内容上將兩者區分。到了清代的《四庫全書總目》，其"史部·雜史類"序云："雜史之目，肇於《隋書》。蓋載籍既繁，難於條析，義取乎兼包衆體，宏括殊名……然既繫史名，事殊小説，著書有體，焉可無分……大抵取其事繫廟堂、語關軍國，或但具一事之始末，非一代之全編，或但述一時之見聞，祇一家之私記。要期遺文舊事，足以存掌故、資考證，備讀史者之參稽云爾。若夫語神怪、供詼啁，里巷瑣言、稗官所述，則別有雜家、小説家存焉。"又"小説家類·雜事之屬"篇末云："案紀録雜事之書，小説與雜史最易相淆，諸家著録亦往往牽混。今以述朝政軍國者入雜史，其參以里巷閑談、詞章細故者則均隸此門。《世説新語》古俱著録於小説，其例明矣。"④ 可以看出，四庫館臣對"雜史"和"小説"有著較爲嚴格

---

① （唐）高彦休：《唐闕史·序》，陶敏主編：《全唐五代筆記》，西安：三秦出版社 2012 年版，第 2329 頁。
② （唐）李肇：《唐國史補·序》，同上，第 800 頁。
③ （宋）晁公武撰，孫猛校證：《郡齋讀書志校證》，上海：上海古籍出版社 2011 年版，第 359 頁。
④ （清）永瑢等撰：《四庫全書總目》，北京：中華書局 1965 年版，第 460、1204 頁。

的區分，兩者在内容和來源上有所不同，雜史"事繫廟堂、語關軍國"，"述朝政軍國"，而小説"語神怪""里巷瑣言、稗官所述""里巷閑談、詞章細故"。此外還指出雜史"既繫史名，事殊小説，著書有體，焉可無分"，所謂"但具一事之始末，非一代之全編，或但述一時之見聞，祇一家之私記"，著眼點已不限於内容方面，而已經擴展到了體制。最後，還分别强調雜史可"存掌故、資考證"，小説可"供詠唱"，則已經在價值功能上有所區分。這體現出四庫館臣對雜史和小説的認識比前人更進了一步。

綜上所述，我們從語源學的角度梳理了"説"的基本含義，論述了由"説"字含義引發生成的説體文的類型和各自的文體内涵和特徵。自《漢書·藝文志》設立"小説家"開始，中國古代小説在歷代目録中就一直處於"子之末"的位置，直到清代《四庫全書總目》也未曾改變。諸子説體文以"説"爲紐帶，對小説文體内涵、特徵產生了影響，"説"從根源上規定了"小説"的内涵和文體特徵，這體現了"説"在小説研究中的重要性，也證實了"小説家"之"小説"具有的子書特徵以及"小説家"居於子之末的歷史合理性。史、雜史、小説之間也有複雜的淵源關係，"史"所藴含的史官、史書、史學三大内涵，都對小説的創作和觀念產生了深遠的影響。"雜史"有廣狹二義，各自與小説有所聯繫，作爲史書分化的產物，雜史是史與小説之間的橋梁，其所具有的"小説性"使得史與小説的聯繫更爲緊密。"史之餘"是史學對小説產生影響的重要理論觀念，而所謂"史之餘"者，一是指小説在"勸善懲惡"這一功能上與"史學"同旨，二是指小説在表現範圍和表現方式上可補正史之不足。小説在記載的内容上可以廣見聞、補史闕，這是歷代筆記小説作者們創作小説的重要目的之一。古人創作小説往往是爲了保存知識和史料，以增加讀者的見聞閲歷，或者以備修史之用，補史之闕，這在筆記小説中表現得最爲明顯。

第二章
"小説家"的文本與文體

　　作爲現存最早著録小説的書目文獻,《漢書·藝文志》無疑是中國古代小説最基本的"法典"。它對小説概念的界定、小説價值與地位的評估以及小説文本的確認等諸方面,一直影響著古代小説觀念與小説生產。這樣一部反映小説原貌與主流小説觀念的書,理應在古代小説研究方面擁有足夠的話語權。但20世紀以來,在中國文論研究集體患上"失語症"的大環境下,小説理論研究難以"獨善其身",包括《漢書·藝文志》在内的小説目録總體處於"失位"狀態。然而《漢書·藝文志》所著録小説畢竟屬於歷史存在,不會隨著時代變遷而改變其屬性。在漢人的觀念裏,這種文獻就叫"小説",無論今人是否承認其爲小説,此類文獻作爲"小説"被著録、被認可,甚至被仿作了上千年,這是無法抹去的歷史事實。《漢書·藝文志》所著録小説及其體現出來的小説觀念是認知古代小説及其文體流變的邏輯起點。

第一節 《漢書·藝文志》"小説家"的立意

　　《漢書·藝文志》"小説家"的產生,出於"辨章學術,考鏡源流"的需要,這種分類思想始自劉向、劉歆父子對書籍的分類整理。

　　劉向校理群書時,爲每書撰寫叙録,叙述學術源流,辨別書籍真偽。阮孝緒云:"昔劉向校書,輒爲一録。論其指歸,辨其訛謬,隨竟奏上,皆載在本書。"① 劉向的校理以學術思想爲依據，按照學説體系編定群籍。余嘉錫云："劉向校書，合中外之本，辨其某家之學，出於某子，某篇之簡，應入某書。遂删除重復，別行編次，定著爲若干篇。蓋因其學以類其書，因其書以傳其人，猶之後人爲先賢編所著書大全集之類耳。"② 劉向又將所有叙録結集成書，是爲《別録》。劉歆以《別録》爲基礎總括群篇，撮其指要，撰成《七略》。姚名達認爲《七略》開啓了古代的文獻分類，他以《漢書》卷三十六載劉歆"復領'五經'，卒父前業，乃集'六藝'群書，種別爲《七略》"爲據，認爲"所謂種別者，即依書之種類而分別之"，故《七略》爲文獻分類之始。③《七略》的分類標準較爲駁雜，但總體上仍然以學術性質與思想派別爲準。班固删節《七略》舊文，參以己意，略加注釋，遂成《漢書·藝文志》。其中"諸子"一略，包括儒家、道家、陰陽家、法家、名家、墨家、縱横家、雜家、農家、小説家共十家。"諸子略"的設立，是典型的學術系統分類。班固認爲，儒、道等九家的學術思想出於王官，"皆起於王道既微，諸侯力政，時君世主，好惡殊方，是以九家之術蜂出並作，各引一端，崇其所善，以此馳説，取合諸侯。……若能修六藝之術，而觀此九家之言，舍短取長，則可以通萬方之略矣"。④ 而小説家"蓋出於稗官。街談巷語，道聽塗説者之所造也。……閭里小知者之所及，亦使綴而不忘。如或一言可采，此亦芻蕘狂夫之議也"。⑤ 學術淵源不同，價值地位也存在巨大差別。

以"小説家"稱引文獻類目，劉向、劉歆之後，班固之前，還有桓譚；了解桓譚對"小説家"的認識，有助於明確《漢志》"小説家"的内涵。桓

---

① （南朝梁）阮孝緒：《七録序》，武漢大學圖書館學系編：《目録學研究資料匯輯》第二分册《中國目録學史》，武漢：武漢大學出版社 1983 年版，第 42 頁。
② 余嘉錫著：《目録學發微　古書通例》，北京：中華書局 2009 年版，第 275 頁。
③ 姚名達：《中國目録學史》，上海：上海古籍出版社 2005 年版，第 35 頁。所謂"略"者，即簡略之意。《七略》摘取《別録》以成書，《七略》較簡，故略；《別録》較詳，故録。參見姚名達：《中國目録學史》，上海：上海古籍出版社 2005 年版，第 34 頁。
④ （漢）班固撰，（唐）顔師古注：《漢書》，北京：中華書局 1962 年版，第 1746 頁。
⑤ 同上，第 1745 頁。

譚《新論》云："若其小説家，合叢殘小語，近取譬論，以作短書，治身理家，有可觀之辭。"① 除了從理論上總結"小説家"的形式與價值，桓譚還以實例爲證，進一步明確了"小説家"的内涵："莊周寓言，乃云堯問孔子；《淮南子》云'共工爭帝，地維絶'，亦皆爲妄作。故世人多云短書不可用，然論天間莫明於聖人，莊周等雖虛誕，故當采其善，何云盡棄耶？"② 桓譚認爲，《莊子》中"堯問孔子"之類寓言與《淮南子》中"共工爭帝"之類神話皆不本經傳，乃虛誕妄作，故皆屬短書，即小説也。然此類文獻亦有可觀之處，不可盡棄。桓譚對"小説家"的理解，乃其學術立場使然。《後漢書·桓譚傳》言桓譚"博學多通，遍習《五經》，皆詁訓大義，不爲章句"。③ 桓譚曾官拜議郎給事中，上疏力陳時政，其學術立場於此可見一斑：

> 凡人情忽於見事而貴于異聞，觀先王之所記述，咸以仁義正道爲本，非有奇怪虛誕之事。蓋天道性命，聖人所難言也。自子貢以下，不得而聞，況後世淺儒，能通之乎！今諸巧慧小才伎數之人，增益圖書，矯稱讖記。（李賢注：伎謂方伎，醫方之家也。數謂數術，明堂、羲和、史、卜之官也。圖書即讖緯符命之類也。）以欺惑貪邪，詿誤人主，焉可不抑遠之哉！臣譚伏聞陛下窮折方士黄白之術，甚爲明矣；而乃欲聽納讖記，又何誤也！其事雖有時合，譬猶卜數隻偶之類。（李賢注：言偶中也。）陛下宜垂明聽，發聖意，屏群小之曲説，述《五經》之正義，略雷同之俗語，詳通人之雅謀。④

---

① （後漢）桓譚著，吳則虞輯校：《新論》，北京：社會科學文獻出版社 2014 年版，第 75 頁。
② 同上。吳則虞認爲，桓譚這兩條論述文氣似相連接，疑出自一篇。此説頗有見地，且前後連讀，桓譚所言"小説家"便有了實指對象，即莊周寓言與《淮南子》中的神話故事之類。
③ （南朝宋）范曄撰，（唐）李賢注：《後漢書》，北京：中華書局 1965 年版，第 955 頁。
④ 同上，第 959—960 頁。

不難發現，桓譚固守儒家學説，以尊經明道爲要務，諫言皇上遠離黄白之術與讖緯之説。所言"巧慧小才伎數之人"，即方士與史卜之官，是"小説家"的主要來源；所言"群小之曲説""雷同之俗語"，指"奇怪虚誕之事"，是"小説家"的主要内容。桓譚要求皇上遠離的，正是儒家强調的"君子不學"的"小道"，此一觀念，又是漢人對"小説家"的普遍認識。桓譚與揚雄過從甚密，服膺揚雄，曾言："通才著書以百數，惟太史公爲廣大，餘皆叢殘小論，不能比之。子雲所造《法言》《太玄》也，人貴所聞賤所見，故輕易之。若遇上好事，必以《太玄》次五經也。"①其持論以五經爲本，視他説爲"叢殘小論"的立場，與揚雄幾乎一致。揚雄《法言》云："或問：五經有辯乎？曰：惟五經爲辯。説天者莫辯乎《易》，説事者莫辯乎《書》，説體者莫辯乎《禮》，説志者莫辯乎《詩》，説理者莫辯乎《春秋》。舍斯辯亦小矣。"宋咸注曰："舍五經皆小説也。"②所謂"叢殘小論"即"叢殘小語"，指不本經傳的"街談巷語"與"道聽塗説"，價值低下，時人視爲"短書"。作爲一種學説或觀點，"小説"是形而上、抽象的；作爲學説或觀點的表達，"小説"又是形而下、具體的，呈現爲某種獨特的載體。周秦時期，"小説"一詞主要指不合己意的學説或觀點，立場不同，對象便各異；到了兩漢時期，"小説"一詞已有明確的指稱對象，指那些不本經典、價值低下、品格卑微的書籍篇目。

第二節　《漢書·藝文志》"小説家"文本考辨

　　關於《漢書·藝文志》所著録先秦兩漢小説十五家，魯迅據班固注概述其特徵，言："諸書大抵或托古人，或記古事，托人者似子而淺薄，記事

---

① （後漢）桓譚著，吳則虞輯校：《新論》，北京：社會科學文獻出版社2014年版，第79頁。
② （漢）揚雄撰：《法言》卷五"寡見"，北京：國家圖書館出版社2018年版，第181頁。

者近史而悠繆者也。"又在文獻考辨基礎上，言"其（筆者注：《漢志》）所録小説，今皆不存，故莫得而深考，然審察名目，乃殊不似有采自民間，如《詩》之《國風》者。其中依托古人者七，曰：《伊尹説》《鬻子説》《師曠》《務成子》《宋子》《天乙》《黄帝》。記古事者二，曰：《周考》《青史子》，皆不言何時作。明著漢代者四家：曰《封禪方説》《待詔臣饒心術》《臣壽周紀》《虞初周説》。《待詔臣安成未央術》與《百家》，雖亦不云何時作，而依其次第，自亦漢人。"①魯迅此論中小説語詞，所指爲史志目録之類目。後世研究《漢志》小説家及先秦兩漢"小説"，大體依循魯迅此論，却多忽略魯迅此論中小説之所指。對《漢書·藝文志》所著録十五家小説順次做考辨，應可進一步明晰《漢書·藝文志》"小説"的意涵，進而釐定十五家小説可能的文體史意義。

1.《伊尹説》二十七篇

班固注云："其語淺薄，似依托也。"②班固之意，蓋指該書可能是後人僞托，張舜徽《漢書藝文志通釋》認同此説，③余嘉錫則直指該書是六國時人僞托。④相關伊尹的生平與言論，多見於先秦漢魏時各類典籍，如甲骨文和《尚書》《墨子》《莊子》《孟子》《文子》《孫子》《竹書紀年》《帝王世紀》《楚辭·惜往日》《魯連子》《韓非子》《戰國策》《吕氏春秋》《晏子春秋》《汲冢瑣語》《史記》《論衡》《博物記》等。綜合上述文獻，大略可理出伊尹有關生平如

---

① 魯迅著：《中國小説史略》，上海：上海古籍出版社 1998 年版，第 2—3、13 頁。
② （漢）班固撰，（唐）顔師古注：《漢書》，北京：中華書局 1962 年版，第 1744 頁。
③ 張舜徽："伊尹有書五十一篇，見前道家。與此不同者，一則發攄道論，一則薈萃叢談也。所記皆割烹要湯一類傳説故事，及其他雜説異聞。書乃僞托，早亡。"見張舜徽著：《廣校讎略 漢書藝文志通釋》，武漢：華中師範大學出版社 2004 年版，第 340 頁。
④ 余嘉錫《小説家出於稗官説》："惟吕覽之爲采自伊尹説，固灼然無疑。他若韓非子難言篇、史記殷本紀之出吕覽後者，又不待論也。吕氏著書於始皇八年，（見吕覽序意篇注。）此書尚在其前，當是六國時人合此類叢殘小語，托之伊尹。其所言水火之齊，魚肉菜飯之美，真閭里小知者之街談巷語也，雖不免於淺薄，然其書既盛行一時，未必無一言之可采，故劉、班斥其依托而仍著録，視爲芻蕘狂夫之議而已。"見《余嘉錫論學雜著》，北京：中華書局 1963 年版，第 272 頁。

下。伊尹，夏末商初人，名阿衡，[①] 或以阿衡爲官名，實名摯；[②] 生於空桑，有
莘之君命烰人養之；[③] 長而善烹調，以滋味説商湯，至於王道；[④] 或否認伊尹
善烹調，言其爲商湯時處士；[⑤] 作有《汝鳩》、《汝方》（或《女鳩》《女房》）、
《咸有一德》、《伊訓》、《肆命》、《徂后》、《太甲》，[⑥]《咸有一德》《伊訓》《太
甲》三篇尚存於《尚書》，其他或已佚。或認爲《吕氏春秋·本味篇》即剟
自《伊尹説》，[⑦] 陳奇猷對此有較詳辨析，言：

　　伊尹之出身既有兩説，故托之伊尹而建立其學派者亦分爲二：一派
　　則藉"伊尹處士，從湯言素王九主之事"立説，即《漢書·藝文志》道

---

① （漢）司馬遷著：《史記》，北京：中華書局 1959 年版，第 94 頁。

② 《史記·殷本紀》司馬貞《索引》不同意司馬遷説法："《孫子兵書》：伊尹名摯。孔安國亦曰
'伊摯'，然解者以阿衡爲官名。……非名也。"見（漢）司馬遷著：《史記》，北京：中華書局 1959 年
版，第 94 頁。又孔穎達《毛詩正義·商頌·長發》引鄭玄《尚書》注云："伊尹名摯，湯以爲阿衡，
至太甲改日保衡。阿衡、保衡皆宫官。"見李學勤主編《毛詩正義》，北京：北京大學出版社 1999 年
版，第 1461 頁。

③ （戰國）吕不韋著，陳奇猷校釋《吕氏春秋新校釋》，上海：上海古籍出版社 2002 年版，第
744 頁。

④ 《墨子·尚賢中》："伊尹，有莘氏女之私臣，親爲庖人。湯得之，舉以爲相，與接天下之政，
治天下之民。"《史記·殷本紀》：伊尹"負鼎俎，以滋味説湯，致于王道"。

⑤ 《孟子·萬章上》：萬章問曰："人有言伊尹以割烹要湯，有諸？"孟子曰："否，不然。伊尹耕
於有莘之野，而樂堯舜之道焉。……湯使人以幣聘之，囂囂然曰：'我何以湯之聘幣爲哉？……'湯三
使往聘之，既而幡然改曰：'與我處畎畝之中，由是以樂堯舜之道，吾豈若使是君爲堯舜之君哉？吾豈
若使是民爲堯舜之民哉？'……吾聞以堯舜之道要湯，未聞以割烹也。"《史記·殷本紀》："伊尹處士，
湯使人聘迎之，五反然後肯往從湯，言素王及九主之事。"

⑥ 《尚書·胤征》："伊尹去亳適夏，既醜有夏，復歸於亳。入自北門，乃遇汝鳩、汝方，作《汝
鳩》《汝方》。"《史記·殷本紀》："伊尹去湯適夏。既醜有夏，復歸於亳。入自北門，遇女鳩、女房，
作《女鳩》《女房》。""伊尹作《咸有一德》，咎單作《明居》。""帝太甲元年，伊尹作《伊訓》，作《肆
命》，作《徂后》。""帝太甲修德，諸侯咸歸殷，百姓以寧。伊尹嘉之，乃作《太甲訓》三篇，褒帝太
甲，稱太宗。"

⑦ （清）嚴可均《全上古三代秦漢三國六朝文》叙録云："此（《吕氏春秋·本味篇》）疑即小説家
之一篇。《孟子》'伊尹以割烹要湯'，謂此篇也。"北京：中華書局 1958 年版，第 15 頁。余嘉錫《小説
家出於稗官説》引王應麟《漢志考證》及翟灝《四書考異·條考三十一》"所謂《本味篇》乃剟自《伊尹
説》中"之説，以爲："然謂《吕氏春秋·本味篇》，爲出於小説家之《伊尹説》，則甚確。""當是六國時
人合此類叢殘小語，托之伊尹。其所言水火之齊，魚肉菜飯之美，真閭里小知者之街談巷語也，雖不免
於淺薄，然其書既盛行一時，未必無一言之可采，故劉、班雖斥其依托而仍著於録，視爲芻蕘狂夫之議
而已。"見《余嘉錫論學雜著》，北京：中華書局 2007 年版，第 271、272 頁。劉汝霖《〈吕氏春秋〉之分
析》也認爲《本味》"當即采自《伊尹書》也"。見顧頡剛編：《古史辨》第六册，上海：上海古籍出版社
1982 年影印本，第 356 頁。

家《伊尹》五十一篇及本書《先己》《論人》之内容，余稱其爲"道家伊尹學派"，詳《先己》"注一"。另一派則藉"伊尹負鼎俎以滋味説湯，致於王道"立説，即《漢志》小説家《伊尹説》二十七篇及本書此篇之内容，余因稱之爲"小説家伊尹學派"。本篇述伊尹説湯以種種至味，與各書言"執鼎俎爲庖宰"、《史記》言"以滋味説湯"正合；本篇下文云"己成而天子成，天子成則至味具"，與《史記》所云"以滋味説湯，致於王道"正合，亦即本篇下文所謂"審近所以知遠也"；故本篇出於小説家伊尹學派無疑。《漢志》之所以列《伊尹説》二十七篇於小説家者，蓋以其既不能列入儒墨名法等九流之中，又以其言滋味不言養生，亦不能列入方技之屬。良以其所言係美味之食物，近於"街談巷語，道聽塗説"（語見《漢志》小説家序）；又以其借滋味而説王道，則是"雖小道必有可觀者焉"（語見同上）；與班固所訂小説家之標準亦合，故即以之列入小説家也。①

從伊尹兩種出身的説法切入，陳奇猷辨析後世依托伊尹以立説的兩派學術路徑與文獻，一派是道家學派的《伊尹》五十一篇，一派是小説家的《伊尹説》二十七篇，進而解釋《本味篇》與《伊尹説》的關係、班固《漢書·藝文志》將《伊尹》二十七篇列入小説家的原因。其説可取。《説文》中引有兩則"伊尹曰"：一爲木部櫨字引，"伊尹曰：'果之美者，箕山之東，青鳧之所，有甘櫨焉，夏孰也。'"一爲禾部秏字引，"伊尹曰：'飯之美者，玄山之禾，南海之秏。'"兩則材料皆見於《吕氏春秋·本味篇》，但有異文；前一材料或蓋許慎引自司馬相如《上林賦》，司馬相如或則引自《伊尹説》，

---

① （戰國）吕不韋著，陳奇猷校釋：《吕氏春秋新校釋》，上海：上海古籍出版社 2002 年版，第 747 頁。

後一材料引自《伊尹書》。① 段玉裁注"櫨"云："《漢志》道家者流，有《伊尹》五十一篇，小説家者流，有《伊尹説》二十七篇，許輩下、耗下、鮞下及此，皆取諸伊尹書。"② 檢《説文》，如上引"伊尹曰"者另有兩處，即艸部蘆字之"菜之美者，雲夢之蘆"和魚部鮞字之"魚之美者，東海之鮞"，皆未注出處，但應如段玉裁所言出於《伊尹》。這四則都見於《本味篇》。《説文》中"伊尹曰"的内容，適可印證陳奇猷釋《本味篇》之義。

今人有認爲《本味篇》主體部分出自小説家《伊尹説》者，如李劍國《唐前志怪小説史》、③ 李劍國和孟昭連著《中國小説通史》(先唐卷)；④ 更有直接以《本味篇》爲中國最早之小説文獻者，如王利器言："中國小説，遠在先秦就已經出現，現在完完整整保存在《吕氏春秋·孝行覽》的《本味篇》，應當是《漢書·藝文志·諸子略》小説家著録的第一種《伊尹説》二十七篇中的一篇，這是中國小説現存最早的一篇，因之，本書即以之爲選首，此亦'開宗明義'之意也。"⑤ 將《本味篇》視爲小説或將其主體部分視爲《伊尹説》之一部分，固然對研究先秦兩漢小説有一定積極意義，但如果以之爲先秦兩漢小説，則必然産生認知與研究的錯位。《吕氏春秋》的成書方式，決定了該書不可能保存其所引書的文本原貌。《史記·十二諸侯年表》："吕不韋者，秦莊襄王相。亦上觀尚古，删拾《春秋》，集六國時事，以爲'八覽''六論''十二紀'爲《吕氏春秋》。"又《史記·吕不韋列傳》言："吕不韋乃使其客人人著所聞，集論以爲'八覽''六論''十二紀'，二十餘萬言。以爲備天地萬物古今之事，號曰《吕氏春秋》。布咸陽市門，懸千金其上，延諸

① 馬宗霍著：《説文解字引群書考》卷一"伊尹"條，北京：科學出版社1959年版，第17—19頁。
② （漢）許慎撰，（清）段玉裁注：《説文解字注》，上海：上海古籍出版社1981年版，第254頁。
③ 李劍國著：《唐前志怪小説史》（修訂本），天津：天津教育出版社2005年版，第116—117頁。
④ 李劍國、孟昭連著：《中國小説通史》（先唐卷），北京：高等教育出版社2007年版，第88—89頁。
⑤ 王利器著：《古代小説拾遺》，《王利器推薦古代文言小説》，揚州：廣陵書社2004年版，第1頁。

侯游士賓客有能增損一字者予千金。"① 由上述材料中之 "删拾" "集論" 等關鍵字語，可知《吕氏春秋》的成書方式是編述，其内容 "是從别的書内取出來的"，"經過了細密的剪裁、加工，把舊材料變成更適用的東西"。②《本味篇》自然經過剪裁和加工。

2.《鬻子説》十九篇

班固注："後世所加。" 即言是後人僞托之書。又《漢書·藝文志》道家類著録《鬻子》二十二篇，班固注云："名熊，爲周師，自文王以下問焉。周封爲楚祖。"③ 或班固認爲《鬻子》即鬻熊之作。《隋書·經籍志》子部道家類、《舊唐書·經籍志》丙部小説家類、《新唐書·藝文志》子部道家類皆著録 "《鬻子》一卷"，又《新唐書·藝文志》子部道家類著録逄行珪注《鬻子》一卷；《直齋書録解題》道家類著録陸佃校《鬻子》一卷、逄行珪《鬻子注》一卷；《宋史·藝文志》子部雜家類著録《鬻熊子》一卷，題下無注，又子部小説家類著録逄行珪《鬻子注》一卷。《隋書·經籍志》以來諸志，著録《鬻子》皆未見 "説" 字。嚴可均釋此言："隋唐人所見皆道家殘本，其 '小説家' 本梁時已佚失。劉向移道家本當之，非也。"④《新唐書·藝文志》子部道家類著録《鬻子》和逄行珪注《鬻子》各一卷，兩書皆係毋煚《古今書録》著録之書，可見二書在初盛唐時期並行流傳。至於《宋史·藝文志》雜家類所著録《鬻熊子》，在宋代當有是書流傳，如宋代建安人章定編《名賢氏族言行類稿》卷一引《熊克家譜》曰："鬻熊爲文王師，著書一

---

① （漢）司馬遷著：《史記》，北京：中華書局 1959 年版，第 510、2510 頁。

② 張舜徽認爲，書籍的成書方式，"從寫作的内容來源加以區别"，可以分爲著作（"是專就創造性的寫作説的"）、編述（"是在許多可以憑藉的資料的基礎上，加以提煉製作的功夫，用新的義例，改編爲另一種形式的書籍出現"）、鈔纂（"憑藉已有的資料，分門别類鈔下來，纂輯成一部有條理有系統的寫作"）三類。見張舜徽著：《中國文獻學》，武漢：華中師範大學出版社 2004 年版，第 13—14 頁。

③ （漢）班固撰，（唐）顏師古注：《漢書》，北京：中華書局 1962 年版，第 1744、1729 頁。

④ （清）嚴可均著，孫寶點校：《嚴可均集》，杭州：浙江古籍出版社 2013 年版，第 173 頁。

卷，號《鬻熊子》。"①由此可見，《鬻熊子》與小説家類逢行珪注《鬻子》在宋代並行於世。現流傳《鬻子》乃逢行珪注一卷十四篇本，多以該書爲僞。②嚴可均辨僞言："《鬻子》非專記鬻熊之語，故其書于文王、周公、康叔皆曰'昔者'。'昔者'，後乎鬻子言之也。古書不必手著，《鬻子》蓋康王、昭王後周史臣所録，或鬻子子孫記述先世嘉言爲楚國之令典，即《史記·序傳》所謂'重黎業之，吳回接之，殷之季世，鬻熊牒之，周用熊繹，熊渠是續'者也。昭十二年《左傳》楚靈王曰：'昔我先王熊繹跋陟山林，以事天子。'是楚之始封爲熊繹，非鬻熊，與《楚世家》正同。劉向博極群書，《周本紀集解》引《別録》乃言'鬻子名熊，封于楚'，與《左傳》《史記》違異，不若《漢志》'周封爲楚祖'之無語病也。"又言："諸子以《鬻子》爲最早，神農、黃帝、大禹、伊尹等書疑皆依托，今亦不傳。"③今本《鬻子》，並非如嚴可均所言保留原貌，逢行珪應有損益。《文獻通考》卷二一一云："石林葉氏曰：世傳《鬻子》一卷，出祖無擇家，漢《藝文志》本二十二篇，載之道家；鬻熊，文王所師，不知何以名道家。而小説家亦別出十九卷，亦莫知孰是，又何以名小説？今一卷止十四篇，本唐永徽中逢（筆者注："逢"應爲"逢"）行珪所獻，其文大略。古人著書不應爾。庾仲容《子抄》云六篇，馬總《意林》亦然，其所載辭略與行珪先後差不倫，恐行珪書或有附益云。"④

---

① （宋）章定編：《名賢氏族言行類稿》，《景印文淵閣四庫全書》第933册，臺灣：商務印書館1986年版，第29頁。

② 姚際恒言："世傳子書，始於《鬻子》。《漢志》道家有《鬻子》二十二篇，小説家有《鬻子説》十九篇。……今一卷，止十四篇，唐逢行珪所上。案《史（記）·楚世家》熊通曰：吾先鬻熊，文王之師也，蚤終。叙稱見文王時，行年九十，非矣。又書載三監、曲阜事，壽亦不應如是永也，是其人之事，已謬悠莫考，而況其書乎。論之者葉正則、宋景濂，皆以兩見《漢志》爲疑，莫知此書誰屬。胡元瑞則以屬小説家，亦臆測也。高似孫以爲漢儒緝緝，李仁父以爲後世依托，王弇州疑其七大夫之名，楊用修歷引賈誼《書》及《文選注》所引《鬻子》，今皆無之，此足以見大略矣。"見姚際恒著：《古今僞書考》，北京：中華書局1985年版，第12—13頁。

③ （清）嚴可均著，孫寶點校：《嚴可均集》，杭州：浙江古籍出版社2013年版，第173—174頁。

④ （元）馬端臨著：《文獻通考》，北京：中華書局1986年影印《萬有文庫》十通本，第1729頁。

劉勰以《鬻子》爲諸子之始，[①] 後世多類此説。[②] 現傳《鬻子》之文，有不類道家言者。如：

> 《鬻子》曰：武王率兵車以伐紂，紂虎旅百萬，陣于商郊，起自黃鳥，至於赤斧，三軍之士，靡不失色。武王乃命太公把旄以麾之，紂軍反走。[③]

> 《鬻子》曰：武王伐紂，虎旅百萬，陳于商郊，起自黃鳥，訖於赤甫，走如疾風，聲如震霆。武王乃使太公把旄以麾之，紂軍反走。[④]

兩段文字有異文，但紀事之主幹相同，載記周武王與商紂王之間率兵大戰的戰爭場景。嚴可均結合其他材料，綴合如下：

> 武王率兵車以伐紂。紂虎旅百萬，陣于商郊，起自黃鳥，訖于赤斧，走如疾風，聲如振霆。三軍之士，靡不失色。武王乃命太公把旄以麾之，紂軍反走。(《文選·任彥昇〈宣德皇后令〉》注，史孝山《出師頌》注，范蔚宗《光武紀贊》注，《御覽》三百一)[⑤]

---

① 《文心雕龍·諸子》："至鬻熊知道，而文王諮詢，餘文遺事，録爲《鬻子》。子自肇始，莫先於茲。"(南朝梁)劉勰著，范文瀾注：《文心雕龍注》，北京：人民文學出版社 1958 年版，第 308 頁。
② 唐人逢行珪《〈鬻子〉序》："實先達之奧言，爲諸子之首唱。"見鍾肇鵬著：《鬻子校理》，北京：中華書局 2010 年版，第 45 頁。南宋高似孫《子略》卷一引唐貞元間柳伯存言："子書起于鬻熊。"見(宋)高似孫：《子略》，北京：中華書局 1985 年版，第 13 頁。明人宋濂《諸子辨》："《鬻子》一卷，楚鬻熊撰。熊爲周文王師，封爲楚祖。著書二十二篇，蓋子書之始也。"見(明)宋濂著：《諸子辨》，上海：樸社 1926 年版，第 2 頁。明人楊慎："鬻子，文王時人，著書二十二篇，子書莫先焉。"見(明)楊慎撰，王大淳箋證：《丹鉛録箋證》，杭州：浙江古籍出版社 2013 年版，第 452 頁。明人胡應麟《少室山房筆叢·九流緒論下》："今子書傳於世而最先者，惟《鬻子》。"見(明)胡應麟著：《少室山房筆叢》，上海：上海書店 2009 年版，第 280 頁。清人俞樾《諸子平議補録》："《鬻子》一書，爲子書之祖。"見(清)俞樾著：《諸子平議補録》，北京：中華書局 1956 年版，第 1 頁。楊伯峻《列子集釋》引清人梁章鉅言："諸子書以《鬻子》爲最古。"見楊伯峻著：《列子集釋》，北京：中華書局 2013 年版，第 30 頁。
③ (南朝梁)蕭統編，(唐)李善注：《文選》，上海：上海古籍出版社 1986 年版，第 1638 頁。
④ (宋)李昉等：《太平御覽》卷三〇一，北京：中華書局 1960 年版，第 1385—1386 頁。
⑤ (清)嚴可均校輯：《全上古三代秦漢三國六朝文》，北京：中華書局 1958 年版，第 67 頁。

嚴可均所綴合的文字，從紀事而言，更加完備，其中的誇飾手法與突轉情節更爲合理，頗具故事性。

《鬻子》的文獻整理，有鍾肇鵬撰《鬻子校理》和張京華《鬻子箋證》較爲完備。各本《鬻子》皆係鈔纂而成，已不復原貌。楊伯峻即言："今本《鬻子》一卷，自宋人葉夢得以來多疑其僞，而《四庫全書提要》疑其爲'唐以來好事之流，依仿賈誼所引，撰爲贋本'，蓋可信。"[①]

3.《周考》七十六篇

班固注："考周事也。"章學誠將《周考》與《青史子》歸類考察，言："小説家之《周考》七十六篇，《青史子》五十七篇，其書雖不可知，然班固注《周考》，云'考周事也'。注《青史子》，云'古史官紀事也'。則其書非《尚書》所部，即《春秋》所次矣。觀《大戴禮·保傅》篇，引青史氏之記，則其書亦不儕於小説也。"[②]章學誠認爲《周考》應屬記言記事的史書。張舜徽則認爲《周考》確屬班固《漢書·藝文志》"小説家"，言："此云《周考》，猶言叢考也。周乃周遍、周普無所不包之意。《漢志》禮家之《周官》，儒家之《周政》《周法》，道家之《周訓》，皆當以此解之，已具論於前矣。小説家之《周考》，蓋雜記叢殘小語、短淺瑣事以成一編，故爲書至七十六篇之多。其中或及周代軼聞者，見者遽目爲專考周事，非也。下文猶有《周紀》《周説》，悉同此例。"[③]《説文解字》中有兩個周字：一是周密之義的"周"，二是周至、周遍的"𠁁"。依據"𠁁"之義，張舜徽認爲《周考》一書乃雜記叢殘小語、短淺瑣事之書，故《漢書·藝文志》歸類爲小説家。該書已佚，無從窺一斑。

---

①　楊伯峻著：《列子集釋》，北京：中華書局2012年版，第30頁。

②　（清）章學誠著，葉瑛校注：《文史通義校注》，北京：中華書局2014年版，第1221頁。

③　張舜徽著：《廣校讎略　漢書藝文志通釋》，武漢：華中師範大學出版社2004年版，第340頁。

4.《青史子》五十七篇

班固注：“古史官記事也。”上文《周考》條中引章學誠語認爲，《青史子》“不儕於小説”，① 應屬《尚書》《春秋》類書。姚振宗則否定章學誠之論，言：“據劉勰言‘曲綴以街談’，此其所以爲小説家言。安得以殘文斷其全書乎！”②

《青史子》已佚，賈誼《新書·胎教》引有一則：

> 《青史氏之記》曰：“古者胎教之道，王后有身，七月而就蔞室，太師持銅而御户左，太宰持斗而御户右，太卜持著龜而御堂下，諸官皆以其職御於門内。比三月者，王后所求聲音非禮樂，則太師撫樂而稱不習。所求滋味者非正味，則太宰荷斗而不敢煎調，而曰不敢以侍王太子。太子生而立（筆者注：“立”假借爲“泣”），太師吹銅曰聲中某律。太宰曰滋味上某。太卜曰命云某。”③

《大戴禮記·保傅篇》篇亦引此則，有異文：

> 《青史氏之記》曰：“古者胎教，王后腹之七月，而就宴室，太史持銅而御户左，太宰持斗而御户右。比及三月者，王后所求聲音非禮樂，則太師緼瑟而稱不習，所求滋味者非正味，則太宰倚斗而言曰：‘不敢以侍王太子。’太子生而泣，太師吹銅曰：‘聲中某律。’太宰曰：‘滋味上某。’”④

---

① （清）章學誠著，葉瑛校注：《文史通義校注》，北京：中華書局 2014 年版，第 1221 頁。
② （清）姚振宗著：《漢書藝文志條理》諸子卷二下，《續修四庫全書》第 914 册，上海：上海古籍出版社 2002 年版，第 78 頁。
③ （漢）賈誼撰，閻振益、鍾夏校注：《新書校注》，北京：中華書局 2000 年版，第 390—391 頁。
④ （清）王聘珍撰，王文錦點校：《大戴禮記解詁》，北京：中華書局 1983 年版，第 59—60 頁。

另應劭《風俗通義》亦引一則，云：

　　《青史子》書説："鷄者，東方之牲也，歲終更始，辨秩東作，萬物觸户而出，故以鷄祀祭也。"①

　　《青史氏之記》與《青史子》是一書二名，②兩則材料都關乎禮，符合班固"古史官記事"的説法。既然是古史官記事之書，班固何以之入小説家？清人何琇解釋言："賈誼《新書》引《青史氏之記》，言太子生事，其文與《禮經》相表裏。《漢志》《青史子》五十七篇，乃列小説家，疑其他文駁雜也。"③何琇推測，《青史子》中已經佚失的其他記事之文駁雜，因而班固以之入小説家。張舜徽則釋云："《隋書·經籍志》云：'梁有《青史子》一卷，亡。'是其書早佚。馬國翰有輯本。或謂世以史書總謂之青史，其説蓋起於此。斯言非也。古人以竹簡寫書，新竹滑，必先去其青，謂之殺青；又用火炙之，令汗出以防蠹，謂之汗青。故總稱史册爲青史耳。與此《青史子》不相涉也。"④張舜徽認爲此《青史子》並非是次於《尚書》《春秋》一類的史書，而是諸子之書。又劉勰《文心雕龍·諸子》中論及七國時諸子蜂起時言："青史曲綴以街談。"⑤張舜徽可能據此認爲《青史子》是諸子中的街談巷語。

　　魯迅《古小説鉤沉》輯《青史子》三條，第二條"古者年八歲而出就外

---

① （漢）應劭撰，王利器校注：《風俗通義校注》，北京：中華書局 2010 年第 2 版，第 374 頁。
② 北周盧辯注《大戴禮》認爲是一書而二名。見（清）王聘珍撰，王文錦點校：《大戴禮記解詁》，北京：中華書局 1983 年版，第 59 頁。
③ （清）何琇：《樵香小記》卷上，《叢書集成新編》第 13 册，臺灣：新文豐出版社 1985 年版，第 500 頁。
④ 張舜徽著：《廣校讎略　漢書藝文志通釋》，武漢：華中師範大學出版社 2004 年版，第 340 頁。
⑤ 劉勰《文心雕龍·諸子》："逮及七國力政，俊乂蜂起。孟軻膺儒以磬折，莊周述道以翺翔，墨翟執儉確之教，尹文課名實之符，野老治國於地利，騶子養政於天文，申商刀鋸以制理，鬼谷脣吻以策勳，尸佼兼總於雜術，青史曲綴以街談，承流而枝附者，不可勝算。並飛辯以馳術，饜禄而餘榮矣。"見（南朝梁）劉勰著，范文瀾注：《文心雕龍注》，北京：人民文學出版社 1958 年版，第 308 頁。

舍"，並不一定出於《青史子》。①

5.《師曠》六篇

班固注："見《春秋》，其言淺薄，本與此同，似因托之。"張舜徽釋班固注，云：

> 師曠有書八篇，在《兵書略》陰陽家。標題雖同，所言各異也。《春秋》襄公十四年《左傳》："師曠侍于晉侯。"杜《注》云："師曠，晉樂太師子野。"而《孟子·離婁篇》稱"師曠之聰。"趙《注》云："師曠，晉平公之樂太師也，其聽至聰。"其他行事，散見於《周書》《國語》《韓非》《呂覽》者尚多。是固周末聞人也，故造偽書者依托之。書亦早亡。②

偽托師曠之書多有。《漢書·藝文志》兵書略陰陽家類著録《師曠》八篇，班固注云："晉平公臣"。范曄《後漢書》卷三〇上《蘇竟楊厚列傳》云："論者若不本之於天，參之於聖，猥以《師曠雜事》，輕自炫惑，説士作書，亂夫大道，焉可信哉？"李賢注云："《師曠雜事》，雜占之書也。《前書》曰陰陽書十六家，有《師曠》八篇也。"③《後漢書》卷八十二上《方術列傳》李賢于《師曠之書》下注云："占災異之書也，今書《七志》有《師曠》六篇。"④故《師曠雜事》和《師曠之書》可能爲一書，也被稱作《師曠》，亦僅存六篇，但並非小説家《師曠》六篇。⑤《隋書》、兩《唐書》、《宋史》中皆著録有和師曠相關之書。如《隋書·經籍志》"歷數類"著録"《師曠書》

---

①　王齊洲著：《稗官與才人——中國古代小説考論》，長沙：岳麓書社 2010 年版，第 17—18 頁。
②　張舜徽：《廣校讎略　漢書藝文志通釋》，武漢：華中師範大學出版社 2004 年版，第 341 頁。
③　（宋）范曄撰，（唐）李賢等注：《後漢書》，北京：中華書局 1965 年版，第 1043 頁。
④　同上，第 2704 頁。
⑤　（宋）王應麟《漢藝文志考證》卷八《師曠》八篇條下云："又小説有《師曠》六篇。"見（宋）王應麟著，張三夕、楊毅點校：《漢志考　漢藝文志考證》，北京：中華書局 2011 年版，第 264 頁。

三卷"，又於《雜占夢書》一卷下注云："梁有《師曠占》五卷……亡。"《舊唐書・經籍志下》和《新唐書・藝文志》著録"《師曠占書》一卷"。《宋史・藝文志》著録"師曠《禽經》一卷"。又據晉人王嘉《拾遺記》，師曠還著有《寶符》百卷，①但未見後世書録提及。《師曠雜事》《師曠之書》《師曠占》《師曠書》《師曠占書》或即一書四名，且係後人據《漢書・藝文志》僞作，或傳於漢唐間，或爲漢唐間人僞托。

至於《禽經》，應也是藉師曠僞作。章學誠分析此種現象言：

> 又如《漢志》以後，雜出春秋戰國時書，若師曠《禽經》，伯樂《相馬》之經，其類亦繁，不過好事之徒，因其人而附合，或略知其法者，托古人以鳴高，亦猶儒者之傳梅氏《尚書》，與子夏之《詩大序》也。②

章學誠之言應是的論。後人托名師曠撰序此類書的緣由，從散見於《春秋左氏傳》《韓非子》《逸周書》《國語》《吕氏春秋》《史記》《新序》等書之相關師曠的記載，或亦可解釋。唐代陸德明《經典釋文》卷二七《莊子音義》釋《駢拇》"師曠"，云："司馬云：晉賢大夫也，善音律，能致鬼神。《史記》云：冀州南和人，生而無目。"③這段文字未見於司馬遷《史記》，但陸德明引之以釋師曠，與師曠形象"神化"已久有關。如《韓非子・十過》篇載：

> 晉平公觴之於施夷之臺。酒酣，靈公起曰："有新聲，願請以示。"平公曰："善。"乃召師涓，令坐師曠之旁，援琴鼓之。未終，師曠撫止之，曰："此亡國之聲，不可遂也。"平公曰："此道奚出？"師曠曰："此

---

① （晉）王嘉撰，（南朝梁）蕭綺録，齊治平校注：《拾遺記》，北京：中華書局1981年版，第78—79頁。
② （清）章學誠著，葉瑛校注：《文史通義校注》，北京：中華書局2014年版，第121頁。
③ （唐）陸德明著：《經典釋文》，上海：上海古籍出版社1985年版，第1460頁。

師延之所作，與紂爲靡靡之樂也。及武王伐紂，師延東走，至於濮水而自投。故聞此聲者必於濮水之上。先聞此聲者其國必削，不可遂。”平公曰：“寡人所好者音也，子其使遂之。”師涓鼓究之。平公問師曠曰：“此所謂何聲也？”師曠曰：“此所謂清商也。”公曰：“清商固最悲乎？”師曠曰：“不如清徵。”公曰：“清徵可得而聞乎？”師曠曰：“不可。古之聽清徵者，皆有德義之君也。今吾君德薄，不足以聽。”平公曰：“寡人之所好者音也，願試聽之。”師曠不得已，援琴而鼓。一奏之，有玄鶴二八，道南方來，集于郎門之塊；再奏之，而列。三奏之，延頸而鳴，舒翼而舞，音中宮商之聲，聲聞於天。平公大説，坐者皆喜。平公提觴而起，爲師曠壽，反坐而問曰：“音莫悲於清徵乎？”師曠曰：“不如清角。”平公曰：“清角可得而聞乎？”師曠曰：“不可。昔者黄帝合鬼神於西泰山之上，駕象車而六蛟龍，畢方並鎋，蚩尤居前，風伯進掃，雨師灑道，虎狼在前，鬼神在後，騰蛇伏地，鳳皇覆上，大合鬼神，作爲清角。今主君德薄，不足聽之。聽之，將恐有敗。”平公曰：“寡人老矣，所好者音也，願遂聽之。”師曠不得已而鼓之。一奏，而有玄雲從西北方起；再奏之，大風至，大雨隨之，裂帷幕，破俎豆，隳廊瓦。坐者散走，平公恐懼，伏於廊室之間。晉國大旱，赤地三年。平公之身遂癃病。[①]

又，《太平廣記》録王嘉《拾遺記》亦載晉平公使奏清徵和清角曲之事，文字大略相同。唯《拾遺記》中另叙有師曠相關情況，言：“師曠者，或出於晉靈之世。以主樂官，妙辨音律，撰兵書萬篇。時人莫知其原裔，出没難詳也。晉平公之時，以陰陽之學顯於當世。燻目爲瞽人，以絶塞衆慮。專心於星算音律之中，考鐘吕以定四時，無毫釐之異。《春秋》不記師曠出何帝

[①] （清）王先慎撰，鍾哲點校：《韓非子集解》，北京：中華書局2013年版，第67—70頁。

之時。曠知命欲終，乃述《寶符》百卷。至戰國分争，其書滅絶矣。"①由此可見，師曠不僅"善音律，能致鬼神"，還善兵謀，撰兵書，能以"陰陽之學，顯於當世"。漢代桓寬《鹽鐵論·相刺》亦有相關記載，言："師曠鼓琴，百獸率舞。"②或因此種認知，遂有兵書略陰陽家之《師曠》八篇。

　　此外，漢代劉向《説苑·辨物》載師曠預言晉平公之死，與《韓非子》所載殊異。《説苑·辨物》所載如下：

　　　　晉平公出畋，見乳虎伏而不動，顧謂師曠曰："吾聞之也，霸王之主出，則猛獸伏不敢起。今者寡人出，見乳虎伏而不動，此其猛獸乎？"師曠曰："鵲食猬，猬食鵔鸃，鵔鸃食豹，豹食駁，駁食虎；夫駁之狀有似駁馬，今者君之出，必驂駁馬而出畋乎？"公曰："然。"師曠曰："臣聞之，一自誣者窮，再自誣者辱，三自誣者死。今夫虎所以不動者，爲駁馬也，固非主君之德義也，君奈何一自誣乎？"平公異日出朝，有鳥環平公不去，平公顧謂師曠曰："吾聞之也，霸王之主，鳳下之；今者出朝，有鳥環寡人，終朝不去，是其鳳鳥乎？"師曠曰："東方有鳥名諫珂，其爲鳥也，文身而朱足，憎鳥而愛狐。今者吾君必衣狐裘以出朝乎？"平公曰："然。"師曠曰："臣已嘗言之矣，一自誣者窮，再自誣者辱，三自誣者死。今鳥爲狐裘之故，非吾君之德義也。君奈何而再自誣乎？"平公不説。異日，置酒虒祁之臺，使郎中馬章布蒺藜於階上，令人召師曠。師曠至，履而上堂。平公曰："安有人臣履而上人主堂者乎？"師曠解履刺足，伏刺膝，仰天而嘆。公起引之，曰："今者與叟戲，叟遽憂乎？"對曰："憂。夫肉自生蟲，而還自食也；木自生蠹，而

____

① （晉）王嘉撰，（南朝梁）蕭綺録，齊治平校注：《拾遺記校注》，北京：中華書局1981年版，第78頁。
② （漢）桓寬著，王利器校注：《鹽鐵論校注》，上海：古典文學出版社1958年版，第143頁。

還自刻也；人自興妖，而還自賊也。五鼎之具，不當生藜藋，人主堂廟不當生蒺藜。"平公曰："今爲之奈何？"師曠曰："妖已在前，無可奈何。入來月八日，修百官，立太子，君將死矣。"至來月八日平旦，謂師曠曰："叟以今日爲期，寡人如何？"師曠不樂，謁歸。歸未幾而平公死。乃知師曠神明矣！①

又，《逸周書》卷九《太子晉解》載師曠自請與周太子晉交談，並預言太子晉不壽之事。②兩段文字皆涉及觀象知事，如就《論語》中記載孔子觀象知事篇而言，並不能就此遽斷師曠此種言行入陰陽家，而更近儒家。

再如《左傳》襄公十四年載師曠與晉侯的一段對話，云：

師曠侍於晉侯。晉侯曰："衛人出其君，不亦甚乎？"對曰："或者其君實甚。良君將賞善而刑淫，養民如子，蓋之如天，容之如地。民奉其君，愛之如父母，仰之如日月，敬之如神明，畏之如雷霆，其可出乎？夫君，神之主而民之望也。若困民之主，匱神乏祀，百姓絕望，社稷無主，將安用之？弗去何爲？天生民而立之君，使司牧之，勿使失性。有君而爲之貳，使師保之，勿使過度。是故天子有公，諸侯有卿，卿置側室，大夫有貳宗，士有朋友，庶人、工、商、皁、隸、牧、圉皆有親昵，以相輔佐也。善則賞之，過則匡之，患則救之，失則革之。自王以下，各有父兄子弟，以補察其政。史爲書，瞽爲詩，工誦箴諫，大夫規誨，士傳言，庶人謗，商旅於市，百工獻藝。故《夏書》曰：'遒人以木鐸徇於路。官師相規，工執藝事以諫。'正月孟春，於是乎有之，

---

① （漢）劉向撰，向宗魯校證：《説苑校證》，北京：中華書局1987年版，第467—469頁。
② 黃懷信、張懋鎔、田旭東撰，李學勤審定：《逸周書匯校集注》，上海：上海古籍出版社1995年版，第1084—1103頁。

諫失常也。天之愛民甚矣。豈其使一人肆於民上，以從其淫，而棄天地之性？必不然矣！"①

此載師曠言論所含蘊的思想，更具儒家色彩。

今人盧文暉輯《師曠》一册，言稱"古小説輯佚"，分正文和附録兩部分，附録爲歷代文獻中關於師曠和《師曠》的資料，正文所輯三十三條，實則《逸周書》《左傳》《國語》《吕氏春秋》《韓非子》《汲冢瑣語》《禮記》《史記》《新序》《説苑》《説文》《宋書》中記載的師曠言行。其中《説文》鳥部鷺字釋文："師曠曰：南方有鳥名曰羌鷺，黃頭赤目，五色皆備。"段玉裁注云："《藝文志》小説家有《師曠》六篇，豈許所稱與？今世有《禽經》繫之師曠。其文理淺陋。蓋因説文此條而僞造。"② 段玉裁懷疑許慎所引"師曠曰"來自《漢書·藝文志》小説家《師曠》六篇。綜合考察盧文暉所輯三十三條及相關師曠的記載，師曠是一個博聞之人，其學説也駁雜陰陽家與儒家思想，或不能純粹歸入某一學派。至於小説家《師曠》六篇，或已完全佚失，或《説苑》所載之師曠言論、《説文》許慎所引"師曠曰"即小説家《師曠》中之内容的抄撮。

6.《務成子》十一篇

班固注："稱堯問，非古語。"清人錢大昭懷疑《漢書·藝文志》所著録《務成子》《務成子災異應》《務成子陰道》三書皆係後人僞托。③ 對此，張舜

---

① 十三經注疏整理委員會整理，李學勤主編：《十三經注疏 春秋左傳正義》，北京：北京大學出版社 1999 年版，第 926—929 頁。

② （漢）許慎撰，（清）段玉裁注：《説文解字注》，上海：上海古籍出版社 1981 年版，第 150 頁。

③ （清）錢大昭《漢書辨疑》卷十六："《荀子·大略篇》云：'舜學于務成昭。'楊倞《注》引《尸子》曰：'務成昭之教舜曰：避天下之逆。從天下之順，天下不足取也；避天下之逆，從天下之逆，天下不足失也。'大昭按五行家有《務成子災異應》十四卷，房中家有《務成子陰道》三十六卷，疑皆後世依托。"見《續修四庫全書》第 267 册，上海：上海古籍出版社 2002 年版，第 364 頁。

徽有更爲詳盡之解釋，言：

> 務成子乃遠古傳説中之人物。《荀子·大略篇》以爲舜師，而《韓詩外傳五》又云："堯學于務成子。"是堯舜之師，集於一人，蓋上世之有道術者。故言五行，房中者皆得爲書以依托之。此書十一篇，列在小説，蓋叢談雜論之類耳。《隋志》已不著録，書已早佚。①

張舜徽明確指出務成子係傳説中有道術的人物，故後世多托其名成書。漢代有關於務成子的各種傳説，其中一説即務成子是太白星精的變身，在漢代時變身爲東方朔。②此外，歷代典籍中也有務成子的記載，或言其爲堯之師，③或言爲舜之師。④如此恰能證明務成子係傳説中之人，故《務成子》顯係僞托之書。

7.《宋子》十八篇

班固注："孫卿道宋子，其言黄老意。"清人馬國翰《玉函山房輯佚書》子編小説家類自《莊子·雜篇》輯録五條，其題跋云：

---

① 張舜徽著：《廣校讎略　漢書藝文志通釋》，武漢：華中師範大學出版社 2004 年版，第 341 頁。
② 應劭《風俗通義·正失》："俗言：東方朔太白星精，黄帝時爲風后，堯時爲務成子，周時爲老聃，在越爲范蠡，在齊爲鴟夷子皮。言其神聖能興王霸之業，變化無常。……朔之逢占射覆，其事浮淺，行於衆，僮兒牧豎，莫不眩耀，而後之好事者，因取奇言怪語附著之耳，安在能神聖歷世爲輔佐哉？"見（漢）應劭撰，王利器校注：《風俗通義校注》，北京：中華書局 2010 年第 2 版，第 108—111 頁。
③ 《吕氏春秋》："務成子，堯師也。"今各本《吕氏春秋》未見，但《元和姓纂·十遇》《通志·氏族五》等引。參見王利器：《吕氏春秋注疏》第 4 册，巴蜀書社 2002 年版，第 3180 頁。《白虎通·辟雍》："帝堯師務成子"。見（清）陳立撰，吳則虞點校：《白虎通疏證》，中華書局 1994 年版，第 255 頁。王符《潛夫論·贊學》："堯師務成"。見（漢）王符著，（清）汪繼培箋，彭鐸校正：《潛夫論箋校正》，北京：中華書局 1985 年版，第 1 頁。《韓詩外傳》卷五："堯學乎務成子附"。見（漢）韓嬰撰，許維遹校釋：《韓詩外傳集釋》，北京：中華書局 1980 年版，第 195 頁。
④ 《荀子·大略篇》："舜學于務成昭。"見（清）王先謙撰，沈嘯寰、王星賢點校：《荀子集解》，北京：中華書局 2012 年版，第 578 頁。《新序·雜事篇》："舜學乎務成跗。"見（漢）劉向：《新序》，上海：商務印書館 1936 年版，第 71 頁。吳兢《貞觀政要·尊敬師傅》："舜學務成昭。"見（唐）吳兢編著：《貞觀政要》，上海：上海古籍出版社 1978 年版，第 117 頁。

　　（宋）鈃，宋人，《莊子》《荀子》並言其人；《孟子》作宋牼，《韓非》作宋榮子，要是一人也。《漢志》小説家《宋子》十八篇，注孫卿道宋子其言黄老意。隋唐志不著目，佚已久。《莊子·天下篇》載其禁攻寢兵之事，並述其言。案：莊子雖與尹文並稱，今尹文子書尚存，無莊子所述之言，且以孟荀書證，知皆述鈃語。……夫牼以利爲言，孟子以爲不可；異懸君臣，荀子以爲非。然其持之有故而言之成理者，亦自以其術鳴也。①

　　馬國翰認爲宋子自成一説。柳詒徵也指出宋子“救民之鬥，禁攻寢兵，似與墨同矣，而其以心爲主與墨異。……以利爲言與孟異”。② 如此，宋子入小説家之因則需探求。余嘉錫《小説家出於稗官説》文有所解釋，云：

　　夫宋子之學，刻苦救世，内則情欲寡淺，外則禁攻寢兵，在戰國諸子之間，猶當嶢然而出其類，必非街談巷語之比，且班固既謂“其言黄老意”，顧何以不入道家而入小説家，度《七略》《别録》，當必有説，今不可考。意者宋子“率其群徒，辯其談説，明其譬稱”，不免如桓譚所謂“合叢殘小語，近取譬論，以作短書”歟。蓋宋子之説，强聒而不舍，使人易厭，故不得不於談説之際，多爲譬喻，就耳目之所及，摭拾道聽塗説以曲達其情，庶幾上説下教之時，使聽者爲之解頤，而其書遂不能如九家之閎深，流而入於小説矣。若其明見侮不辱而以人之情欲爲寡，則桓譚所謂“治身理家有可觀之辭”也。古人未有無所爲而著書者。小説家雖不能爲“六經之支與流裔”（《漢志》論九流語），然亦欲因小喻大，以明人事之紀，與後世之搜神志怪，徒資談助者殊科，此所以得與九流同列諸子也。③

---

① （清）馬國翰：《玉函山房輯佚書》“宋子跋”，《續修四庫全書》第1204册，上海古籍出版社2002年版，第437頁。
② 柳詒徵：《中國文化史》，上海：上海古籍出版社2001年版，第320頁。
③ 余嘉錫：《余嘉錫論學雜著》，北京：中華書局2007年版，第275—276頁。

余嘉錫之言，建立在宋子是戰國可信之書的前提下，^①固然是推測之言，但提供了一種可能的緣由。

張舜徽則認爲《宋子》是托名之書，言：

> 考《莊子·天下篇》，以宋鈃與尹文並論；《荀子·非十二子》，將墨翟與宋鈃同譏；是宋子在戰國時，固一大名家也。故孟子與之對語，稱之爲先生；而《荀子》書中，兩引宋子，又兩引子宋子；其爲人尊重復如此。不解其十八篇之書，何以入之小説？此殆後人所撰集而托名于宋子者，其言淺薄雜亂，不主一家，故歸諸小説家耳。使果如班注所云"言黄老意"而甚專深，則必入道家矣。^②

筆者贊同張舜徽以《宋子》爲"後人所撰集而托名於宋子者，其言淺薄雜亂，不主一家，故歸諸小説家耳"説，而馬國翰所輯佚《宋子》之文，則頗爲可疑。

8.《天乙》三篇

班固注："天乙謂湯，其言非殷時，皆依托也。"天乙是商湯之號，^③其言論見於《尚書》《賈誼新書·修政上》《史記·殷本紀》等。該書已佚。顧實認爲，如果賈誼、司馬遷所記載商湯之言論，"使亦在此《天乙》書中者，班氏之注，爲不辭矣"。^④李劍鋒認爲上述諸書中商湯之言論可能有《天乙》

---

① 余嘉錫言："先秦諸書既多依托，其可信者《周考》《青史子》《宋子》三家而已。"見《余嘉錫論學雜著》，北京：中華書局 2007 年版，第 272 頁。

② 張舜徽著：《廣校讎略　漢書藝文志通釋》，武漢：華中師範大學出版社 2004 年版，第 341—342 頁。

③ 《荀子·成相》："契玄王，生昭明，居于砥石遷于商，十有四世，乃有天乙是成湯。"見（清）王先謙撰，沈嘯寰、王星賢點校：《荀子集解》，北京：中華書局 2012 年版，第 548 頁。《史記·殷本紀》："主癸卒，子天乙立，是爲成湯。"見（漢）司馬遷著：《史記》，北京：中華書局 1959 年版，第 92 頁。

④ （漢）班固編撰，顧實講疏：《漢書藝文志講疏》，上海：上海古籍出版社 2009 年版，第 163 頁。

的内容。① 二者皆爲假設之辭。班固直指該書"其言非殷時",並判定《天乙》全爲後人依托之書,應是確論。

9.《黄帝説》四十篇

班固注:"迂誕依托。"黄帝是被神化的歷史人物,被尊爲世系之始,故前人多托名爲説。《漢書·藝文志》所著録書名中有"黄帝"者另有十九種,依次爲《黄帝四經》四篇、《黄帝銘》六篇、《黄帝君臣》十篇、《雜黄帝》五十八篇、《黄帝太素》二十篇、《黄帝》十六篇(圖三卷)、《黄帝雜子氣》三十三篇、《黄帝五家曆》三十三卷、《黄帝陰陽》二十五卷、《黄帝諸子論陰陽》二十五卷、《黄帝長柳占夢》十一卷、《黄帝内經》十八卷、《泰始黄帝扁鵲俞拊方》二十三卷、《神農黄帝食禁》七卷、《黄帝三王養陽方》二十卷、《黄帝雜子步引》十二卷、《黄帝岐伯按摩》十卷、《黄帝雜子芝菌》十八卷、《黄帝雜子十九家方》二十一卷等。對此,張舜徽辨之甚明,言:

> 司馬遷撰述《五帝本紀》,雖以黄帝居首,而是篇《贊》中即云:"百家言黄帝,其文不雅馴,薦紳先生難言之。"可知其于諸子中所稱頌之黄帝,視爲神聖化人物,大半不以爲可信。而傳説之辭,誇飾過甚。至將遠古事物發明,如養蠶、造字、音律、舟車、醫學、算數等,皆謂創始于黄帝之時,又稱其人上登於天以神其事,荒遠無稽,大抵皆神話也。《漢志》著録之《黄帝説》四十篇,蓋出戰國時人之手,實集神話之大成。其時道家又以黄老連稱,故言道術者,必溯源于黄帝。《漢志》道家,著録《黄帝四經》四篇,《黄帝銘》六篇;又《黄帝君臣》十篇,則注云"起六國時,與老子相似";《雜黄帝》五十八篇,注云"六國

---

① 李劍鋒著:《唐前小説史料研究》,濟南:山東教育出版社 2016 年版,第 46 頁。

時賢者所作”。可知後世依托其名以闡發道術者，其書甚多。此四十篇《黄帝説》中，又必有道論存焉。顧雜陳廣采，語多迂誕，故班氏直斥之爲依托也。書亦早亡。[1]

一如張氏之言，《黄帝説》必僞書，且“雜陳廣采，語多迂誕”。漢末人應劭《風俗通義》引有兩則和《黄帝説》可能相關之材料，書名爲《黄帝書》，今人多疑爲一書二名。

《風俗通義》卷六《聲音》引：“《黄帝書》：太帝使素女鼓瑟而悲，帝禁不止，故破其瑟爲二十五弦。”[2] 吴樹平認爲此條可能出自《黄帝》十六篇。[3]《史記·封禪書》亦引此事，言：“或曰：‘太帝使素女鼓五十弦瑟，悲，帝禁不止，故破其瑟爲二十五弦。’”[4] 觀《史記》引此語之上文，此語應是當時在朝公卿中某人語。如此，應劭所引《黄帝書》所載此事，在《史記》修撰時還僅是一種不足徵的説法。

《風俗通義》卷八《祀典》引：“《黄帝書》：上古之時，有荼與鬱壘昆弟二人，性能執鬼，度朔山上立桃樹下，簡閲百鬼，無道理，妄爲人禍害，荼與鬱壘縛以葦索，執以食虎。”其中《黄帝書》，王利器注認爲，《續漢書禮儀志》注、《歲時廣記》五、《群書類編故事》二所引俱没有“書”字，《鼠璞》引有“書”字。[5] 王充《論衡·訂鬼》引《山海經》亦載記此事，文字較詳，録引如下：

①　張舜徽著：《廣校讎略　漢書藝文志通釋》，武漢：華中師範大學出版社 2004 年版，第 342 頁。
②　（漢）應劭撰，王利器校注：《風俗通義校注》，北京：中華書局 2010 年第 2 版，第 285—286 頁。又應劭引此書前，另引《世本》，言：“《世本》：‘宓羲作瑟，長八尺一寸，四十五弦。’”見同書第 285 頁。《爾雅·釋樂疏》、《廣韻·七櫛》、《書鈔》一〇九、《通志·樂略》、《路史·後紀》十二注、《古今事物考》五俱引與此兩引文相近之語。
③　（漢）應劭撰，吴樹平校釋：《風俗通義校釋》，天津：天津人民出版社 1980 年版，第 231 頁。
④　（漢）司馬遷著：《史記》，北京：中華書局 1959 年版，第 1396 頁。
⑤　（漢）應劭撰，王利器校注：《風俗通義校注》，北京：中華書局 2010 年第 2 版，第 367、368 頁。

　　《山海經》又曰："滄海之中，有度朔之山，上有大桃木，其屈蟠三千里，其枝間東北曰鬼門，萬鬼所出入也。上有二神人，一曰神荼，一曰鬱壘，主閲領萬鬼。惡害之鬼，執以葦索，而以食虎。於是黄帝乃作禮以時驅之。立大桃人，門户畫神荼、鬱壘與虎，懸葦索以禦。"①

此段文字今本《山海經》已佚。南朝宋裴駰《史記·武帝紀集解》、南朝梁劉昭《續漢書·禮儀志注》引此事，僅文字有異同。據此，袁行霈提出"方士常依托黄帝，執鬼又屬方術範圍，此書應是方士之書"的結論。②羅寧則提出《黄帝説》即公孫卿於元鼎四年獻給漢武帝的'劄書'"。③王齊洲根據《論衡》引《山海經》中"荼與鬱壘"事，認爲："《漢志》小説家多爲方士之書，此《黄帝書》疑即小説《黄帝説》也，荼與鬱壘之類故事定當不少。此類書在漢初也頗有影響。隨著漢武帝'罷黜百家，獨尊儒術'，黄老之言逐漸不爲社會所重，除醫經等實用性的部分作品流傳下來外，《漢志》所著録的托名黄帝的作品大多失傳矣。小説家《黄帝説》也不例外。"④三人説法皆係推測之詞，並無直接史料甚或是間接史料佐證。但綜合考察《風俗通義》所引兩則《黄帝書》及相關史料，可知《黄帝書》必然是集録漢代和此前所流傳的黄帝"小説"，故班固注言《黄帝説》"迂誕依托"。

10.《封禪方説》十八篇

　　班固注："武帝時。"班固注僅交代了成書的時代，其他情況皆無。封禪，古代帝王在泰山上築壇祭天爲"封"，在泰山下梁甫山除場祭地爲

---

①　（漢）王充著，黄暉撰：《論衡校釋》，北京：中華書局1990年版，第938—939頁。
②　袁行霈：《〈漢書·藝文志〉小説家考辨》，《當代學者自選文庫·袁行霈卷》，合肥：安徽教育出版社1999年版，第47頁。
③　羅寧：《〈黄帝説〉及其他〈漢志〉小説》，《四川師範大學學報》第26卷第3期，1999年7月。
④　王齊洲著：《稗官與才人——中國古代小説考論》，長沙：岳麓書社2010年版，第40頁。

"禪"；至於"方説"，楊樹達釋曰："方説者，《史記·封禪書》記李少君以祀竈、穀道、却老方見上，亳人謬忌奏祠太一方，齊人少翁以鬼神方見上，膠東宮人樂大求見言方之類是也。"① 從書名及班固注推測，至少應該是漢武帝時祭祀天地場合方士的言説，甚至是漢武帝時用事鬼神的論説，雖被方士所重，但遭儒家所擯，故其書不傳。②

11.《待詔臣饒心術》二十五篇

班固注："武帝時。"待詔是一種政治身份，《漢書·哀帝紀》中"待詔夏賀良等言赤精子之讖"語，顏師古注引應劭曰："諸以材技徵召，未有正官，故曰待詔。"③ 據《漢書》，武帝時有姓或名的"待詔"，即東方朔、公孫弘、枚皋、吾丘壽王、蔡義、聊蒼、饒、安成等八人。據《經典釋文·序録》，"犍爲郡文學卒史目舍人，漢武帝時待詔"，有《爾雅注》三卷。④《漢書·董仲舒傳》載漢武帝制書董仲舒，其中言及待詔，云："今子大夫待詔百有餘人，或道世務而未濟，稽諸上古之不同，考之于今而難行，毋乃牽于文繫而不得騁與？將所繇異術，所聞殊方與？各悉對，著于篇，毋諱有司。明其指略，切磋究之，以稱朕意。"⑤ 據此可知，上述武帝時八名待詔，確實是以"材技徵召"者，但待詔者要出人頭地，則需具備"高材通明"，⑥ 如東方朔、公孫弘、枚皋、吾丘壽王等人。至於饒、安成諸人，則可能一直都是待詔身份，因他們並非"高材通明"之輩。故顏師古注《待詔臣饒心術》云："劉向《別録》云：饒，齊人也，不知其姓。武帝時待詔，作書名曰

---

① 楊樹達著：《漢書窺管》，北京：科學出版社 1955 年版，第 184 頁。
② 張舜徽：《廣校讎略 漢書藝文志通釋》，武漢：華中師範大學出版社 2004 年版，第 343 頁。
③ （漢）班固撰：《漢書》，北京：中華書局 1962 年版，第 340 頁。
④ （唐）陸德明著：《經典釋文》，上海：上海古籍出版社 1985 年版，第 68 頁。
⑤ （漢）班固著：《漢書》，北京：中華書局 1962 年版，第 2507 頁。
⑥ 據《漢書》本傳，吾丘壽王"年少，以善格五召待詔。詔使從中大夫董仲舒受《春秋》，高材通明。遷侍中中郎。"（漢）班固撰：《漢書》，北京：中華書局 1962 年版，第 2794 頁。

《心術》。"① 何謂 "心術" ？ 張舜徽釋云：

> "心術" 二字，猶言主術、君道，謂人君南面之術也。《管子》有《心術》上下篇，即爲闡發君道而作，余已有《疏證》專釋之矣。《管子·心術上篇》開端即曰："心之在髓，君之位也。" 可知以心比君，由來已舊。此二十五篇之書題爲《心術》，意固在此。蓋其書重在闡明君道，而亦雜以他説，爲書不純，故不列之道家，而竟歸於小説，與伊尹、鬻子、黃帝諸《説》並叙，非無故矣。自來疏釋《漢志》者，不解 "心術" 爲何物，故特爲發明之。②

張舜徽認爲是 "人君南面之術"，並以《管子·心術》爲證，很有説服力。《管子》卷二《七法》云："實也，誠也，厚也，施也，度也，恕也，謂之心術。" 房玄齡注曰："凡此六者，皆自心術生也。"③《漢書》卷二二《禮樂志第二》云："夫民有血氣心知之性，而無哀樂喜怒之常，應感而動，然後心術形焉。" 顏師古注云："言人之性感物則動也。術，道徑也。心術，心之所由也。"④ 由這幾則材料可知，《心術》當是以心爲主的 "人君南面之術"。先秦孔子、孟子、荀子、墨子、宋子等諸人皆有基於心的理論言説，《漢書·藝文志》著錄有《黃帝内經》、《宋子》（小説家）等僞書，也托名前人而造論，故饒之《心術》二十五篇應是雜糅不純之 "小説"，不然饒不會僅止於待詔身份，以博聞之劉向，不會不知饒之姓，饒之《心術》也就不會佚失。

---

① （漢）班固撰：《漢書》，北京：中華書局 1962 年版，第 1745 頁。
② 張舜徽著：《廣校讎略　漢書藝文志通釋》，武漢：華中師範大學出版社 2004 年版，第 343 頁。
③ 舊題（周）管仲撰，（唐）房玄齡注：《管子》，《景印文淵閣四庫全書》第 729 冊，臺灣：商務印書館 1986 年版，第 27 頁。
④ （漢）班固撰：《漢書》，北京：中華書局 1962 年版，第 1037 頁。

12.《待詔臣安成未央術》一篇

應劭曰："道家也，好養生事，爲未央之術。"① 張舜徽對"未央術"有充分解釋，云："'未央'二字，乃長樂無極之意。漢初蕭何營未央宮，即取義於此。《漢志》著録之《未央術》一篇，蓋專言養生之道以致健康長壽者。姚振宗疑與房中術相類，非也。《急就篇》末句云：'長樂無極老復丁。'即祝願人皆永壽，未央意也。"② 一如饒與《待詔臣饒心術》，安成不得用於世，其《未央術》不得行於世。

13.《臣壽周紀》七篇

班固注："項國圉人，宣帝時。"姚振宗認爲本書書名可能缺"待詔"二字，言："此次待詔臣饒、臣安成之後，或蒙上省文，亦官待詔者，當時皆奏進於朝，故稱臣饒、臣安成、臣壽。"③ 如姚振宗之言成立，則壽及其《周紀》佚失之由，應同於《待詔臣饒心術》《待詔臣安成未央術》。

14.《虞初周説》九百四十三篇

班固注："河南人，武帝時，以方士侍郎，號黄車使者。"張舜徽釋書名及班固注云："此乃漢代虞初所輯小説叢談之彙編也。篇數近千，非彙編而何。卷帙繁重，尤易散失，故其書亡佚亦早。據《文選·西京賦》李《注》所引《漢書》，知今本《漢志》自注'號黄車使者'上，尚有'乘馬衣黄衣'五字，宜據補。"④ 據《史記·封禪書》，（漢武帝）曾"予方士傳車及閒使求

---

① （漢）班固撰：《漢書》，北京：中華書局 1962 年版，第 1745 頁。
② 張舜徽著：《廣校讎略 漢書藝文志通釋》，武漢：華中師範大學出版社 2004 年版，第 343 頁。
③ （清）姚振宗著：《漢書藝文志條理》，《續修四庫全書》第 914 册，上海：上海古籍出版社 2002 年版，第 79 頁。
④ 張舜徽著：《廣校讎略 漢書藝文志通釋》，武漢：華中師範大學出版社 2004 年版，第 344 頁。

僂人以千數"。① 又,《史記》載虞初在太初元年（前104），曾以以方祠詛匈奴、大宛。② 因此，虞初的方士身份是確鑿無疑的了。孔德明在綜合考察各種史料和諸家説法後，認爲："虞初就是一個在漢武帝巡守時夾王車、挾秘書、待上所求問的侍郎小官，故稱之爲'黄車使者'。"③

《虞初周説》是一部關於"秘術"的知識性小説。張衡《西京賦》有"匪唯玩好，乃有秘書。小説九百，本自虞初。從容之求，寔俟寔儲"句，將《虞初周説》與"秘書"勾連，《文選》卷二《西京賦》注引三國時吳人薛綜之言曰："小説，醫巫厭祝之術，凡有九百四十三篇。言九百，舉大數也。持此秘術，儲以自隨，待上所求問，皆常具也。"④ 觀薛綜之言，"秘書"因"秘術"才成其爲"秘書"，不僅可以備皇帝隨時之問，也可以呈現知識的"所�異術，所聞殊方"。⑤ 此書與《待詔臣饒心術》《待詔臣安成未央術》《臣壽周紀》具有相同的性質，其內容皆應與"秘術"相關，故其性質都是"秘書"。所不同者在於《待詔臣饒心術》《待詔臣安成未央術》爲較爲單一的"秘術"，《臣壽周紀》《虞初周説》則爲較爲周遍駁雜的"秘術"。

《文選》注又引東漢末應劭之言曰："其説以《周書》爲本。"⑥ 應劭所説《周書》既可能是《尚書》之《周書》，也可能是《逸周書》。宋人王應麟《玉海》卷三七有所考證，云："漢小説家《虞初周説》，應劭謂以《周書》爲本。《説文》《爾雅注》引《逸周書》，楊賜修德修政之言，《馮衍傳》注《小開篇》，《司馬相如傳》注王季宅程，《唐大衍曆議》維元祀二月丙辰朔武王訪于周公，又《竹書》十一年庚寅周始伐商，《文選》注周史梓闕之

---

① （漢）司馬遷撰:《史記》，北京：中華書局1959年版，第1397—1398頁。
② 司馬遷《史記·封禪書》:"（太初元年）西伐大宛。蝗大起。丁夫人、洛陽虞初等以方祠詛匈奴、大宛焉。"見（漢）司馬遷撰:《史記》，北京：中華書局1959年版，第1402頁。
③ 孔德明:《〈虞初周説〉文體性質考辨》，張三夕主編《華中學術》第7輯，武漢：華中師範大學出版社2013年，第65頁。
④ （南朝梁）蕭統編，（唐）李善注:《文選》，上海：上海古籍出版社1986年版，第68頁。
⑤ （漢）班固撰:《漢書》，北京：中華書局1962年版，第2507頁。
⑥ （南朝梁）蕭統編，（唐）李善注:《文選》，上海：上海古籍出版社1986年版，第68頁。

夢，皆是書也。"①王應麟認爲《虞初周説》所本即是又名《逸周書》或《周志》②的《周書》。清人朱右曾認爲《山海經》郭璞注、《文選》顔延年《赭白馬賦》李昉注所引兩條《周書》，與《逸周書》不類，可能是《虞初周説》；此外，朱右曾還認爲《太平御覽》卷三引《山海經》一則也可能出自《虞初周説》。③兹將三文録如下：

《周書》云：天狗所止，地盡傾，餘光燭天爲流星，長十數丈，其疾如風，其聲如雷，其光如電。(《山海經》卷一六郭璞注引)④

《古文周書》曰：穆王田，有黑鳥若鳩，翩飛而跱於衡，禦者斃之以策，馬佚不克止之，躓於乘，傷帝左股。(《文選》卷一四顔延年《赭白馬賦》李善注引)⑤

岈山，神蓐收居之。是山也，西望日之所入，其氣圓，神經光之所司也。(《太平御覽》卷三引《山海經》)⑥

又，今人王齊洲《〈漢書·藝文志〉著録之〈虞初周説〉》一文認爲："從唐宋人所引《周書》來看，其不明來歷的部分，多具解説性、傳奇性和故事性。……這些知識或傳説都或多或少具有傳奇性，不僅能夠彰顯擁有者的文化身份，而且能夠提升他們爲政治服務的能力。這些奇聞逸事不見於

---

① （宋）王應麟纂：《玉海》，南京：江蘇古籍出版社 上海：上海書店 1987 年版，第 700 頁。
② 《左傳·文公二年》載晉狼瞫語："《周志》有之：'勇則害上，不登於明堂。'"狼瞫語又見於《逸周書·大匡》。
③ （清）朱右曾著：《逸周書集訓校釋》，上海：商務印書館 1937 年版，第 178 頁。
④ （清）郝懿行撰，沈海波校點：《山海經箋疏》，上海：上海古籍出版社 2019 年版，第 290—291 頁。
⑤ （梁）蕭統編，（唐）李善注：《文選》，上海：上海古籍出版社 1986 年版，第 628 頁。
⑥ （宋）李昉等撰：《太平御覽》，北京：中華書局 1960 年版，第 17 頁。

《尚書・周書》或《逸周書》，其來源當爲與《周書》相關的記録周代奇聞逸事的別一部書，而以'其説以《周書》爲本'的小説總集《虞初周説》的可能性最大。"唐宋人所引不明來歷之《周書》更多爲具傳奇性和故事性之短篇……而很有可能就是'其説以《周書》爲本'的小説總集《虞初周説》。"①如王齊洲所言成立，則《虞初周説》應還有較多遺存内容。

15.《百家》百三十九卷

劉向《説苑序奏》言及《百家》之編撰情況，言："所校中書《説苑雜事》，及臣向書、民間書、誣校讎。事類衆多，章句相溷，或上下謬亂，難分別次序，除去與《新序》復重者，其餘者淺薄不中義理，別集以爲《百家》，後令以類相從，一一條別篇目。更以造新事十萬言以上，凡二十篇七百八十四章，號曰《新苑》，皆可觀。"②劉向之言，表明《百家》編集是出於其手，且内容是"淺薄不中義理"者。該書有一定的編例，即"以類相從"和"條別篇目"。劉向是漢朝具有代表性的思想家。宋人晁公武評價漢代思想人物，言："自秦之後，綴文之士有補於世者，稱向與揚雄爲最。雄之言，莫不步趨孔、孟；向之言，不皆概諸聖，故議者多謂雄優於向。考其行事，則反是。何哉？今觀其書，蓋向雖雜博，而自得者多，雄雖精深，而自得者少故也。然則向之書可遵而行，殆過於雄矣。學者其可易之哉！"③晁公武認爲劉向與揚雄皆是有補於世的思想家，在兩漢思想人物中是傑出者，而兩人中又以劉向爲優。錢穆認爲所留存之秦漢著述，可分爲三等，其中上等是"通博而好深沈之思"，代表人物是賈誼、董仲舒、揚雄、劉向、劉歆、

---

① 王齊洲著：《稗官與才人——中國古代小説考論》，長沙：岳麓書社 2010 年版，第 65—66 頁。
② （漢）劉向撰，向宗魯校證：《説苑校證・説苑序奏》，北京：中華書局 1987 年版，第 1 頁。標點有調整。
③ （宋）晁公武撰，孫猛校證：《郡齋讀書志校證》，上海：上海古籍出版社 2011 年版，第 435—436 頁。

桓譚等人。最推許的則是既極博洽，又能爲深沈之思的揚雄、劉向父子。[①]
劉向所謂“淺薄不中義理”，並不一定完全没有義理，可能僅僅是淺薄而不
精深而已。應劭《風俗通義》引有二則《百家書》（今本已佚），可證實之，
引述如下：

> 公輸班之水，見蠡，曰：“見汝形。”蠡適出頭，般以足畫圖之。蠡
> 引閉其户，終不可得開。般遂施之門户，云人閉藏如是，固周密矣。
> （《藝文類聚》卷七十四引《百家書》）[②]

> 宋城門失火，因汲池水以沃灌之，池中空竭，魚悉露死。喻惡之
> 滋，並中傷量謹也。（《藝文類聚》卷九十六引《百家書》）[③]

第三節 “小説”的文類屬性與文體特徵

按照《漢書·藝文志》“小説家”的立意命名，結合《伊尹説》《鬻子
説》《黃帝説》之類命篇思路，可從三個方面入手分析《漢書·藝文志》“小
説家”的文類屬性與文體特徵，進而考察小説的形式。

首先考察小説的來源。班固認爲前九家周秦小説來歷不明，多爲“依
托”。九家小説中，班固注明“依托”者有《伊尹説》《天乙》《黃帝説》三
家；未注明“依托”，但實際是“依托”者有《鬻子説》《師曠》《務成子》
三家，《鬻子説》注言“後世所加”，後二者注明“非古語”，意即此三家小

---

① 錢穆：《秦漢史》，上海：上海古籍出版社 1983 年版，第 768 頁。
② （唐）歐陽詢撰，汪紹楹校：《藝文類聚》，上海：上海古籍出版社 1982 年新 1 版，第 1269
頁。《太平御覽》卷一八八、卷七五〇等亦引。
③ （唐）歐陽詢撰，汪紹楹校：《藝文類聚》，上海：上海古籍出版社 1982 年新 1 版，第 1672
頁。該條在《藝文類聚》卷八十“火部”亦引，但文字有異，兹錄之：“宋城門失火，自汲池中水以沃
之，魚悉露見，但就把之”。見同書 1365 頁。《太平御覽》卷八六九、卷九三五等亦引。

説皆後人所撰而依托古人。① 何謂依托？ 余嘉錫從學術發生與傳承的角度作了解釋：

> 況周、秦、西漢之書，其先多口耳相傳，至後世始著竹帛。如公羊、穀梁之《春秋傳》，伏生之《尚書大傳》。故有名爲某家之學，而其書並非某人自著者。惟其授受不明，學無家法，而妄相附會，稱述古人，則謂之依托。如《藝文志・文子》九篇，注爲依托，以其與孔子並時，而稱周平王問，時代不合，必不出於文子也。②

余嘉錫指出，後人著書立説，或“托之古人，以自尊其道”，或“造爲古事，以自飾其非”，至“方士説鬼，文士好奇，無所用心，聊以快意，乃虚構異聞，造爲小説”，③ 便有了《伊尹説》《黄帝説》這類小説。爲何依托？ 梁啓超從古書辨僞的角度進行分析：

> 研究《漢志》之主要工作，在考證各書真僞。……雖然，本志自身，其所收僞書正自不少。其故，一由戰國百家，托古自重，（例如“有爲神農之言者許行”）炎黄伊吕，動相援附；二由漢求遺書，獎以利禄，獻書路廣，蕪穢亦滋；三由輾轉傳鈔，妄有附益，或因錯糅，汩其本真；四由各家談説，時隱主名，讀者望文，濫爲擬議。以此諸因，訛僞稠疊，辨別綦難。志中本注言“似依托”、言“六國時依托”之類，頗不少。④

---

① 《漢書・藝文志》“兵書略”中注明“依托”者還有“兵陰陽”之《封胡》《風后》《力牧》《鬼容區》等。
② 余嘉錫著：《四庫提要辨證》“子部・法家類・管子”，北京：中華書局 1980 年版，第 608 頁。
③ 余嘉錫著：《目録學發微　古書通例》，北京：中華書局 2009 年版，第 252—264 頁。
④ 梁啓超著：《〈漢書・藝文志・諸子略〉考釋》，《梁啓超全集》第八册，北京：北京出版社 1999 年版，第 4708 頁。

由此可知，"依托"既是小説發生的重要動因，又是劉、班等人甄別小説文本的重要依據。又"周秦古書，皆不題撰人。俗本有題者，蓋後人所妄增"，[①]故周秦九家小説題爲《伊尹説》《鬻子説》《黄帝説》等，實皆後人所作而附會于伊尹、鬻子、黄帝等人。以《鬻子》爲例，《意林》卷一引《鬻子》云："昔文王見鬻子年九十，文王曰：'嘻，老矣。'鬻子曰：'若使臣捕虎逐麋，臣已老矣；坐策國事，臣年尚少。'"[②]《史記·楚世家》云："周文王之時，季連之苗裔曰鬻熊。鬻熊子事文王，蚤卒。"[③]《漢書·地理志下》云："周成王時，封文、武先師鬻熊之曾孫熊繹於荆蠻，爲楚子，居丹陽。"[④]據此可知周文王時鬻子年事已高，不久即逝；周成王時鬻子已卒。而《漢書·藝文志》"諸子略·道家"著録《鬻子》二十二篇，班固自注云："名熊，爲周師。自文王以下問焉，周封爲楚祖。"[⑤]賈誼《新書·修政語下》亦引有鬻子與文王、武王、成王的問對七則，與班固自注相合。無論是道家《鬻子》還是小説家《鬻子》，皆爲依托，故黄震認爲"此必戰國處士假托之辭"。[⑥]嚴可均認爲"蓋康王、昭王後周史臣所録，或鬻子子孫記述先世嘉言爲楚國之令典"。[⑦]四庫館臣認爲該書乃"裒輯成編，不出熊手。流傳附益，或構虛詞，故《漢志》別入小説家歟"。[⑧]正因爲周秦九家小説爲依托之作，缺乏可信度，實乃"街談巷語、道聽塗説"之類，故班固定性爲"淺薄""迂誕"。

後六家漢代小説，班固大多注明何時所作，源自何人。如《封禪方説》《待詔臣饒心術》《虞初周説》皆云"武帝時"，《臣壽周紀》云"宣帝時"。饒爲齊人，壽爲項國人，虞初爲河南人。時年既晚，作者已明，小説真假不

---

① 余嘉錫著：《目録學發微 古書通例》，北京：中華書局 2009 年版，第 202 頁。
② 王天海、王韌撰：《意林校釋》，北京：中華書局 2014 年版，第 3 頁。
③ （漢）司馬遷撰：《史記》，北京：中華書局 1959 年版，第 1691 頁。
④ （漢）班固撰：《漢書》，北京：中華書局 1962 年版，第 1665 頁。
⑤ 同上，第 1729 頁。
⑥ （宋）黄震撰：《黄氏日鈔》卷五五"讀諸子"，錢塘施氏傳鈔小山堂本。
⑦ （清）嚴可均撰，孫寶點校：《嚴可均集》，杭州：浙江古籍出版社 2013 年版，第 173 頁。
⑧ （清）永瑢等撰：《四庫全書總目》，北京：中華書局 1965 年版，第 1006 頁。

成問題。但據作者身份來看，小説内容皆不本經傳。六家小説，除《百家》
爲劉向自撰，[①]其他作者皆爲方士或待詔臣。虞初爲方士侍郎，《封禪方説》
雖未明言何人所作，但既言"方説"，或即方士所説，當亦方士所爲。沈欽
韓云："此方士所本，史遷所云'其文不雅馴'。"[②]楊樹達云："方説者，《史
記・封禪書》記李少君以祀竈、穀道、却老方見上；亳人謬忌奏祠太一方，
齊人少翁以鬼神方見上，膠東宮人欒大求見言方之類是也。"[③]饒與安成爲待
詔臣，"臣壽"位次"待詔臣饒""待詔臣安成"之後，或爲承前省所致，亦
可作"待詔臣壽"。[④]方士本指自稱能尋訪仙丹以長生不老之士，後泛指從事
醫、卜、星、相等職業者。漢代以才技徵召士人，使隨時聽候皇帝詔令，謂
之待詔。顏師古注《漢書・哀帝紀》"待詔夏賀良等言赤精子之讖"引應劭
語曰："諸以材技徵召，未有正官，故曰待詔。"[⑤]漢代自武帝迷信神仙方術，
方士大行其道，多有待詔乃至身居高位者。如漢光武帝以《赤伏符》拜王梁
爲大司空，以讖文拜孫咸爲大司馬。[⑥]又漢成帝時，匡衡奏議精簡祠置，致
"候神方士使者副佐、本草待詔七十餘人皆歸家"，其中"本草待詔"，顏師
古認爲是"以方藥本草而待詔者"；但"成帝末年頗好鬼神，亦以無繼嗣故，
多上書言祭祀方術者，皆得待詔，祠祭上林苑中長安城旁"。[⑦]故《漢書・藝

---

①　詳見（漢）劉向：《説苑序奏》，（漢）劉向撰，向宗魯校證：《説苑校證》，北京：中華書局
1987年，第1頁。

②　（清）沈欽韓撰，尹承整理：《漢書藝文志疏證》，王承略、劉心明主編：《二十五史藝文經籍志
考補萃編》第二卷，北京：清華大學出版社2011年版，第114頁。

③　楊樹達著：《漢書窺管》，北京：科學出版社1955年版，第184頁。

④　（清）姚振宗撰：《漢書藝文志條理》："案此次待詔臣饒、臣安成之後，或蒙上省文，亦宜待詔
者，當時皆奏進於朝，故稱臣饒、臣安成、臣壽。"見王承略、劉心明主編：《二十五史藝文經籍志考補
萃編》第三卷，北京：清華大學出版社2011年版，第303頁。

⑤　（漢）班固撰：《漢書》，北京：中華書局1962年版，第340頁。

⑥　《後漢書・方術列傳》云："漢自武帝頗好方術，天下懷挾道蓺之士，莫不負策抵掌，順風而屆
焉。後王莽矯用符命，及光武尤信讖言，士之赴趣時宜者，皆騁馳穿鑿，争談之也。故王梁、孫咸名應
圖籙，越登槐鼎之任，鄭興、賈逵以附同稱顯；桓譚、尹敏以乖忤淪敗，自是習爲内學，尚奇文，貴異
數，不乏于時矣。是以通儒碩生，忿其妖妄不經，奏議慷慨，以爲宜見藏擯。"見（南朝宋）范曄撰，
（唐）李賢注：《後漢書》，北京：中華書局1965年版，第2705頁。所謂"懷挾道蓺之士"即方士，如
王梁、孫咸、鄭興、賈逵諸輩。

⑦　（漢）班固撰：《漢書》，北京：中華書局1962年版，第1258、1260頁。

文志》"小説家"中，方士與待詔名雖有異，實則相同，方士即待詔，待詔即方士。換言之，漢代六家小説，除《百家》外，皆出方士之手。方士爲干謁人主而"奸妄不經"，迂誕怪異之詞充斥其間。王瑶説："他們爲了想得到帝王貴族們的信心，爲了干禄，自然就會不擇手段地誇大自己方術的效益和價值。這些人是有較高的知識的，因此志向也就相對地增高了；於是利用了那些知識，借著時間空間的隔膜和一些固有的傳説，援引荒漠之世，稱道絶域之外，以吉凶休咎來感召人；而且把這些來依托古人的名字寫下來，算是獲得的奇書秘笈，這便是所謂小説家言。"① 從這個角度來看，出自方士的六家漢代小説與出於依托的九家周秦小説性質一樣，皆"淺薄""迂誕"，不本經傳。

接著考察小説的内容。傳世文獻中的小説如《吕氏春秋》所引"伊尹以至味説湯"與《逸周書》所引"師曠見太子晉"兩篇篇幅較爲長大，結構也頗爲完整，當能較好地體現《伊尹説》與《師曠説》的原貌。出土文獻中的小説，則可重點分析放馬灘秦簡《泰原有死者》與北京大學藏秦牘《志怪故事》。

"伊尹以至味説湯"開篇闡述了一個道理：賢主要想建立功名，必須得到賢人的幫助；而要想讓賢人盡忠職守，賢主必須待賢人以禮。爲了讓説理更加形象生動，説者以"湯得伊尹"這個故事爲例説明賢主與賢人之間的傾慕；以"伯牙與子期"的故事爲例説明賢主與賢人之間的契合。表述這層意思之後，説者開始闡述另外一個道理：要想成就偉業，賢主必須成爲天子。爲了説明這個道理，説者借賢人伊尹之口以"至味"之道爲例，鋪陳天下至美之物，如肉之美者、魚之美者、菜之美者、飯之美者、和之美者、果之美者、馬之美者等，闡明只有成爲天子，方才具備享受天下至味的條件。篇末

---

① 王瑶著：《中古文學史論》，北京：北京大學出版社 2014 年版，第 118—119 頁。

再次闡述道理：要想成爲天子，必須修成"聖人之道"。在這篇文獻中，闡述道理是最主要的目的，是全篇的靈魂；叙述故事乃爲闡述道理服務，是全篇的血脈；伊尹爲"至味"鋪陳的名物長單，則是全篇的肌肉。"師曠見太子晉"全文設置了一個簡單的故事框架：叔譽在與太子晉的論辯中落荒而逃，建議晉平公臣服於周，歸還聲就及與田兩地；師曠不信邪，決定親自去見太子晉一決高下。師曠與太子晉你來我往，坐而論道。兩人一見面便唇槍舌劍，長達五個回合的辯難之後方才落座（"師曠……稱曰"與"王子應之曰"凡五見）。入座之後，兩人又注瑟放歌，仍然暗藏機鋒，之後師曠開始服軟，主動告退。告退之前師曠投石問路，想探尋太子晉是否有光復周王朝的野心，却得到了太子晉明確的否認。篇末話鋒一轉，以師曠給太子晉卜命而結束全篇，頗具戲劇性。不難看出，"師曠見太子晉"這個故事本身不是全文的中心，兩人之間的論難才是全文的重點。説者借叙述故事以闡述道理的思路清晰可辨，爲了生動形象地闡述觀點，借助於叙述故事的手段，在娓娓道來的叙事中讓觀點自然呈現。同樣是闡述道理，也有不借助故事而直接陳述的。如《鶡子》兩則"政曰"引用古代政典説明選舉官吏的道理。前者説民衆是衡量賢或不肖的尺度，賢人能得到百姓擁戴，不肖者則被廢除；後者説民衆的地位是最低下的，但民衆可以用作選擇衡量官吏的標準，即官吏必須受民衆喜愛。

　　除了爲闡述道理而叙述故事之外，也有爲考辨名物制度而作的叙事。《風俗通義》卷六所引《黄帝書》，叙述的是泰帝因見素女鼓瑟而悲，故改變了瑟的弦數的故事。卷八所引《黄帝書》，叙述的是門神神荼與鬱壘的來歷。《新書·胎教》與《大戴禮記·保傳》所引"青史氏之記"，記叙古代的幾種禮儀：胎教之道、養隱之道和巾車教之道。胎教之道，重點在於諸官各司其職，叙事非常詳細；養隱之道，重點在於懸弧之禮，名物非常瑣細；巾車教之道，重點在於養成教育，鋪叙相當完備。《逸周書》所引《虞初周説》"羿射十日""峣山""天狗""穆王田"四條，全爲遠古神話故事。這幾篇小説中的敘事，目的不在於闡明何種道理，而在於解釋某些事物的由來，考證考辨名物制度的真相。

以上是傳世文獻中的小説，接下來再看出土文獻中的小説。

《志怪故事》與《泰原有死者》記載的是人死而復生的故事，反映了周秦時期的宗教信仰與方術習俗。《志怪故事》中的"司命史""白狐""白茅"與《泰原有死者》中的"黄圈""黍粟""白菅"等名物以及死人的好惡與祠墓者的禁忌等行爲，體現了周秦時期的喪葬制度。司命是掌管人的生死壽命的神祇，《莊子·至樂》篇中莊周問骷髏曰："吾使司命復生子形，爲子骨肉肌膚，反子父母妻子間里知識，子欲之乎？"① 可見司命具有使人死而復生的能力。《志怪故事》中的司命史公孫强不是神祇，應當是一個欲自神其説而依托爲司命的人，他熟知方術神迹或自稱有通靈的本領，乃巫師或方士之流。白狐是古代靈獸，也是祥瑞之兆。《穆天子傳》云："甲辰，天子獵于滲澤。於是得白狐、玄貊焉，以祭于河宗。"② 白狐打通洞穴進入墓室，使丹重返人世，寓意著白狐具有溝通冥界與人間的神力。白茅是古代喪葬常見的祭品，周秦祭祀禮制中大量使用白茅獻祭禮神，方士亦將白茅視爲召神降真與驅鬼除邪的法器。《晏子春秋》記載柏常騫替齊景公施展法術時"築新室，爲置白茅"，③ 睡虎地秦簡《日書甲種》"詰"篇亦曰："人毋故室皆傷，是粲迓之鬼處之，取白茅及黄土而西之，周其室，則去矣。"④ 黄圈即黄豆芽。東漢靈帝熹平二年（173）張叔敬朱書陶否鎮墓文記載了類似的助葬之物："上黨人參九枚，持代生人；鈆人持代死人，黄豆瓜子，死人持給地下賦。"⑤ 説

① （清）郭慶藩輯：《莊子集釋》，北京：中華書局1961年版，第619頁。
② （晉）郭璞注，洪頤煊校：《穆天子傳》卷一，上海：商務印書館1937年版，第2頁。
③ （周）晏嬰撰：《晏子春秋》卷六"内篇·雜下"，北京：中華書局1985年版，第53頁。
④ 于子今著：《睡虎地秦簡〈日書〉甲種疏證》，武漢：湖北教育出版社2003年版，第391頁。
⑤ 轉引自陳直《漢張叔敬朱書陶瓶與張角黄巾教的關係》，陳直著：《文史考古論叢》，天津：天津古籍出版社1988年版，第392頁。

明黄圏可供死人在地府中繳納賦税之用。白菅即白茅，《志怪故事》説"死人以白茅爲富"，説明白茅是財富的象徵。《泰原有死者》説"白菅以爲繇"，是説白菅可以抵充徭役。"繇"即繇，即徭役。據此可知，"黄圏""黍粟""白菅"等物品，均具有象徵財富的意義，死者擁有這些物品，便可以在冥間過上富足的生活，還可以繳納賦税，抵充徭役。① 除了涉及喪葬儀式中的名物，兩篇小説還談及祠墓的行爲規範與禁忌事項。值得關注的是，二者有不少相同之處，除前面提及的死人都以白茅（白菅）作爲財富的象徵外，都忌諱祠墓者在祭祀前哭泣（《志怪故事》"祠墓者毋敢哭"，《泰原有死者》"祭死人之冢，勿哭"），都忌諱祠墓者把湯羹澆灌到祭品上（《志怪故事》"毋以羹沃腏上"，《泰原有死者》"毋以酒與羹沃祭"）。《志怪故事》出土於西北，《泰原有死者》則可能出自南方，② 不同地域中的復生故事有著如此衆多的巧合，這是否恰好説明此類文獻都出自相同身份、職業的説者——方士或巫祝之手？薛綜注《文選·西京賦》之"小説九百，本自虞初"云："小説，醫巫厭祝之術，凡有九百四十三篇。"③ 這兩個復生故事顯然屬於"醫巫厭祝之術"，是地地道道的小説。

《赤鵠之集湯之屋》没有出現"伊尹"之名，但簡文情節與"伊尹以至味説湯""伊尹去湯適夏"等傳説相符，又與《楚辭》"緣鵠飾玉，后帝是饗"④ 的記載吻合，故整理者認爲簡文中的小臣即伊尹。又，本篇與《湯處於唐丘》《湯在啻門》出自同一批簡，都是依托伊尹表達説者的思想學説，或許

---

①　參見姜守誠：《放馬灘秦簡〈志怪故事〉中的宗教信仰》，《世界宗教研究》2013 年第 5 期；姜守誠：《北大秦牘〈泰原有死者〉考釋》，《中華文史論叢》2014 年第 3 期。

②　李零：《北大秦牘〈泰原有死者〉簡介》："種種迹象表明，這批簡牘中的地名多與南方有關。如果這批簡牘真的是從南方出土，則文中死者不一定是隨葬簡牘的墓主。"《文物》2012 年第 6 期，第 84 頁。

③　（南朝梁）蕭統編，（唐）李善注：《文選》，上海：上海古籍出版社 1986 年版，第 68 頁。

④　《楚辭》："緣鵠飾玉，后帝是饗。何承謀夏桀，終以滅喪？"朱熹注曰："言伊尹始仕，因緣烹鵠鳥之羹、修玉鼎以事湯，湯賢之，遂以爲相，承用其謀而伐夏桀，終以滅桀也。此即《孟子》所辨'割烹要湯'之説，蓋戰國遊士謬妄之言也。"見（宋）朱熹撰：《楚辭集注》，上海：上海古籍出版社 1979 年版，第 63 頁。

即《漢書·藝文志》所録《伊尹説》二十七篇之軼文。該文有兩個顯著的特點，體現了小説"街談巷語、道聽塗説"的特徵。一是濃厚的巫術色彩。赤鵠做成的羹能讓紝亢與小臣視通萬里；小臣被湯詛咒之後便昏睡路旁，口不能言；烏巫能知天命，可治療疾病，這些情節同樣屬於"醫巫厭祝之術"，因此簡文開頭"曰"前省略的説者身份當爲巫祝。二是鮮明的民間色彩。商湯貴爲君王，伊尹亦是大臣，但簡文中的湯與小臣完全没有爲君爲臣者應有的格調，充滿著十足的世俗氣，如君王之小氣與暴虐，王后之貪吃與狡黠，小臣之卑微與怯懦，這比較符合民間視野中的君臣形象；小臣悲慘的遭遇與喜劇性的結局，也是民間喜聞樂見的格套。

上博簡《彭祖》是有關彭祖的早期文獻。《彭祖》記耇老與彭祖對話。耇老本泛指長壽之人，並無確指，簡文作爲專名，顯係依托古人。耇老的身份似乎是大臣，奉"寡君"之命向彭祖請教治國方略。彭祖先答以"天道"，耇老以"未則於天"爲由避談天道，而"敢問爲人"，請談人道。彭祖認爲天、地、人三者彼此關聯，互爲經緯，意即天道與人道密不可分。耇老堅持"三去其二"，只談人道。於是彭祖分別"告汝人倫""告汝□""告汝咎""告汝禍"，從人倫、□、休咎、禍福等方面系統闡述了他的人道思想。

最後考察小説的形式。總體而言，《漢書·藝文志》"諸子略"的分類標準偏重於文獻的思想内涵，形式特徵非其關注的重點。但"説什麼"往往會影響到"怎麼説"的選擇，所以"小説家"的歸類，理應也有其形式特徵的趨同性。梁啓超就主張"小説之所以異於前九家者，不在其函義之内容，而在其所用文體之形式"。他指出："諸書與别部有連者，道家有伊尹五十一篇，鬻子二十二篇，此復有伊尹説、鬻子説；兵陰陽有師曠八篇，此復有六篇；五行家有務成子災異應十四卷；房中家有務成子陰道三十六卷，此復有務成子十一篇，考其區别所由，蓋以書之内容體例爲分類也……道家之伊尹、鬻子蓋以莊言發攄理論，小説家之伊尹説、鬻子説，則叢殘小語及譬喻短篇也。"①梁啓超此説的確能啓人深思，考察《漢書·藝文志》所録小説的形式，不僅是可能的，而且是必要的。

根據前文可知，《漢書·藝文志》"小説家"所録小説大致包括説理、叙事、博物三種類型，而《伊尹以至味説湯》三者兼而有之，且篇幅頗爲長大，結構亦相對完整，故以此篇爲主，分析小説的形式。

從文體屬性來看，這是一篇論説文。全篇共四段，進行了四層論述。第一層，説者提出賢主建立功名的根本在於得到賢人。第二層，説者首先叙述賢人伊尹的出身以及賢主湯得到伊尹的經過，然後進一步深化前層觀點，強調賢主與賢人之間"相得然後樂"是建立功名的關鍵。第三層，説者進而以伯牙與子期的故事爲例，強調賢人與賢主的關係應當像伯牙與子期，賢主應當禮遇賢人。第四層，説者首先叙述湯在朝禮遇伊尹，接著伊尹爲湯講述天下最美的味道，並乘勢提出，只有做了天子才能享受天下最美的味道；最後更進一步，強調要想成爲天子，必須修成聖人之道。不難發現，四層論述步步爲營，層層遞進，從第一層闡述賢主求得賢人的重要性，到第四層強調天子修成聖人之道的必要性，境界與格調已有很大提升。再從論述的手段來看，説者融説理、叙事與博物於一爐，而將三者統攝成一個整體的方式，便是桓譚所言"近取譬論，以作短書"的"譬論"。所謂譬論，指用打比方的方式説理，使道理明白易懂。説者在論述事理的過程中，采用切近事理内涵的道理、故事或事物作比，以期形象生動地闡述事理。段玉裁《説文解字注》云："凡曉諭人者，皆舉其所易明也。……曉之曰諭，其人因言而曉亦曰諭。諭或作喻。"②王符《潛夫論》云："夫譬喻也者，生於

　　① 梁啓超著：《〈漢書·藝文志·諸子略〉考釋》，《梁啓超全集》第八册，北京：北京出版社1999年版，第4706、4726—4727頁。
　　② （漢）許慎撰，（清）段玉裁注：《説文解字注》，上海：上海古籍出版社1981年版，第91頁。

直告之不明，故假物之然否以彰之。物之有然否也，非以其文也，必以其真也。"[①] 諸子説理，大多以譬論方式，舉具有關聯性的道理、故事或事物類比。《管子》云："召忽曰：'不可。吾三人者之于齊國也，譬之猶鼎之有足也，去一焉則必不立矣。'"[②]《墨子》云："程繁問於子墨子曰：'……今夫子曰聖王不爲樂，此譬之猶馬駕而不税，弓張而不弛，無乃非有血氣者之所不能至邪？'"[③] 前者以鼎之三足譬管仲、鮑叔與召忽三人對於齊國的重要意義，後者以馬駕而不税、弓張而不弛譬聖王不喜好音樂的不良後果。就論述的策略而言，《伊尹以至味説湯》通篇采取了譬論的方式，且使用了兩層譬論，層累推進。外層的譬論是説者以湯得伊尹一事譬賢者得賢人之助，裏層的譬論是伊尹以天下之至味譬聖王之道。在具體的論述過程中，説者借助於叙事，叙述了湯得伊尹的經過及伯牙與子期的相知；伊尹則借助於博物，鋪陳天下至美之物。就論述的效果而言，經過兩層譬論，原本抽象的道理（如功名與賢良的關係、天子與聖人之道的關係），借助於叙事（如湯得伊尹、伯牙與子期）與博物（如肉之美者、魚之美者），變得形象生動，明白易懂。

實際上，"譬論"是《漢書·藝文志》"小説家"普遍使用的論述方式，除《伊尹以至味説湯》外，其他篇目中亦有迹可循。如《師曠見太子晉》師曠云"吾聞王子之語，高於泰山"，王子云"夫木當時而不伐，夫何可得"。《天乙》云"學聖王之道者，譬其如日；静思而獨居，譬其若火"。《百家》以"城門失火，殃及池中魚"的故事"喻惡之滋，並中傷良謹"的道理等。其他幾篇小説因不見全帙，只剩殘篇，無從判斷總體的形式特徵；但據現存

① （漢）王符著，（清）汪繼培箋，彭鐸校正：《潛夫論箋校正》，北京：中華書局 2014 年版，第 427 頁。
② （唐）房玄齡注，（明）劉績補注，劉曉藝校點：《管子》，上海：上海古籍出版社 2015 年版，第 115 頁。
③ （清）畢沅校注，吴旭明校點：《墨子》，上海：上海古籍出版社 2014 年版，第 24 頁。

的條目來看，也大致可以歸於論説體（如《鬻子説》"政曰"論民與吏之關係）、故事體（如《黄帝説》記"泰帝破瑟"與"荼與鬱壘執鬼"，《虞初周説》記"羿射十日"等，皆屬神話故事）與博物體（如《青史子》所記胎教之道、養隱之道與巾車教之道皆屬名物制度考辨）。

以上從來源、内涵與形式三個方面考察了《漢書·藝文志》"小説家"的名與實，最後稍作總結。

第一，"小説家"的得名出於文獻分類著録的需要，主要依據爲諸子學説的劃分，凡不便歸入九流者皆入小説家。這造成了小説雖位列諸子十家，却不登大雅之堂的尷尬，"棄之如或可惜，存之又恐不經"。①如《百家》是劉向編校《説苑》等書的副産品，因品質與《説苑》不符而被剔除在外，別集爲一書。姚振宗以爲《百家》"蓋《説苑》之餘，猶宋李昉等既撰集爲《太平御覽》，復裒録爲《太平廣記》"。②這決定了小説家來源多樣、内容駁雜與體例繁蕪的本質特徵。明乎此，方可談小説。

第二，班固以"小説家"作爲文獻類目，承續了儒家、道家、墨家等九流的分類思想。余嘉錫云："若夫諸子短書，百家雜説，皆以立意爲宗，不以叙事爲主；意主于達，故譬喻以致其思；事爲之賓，故附會以圓其説；本出荒唐，難與莊論。"③這決定了小説以闡述思想學説爲主，説者爲闡明己意，會使用多種表達方式，如説理、叙事、博物，後人著述輯録，各有偏重，遂衍生了小説家的三種體例，即論説體、故事體、博物體。

第三，"小説家"的作者身份卑微，如稗官、方士、待詔臣之流，不爲世人所重，不比九流作者身份顯赫，多爲王官，如儒家出於司徒之官、道家出於史官；小説内容淺薄、迁誕，不本經傳，不比儒家、道家等高文典册可

---

① （唐）房玄齡等撰：《晉書·藝術傳》"序"，北京：中華書局1974年版，第2467頁。
② （清）姚振宗撰，項永琴整理：《漢書藝文志條理》，王承略、劉心明主編：《二十五史藝文經籍志考補萃編》第三卷，北京：清華大學出版社2011年版，第304頁。
③ 余嘉錫著：《目録學發微　古書通例》，北京：中華書局2009年版，第253頁。

以"助人君順陰陽、明教化"，爲"君人南面之術"，故人微言輕，價值低下，被視作小道，君子不爲。

　　第四，"小説家"雖是君子不爲的小道，但也有其價值功能。王者借助小説，可以觀風俗之盛衰，考朝政之得失。歐陽修云："《書》曰：'狂夫之言，聖人擇焉'，又曰：'詢于芻蕘'，是小説之不可廢也。古者懼下情之壅於上聞，故每歲孟春以木鐸徇於路，采其風謡而觀之。至於俚言巷語，亦足取也。"①歐陽修將稗官采集小説比諸采詩官收集民情民意，大體不差，傳統小説也確實仰仗這種實用的價值功能，才得以厠身於歷代官私書目之中。

---

①　（宋）歐陽修著，李逸安點校：《崇文總目叙釋》，《歐陽修全集》，北京：中華書局2001年版，第1893頁。

第三章
"小説體"與"傳記體"

　　自《漢書·藝文志》至《四庫全書總目》，"小説家"皆置於子部，可見史志目錄特別尊重小説家之"説"，故以"小説體"指稱《漢書·藝文志》所著録十五家小説家文體。此種"小説體"，在兩漢魏晉南北朝間有所演化，舉其大端而言，可分爲以《語林》《世説新語》爲典範的"世説體"和以《博物志》《搜神記》爲典範的"博物傳記體"。《漢書·藝文志》十五家小説佚失嚴重，然與《百家》關係密切之《説苑》，却可以爲考察子部"小説家"提供範本。

　　首先，《説苑》雖在歷代史志書目中大多著録於子部儒家（《宋書·藝文志》著録於子部雜家），但與子部小説家之《百家》同源，皆出於《説苑雜事》，可見二書僅存價值判斷之高低，而無文體之别。其次，《説苑》中劉向所"造新事十萬言以上"，皆能與來源於《説苑雜事》者以類相從，並無文體之違和。

　　再次，據劉向《説苑序奏》，《説苑》原本收録各類文獻七百八十四章，流傳至今已佚失一百多章，仍留存六百多章。[1]"然謂（《説苑》）非完書，則無可疑。今本雖無闕篇，而篇有佚章，章有佚句。以宋本校今本，《復恩》篇有'蘧伯玉得罪於衞君'一章，而今本無之，是篇有佚章也；北宋本《復

---

[1]　因《説苑·談叢》各章條目分合在不同版本中有不同意見，難以確定具體篇目。

恩》篇'陽虎得罪'條有'非桃李也'句，咸淳本《立節》篇有'尾生殺身
以成其信'句，而今本皆無之，是章有佚句也。（説詳《校證》。）自宋至今，
刊本相沿，猶有此失，則天水以前，傳録之本，遞有佚脱，無足怪矣。"① 則
《説苑》原編撰體例，可在今本《説苑》的基礎上，綜合以往各種相關文獻，
大體得窺原貌。②

　　復次，《説苑》現存各章，"内容涉及《漢書·藝文志》中的六藝、儒
家、道家、陰陽家、法家、名家、雜家、小説家、兵家、數術等很多方面"，
"這些材料中近一半與其他早期典籍有不同程度的互見"，③ 即今本《説苑》在
一定程度上仍然保存了先秦兩漢"説"之體式。而《説苑》之體式，爲《語
林》《世説新語》等後世之書所延承，故此以《説苑》爲例，追溯兩漢魏晉
南北朝時期"小説體"之源，以《世説新語》爲例確證"世説體"之成熟。

第一節 《説苑》："小説體"之範本

　　屈守元曾概括《説苑》一書有三個特點：一是薈萃成書。好爲直言極諫
的劉向，爲規勸"優柔不斷"（《漢書·元帝紀·贊》）的元帝、"湛於酒色"

---

　　① （漢）劉向撰，向宗魯校證：《説苑校證》，北京：中華書局 1987 年版，第 531 頁。
　　② （清）周中孚《鄭堂讀書記》云："《説苑》二十卷，漢劉向撰。……《漢志》總載于'劉向所
序六十七篇'中。《漢書》本傳則與《新序》合稱五十篇。《新序》凡三十篇，則是書二十篇也。《隋志》
《郡齋讀書志》《直齋書録解題》《文獻通考》《宋志》俱作二十卷。《新》、《舊唐志》則俱作三十卷，字
之誤也。"見周中孚撰：《鄭堂讀書記》卷三六"子部·儒家類"，北京：中華書局 1993 年版，第 663
頁。（南宋）晁公武《郡齋讀書志》云：《説苑》二十卷，"劉向撰。以君道、臣術、建本、立節、貴
德、復恩、政理、尊賢、正諫、法誡、善説、奉使、權謀、至公、指武、談叢、雜言、辨物、修文爲
目。鴻嘉四年上之。闕第二十卷。曾子固校書，自謂得十五篇于士大夫家，與《崇文》舊書五篇合爲
二十篇而叙之。然止是析十九卷，作《修文》上、下篇耳。"見（宋）晁公武撰，孫猛校證：《郡齋讀
書志校證》，上海：上海古籍出版社 2011 年版，第 437 頁。《郡齋讀書志》將《敬慎》作《法誡》，《群
書治要》亦作《法誡》，皆避宋孝宗諱而改。今本爲《修文》後有《反質》篇，南宋陸游《跋〈説苑〉》
載："李德芻云：'館中《説苑》二十卷，而闕《反質》一卷，曾鞏乃分《修文》爲上、下，以足二十
卷。後高麗進一卷，遂足。'"見（南宋）陸游撰：《渭南文集》卷二七《跋〈説苑〉》，北京：中國書店
1986 年版，第 164 頁。
　　③ 徐建委著：《〈説苑〉研究——以戰國秦漢之間的文獻累積與學術史爲中心》，北京：北京大學
出版社 2011 年版，第 2—3 頁。

（《漢書·成帝紀·贊》）的成帝，編《説苑》《新序》《列女傳》等書作諫。劉向博學廣聞，其編書時，"左右采獲，並蓄兼收。《説苑》之作倒近乎'兼儒、墨，合名、法'，'街談巷語，道聽塗説'（並《漢書·藝文志》語）的雜家和小説家"。二是"《説苑》的取材，十分廣博，上自周秦經子，下及漢人雜著，'以類相從，一一條別篇目'（見《序録》），很象後代的類書。其中十之八九，還可在現存典籍中探討源流，互相參證"。三是"名之爲《説苑》，使我們很自然地聯想到《韓非子》的《儲説》和《説林》，劉向所序六十七篇中就還有《世説》。這些以'説'爲名的典籍、篇章，它的特點，往往近於講故事。《説苑》除《談叢篇》以外，大多數的章節都具有一定的故事性。通過故事講明道理，一般還多采用相與往復的對話體。不僅有首有尾，而且短短一段文字，往往波瀾起伏，出現高潮。這可以説是頗具中國特色的古代'説話'形式"。[①]屈守元所概括的第三個特點，點明了《説苑》具有子部小説家之"小説體"特徵，而第一、二個特點，則是《説苑》的成書方式，此正是後世模仿之所在。故不妨循屈守元所總結的三個特點進一步探討《説苑》的體例。據劉向《説苑序奏》，劉向校序《説苑》，其材料來源有中書《説苑雜事》、劉向自己的藏書和民間書三種。劉向所面對的這些材料，"事類衆多，章句相溷，或上下謬亂，難分別次序"。[②]具體而言，劉向做了如下五方面的工作：

一是"誣校讎"。[③]劉向校書，博求衆本以相校讎。如《晏子叙録》："所校中書《晏子》十一篇，臣向謹與長社尉臣參校讎，太史書五篇，臣向書一篇，參書十三篇，凡中外書三十篇，爲八百三十八章。除復重二十二篇六百三十八章。定著八篇二百一十五章。外書無有三十六章。中書無有七十一章。"[④]

---

①　屈守元：《〈説苑校證〉序言》，（漢）劉向撰，向宗魯校證：《説苑校證》，北京：中華書局1987年版，第1—4頁。

②　（漢）劉向：《説苑序奏》，同上，第1頁。

③　同上。

④　（清）嚴可均校輯：《全上古三代秦漢三國六朝文》：北京：中華書局1958年版，第332頁。

《説苑序奏》雖未交代具體搜羅了多少種異本，但其校讎必然是擇善而從，且有意保存文獻的原貌。

二是"除去與《新序》復重者"。[①] 如《孫卿書録》言："所校讎中孫卿書凡三百二十二篇，以相校，除復重二百九十篇，定著三十二篇，皆以定殺青，简書可繕寫。"[②] 劉向諸人校它書所撰叙録，屢有"除復重"等類字眼。[③]與校他書去重復者不同的是，《説苑》是除去與《新序》重復者。《新序》也是劉向所序之書，成書之目的與《説苑》相同，皆擬作爲諫書，可見劉向序《説苑》，有與《新序》互爲参見、互爲補充之目的。

三是依據一定的義理來安排材料。"除去與《新序》復重者"後，又將"淺薄，不中義理，别集以爲《百家》"，[④] 則《説苑》所收材料皆是"中義理者"。劉向所持"義理"，《漢書·楚元王傳》所附本傳中有交代，言："向睹俗彌奢淫，而趙、衛之屬起微賤，踰禮制。向以爲王教由内及外，自近者始。故采取《詩》《書》所載賢妃貞婦，興國顯家可法則，及孽嬖亂亡者，序次爲《列女傳》，凡八篇，以戒天子。及采傳記行事，著《新序》《説苑》凡五十篇奏之。數上疏言得失，陳法戒。書數十上，以助觀覽，補遺闕。"[⑤] 由此可知，劉向持義理序書的目的，是要刺"奢淫"、助"王教"、正"得失"、"陳法戒"、"助觀覽，補遺闕"，其所持義理是鑒戒的觀念。劉向此種義理觀，不僅規製所序《説苑》，也規約了諸子書的分類，如《漢書·藝文志·諸子略》"小説家"的著録，大體即此種義理觀念使然。此種義理觀念，在一定程度上

---

① （漢）劉向：《説苑序奏》，（漢）劉向撰，向宗魯校證：《説苑校證》，北京：中華書局1987年版，第1頁。

② （清）嚴可均校輯：《全上古三代秦漢三國六朝文》，北京：中華書局1958年版，第332頁。

③ 嚴可均《全上古三代秦漢三國六朝文·全漢文》收録10篇劉向所撰叙録，徐興無認爲《戰國策書録》《管子書録》《晏子叙録》《孫卿書録》《列子書録》《鄧析書録》《説苑叙録》等7篇可信。参見徐興無：《劉向評傳》，南京：南京大學出版社2005年版，第207頁。

④ （漢）劉向：《説苑序奏》，（漢）劉向撰，向宗魯校證：《説苑校證》，北京：中華書局1987年版，第1頁。

⑤ （漢）班固撰：《漢書》，北京：中華書局1962年版，第1957—1958頁。

影響了後世對"小説體""資治體、助明教、供談笑、廣見聞"功能的定位。

四是將文獻材料"以類相從，一一條別篇目"。① 劉向序《説苑》，所面對的是"事類衆多，章句相混，或上下謬亂，難分別次序"的初始材料。劉向删除重復，擇善而從，或重分章節，編訂篇章，擬定篇題，終成"凡二十篇，七百八十四章"的《説苑》。據嚴可均《書〈説苑〉後》統計，今本《説苑》有《君道》三十八章、《臣術》二十二章、《建本》二十七章、《立節》二十一章、《貴德》二十八章、《復恩》二十四章、《政理》四十一章、《尊賢》三十四章、《正諫》二十五章、《敬慎》三十章、《善説》二十四章、《奉使》十九章、《權謀》四十四章、《至公》二十一章、《指武》二十五章、《叢談》（案：嚴可均原文如此，應爲《談叢》）七十二章、《雜言》五十二章、《辨物》三十一章、《修文》三十八章、《反質》二十三章，共六百三十九章；《群書拾補》有二十四事，當是二十四章。② 章目數量有差別，但二十篇之數吻合。劉向對《説苑》各章的分類，皆有一定之義理，其所擬定的每一篇題，即是該篇分類所依據的義理。徐復觀認爲，從《君道》到《反質》二十篇的篇題，都是由劉向所遭遇的時代問題而來的，故二十篇構成了劉向的思想系統。③ 此外，今本《説苑》，除《君道》《談叢》外，其餘十八篇，篇首皆有一章總論性文字，以貫穿全篇，而《談叢》篇首總論性文字可能是流傳過程中佚失了；篇中有些章有劉向的依事立論，以呼應篇首總論性文字，這

---

① （漢）劉向：《説苑序奏》，（漢）劉向撰，向宗魯校證：《説苑校證》，北京：中華書局1987年版，第1頁。

② （清）嚴可均撰，孫寶點校：《嚴可均集》，杭州：浙江古籍出版社2013年版，第269—270頁。

③ 徐復觀言："更就《説苑》二十卷而言，其篇題由《君道》而至《反質》，反映出劉向的時代，並組成一個思想系統，此已可見其經營構造的苦心。且除《君道》外，其餘十九篇，篇首皆有劉向所寫的總論性的一段文章，以貫穿全篇；篇中也和韓嬰《詩傳》一樣的，加入了許多自己的議論，此非有計劃的著書而何？《君道》篇之所以缺少篇首的總論，我推測，這是他對成帝説話的技巧；君道應如何？只讓歷史講話，不把自己的話擺在當頭，致貶損了皇帝的自尊心。但收尾兩段的意思，是劉向固根本、抑外戚的奏疏的提要，總言之，每一篇皆有由劉氏所遭遇的時代問題而來的特別用心，而二十篇又構成一個思想系統。"見徐復觀著：《兩漢思想史》（第三卷），上海：華東師範大學出版社2001年版，第41頁。

是劉向有意識建構思想系統的表徵。關於這一思想系統，徐興無就今本二十篇的次序，提出"相鄰的類名義項接近"的看法，並根據所凝練的主題思想分爲九組，分別是：

第一組義項（論君臣之道）：《君道》（卷一） 臣術（卷二）

第二組義項（論君子立身之本）：建本（卷三） 立節（卷四）

第三組義項（論君主臣民以德相感召）：貴德（卷五） 復恩（卷六）

第四組義項（論王霸之政及尊賢成功之理）：政理（卷七） 尊賢（卷八）

第五組義項（論進諫敬慎、存身全國之道）：正諫（卷九） 敬慎（卷十）

第六組義項（論知言善說及行人之辭）：善說（卷十一） 奉使（卷十二）

第七組義項（論權謀公正、慎兵備戰之道）：權謀（卷十三） 至公（卷十四） 指武（卷十五）

第八組義項（匯纂修身治國之言）：談叢（卷十六） 雜言（卷十七）

第九組義項（論辨物達性、文質相用之道）：辨物（卷十八） 修文（卷十九） 反質（卷二十）①

徐復觀與徐興無的觀點都切合今本《説苑》的特徵。又劉向校《説苑》等書，在文獻學史上具有很高的典範價值。姚名達曾概述劉向校書"以類相從，條別篇目"的文獻學史價值，言："凡古書有不分篇章，原無一定目次者，至向等始依類分篇，如標篇目，確定次序。又有原有篇章目次而不甚合

———————————

① 徐興無著：《劉向評傳》，南京：南京大學出版社 2005 年版，第 411 頁。

理者，至向等始整理删定，使有倫理，而免凌亂。此種化零爲整，分疆劃域之工作，實使流動不居，增减不常之古書，凝固爲一定之形態。”①姚名達所舉例子之一即是《説苑》，而《説苑》也確實是經劉向編校後，由“流動不居，增减不常”的凌亂文獻材料，“凝固爲一定之形態”。而這種形態，對後世“小説體”的編撰思想，有著深遠影響。

五是“造新事十萬言”。②新事與故事相對，劉向序《説苑》，並未停留在對舊有材料的整理，而是根據舊有材料和他自己的義理觀，針對其所認知的時代問題，進行了新事（已有材料的增删修訂或漢代之事的新造）的編述。③因爲劉向的“造新事”和“以類相從，條别篇目”，故《説苑》的成書方式糅合了著作、編述與鈔纂三者。④這種成書方式也爲後世“小説體”繼承。

就單篇而言，今本《説苑》二十篇，除《君道》《談叢》外，其餘十八篇篇首都有一章總論性文字作爲全篇之綱，篇首這一章不妨命名爲主題章，其後各章的“説”或事都與篇首總論主題相關。每一篇中，都有某些章在“言”與事後，據之而直接生發議論，以和篇首主題章相呼應。這種篇的結構方式，後世“小説體”小説和類書多有繼承。

《説苑》二十篇，《談叢》《雜言》兩篇所匯纂者大體爲修身治國之言。除此兩篇之外的十八篇，大體以言説故事（西漢前之事）或新事（西漢之事）來闡釋義理，形成叙事（或叙“言”，概稱爲事）與議論相雜的特徵。以事言理，是將事具體到一定的歷史人物，以往復對話的方式將事建構成能

---

　　① 姚名達：《中國目録學史》，上海：上海古籍出版社 2005 年版，第 28 頁。

　　② （漢）劉向：《説苑序奏》，（漢）劉向撰，向宗魯校證：《説苑校證》，北京：中華書局 1987 年版，第 1 頁。

　　③ 徐建委認爲劉向所謂“造新事”之“新”，指西漢王朝的當代。見徐建委著：《〈説苑〉研究——以戰國秦漢之間的文獻累積與學術史爲中心》，北京：北京大學出版社 2011 年版，第 84—85 頁。

　　④ 張舜徽認爲，書籍的成書方式，“從寫作的内容來源加以區别”，可以分爲著作（“是專就創造性的寫作説的”）、編述（“是在許多可以憑藉的資料的基礎上，加以提煉製作的功夫，用新的義例，改編爲另一種形式的書籍出現”）、鈔纂（“憑藉已有的資料，分門别類鈔下來，纂集成一部有條理有系統的寫作”）三類。見張舜徽著：《中國文獻學》，武漢：華中師範大學出版社 2004 年版，第 13—14 頁。

完整闡釋一定義理的結構，並達到觀覽和鑒戒的意義。這十八篇中的言事説理，多有主要對話人物相同（或義理相同相近）的章連綴而成叢叢的現象。如《君道》篇，開篇無總論性文字，以三章君臣之間關於"君道"的往復對話，正面言明"君道"之内涵，從而形成全篇的總綱；接下以"陳靈公不君"事這一反例來言明和强調人君行"君道"的意義。

就章之叙事和叙"言"兩種偏重而言，《説苑》主要以叙"言"爲主，即便是叙事，也是以"言"爲中心進行結構，且"言"是義理的載體。叙"言"各章，所叙之"言"，不僅爲各篇之義理服務，也符合人物的身份、性格和心理特徵，具有辯説道理的邏輯。如《反質》篇：

秦始皇既兼天下，大侈靡，即位三十五年，猶不息。治大馳道，從九原抵雲陽，塹山堙谷，直通之。厭先王宫室之小，乃於豐鎬之間，文武之處，營作朝宫。渭南山林苑中，作前殿阿房，東西五百步，南北五十丈。上可以坐萬人，下可建五丈旗。周爲閣道，自殿直抵南山之嶺，以爲闕。爲復道，自阿房渡渭水，屬咸陽，以象天極閣道，絶漢抵營室也。又興驪山之役，錮三泉之底。關中離宫三百所，關外四百所，皆有鐘磬帷帳，婦女倡優。立石闕東海上朐山界中，以爲秦東門。於是有方士韓客侯生、齊客盧生，相與謀曰："當今時不可以居。上樂以刑殺爲威，下畏罪持禄，莫敢盡忠。上不聞過而日驕，下懾伏以慢欺而取容。諫者不用，而失道滋甚。吾党久居，且爲所害。"乃相與亡去。始皇聞之，大怒，曰："吾異日厚盧生，尊爵而事之，今乃誹謗我。吾聞諸生多爲妖言，以亂黔首。"乃使御史悉上諸生。諸生傳相告，犯法者四百六十餘人，皆坑之。盧生不得，而侯生後得。始皇聞之，召而見之。升東阿之臺，臨四通之街，將數而車裂之。始皇望見侯生，大怒曰："老虜不良，誹謗爾主，迺敢復見我！"侯生至，仰臺而言曰："臣聞知死必勇。陛下肯聽臣一言乎？"始皇曰："若欲何言？言之！"侯生曰："臣聞禹立誹謗之木，欲以知過也。今陛下奢侈失本，淫泆趨末。宮室臺閣，連屬增累；珠玉重寶，積襲成山；錦繡文綵，滿府有餘；婦女倡優，數巨萬人；鐘鼓之樂，流漫無窮；酒食珍味，盤錯於前；衣服輕暖，輿馬文飾，所以自奉，麗靡爛漫，不可勝極。黔首匱竭，民力單盡。尚不自知。又急誹謗，嚴威克下。下暗上聾，臣等故去。臣等不惜臣之身，惜陛下國之亡耳。聞古之明王，食足以飽，衣足以煖，宮室足以處，輿馬足以行。故上不見棄於天，下不見棄於黔首。堯茅茨不翦，采椽不斲，土階三等，而樂終身者，以其文采之少，而質素之多也。丹朱傲虐，好慢淫，不修理化，遂以不升。今陛下之淫，萬丹朱而十昆吾桀紂，臣恐陛下之十亡也，而曾不一存。"始皇默然久之，曰："汝何不早言？"侯生曰："陛下之意，方乘青雲，飄搖於文章之觀。自賢自健，上侮五帝，下凌三王。棄素樸，就末技。陛下亡徵見久矣。臣等恐言之無益也，而自取死，故逃而不敢言。今臣必死，故爲陛下陳之。雖不能使陛下不亡，欲使陛下自知也。"始皇曰："吾可以變乎？"侯生曰："形已成矣，陛下坐而待亡耳！若陛下欲更之，能若堯與禹乎？不然，無冀也。陛下之佐又非也，臣恐變之不能存也。"始皇喟然而嘆，遂釋不誅。後三年，始皇崩，二世即位，三年而秦亡。①

　　這一章叙事性較強。與《史記·秦始皇本紀》相關段落比較可知，此章叙事情節更爲集中和詳盡，有一定的波瀾起伏，尤其是對秦始皇的語態、神態刻畫和行爲交代，更爲細緻和具有叙事之事理邏輯，從而使得秦始皇的性格更鮮明生動。然《説苑》中如此章之叙事者，僅少量存在。

　　《説苑》中多是僅叙人物之"言"者，其特徵是語言簡質，具有辯駁性

①　（漢）劉向撰，向宗魯校證：《説苑校證》，北京：中華書局 1987 年版，第 516—518 頁。

且觀點鮮明，即便是往復對話者也缺少故事性。如《反質》篇：

> 禽滑釐問於墨子曰："錦繡絺紵，將安用之？"墨子曰："惡，是非吾用務也！古有無文者，得之矣。夏禹是也。卑小宮室，損薄飲食，土階三等，衣裳細布。當此之時，黼黻無所用，而務在於完堅。殷之盤庚，大其先王之室，而改遷於殷。茅茨不翦，采椽不斲，以變天下之視。當此之時，文采之帛，將安所施？夫品庶非有心也，以人主爲心。苟上不爲，下惡用之？二王者以化身先於天下，故化隆於其時，成名於今世也。且夫錦繡絺紵，亂君之所造也。其本皆興於齊。景公喜奢而忘儉，幸有晏子，以儉鐫之。然猶幾不能勝。夫奢，安可窮哉？紂爲鹿臺、糟丘、酒池、肉林，宮牆文畫，彫琢刻鏤，錦繡被堂，金玉珍瑋，婦女優倡，鐘鼓管絃，流漫不禁，而天下愈竭，故卒身死國亡，爲天下戮。非惟錦繡絺紵之用耶？今當凶年，有欲予子隨侯之珠者，曰：'不得賣也，珍寶而以爲飾。'又欲予子一鍾粟者，得珠者不得粟，得粟者不得珠，子將何擇？"禽滑釐曰："吾取粟耳，可以救窮。"墨子曰："誠然，則惡在事夫奢也。長無用，好末淫，非聖人所急也。故食必常飽，然後求美；衣必常暖，然後求麗；居必常安，然後求樂。爲可長，行可久，先質而後文，此聖人之務。"禽滑釐曰："善。"①

此章篇幅相對較長，但純爲兩人間往復對話的記載，除兩人言語之觀點明確，符合兩人的身份與思想外，並無情節結構，更勿談符合現代文學學科的小説藝術特徵。

綜觀《説苑》各章，可以發現《説苑》的叙"事"與叙"言"，更注重事理邏輯，而非事實真實與否。如上引《反質》篇中兩章，"秦始皇既兼天

---

① （漢）劉向撰，向宗魯校證：《説苑校證》，北京：中華書局1987年版，第515—516頁。

下”章中秦始皇坑儒後與侯生之間的往復交談，《史記·秦始皇本紀》並未涉筆。“禽滑釐問於墨子”章，畢沅輯《墨子》佚文亦收録此章，但孫詒讓認爲此文可能爲僞，言：“《節用》諸篇無與弟子問答之語，畢説未確。”① 由此兩則材料，可推測劉向在校訂序次《説苑》各章時，其所謂“造新事十萬言”，除造西漢的新事外，更可能有對已有材料的增删修訂，以符合其所要傳達之義理。故唐人劉知幾批評劉向《説苑》“皆廣陳虛事，多構僞辭。非其識不周而才不足，蓋世人多可欺故也”。② 劉知幾是從史學實録的角度來批評劉向，而此種批評却足以進一步驗證《説苑》的子書屬性。至於《説苑》中劉向之“廣陳虛事，多構僞詞”，嚴可均有所解釋，言：“向所類事，與《左傳》及諸子間或時代抵牾，或一事而兩説、三説兼存，《韓非子》亦如此。良由所見異詞、所聞異詞、所傳聞異詞，不必同李斯之法，別黑白而定一尊。淺學之徒少所見，多所怪，謂某事與某書違異，某人與某人不相值。生二千載後，而欲畫一二千載以前人之事，甚非多聞闕疑之意。”③ 嚴氏之解釋，確實是有一定道理的。但嚴氏忽略了劉向以《説苑》爲諫書的目的。明人董其昌曾譽劉向校序《説苑》爲傳統儒家“立德、立功、立言”中之“立言”，並指出劉向校序《説苑》有“裨用”“述聖”“獻讜”三特質合於立言之指。④ 何以

---

① （清）孫詒讓撰，孫啓治點校：《墨子閒詁》，北京：中華書局 2001 年版，第 656 頁。向宗魯《説苑校證》引上述諸説。（漢）劉向撰，向宗魯校證：《説苑校證》，北京：中華書局 1987 年版，第 516 頁。

② （唐）劉知幾著，（清）浦起龍通釋，王煦華整理：《史通通釋》，上海：上海古籍出版社 2009 年版，第 482 頁。

③ （清）嚴可均撰，孫寶點校：《嚴可均集》，杭州：浙江古籍出版社 2013 年版，第 270 頁。

④ （明）董其昌《劉向〈説苑〉序》云：“向之此書，其合于立言之指者有三，而文詞之爾雅不與焉。裨用一也，述聖一也，獻讜一也。有一於此，皆可傳也，矧兼至焉者乎。夫語稱公輸子巧於爲舟車而拙於爲木鳶，以非所常饗也。顧長康易於貌神鬼而難於貌狗馬，以衆所習見也。向之《説苑》自《君道》《臣術》迄于《修文》《反質》，其標章持論，鑿鑿民經，皆有益天下國家，而非雕鏤鏤空、縱談六合之外，以動睹聽者，是爲裨用，可傳也。漢承秦後，師異道，人異學，自仲舒始有大一統之説，然世猶未知宗趣。向之此書，雖未盡洗戰國餘習，大都主齊魯論家語，而稍附雜以諸子，不至逐流而忘委，是以獨列於儒家，是爲述聖，可傳也。元成間，中官外戚株連用事，向引宗臣大義、身攖讒吻，顧所謂三獨夫者，其憂社稷，懷忠不效，又進《説苑》以見志，吾讀其《正諫》一篇，蓋論昌陵論外戚封事之餘音若縷焉，是爲獻讜，可傳也。”見（明）董其昌撰：《容臺文集》，《四庫全書存目叢書》集部第 171 册，濟南：齊魯書社 1997 年版，第 258 頁。

"裨用"？乃是以"衆所習見"、關乎衆庶、"有益天下國家"的"事"與"言"
來闡明義理，治身理家，有可觀之辭。何謂"述聖"？就《説苑》而言，雖
然雜糅諸子，但終以儒家思想爲旨歸，如此以達到向皇帝獻正直美善之諫言
（"獻讜"）的目的。事實上，《説苑·善説》首章已經表明了劉向對"説"的
態度，有言："昔子産修其辭而趙武致其敬，王孫滿明其言而楚莊以慙，蘇秦
行其説而六國以安，蒯通陳其説而身得以全。夫辭者，乃所以尊君、重身、
安國、全性者也。故辭不可不修，而説不可不善。"①職是之故，劉向校序故
事、自造新事時，必然是按照儒家思想和各篇之主旨義理，對"事"與"言"
作適度的修辭，以符合法度，於是就有了劉知幾所謂的"虛事""僞詞"。

綜上，《説苑》是一部子書，是劉向針對時代現實問題的立言之書；其
各章有劉向所"造新事"和原來之故事，但故事多係對已有材料的修辭而
成，無論新事和故事，多具有"叢殘小語"的特徵；劉向序次這些故事和新
事，是按一定的義理"以類相從，一一條別篇目"的，從而成爲一部具有系
統結構的文獻。該書的文體是典型的子部"小説體"。

第二節 "傳記體"：史書分流與小説新譜系

魯迅在《中國小説的歷史的變遷》第二講"六朝時之志怪與志人"中
言："六朝人並非有意作小説，因爲他們看鬼事和人事，是一樣的，統當作
事實；所以《舊唐書》《藝文志》，把那種志怪的書，並不放在小説裏，而歸
入歷史的傳記一類，一直到了宋歐陽修才把它歸到小説裏。"②魯迅對魏晉南北
朝時期小説的這一概括，大體是符合歷史實際的。"傳記體"小説諸書大體即
《隋書·經籍志》著録於雜史雜傳而《新唐書·藝文志》著録於小説家者。

---

① （漢）劉向撰，向宗魯校證：《説苑校證》，北京：中華書局1987年版，第267頁。
② 魯迅著：《魯迅全集》第九卷，北京：人民文學出版社2005年版，第321頁。

　　據現有可查閲資料，“傳記”一詞最初出現在漢代。如《漢書·楚元王傳》言劉向“及采傳記行事，著《新序》《説苑》凡五十篇奏之。數上疏言得失，陳法戒”；言劉歆“受詔與父向領校秘書，講六藝傳記、諸子、詩賦、數術、方技，無所不究”。[①]此“傳記”指“依經起義”“附經而行”的“記所聞”“傳其説”的文字記録。[②]劉勰《文心雕龍·史傳第十六》對“傳記”之“傳”的源流與内涵有界定，云：“然（《春秋》）睿旨幽隱，經文婉約，丘明同時，實得微言，乃原始要終，創爲傳體。傳者，轉也；轉受經旨，以授於後，實聖文之羽翮，記籍之冠冕也。”[③]所謂“原始要終”，即《漢書·藝文志》所謂：“（《春秋》）有所褒諱貶損，不可書見，口授弟子，弟子退而異言。丘明恐弟子各安其意，以失其真，故論本事而作傳，明夫子不以空言説經也。”[④]故清人趙翼曾追源溯流道：“惟列傳叙事，則古人所無。古人著書，凡發明義理，記載故事，皆謂之傳。……是漢時所謂傳，凡古書及説經皆名之，非專以叙一人之事也。其專以之叙事而人各一傳，則自史遷始，而班史以後皆因之。”[⑤]由此可見，早期“傳體”本子家説經之産物，因而具有子家之特性。同時，早期“傳記”也具有史學特性，且常與“小説”一語並用。如沈約《宋書·裴松之傳》云：裴松之奉命注《三國志》，即“鳩集傳記，增廣異文”。[⑥]此“傳記”，有“小家珍説”“短書”之意，然偏重史性叙事。此一意義爲後世所常用。如唐人李肇《〈唐國史補〉自序》云：“昔劉餗

　　① （漢）班固撰：《漢書》，北京：中華書局1962年版，第1958、1967頁。班固之前亦有“傳記”一詞的使用，如《史記·三代世表》言：“張夫子問褚先生曰：‘《詩》言契、后稷皆無父而生。今案諸傳記咸言有父，父皆黄帝子也，得無與《詩》謬乎？’”（漢）司馬遷撰：《史記》，北京：中華書局1973年版，第504頁。王充《論衡·對作篇》言：“聖人作經，藝者傳記。”見（漢）王充著，黄暉撰：《論衡校釋》，北京：中華書局1990年版，第1177頁。
　　② （清）章學誠著，葉瑛校注：《文史通義校注》，北京：中華書局2014年版，第290頁。
　　③ （南朝梁）劉勰撰，范文瀾注：《文心雕龍注》，北京：人民文學出版社1958年版，第284頁。
　　④ （漢）班固撰：《漢書》，北京：中華書局1962年版，第1715頁。
　　⑤ （清）趙翼著：《陔餘叢考》，北京：商務印書館1957年版，第85—86頁。
　　⑥ （梁）沈約撰：《宋書》，北京：中華書局1974年版，第1701頁。

集小説，涉南北朝至開元，著爲《傳記》。"①宋人陳振孫《直齋書録解題》言《南唐近事》"泛記雜事，實爲小説傳記之類耳"。②對此，歐陽修有所説明："古者史官，其書有法，大事書之策，小事載之簡牘。至於風俗之舊，耆老所傳，遺言逸行，史不及書。則傳記之説，或有取焉。然自六經之文，諸家異學，説或不同。況乎幽人處士，聞見各異，或詳一時之所得，或發史官之所諱，參求考質，可以備多聞焉。"③歐陽修所言"傳記"，就如傳統史家小説觀一樣，其材料來源是正史所不取者，其學術地位能與正史"參求考質，可以備多聞"，是爲正史之補的雜史。如此，可從雜史定位傳記體小説。

雜史之名，就現有可查資料而言，最早見於《隋書·經籍志》。雜史的屬性，《隋書·經籍志》"雜史"序言：

自秦撥去古文，篇籍遺散。漢初，得《戰國策》，蓋戰國遊士記其策謀。其後陸賈作《楚漢春秋》，以述誅鋤秦、項之事。又有《越絕》，相承以爲子貢所作。後漢趙曄，又爲《吳越春秋》。其屬辭比事，皆不與《春秋》《史記》《漢書》相似，蓋率爾而作，非史策之正也。靈、獻之世，天下大亂，史官失其常守。博達之士，愍其廢絕，各記聞見，以備遺亡。是後群才景慕，作者甚衆。又自後漢已來，學者多鈔撮舊史，自爲一書，或起自人皇，或斷之近代，亦各其志，而體制不經。又有委巷之説，迂怪妄誕，真虛莫測。然其大抵皆帝王之事，通人君子，必博采廣覽，以酌其要，故備而存之，謂之雜史。④

---

① （唐）李肇等撰：《唐國史補 因話録》，上海：上海古籍出版社1979年版，第3頁。

② （宋）陳振孫撰，徐小蠻、顧美華點校：《直齋書録解題》，上海：上海古籍出版社1987年版，第136頁。

③ （宋）歐陽修著，李逸安點校：《崇文總目叙釋》"傳記類"，北京：中華書局2001年版，第1890頁。

④ （唐）魏徵、令狐德棻撰：《隋書》，北京：中華書局1973年版，第962頁。

　　這一段文字提煉出雜史文體屬性的三要素：（一）"屬辭比事"，"率爾而作，非史册之正"，即語體與序事皆草率而爲，與《史記》《漢書》等正史之紀、傳、表、志謹嚴體系不類；（二）"多鈔撮舊史，自爲一書"，且"各其志，而體制不經"，即鈔撮已有之史籍，雖鈔撮者有一定之主觀目的，但不本經典，亦不會被視作經典；（三）"委巷之説，迂怪妄誕，真虚莫測"，"大抵皆帝王之事"，即此類並非鈔撮史籍者，而是來源於街談巷語，内容不合常理，無法判斷其真僞，但也大體關涉治國理道。

　　相比於《隋書·經籍志》，四庫館臣對雜史的文體定位則更爲明確，《四庫全書總目·雜史類》卷五十一言："雜史之目，肇於《隋書》。蓋載籍既繁，難於條析，義取乎兼包衆體，宏括殊名。故王嘉《拾遺記》《汲冢瑣語》得與《魏尚書》《梁實録》並列，不爲嫌也。然既繫史名，事殊小説。著書有體，焉可無分？今仍用舊文，立此一類。凡所著録，則務示別裁。大抵取其事繫廟堂，語關軍國。或但具一事之始末，非一代之全編。或但述一時之見聞，衹一家之私記。要期遺文舊事，足以存掌故、資考證、備讀史者之參稽云爾。若夫語神怪，供詼嘲，里巷瑣言，稗官所述，則別有雜家小説家存焉。"①四庫館臣所言"仍用舊文，立此一類"及"務示別裁"，是本書以"傳記體"名雜史之屬小説文體名的依據。②

---

　　① （清）永瑢等撰：《四庫全書總目》，北京：中華書局1965年版，第460頁。
　　② 在書志目録上，有雜史與傳記並列之説，如鄭樵《通志·校讎略》"編次之訛論十五篇"："古今編書所不能分者五：一曰傳記，二曰雜家，三曰小説，四曰雜史，五曰故事。凡此五類之書，足相紊亂。又如文史與詩話，亦能相濫。"然則此處"傳記"與"雜史"實可視爲一類，如劉餗之《傳記》、道世《法苑珠林》之"傳記篇"；"雜家"則可視爲"小説"之一種，"故事"則又爲一類。又元人馬端臨《文獻通考》卷一百九十五《經籍考二十二》有云："《宋三朝藝文志》曰：傳記之作，蓋史筆之所不及者，方聞之士，得以紀述而爲勸戒。《隋志》曰雜傳，《唐志》曰雜傳類，有先賢、耆舊、孝友、忠節、列藩、良吏、高逸、科録、家傳、文士、仙靈、高僧、鬼神、列女之别。今總爲傳記，事涉道、釋者，各具於其事。"《宋兩朝藝文志》曰：傳記之作，近世尤盛，其爲家者，亦多可稱，采獲削稿，爲史氾傳。然根據膚淺，好尚偏駁，滯泥一隅，寡通方之用，至孫沖、胡訥，收摭益細，而通之於小説。"雜史、雜傳，皆野史之流，出於正史之外者。蓋雜史，紀、志、編年之屬也，所紀者一代或一時之事；雜傳者，列傳之屬也，所紀者一人之事。然固有名爲一人之事，而實關係一代一時之事者，又有參錯互見者。前史多以雜史第四，雜傳第八，相去懸隔，難以參照，以二類相附近，庶便檢云。"此處"傳記"，應包含"雜史""雜傳"。

需説明的是，闡釋漢魏南北朝時期"傳記體"小説之文體，即便可以根據相關記載從理論上推導出一部分文體特徵，如上述相關"傳記"和"雜史"的分析，但就具體的某一"傳記體"小説書而言，却面臨驗證的難題，因爲現存"傳記體"諸書，大體是"皆經後人竄改，已非原書"①的再造文本，即便懸置其成書年代與撰著者不能確定的難題，也面臨何以判斷現存文本在何種程度上保存了文體原貌的難題。譬如張華《博物志》，最初成書有四百卷，後因晉武帝詔詰云"驚所未聞，異所未見，將恐惑亂于後生，繁蕪于耳目，可更芟截浮疑"，張華才删削爲十卷。②十卷本與四百卷之别，可能並非僅是卷帙多寡而已。但今本與張華所定之十卷本，則有根本不同，如四庫館臣通過較爲詳實的考證，認爲今本"非宋、齊、梁時所見之本"，"亦非唐人所見之本"，"並非宋人所見之本"，"或原書散佚，好事者掇取諸書所引《博物志》，而雜采他小説以足之。故證以《藝文類聚》《太平御覽》所引，亦往往相符。其餘爲他書所未引者，則大抵剽剟《大戴禮》《春秋繁露》《孔子家語》《本草經》《山海經》《拾遺記》《搜神記》《異苑》《西京雜記》《漢武内傳》《列子》諸書，餖飣成帙，不盡華之原文也"。③而且今本《博物志》"不僅散佚嚴重，還存在語意疏漏舛誤、將多條合二爲一、將一條析分爲二，及條目重復等文獻問題"。④此種現象也不同程度地存在於《搜神記》《拾遺記》等書。有鑒於此，漢魏南北朝期間"傳記體"小説諸書的文體抽繹，只能是有限度的，大體是以當時雜史、傳記等文體内涵和諸小説的文獻記載爲主，從理論上闡釋原本之文體，並以今本爲輔進行文本的驗證。漢魏南北朝時的"傳記體"小説，具有該時代小説短書的文體共性，大體如下：

---

① （清）永瑢等撰：《四庫全書總目》，北京：中華書局1965年版，第774頁。
② （晉）王嘉撰，（梁）蕭綺録，齊治平校注：《拾遺記》，北京：中華書局1981年版，第210—211頁。
③ （清）永瑢等撰：《四庫全書總目》，北京：中華書局1965年版，第1213—1214頁。
④ 王媛：《〈博物志〉文獻問題及其原因》，《古籍整理研究學刊》2013年第4期。

一、鈔撮舊説與自造新事相結合的成書方式

　　如《搜神記》所輯即“有承於前載者”和“采訪近世之事”者。①張華
《博物志》之成書，據王嘉《拾遺記》，是因爲張華“好觀秘異圖緯之部，捃
采天下遺逸，自書契之始，考驗神怪，及世間閭里所説，造《博物志》四百
卷”。②可見有鈔撮舊説，又該書通行本和士禮居本皆載有“武帝泰始中武
庫火，積油所致”事，③晉武帝泰始年號是公元 265 年至 274 年，於張華
（232—300）而言乃是近事，或即張華所造新事。王嘉《拾遺記》，“文起羲、
炎已來，事訖西晉之末……憲章稽古之文，綺綜編雜之部”，④也是舊説與新
事俱存。《殷芸小説》，宋人陳振孫《直齋書録解題》卷十一“小説家類”録
《殷芸小説》十卷，解題云：“今此書首題秦、漢、魏、晉、宋諸帝，注云齊
殷芸撰……故其序事止宋初，蓋于諸史傳記中鈔集。”⑤余嘉錫《殷芸小説輯
證·序言》認爲：“考其所纂集，皆引之故書雅記，每條必注書名，體例謹
嚴，與六朝人他書隨手抄撮不著出處者不同。援據之博，蓋不在劉孝標《世
説》注以下，實六朝人所著小説中之較繁富者。”⑥余嘉錫《殷芸小説輯證》
卷十即輯宋事一條。周楞伽則認爲：“殷芸編撰這部《小説》，雖然大部分材
料取自故書雜記，但也並不全是述而不作的稗販，有些確是他自己的創作，
而且是他親自調查得來。”⑦周楞伽所輯《殷芸小説》卷十則輯有宋、齊事各

---

①　（晉）干寶撰，汪紹楹校注：《搜神記》，北京：中華書局 1979 年版，第 2 頁。
②　（晉）王嘉撰，（梁）蕭綺録，齊治平校注：《拾遺記》，北京：中華書局 1981 年版，第 210—211 頁。
③　後人有疑該條係誤輯人者，范寧考證通行本和士禮居本皆載其事。（晉）張華著，范寧校證：
《博物志校證》，北京：中華書局 1980 年版，第 164—165 頁。
④　（梁）蕭綺序，（晉）王嘉撰，（梁）蕭綺録，齊治平校注：《拾遺記》，北京：中華書局 1981
年版，第 1 頁。
⑤　（宋）陳振孫撰，徐小蠻、顧美華點校：《直齋書録解題》，上海：上海古籍出版社 1987 年版，
第 316 頁。
⑥　余嘉錫著：《余嘉錫論學雜著》，北京：中華書局 1963 年版，第 280—281 頁。
⑦　周楞伽：《殷芸小説·前言》，（南朝梁）殷芸編撰，周楞伽輯注：《殷芸小説》，上海：上海
古籍出版社 1984 年版，第 10 頁。

一條。由此可見《殷芸小説》也是舊説與新事俱存。

二、以類相從與條別篇目

傳記體小説"以類相從"的標準不一，或較爲複雜，如張華《博物志》的分類系統則較爲複雜，既有地理方位、物類等，也有"雜説"這一綜雜的類别；或相對單一，如干寶《搜神記》現存以類相從的"感應""神化""妖怪""變化"等篇目。①傳記體小説的内容多與地理相關，而其分類思維和觀念，是一種較爲原始的科學觀念，大體爲相關知識點的集合，相對龐雜且籠統，欠缺學術性，如張華《博物志》、郭璞《玄中記》、王嘉《拾遺記》、任昉《述異記》《十洲記》《洞冥記》等即如此。至於《殷芸小説》，則以國别和年表爲類，呈現出史書屬性。

三、叙事以狀物爲主書事爲輔

傳記體小説的狀物，以記載和描述遠方異物的形狀、特徵、性質、關係、功能、成因等爲主，大體以地理空間方位的轉換爲依托，缺少時間和事件等叙事因素，且形制主要爲叢殘短語，僅少數篇目篇幅相對略長。②如《博

---

① 《水經注》卷二十一"汝水"條引王子喬事，結尾云："是以干氏書之於《神化》。"卷三十九"廬江水"引吳郡太守張公直事，結尾云："故干寶書之於《感應》焉。"見（北魏）酈道元著、（清）王先謙校《合校水經注》，北京：中華書局 2009 年版，第 324、562—563 頁。二事見今本《按神記》卷一"漢王喬"、卷四"張璞"條。《法苑珠林》卷三十一《妖怪篇》首引："妖怪者，干寶記云。"卷三十二《變化篇》引："故干寶記云：天有五氣，萬物化成……"見（唐）道世編撰：《法苑珠林》，上海：上海古籍出版社 1991 年版，第 237、245 頁。今本《搜神記》卷六首條云："妖怪者，盖精氣之依物者也。"卷十二收後一。今本《搜神記》四條分見第 7、49、67、146—147 頁。（晉）干寶撰，汪紹楹校注：《搜神記》，北京：中華書局 1979 年版。

② 李劍國認爲這類小説"通常很少記述人物事件，缺乏時間和事件的叙事因素，它主要是狀物，描述奇境異物的非常表徵；即便也有叙事因素（如《洞冥記》），中心仍不在情節上而在事物上。因此它是一種特殊的叙事文體"。見李劍國著：《唐前志怪小説史》（修訂本），天津：天津教育出版社 2005 年版，第 23 頁。陳文新從創作目的、題材、體例、寫法和故事性等五方面定義博物體小説，與此大體相近。見陳文新著：《文言小説審美發展史》，武漢：武漢大學出版社 2007 年版，第 13 頁。

物志》是此類小説的典型。與《博物志》有所不同的是，干寶《搜神記》、《殷芸小説》書事相對增多，且較爲詳盡，如《搜神記》中"李寄""弦超""胡母班""三王墓""韓憑夫婦"等條，故事性較強，篇幅也相對較長，但總體而言，二書仍然是狀物叙事爲主。

四、書的編撰總體而言是博物觀念的體現

傳記體小説總體是以叢殘短語形式纂録知識，是碎片化的知識呈現，因此需按照一定的知識標準進行分類。傳統經史之學發展的早期，即已形成博物觀念。如所謂伏羲"仰則觀象於天，俯則觀法於地，觀鳥獸之文與地之宜，近取諸身，遠取諸物，於是始作八卦，以通神明之德，以類萬物之情"；[①] 如孔子言學《詩》"多識於鳥獸草木之名"，言人生益者三友有"友多聞"，[②] 評價子産"於學爲博物"；[③] 如分門别類、"正名命物，講説者資之"[④] 的《爾雅》，從漢至南北朝間，多有注疏者，並被認爲是博物之書，如郭璞評價《爾雅》云："若乃可以博物不惑，多識於鳥獸草木之名者，莫近於《爾雅》。"[⑤] 漢代士人對知識之博物甚爲推崇，甚至以之爲一種品格。[⑥] 魏晉南北朝時期，博物、博學、博聞更是士人階層的知識底色，[⑦] 傳記體小説的編撰者也多以博物稱名。如張華被譽爲"博物洽聞，世無與比"，郭璞被譽爲"博

---

① （清）李道平撰，潘雨廷點校：《周易集解纂疏》，北京：中華書局 1994 年版，第 621—623 頁。
② （魏）何晏注，（宋）邢昺疏：《論語注疏》（十三經注疏），北京：北京大學出版社 1999 年版，第 237、226 頁。
③ （魏）王肅注：《孔子家語》，《景印文淵閣四庫全書》第 695 册，臺北：商務印書館 1983 年版，第 34 頁。
④ （宋）歐陽修著：《歐陽修全集》，北京：中華書局 2001 年，第 1884 頁。
⑤ （晉）郭璞注，（宋）邢昺疏：《爾雅注疏》（十三經注疏），北京：北京大學出版社 1999 年版，第 4 頁。
⑥ 參見徐公持：《漢代文學的知識化特徵——以漢賦"博物"取向爲中心的考察》，《文學遺産》2014 年第 1 期。
⑦ 許聖和：《"博物思維"與六朝文學》，中國臺灣東華大學 2016 年碩士學位論文。

學有高才",① 任昉被譽爲"博學, 於書無所不見".② 他們所編撰的傳記體小説也多有博物的閲讀視野, 如張華期待《博物志》能被"博物之士, 覽而鑒焉",③ 干寶自稱《搜神記》"考先志於載籍, 收遺逸於當時",④ 蕭綺言王嘉《拾遺記》"妙萬物而爲言, 蓋絶世而弘博".⑤

五、博物思維決定了傳記體小説搜奇記逸的特徵

從知識的歷史層累進程可知, 知識累積到一定程度後一般會出現三種現象: 一是在既有知識基礎上的創新, 即新認知的發生; 一是知識的推陳出新而導致某些知識的致用性逐漸減弱, 進而與現世脱節, 因此被淘汰而陌生化; 一是既有知識被普遍所接受, 並呈現在世俗日常生活的行爲準則、價值標準或認知邏輯中, 即知識的常識化。此外, 還有一種現象是, 在知識的傳承過程中, 因爲各種外力因素而導致知識傳承的斷裂, 此種傳承的斷裂, 在後世會緣於機緣巧合而重生, 如甲骨文即是一例。如此, 後世對知識的接受, 就會形成如干寶所言"群言百家, 不可勝覽; 耳目所受, 不可勝載"⑥ 的局面。在博物思維的導引下, 傳記體小説所纂輯之内容, 大體以"奇""異""怪"等爲旨歸, 以此作爲常識和常規途徑知識接受的補充。此外還需交代的是, 在漢魏南北朝時期, 無論是編撰者還是接受者, 大體是從史學的角度認知此類小説的。

---

① （唐）房玄齡等撰:《晉書》, 北京: 中華書局 1974 年版, 第 1074、1899 頁。
② （唐）李延壽撰:《南史》, 北京: 中華書局 1975 年版, 第 1455 頁。
③ （晉）張華撰, 范寧校證:《博物志校證》, 北京: 中華書局 1980 年版, 第 7 頁。
④ （晉）干寶撰, 汪紹楹校注:《搜神記》, 北京: 中華書局 1979 年版, 第 2 頁。
⑤ （晉）王嘉撰,（南朝梁）蕭綺録, 齊治平校注:《拾遺記校注》, 北京: 中華書局 1981 年版, 第 1 頁。
⑥ （晉）干寶撰, 汪紹楹校注:《搜神記》, 北京: 中華書局 1979 年版, 第 2 頁。

第四章
《世説新語》的文體特性

東漢至隋朝，出現了一批如《説苑》"小説體"的小説，尤其是以《世説新語》爲典範的"世説體"，既繼承了《説苑》的某些文體特徵，又有自具符合它們所成書時代的文體特徵。①史志書目中所著録這一時期的"世説體"小説書，除《世説新語》外，還有邯鄲淳《笑林》、裴啓《語林》、郭澄之《郭子》、顧協《瑣語》、《笑苑》、陽玠松《解頤》、蕭賁《辯林》、席希秀《辯林》、侯白《啓顔録》等。這一時期的"世説體"小説書，在流傳的過程中大多佚失，雖有輯佚本，但僅是佚文的整理，已不復原貌，故不能從其體例上來考察其文體。而《世説新語》在流傳的過程中，其文本原貌雖也有一定程度的失真，但不是根本性的，後世整理本《世説新語》大體維繫了原貌的特徵，故《世説新語》可作爲範例來考察"世説體"的文體特徵。

第一節　《世説新語》概説

南朝宋劉義慶《世説新語》，又名《世説》《世説新書》，此外還有《世記》《世紀》《世統》《劉義慶記》《晉宋奇談》等數種題名。《世説》應該是

---

① 楊義認爲："在小説依附子書發展的過程中，最值得注意的兩部書是漢劉向編撰的《説苑》和宋臨川王劉義慶的《世説》。前者代表小説在子書中寄生的狀態，後者代表小説從子書（狹義）脱胎的狀態。"見楊義：《漢魏六朝"世説體"小説的流變》，《中國社會科學》1991 年第 4 期。

本名，如《隋書・經籍志》子部小説類云："《世説》八卷，宋臨川王劉義慶撰。"該志又著録有"《世説》十卷，劉孝標注"。① 藤原佐世《日本國見在書目録》"小説家"著録爲"《世説》十，宋臨川王劉義慶撰，劉孝標注"。② 《舊唐書・經籍志》子部小説家類著録有："《世説》八卷，劉義慶撰"，"《續世説》十卷，劉孝標撰"。③《新唐書・藝文志》子部小説家著録有："劉義慶《世説》八卷，又《小説》十卷"，"劉孝標《續世説》十卷"。④《文選》李善注、《北堂書抄》、《藝文類聚》等類書引《世説新語》，皆作《世説》；《南史》劉義慶本傳作《世説》，《晉書・律曆上》《隋書・律曆上》亦作《世説》；⑤ 劉知幾《史通》也多稱《世説》。⑥ 更爲重要的是南朝宋齊梁間學者注《世説》，也用此書名。如《世説新語・尤悔》第四條："敬胤案：……《世説》苟欲愛奇，而不詳事理也。"宋人汪藻《世説叙録》卷上《考異》存史敬胤注《世説》五十一事，然未交待史敬胤爵里等信息。汪藻依據敬胤注之内容，認爲史敬胤早于劉孝標。⑦ 今人楊勇認爲史敬胤是晉豫章太守史疇六世孫，史敬胤注《世説》應在永明中，公元 485 年、486 年前後。⑧ 稍晚於史敬胤的劉孝標

---

① （唐）魏徵、令狐德棻撰：《隋書》，北京：中華書局 1973 年版，第 1011 頁。

② 〔日〕藤原佐世撰：《日本國見在書目録》，《古逸叢書》本。

③ （後晉）劉昫等撰：《舊唐書》，北京：中華書局 1975 年版，第 2036 頁。

④ （宋）歐陽修、宋祁撰：《新唐書》，北京：中華書局 1975 年版，第 1539 頁。

⑤ 《晉書》與《隋書》原文相同："《世説》稱：有田父于野地中得周時玉尺，便是天下正尺，苟勖試以校己所治金石絲竹，皆短校一米。"此處標點筆者有校改。分別見（唐）房玄齡等撰：《晉書》，北京：中華書局 1974 年版，第 491 頁。（唐）魏徵、令狐德棻撰：《隋書》，北京：中華書局 1973 年版，第 403 頁。

⑥ 劉知幾《史通》多稱《世説》，如卷一《六家》稱"臨川《世説》"，卷五《采撰》稱"《世説》《幽明録》"，卷八《書事》稱"《世説》《俗説》"，卷十《雜述》稱"劉義慶《世説》"，卷十四《申左》稱"《語林》《世説》"。唯有《雜説》中有一段文字稱《世説新語》："近者臨川王義著《世説新語》，上叙兩漢三國及晉中朝江左事，劉峻注釋，摘其瑕疵，僞迹昭然。"程千帆認爲："《史通》宋本，此文正作'新書'，不作'新語'。其諸本作'新語'者，乃後人習於新起之名而妄加改易者也。"見程千帆著：《史通笺記》，北京：中華書局 1980 年版，第 295 頁。

⑦ （宋）汪藻《世説叙録》言："其所載以宋齊人爲今人，則敬胤者，孝標以前人也。"（南朝宋）劉義慶撰，（南朝梁）劉孝標注：《世説新語》，上海：上海古籍出版社 1982 年版，第 619 頁。

⑧ 楊勇撰：《世説新語校笺》（修訂本），臺北：正文書局有限公司 2000 年版，第 807—808 頁。

注《世説》，共有十處用《世説》書名。① 由此可以斷定《世説》乃本名。

《世説新書》之名，大概出現在隋及初唐間。如《新唐書・藝文志》子部小説家類著録有王方慶《續世説新書》十卷。據兩《唐書》，王方慶乃東晉丞相王導之後，家中藏書豐富，以博學名世，武周時曾官鸞台侍郎、同鳳閣鸞台平章事，進鳳閣侍郎，並曾修國史。杜佑《通典》、② 段成式《酉陽雜俎》③ 皆稱《世説新書》，唐寫本《世説新書》殘卷也作《世説新書》。④ 此後，劉知幾《史通・雜説》中云：“近者臨川王義慶著《世説新語》，上叙兩漢三國及晉中朝江左事，劉峻注釋，摘其瑕疵，僞迹昭然。”⑤ 此處“新語”，在宋本中爲“新書”。⑥ 由此可見，《世説新書》書名約在隋至初唐間出現。

《世説新語》的書名，北宋時開始流行。⑦ 宋太宗太平興國三年（978）成書的《太平廣記》，其《引用書目》列有《世説》和《世説新語》兩書，

---

① 參見楊勇：《〈世説新語〉‘書名’‘卷帙’‘版本’考》，楊勇編著：《〈世説新語校箋〉論文集》，臺北：正文書局有限公司 2003 年版，第 37—53 頁。參見范子燁：《魏晉風度的傳神寫照——〈世説新語〉研究》，西安：世界圖書出版西安有限公司 2014 年版，第 9—10 頁，第 113—115 頁。

② 杜佑《通典》卷一五六：“《世説新書》：曹公軍行失道，三軍皆渴。公令曰：‘前有大梅林，饒子酸，可以解渴。’士卒聞之。口皆水出，乘此及前水。”見（唐）杜佑撰，王文錦等點校：《通典》，北京：中華書局 1988 年版，第 4014 頁。

③ 段成式《酉陽雜俎》續集卷四：“近覽《世説新書》云：‘王敦初尚公主，如厠，見漆箱盛幹棗。本以塞鼻，王謂厠上下果，食至盡。既還，婢擎金漆盤貯水，琉璃椀進藻豆，因倒著水中。既飲之，群婢莫不掩口。’”見（唐）段成式撰，方南生點校：《酉陽雜俎》，北京：中華書局 1981 年版，第 234 頁。

④ 關於唐寫本《世説新書》的抄寫時間，范子燁依據殘卷中諱字，考證殘卷“系劉孝標（462—521）以後、蕭方智以前的抄本。其抄寫時間在梁武帝普通三年（522）至大同流年（540）之間。”參見范子燁：《魏晉風度的傳神寫照——〈世説新語〉研究》，西安：世界圖書出版西安有限公司 2014 年版，第 141—143 頁。白化文、李明辰等認爲殘卷“避諱止於‘治’字，估計爲高宗時代的抄本”。參見白化文、李明辰：《〈世説新語〉的日本注本》，《文史》第 6 輯。〔日〕神田醇《唐寫本世説新書跋》稱：“管寧文草有《相府文亭始讀〈世説新書〉詩》”，丁錫根編：《中國歷代小説序跋集》上册，北京：人民文學出版社 1996 年版，第 271 頁。

⑤ （唐）劉知幾著，（清）浦起龍通釋，王煦華整理：《史通通釋》，上海：上海古籍出版社 2009 年版，第 450—451 頁。

⑥ 程千帆認爲：“《史通》宋本，此文正作‘新書’，不作‘新語’。其諸本作‘新語’者，乃後人習於新起之名而妄加改易者也。”見程千帆著：《史通箋校》，北京：中華書局 1980 年版，第 295 頁。

⑦ （唐）劉肅撰有《大唐新語》（《宋史・藝文志》作《唐新語》），其自序云：“今起自國初，迄於大曆，事關政教，言涉文詞。道可師模，志將存古，勒成十三卷，題曰《大唐世説新語》。聊以宣之開卷，豈敢傳諸奇人。時元和丁亥歲有事於圜丘之月序。”其中《大唐世説新語》之“世説”乃明人刻本所加。見（唐）劉肅撰，許德楠、李鼎霞點校：《大唐新語》，北京：中華書局 1985 年版，第 1—2 頁。

據《太平廣記索引》注出《世說》39 次、出《世說新書》6 次、出《世說新語》6 次、出《世說雜書》1 次，[①]另正文中出現 "《世說》云" 3 次。[②]由此可見宋初三書名同時使用的狀況，但以《世說》爲主。《宋史·藝文志》子部小說家類著録有 "劉義慶《世說新語》三卷"。宋人黃伯思《東觀餘論》卷下《跋世說新語》云："'世說' 之名肇劉向，六十七篇中已有此目。其書今亡。宋臨川孝王因録漢末至江左名士佳語，亦謂之《世說》。梁豫州刑獄參軍劉峻注爲十卷，采摭舛誤處，大抵多就證之。與裴啓《語林》近，出入皆清言林囿也。本題爲《世說新書》，段成式引王敦說澡豆事以證陸暘事爲虛，亦云 '近覽《世說新書》'；而此本謂之《新語》，不知孰更名之，蓋近世所傳。"[③]黃伯思是宋徽宗時人，其所言近世，當是北宋初期。在這一時期《世說新書》《世說新語》二名並行，清人沈濤對此有論述，言："《太平廣記》引王導、桓溫、謝鯤諸條，皆云出《世說新書》，則宋初本尚作《新書》，不作《新語》。然劉義慶書但作《世說》，見《隋書·經籍志》。《藝文類聚》《北堂書抄》諸類書所引，亦但作《世說》。《新書》《新語》皆後起之名。"[④]

余嘉錫認爲《世說新書》才是本名，《隋書·經籍志》以下稱《世說》者，皆是《世說新書》的省文。余嘉錫云："沈氏引《太平廣記》，可爲黃氏説添一佐證。至其謂義慶本名《世說》，其《新書》之名亦後起，則非也。劉向校書之時，凡古書經向別加編次者，皆名新書，以別於舊本。故有《荀卿新書》（見《荀子》後劉向叙）、《晁氏新書》（見《隋志》）、《賈誼新書》（見《新唐志》）之名。《漢書·藝文志》有左丘明《國語》二十一

---

① 《太平廣記索引》，北京：中華書局 1982 年版，第 4 頁。
② （宋）李昉等編纂：《太平廣記》，北京：中華書局 1962 年版。
③ （宋）黃伯思撰：《東觀餘論》，《叢書集成新編》第 51 冊，臺北：新文豐出版公司 1985 年版，第 270 頁。
④ （清）沈濤撰：《銅熨斗齋隨筆》，《續修四庫全書》第 1158 冊，上海：上海古籍出版社 2002 年版，第 676 頁。

篇，又有《新國語》五十四篇，注云：'劉向分《國語》。'又《説苑叙録》云：'臣向所校中書《説苑》，更以造新事十萬言，號曰《新苑》。'（見宋本《説苑》後）皆其證也。劉向《世説》雖亡，疑其體例亦如《新序》《説苑》，上述春秋，下紀秦、漢。義慶即用其體，托始漢初，以與向書相續，故即用向之例，名曰《世説新書》，以別於向之《世説》。其《隋志》以下但題《世説》者，省文耳。猶之《孫卿新書》，《漢志》但題《孫卿子》；《賈誼新書》，《漢志》但題《賈誼》，《隋志》但題《賈子》也。"① 此外，余嘉錫還否定了敬胤注的真實性，他認爲敬胤注是宋代人附會的。余嘉錫箋疏《世説新語·尤悔》第四條時，按語曰："嘉錫案：汪藻《考異録》第十卷五十一事，與《世説》多重出，惟有三事爲今本所無。其注則與孝標注全不同，多自稱'敬胤案'。汪藻云：'其所載以宋、齊人爲今人。則敬胤者，孝標以前人也。'嘉錫又案：孝標並不采用敬胤注，而獨有此一條，蓋宋人所附入也。"② 固然，《隋書·經籍志》以下稱《世説》者，有可能是《世説新書》甚至是《世説新語》的省文，且即便否定了敬胤注的真實性，但劉孝標注《世説新語》也用《世説》書名，却不是省文能夠解釋的了。故余嘉錫以《世説新書》爲原書名之説，證據不夠充分。至於《世記》《世紀》《世統》《劉義慶記》《晉宋奇談》等名，其中《世記》《世紀》《世統》可能是《世説》之字形的訛誤，而《劉義慶記》《晉宋奇談》應是後世抄録刊刻者或藏書家、書賈所有意爲之者。

《世説新語》的卷數，汪藻《世説叙録》有較爲詳盡的載録：

> 兩卷，章氏本跋云：癸巳歲借舅氏本，自"德行"至"仇隙"

---

① 余嘉錫著：《四庫提要辨證》，北京：中華書局 1980 年版，第 1018—1019 頁。
② （南朝宋）劉義慶著，（南朝梁）劉孝標注，余嘉錫箋疏：《世説新語箋疏》，北京：中華書局 2007 年第 2 版，第 1053 頁。

三十六門，釐爲上下兩篇。

三卷，晁氏本以"德行"至"文學"爲上卷，"方正"至"豪爽"爲中卷，"容止"至"仇隙"爲下卷。又李本云：凡稱《世説新書》者，皆分卷爲三。

八卷，《隋經籍志》《唐藝文志》並八卷。

十卷，《南史·劉義慶傳》著《世説》十卷。錢晏黃王本並十卷，而篇第不同。

十一卷，顏氏張氏本三十六篇外，更收第十卷，無名，只標爲第十卷。①

此外，明人李栻《歷代小史》本有一卷本《世説新語》，清人王仁俊《玉函山房輯佚書補編》本有題作《説苑》的《世説新語》一卷本等，諸子集成有《世説新語》六卷本。上述諸本，以八卷本、十卷本和三卷本爲主，其他各卷本皆是此三本的不同抄録整理本。

八卷本和十卷本，源於《隋書·經籍志》、兩《唐志》等書志之著録，三書志著録有《世説》八卷，同時也著録有十卷本劉孝標注本。南宋人晁公武認爲八卷本《世説》是原本，劉孝標注八卷本《世説》時，釐而爲十卷本。②汪藻《世説叙録》懷疑八卷本《世説》爲劉義慶原本，十卷本則由劉義慶原書與劉孝標注合而爲一，十卷本不是劉義慶原本。③事實上，兩《唐

---

① （南朝宋）劉義慶撰，（南朝梁）劉孝標注：《世説新語》，上海：上海古籍出版社 1982 年版，第 613—614 頁。

② （宋）晁公武《郡齋讀書志》卷十三"小説類"著録《世説新語》，云："《唐藝文志》云：'劉義慶《世説》八卷，劉孝標《續》十卷。'而《崇文總目》止載十卷，當時孝標續義慶元本八卷，通成十卷耳。家本有二：一極詳，一殊略。未知孰爲正，未知誰氏所定，然其目則同。劉知幾頗言非其實録，予亦云。"

③ （南朝宋）劉義慶撰，（南朝梁）劉孝標注：《世説新語》，上海：上海古籍出版社 1982 年版，第 614—615 頁。

志》著録劉孝標十卷本注本時，誤以爲是續書，誤注爲《續世説》十卷本。①
劉盼遂以唐寫本《世説新書》殘卷後題《世説新書第六》，認爲此殘卷應爲
十卷本；該殘卷中的文本信息足以證明"《世説》臨川王本，原分八卷，孝
標作注，以其繁重，釐爲十卷"。②至於二卷本和十一卷本，則是宋代人
抄録。

　　三卷本是兩宋間形成的刻本。宋高宗紹興八年（1138）董弅刻三卷本，
其跋云："右《世説》三十六篇，世所傳釐爲十卷，或作四十五篇，而末卷
但重出前九卷中所載。余家舊藏，蓋得之王原叔家，後得晏元獻公手自校
本，盡去重復，其注亦小加剪截，最爲善本。"③據董弅跋語，則今世所傳三
卷本，是晏殊校理而成，已不是原本。首先是分卷的不同，無論是就八卷本
還是十卷本而言，三卷本的編例已經大不相同；其次是對劉孝標注的增删，
以唐寫本《世説新書》殘卷校今傳三卷本《世説新語》，除文字異同外，今
三卷本確實多有對劉孝標注的增删。不過，晏殊應未對正文做删改。唐寫本
殘卷存《規箴篇》二十四事、《捷悟篇》七事、《夙惠篇》七事、《豪爽篇》
十一事，凡五十一事，内容及次序與今三卷本相同，可見晏殊可能未删改正
文。④南宋孝宗淳熙十五年（1188）陸游曾刻《世説新語》，明嘉靖間吳郡袁
褧（尚之）嘉趣堂重雕，分三卷，亦從晏殊校理本出，不同處在於陸游刻本
每卷分上下。

　　今傳三卷本《世説新語》分門別類爲三十六門（或作篇、類），另還

---

　　①　（清）王先謙《世説新語考證》云："按新舊兩《志》云劉撰《續世説》與《隋志》《世説》注
本差次同，此《唐志》誤以劉注爲劉續也。"見（南朝宋）劉義慶撰，（南朝梁）劉孝標注：《世説新
語》，上海：上海古籍出版社1982年版，第600頁。

　　②　劉盼遂著：《劉盼遂文集》，北京：北京師範大學出版社2002年版，第201—203頁。

　　③　（南朝宋）劉義慶著，（南朝梁）劉孝標注，余嘉錫箋疏：《世説新語箋疏》，北京：中華書局
2007年第2版，第1093頁。

　　④　蕭虹認爲："將唐卷正文與今本的相應部分比較，雖字面小有出入，但未包含更多材料。即使
考慮到殘卷在整部著作中僅占很小比例，但我們仍然可以將它作爲《世説新語》正文未受到大面積删除
的旁證。"見蕭虹著：《世説新語整體研究》，上海：上海古籍出版社2011年版，第103頁。

有三十八門、三十九門、四十五門之分。據董弅跋語，分四十五門者是十卷本，但末卷與前面各卷内容重復，被晏殊删去，厘爲三卷本。又，汪藻《〈世説〉叙録》云："三十八篇：邵本于諸本外，别出一卷；以《直諫》爲三十七，《奸佞》爲三十八。唯黄本有之，它本皆不録。三十九篇：顏氏、張氏又以《邪諂》爲三十八，别出《奸佞》一門爲三十九。按二本於十卷後復出一卷，有《直諫》《奸佞》《邪諂》三門，皆正史中事，而無注。顏本只載《直諫》，而餘二門亡其事。張本又升《邪諂》在《奸佞》上，文皆舛誤不可讀，故它本削而不取。然所載亦有與正史小異者，今亦去之，而定以三十六篇爲正。"①據此可知，三十八門本和三十九門本中，最後二或三門皆爲正史中事，無注，且皆舛誤不可讀，又兼它本皆無，故汪藻將最後二或三門皆删去，成三十六門。

第二節　《世説新語》的編例

上述對《世説新語》書名、卷數、分門的清理，爲探討《世説新語》的文體表現之一——編例，提供了文獻基礎。《世説新語》的成書，應是劉義慶集衆人之功，纂輯舊文而成。魯迅即曾言："然《世説》文字，間或與裴郭二家書所記相同，殆亦猶《幽明靈》《宣驗記》然，乃纂輯舊文，非自由造；《宋書》言義慶才詞不多，而招聚文學之士，遠近必至，則諸書或成於衆手，未可知也。"②魯迅"纂輯舊文"之説，可由劉孝標注《世説》引書多達 400 多種證實。但劉義慶纂輯舊文以成《世説》，也有一定的編例。

---

① （南朝宋）劉義慶撰，（南朝梁）劉孝標注：《世説新語》，上海：上海古籍出版社 1982 年版，第 616—617 頁。
② 魯迅著：《中國小説史略》，上海：上海古籍出版社 1998 年版，第 38—39 頁。

《世説新語》編例最鮮明的特徵是"以類相從，條別篇目"。今本《世説新語》有三十六門，每一門都有篇目名，分別是：

"德行第一""言語第二"（以上上卷上）

"政事第三""文學第四"（以上上卷下）

"方正第五""雅量第六""識鑒第七"（以上中卷上）

"賞譽第八""品藻第九""規箴第十""捷悟第十一""夙惠第十二""豪爽第十三"（以上中卷下）

"容止第十四""自新第十五""企羨第十六""傷逝第十七""棲逸第十八""賢媛第十九""術解第二十""巧藝第二十一""寵禮第二十二""任誕第二十三""簡傲第二十四"（以上下卷上）

"排調第二十五""輕詆第二十六""假譎第二十七""黜免第二十八""儉嗇第二十九""汰侈第三十""忿狷第三十一""讒險第三十二""尤悔第三十三""紕漏第三十四""惑溺第三十五""仇隙第三十六"（以上下卷下）

此種纂輯舊文的方式，是對漢代劉向校書的模仿。劉向校書，如校序《戰國策》《説苑》《新序》《百家》《世説》等，是將雜亂的文獻材料按照一定的義理觀念，進行"以類相從，一一條別篇目"的整理工作，從而使之固態化爲一種有系統結構的文獻。劉義慶集衆人之功纂輯舊文成《世説》，是對劉向校序《世説》《説苑》《新序》等書的模仿，所不同者在於劉義慶《世説》之舊文來源於文本已經相對穩定的文獻。蔡元培爲易宗夔《新世説》作跋，指出劉義慶《世説》模仿劉向《世説》之實，曰："昔漢魏之際，漸尚清談，逮晉宋而極盛。臨川王義慶，乃仿劉子政《世説》之例而作新書，務以標領新異已耳。得博聞强記之孝標爲之作注，而其書始有裨於掌故焉。"①

---

① 周駿富輯：《清代傳記叢刊》第 18 册，臺灣：明文書局 1985 年版，第 799 頁。

向宗魯也曾指出劉義慶《世説》模仿劉向《説苑》之處，言：

> 予謂《世説》即《説苑》，原注《説苑》二字，淺人加之，考《御覽》三十五引《世説》（湯之時大旱七年云云），不見義慶書而見《説苑·君道篇》。《書鈔》百四十一引《世本》（載雍門伏事，"伏"乃"狄"之譌），其文與《世本》不類；"《世本》"乃"《世説》"之譌，今見《説苑·立節篇》。……此所引皆中壘《世説》也。《初學記》十七引劉義慶《説苑》（人餉魏武云云），今見《世説·捷悟篇》。又卷十九引劉義慶《説苑》（鄭玄家奴婢皆讀書云云），今見《世説·文學篇》。黎刊《太平寰宇記》一百十八引劉義慶《説苑》（晉羊祜領荆州云云），今略見《世説·排調篇》。此所引皆臨川《説苑》也。是則臨川之《説苑》即《世説》，而中壘之《世説》即《説苑》，審矣。（中壘之與臨川，一則推本經術，一則祖尚玄虛，其旨異。一則辭多繁博，一則言歸簡要，其文異。所以得同名者，以其分門隸事，體制相類也。）①

向宗魯所謂"臨川之《説苑》即《世説》，而中壘之《世説》即《説苑》，審矣"，劉義慶《説苑》即《世説》自是無可厚非，但言劉向之《世説》即《説苑》，却稍顯理據不足。然其指出的劉義慶《世説》沿襲劉向《世説》書名，模仿劉向《説苑》之"分門隸事"而"體制相類"，却是有道理的。

《漢書·藝文志》云："劉向所序六十七篇。"原注："《新序》《説苑》《世説》《列女傳頌圖》也。"可知《世説》之書名，肇自劉向。劉向《新序》《説苑》《世説》是性質相同的書。劉義慶以《世説》爲書名，顯係對劉

---

① （漢）劉向撰，向宗魯校正：《説苑校證·叙例》，北京：中華書局1987年版，第1頁。

向《世説》的承襲。又，劉義慶《世説》亦被稱爲《説苑》，初唐徐堅等編《初學記》，其中卷十七"題酪"條和卷十九"鄭泥中"條引"劉義慶《説苑》"，① 所引之文分別是今三卷本《世説新語》中《捷悟》第 2 條和《文學》第 3 條。② 余嘉錫懷疑劉義慶《説苑》爲他書之誤名，"隋唐志皆不著録，亦不見他書引用，恐是《寰宇記》之誤"。③ 如無其他證據謂"劉義慶《説苑》"係他書之誤名，則劉義慶《世説》又名《説苑》。如此，劉義慶《世説》之書名，不僅承襲劉向《世説》，還承襲劉向《説苑》。

除承襲書名外，劉義慶《世説新語》還模仿劉向《説苑》《世説》諸書，按照一定的義理來"條別篇目"和結構篇類。今本《世説新語》的篇目名，如"德行""言語""政事""文學""汰侈"等，類似於《説苑》的"貴德""善説""理政""修文""刺奢"等篇目名，又《説苑》與今本《世説新語》兩書都有"正諫"篇。或謂漢魏南北朝時有以二字爲篇目名的風習，如今本《春秋繁露》中有"玉杯""竹林""玉英""精華""王道""滅國""奉本""觀德""郊義""郊祭""順命""正貫""十指""重政""二端""符瑞""實性""天容""基義"等二字篇目名，④ 王符《潛夫論》有"贊學""務本""考績""思賢""忠貴""浮侈""慎微""明忠""本訓""德化"等二字篇目名，⑤ 今本揚雄《法言》、今本王充《論衡》、今本應劭《風俗通義》則全

---

① （唐）徐堅等著：《初學記》，北京：中華書局，1962 年，第 429、464 頁。

② （南朝宋）劉義慶撰，（南朝梁）劉孝標注：《世説新語》，上海：上海古籍出版社 1982 年版，第 313、115 頁。

③ （南朝宋）劉義慶著，（南朝梁）劉孝標注，余嘉錫箋疏：《世説新語箋疏》，北京：中華書局 2007 年第 2 版，第 955 頁。

④ 徐復觀認爲《春秋繁露》應成書在東漢明德以後："我推測《春秋繁露》十七卷，是在東漢明德馬後以後，《西京雜記》成書以前，有人删繁輯要，重新編定而成。《西京雜記》'董仲舒夢蛟龍入懷，乃作《春秋繁露》詞'，是葛洪成此書時，《春秋繁露》之名早已出現。"見徐復觀著：《兩漢思想史》第二卷，上海：華東師範大學出版社 2001 年版，第 191。有關《春秋繁露》的真僞及其版本流傳問題，可參見崔濤著：《董仲舒的儒家政治哲學》附録，北京：光明日報出版社 2013 年版，第 178—198 頁。

⑤ 《潛夫論》的相關問題，可參見劉文英《王符評傳　附崔寔、仲長統評傳》，南京：南京大學出版社 1993 年版。

以二字爲篇目名,郭頒《魏晉世語》、①干寶《搜神記》、②荀氏《靈鬼志》③等
亦皆有"以類相從"、以二字爲篇目名的現象。然從書名的承襲與結構模式
而言,劉義慶《世説新語》更應該追源到劉向《説苑》。

就今本劉義慶《世説新語》而言,其結構模式可從三方面來考察。

首先是三十六門的整體結構。饒宗頤在《世説新語校箋序》中指明《世
説新語》的體例,言:"《世説》之書,首揭四科,原本儒術。中卷自《方
正》至《豪爽》,瑾瑜在握,德音可懷。下卷之上,類指偏激者流;下卷之
下,則陳險征細行。"④所謂四科,上卷之"德行""言語""政事""文學"
也,其篇目名與次第,與"孔門四科"相同,故云"原本儒術";中卷"方
正"等九門,皆爲褒揚人物,但特徵不同,故云"瑾瑜在握,德音可懷";
下卷二十三門,則分爲"偏激者流"與"險征細行"兩大類以區分。饒宗頤
如此點出《世説新語》的整體結構模式,是慧識,惜乎未能展開。傅錫壬則

---

① 《三國志》卷二十三《裴潛傳》裴注云:"案本志,(韓)宣名都不見,惟《魏略》有此傳,而
《世語》列於名臣之流。"此條引文或可説明《魏晉世語》有分類,且以二字爲篇目名。郭頒《魏晉世
語》,劉孝標注《世説》引述14次。葉德輝《世説新語佚文・序》云:"《世説新語》佚文引見唐、宋
人類書者(《太平御覽》三百五十三引……),往往與《世語》相出入。按《世語》晉郭頒撰,見《隋
志》雜史類。孝標作注,時亦援引以證異同,則臨川此書,或即以之爲藍本也。"見(南朝宋)劉義慶
撰,(梁)劉孝標注《世説新語》,上海古籍出版社1982年版,第541頁。范子燁早期認爲《魏晉世
語》有分類,後認爲《魏晉世語》沒有分類。其言:"《三國志》卷四《三少帝紀・高貴鄉公》裴注:
'……虞溥、郭頒皆晉之令史……溥著《江表傳》,亦粗有條貫。惟頒撰《魏晉世語》,蹇乏全無宮商,
最爲鄙劣,以時有異事,故頗行於世。'據此則《世語》本無分類,斷然可知。"范子燁著:《魏晉風度
的傳神寫照——〈世説新語〉研究》,西安:世界圖書西安出版公司2014年版,第38頁。
② 目前可查《搜神記》以類相從的篇目名有"感應""神化""妖怪""變化"。如《水經注》卷
二十一"汝水"條引王子喬事,結尾云:"是以干氏書之於《神化》。"卷三十九"廬江水"引吳郡太守
張公直事,結尾云:"故干寶書之於《感應》焉。"見(北魏)酈道元著,(清)王先謙校:《合校水經
注》,北京:中華書局2009年版,第324、562—563頁。二見今本《按神記》卷一"漢王喬"、卷四
"張璞"條。《法苑珠林》卷三十一"妖怪篇"首引:"妖怪者,干寶記云。"卷三十二"變化篇"引:
"故干寶記云:天有五氣,萬物化成……"見(唐)道世編撰《法苑珠林》,上海古籍出版社1991年版,
第237、245頁。今本《搜神記》卷六首條云:"妖怪者,益精氣之依物者也。"卷十二收條。今本《搜
神記》四條分見第7、49、67、146—147頁。見(晉)干寶撰,汪紹楹校注:《搜神記》,北京:中華
書局1979年版。
③ 劉孝標注《世説》,今本《方正》篇第37條引荀氏《靈鬼志》,云:"《靈鬼志・謠征》曰:'明
帝初,有謠曰:"高山崩,石自破。"高山,峻也。碩,峻弟也。後諸公誅峻,碩猶據石頭,潰散而逃,
追斬之。'"(南朝宋)劉義慶撰,(南朝梁)劉孝標注,余嘉錫箋疏:《世説新語箋疏》,北京:中華書
局2007年第2版,第376頁。
④ 楊勇撰:《世説新語校箋》(修訂本)"饒序",臺北:正文書局2000年版,第1頁。

認爲："余以爲《世説新語》之首四篇，實爲全書之中心思想，亦即所謂本體論者也。而其他三十二篇均循此主體而演繹之，或可目爲批評論。批評論者，就當時文人、仕宦、談士之言行逸事，就其德行才能之優劣予以批判，當亦有二途：一爲贊賞，自'方正第五'迄'寵禮第二十二'諸篇屬之；一爲貶斥，自'任誕第二十三'迄'仇隙三十六'諸篇屬之。"[①]傅錫壬以首四門爲本體論，以後三十二門爲批評論，對理解劉義慶《世説新語》的結構系統有裨益，但如此分剖則略顯牽强。范子燁將今本《世説新語》三十六門與"九品官人之法"結合考察，認爲三十六門中，由"德行"到"仇隙"是一個由褒到貶的序列，即上上品是"德行""言語""政事""文學"，上中品是"方正""雅量""識鑒""賞譽"，上下品是"品藻""規箴""捷悟""夙惠"，中上品是"豪爽""容止""自新""企羨"，中中品是"傷逝""棲逸""賢媛""術解"，中下品是"巧藝""寵禮""任誕""簡傲"，下上品是"排調""輕詆""假譎""黜免"，下中品是"儉嗇""汰侈""忿狷""讒險"，下下品是"尤悔""紕漏""惑溺""仇隙"。范子燁認爲這種結構模式不僅與班固《古今人表》吻合，而且與晉人常璩《華陽國志》卷十一原附《士女目録》也有相關性。[②]范子燁的這一推論是符合實際的。其實，劉義慶如此結構《世説新語》，不僅僅是"九品官人法"等文化制度的原因，更有社會現實問題的因素，余嘉錫箋疏《任誕》篇目名時云："國於天地，必有興立。管子曰：'四維不張，國乃滅亡。'自古未有無禮義，去廉恥，而能保國長世者。自曹操求不仁不孝之人，而節義衰；自司馬昭保持阮籍，而禮法廢。波靡不返，舉國成風，紀綱名教，蕩焉無存。以馴致五胡之亂，不惟亡國，且幾亡種族矣。君子見微而知著，讀《世説》'任誕'之篇，亦千古之殷鑒也。"①劉義慶是一個具有較高政治才能和軍事才能的人，且是一個有政治情懷的人，因此個人與時代之間會有衝突；但劉氏家族的政治傾軋和殘酷鬥爭，也讓劉義慶采取了韜晦的安身之道。②如此，則《世説新語》三十六門的現實意義自然凸顯，而三十六門的安排，自然含蘊著劉義慶的價值觀念，並形成爲一個有機的系統。

其次是每一門中各章具有獨立性，但各章之序次存在一定的規律，即"以時序事"和"以人（或主題）隸事"相結合的序次模式。③具體而言，每一門的各章大體依據人所處或事之發生時代先後排序，如果人所處或事之發生歷史時代相同，則以個體的人或者事之主題相同或相近來安排各章的序次。依時代先後序次各章的模式，毋庸多言。以個體的人或者事之主題相同或相近來序次各章，此可舉例證之。凌濛初評《世説新語·方正》第三十五條時指出，此條中"鍾"之省稱承第三十四條中的人物"侍中鍾雅"全稱，因此不言名字，進而指出"《世説》原有斷而不斷之意，不得擅攪改"。④又如《世説新語·文學》，第一至四條爲經學主題，第五至六十五條爲玄學、佛學主題，第六十六至一百四條爲文章主題。王世懋批第六十五條曰："以上以玄理論文學，文章另出一條，從魏始。蓋一目中復分兩目也。"⑤李慈銘在第六十六條批云："案臨川之意分此以上爲學，此以下爲文。然其所謂學者，清言、釋、老而已。"⑥所謂"一目中復分兩目"，"分此以上爲學，此以

---

① （南朝宋）劉義慶著，（南朝梁）劉孝標注，余嘉錫箋疏：《世説新語箋疏》，北京：中華書局2007年第2版，第852—853頁。
② 關於這一方面的論述，可參見曹之：《〈世説新語〉編撰考》，《河南圖書館學刊》1998年第1期。
③ 范子燁總結《世説新語》每一門各章的序次規則是"首先是以時代先後爲序"，"其次是在以時代先後爲序的前提下，集中寫某一人物或同一家族之人物"。見范子燁：《魏晉風度的傳神寫照——〈世説新語〉研究》，西安：世界圖書西安出版公司2014年版，第19—23頁。
④ 魏同賢、安平秋主編：《凌濛初全集》第七冊《世説新語鼓吹》，南京：鳳凰出版社2010年版，第164頁。
⑤ 徐震堮撰：《世説新語校箋》上冊，北京：中華書局1984年版，第134頁。
⑥ （南朝宋）劉義慶著，（南朝梁）劉孝標注，余嘉錫箋疏：《世説新語箋疏》，北京：中華書局2007年第2版，第289頁。

下爲文"，則是以事之主題的不斷而斷。

最後是各章之結構。一如魯迅指出，《世説新語》或是劉義慶集衆人之力纂輯舊文而成，故劉義慶序次各章時，存在著對各章材料原貌的態度。南宋高似孫《緯略》卷九曾評價劉義慶《世説新語》和劉孝標注，云："宋臨川王義慶采撷漢、晉以來佳事佳話爲《世説新語》，極爲精絶，而猶未爲奇也。梁劉孝標注此書，引援詳確，有不言之妙。如引漢、魏、吳諸史及子、傳、地理之書，皆不必言；只如晉氏一朝史及晉諸公別傳、譜録、文章凡一百六十六家，皆出於正史之外。紀載特詳，聞見未接，實爲注書之法。"① "采撷"與"引援"是對待材料的兩種態度。《世説新語》之"采撷漢、晉以來佳事佳話"，有或多或少增删潤飾之功，故有"精絶"之譽；劉義慶注之"引援"各書，大體忠於材料，因而有"詳確"之謂。劉義慶增删潤飾原材料的方法，王能憲總結爲"簡化""增添""潤飾"三法，② 范子燁則總結出"簡擇法""增益法""拆分法""兼存法""附注法"五種。③ 二人分析極爲詳盡，此不贅述。相較而言，范子燁所總結五種"采撷"之方法的前兩種即是王能憲所總結之法。而劉義慶增删潤飾材料，是以符合門類主旨爲目的。

第三節　《世説新語》的語體

宋朝人劉應登《世説新語序》曾評價《世説新語》，云："晉人樂曠多奇情，故其言語文章，別是一色，《世説》可睹已。《説》爲晉作，及于漢、魏者，其餘耳。雖典雅不如左氏《國語》，馳騖不如諸《國策》，而清微簡遠，居然玄勝。概舉如衛虎渡江，安石教兒，機鋒似沈，滑稽又冷，類入人夢思，

---

　　① （宋）高似孫著：《緯略》，《叢書集成初編》，上海：商務印書館 1939 年版，第 133 頁。
　　② 王能憲著：《世説新語研究》，南京：江蘇古籍出版社 1992 年版，第 44—63 頁。
　　③ 范子燁著：《魏晉風度的傳神寫照——〈世説新語〉研究》，西安：世界圖書西安出版公司 2014 年版，第 23—33 頁。

有味有情，咽之愈多，嚼之不見。……臨川善述，更自高簡有法，反正之評，庆實之載，豈不或有？亦當頌之，使與諸書並行也。"① 劉應登所言"清微簡遠"可謂是對《世說新語》言語特徵的高度概括；所謂"高簡有法""反正之評""庆實之載"，則是從文章學的角度概括《世說新語》的特徵。將兩者結合起來，可概括《世說新語》的語體特徵主要有兩個方面，即言簡意豐與以形寫神。

所謂言簡意豐，即是語言簡約而含蘊豐富。今本劉義慶《世說新語》各章，無論是記言、記事或事言兼記，大體是"叢殘短語"的模式。今本《世說新語》36門1130章，篇幅長者200餘字，短者不足10字，其中記言者相對篇幅短小，尤其是"言語""賞譽""品藻"諸門。如"言語"第73章："劉尹云：'清風朗月，輒思玄度。'""言語"第87章："林公見東陽長山曰：'何其坦迤！'""賞譽"第14章："武元夏目裴、王曰：'戎尚約，楷清通。'""賞譽"第42章："庾公目中郎：'神氣融散，差如得上。'""品藻"第59章："孫承公云：'謝公清于無奕，潤于林道。'""品藻"第66章："蔡叔子云：'韓康伯雖無骨幹，然亦膚立。'"記事或事言兼記者也有短小者，如"企羨"第5章："郗嘉賓得人以己比符堅，大喜。""賞譽"第53章："胡毋彥國吐佳言如屑，後進領袖。""品藻"第11章："庾中郎與王平子雁行。"少數記言和事言兼記者篇幅較長，如"文學"第53章：

張憑舉孝廉，出都，負其才氣，謂必參時彦。欲詣劉尹，鄉里及同舉者共笑之。張遂詣劉。劉洗濯料事，處之下坐，唯通寒暑，神意不接。張欲自發無端。頃之，長史諸賢來清言。客主有不通處，張乃遙於末坐判之，言約旨遠，足暢彼我之懷，一坐皆驚。真長延之上坐，清言彌日，因留宿至曉。張退，劉曰："卿且去，正當取卿共詣撫軍。"張還

_____

① （南朝宋）劉義慶著，（南朝梁）劉孝標注，余嘉錫箋疏：《世說新語箋疏》，北京：中華書局2007年第2版，1091頁。

船，同侶問何處宿？張笑而不答。須臾，真長遣傳教覓張孝廉船，同侶
愧愕。即同載詣撫軍。至門，劉前進謂撫軍曰："下官今日爲公得一太
常博士妙選！"既前，撫軍與之話言，咨嗟稱善曰："張憑勃窣爲理窟。"
即用爲太常博士。①

此章篇幅也僅 209 字，故《世説新語》之記言，雖如諸子語録體（尤其是
《論語》），②但並未如諸子語録以思想學説爲主導邏輯辯論，而是"因事觸
發、片言破的的斷語和因題研討、辭理並重的評判"，③追求語言自身含蘊的豐
富性。至於記事，雖以人之行動爲核心，且以真實性爲價值評判標準之一，但
不求事之完整與宏大，而是以生活瑣細片斷書寫突顯人物的精神世界，如上舉
"張憑舉孝廉"章即是如此。此種言語形式和内容側重，一如前述，是劉義慶有
意爲之，形成了"形式向内容顯示出自身的獨立性和主動性"的效果。④

所謂以形寫神，是指不拘泥於人物外在形貌的描畫，不拘泥於所記之言與
事完整性。"省略掉無關'神明'的部分，選取對象最富於'玄韻'之處"，⑤
通過片言隻語和瑣細生活片斷載記，刻畫出内在神情，與魏晉六朝的繪畫思

---

① （南朝宋）劉義慶著，（南朝梁）劉孝標注，余嘉錫箋疏：《世説新語箋疏》，北京：中華書局
2007 年第 2 版，第 279 頁。
② 張海明《〈世説新語〉的文體特徵與清談的關係》（《文學遺産》，1997 年第 1 期）提出："儘管
《論語》的篇章劃分並未依從孔門四科，與《世説》不類，但在記載人物言行及偏於語録體等方面，或
許對《世説》不無影響。"石昌渝説："志人小説這種題材類型最早可以追溯到先秦諸子散文，《論語》和
《孟子》記載了孔丘和孟軻的某些言行，許多片斷言論和行爲彙集成書，這種言行録方式成爲志人小説文
體的基本特徵之一。"見石昌渝著：《中國小説源流論》，北京：生活·讀書·新知三聯書店 1994 年版，
第 112 頁。
③ 劉偉生著：《世説新語藝術研究》，長沙：湖南大學出版社 2008 年版，第 41 頁。
④ 關於此點，陳文新概述道：《世説新語》是紀實的（少數與事實不符，係因傳聞異詞，不是作
者有意的虛構），故其記載多爲唐人修《晉書》時取用，如《德行》之"管寧華歆共園中鋤菜"、《言語》
之"過江諸人"等，但《世説新語》的審美指向却大異於《晉書》，前者被譽爲"簡約玄澹"，後者則予
人凝重之感。這是由於，講究淡化的《世説新語》，其文體有著獨特的風味，由情節化走向意緒化，經
驗世界的人爲的完整性消失了，取而代之的是活躍的"玄韻"。而在《晉書》中，"玄韻"却被人爲的完
整性和莊重風格所窒息。見陳文新著：《文言小説審美發展史》，武漢：武漢大學出版社 2007 年版，第
160 頁。
⑤ 陳文新著：《文言小説審美發展史》，武漢：武漢大學出版社 2007 年版，第 160 頁。

想相同。今本《世説新語·巧藝》中有多章記當時人關於繪畫的言和事，如第 8、9、11、13、14 章：

> 戴安道中年畫行像甚精妙。庾道季看之，語戴云："神明太俗，由卿世情未盡。"戴云："唯務光當免卿此語耳。"

> 顧長康畫裴叔則，頰上益三毛。人問其故，顧曰："裴楷俊朗有識具，正此是其識具。"看畫者尋之，定覺益三毛如有神明，殊勝未安時。

> 顧長康好寫起人形。欲圖殷荆州，殷曰："我形惡，不煩耳。"顧曰："明府正爲眼爾。但明點童子，飛白拂其上，使如輕云之蔽日。"

> 顧長康畫人，或數年不點目精。人問其故，顧曰："四體妍蚩，本無關於妙處。傳神寫照，正在阿堵中。"

> 顧長康道畫："手揮五弦易，目送歸鴻難。"[1]

《世説新語》以形寫神的書寫，著力於通過"形"尤其是富有特性的、具有代表性的"形"來傳達人物之"神"，形成了與史傳書寫並不相同的文體特徵。如"言語"中的"新亭對泣"、"任誕"中的"雪夜訪戴"、"文學"中的"孫安國往殷中軍許共論"、"忿狷"中的"王藍田性急"等，通過采擷一事一言，讓人物躍然紙上。前人對《世説新語》語體特徵評價頗高，如南宋人劉辰翁評價《世説新語》此一特徵言："晉人崇尚清談，臨川王變史家

---

[1] （南朝宋）劉義慶著，（南朝梁）劉孝標注，余嘉錫箋疏：《世説新語箋疏》，北京：中華書局 2007 年第 2 版，第 846、847、848、849 頁。

爲説家，撮略一代人物於清言之中，使千載而下，如聞謦欬，如睹鬚眉。"①
劉辰翁直言《世説新語》是説體文，但劉辰翁强調的並不是《世説新語》
"清言"的學理性，而是能傳人物之神情，是千載之後都能"如聞謦欬，如
睹鬚眉"。清人毛際可則云："昔人謂讀《晉書》如拙工繪圖，塗飾體貌；而
殷、劉、王、謝之風韻情致，皆於《世説》中呼之欲出，蓋筆墨靈雋，得其
神似，所謂頰上三毫者也。"②毛際可通過與《晉書》的對比，凸顯出《世説
新語》以"頰上三毫"之筆傳神的特徵。

第四節 "世説體"的形成與影響

魏晉南北朝時期，在劉義慶《世説新語》之前，代表性的"世説體"小
説有邯鄲淳《笑林》、裴啓《語林》、郭澄之《郭子》等；《世説新語》之後，
代表性的"世説體"小説有沈約《俗説》、侯白《啓顔録》等。這些"世説
體"小説皆已亡佚，根據現存之佚文，可以發現它們或與《世説新語》整體
相類。而先於《世説新語》的《語林》《郭子》等書，也是《世説新語》的
材料來源，如《語林》之於《世説新語》、③邯鄲淳《笑林》之於《世説新

---

① 錢曾《讀書敏求記》引劉辰翁語。（清）錢曾撰：《讀書敏求記》，北京：書目文獻出版社 1984
年版，第 78 頁。

② （清）毛際可：《今世説序》，（清）王晫撰：《今世説》，上海：古典文學出版社 1957 年版，第
5 頁。

③ 劉孝標注《世説》，直接注明出《語林》者有《任誕》第 43 章注引作"裴啓《語林》"，《德
行》第 31 章等 35 處劉《注》引作"《語林》"，《方正》第 31 章注、《容止》第 32 章注、《輕詆》第 21
章注等 3 處引作"裴子"，直接注明出《郭子》者有《任誕》第 34 章注引作"《郭子》"，而《惑溺》第
5 章注則似劉孝標概括自《郭子》。魯迅言："然《世説》文字，間或與裴郭二家書所記相同，殆亦猶
《幽明録》《宣驗記》然，乃纂緝舊文，非由自造。"見魯迅著：《中國小説史略》，北京：人民文學出
版社 1973 年版，第 47 頁。周楞伽《第一部志人小説——裴啓〈語林〉》統計爲："現存於唐宋類書中
經馬國翰和魯迅先後采輯的除兩條係議論，七條只有三字至十餘字，似非《語林》原文者不計外，有
一百七十六條志人記事的小説。與今本《世説新語》相核，有八十二條相同，幾達《語林》佚文半數之
多，可見《世説新語》采襲《語林》的廣泛。"見《文史知識》編輯部編：《怎樣讀文學古籍》，北京：
中華書局 1994 年版，第 50 頁。甯稼雨則認爲："如果拿《語林》現存佚文和《世説新語》的文字作一
對比，可以發現《語林》一百八十多條佚文中，大約有一半以上爲《世説新語》所襲用。"見甯稼雨著：
《魏晉士人人格精神：〈世説新語〉的士人精神史研究》，天津：南開大學出版社 2003 年版，第 13 頁。

語·排調》。

邯鄲淳《笑林》原本三卷，最早著録於《隋書·經籍志》小説家類，兩《唐志》同，已佚。魯迅《古小説鉤沉》輯佚文二十九則，稱其"舉非違，顯紕繆，實《世説》之一體，亦後來誹諧文字之權輿也"。[①] 以魯迅《古小説鉤沉》所輯《笑林》佚文爲據，該書也應是纂輯舊文而成，或記言，或記事，具有諧謔性，也屬於"叢殘短語"。如："甲買肉過都，入厠，掛肉著外。乙偷之，未得去，甲出覓肉，因詐便口銜肉云：'掛著門外，何得不失？若如我銜肉著口，豈有失理。'"[②] 這些佚文雖具有諧謔性，但其諧謔主要體現在人之言或行爲的拙與笨，所記之言和事多膚淺，和《世説新語·排調》中語言的機鋒和鋭敏並不相同。故有認爲《笑林》並非"世説體"者。[③] 據文獻記載，曹丕、陸機、陸雲皆可能著有此類書。而晚於《世説新語》的笑話書，"《隋志》有《解頤》二卷，楊松玢撰，今一字不存，而群書常引《談藪》，則《世説》之流也。《唐志》有《啓顔録》十卷，侯白撰。白字君素，魏郡人，好學有捷才，滑稽善辯，舉秀才爲儒林郎，好爲誹諧雜説，人多愛狎之，所在之處，觀者如市"，《啓顔録》"上取子史舊文，近記一己之言行，事多浮淺。又好以鄙言調謔人，誹諧太過，時復流於輕薄矣。其有唐世事者，後人所加也；古書中往往有之，在小説尤甚"。[④]

裴啓《語林》，《隋書·經籍志》是在小説家類《燕丹子》下附注中提及，云："梁有《青史子》一卷；又《宋玉子》一卷，《録》一卷，楚大夫宋玉撰；《群英論》一卷，郭頒撰。《語林》十卷，東晉處士裴啓撰。亡。"[⑤]

---

① 魯迅著：《中國小説史略》，上海：上海古籍出版社 1998 年版，第 41 頁。
② 魯迅校録：《古小説鉤沉》，濟南：齊魯書社 1997 年版，第 43 頁。
③ 持不同意見者，如王恒展認爲："從現存佚文看，所述當爲當時流行民間的笑話，作品中人物多屬下層，無名無姓，但故事情節詼諧幽默。人物形象滑稽可笑，行文簡明直捷. 與後出之'世説體'志人小説有明顯的區别。"見王恒展著：《中國文言小説發展研究》，濟南：山東教育出版社 2016 年版，第 173 頁。
④ 魯迅著：《中國小説史略》，上海：上海古籍出版社 1998 年版，第 41—42 頁。
⑤ （唐）魏徵、令狐德棻撰：《隋書》，北京：中華書局 1973 年版，第 1011 頁。

魯迅《古小説鉤沉》輯佚文一百七十九條。劉義慶《世説新語》有兩處提及裴啓及其《語林》。一是《文學》第 90 章：

> 裴郎作《語林》，始出，大爲遠近所傳，時流年少，無不傳寫，各有一通。載王東亭作《經王公酒壚下賦》，甚有才情。

劉孝標注此章云：

> 《裴氏家傳》曰："裴榮，字榮期，河東人。父稚，豐城令。榮期少有風姿才氣，好論古今人物。撰《語林》數卷，號曰《裴子》。"檀道鸞謂裴松之，以爲啓作《語林》，榮儻別名啓乎？①

一是《輕詆》第 24 章：

> 庾道季詫謝公曰："裴郎云：'謝安謂裴郎乃可不惡，何得爲復飲酒！'裴郎又云：'謝安目支道林如九方皋之相馬，略其玄黄，取其俊逸。'"謝公云："都無此二語，裴自爲此辭耳。"庾意甚不以爲好，因陳東亭《經酒壚下賦》。讀畢，都不下賞裁，直云："君乃復作裴氏學。"于此《語林》遂廢。今時有者，皆是先寫，無復謝語。

劉孝標注此章云：

> 《續晉陽秋》曰："晉隆和中，河東裴啓撰漢、魏以來迄於今時，言

---

① （南朝宋）劉義慶著，（南朝梁）劉孝標注，余嘉錫箋疏：《世説新語箋疏》，北京：中華書局 2007 年第 2 版，第 318 頁。

語應對之可稱者，謂之《語林》。時人多好其事，文遂流行。後説太傅事不實，而有人于謝坐叙其黄公酒壚，司徒王珣爲之賦，謝公加以與王不平，乃云：'君遂復作裴郎學。'自是衆咸鄙其事矣。安鄉人有罷中宿縣詣安者，安問其歸資。答曰：'嶺南涸弊，唯有五萬蒲葵扇，又以非時爲滯貨。'安乃取其中者捉之，於是京師士庶競慕而服焉。價增數倍，旬月無賣。夫所好生羽毛，所惡成瘡痏。謝相一言，挫成美於千載，及其所與，崇虚價于百金。上之愛憎與奪，可不慎哉！"①

由上述材料可見，裴啓《語林》曾甚爲流行。據《續晉陽秋》《語林》所載，係"漢、魏以來迄於今時，言語應對之可稱者"。據魯迅《古小説鉤沉》所輯《語林》佚文而言，《世説新語》之"分門別類"結構模式除外的其他文體特徵，皆存在於《語林》中，所不同者在於《語林》不及《世説新語》"記言玄遠冷俊，記行則高簡瑰奇"。②而據劉孝標引《裴氏家傳》記載，裴啓《語林》在當時應有數卷規模，可能也有"分門別類"的結構模式。

與《語林》相類的郭澄之《郭子》，《舊唐書·經籍志》著録爲"《郭子》三卷，郭澄之撰，賈泉注"，③《新唐書·藝文志》則是"賈泉注《郭子》三卷，郭澄之"。④賈泉，本名淵，唐人避李淵諱改爲泉，《南齊書》卷五二《文學傳》有傳。《郭子》已佚，魯迅《古小説鉤沉》輯佚文八十四則。裴啓曾以其《語林》名《裴子》，郭澄之則是《郭子》，顯係同類之作。又據魯迅《古小説鉤沉》所輯佚文，《世説新語》之"分門別類"結構模式除外的其他文體特徵，皆存在於《郭子》中，其記言記行，差可與《世説新語》媲美。

① （南朝宋）劉義慶著，（南朝梁）劉孝標注，余嘉錫箋疏：《世説新語箋疏》，北京：中華書局2007年第2版，第990—991頁。
② 魯迅著：《中國小説史略》，上海：上海古籍出版社1998年版，第38頁。
③ （後晉）劉昫等撰：《舊唐書》，北京：中華書局1975年版，第2036頁。
④ （宋）歐陽修、宋祁撰：《新唐書》，北京：中華書局1975年版，第1539頁。

沈約《俗説》，最早著録於《隋書·經籍志》雜家類，云："《俗説》三卷，沈約撰。梁五卷。"又小説類著録劉孝標注《世説》十卷後，附注云："梁有《俗説》一卷，亡。"①由此可知，《俗説》早期流傳，就已經有分卷的不同，但不同之原因未見史料記載。魯迅《古小説鉤沉》輯佚文五十二條。相較於《世説新語》，沈約《俗説》所記之言與事，不及《世説新語》靈動，且有部分記事偏重於博物（或博知），如："晉哀帝王皇后有一紫磨金指環，至小，可第五指著。""京下劉光禄養好鵝，劉後軍從京還鎮尋陽，以一隻鵝爲後軍別，純蒼色，頸長四尺許，頭似龍。此一隻鵝，可堪五萬，自後不復見有此類。"②

綜合上述漢末至隋朝"世説體"小説的清理，有如下文體共性：（一）大體皆是叢殘短語；（二）大體皆是以編次舊文爲主，另有一定量的自造新事；（三）大體皆以類相從，條別篇目；（四）大體皆有一定的結構系統。上述四種文體特徵，與《説苑》所呈現的"小説體"相類，但"小説體"《説苑》的結構系統是以儒家政治思想爲核心進行結構，且記事是實現説理的途徑；而以《世説新語》爲代表的"世説體"雖也有一定的結構系統，但其核心是一種知識趣味而非某種思想，且記言記事已成爲目的而不是途徑。

"世説體"的形成，固然在於《世説新語》的出現，但如無後代豐富之評點和仿擬之作，亦不能形成爲一種獨特的小説文體。清人劉熙載曾指出："文章蹊徑好尚，自《莊》《列》出而一變，佛書入中國又一變，《世説新語》成書又一變。此諸書，人鮮不讀，讀鮮不嗜，往往與之俱化。惟涉而不溺，役之而不爲所役，是在卓爾之大雅矣。"③因爲對《世説新語》之愛好，歷代皆有仿擬之書。唐宋元時期有記載和流傳的並不多，典範之作主要有張鷟《朝野僉載》、劉肅《大唐新語》、王讜《唐語林》、孔平仲《續世説》、李垕

---

① （唐）魏徵、令狐德棻撰：《隋書》，北京：中華書局1973年版，第1007、1011頁。
② 魯迅校録：《古小説鉤沉》，濟南：齊魯書社1997年版，第46、51頁。
③ （清）劉熙載撰：《藝概》，上海：上海古籍出版社1978年版，第9頁。

《南北史續世説》、闕名《大唐説纂》等書。明清及近代時期則有數十種"世説體"小説，可謂蔚爲大觀。代表性之作，"明有何良俊《何氏語林》，李紹文《明世説新語》，焦竑《類林》及《玉堂叢話》，張墉《廿一史識餘》，鄭仲夔《清言》等；然其纂舊聞則別無穎異，述時事則傷於矯揉，而世人猶復爲之不已。至於清，又有梁維樞作《玉劍尊聞》，吳肅公作《明語林》，章撫功作《漢世説》，李清作《女世説》，顏從喬作《僧世説》，王晫作《今世説》，汪琬作《説鈴》而惠棟爲之補注，今亦尚有易宗夔作《新世説》也"。①

第五節　以類爲評：《世説新語》分類體系的接受

《世説新語》分門隸事，以類相從。在南宋紹興八年（1138）董弅嚴州校本出現之前，此書的流傳全賴抄本，且各本門數略異。除三十六門定本外，還曾有三十八門本和三十九門本存世。② 前者如汪藻《世説叙録》載"邵本於諸本外別出一卷，以《直諫》爲三十七，《奸佞》爲三十八"，③ 又王應麟《玉海》引"宋劉義慶《世説新語》八卷"，小字注曰"分三十八門"。④ 後者如顏本、張本二種，"有直諫、奸佞、邪諂三門，皆正史中事而無注。顏本只載《直諫》，而餘二門亡其事；張本又升《邪諂》在《奸佞》上。文皆舛誤不可讀，故它本皆削而不取，然所載亦有與正史小異者"。⑤ 此二三之後出門類或摘自正史，"顯示了六朝以降文人對《世説新語》的增補擬作情形"。⑥

① 魯迅著：《中國小説史略》，上海：上海古籍出版社 1998 年版，第 43 頁。
② 或謂有四十五門本，所據即董弅本跋語："右《世説》三十六篇，世所傳釐爲十卷，或作四十五篇，而末卷但重出前九卷中所載。"潘建國據汪藻《叙録》引劉本跋語指出，"所云'四十五篇'，當指第十卷所載四十五事，而非指《世説新語》全書分爲四十五門"，參見潘建國《日本尊經閣文庫藏宋本〈世説新語〉考辨》，《中國典籍與文化》2012 年第 1 期。
③ （宋）汪藻：《世説叙録》，（南朝宋）劉義慶撰，（南朝梁）劉孝標注：《世説新語》，上海：上海古籍出版社 1982 年版，第 616 頁。
④ （宋）王應麟：《玉海》，南京：江蘇古籍出版社、上海：上海書店 1987 年版，第 1048 頁。
⑤ （宋）汪藻：《世説叙録》，（南朝宋）劉義慶撰，（南朝梁）劉孝標注：《世説新語》，上海：上海古籍出版社 1982 年版，第 616 頁。
⑥ 潘建國：《〈世説新語〉在宋代的流播及其書籍史意義》，《文學評論》2015 年第 4 期。

　　雖云各本略異，但堪稱《世説新語》主體的始終是此三十六門：德行、言語、政事、文學、方正、雅量、識鑒、賞譽、品藻、規箴、捷悟、夙惠、豪爽、容止、自新、企羨、傷逝、棲逸、賢媛、術解、巧藝、寵禮、任誕、簡傲、排調、輕詆、假譎、黜免、儉嗇、汰侈、忿狷、讒險、尤悔、紕漏、惑溺、仇隙。這是古代小説較早的分類兼標目，以"孔門四科"開篇，樹立了道可師模的地位，[①] 繼而伴隨卷次的遞增，大抵呈現出立意從褒到貶、[②] 容量由豐入儉的趨勢。

　　正因分門設類不乏主觀意味，分類標準爲何、條目如何歸屬，可以大致反映編者的關注重點和價值立場，此即"以類爲評"。從評家的實踐來看，他們也將某一類目視爲一個整體，如元刻本中署名劉辰翁者之評曰："《世説》之作，正在《識鑒》《品藻》兩種耳。餘備門類，不得不有，亦不儘然"；[③] 冰華居士《合刻三志序》亦曰："義慶撰《世説》，妙在《言語》《賞譽》諸條，其他《方正》《文學》，寥寥不足録也。"[④] 就具體條目而言，任何一種歸置都難以被所有人認同，王思任《世説新語序》便直言："門户自開，科條另定，其中頓置不安，微傳未的，吾不能爲之諱。"[⑤] 可以説，關於這一話題的紛爭經久不衰。在明中後期小説選集和《世説新語》風行的背景下，《世説新語》條目不斷被摭拾、編入他書，又不可避免地面臨編者對原書歸

----

　　① 今人趙西陸評曰："孔門以四科裁士，首列德行之目《世説》分門，蓋規此。"參見周興陸輯著：《世説新語彙校彙注彙評》，南京：鳳凰出版社 2017 年版，第 1 頁。

　　② 有學者以"價值遞減"概括排序原則，參見駱玉明《〈世説新語〉精讀》，上海：復旦大學出版社 2007 年版，第 8 頁。

　　③ 見《品藻》首條批語，明末凌瀛初刊四色套印本《世説新語》，八卷，國家圖書館藏。此書匯有劉應登、劉辰翁、王世懋三家評。最早録有二劉之評的《世説新語》，當爲元至元二十四年八卷本，日本内閣文庫藏，然彼處未載此評。爲行文簡便，本節所引評點本於首次援引時注明出處。

　　④ （明）潘之恒：《合刻三志序》，載《合刻三志》，美國國會圖書館藏明刻本。

　　⑤ 轉引自周興陸輯著：《世説新語彙校彙注彙評》，南京：鳳凰出版社 2017 年版，第 1644 頁。今人論之者如《世説新語》以記人爲主，記事爲副，故其分門亦以人爲準。然細別之，其分類之標準，甚不一致。有以人之行爲爲準者，如德行門、言語門、政事門、文學門等；有以人之性情爲準者，如方正門、雅量門、豪爽門、任誕門等；有以人與人之關係爲準者，如規箴門、寵禮門、輕詆門、惑溺門等。頭緒紛紜，界域混淆，故事中多有分置不當之處，參見馬森《世説新語研究》，臺灣師範大學國文所 1959 年碩士論文。

類的重審與改造。而隨時間推移，《世説新語》的"以類爲評"逐漸顯現出標杆效應，爲其續作乃至其他更多作品所借鑒。由此可知，《世説新語》分類體系雖非盡善，然其首創的"以類爲評"範式在接受史上影響深遠。恰因"以類爲評"難平衆議，持續數百年的觀念交鋒不斷累積，客觀上促使原書的批評思路得以持續深化和開拓，成爲一種開放式的、生長型的批評框架。因此，這一特質應當作爲"世説學"的重要組成部分，得到關注、梳理和探究。

一、由"類"致"評"：歷代評者商榷條目歸類的批評傳統

條目歸置妥當與否，是歷代《世説新語》評者聚訟紛如的重要場域。在這方面，元代付梓的首部評本已肇其端。《賢媛》"王右軍妻郗夫人""王凝之謝夫人"二條，分叙郗氏不滿夫家對待自家兄弟的態度、謝道蘊不滿丈夫的氣度，劉應登對此評道："此二則皆婦人薄忿夫家之事，不當並列《賢媛》中。"此書中劉辰翁之評更著意於此，他評《德行》"晉簡文爲撫軍時"條"復何足于'德行'"；《政事》"賈充初定律令"條"亦非'政事'"，"何驃騎作會稽"條"語甚是，然亦非所謂'政事'"；《雅量》"庾小征西嘗出未還"條"顔色之厚耳，非'雅量'"；《方正》"向雄爲河内主簿"條"憾而已，非'方正'之選"，"王太尉不與庾子嵩交"條"似狎爾，非'方正'也"。這些言辭説明評者心存有關類目定義與範疇的既定認知。如果説《世説新語》的類目設置和條目歸屬代表了劉義慶的批評眼光，那麼評者所論就是對這種眼光的重審。在此過程中，劉辰翁的批評可謂"破立結合"。除了上述指瑕言論，他也爲部分歸類建言，如舉《政事》"嵇康被誅後"條"也是'語言'，不當入《政事》"，《雅量》"王戎七歲嘗與小兒遊"條"當入《夙惠》"。

劉辰翁的批評思路爲其後的評本所繼承，並逐漸形成一種專屬於《世説新語》的批評範式，其中以凌濛初、王世懋之評最爲典型。劉應登認爲安置

不妥的《賢媛》"王凝之謝夫人"條，凌濛初提出"《忿狷》爲是"，[①] 這無疑與劉應登所言"婦人薄忿夫家之事"的"薄忿"一詞隔空呼應。《言語》"會稽賀生"條全文爲"會稽賀生，體識清遠，言行以禮。不徒東南之美，實爲海内之秀"，[②] 凌濛初評其"甚似'賞譽'"，亦有其理。《任誕》"王子猷詣郗雍州"條記叙王徽之在郗恢處獲見氍毹，下令左右送歸己家，"郗出覓[③]之，王曰：'向有大力者負之而趨。'郗無忤色。"劉義慶原是看重王徽之的率性而爲，因此歸於《任誕》；王世懋評曰"此見《雅量》乃可耳"，顯然偏愛郗恢的不愠自若。劉、王二氏在歸類上的分歧，顯示了對於人物品性的趣尚之異。

比上述諸家走得更遠的是王世貞。王氏爲實現全書自漢至明的貫通，擇取《世説新語》十之七八，與《何氏語林》十之二三合成一部《世説新語補》。他在《世説新語補》裏重置了部分歸類，如將《規箴》"羅君章爲相"條改隸《寵禮》，與劉義慶的闡釋角度截然不同。由於歸類行爲的主觀性，重新歸類往往不僅無從消解歧見，反而時常導致更多爭論。以《世説新語·賞譽》"王藍田拜揚州"條爲例，此條曰：

> 王藍田拜揚州，主簿請諱，教云："亡祖先君，名播海内，遠近所知。内諱不出於外，餘無所諱。"

王世貞認爲王述的陳言浩然正直、合乎禮節，遂改屬《方正》，[④] 凌濛初頗不以爲然，堅守劉義慶的歸類，曰："此因有'名播海内，遠近所識'，故

①　魏同賢、安平秋主編：《凌濛初全集》第七册《世説新語鼓吹》，南京：鳳凰出版社 2010 年版，第 352 頁。

②　（南朝宋）劉義慶著，（南朝梁）劉孝標注，余嘉錫箋疏：《世説新語箋疏》，北京：中華書局 2007 年版，第 113—114 頁。以下如無説明，《世説新語》原文均引自此版本。

③　覓，余嘉錫箋疏本作"見"。此據明嘉趣堂本。

④　（明）王世貞删定《世説新語補》，國家圖書館藏明萬曆十三年張文柱刊本。

入《賞譽》耳，《方正》不類。"① 清人李慈銘不贊同劉義慶及其擁蠆者凌濛初將其置於"賞譽"的做法，也不支持王世貞的"方正"觀。在他眼中，此乃"六朝人矜其門第之常語耳，所謂專以冢中枯骨驕人者也。臨川列之《賞譽》，謬矣"！② 再以《世説新語·輕詆》"庾道季詫謝公"條爲例。此條叙裴啟嘗云"謝安目支道林，如九方皋之相馬，略其玄黄，取其俊逸"，謝安澄清"無此二語，裴自爲此辭耳"。王世貞重視謝安對支道林的欣賞，將之從《輕詆》調入《賞譽》；凌濛初則聚焦裴氏語，評曰："'目支'一段，弇州采入《賞譽》，此既是裴郎誑托，不足復存"，徹底駁斥了這一調整。

　　歷代評者圍繞歸類問題爭論不休，本質上是以這一共識爲基礎的，即歸類繆亂不僅是一種誤讀條目的表現，而且會妨害類目範疇的純凈清晰，甚至導致條目内容與設類標準的兩傷。因此，王世懋評判"羊綏第二子"條歸隸情況云"此等語，亦傷雅量"，③ 凌濛初也批評"晉明帝欲起池台"條"乃亦溷《豪爽》之科"。在這方面，陳夢槐的評語尤具識見，當他看到王世貞《世説新語補》將原屬《世説新語·言語》的"未若柳絮因風起"條歸入《賢媛》時，徑斥之曰："太傅閑懷遠韻，晉人中第一品流。當其燕居，問子弟欲佳，車騎答甚雅雋，問白雪何似，道蘊對更娟美。士女風流作家庭笑樂，千載艷人也。弇州以此入《賢媛》，即兩傷。"④ 王世貞將謝家風采限於道蘊一人並施以道德視角，確有不妥之處，陳夢槐的批評切中肯綮。另外，對於《世説新語》將"杜預之荆州"條置於《方正》的舉措，王世懋早就抱有異議："杜元凱千載名士，楊濟倚外戚爲豪，此何足爲'方正'？"陳夢槐對此的評價更加激進，大有寧爲玉碎、不爲瓦全之意："摹楊濟雄俊不肯下

---

① 魏同賢、安平秋主編：《凌濛初全集》第七册《世説新語鼓吹》，南京：鳳凰出版社 2010 年版，第 234 頁。

② （南朝宋）劉義慶著，（南朝梁）劉孝標注，余嘉錫箋疏：《世説新語箋疏》，北京：中華書局 2007 年第 2 版，第 551 頁。

③ 周興陸輯著：《世説新語彙校彙注彙評》，南京：鳳凰出版社 2017 年版，第 653 頁。

④ 同上，第 233 頁。

人數語，的的如畫。入《方正》，則弈州删去便不足惜。”陳夢槐認爲，儘管此條筆法甚爲可取，但放錯類別，以致題意侵損、類目混淆，即便棄之亦無憾。觀此種種可知，歷代評者是以極爲審慎的姿態對待歸類的，相關異見的浮現和交匯，既顯示了不同的批評角度，也對反觀編者觀念、豐富條目意涵大有裨益。

二、因“編”審“類”：明末小説編選對分類的調整和開拓

明代中後期，出版業蓬勃發展，小説集的編刊迎來熱潮，而彼時也正值《世説新語》因契合晚明世風、得到主流認可而廣泛流播的關鍵時期。[①] 職是之故，嘉靖、萬曆以降的小説集多采擷《世説新語》條目，《舌華録》《初潭集》《情史》《智囊》《古今譚概》《機警》便是其中的典型。對於手握編選權力的文人而言，他們的輯采、標類行爲，無不昭示著對《世説新語》分類的重審。《世説新語》一書雖合叢殘小語，然闡釋維度甚多，頗難概論其偏重言、事、人三者之何端。劉知幾《史通·雜述》將其定位爲“瑣言”，胡應麟《少室山房筆叢·九流緒論》視之爲“雜録”，四庫館臣歸之於“雜事之屬”，魯迅則以之爲“志人”小説的開山之作。正因如此，它爲彼時小説集的編纂提供了多種定位的可能。總體而言，《舌華録》偏於采“言”，餘者重在輯“事”。可以説，這些小説集對《世説新語》條目的重新發掘、歸類及評點，構成了“以類爲評”的二次實踐。

先以萬曆年間曹臣編纂的《舌華録》爲例，此書“所采諸書，惟取語不取事”（《凡例》），所引包括以《世説新語》爲首的近百部書，由吳苑分類並撰類目小序，復倩袁中道批評。吳苑對《世説新語》分類的改造體現在兩個方面，而這兩個方面皆有袁氏評點與之呼應。一方面，吳苑細化了《世説新

---

① 劉天振：《論明代“世説體”小説之蜕變》，《明清小説研究》2017 年第 4 期。

語》的分類，如《排調》的條目大多分流至諧語、謔語，《言語》一門分作慧語、名語、狂語、豪語、傲語、冷語、諧語、謔語、清語、韻語、俊語、諷語、譏語、憤語、辯語、穎語、澆語、凄語等十八類。[①] 無論袁評是否認可這種歸類方式，對《世説新語》原有分類體系來説，《舌華録》分類的細化確已引發了認知的深化。如"徐孺子"條載：

> 徐孺子年九歲，嘗月下戲。人語之曰："若令月中無物，當極明邪？"徐曰："不然。譬如人眼中有瞳子，無此必不明。"

此條收入《慧語》，袁評曰"若以此入'辯語'，則無佳致矣"，[②] 大有贊賞之態。"孔融之被收"條，叙孔融之子臨危道出名言"豈見覆巢之下復有完卵"，《舌華録》將此置於《慧語》，袁評則目之以"丈夫凄語"，與"慧語"的歸類相去甚遠。在這兩例中，吳苑和袁中道對辯語、慧語、凄語三種類別的辨察以及對相關條目的評析，深化了關於《世説新語》"言語"一類的見解。

另一方面，吳苑把《世説新語》"言語"之外更多門類的條目，放在《舌華録》"言"的維度下看待，以此碰撞出新的思想火花。譬如《傷逝》"王戎喪兒萬子"條入《韻語》，舍去王戎的悲戚，唯取山簡"情之所鍾，正在我輩"的清韻；《容止》"謝車騎道謝公"條入《俊語》，原書重在謝安"恭坐捻鼻顧睐"之神采，雖説袁評也稱此"形肖略盡"，但吳苑"俊語"的歸類多少稀釋了這一細節的重要性，而把讀者的注意力轉移到謝玄的品評上

---

① 此舉不免有分類過細之嫌，誠如《穎語》小序所言："穎之於語，無類不有，惟諧、謔、譏、辯之類居多。然四語已有部領，即四語中有具穎義而穎部無與焉。以其有四部也，惟其不能入諧、謔、譏、辯之語，斯成穎語矣"，參見（明）曹臣撰，陸林校點：《舌華録》，合肥：黃山書社1999年版，第210頁。

② （明）曹臣撰，陸林校點：《舌華録》，合肥：黃山書社1999年版，第4頁。

來。值得留心的是，袁氏僅偶對《舌華録》的細分歸類表示贊同——如《舌華録》將《德行》“陳元方子長文有英才”條收入《慧語》，袁評“此處極難轉語，非慧口不能”；在更多時候，他往往提出迥異的觀點。這從書前《凡例》所云“其中分類有小出入者，袁已筆端拈出，今仍不疑”即可窺見一斑。《舌華録》的編者曹臣一方面尊重吳氏的分類，一方面也邀請讀者參閲袁評的觀點。如此一來，如果説《舌華録》以“言”的眼光看待《世説新語》，是對其條目内涵的一次開掘，那麽《舌華録》裏袁中道的評語，則是通過對《舌華録》的批判，起到了二次開掘的作用。具體而言，《世説新語·言語》“孔文舉年十歲”條入《舌華録·謔語》，袁氏駁曰“此段乃‘慧語’”，提示讀者在謔、慧之間細品“言語”的真意；《世説新語·輕詆》“王丞相輕蔡公”條入《舌華録·謔語》，袁評曰“可入《譏語》”，其解讀路徑異于吳苑，而更接近劉義慶；《世説新語·捷悟》“人餉魏武一杯酪”條記楊修著名的釋“合”字事，《舌華録》歸置《慧語》，袁評曰“不成語”，暗駁了二書給定的正面標籤“慧語”和“捷悟”。至於《世説新語·容止》“庾太尉在武昌”條入《舌華録·韻語》，袁評曰“事更韻”；《世説新語·任誕》“劉公榮與人飲酒”條入《舌華録·韻語》，袁評曰“慧人”：此二評語無疑令《舌華録》“惟取語不取事”的理念得以擴容，間接豐富了《世説新語》原書條目的内涵。

　　同樣，其他小説選本亦對《世説新語》内涵的擴充有所助益。如前所述，《初潭集》《情史》《智囊》《機警》諸書若渾言之，均從“事”的維度選編《世説新語》條目；若析言之，則各有切入點和立足點，如《初潭集》以“理”爲綱，《情史》以“情”爲旨，《智囊》《機警》則展現出以史爲鑒的智書風範。這些小説集各自强調的理、情、智主題，不盡合於《世説新語》原來的歸類，但也因此使其解讀空間更爲深廣。

　　“理”的主旨見於李贄《初潭集》。此書是對王世貞《世説新語補》與焦竑《焦氏類林》的選輯，由於《世説新語補》有相當部分源自《世説新語》，

《初潭集》也就間接選入不少《世説新語》的條目。李贄將這些條目依照夫婦、父子、兄弟、師友、君臣五倫重新分類，每類之下根據内容或價值判斷再作細分。大體上，原書《品藻》一門歸於《師友・論人》，《任誕》一門歸於《師友・酒人》《師友・達者》，《容止》一門分爲《父子・貌子》《師友・令色》《君臣・貌臣》等小類，《傷逝》《汰侈》分别移入《師友・哀死》和《君臣・侈臣》。這種歸納方式對《世説新語》原本的設類來説，既有縱向的細化，也有橫向的擴張。例如，《德行》"荀巨伯遠看友人疾"條劃歸《師友・篤義》，在"德行"的範疇内深究"義"的一端，更爲精準；《捷悟》所載楊德祖三事歸於《君臣・愚臣》，可見李贄對楊修的敏思毫不欣賞，反貶之爲"愚"。諸如此類的思路拓展，當歸功於李贄關注重心的偏移。《簡傲》"謝公嘗與謝萬共出西"條，記述謝安勸謝萬不必拜訪王恬，謝萬執意而行，果然遭受冷遇。李贄將此收於《師友・知人》，其所謂"知人"重在謝安，而《世説新語》的類目標籤"簡傲"則重在王恬。《容止》"魏武將見匈奴使"條即曹操床頭捉刀事，劉義慶的歸類突出曹操風貌雅望之不凡，李贄置之《君臣・英君》，強調的是曹操對有識人之才的使臣的追殺，他評"馳遣殺使於途"句曰"不得不殺"，[①] 觀察重心顯然已從外在氣度移至思維決策。《黜免》"殷中軍被廢"條載殷浩書空事，原本重在"黜免"事件，此處歸入《君臣・癡臣》，實以"癡"字評價了殷浩應對"黜免"的態度。《世説新語補・雅量》"劉越石爲胡騎所圍數重"條寫劉琨清嘯吹笳退敵事，李贄評曰"此非雅量，退胡之計也，琨本善嘯"，並將之收入《師友・音樂》，這一分類顯示了他與王世貞的觀點大相徑庭。

李贄的歸類極具個性，但不可否認的是，他的一些歸類失於牽強，無益於對《世説新語》條目的解讀。如將《世説新語・德行》"華歆、王朗俱乘

---

① （明）李贄：《初潭集》，張建業主編，王麗萍、張賀敏整理：《李贄文集》第 5 卷，北京：社會科學文獻出版社 2000 年版，第 260 頁。

船避難”條改隸《君臣·正臣》，此條内容本與君臣關聯無多，只因其從華、王行爲之異看出“君子、小人之所以分也”，便引申至國家用人的高度，“小人舉事不顧後，大率難以準憑，若此，國家將安所用之乎？”他又將《汰侈》“石崇廁常有十餘婢”條、《紕漏》“王敦初尚主”條、《容止》“潘岳妙有姿容”條和《排調》“劉真長始見王丞相”條，分別置於《夫婦·勇夫》《夫婦·賢夫》《夫婦·賢夫》《君臣·賢相》，皆不知何據。

相較而言，馮夢龍《情史》的設類以“情教”貫通全書，更成體系。書中把《任誕》“阮仲容”條置於《情私》，並在該類結語中宣揚“私而終遂”之可嘉。又把記録韓壽與賈充之女賈午私會偷香的“韓壽美姿容”條歸入《情私》，[①]還特在篇末評賈午的追愛之舉，甚至宣稱父親爲女擇婿不如女兒自擇其夫，“充女午已笄矣。充既才壽而辟之舍，壽將誰婿乎？亦何俟其女自擇也！雖然，賈午既勝南風（原注：充長女，即賈后），韓壽亦强正度（原注：晉惠帝字也），使充擇婿，不如女自擇耳”。[②]此語持論超越，不隨俗同聲，恰好與《世説新語》所繫“惑溺”的貶斥姿態南轅北轍。最可佐證這種“尚情”觀的是《汰侈》“武帝嘗降王武子家”條，馮夢龍從“帝怪而問之”的關鍵處腰斬，僅保留如下文字，並收於《情豪》一門：

　　晉武帝嘗降王武子家。武子供饌，並用琉璃器。婢子百餘人，皆綾羅綺褶，以手擎飲食。

這一歸類所指的評判立場可以説是“斷章取義”了，有趣的是，此舉倒也帶來了一種新奇觀點，即王武子之奢，乃其性情使然。該類結語所言“丞相布被，車夫重味。奢儉殆天性乎！然於婦人尤甚。匹夫稍有餘貲，無不市

---

①　此處實則直録自《晉書·賈充傳》，《晉書》又從《世説新語》而來。

②　（明）馮夢龍：《情史》，魏同賢主編：《馮夢龍全集》第 7 册，南京：鳳凰出版社 2007 年版，第 88 頁。

服治飾、以媚其内者。況以王公貴人，求發攄其情之所鍾，又何惜焉"，更是細緻地論證了這一觀念。

《情史》立意在"情"，馮夢龍編纂的《智囊》及王文禄輯録的《機警》則重"智"。這類智書對《世説新語》條目的重新分類也頗有興味。《智囊》卷二十七《雜智部·狡黠》録入的曹操四事均源自《世説新語·假譎》。① 馮氏《雜智部》小序曰："智何以名雜也？以其黠而狡，慧而小也。正智無取於狡，而正智或反爲狡者困；大智無取於小，而大智或反爲小者欺。破其狡，則正者勝矣，識其小，則大者又勝矣。況狡而歸之於正，未始非正，小而充之於大，未始不大乎！"② 原書類目名爲"假譎"，《論語》有曰"晉文公譎而不正"，"譎"即欺詐之意。馮夢龍易"假譎"爲"雜智"，固然涵括了"假譎"、"正智無取於狡"的消極面，却不擯棄"正智或反爲狡者困"、"況狡而歸之於正，未始非正"的積極面，可見他對於"智"認識周全，運籌有道。嘉靖時期王文禄編《機警》一書，自述"生也樸室，見事每遲"，故將"書史中應變神速、轉敗爲功者，録以開予心"，另於"各條末贅數言以自警"。③ 其書同樣收録了《世説新語·假譎》的條目：

> 王義之幼時，江州牧王敦甚愛之，恒置之帳中眠。敦嘗先出，義之猶未起。錢鳳入，敦屏人言逆節謀，忘義之在帳。義之覺，備聞知無活理，乃佯吐污頭面被褥，詐熟睡。敦言畢方悟，相與大驚曰："不得不除之。"及開帳見吐，信之，乃得全。沂陽子曰：義之早慧，故能脱虎

---

① 《世説新語》中另有一則曹操事，馮氏認爲不足采信而未録入正文。他在此四則後注曰："《世説》又載，袁紹曾遣人夜以劍擲操，少下不著，操度後來必高，因帖卧床上，劍至，果高，此謬也。操多疑，其儆備必嚴，劍何由及床？設有之，操必遷卧，寧有復居危地以身試智之理！"參見（明）馮夢龍：《智囊》，魏同賢主編：《馮夢龍全集》第 5 册，南京：鳳凰出版社 2007 年版，第 648 頁。

② （明）馮夢龍：《智囊》，魏同賢主編：《馮夢龍全集》第 5 册，南京：鳳凰出版社 2007 年版，第 643 頁。

③ （明）王文禄：《機警》，《叢書集成初編》，上海：商務印書館 1936 年版，第 1 頁。

口，至親何益哉？是以君子貴豫遠惡人也。①

　　篇末“沂陽子曰”便是王文禄的評論。正如馮夢龍對曹操的“雜智”有所肯定，王文禄對王羲之的“急智”也擊節贊嘆，譽之爲“早慧”，録之以“自警”。馮、王二氏之説與《世説新語》的歸類指向相去甚遠，構成了一種對話。

　　明末諸書從“言”“理”“情”“智”等角度，對《世説新語》條目展開重新審讀。諸書不約而同加以選評的少許條目，是值得深究的絶佳樣本，兹舉三例予以説明。其一，《世説新語·汰侈》“石崇每要客燕集，常令美人行酒。客飲酒不盡者，使黄門交斬美人”條，原本歸類意在批評石崇的奢靡作風。《古今譚概》將此收入《鷙忍》，首要斥責石崇的冷酷殘暴，鋪張問題倒在其次。不同於劉義慶、馮夢龍的負面視角，《舌華録》將之改隸《豪語》，評價對象不再是石崇，而代之以後半段“固不飲，以觀其變”的王敦。主人勸酒不成連斬三人，王導勸王敦從命，後者却大言不慚道：“自殺伊家人，何預卿事！”在吴苑眼中，這樣的灑脱是最大的亮點，當以“豪語”之稱爲其加冕。有趣的是，袁中道的評語“有此主人，亦有此客”，則兼顧了石、王二氏的言行，意味深長。其二，《世説新語》“王安豐婦”條寫王戎妻以“卿卿”相稱，原歸《惑溺》，顯然藴含道德上的指責。《舌華録》《情史》與此迥異，前者入《諧語》，付之以輕鬆活潑的心態；後者歸《情愛》，並在結語裏大贊王戎之妻云：“情生愛，愛復生情。情愛相生而不已，則必有死亡滅絶之事。其無事者，幸耳！雖然，此語其甚者，亦半由不善用愛，奇奇怪怪，令人有所藉口，以爲情尤。情何罪焉？”進而借題發揮，嘆惋史上爲污名所困的紅顔，劍指亡國的真正原因：“桀、紂以虐亡，夫差以好兵亡，而使妹喜、西施輩受其惡名，將無枉乎？”②這類崇尚情愛、爲情脱罪的言論，

---

① （明）王文禄：《機警》，《叢書集成初編》，上海：商務印書館1936年版，第5—6頁。
② （明）馮夢龍：《情史》，魏同賢主編《馮夢龍全集》第7册，南京：鳳凰出版社2007年版，第217頁。

與最初的"惑溺"說針鋒相對。其三，《世說新語·言語》"禰衡被魏武謫爲鼓吏"條，原書"言語"的歸類重在孔融對禰衡罵曹的評論，"禰衡罪同胥靡，不能發明王之夢"。《初潭集》改入《師友·豪客》，重點移至禰衡，並含欽慕揄揚之意。《古今譚概》編進"矜嫚部"，結合部首小序所云"謙者不期恭，恭矣；矜者不期嫚，嫚矣。達士曠觀，才亦雅負，雖占高源，亦違中路。彼不檢兮，揚衡學步。自視若升，視人若墮。狎侮詆謀，日益驕固。臣虐其君，子弄其父。如癡如狂，可笑可怒。君子謙謙，慎防階禍"，①可知馮夢龍並不關心孔融言語，亦不贊賞禰衡舉止，僅舉之以爲鑒，勸誡君子謙恭爲本，切莫恃才輕慢、招惹禍端。

綜上所述，明末小説集在編選過程中，實際上借用了《世說新語》"以類爲評"的範式，與《世說新語》"以類爲評"的既定面貌進行了充分的對話。其結果是，原書的分類體系在衆聲喧嘩的評點或以行代言的分類中得到新的開拓，其條目的内涵也收穫了角度各異、別出心裁的闡釋空間。

三、"以類爲評"：對於"世説體"及其他更多小説的標杆效應

評者圍繞《世說新語》歸類的爭鳴之多、諸書對《世說新語》分類的改造之盛，無不説明了《世說新語》分類體系的影響之大。而作爲這種影響源頭的"以類爲評"特質，反過來又成爲影響的表徵之一，隨著時間的推移，顯示出强大的標杆效應。

其一，"以類爲評"的標杆效應最直觀地體現在"世説體"小説在設目和歸類上的追摹。有學者指出，"世説體"小説對《世說新語》分類體系的效法，包括"完全模仿"（如明代《蘭畹居清言》《明世說新語》，清代《明

---

① （明）馮夢龍：《古今譚概》，魏同賢主編：《馮夢龍全集》第 6 册，南京：鳳凰出版社 2007 年版，第 232 頁。

語林》《玉劍尊聞》《明逸編》，民國初年《新世説》《新語林》）、“基本依
托”（宋代《唐語林》《續世説》《南北史續世説》，明代《何氏語林》）、“門
類生發”（明代《兒世説》，清代《女世説》）和“作者自創”（明代《南北朝
新語》）四種類型。① 這批小説直至民國初年猶延綿不絶，其中不乏《西山
日記》《玉堂叢語》《琅嬛史唾》《芙蓉鏡寓言》《異聞益智叢録》等未在書名
上透露規摹意圖的作品，可謂不遑枚舉。“世説體”的研究成果已蔚爲大觀，
此處僅從“以類爲評”的角度，略陳一二例證。

　　崇禎朝張墉編纂的《竹香齋類書》，又名《廿一史識餘》，取《史記》以
下二十一史之佳事雋語成書。此書近仿《焦氏類林》，遠承《世説新語》，對
《焦氏類林》五十九類“或仍或去，數衷于焦。而獨詳政事、幹局、兵策、
拳勇者，愧世所應有而不有，補癡頑、鄙暗、俗佞、貪穢者，惡人所應亡不
應亡也”。此書分類不止步于形式上的效法，書前《發凡》中的“分部”一
條，對《世説新語》的條目歸置提出了批評，“臨川《世説》，以謝公妒婦
側《賢媛》，甘草醜人列《容止》”。卷四《長厚》“趙諮以敦煌太守免選”條
記述盜賊爲孝所感、慚嘆跪辭事，眉端綴評曰：“辰翁有言：‘兩賊亦入《德
行》之選。’”② 觀此可知，無論是編者張墉，還是評者項聲國，均對隱藏於這
一分類體系背後的“以類爲評”範式相當熟稔。茅坤評《何氏語林》“言語”
上“何義方言不虛妄”條亦曰：“可入《方正》。”③ 而前述合《世説新語》《何
氏語林》二書爲一的《世説新語補》也承襲有迹。在此書中，新録的非《世
説新語》條目同樣得到了與《世説新語》原文同等的待遇，印證了本節前面
所論的雙重“軌道”——因具體歸類而引發紛爭，借小説編選而調整分類。
“梁伯鸞少孤”條曰：

---

　　① 林憲亮：《“世説體”小説文體特徵論》，《文藝評論》2011 年第 8 期。
　　② （明）張墉輯：《廿一史識餘》，《四庫全書存目叢書史部》第 150 册，濟南：齊魯書社 1996 年
版，第 624 頁。
　　③ 參見（明）茅坤評本《何氏語林》，中國科學院文獻情報中心藏明天啓四年刻本。

　　梁伯鸞少孤，嘗獨止，不與人同食。比舍先炊，已。呼伯鸞及熱釜炊，伯鸞曰："童子鴻不因人熱者也。"滅灶，更燃之。

　　此條被何良俊歸入《德行》，王世貞保留了這一分類。李贄却在"滅灶，更燃之"之旁批"無理，醜甚"，[1]待其編寫《初潭集》，便順手將之調入《夫婦·合婚》類。再對比其他小説集的處理方式，《舌華録》收歸《狂語》，袁中道評曰"有道學氣"，分類者強調的"狂"和評者提點的"道學氣"如同小徑分岔，並不一致。《古今譚概》却視其爲迂，入"迂腐部"。這些評論無一與何良俊最初歸類時所持的嘉獎態度相同，均以崇真祛腐爲底色，挖掘出條目的全新内涵。

　　其二，從傳統上並不認爲屬於"世説體"的作品來看，"以類爲評"的標杆效應亦不容小覷。明人祝彦輯《祝氏事偶》，自叙"自正史外旁及稗編，惟據事同耳，但錯出無倫"，因此"姑取《世説》諸目分隸之，'目'所不該，復括之曰'部'，以隸其後"。[2]《王太蒙先生類纂批評灼艾集》一書是王佐將《灼艾集》的嘉靖初刻本重新分類而成，書中分類體系效法《世説新語》由褒到貶的"價值遞減"原則，並直接采用識鑒、雅量、文學、棲逸、容止、企羡、賞譽、品藻、箴規、巧藝、輕詆、忿狷、惑溺等部分《世説新語》類目。《古今譚概》[3]分迂腐、怪誕、癡絶、專愚、謬誤、無術、苦海、不韻、癖嗜、越情、佻達、矜嫚、貧儉、汰侈、貪穢、鷙忍（附"絶力"數

---

　　① 李贄批閲王世貞删定本《世説新語補》，並選取部分條目與《焦氏類林》的一部分合編成《初潭集》。帶有李贄批語的《世説新語補》後被他人改題《李卓吾批點世説新語補》出版，書中批語確出其手，然非本人授意刊行。

　　② （明）祝彦輯：《祝氏事偶》，《四庫全書存目叢書子部》第196册，濟南：齊魯書社1995年版，第209頁。

　　③ 此書也受到《太平廣記》分類的影響，"《太平廣記》的92大類中除了以事件分類外，已有以人性缺陷爲綱目的較多内容，如奢侈、諂佞、謬誤、詼諧、嘲誚、嗤鄙、酷暴等門類"，參見徐振輝《編纂高手　評論大師——從〈古今譚概〉看馮夢龍的編輯成就》，《河南大學學報》（社會科學版）1993年第3期。

則），容悦、顔甲、閨誠、委蜕、譎知、儇弄、機警、酬嘲、塞語、雅浪、文戲、巧言、談資、微詞、口碑、靈迹、荒唐、妖異、非族、雜誌等三十六部，不僅其數量與《世説新語》相同，部分類名亦有《世説新語》類目的印記。並且，此書所選《世説新語》條目的歸類去向，也能清晰地映射出沿襲路徑——原屬《紕漏》的内容入"謬誤部"；劉伶脱衣裸形、王徽之雪夜訪戴、桓伊横笛三弄等原書《任誕》名段，一併匯入"越情部"。

其三，更爲抽象也更爲重要的標杆效應體現在"以類爲評"思想的内化。古代文學的類分思想萌蘗於漢賦，設目分類的實踐經由《文選》肇始、《皇覽》等類書奠定，[1]但多以題材類型作爲分類依據，不具備價值評判的性質。及至《世説新語》成書，受其成書時代評騭風潮的影響，才另闢蹊徑，開啓了這種暗寓批評的分類方式。"以類爲評"基於兩個前提：一是認同書籍的設類立目包含了價值判斷，二是認定條目的歸類方式蘊藏了編者深意。前論"世説體"和"非世説體"諸書當中模仿《世説新語》分類體系而新設的門類，就是經由形式上的效法，自覺或不自覺地傳承了"以類爲評"的精神實質。

實際上，"以類爲評"的思想影響更爲深遠，這值得引起學界的關注。浙江圖書館藏本《智囊補》作爲《智囊補》原刻本的增訂版，於"發凡"處有曰："各條有原刻在某卷，今移載某卷者，皆出先生評定。即同卷中前後，亦多所更置。讀者將前刻細心對閲，應知自有經緯。"[2]這般"移載更置"的"經緯"，即"以類爲評"理念之所在。馮夢龍也曾在《笑府》卷三"吏借卓"的條末評道："或謂余曰：'古稱四賤，曰娼優隸卒，吏不與也。子伸丞史于《古艷》，而附吏書於《世諱》，有説乎？'余應之曰：'有，無官不貴，

---

① 王立：《類書與中國傳統文學中的主題類分》，《上海師範大學學報》（哲學社會科學版）1999年第 1 期。

② （明）馮夢龍：《智囊》，魏同賢主編：《馮夢龍全集》第 5 册，南京：鳳凰出版社 2007 年版，第 4 頁。

無役不賤。'"① 如是自述，足證這般歸類之婉而多諷，僅在歸類之舉中便暗藏指斥貴官賤吏的微言大義，不著一字，而盡得風流。前引王佐《批評灼艾集》一書，爲《識鑒》類的"正統中"條附眉批云："此條應在《相術》。"②此評表明，關於識鑒、相術的分野及條目的真正指向，評者胸有成竹。清人曾衍東所撰小説集《小豆棚》，在卷十四"郝驥"條之末出自評曰："此當入《果報》類。存之實，則删之更净。"③此書編次者項震新將此條歸在"淫昵類"，作者特地在評語裏提出調整歸類的建議，是因爲"淫昵"太過强化艷情意味，很可能令讀者忽視其寓勸懲於果報的初衷。諸如此類重視歸類、寓以批評的舉措，都可追溯至且歸功於《世説新語》首創的"以類爲評"範式。

　　在有明一代對《世説新語》和"世説體"作品的大力推崇與梓行之下，明清兩代小説集中的這類例子還有不少。雖然"以類爲評"終究無法一統衆議，也不盡是得宜且有益的（如王金範删定《聊齋志異》，將原書之大半分爲孝、悌、智、貞、義等二十五類，④總體上即無甚可觀），但應强調的是，這一範式爲尋繹作者或編者心目中最爲關鍵的觀看角度和批評立場提供了有效的路徑。後世的評者議論和編者重審，贊同也好，駁斥也罷，不斷交匯，推動了批評視角的深化與開拓，豐富了最初批評思路的既定面貌，推動"以類爲評"成爲《世説新語》分類體系的重要特質和重大貢獻。"以類爲評"既是一種開放式的批評框架，不斷邀請異代讀者走進跨時空的對話，也是一種生長型的理論範式，容許文本的意涵在時間的河流中得到滋養，漸次充盈，與古爲新。

---

　　① （明）馮夢龍：《笑府》卷三，《明清小説善本叢刊》初編第六輯，臺北：天一出版社，第16—17頁。

　　② （明）王佐：《王太蒙先生類纂批評灼艾集》，國家圖書館藏明刻本。

　　③ （清）曾衍東著，盛偉校點：《小豆棚》，濟南：齊魯書社2004年版，第240頁。

　　④ 陳乃乾：《談王金範刻十八卷本〈聊齋志異〉》，《文物》1963年第3期。

第五章
先唐小説的“史才”與“詩筆”

  魯迅認爲唐傳奇的題材來源於先唐小説，曾言：“傳奇者流，源蓋出於志怪，然施之藻繪，擴其波瀾，故所成就乃特異。其間雖亦或托諷喻以紓牢愁，談禍福以寓懲勸，而大歸則究在文采與意想，與昔之傳鬼神明因果而外無他意者，甚異其趣矣。”① 在《六朝小説和唐代傳奇文有怎樣的區别？》一文中，魯迅又概括了唐傳奇與先唐小説的文體之别，言：“武斷的説起來，則六朝人小説，是没有記叙神仙或鬼怪的，所寫的幾乎都是人事；文筆是簡潔的；材料是笑柄、談資；但好象很排斥虚構，例如《世説新語》説裴啓《語林》記謝安語不實，謝安一説，這書即大損聲價云云，就是。”“唐代傳奇文可就大兩樣了：神仙人鬼妖物，都可以隨便驅使；文筆是精細、曲折的，至於被崇尚簡古者所詬病；所叙的事，也大抵具有首尾和波瀾，不止一點斷片的談柄；而且作者往往故意顯示著這事迹的虚構，以見他想象的才能了。”② 魯迅此言，指出了先唐小説總體的文體特徵是“簡短的叢殘小語”；而唐傳奇的文體特徵，“大歸則究在文采與意想”，“大率篇幅漫長，記叙委曲”，“叙述宛轉，文辭華艶”。魯迅所概括，實可與宋朝人趙彦衛所提出的“史才”“詩筆”“議論”相合。故不妨循此以探求先唐小説與唐傳奇在文體上的關聯性。

---

① 魯迅著：《中國小説史略》，上海：上海古籍出版社 1998 年版，第 44—45 頁。
② 魯迅著：《且介亭雜文二集》，《魯迅全集》第六卷，北京：人民文學出版社 1973 年版，第 321 頁。

第一節　先唐小説的"史才"

先唐小説，特別是魏晉南北朝小説的總體特徵是"簡短的叢殘小語"，但其中有一部分小説表現出作者的"史才"，這部分小説從篇幅、叙事等文體内涵上與傳奇小説相類。王國良對此有過論述，其言：

> 本期（指魏晉南北朝）志怪小説，大都以直叙手法，描述人物與事迹，簡單明瞭，緊凑細密，絶不浪費無謂之筆墨。唐代以後，如唐段成式《酉陽雜俎》，宋李石《續博物志》、洪邁《夷堅志》，元沈氏《鬼董》，明祝允明《志怪録》，清紀昀《閲微草堂筆記》等書，俱爲魏、晉、南北朝志怪之嫡親也。

> 至於小部分作品，若《搜神記》之《弦超》《韓憑妻》《崔少府墓》《李寄》《白水素女》，《拾遺記》之《竺靡》《翔風》，《幽明録》之《劉晨阮肇》等篇，由於作者偶然致力經營，在人物性格之描寫、内容之安排上，均極精彩突出，已漸啓唐代傳奇小説之先聲，意義尤其重大。[①]

對於先唐小説的這種漸趨文學化的叙事，可以從正史、文言小説和白話小説中關於左慈之事的叙事文體作比較分析。左慈戲曹操的故事，今本干寶《搜神記》卷一、范曄《後漢書·方術列傳·左慈》、《三國演義》卷六十八都有較爲詳細的叙事。干寶《搜神記》是博物傳記體小説，范曄《後漢書》是正史，《三國演義》是章回體小説，在三種叙事文體的對比分析中，應可以見出以《搜神記》爲代表的文學化叙事傾向。

---

① 王國良著：《魏晉南北朝志怪小説研究》，臺灣：文史哲出版社1984年版，第102頁。

《搜神記》卷一"左慈"：

> 左慈字元放，廬江人也。少有神通。嘗在曹公座，公笑顧衆賓曰："今日高會，珍羞略備。所少者，吳松江鱸魚爲膾。"放云："此易得耳。"因求銅盤貯水，以竹竿餌釣於盤中，須臾，引一鱸魚出。公大拊掌，會者皆驚。公曰："一魚不周坐客，得兩爲佳。"放乃復餌釣之。須臾，引出，皆三尺餘，生鮮可愛。公便自前膾之，周賜座席。公曰："今既得鱸，恨無蜀中生薑耳。"放曰："亦可得也。"公恐其近道買，因曰："吾昔使人至蜀買錦，可敕人告吾使，使增市二端。"人去，須臾還，得生薑。又云："於錦肆下見公使，已敕增市二端。"後經歲餘，公使還，果增二端。問之，云："昔某月某日，見人於肆下，以公敕敕之。"後公出近郊，上人從者百數。放乃賚酒一罌，脯一片，手自傾罌，行酒百官，百官莫不醉飽。公怪，使尋其故。行視沽酒家，昨悉亡其酒脯矣。公怒，陰欲殺放。放在公座，將收之，却入壁中，霍然不見。乃募取之。或見於市，欲捕之，而市人皆放同形，莫知誰是。後人遇放於陽城山頭，因復逐之。遂走入羊群。公知不可得，乃令就羊中告之，曰："曹公不復相殺，本試君術耳。今既驗，但欲與相見。"忽有一老羝，屈前兩膝，人立而言曰："遽如許。"人即云："此羊是。"競往赴之。而群羊數百，皆變爲羝，並屈前膝，人立，云："遽如許。"於是遂莫知所取焉。老子曰："吾之所以爲大患者，以吾有身也；及吾無身，吾有何患哉。"若老子之儔，可謂能無身矣。豈不遠哉也。①

《後漢書·方術列傳·左慈》中此故事的叙事與《搜神記》有兩處較大

---

① （晉）干寶撰，汪紹楹校注：《搜神記》，北京：中華書局1979年版，第9—10頁。

差異，一處是曹操要左慈取"蜀中生薑"，《後漢書》爲："語頃，即得薑還，並獲操使報命。後操使蜀反，驗問增錦之狀及時日早晚，若符契焉。"①一處是曹操遣人追殺左慈，《後漢書》爲："後人逢慈於陽城山頭，因復逐之，遂入走羊群。操知不可得，乃令就羊中告之曰：'不復相殺，本試君術耳。'忽有一老羝屈前兩膝，人立而言曰：'遽如許。'即競往赴之，而群羊數百皆變爲羝，並屈前膝人立，云：'遽如許'。遂莫知所取焉。"②此外，還有些許微小差異，構不成兩者叙事屬性的不同。兩者叙事大體相同的原因，應是范曄《後漢書》取資於《搜神記》，③但又做了一定的删改，這種删改所形成的細節描述上之詳略不同，正是兩書屬性不同之所在。左慈戲曹操故事，《搜神記》比《後漢書》約多百字左右，《後漢書》之簡略是遵循正史規範的"史才"，《搜神記》之詳細，則是文學性的表現。作爲史學家的干寶，在史學領域自也是崇尚簡約，如干寶稱譽《左傳》而貶抑《史記》，原因就是干寶以爲《左傳》更簡約。④而《搜神記》左慈戲曹操叙事的相對繁富，是文學化的。至於徹底的文學性叙事則是《三國演義》。《三國演義》第六十八回《甘寧百騎劫魏營　左慈擲杯戲曹操》：

　　少刻，庖人進魚膾。慈曰："膾必松江鱸魚者方美。"操曰："千里之隔，安能取之？"慈曰："此亦何難取！"教把釣竿來，於堂下魚池中

① （宋）范曄撰，（唐）李賢等注：《後漢書》，北京：中華書局 1965 年版，第 2747 頁。
② 同上，第 2747—2748 頁。
③ 范曄《後漢書》的修撰特點，誠如劉知幾《史通·書事》的概括："范曄博采衆書，裁成漢典，觀其所取，頗有奇工。"干寶約生於晉武帝太康（280—289）中，卒於晉穆帝永和（345—356）年間。參李劍國著：《唐前志怪小説輯釋》，上海：上海古籍出版社 1986 年版，第 208 頁。范曄的生卒年則爲 398—445 年。范曄具備修史能力時，干寶早已聲名籍籍了。如《南史》卷三三《徐廣傳》云："時有高平郗紹亦作《晉中興書》，數以示何法盛。法盛有意圖之，謂紹曰：'卿名位貴達，不復俟此延譽。我寒士，無聞於時，如袁宏、干寶之徒，賴有著述，流聲於後。宜以爲惠。'紹不與。"且干寶《搜神記》出來後即爲時人所重視，干寶亦因此而被譽爲"鬼之董狐"（見劉義慶著：《世説新語·排調》）。
④ （唐）劉知幾著《史通·二體篇》載："晉世干寶著書，乃盛譽丘明而深抑子長。其義云能以三十卷之約括囊二百四十年事，靡有遺也。"同書《煩省篇》："及干令升史議，歷詆諸家而獨歸美《左傳》。云丘明能以三十卷之約，括囊二百四十年之事，靡有孑遺。斯蓋立言之高標，著作之良模也。"

釣之。頃刻釣出數十尾大鱸魚，放在殿上。操曰："吾池中原有此魚。"
慈曰："大王何相欺耶？天下鱸魚只兩腮，惟松江鱸魚有四腮：此可辨
也。"衆官視之，果是四腮。慈曰："烹松江鱸魚，須紫芽薑方可。"操
曰："汝亦能取之否？"慈曰："易耳。"令取金盆一個，慈以衣覆之。
須臾，得紫芽薑滿盆，進上操前。操以手取之，忽盆内有書一本，題
曰《孟德新書》。操取視之，一字不差。操大疑，慈取桌上玉杯，滿斟
佳釀進操曰："大王可飲此酒，壽有千年。"操曰："汝可先飲。"慈遂拔
冠上玉簪，於杯中一畫，將酒分爲兩半；自飲一半，將一半奉操。操叱
之。慈擲杯於空中，化成一白鳩，繞殿而飛。衆官仰面視之，左慈不知
所往。左右忽報："左慈出宮門去了。"操曰："如此妖人，必當除之！
否則必將爲害。"遂命許褚引三百鐵甲軍追擒之。褚上馬引軍趕至城門，
望見左慈穿木履在前，慢步而行。褚飛馬追之，却只追不上。直趕到一
山中，有牧羊小童，趕著一群羊而來，慈走入羊群内。褚取箭射之，慈
即不見。褚盡殺群羊而回。牧羊小童守羊而哭，忽見羊頭在地上作人
言，喚小童曰："汝可將羊頭都湊在死羊腔子上。"小童大驚，掩面而
走。忽聞有人在後呼曰："不須驚走，還汝活羊。"小童回顧，見左慈已
將地上死羊湊活，趕將來了。小童急欲問時，左慈已拂袖而去。其行如
飛，倏忽不見。①

　　以《三國演義》和《搜神記》作比較，則《搜神記》左慈戲曹操之叙
事，仍囿于史學範疇，即其文學化傾向是不自覺的，正因爲這種不自覺，爲
唐傳奇文體的誕生提供了叙事的準備。

---

① 《增像全圖三國演義》，北京：中國書店 1985 年影印上海鴻文書局石印本。

第二節　先唐小説的"詩筆"

先唐小説中"詩筆"對史性的消解，對唐傳奇亦有範本意義。唐傳奇的"詩筆"，可歸納爲兩大點：一是詩入文的直觀形式；一是敘事詩化的審美形式。以詩入文的形態是唐傳奇文體中"詩筆"最外在的表現形態，如《遊仙窟》《鶯鶯傳》《長恨歌傳》等小説詩文互滲，且這些詩歌大多出自作品中敘事人物（包括神仙鬼怪妖等）之口。唐傳奇中詩歌與小説配合的方式和作用，王運熙、楊明兩位學者概括爲三種："第一種方式：一篇小説與一篇詩歌敘述同一故事"，如《鶯鶯傳》等；"第二種方式：撰文中穿插詩歌"，如《遊仙窟》《東陽夜怪録》等；"第三種方式：以小説記載詩人及其創作的傳聞和故事"，如許堯佐《柳氏傳》。[①]唐傳奇詩歌與小説配合的方式和作用，有唐詩風行的間接影響，是詩人借小説以傳詩的間接結果。而詩人之所以借小説以推動詩歌的流傳，有兩個方面的原因：一是唐代小説，特別是唐傳奇，以其藝術魅力使接受者衆，並風行於世，從而吸引了詩人的注意，並因此而引發更多的文人參與傳奇小説的創作；[②]一是在當時的傳奇小説中已經存在詩入小説並因此而相互輝映之例，如白居易的《長恨歌》和陳鴻的《長恨歌傳》。因此，詩歌的傳播選擇小説作爲一種載體，並因此而進一步促進詩入小説的現象。事實上，唐傳奇詩意化的直接原因，應是先唐小説詩化敘事的傳統。

先唐小説雖然形制簡短，但都有比較多的詩化現象，既有詩入小説的直觀形式，也有敘事詩化的審美形式，與上述唐傳奇中小説和詩歌配合的方式

---

① 王運熙、楊明：《唐代詩歌與小説的關係》，《文學遺産》1983 年第 1 期。
② 程毅中在《唐宋傳奇本事歌行拾零》一文中對唐宋傳奇與詩歌相輔而行的事實多有考證，可參。文載《文學評論》1978 年第 3 期。

和作用相近。就詩入小説而言,《齊諧記》《續齊諧記》《搜神記》《搜神後記》《還冤記》《拾遺記》《殷芸小説》《孔氏志怪》《述異記》《幽明録》《甄異傳》《世説新語》等小説中都存在這種現象,而且數目比較多。如劉義慶《幽明録》中有數十篇小説中有如郭長生歌、陳阿登歌、方山亭魅歌、水底弦歌、費升所逢狐狸歌等詩筆。《搜神記》中《吴王小女》《杜蘭香》《弦超》《紫玉》《崔少府墓》等十多篇也采用詩文融合的筆法,《續齊諧記》所載桓玄遇兩小兒歌、趙文韶與青溪小姑宴寢等,《拾遺記》卷五漢武帝所賦《落葉哀蟬曲》、卷六漢昭帝使宫人所唱《臨池歌》和漢靈帝奏《招商》歌、卷九石崇愛婢翔風作五言詩等,《世説新語·文學》第四中"鄭玄家婢"引《詩經》中的詩句相戲等,《孔氏志怪》中的《盧充》篇中崔女臨別贈詩:"煌煌靈芝質,光麗何猗猗!華艷當時顯,嘉異表神奇。含英未及秀,中夏罹霜萎。榮曜長幽滅,世路永無施。不悟陰陽運,哲人忽來儀。會淺離別速,皆由靈與祇。何以贈余親,金盌可頤兒。愛恩從此別,斷絶傷肝脾!"《述異記》中一犬遍視朱氏兄弟而搖頭歌曰:"言我不能歌,聽我歌梅花,今年故復可,奈汝明年何?"《甄異傳》中的《楊醜奴》獺女歌:"我在西湖側,日暮陽光頹;托蔭遇良主,不覺寬中懷。"① 如此等等,則是"撰文中穿插詩歌",如《世説新語·文學》第 66 條載録曹植的"七步詩",《世説新語·豪爽》第 13 條桓玄聞聽"外白司馬梁王奔叛",遂"高詠云:'蕭管有遺音,梁王安在哉?'"② 這些是"以小説記載詩人及其創作的傳聞和故事"。以上例子並非先唐小説中詩入小説現象的全部,只是比較著名且有代表性的一小部分。

先唐小説文體中詩歌的穿插,基本是一種内容上的需要,是爲載録而載録,而非文體叙事的自覺需求。但正因爲有這些詩歌的融入,使得先唐小説

---

① 魯迅校録:《古小説鉤沉》,濟南:齊魯書社 1997 年版,第 133、111、98 頁。
② (南朝宋)劉義慶著,(南朝梁)劉孝標注,余嘉錫箋疏:《世説新語箋疏》,北京:中華書局 2007 年第 2 版,第 288—289、712 頁。

具有一種不自覺的文學性。如《搜神記》中《紫玉》篇叙紫玉歌時的情景：

> 玉乃左顧宛頸而歌曰："南山有鳥，北山張羅。鳥既高飛，羅將奈
> 何！意欲從君，讒言孔多。悲結生疾，没命黄壚。命之不造，冤如之
> 何！羽族之長，名爲鳳凰。一日失雄，三年感傷。雖有衆鳥，不爲匹
> 雙。故見鄙姿，逢君輝光。身遠心近，何當暫忘。"歌畢，歔欷流涕，
> 要重還冢。①

以"左顧，宛頸而歌"，形象地描畫出紫玉少女的羞澀之美，而"歌畢，
歔欷流淚"，則突出紫玉明白"陰陽路隔"的無奈與哀傷。同時，此種描述
與餘音嫋嫋的《紫玉歌》的情深而婉轉悲怨的意境相結合，爲讀者營造出一
個通篇的美麗意境。

又如《拾遺記》中《少昊》篇叙皇娥倚瑟清歌的情景：

> 帝子與皇娥並坐，撫桐峰梓瑟。皇娥倚瑟而清歌曰："天清地曠浩
> 茫茫，萬象回薄化無方。涪天蕩蕩望滄滄，乘桴輕漾著日傍。當其何所
> 至窮桑，心知和樂悦未央。"②

其中所描寫的情景，亦是一幅郎情妾意的甜蜜圖。此外如《孔氏志怪》中的
《盧充》、《齊諧記》中的《清溪廟神》、《甄異傳》中的《楊醜奴》和《幽明
録》中的《費升》《陳阿登》等，這些情節簡單篇幅短小的小説，因爲詩歌
的融入而平添幾分婉曲和詩意美。

在先唐時期小説還不發達的時候，出現這麼多詩入小説的現象，雖然不

---

① （晉）干寶撰，汪紹楹校注：《搜神記》，北京：中華書局 1979 年版，第 200 頁。
② （晉）王嘉撰，（南朝梁）蕭綺録，齊治平校注：《拾遺記》，北京：中華書局 1981 年版，第 13 頁。

能説已經是一種固定的文體特性，但不能不説是一種潮流，這種潮流對唐傳奇詩入小説的影響是不言而喻的。

先唐小説中詩化的叙事也比較多，大體有二：一是小説叙事中詩的功能定位，一是小説叙事的詩化語言。在先唐小説中，小説叙事中詩的功能定位，大致可以分爲三個方面：一是引詩以叙事。如《世説新語·文學》中鄭玄家婢引《詩經》句子相戲。這種形式與唐傳奇中《長恨歌傳》引《長恨歌》《南柯太守傳》引李肇的贊等相同。二是人物吟詩以表明身份。如《幽明録》中的《郭長生歌》《陳阿登歌》等。《陳阿登歌》爲："連綿葛上藤，一援復一縆；欲知我名姓，姓陳名阿登。"《郭長生歌》爲："閑夜寂已清，長笛亮且鳴；若欲知我者，姓郭字長生。"①特别是《郭長生歌》在自我介紹時以擬聲、諧聲的隱語形式來雙重表明自己的姓名，"郭"擬鷄鳴聲，"長生"諧"長聲"。這種形式與《東陽夜怪録》等小説中的人物詩作用一樣。三是叙事人物吟詩以抒發情感。如《搜神記》中《杜蘭香》《弦超》《紫玉》《崔少府墓》等篇的詩入小説，《孔氏志怪·盧充》篇中崔女臨别贈詩等。這種詩入小説的現象是先唐小説的主流，也是唐傳奇中詩歌的主流，兩者一脈相承，都是突現人物的"情"。唐傳奇的"情"的作用已經爲歷來讀者所感受，如洪邁所謂"唐人小説，不可不熟，小小情事，凄惋欲絶"，②已是古往今來的共識。先唐小説中"情"的意義，大抵也是如此，"'文以情動人'，'情'的表現在很大程度上提高了唐前小説的美學品位。比如《列仙傳》裏，鄭交甫表達自己戀情的方式是賦詩；又如《搜神記》中，神女與凡人相會、離别時也常常贈詩（如《盧充》《弦超》《杜蘭香》等）。如果把這些小説中的韻文抽出來，所看到的不過是很簡單的叙事，這些叙事能吸引人的地方也

---

①　魯迅校録：《古小説鉤沉》，濟南：齊魯書社 1997 年版，第 151、158 頁。
②　轉引自明桃源居士《唐人小説序》，（明）桃源居士編：《唐人小説》，上海：上海文藝出版社 1992 年影印掃葉山房本，第 1 頁。

不過就是所叙之事比較離奇。可是，有了韻文效果就不一樣了，那些韻文是作品中主人公表情達意的載體，能夠把讀者的審美對象由外在的'事'轉移到内在的'情'，使讀者由欣賞外在的'事'之奇轉移到欣賞内在的'情'之美，審美品位於是也就由'悦耳悦目'提升到了'悦心悦意''悦神悦志'的層次。……以《還冤記》中的《徐鐵臼》爲例，這篇作品叙述了這樣一個故事：徐鐵臼被繼母虐待至死，後來，他的鬼魂還家，得以復仇。徐鐵臼還家時唱了這麼一首歌：'桃李花，嚴霜落奈何？桃李花，嚴霜早已落。'可以想見，在小説中，由鬼來唱一首哀傷的歌是非常凄凉、甚至有些恐怖的，效果強烈，能夠很好地抒發徐鐵臼的'自悼'之情，也更能引發人們對徐鐵臼不幸命運的同情"。[1]對於唐傳奇與先唐小説中詩歌對"情"的叙事作用，以《孔氏志怪·盧充》篇與張鷟《遊仙窟》、許堯佐《柳氏傳》作比較就可以知道。

《孔氏志怪·盧充》篇中崔女臨別贈詩："女抱兒還充，又與金碗別，並贈詩曰……充取兒碗及詩，忽不見二車處。"[2]張鷟《遊仙窟》"余"與"十娘"的告别：

　　十娘報詠曰："他道愁勝死，兒言死勝愁。愁來百處痛，死去一時休。"又詠曰："他道愁勝死，兒言死勝愁。日夜懸心憶，知隔幾年秋。"……十娘詠曰："天涯地角知何處，玉體紅顔難再遇；但令翅羽爲人生，會些高飛共君去。"下官不忍相看，忽把十娘手子而别。[3]

許堯佐《柳氏傳》中韓翊與柳氏的詩詞互寄：

①　王冉冉：《"詩文小説"溯源》，《南陽師範學院學報》（社會科學版）2003年第5期。
②　魯迅校録：《古小説鉤沉》，濟南：齊魯書社1997年版，第133頁。
③　（唐）張文成著：《遊仙窟》，上海：古典文學出版社1955年版，第31頁。

洎宣皇帝以神武返正，翊乃遣使間行求柳氏，以練囊盛麩金，題之曰："章台柳，章台柳，昔日青青今在否？縱使長條似舊垂，亦應攀折他人手。"柳氏捧金嗚咽，左右凄憫，答之曰："楊柳枝，芳菲節，所恨年年贈離別。一葉隨風忽報秋，縱使君來豈堪折。"①

在《孔氏志怪·盧充》中，崔女與盧充雖陰陽路隔，但兩個人的相遇依然是因夫妻之情，而相逢即離別，崔女與盧充及其子將永不相見。這個痛徹的事實只有崔女知道，崔女的哀婉凄惻自是不言而喻。然崔女的這種哀婉凄惻非一般文字所能表述，中國抒情文學傳統中，詩歌最切合表情達意，因此作者選擇一首綺艷、低沉而哀怨的詩，以"靈芝質""金碗"等爲意象，表達崔女此際的情感，不僅恰切，而且營造了凄美動人的意境。張鷟《遊仙窟》中，"余"與"十娘"的告別是生離，而且這種生離也注定了是永不再會的離別。兩人的相逢雖然是意外，但從小説中的描述可看出兩人是情深意重的。張鷟選擇詩歌來表達兩人之間生離，一方面固然是小説叙事風格的同一，另一方面也是因爲詩歌最適合於此情此景。兩首離別詩，也確實寫出了"十娘"對"余"的深情厚意。許堯佐《柳氏傳》中韓翊與柳氏之間是生不能逢的悲哀，兩個人以"章台柳""楊柳枝"的意象隱喻各自的情感與思念，也非常切合兩個人的身份、環境和思想感情，且"章台柳""楊柳枝"的意象還成爲流傳後世的情感意象。這三者中的詩，雖然《遊仙窟》中的詩文辭意境稍遜一疇，但他們的作用無疑是相同的，由此不難看出兩者間的繼承性。此外如《搜神記》中"吳王小女"和韓重相互的詩詞傳情模式，與《遊仙窟》中的"余"與"十娘"、《鶯鶯傳》中的張生與鶯鶯等的詩詞傳情的模式可謂異曲同工。

---

① 魯迅輯：《唐宋傳奇集》，《魯迅全集》第十册，北京：人民文學出版社1973年版，第228頁。

至於小説中的詩化語言的形成，一般是運用中國傳統詩學的方法，如“比”“興”等，在小説叙事中營造詩化的意象和意境。如《搜神記·韓憑妻》篇，描述了韓憑夫妻二人殉情後的意境：“宿昔之間，便有大梓木生於二冢之端，旬日而大盈抱，屈體相就，根交於下，枝錯於上。又有鴛鴦，雌雄各一，恒棲樹上，晨夕不去，交頸悲鳴，音聲感人。”①再如《世説新語》“言語”篇中桓温“見前爲琅邪時種柳，皆已十圍，慨然曰：‘木猶如此，人何以堪！’”又有支道林見“鶴軒翥不復能飛，乃反顧翅，垂頭。視之，如有懊喪意。林曰：‘既有陵霄之姿，何肯爲人作耳目近玩！’養令翮成，置使飛去”。“識鑒”中張季鷹“在洛見秋風起，因思吴中菰菜羹、鱸魚膾，曰：‘人生貴得適意爾，何能羈宦數千里以要名爵？’遂命駕便歸。俄而齊王敗，時人皆謂爲見機”。②特別是《世説新語》中品評人物用語亦十分詩化，如喻人或“蒹葭倚玉樹”，或“朗朗如日月之入懷”，或“蕭蕭肅肅，爽朗清舉”，或“面如凝脂，眼如點漆，此神仙中人”，或“飄如遊云，矯若驚龍”，又或“濯濯如春月柳”。劉知幾曾言：“昔文章既作，比興由生，鳥獸以媲賢愚，草木以方男女，詩人騷客，言之備矣。”③以此衡諸先唐小説中以“鳥獸”“草木”喻人寓情的現象，則不得不認爲它們是“詩人騷客”的“詩心”表現。

唐傳奇的特點是“叙述宛轉，文辭華艷”，④浦江清曾指出：“唐人所最重視的文學是詩，唐代的文人無不能詩，以詩人的冶遊的風度來摹寫史傳的文章，於是産生了唐人傳奇。”⑤也就是説，唐傳奇的文采是出於唐人“詩心”。然而，唐人在唐傳奇中傾注的“詩心”固然與有唐一代上至最高統治者下至

---

① （晉）干寶撰，汪紹楹校注：《搜神記》，北京：中華書局 1979 年版，第 142 頁。
② （南朝宋）劉義慶著，（南朝梁）劉孝標注，余嘉錫箋疏：《世説新語箋疏》，北京：中華書局 2007 年第 2 版，第 135、161、467 頁。
③ （唐）劉知幾著，（清）浦起龍通釋，王煦華整理：《史通通釋》，上海：上海古籍出版社 2009 年版，第 165 頁。
④ 魯迅著：《中國小説史略》，上海：上海古籍出版社 1998 年版，第 44 頁。
⑤ 浦江清著，浦漢明、彭書麟編選：《無涯集》，南昌：百花文藝出版社 2005 年版，第 104 頁。

"五尺童子"都熱衷於詩歌，以能詩爲榮，[①] 並形成"一種崇尚文辭，矜詡風流之風氣"[②] 的社會風習有關，但如果没有先唐小説的詩化借鑒，唐人的"詩心"融入唐傳奇中亦不會那麽徹底。至於趙彦衛所謂唐傳奇的"議論"，在先唐小説中雖偶有出現，然没有形成一種風尚，也就構不成爲唐傳奇的傳統，在此不作贅述。

---

　　① （唐）杜佑《通典》卷十五有唐傳奇作者沈既濟一段話："太后君天下二十餘年，當時公卿百群，無不以文章顯。因循遷久，寝以成風。……五尺童子，耻不言文墨焉。"
　　② 陳寅恪著：《元白詩箋證稿》，上海：上海古籍出版社 1978 年版，第 87 頁。

第三編　唐五代小說文體

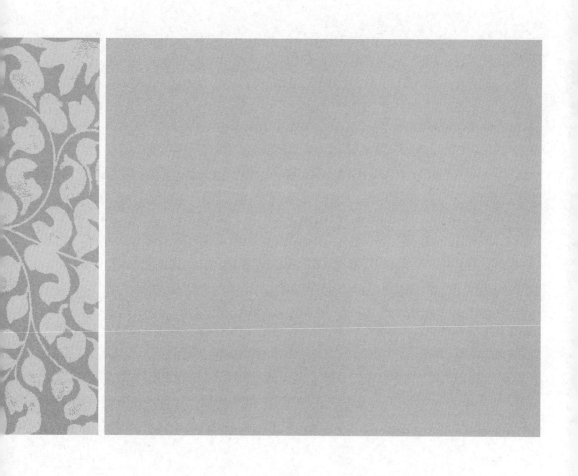

概　述

在唐五代這個歷史時段中，小説不僅數量繁富，文體也是多樣態的。一般而言，學界大體認定這是中國小説史發展的轉折時期。如明朝人胡應麟言："凡變異之談，盛於六朝，然多是傳録舛訛，未必盡幻設語。至唐人乃作意好奇，假小説以寄筆端。"[①]清人西湖釣叟言："小説始于唐宋。"[②]魯迅云："小説亦如詩，至唐代而一變，雖尚不離於搜奇記逸，然叙述宛轉，文辭華艷，與六朝之粗陳梗概者較，演進之迹甚明，而尤顯者乃在是時則始有意爲小説。"[③]上述觀點大體可代表學術界對這一時期小説發展轉型意義的認知，其立論依據是唐代傳奇體小説的文體表現，尤其是魯迅特别強調唐代傳奇體小説與唐前小説在文體和觀念上的"演進"邏輯。但唐五代時期的小説文體，不僅僅是傳奇體小説，還有同樣發達的筆記體小説，甚至還有"市人小説"等的記載，故這一階段的小説觀念和小説文體現象並不能以"演進"一語概括。

唐五代的筆記體小説，其文本畛域相對明晰。筆記體小説的著述體式與筆記類同，而其目録學的類屬則爲小説或小説家類，即中國小説之筆記一體乃以"小説"爲體，"筆記"爲用。何謂"小説"爲體？即在内容功能上自成一格。陳振孫《直齋書録解題》卷十一《夷堅志》："稗官小説，昔人固有爲之者矣。遊戲筆端，資助談柄，猶賢乎已可也。"[④]胡應

---

① （明）胡應麟撰：《少室山房筆叢》卷三十六，上海：上海書店 2009 年版，第 371 頁。
② 侯忠義、王汝梅編：《金瓶梅資料彙編》，北京：北京大學出版社 1985 年版，第 459 頁。
③ 魯迅著：《中國小説史略》，上海：上海古籍出版社 1998 年版，第 44 頁。
④ （宋）陳振孫撰，徐小蠻、顧美華點校：《直齋書録解題》，上海：上海古籍出版社 1987 年版，第 336 頁。

麟《少室山房筆叢·九流緒論》："小説者流……其善者，足以備經解之異同，存史官之討核，總之有補於世，無害于時。"①《四庫全書總目》"子部總叙"："稗官所述，其事末矣，用廣見聞，愈於博弈，故次以小説家。"②何謂"筆記"爲用？則爲記録見聞之寫作姿態，以及隨筆雜記、簡古雅贍之篇章體制。以此爲標準，在唐及以後的官私目録中即可大體圈定筆記體小説的範圍。成書於五代的《舊唐書·經籍志》（以下簡稱《舊唐志》）乃依毋煚成稿於唐開元年間的《古今書録》改編而成，"小説家"僅著録隋人侯白《啓顏録》。相比於《舊唐志》，成書於宋代的《新唐書·藝文志》（以後簡稱《新唐志》），著録唐五代小説數量激增。《新唐志》"小説家"小序言："右小説家類三十九家，四十一部，三百八卷。失姓名二家，李恕以下不著録七十八家，三百二十七卷。"所謂"李恕以下不著録七十八家，三百二十七卷"，是《舊唐志》未著録而《新唐志》新增著録者，皆是唐五代時所作。③

---

① （明）胡應麟撰：《少室山房筆叢·九流緒論下》，上海：上海書店出版社2009年版，第283頁。

② （清）永瑢等撰：《四庫全書總目》，北京：中華書局1965年版，第769頁。

③ 《新唐志》小説家類補《舊唐志》的七十八家分别是：李恕《誡子拾遺》四卷，《開元御集誡子書》一卷，王方慶《王氏神通記》十卷，狄仁傑《家範》一卷，盧僎《盧公家範》一卷，蘇瓌《中樞龜鏡》一卷，姚元崇《六誡》一卷，劉孝孫、房德懋《事始》三卷，劉睿《續事始》三卷，元結《猗玕子》一卷，趙自勉《造化權輿》六卷，《通微子十物志》一卷，吳筠《兩同書》一卷，李涪《刊誤》二卷，李匡文《資暇》三卷，王叡《炙轂子雜録注解》五卷，蘇鶚《演義》十卷、又《杜陽雜編》三卷，柳玭《柳氏家學要録》二卷，盧光啓《初舉子》一卷，劉訥言《俳諧集》十五卷，陳翱《卓異記》一卷，裴紫芝《續卓異記》一卷，薛用弱《集異記》三卷，李玫《纂異記》一卷，李亢《獨異志》十卷，谷神子《博異志》三卷，沈如筠《異物志》三卷，《古異記》一卷，劉餗《傳記》三卷（一作《國史異纂》），牛肅《紀聞》十卷，陳鴻《開元升平源》一卷，張薦《靈怪集》二卷，陸長源《辨疑志》三卷，李繁《説纂》四卷，戴少平《還魂記》一卷，牛僧孺《玄怪録》十卷，李復言《續玄怪録》五卷，陳翰《異聞集》十卷，鄭遂《洽聞記》一卷，鍾輅《前定録》一卷，趙自勤《定命論》十卷，吕道生《定命録》二卷，温畬《續定命録》一卷，胡璩《譚賓録》十卷，韋絢《劉公嘉話録》一卷，《戎幕閑談》一卷，趙璘《因話録》六卷，袁郊《甘澤謡》一卷，温庭筠《乾𦠆子》三卷、又《采茶録》一卷，段成式《酉陽雜俎》三十卷，《廬陵官下記》二卷，康駢《劇談録》三卷，高彦休《闕史》三卷，盧子《史録》卷亡、又《逸史》三卷，李隱《大唐奇事記》十卷，陳劭《通幽記》一卷，范攄《雲溪友議》三卷，李躍《嵐齋集》二十五卷，尉遲樞《南楚新聞》三卷，張固《幽閑鼓吹》一卷，柳玭《常侍言旨》一卷，《盧氏雜説》一卷，馮翊子《桂苑叢譚》一卷，《樹萱録》一卷，《會昌解頤》四卷，《松窗録》一卷，《芝田録》一卷，玉泉子《見聞真録》五卷，張讀《宣室志》十卷，柳祥《瀟湘録》十卷，皇甫松《醉鄉日月》三卷，何自然《笑林》三卷，焦璐《窮神秘苑》十卷，裴鉶《傳奇》三卷，劉軻《牛羊日曆》一卷，《補江總白猿傳》一卷，郭良輔《武孝經》一卷，陸羽《茶經》三卷，張又新《煎茶水記》一卷，封演《續錢譜》一卷。

《舊唐志》著錄於史部雜傳類的侯白《旌異記》、唐臨《冥報記》，在《新唐志》中也位移到子部小説家類。① 此外，在《舊唐志》中被著錄在史部傳記類的干寶《搜神記》等書，在《新唐志》中也改入子部小説家類。新舊《唐志》的這些變化，蓋因《新唐志》之修撰者較《舊唐志》修撰者更爲博識，所據材料更爲豐富全面，② 因此，劃定唐五代筆記小説的範圍，不妨以《新唐志》爲準，輔以《四庫全書總目》及現代學術研究的相關成果，則畛域自明。

在唐五代，唐人自編小説集或由他人編訂小説集時，有將筆記體小説和傳奇體小説混雜編集的現象。面對此種現象，如要作出兩者之區別，不妨參考章太炎《與友人書》中的如下一段話：

小説者，列在九流十家，不可妄作。上者宋鈃著書，上説下教，其意猶與黄、老相似，晚世已失其守。其次曲道人物、風俗、學術、方伎，史官所不能志，諸子所不能録者，比於拾遺，故可尚也。宋人筆記尚多如此，猶有江左拾遺。其下或及神怪，時有目覩，不乃得之風聽，而不刻意構畫其事，其辭坦迤，淡乎若無味，恬然若無事者，《搜神記》《幽明録》之倫，亦可以貴。唐人始造意爲巫蠱媒孽之言，（符秦王嘉作《拾遺記》已造其端。嘉本道士不足論。唐時士人乃多爲之。）晚世宗之，亦自以小説名，固非其實。夫蒲松齡、林紓之書得以小説署者，亦

① 唐臨《冥報記》在《新唐志》中既著錄於子部小説家，又著錄於史部雜傳類。
② 如參撰《新唐書》的吕夏卿在《唐書直筆》中評價《新舊唐書》修撰之別：“《唐書》著於五代幅裂之際，成篇迫遽，殊未詳悉，故有詔纂緝十餘年矣。今廣内藏書之盛，傳記可以質據者，得《大衍》《景福》之曆而《律曆志》可完矣；得《職該》《六典》之書而《百官志》可完矣；得開元《曲臺禮》《郊祀録》而《禮樂志》可完矣。”見（宋）吕夏卿撰：《唐書直筆》，北京：中華書局1985年版，第54頁。又清代學者趙翼言：“觀《新唐書·藝文志》所載唐代史事，無慮數十百種，皆五代修《唐書》時所未嘗見者，據以參考，自得精詳。又宋初續學之士，各據所見聞，別有撰述。”見（清）趙翼著，王樹民校證：《廿二史劄記校證》（訂補本），北京：中華書局1984年版，第342頁。

猶大全講義諸書，傳於六藝儒家也。[①]

　　章太炎指出了筆記小説與傳奇小説的主要區別：從著述主體而言，筆記小説帶有子書性質，著述者的價值取向是知識，所以"不刻意構畫其事"。而傳奇小説之著述則是"造意"爲之，有爲文之價值取向。從書寫語體而言，筆記小説"其辭坦迤，淡乎若無味，恬然若無事"，傳奇小説則並非如此。此外，周勛初在《唐人筆記小説考察》中提出："不管作品的性質屬於志人、志怪，抑或屬於學術隨筆性質的著作，在古人看來，中間還是有其相同的地方，即對正經而言，都屬於'叢殘小語'；對正史而言，大都出於'街談巷語，道聽塗説'；學術隨筆，則大都爲糾正歷代相傳之訛誤而作。因此這些著作都可在'小説'名下統一起來。""因此，唐人或將小説往雜史方面靠，或將雜史往小説裏面塞。但他們都還沒有把談學問的隨筆一類著作安排妥當。後代所以出現'筆記小説'一名，當是由於此類困難難以解決而有此一説的。看來這一名詞的覆蓋面比較大，既可以稱《國史補》之類叙述史實的'雜史類'著作，也可稱《杜陽雜編》之類侈陳怪異的'小説類'著作，也可稱《資暇集》之類考訂名物隨筆似的著作，也可稱《酉陽雜俎》之類包羅萬象類書似的著作。只是傳奇作品與此距離較遠，似不宜以'筆記小説'呼之。""因爲從源流上看，篇幅短的傳奇即是筆記小説，篇幅長而帶有故事性的筆記小説也就是傳奇。"[②]綜合起來，可以解釋筆記小説和傳奇小説雜糅編集的問題。

　　當然，面對筆記小説與傳奇混雜編集的現象，也有學者將傳奇欄入筆記。如劉葉秋認爲"從發展上談，傳奇爲筆記小説的一類"，故其所論列的"筆記"範疇，包含了小説史上一般認爲是傳奇集的《玄怪録》《甘澤謡》和

---

① 章太炎著：《太炎文録初編》，上海：上海人民出版社2014年版，第172頁。
② 周勛初著：《周勛初文集·唐人筆記小説考察》，南京：江蘇古籍出版社2000年版，第23—24頁。

裴鉶《傳奇》。① 又如林崗認爲傳奇小説僅僅爲筆記小説之"變體"："無論怎樣特殊，它還是屬於筆記小説這個大類裏面的作品，它與其他筆記小説的不同之處並不足以使它溢出這個大類的範圍，而成爲另一個種類的叙事之作。"② 此種認知，至少有兩方面的疏忽：一是疏忽了傳奇體小説作爲一種有別於筆記體小説的文體生成特徵；一是唐五代人編集叙事性文本時，較少考慮文體，而是以功能相區别。

　　唐五代的筆記體小説不但基本承繼先唐小説的風貌，更使先唐小説"形式短小、内容瑣雜和雜記體的叙述方式"的文體形態固化，成爲中國古代小説四種主要文體之一。劉葉秋對唐代筆記的歷史面貌有過評價與概括："我們可以説唐代是筆記的成熟期，一方面使小説故事類的筆記增加了文學成分，一方面使歷史瑣聞類的筆記增加了事實成分，另一方面又使考據辯證類的筆記走上獨立的發展路途。這三種筆記的類型，從此就大致穩定下來。"③ 劉葉秋雖是從筆記這一角度來考察，但就《隋志》、劉知幾《史通》和《舊唐志》中對小説的分類和著録而言，這段話亦可謂是對唐五代筆記體小説的小説史意義的精當概括與評價。

　　唐五代小説的小説史意義，不僅僅因爲傳奇體與筆記體這兩類深具"文人性"的"雅"小説，還在於與"雅"小説在文化上互補之"俗"小説的出現爲中國小説的發展所帶來的二脈傳承。先唐的"俳優小説"和佛、道二教的"俗講""道情"是唐代"俗"小説發生的淵源，娛樂性是前者的本質，通俗性（或"民間性"）是後者的本質，然兩者共同具備"懲勸"之目的。於是，兩者結合所産生的唐代"俗"小説，兼具娛樂性、通俗性（或"民間性"）、懲勸性三種特性，"而尤以勸善爲大宗"。④

---

① 劉葉秋著：《歷代筆記概述》，北京：北京出版社 2003 年版，第 4—5 頁。
② 林崗著：《口述與案頭》，北京：北京大學出版社 2011 年版，第 227 頁。
③ 劉葉秋著：《歷代筆記概述》，北京：北京出版社 2003 年版，第 92 頁。
④ 魯迅著：《中國小説史略》，上海：上海古籍出版社 1998 年版，第 71 頁。

　　先唐時期，小説的誕生與發展始終融合於傳統學術文化之中，唐五代小説雖亦未脱此窠臼，但唐五代小説於傳統學術文化中呈現出獨立自足的姿態，並對其他學術門類與社會思潮形成一定影響。唐五代時期，以筆記體小説與傳統學術文化最爲相融，傳奇體小説和“俗”小説則漸顯與傳統學術分道揚鑣的態勢。具體表現在：（一）唐五代小説在依傍與借鑒史學範式時對史學形成反動。在先唐小説的孕育母體——中國史學傳統——的深厚積累的影響下，唐五代的文言“雅”小説並不能完全擺脱史學的影響，如《新唐書·藝文志序》所謂：“傳記、小説外，暨方言、地理、職官、氏族，皆出於史官之流也。”此論雖足以概括先唐小説與史學之血緣與歸屬關係，然於唐五代小説而言則並不盡然。譬如其外在形式借鑒於傳記史體的傳奇體小説，董乃斌從叙事文學的六個基本方面總結出它對史傳文的超越，[①]並認爲它“具備並充分顯示了小説文體的基本規範”，從而論證了傳奇體小説文體的獨立。[②]同時，小説（特別是筆記體小説）之“道聽塗説，靡不畢記”的文化品格使之成爲唐五代人修史的取資對象，如長孫無忌等人修《晉史》、李延壽修南北二史等。唐五代“俗”小説則已逸出史學範式影響之所及，“俗”小説中的歷史人物已經不再遵循史家“實録”原則，而是根據小説叙事的需要來塑造虚構性人物。（二）唐五代小説與宗教之間一改先唐子體與母體關係，表現爲互動的關係。佛、道二教始盛於六朝，至唐臻於極盛。佛、道二教對唐代小説的影響，主要是其靈奇幻邈的故事性爲唐代小説提供了學習對象；同時，佛、道二教則借助於小説“入人也深，化人也速”的特性以廣其教。敦煌變文體小説的宗教與世俗題材可爲此證。（三）唐五代小説，特別是傳奇體小説，在與其他社會思潮的關係中也體現出其文學的獨立品性。如傳奇體小説被用以“行卷”，蓋因其可以見史才、詩筆、議論。以“文備衆

---

① 參見董乃斌著：《中國古典小説的文體獨立》，北京：中國社會科學出版社 1994 年版，第 5 頁。
② 董乃斌著：《中國古典小説的文體獨立》，北京：中國社會科學出版社 1994 年版，第 10 頁。

體”概括傳奇體小説，正反映了與其他文學和史學文體相異的文體獨立性。①
（四）唐五代小説在審美情趣上表現出融對立之“雅”與“俗”二而爲一的
態勢。張鷟《遊仙窟》是爲文體之“雅俗”合流的明證，白行簡《李娃傳》
則直承“新昌宅説一枝花話”而成，②更多的傳奇體小説則爲“宵話徵異”的
文言記載。（五）唐五代小説與文學思潮關係密切。譬如傳奇體小説對唐代
古文運動發展的推動，中唐古文家的散文創作多有借鑒傳奇小説之處，如韓
愈的諸多碑誌“其實是用傳奇文筆法來寫碑誌的”，其散文“《進學解》和
《送窮文》雖似各有所本，實則都是在傳奇文的影響下，一種故事化、自嘲
自誇的描寫”。③而“前代之文，有近於小説者，蓋自柳子厚始，如《河間》
《李赤》二傳，《謫龍説》之屬亦然”。④（六）唐五代出現了小説選本這一獨
特的文體現象。就選本而言，晚唐陳翰《異聞集》是最早的傳奇體小説總
集。現可考知陳翰《異聞集》所收作品約 40 篇，其中初盛唐傳奇小説 2 篇，
中唐傳奇小説 25 篇，晚唐有陸藏用《神告録》《冥音録》等 7 篇，另有佚名
《獨孤穆》《王生》《白皎》《賈籠》《劉惟清》《周頌》等不能確定年代。⑤浦
江清曾定位唐傳奇爲“別派”“獨秀的旁枝”，由《異聞集》所收篇目來看，
陳翰可説是敏鋭地捕捉到傳奇小説這一“別派”“獨秀的旁枝”所呈現的共
同審美特性，並非常重視，因而全文選編唐傳奇。

---

　　①　唐代小説與行卷的關係可參見程千帆《唐代進士行卷與文學》第八章（上海：上海古籍出版社
1980 年版）。戴偉華《唐代幕府與文學》（北京：現代出版社 1990 年版）一書對唐代小説與幕府的關係
有詳細論述，此不贅。
　　②　（唐）元稹《元氏長慶集》中《酬翰林白學士代書一百韻》“光陰聽話移”句下原注：“嘗於新
昌宅説一枝花話，自寅至巳，猶未畢詞也。”説明“説一枝花話”的故事情節非常曲折和豐富。
　　③　季鎮淮：《〈韓愈詩文評注〉前言》，張清華評注，季鎮淮審閲：《韓愈詩文評注》，鄭州：中州
古籍出版社 1991 年版，第 15 頁。
　　④　（清）汪琬：《鈍翁類稿》卷四八《跋王于一遺集》，《四庫全書存目叢書》集部第 227 册，濟
南：齊魯書社 1997 年版，第 785—786 頁。
　　⑤　《異聞集》中還有《相如琴挑》《解襪人》《漕店人》和《雍州人》等篇，程毅中認爲這幾篇
都“只能作爲存目待考”。參見程毅中編：《古小説簡目》附録二《〈異聞集〉考》，北京：中華書局 1981
年版。

第一章
初唐傳奇小説文體的發生

關於唐五代傳奇小説的發展分期，學界有不同看法，比較有代表性的有李宗爲《唐人傳奇》、李劍國《唐五代志怪傳奇叙録》和吴志達《中國文言小説史》等論著中的分期，就唐五代傳奇文體的發展而言，大體上可以分爲三個時期，即初盛唐（618—765）的文體發生期，中唐（766—835）"有意爲之"的定體期，晚唐五代（836—960）"尊體和變體"交織的嬗變期。如同其他文學發展期之劃分一樣，這三期的劃分並非絕對，但却大體上體現出唐五代傳奇小説文體的發展軌迹。

第一節　傳奇體小説的生成

關於傳奇小説文體的生成特徵，章學誠曾言：

> 小説出於稗官，委巷傳聞瑣屑，雖古人亦所不廢。然俚野多不足憑，大約事雜鬼神，報兼恩怨；《洞冥》《拾遺》之篇，《搜神》《靈異》之部，六代以降，家自爲書。唐人乃有單篇，别爲傳奇一類。（專書一事始末，不復比類爲書。）大抵情鍾男女，不外離合悲歡。紅拂辭楊，繡襦報鄭，韓、李緣通落葉，崔、張情導琴心，以及明珠生還，小玉死報，凡如此類，或附會疑似，或竟托子虚，雖情態萬殊，而大致略似。

其始不過淫思古意，辭客寄懷，猶詩家之樂府古艷諸篇也。①

此段文字指出傳奇體小説的出現，是唐人有意爲單篇，且最初是"專書一事始末，不復比類爲書"。而筆記體小説則多以叢殘之形制存在。又古人編叙事文本爲集時，多慣於以類相從。如漢人王充言："儒生……或抽列古今，紀著行事，若司馬子長、劉子政之徒，累積爲篇第，文以萬數，其過子雲、子高遠矣。"②至唐五代，這種編集方式已成爲一種有著典範意義的傳統方式。如清人阮葵生云："《唐志》，類事之書，始於《皇覽》。《通考》，類事之書，始於梁元帝《同姓名録》。晁氏亦云：'齊梁喜徵事，類書當起於此時。'"③因此，不應將傳奇體小説定位爲筆記體小説的一類。就現代學術史而言，關於傳奇體小説也存歧見，主要有二：

一是以魯迅《唐宋傳奇集》和汪辟疆《唐人小説》的選篇作爲傳奇體小説討論的基本框架，並在衡定傳奇體小説的範疇時，以魯迅和汪辟疆依據二書所得出關於唐代小説的認知作爲理論的生發點。魯迅特別強調唐代傳奇體小説與唐前小説在文體和觀念上"演進"的邏輯，④故就《唐宋傳奇集》《中國小説史略》的編排與論述而言，則《古鏡記》《補江總白猿傳》等是爲傳奇體小説的開端。依汪辟疆的《唐人小説》，則《古鏡記》《遊仙窟》爲傳奇體小説的開端。如此，則傳奇體小説始於初盛唐之際。

一是陳寅恪從史學的角度探討古文與小説兩種文體的關係，認爲："貞元元和時代古文運動鉅子如韓昌黎、元微之之流，以太史公書，左氏春秋之文體試作《毛穎傳》《石鼎聯句詩序》《鶯鶯傳》等小説傳奇者"，"今日所謂唐代小説者，亦起於貞元、元和之世，與古文運動實同一時，而其時最佳小

---

① （清）章學誠著，葉瑛校注《文史通義校注》，北京：中華書局 2014 年版，第 650 頁。
② （漢）王充著，張宗祥校注，鄭紹昌標點：《論衡校注》，上海：上海古籍出版社 2013 年版，第 279 頁。
③ （清）阮葵生撰：《茶餘客話》，上海：上海古籍出版社 1959 年版，第 498 頁。
④ 魯迅著：《中國小説史略》，上海：上海古籍出版社 1998 年版，第 44 頁。

說之作者，實亦即古文運動中之中堅人物是也。……而古文乃最宜於作小説者也"。①與陳寅恪有相同之認知者還有范文瀾、鄭振鐸等。范文瀾提出"古文直接産生小説傳奇，即短篇小説"之論斷；②鄭振鐸則認爲唐傳奇的興起，"古文運動'與有大力焉'"，"'傳奇文'的運動，我們自當視爲古文運動的一個別支"，"由附庸而蔚爲大國"。③

　　關於傳奇體小説的認知，因爲學術路徑的不同而使文體發生與文本認知也顯見不同。本書的著力點在於小説文體的歷史樣態的揭櫫，故不擬對此二種學術路徑做優劣之判斷，而是整合此二種路徑，確定傳奇體小説的文本與文體現象。

　　傳奇體小説文本的搜集整理，20世紀上半葉即有典範之作，如魯迅《唐宋傳奇集》、汪辟疆《唐人小説》等。④21世紀則有袁閭琨等主編的《唐宋傳奇總集·唐五代傳》、李劍國編著的《唐五代傳奇集》等。兩個世紀的搜集整理，呈現了兩種不同的傾向：20世紀選文謹慎，所選文本大體爲傳奇體小説的典範之作，如魯迅《唐宋傳奇集》收唐五代傳奇體小説文本31篇，汪辟疆《唐人小説》收小説文本29篇；21世紀選文則呈現竭澤而漁式的輯集整理傾向，如李劍國《唐五代傳奇集》收文692篇。數量上的巨大差距，反映了對傳奇體小説文體認知的不同。

　　就傳奇體小説文體的定體而言，中唐時期單篇流傳的傳奇小説是定體的

---

　　①　陳寅恪著：《元白詩箋證稿》，上海：上海古籍出版社1978年版，第121、2頁。陳寅恪在《韓愈與唐代小説》一文（載《陳寅恪集·講義及雜稿》，北京：三聯書店2001年版，第440—443頁）中也闡釋了相同之觀點。近來雖有否定陳氏觀點之論，但從唐傳奇文本與古文文本的對讀等角度研究，皆可證明陳氏觀點。相關論證可參見陳珏《中唐傳奇文"辨體"——從"陳寅恪命題"出發》（2007年12月《漢學研究》第25卷第2期）、康韻梅《唐代古文與小説的交涉——以韓愈、柳宗元的作品爲考察中心》（載《臺大文史哲學報》第六十八期，2008年5月，第105—133頁）、倪豪士《〈南柯太守傳〉〈永州八記〉與唐傳奇及古文運動的關係》（載《傳記與小説——唐代文學比較論集》，北京：中華書局2007年版，第83—91頁）。
　　②　范文瀾著：《中國通史》（第四冊），北京：人民出版社2004年版，第358頁。
　　③　鄭振鐸著：《插圖本中國文學史》，上海：上海人民出版社2005年版，第400—401頁。
　　④　相比於魯迅使用"傳奇"概念，汪辟疆審慎地使用了"唐人小説"這一概念。

典範之作。① 初盛唐時期的相關文本，所呈現的文體應是"神遇而不自知"。②
一般認爲，傳奇體小説的開山之作爲隋末唐初王度的《古鏡記》。③ 以《飛燕
外傳》爲傳奇體小説開山之作的説法也流傳悠久。《古鏡記》之後，有無名
氏《補江總白猿傳》、張鷟《遊仙窟》、劉氏《猿婦傳》、張説《梁四公記》
《鏡龍圖記》、唐晅《唐晅手記》等作品，這些是初盛唐時較符合傳奇體小説
文體規範的作品。④

第二節　早期傳奇小説的叙述特性

以相對嚴格的文體規範和文本傳存的完整度爲標準，本節所謂早期傳奇
小説，是指《古鏡記》《補江總白猿傳》《遊仙窟》三種爲典範的小説。《古
鏡記》和《補江總白猿傳》爲"述異志怪之體"與"家世仕履"之年表叙事
體的結合，雖前者被譽爲"藻麗之體"，⑤ 但兩者實則是著書者之筆。《遊仙
窟》是才子之筆，"通篇用駢體，唐傳奇中罕有此格"，"非小説正格"。⑥

《古鏡記》是一篇單篇小説，其叙事可以分爲兩個層次：一個正文的叙
述層，即王度與王勣攜鏡遊歷的叙事，⑦ 此爲正叙述層；一個就是開頭一段交

---

① 參見李軍均：《論中唐單篇傳奇的文體建構》，《文藝理論研究》2007 年第 1 期。
② 轉引自明桃源居士《唐人小説序》，（明）桃源居士編：《唐人小説》，上海：上海文藝出版社
1992 年影印掃葉山房本，第 1 頁。
③ 有人認爲《古鏡記》是中唐時人的作品，如段熙仲撰有一組文章以證此説（《〈古鏡記〉的作者
及其他》，《文學遺産增刊》第 10 輯，中華書局，1962 年）、《〈王度古鏡記〉是中唐小説》（載 1984 年
4 月 17 日的《光明日報》）。然據各種史料來看，《古鏡記》確爲隋末唐初人王度的著述，其誕生年代也
確實早於唐初的其他幾篇作品，如無名氏《補江總白猿傳》、張鷟《遊仙窟》等。關於《古鏡記》的作
者和其年代的史料，可參見李劍國《唐五代志怪傳奇叙錄》（增訂本）"古鏡記"條，北京：中華書局
2017 年版，第 1—15 頁。
④ 參見李劍國《唐五代志怪傳奇叙錄》、程毅中《古小説簡目》、甯稼雨《中國文言小説總目提
要》等書。
⑤ 汪辟疆編：《唐人小説》，上海：上海古籍出版社 1978 年版，第 10 頁。
⑥ 李劍國撰：《唐五代志怪傳奇叙錄》（增訂本），北京：中華書局 2017 年版，第 43 頁。
⑦ 王勣即王績。參見汪辟疆編：《唐人小説》，上海：上海古籍出版社 1978 年新 1 版，第 9 頁；
魯迅編：《唐宋傳奇集·稗邊小綴》"《古鏡記》"條，《魯迅全集》第十卷，北京：人民文學出版社 1973
年版，第 475—476 頁。

代著述因由的叙述層，① 此爲超叙述層。同時，以古鏡爲綫索，兩個叙述層融
爲一體，但都有自己的起首。因爲是“述異志怪之體”，《古鏡記》的叙事爲
增加真實感，在起首既交代時代，也交代人物身份；同時因爲古鏡的神異，
不能有一實在之著落，故文本的結尾是謎幻式結尾，從而製造了故事懸念，
使叙事形成一種開放式的想像空間。據現有研究，《補江總白猿傳》是一篇
具有政治意味的小説，是爲侮辱歐陽詢而作。② 爲增加叙事的真實性，《補江
總白猿傳》采用了“家世仕履”之年表叙事體，故其起首直接進入叙事，將
所叙之事發生的時代背景、起因和主要人物都交代清楚。至於結尾，《補江
總白猿傳》是史實性結尾，以增强叙事的真實性。《遊仙窟》非小説正格，
然其起首以詩賦語體交代故事發生的地點和緣由，其結尾也是詩賦形式，書
寫離別後“余”之情緒。

　　宋趙彦衛《雲麓漫鈔》謂唐傳奇的文體“可以見史才、詩筆、議論”，③
於傳奇體小説而言，“史才”應是叙事，“詩筆”爲詩化語言，在此將詩、
賦、雜文等文體亦增入“詩筆”範圍；“議論”包含兩者，一是小説中叙述
者對人、物或事情等的評判，一是作者跳出叙事情節框架而發表的全知性
的感慨、評價等。又魯迅曾概括傳奇小説的特徵有“大率篇幅曼長，記叙委

---

① 王度《古鏡記》起首一段爲：“隋汾陰侯生，天下奇士也。王度常以師禮事之。臨終，贈度以
古鏡曰：‘持此則百邪遠人。’度受而寶之。鏡横徑八寸，鼻作麒麟蹲伏之象。繞鼻列四方，龜龍鳳虎，
依方陳布。四方外又設八卦，卦外置十二辰位而具畜焉。辰畜之外，又置二十四字，周繞輪廓。文體似
隸，點畫無缺，而非字書所有也。侯生云：‘二十四氣之象形。’承日照之，則背上文畫，墨人影内，纖
毫無失。舉而扣之，清音徐引，竟日方絶。嗟乎，此則非凡鏡之所同也，宜其見賞高賢，自稱靈物。侯
生常云：‘昔者吾聞黄帝鑄十五鏡。其第一横徑一尺五寸，法滿月之數也。以其相差，各校一寸。此第
八鏡也。’雖歲祀攸遠，圖書寂寞，而高人所述，不可誣矣。昔楊氏納環，累代延慶。張公喪劍，其身
亦終。今度遭世擾攘，居常鬱快。王室如毁，生涯何地。寶鏡復去，哀哉！今具其異迹，列之於後。數
千載之下，倘有得者，知其所由耳。”這一段文字與下文形成兩個叙事格局，本段文字交代古鏡的來歷
與神異功能以及王度著此文的終極目的，自身構成一個自足的叙事結構。下則以具體事例來表現古
鏡的神異，如没有起首這一段文字，下文叙事則剛好形成一個自足的叙述層。因爲起首段是交代叙事背
景，所以稱之爲超叙述層，而下文則爲正叙述層。
② 參見李劍國撰：《唐五代志怪傳奇叙録》（增訂本）“補江總白猿傳”條，北京：中華書局 2017
年版，第 15—23 頁。
③ （宋）趙彦衛撰：《雲麓漫鈔》，北京：中華書局 1996 年版，第 135 頁。

曲"、"文采與意想",① 其中 "篇幅""文采" 也是傳奇小説文體的外在特徵之一。這五個方面基本能夠代表傳奇小説的文體特徵。

叙事("史才")是傳奇體小説的文體根本特質,初唐三種傳奇皆具有此種特質;"詩筆"存於《古鏡記》《遊仙窟》文體中,而 "議論" 僅在《古鏡記》中略有,三種傳奇皆具 "文采"。至於篇幅,據李劍國所整理之《唐五代傳奇集》進行統計,該書所收録的初盛唐時傳奇小説,絶大多數篇幅在 800 字至 2 000 字間,《補江總白猿傳》篇幅亦如此,《古鏡記》《遊仙窟》則超過 2 000 字,大抵可算 "篇幅曼長"。

傳奇體小説之 "詩筆" 和 "議論",爲歷來論者所推重;特別是 "詩筆",被視爲傳奇體小説最主要特徵的文體。然而,《古鏡記》《補江總白猿傳》的 "詩筆" 並不多,僅《古鏡記》有四言八句斷章一首。《遊仙窟》是特例,單詩歌就有 88 首之多,且這些詩歌大多爲人物對話中的贈答,從而形成該文本韻散交錯的文體形式,另有書信一篇和謠諺十首。《遊仙窟》這種歌行對話文體的形成,研究者多致力於從文體自身發展歷史中尋找原因。如程毅中指出:"像《遊仙窟》這樣大量地用詩唱和,恐怕還是模仿民間對歌的習俗。"② 石昌渝亦云:"敦煌石室所藏《下女夫詞》用男女酬答方式寫男女偶然的一次歡會,男女飲酒對詩,情漸綢繆,似與《遊仙窟》同出一轍。男女酬答以言情,是南方民歌中古老的傳統,樂府詩中的吳聲《子夜歌》就是這類民歌,這個男女贈答的方式至今還保留在南方少數民族的民歌中。"③《遊仙窟》中的贈答詩運用了雙關、諧音等修辭手法,這顯然受到民歌的影響。程毅中、石昌渝兩位學者的結論大體符合張鷟《遊仙窟》文體誕生的原因。

---

① 魯迅著:《中國小説史略》,上海:上海古籍出版社 1998 年版,第 44、45 頁。
② 程毅中著:《唐代小説史》,北京:人民文學出版社 2003 年版,第 112 頁。
③ 石昌渝著:《中國小説源流論》,北京:三聯書店 1994 年版,第 166 頁。

　　王度《古鏡記》和張鷟《遊仙窟》都按客觀時間進行順時叙述。《古鏡記》講述了關於古鏡的十二件奇異之事，以王度得鏡——王度攜鏡遊歷——王勣攜鏡遊歷——王勣失鏡爲叙事主綫，以王度、王勣的兄弟關係來榫合前後兩部分。《古鏡記》每一奇異之事皆繫以日、月、年的時間限定，形成十二個情節單元。對此種叙事方式，袁宏道曾評曰：“自照老狸後，歷叙鏡之奇處凡十二見，使人洞心駭目，是此鏡歷年譜。”又評曰：“歷歷顯奇，叙人周悉。鏡是物外奇珍，文是簡中實録。”①袁宏道以“年譜”和“實録”來評價《古鏡記》的叙事，實則緣於《古鏡記》所采取的順叙叙事方式，即故事時間與叙事時間大體吻合。如此則可以認爲，“年譜”是繫之以時序的故事時間，但以“實録”的方式記録本事。《古鏡記》當然不是“年譜”，其叙寫古鏡怪異性能的故事當然也不是“實録”，但《古鏡記》由年譜式時間叙事所生成的文體，與史傳的編年體是異質同構。不過，《古鏡記》年譜式文體結構，不僅超越了先唐小説各自獨立的短章形式，也超越了編年體史書的叙事模式，成爲傳奇叙事的先驅。劉開榮對此有過闡述，云：

　　　　它（《古鏡記》）的形式尤其是六朝小説與唐傳奇小説中間的橋梁。在唐以前的小説，素來只是直綫式的筆記體，一條一段，各不相屬，無結構無組織，仿佛編年史一樣。《古鏡記》的形式，也一方面保有極濃厚的六朝小説的氣息，依着年月平鋪下去。如從大業七年五月説起，按着時間先後説“古鏡”的靈驗和神異，中間經過大業七年五月、六月，大業八年四月一日，八月十五日，其年冬，大業九年正月朔旦，其年秋，大業十年其弟王勣罷官歸來後，復攜此鏡出外雲遊，此後便依所遊地點先後排叙，直到大業十三年夏六月，鏡還作者，七月十五日便飛

———————

　　① 《虞初志》卷六《古鏡記》眉批，北京：中國書店 1986 年版，第 16 頁。

去，不知所在爲止。但另一方面却又反六朝小説排列法，不依年月各自
爲段地排列，而一氣連下去，像一篇小説的情節。①

劉開榮此論揭示了《古鏡記》由先唐小説到唐傳奇文體成立的過渡意義。
《古鏡記》開啓的年譜式文體，後來成爲一種相對穩定的文體形態，中唐傳
奇小説定體時多有單篇流傳之傳奇小説，如白行簡《三夢記》等，即襲用此
文體，而"年譜"式的時間叙事也固化爲傳奇小説潛在的文體叙事模式，常
見於後世傳奇小説中。

　　張鷟的《遊仙窟》書寫了他和崔十娘等的"一夜風流"。通篇大體爲駢
文，且穿插大量主客對答的五言詩。一夜雖短，但張鷟充分運用時間的叙
事功能，把"一夜風流"的進程以時序彰明，如"須臾之間""片時""讀
詩訖""之後""少時""然後""遂""次""又次""其時""于時""當
時""忽""天曉以後"等時間語詞，從叙事而言是"風流事"綫性時間表
達，但在一夜之間相對短暫的時段裏，分理出如此多的時間節點，實際蘊含
發生風流事的兩者之情感發展的細微歷程。《遊仙窟》將張崔兩人在"一夜"
間的每件事都繫以時間節點，使得叙事細膩委婉而篇幅漫長。盛中唐時的傳
奇小説，如《蘭亭記》《鏡龍圖記》《梁四公記》等，大抵如此。

　　《補江總白猿傳》是按事件的發展來結構故事，劉開榮曾評價其小説史
價值言："在藝術上的價值却是偉大的，在中國小説史上可以説是一顆初熟
的果實，第一篇完成近代短篇小説主要條件的作品。"②關於《補江總白猿傳》
所涉歐陽詢與長孫無忌互嘲的本事，劉餗《隋唐嘉話》、孟棨《本事詩》等
皆有記載。劉餗《隋唐嘉話》卷中載：

---

① 劉開榮著：《唐代小説研究》，北京：商務印書館 1956 年版，第 49 頁。
② 同上，第 60 頁。

　　太宗宴近臣，戲以嘲謔，趙公無忌嘲歐陽率更曰：“聳髆成山字，埋肩不出頭。誰家麟閣上，畫此一獼猴？”詢應聲云：“縮頭連背暖，俛襠畏肚寒。只由心溷溷，所以面團團。”帝改容曰：“歐陽詢豈不畏皇后聞？”趙公，后之兄也。①

　　孟棨《本事詩》所載大體相同。相比於《補江總白猿傳》，這些記載極爲簡略，可視作本事。《補江總白猿傳》之作，將隋唐時所傳此事媾和先唐猿猴攫人之傳說敷演而成。②先唐所載猿猴攫人事，更爲簡略。相比之下，《補江總白猿傳》叙事婉曲詳盡，可拆分爲如下五個叙事情節單元：

　　　　背景：藺欽南征——→起因：歐陽紇失妻——→發展：歐陽紇尋妻——→高潮：歐陽紇發現妻並殺猿救妻——→尾聲：紇妻生子，“及長，果文學善書，知名于時”。與此相對應的叙事時間結構如下：“梁大同末”（時間大背景）——→“夜”…→“爾夕”…→“至五更”…→“忽”…→“即”——→“迫明”…→“日往四選”——→“既逾月”…→“又旬餘”…→“如期而往”（以十日爲期）…→“日晡”…→“少選”…→“既”…→“又”…→“良久”——→“周歲”…→“及長”。③

在《補江總白猿傳》的這個時間結構中，客觀時間和心理時間的反復切換，

---

　　①（唐）劉餗著，程毅中點校：《隋唐嘉話》，《隋唐嘉話　朝野僉載》，北京：中華書局1979年版，第23頁。

　　②漢朝焦延壽《易林》（坤之剝）有“南山大獲，盜我媚妾”一說。又（晉）張華《博物志》卷三“異獸”類載：“蜀山南高山上，有物如獼猴。長七尺，能人行，健走，名曰猴玃，一名馬化，或曰玃猨。伺行道婦女有好者，輒盜之以去，人不得知。行者或每遇其旁，皆以長繩相引，然故不免。此得男子氣，自死，故取女不取男也。取去藏室家，其年少者終身不得還。十年之後，形皆類之，意亦迷惑，不復思歸。有子者輒俱送還其家，產子皆如人，有不食養者，其母輒死，故無敢不養也。及長，與人無異，皆以楊爲姓，故今蜀中西界多謂楊率皆猳玃、馬化之子孫，時時相有玃爪也。”

　　③實綫箭頭如“——→”者表示由一個叙事情節單元進入另外一個叙事情節單元，虛綫箭頭如“…→”表示在同一叙事情節單元內的歷史時間的推移。

營造了叙事節奏舒緩、緊凑的交疊，提升了叙事張力。如開篇作爲叙事背景的藺欽南征并不展開，此後詳述歐陽紇妻在嚴密防守中神秘失蹤的過程，接下歐陽紇的尋妻過程則略叙，但設置叙事的懸念，進而是發現妻子並殺猿救妻，最後以歐陽詢“及長”的事實證實叙事的真實性。此一叙事進程，張弛有度，既有小説審美的情節張力，又有閲讀史傳文學的真實性感受。此種叙事藝術的生成，受益於文本細膩的時間叙事。

　　就文體而言，《補江總白猿傳》應承襲自六朝雜傳。《補江總白猿傳》又名《續江氏傳》或《續江氏白猿傳》，曰“補”或“續”，蓋指先有六朝江總之《白猿傳》，此特補充江總《白猿傳》所未及耳。此言“補”或“續”，則文體自是承續六朝傳體（尤其是雜傳），無關江總《白猿傳》的真實存在與否。程千帆曾概括漢魏六朝雜傳的四個特徵：雜傳專以傳主一人爲對象，所取資有存汰，但與史傳標準有異；雜傳以單行爲主，不獨傳主在所詳叙，即有關諸人，亦皆旁及，在所不遺；雜傳褒貶之例不甚謹嚴；雜傳雜以虛妄之説，故傳主個性反或近真。[①] 以此四種雜傳特徵衡諸《補江總白猿傳》，亦甚相符。《補江總白猿傳》的此種相符，也印證了程千帆言雜傳“其體實上承史公列傳之法，下啓唐人小説之風”[②] 之斷語。

　　《古鏡記》《遊仙窟》和《補江總白猿傳》以順叙爲主，但是倒叙、插叙、補叙、預叙等叙事方式也融匯到叙事之中，並爲之帶來文體上的變化。如《古鏡記》，雖然以順叙爲主，但也運用了倒叙、插叙的方式。順叙是故事時間與小説叙事時間相吻合，而插叙、倒叙、預叙、補叙等則是故事時間和小説叙事時間相錯亂而形成。三種傳奇體小説以順序爲主，或多或少使用了插叙、倒叙、預叙、補叙等方式，多種叙事方式的交織所形成的時代錯亂，爲傳奇小説借助虛構擺脱傳統史法的束縛提供了想像的空間。如時代錯

---

① 參見程千帆著：《閑堂文藪》，濟南：齊魯書社 1984 年版，第 163 頁。
② 同上，第 162 頁。

亂的叙事，即便是"依托真人，即使事迹之犖犖大者，文獻有徵，抑或人出虛構，仍繫諸某朝某代，而道後世方有之事，用當時尚無之物"，而傳奇小説是"以文爲戲"之作，"既'明其爲戲'，于斯節目讀者未必吹求，作者無須拘泥"。① 如此，時代錯亂的叙事與詩筆融合，則形成小説的意趣。譬如《補江總白猿傳》的時代錯亂叙事，在貌似真實的時代背景中隱藏著歷史時間、歷史人物、歷史地點等的錯亂。② 至於《古鏡記》《遊仙窟》，時代錯亂的叙事模式亦無可争議地存在。

傳奇小説時代錯亂的叙事特徵，必然導致叙事空間騰挪置換的自如。如《古鏡記》以漫遊之蹤來設置古鏡奇異之事發生的地理空間，實則是按照叙事人物主動或被動改換所處空間的經歷來叙事。《古鏡記》中，作爲作者的"王度"，既是叙述者，文本的建構是作爲作者的"王度"親身經歷，包含在文本中傾聽其弟王勣講述六件古鏡的奇異之事，也因此，"王度"在王勣講述時也就成爲了受述者；而作爲故事人物的王勣，因爲他對其兄——作爲作者的"王度"——講述攜鏡遊歷所發生的事，成爲了次叙述層的叙述者。因爲這種叙事設計，所述古鏡的十二件奇異之事，由兩位叙述者在相對廣泛的地理空間見證，符合古人"遠方殊俗"的普遍認知，增添了叙事的真實性。當然也有消極的影響，即造成小説文體結構的鬆散。如袁宏道評《古鏡記》云："勣持此鏡遍歷多方，叙其神奇處若斷若續，或數語則竟，或連章不盡，是隨筆鋪叙，若無意成文者。"③ "隨筆鋪叙""無意成文"，所指無疑都是小説文體叙事相對鬆散的缺點，好在《古鏡記》將事繫以"時、日、月、年"，以年譜結構爲一體。

《補江總白猿傳》的空間叙事，以歐陽紇略地（大地理空間）、匿妻（室

---

① 錢鍾書著：《管錐編》第四册，北京：中華書局1986年第2版，第1299、1302頁。
② 詳細考證可參見陳珏：《〈補江總白猿傳〉"年表錯亂"考》，《漢學研究》第20卷第2期（2001年12月）。
③ 《虞初志》卷六《古鏡記》眉批，北京：中國書店1986年版，第21—22頁。

內）、尋妻（爬山越嶺）、殺猿（山洞）和夫妻團聚（室內）結構，形成空間的轉換，但也符合人情物理。與《古鏡記》相比，《補江總白猿傳》的此種敘事環環緊扣，脈絡清晰。爲建構敘事的真實性，特意將故事背景設置爲梁大同末平南將軍藺欽南征至桂林。歷史上的桂林地理，柳宗元有"桂州多靈山，發地峭豎，林立四野"①的概括，此種地理空間與征戰的活動結合，爲故事生發做了合理鋪墊。其後略地長樂，至於失妻、尋妻、救妻、夫妻團聚等，都發生在長樂這個更小的地理空間，避免了空間轉換的漫延。又，從失妻到夫妻團聚的空間敘事，隱含著一個圓環結構：由"室內"失蹤，最終回到"室內"，即便兩個"室內"可能並不相同，也並不影響這種空間的圓環，其間尋妻的爬山越嶺、殺猿的山洞只是這個圓形上的兩個支撐點。敘事更巧妙的是設置了一個空間連續的敘事之"眼"——紇妻的繡履，使得爬山越嶺和發現山洞水到渠成。袁宏道評此"眼"道："得一繡履，漸有頭路。此履是無雙之明珠，樂昌之破鏡矣！"②

　　《補江總白猿傳》的白猿洞是一險惡之地，《遊仙窟》中的"神仙窟"則是浪漫邂逅的美好空間。《遊仙窟》中，張鷟路經"積石山"，偶遇"神仙窟"，由此邂逅一夜風流旖旎的艷情。《遊仙窟》的敘事空間，"積石山"僅僅是爲了區隔世俗的設置，不影響一夜風流的邂逅，倒是"神仙窟"的營造，形成了一個完全閉合的空間敘事，如故事情節和人物的情感變化，是按"余"（張鷟）在"門側草亭""門內""中堂""園內""十娘房室"等空間的轉換來設置。將《補江總白猿傳》和《遊仙窟》的空間敘事作比較，應可發現，《補江總白猿傳》是追求歷史真實的人物傳記式結構，《遊仙窟》則形成抒情性的個人化俗賦體。

---

① （唐）柳宗元：《桂州裴中丞作桂林訾家洲亭記》，《柳河東集》，上海：上海人民出版社1972年版，第451頁。
② 《虞初志》卷七《補江總白猿傳》眉批，北京：中國書店1986年版，第24頁。

唐五代傳奇小説中的人物，大多是生活中真實人物。初盛唐三種傳奇小説也是以真實人物爲主，如《古鏡記》中的王度、王勣兄弟，《補江總白猿傳》中的歐陽紇和歐陽詢父子，《遊仙窟》中的"余"更是如此。然人物身份的真實，並不決定小説中以人物爲依托所述之事必須客觀真實，或者小説中的人物和所述之事皆是真實的，但可以張冠李戴或時代錯亂的叙事模式，是真實的人和真實的事糅合一體，從而建構"人"與"事"之間互動的關係，①形成所謂"事隨人俱起，人隨事俱去"的叙事藝術。如《古鏡記》中的王勣，是歷史人物王績"棄官歸龍門後，史不言其遊涉，蓋度所假設也"。②小説中真實人物在叙事中的虚實交錯，是小説文體叙事的需要。於"性躁卞，儻蕩無檢"③的張鷟而言，《遊仙窟》可能就是他某次艷遇的記載；④《補江總白猿傳》虚構出一白猿，則是爲了達到"不唯誣詢兼以誣總"⑤的目的。

唐五代傳奇小説的叙事人物，還有一類是非人的異物或妖鬼等，如《古鏡記》中的古鏡，《補江總白猿傳》中的白猿等。《古鏡記》以古鏡作爲叙事的對象，有其淵源。如先唐時期，既有較多關於鏡的奇異事的記載，這些奇異事大抵不符正統，因此以"殘叢短語"存之。⑥《古鏡記》以綫性時間貫串遊歷空間，十二件異事將古鏡的奇能異迹書寫得淋漓盡致，從而"變叢殘之貌而鑄偉辭"。⑦《補江總白猿傳》中的白猿，是"人性""神性"和"物性"

---

① "人"指小説在叙事過程中承擔叙事功能的人與物，但非叙述者和作者。

② 魯迅著：《中國小説史略》，上海：上海古籍出版社 1998 年版，第 45 頁。

③ （宋）歐陽修撰：《新唐書》卷一六一，北京：中華書局 1975 年版，第 4979 頁。

④ 劉開榮《唐代小説研究》下篇《論遊仙窟》中有考證，並附有一張"積石山"地理圖。商務印書館 1947 年版。

⑤ （明）胡應麟撰：《少室山房筆叢》卷三十六《四部正訛下》，上海：上海書店出版社 2009 年版，第 320 頁。

⑥ 如東漢郭憲《洞冥記》卷一："有金鏡，廣四尺，照見魑魅，不獲隱形。"張衡《西京雜記》卷一："宣帝被收繫郡邸獄，臂上猶帶史良娣合采婉轉絲繩，係身毒國寶鏡一枚大如八銖錢。舊傳此鏡見妖魅，得佩之者爲天神所福，故宣帝從危獲濟。及即大位，每持此鏡感咽移辰。常以琥珀笥盛之，緘以戚里織成錦，一曰斜文錦。帝崩不知所在。"陶淵明《搜神後記》卷九："淮南陳氏，于田中種豆，忽見二女子，姿色甚美，著紫纈襦，青裙，天雨而衣不濕。其壁先掛一銅鏡，鏡中見二鹿，遂以刀斫獲之，以爲脯。"

⑦ 李劍國撰：《唐五代志怪傳奇叙録》（增訂本），北京：中華書局 2017 年版，第 13 頁。

的合一，大抵符合"圓形人物"的形象塑造；而晉張華《博物志》中的"蜀山獼猴"僅僅具有"物性"，更不用談形象塑造了。又《古鏡記》中的鸚鵡，是一個閃現性的次要叙事人物，但其形象也是鮮活的。如鸚鵡因古鏡而被逼"復故體"，乞求王度緘鏡"盡罪而終"，但王度顧慮緘鏡後鸚鵡逃竄，鸚鵡此時"笑曰：……"。這一"笑"字，既有鸚鵡對自己命運的無奈，也有對王度多慮的訕笑，非常符合此時已認命的鸚鵡心境。

　　無論實有或虛構的人物，依賴於"事"而合理，脱離了"事"，叙事人物也就不能稱之爲叙事人物。《古鏡記》《遊仙窟》《補江總白猿傳》的叙事模式以故事爲中心，展現出"事奇"的審美追求。如《古鏡記》，曾被目爲類書，[①] 其原因在於小説中有十二個古鏡的故事，這些故事基本上都可以獨立爲筆記體小説。然《古鏡記》並非類書，而是一篇結構完整的傳奇小説，因爲這十二個故事被王度和王勣這兩個叙事人物串連爲一體。特別是後六個故事，在《古鏡記》中是一個融爲一體的情節，是王勣與王度兩個人物間的情節活動。《古鏡記》中"事"與"人"的關係，是"事"爲主"人"爲輔。這可從它的叙事分層和叙述者的設置來考察。《古鏡記》的叙事分爲三層，即超叙述層、正叙述層和次叙述層。超叙述層是小説叙事的起首，其中涉及兩個叙事人物：王度和侯生。這個叙述層的設置，不僅交代古鏡的來龍去脈和著述《古鏡記》的目的，同時也讓主要叙述者王度出場。正叙述層由十二個故事組成，是著述者王度自述得古鏡後親身經歷和親耳聽聞的古鏡奇事。作爲叙事人物的王度同時承載了通貫全篇的叙述者功能，所有的故事都是由王度來完成叙述，且以王度這一叙事人物爲綫索而結構成一篇傳奇小説。但著述者王度爲了增强以古鏡爲中心的叙事之奇的真實性，不僅讓作爲叙述者的王度叙述自身所經歷的六件古鏡之奇事，並從中引出由在主叙述層

---

① 晁公武《郡齋讀書志》將《古鏡記》放在"類書類"。

中屬於被叙述者的叙事人物來叙述親歷的古鏡奇事，由此形成次叙述層。作爲叙述者的王度實質上就是著述者，因此《古鏡記》的叙事視角可以認爲是第一人稱叙事。同時，在叙事的過程中，作爲著述者的王度采取了限知叙事的模式，即便是交代故事叙事的終極目的的超叙述層——起首，其叙事模式也是第一人稱的限知叙事。而在正叙述層和次叙述層中，多位叙述者叙述的所有故事，全部采用嚴格的第一人稱限知叙事。主叙述層的叙事完全限制在主叙述者王度的感知範圍内，全部次叙述層的故事都是主叙述者王度所没有親身經歷的，他只能親耳聽聞次叙述層的故事講述者的講述。對於聽聞的故事，史傳模式的全知叙事一般采用間接引語的模式轉述，但作爲叙述者的王度采用了直接引語的模式引述。這樣，由次叙述層的幾位叙述者提供的在不同時間、不同地點親歷的幾件古鏡奇事，對主叙述者王度的講述起到補充證實的作用。如程雄家婢鸚鵡，在主叙述層中它是一個被叙述對象，是古鏡魔力的被降服者，但作爲主叙述者的王度，并没有自己來叙述古鏡對鸚鵡的魔力，而是以鸚鵡自述的方式來叙事，這樣就增强了説服力。豹生的叙述，見證了古鏡在蘇綽與王度手中的魔力以及蘇綽對古鏡下落預卜的應驗。再如張龍駒的叙述，則讓鏡精以托夢自述的方式來證實魔力的實有。最後，又讓王勣自述攜鏡所親身經歷的六件奇事，顯示了古鏡降妖伏魔的威力，再次證實古鏡的奇能異迹。由此可以得出，《古鏡記》中叙事人物的設置，是爲了增强叙事之“事”的真實性，並因爲這種需要而采取了第一人稱限知叙事的視角，對故事作分層叙述。這是史傳叙事法中所没有的，它表明此時的小説叙事文體已與史著叙事文體分道揚鑣。

在《古鏡記》《補江總白猿傳》和《遊仙窟》中，叙事人物活動場景的設置極爲豐富。如《古鏡記》所叙的十二個故事就是十二個叙事人物活動場景。《補江總白猿傳》中歐陽紇守妻、失妻、尋妻、殺猿等系列情節也是叙事人物活動的系列場景，《遊仙窟》的場景設置也較爲豐富。場景設置的叙事方式基本上可分爲概述式和呈現式兩種方式。概述式大多用第三人稱（也可用第一人稱），多適用於社會場景的描述，也可以用於事件的描述。事件中有人物，但人物可以沒有對話、賓白，一切都由叙述者來講述。呈現式大多適用於叙事人物活動場景，没有人稱叙事的限制，有叙述者的講述，但事件中的人物各有在一定的時空中進行的適如其人的對話和獨白。概述式的場景描寫在小說文體中的作用一般是交代社會背景、叙事的過渡、叙事人物或事件的補充等。概述式叙事人物活動場景較爲簡單樸素，如《古鏡記》中王勣攜鏡於玉井池伏蛟和以鏡平濤驅獸即是對古鏡奇能異迹的補充，《補江總白猿傳》中歐陽紇攜妻掠地至長樂的概述乃是叙事展開的背景。呈現式的叙事人物活動場景是小說文體叙事的基本特徵，能夠使叙事人物的"燕昵之詞，媟狎之態，細微曲折，摹繪如生"。[①]如《古鏡記》中王度攜鏡伏程雄家婢鸚鵡的場景，《遊仙窟》中張鷟和崔十娘等人步步深入的調情及一夜旖旎風流。自然場景的設置以《補江總白猿傳》爲代表，云："南望一山，蒽秀迥出。至其下，有深溪環之，乃編木以度。絶巖翠竹之間，時見紅彩，聞笑語音。捫蘿引緪，而陟其上，則嘉樹列植，間以名花，其下綠蕪，豐軟如毯。清迥岑寂，杳然殊境。"[②]如此精細緻密的景色描寫使人如臨其境。此外還有如王度《古鏡記》中對揚子江風高浪惡的描繪、張鷟《遊仙窟》中對積石山崔十娘居所周邊環境的描寫等等，也是呈現式的自然場景設置。可以說，正是因爲錯落有致的場景設置，才使《古鏡記》《遊仙窟》《補江總白猿傳》的著述脱離和超越了先唐小說"粗陳梗概"的文體藩籬，形成"叙述宛轉""篇幅曼長"的文體形態，也爲中唐傳奇小說的興盛提供了文體的模仿和經驗的借鑒。

---

① 此段評述原爲紀昀評《聊齋》之語。見（清）盛時彥《姑妄聽之跋》，（清）紀昀撰：《閱微草堂筆記》，上海：上海古籍出版社 1980 年版，第 472 頁。
② 魯迅輯：《唐宋傳奇集》，《魯迅全集》第十卷，北京：人民文學出版社 1973 年版，第 204—205 頁。

第二章
中唐傳奇小説文體的成熟

　　關於中唐時期傳奇小説的著述，魯迅概括道："惟自大曆以至大中中，作者雲蒸，鬱術文苑，沈既濟、許堯佐擢秀於前，蔣防、元稹振采於後，而李公佐、白行簡、陳鴻、沈亞之輩，則其卓異也。"[①]中唐時期傳奇小説的著述呈現了三種值得注意的現象：一是一批具有集團性知名文人參與了經典傳奇小説的著述，二是此時期多數優秀的傳奇小説以單篇的形式流傳，三是傳奇小説形成了相對統一的文體外在特徵和内在叙事規範。因此，可以説中唐時期是傳奇小説文體的定體時代。中唐時期的單篇傳奇小説有五十餘篇，但於後世廣爲流行者其實不多。影響較大的名篇有：《離魂記》《任氏傳》《枕中記》《李娃傳》《柳毅傳》《柳氏傳》《南柯太守傳》《廬江馮媼傳》《謝小娥傳》《鶯鶯傳》《李章武傳》《長恨歌傳》《東城老父傳》《毛穎傳》《湘中怨解》《馮燕傳》《秦夢記》《霍小玉傳》《東陽夜怪録》《周秦行紀》《上清傳》等。探討中唐時期傳奇小説文體的整體特徵，應以這些名篇爲主要對象。另外，此時期的傳奇不僅以"著書才至一篇"[②]的單篇形式出現，還開始在小説集中出現，如牛僧孺《玄怪録》、張薦《靈怪集》和薛用弱《集異記》，其編集也體現了傳奇小説的時代風貌，這類小説集也應欄入中唐傳奇小説文體考

---

　　① 魯迅著：《唐宋傳奇集》序例，《魯迅全集》第十卷，北京：人民文學出版社 1973 年版，第190 頁。
　　② （唐）劉知幾著，（清）浦起龍通釋，王煦華整理：《史通通釋》，上海：上海古籍出版社 2009年版，第 530 頁。

察的範疇，特別是《玄怪録》，魯迅評曰："造傳奇之文，會萃於集者，在唐代多有，而煊赫莫如牛僧孺之《玄怪録》。"①

第一節 傳奇小説的形式

一、起首和結尾

中唐時期傳奇小説的起首有三種基本形式：一是交代人物姓名、籍貫、先世父祖以及時代和故事發生的時間、地點等基本情况的史傳方式，且采用史傳慣常的陳述式句式，這種形式在之後的傳奇小説中經常被采用。二是直接進入情節叙事，此種形式與諸子叙事散文起首模式相同。② 以上這兩種起首方式最爲常見。另外，此時期傳奇小説還有一種講述式起首，一般是簡單陳説叙述人講述的現象，如《玄怪録》中的《張佐》，起首爲："前進士張佐，常爲叔父言：……"《李汭言》起首爲："漢中從事李汭言：……"有唐一代，傳奇小説的此種起首形式並不多見，其結構功能與中唐時期傳奇小説點出"宵話徵異"的結尾相似。

中唐時期傳奇小説的結尾，主要有"結構性結尾"和"情節性結尾"兩種。③ "結構性結尾"一般存在於單篇傳奇小説中，有三種方式：一是以"傳論"結尾，著述者主動站出來根據小説內容發表一通有"教育"意義的文字，如《柳氏傳》《馮燕傳》《毛穎傳》等；二是著述者交代叙事之"故事"

---

① 魯迅著：《中國小説史略》，上海：上海古籍出版社 1998 年版，第 58 頁。

② 如《莊子·盜跖》開頭："孔子與柳下季爲友，柳下季之弟名曰盜跖。盜跖從卒九千人，橫行天下，侵暴諸侯。穴室樞户，驅人牛馬，取人婦女。貪得忘親，不顧父母兄弟，不祭先祖。所過之邑，大國守城，小國入保，萬民苦之。"如《墨子·公輸》："公輸盤爲楚造雲梯之械，成，將以攻宋。"如《伊尹説·伊尹生空桑》："有侁氏女子采桑，得嬰兒于空桑之上，獻之其君。"

③ 李劍國曾總結出唐傳奇的結尾説："所謂結尾有兩種：一是結局性結尾，即事止而文終，或可叫情節性結尾；一是附加性結尾，即事止而文不終，在人物事件的結局之後再加上一段結束語，或可叫結構性結尾。"見李劍國《唐五代志怪傳奇叙録》（增訂本）之"代前言"《唐稗思考録》，北京：中華書局 2017 年版，第 111 頁。

來源和著述目的，如《離魂記》《鶯鶯傳》《廬江馮媪傳》《湘中怨解》《長恨歌傳》等；三是綜合式結尾，即既有"傳論"，又交代"故事"來源與著述目的，如《謝小娥傳》《柳毅傳》《任氏傳》《李娃傳》等。"情節性結尾"則主要出現在小説集中的傳奇小説中，可分爲兩種情況：一是史實印證型的結尾，即以史實性事迹的陳述作爲結尾以印證叙事的真實性；二是仿《桃花源記》式的結尾，製造謎幻式的故事懸念，從而使叙事形成一種開放式的想像空間。如《玄怪録》所能確定的24篇傳奇小説中，有17篇是"情節性結尾"，其中史實印證型的結尾有9篇，《桃花源記》式的謎幻式結尾有8篇；6篇是"結構性結尾"。張薦《靈怪集》中的傳奇小説《郭翰》《李令問》《姚康成》《王生》等篇、薛用弱《集異記》中的絶大多數傳奇小説，也是"情節性結尾"。

二、"史才""詩筆""議論""文采"與"篇幅"

中唐時期的單篇傳奇小説和小説集中的傳奇小説都有"史才"，絶大多數具有"文采"，僅少數幾篇文采匱乏，在"詩筆""議論"和"篇幅"方面則有不同的文體表現。在前述21篇單篇傳奇小説名篇中，有13篇雜有詩、詞、謡、疏、詔、表、信、奏等文體；有14篇有爲"結構性結尾"的"議論"；有10篇"篇幅曼長"，7篇篇幅處於中間狀態，5篇篇幅較短。小説集中的傳奇小説，以無"詩筆""議論"爲主流，且"篇幅曼長"者稀少。如《玄怪録》24篇傳奇小説中，僅8篇雜有詩、詞等韻文；僅5篇有"結構性結尾"的"議論"，且其中《尹縱之》篇僅最後一句爲"議論"，《董慎》的結尾雖基本以"議論"爲主，但其"議論"是借助叙事人物的對話發表，而非叙述者的直接叙述；24篇傳奇小説中没有"篇幅曼長"者，而一般狀態者則有17篇，另有7篇篇幅短小。張薦《靈怪集》中可考知的傳奇小説，僅

《郭翰》和《姚康成》兩篇有詩；僅《郭翰》等極少傳奇小說於敘事人物的對話中雜有一點議論，且沒有"結構性結尾"。薛用弱《集異記》中，也只有《蔡少霞》等少數幾篇雜有詩文類文體，僅《丁岩》等少數傳奇小說是由"議論"組成的"結構性結尾"。張薦《靈怪集》、薛用弱《集異記》、陳劭《通幽記》、戴孚《廣異記》等小說集中的傳奇小說，"篇幅曼長"者稀少，一般以篇幅處於中間狀態的傳奇小說爲主。

中唐時期的傳奇小說中唐時期代表性傳奇體小說的具體情況見下表：

單篇傳奇小說"史才""詩筆""議論""篇幅""文采"一覽表

篇名	史才	詩筆	議論	篇幅	文采	題材
離魂記	有	無	無	較短	有	情愛
任氏傳	有	無	有	漫長	有	情愛
枕中記	有	疏、詔1	無	一般	有	夢幻
李娃傳	有	無	有	漫長	有	節行
柳毅傳	有	歌詩3	有	漫長	有	神仙
柳氏傳	有	詞2	有	一般	有	情愛
東城老父傳	有	謠1	有	一般	有	歷史
南柯太守傳	有	表2	有	漫長	有	夢幻
鶯鶯傳	有	人物詩3、信1、引詩2	有	漫長	有	情愛
飛燕外傳	有	奏1	無	漫長	有	情愛
李章武傳	有	詩8	無	漫長	有	情愛
長恨歌傳	有	無	無	一般	有	情愛
廬江馮媼傳	有	無	有	較短	無	冥魂
毛穎傳	有	無	有	一般	有	志傳
謝小娥傳	有	隱語4	有	一般	有	復仇
湘中怨解	有	歌詩2	有	較短	有	精怪

續　表

篇名	史才	詩筆	議論	篇幅	文采	題材
馮燕傳	有	無	有	較短	無	俠義
東陽夜怪録	有	詩 14	無	漫長	有	精怪
上清傳	有	無	有	較短	無	俠義
秦夢記	有	詩 4	有	一般	有	夢幻
霍小玉傳	有	無	無	漫長	有	愛情
周秦行紀	有	詩 7	無	漫長	有	冥魂

《玄怪録》"史才""詩筆""議論""篇幅"和"文采"一覽表

篇名	史才	詩筆	議論	篇幅	文采	題材
杜子春	有	無	無	一般	有	道教
裴諶	有	無	有	一般	有	道教
韋氏	有	無	有	較短	有	道教
郭代公	有	無	有	一般	無	志人
來君綽	有	無	無	較短	有	志怪
崔環	有	無	無	一般	有	冥迹
柳歸舜	有	詞 1、詩 1	無	一般	有	志怪
崔書生	有	無	無	一般	有	情愛
曹慧	有	無	無	較短	有	志怪
滕庭俊	有	詩 3	無	較短	有	志怪
顧總	有	詩 3	無	一般	有	夢幻
居延部落主	有	無	無	較短	有	志怪
劉諷	有	詩 3	無	一般	有	志怪
董慎	有	判 2、符 2	有	一般	無	冥迹
袁洪兒誇郎	有	詩 7	無	一般	有	冥迹
張佐	有	占詞 1、詩 1	無	一般	有	志怪

續　表

篇名	史才	詩筆	議論	篇幅	文采	題材
蕭志忠	有	詩 1	無	一般	有	志怪
李汭言	有	無	無	較短	有	神仙
古元之	有	無	無	一般	有	夢幻
掠剩使	有	無	有	一般	無	社會
華山客	有	無	無	一般	有	志怪
尹縱之	有	無	略有	較短	有	志怪
王煌	有	無	無	一般	有	志怪
李沈	有	無	有	一般	有	冥迹

　　中唐時期單篇傳奇小説中"詩筆"與"議論"的大量增多，其原因除傳奇小説的文體淵源之外，與其著述者的身份和時代風氣息息相關。單篇傳奇小説的著述者一般屬於進士文人集團，如沈既濟、韓愈、許堯佐、白行簡、李公佐、元稹、李景亮、陳鴻、沈亞之、蔣防、柳珵、王洙、韋瓘等人都曾進士擢第，①此外如柳珵、李朝威等人則有家學淵源。②小説集的著述者也大抵如此，如牛僧孺、薛用弱、張薦等人或曾擢進士第，或有家學淵源。③可見此期傳奇小説的著述者大部分是進士文人，故其傳奇小説之作，多表現其

　　①　《新唐書》中，《沈既濟傳》載沈既濟"經學該明"，《韓愈傳》載韓愈"擢進士第"，《許康佐傳》載許堯佐"擢進士第"，《韋瓘傳》載韋瓘"及進士第"。《唐會要》卷七十六載李景亮"貞元十年詳明政術可以理人科及第"。杜光庭《神仙感遇傳》載李公佐"舉進士"。《舊唐書·敬宗紀》和《唐詩紀事》載蔣防"元和中，李紳……薦之。以司封郎中知制誥，進翰林學士"。兩唐書《白行簡傳》言白行簡"貞元末登進士第"。《唐文粹》卷九十五陳鴻《大統紀序》載陳鴻"貞元丁酉歲登太常第"。《唐會要》卷七十三載元稹"元和元年才識兼茂明於體用科及第"。晁公武《郡齋讀書志》載沈亞之"元和十年登進士第"。《東陽夜怪錄》載王洙於元和十三年進士及第。

　　②　（宋）晁公武撰：《郡齋讀書志》卷十三小説類《家學要錄》叙曰："唐柳珵采其曾祖彥昭、祖芳、父冕家集所記累朝典章因革……"見（宋）晁公武撰，孫猛校證：《郡齋讀書志校證》，上海：上海古籍出版社 2011 年版，第 570 頁。卞孝萱認爲李朝威可能是唐室蜀王房後裔，參見《卞孝萱文集》第三卷，南京：鳳凰出版社 2010 年版，第 641—642 頁。

　　③　《舊唐書·牛僧孺傳》載牛僧孺曾"擢進士第"。《新唐書·藝文志》"小説家類"中注薛用弱"字中勝，長慶光州刺史"。

實際生活狀態。唐朝進士文人多工詩，且"以詩取士"科舉制度也促成整個文人階層的詩心、詩興和社會"一種崇尚文辭，矜詡風流之風氣"，①有所謂"開元以後，四海晏清，士無賢不肖，恥不以文章達"。②而"以文章達"的追求，催生了詩文結合的文學習慣，自然就有了小說和詩歌的"聯姻"，因此出現了傳奇小說辭章化的文體表現，如沈既濟就主張傳奇小說的著述要有"著文章之美，傳要妙之情"的審美追求。傳奇小說與詩歌的聯姻，首先表現在詩文互傳以及由此引起的以文傳詩，如白行簡《李娃傳》、元稹《鶯鶯傳》、陳鴻《長恨歌傳》《馮燕傳》、沈亞之《湘中怨解》、南卓《煙中怨解題辭》等，都有歌詩與之相配；或者以文配詩，如《長恨歌傳》之於白居易《長恨歌》，沈亞之《湘中怨解》之於韋敖《湘中怨歌》的"牽而廣之，以應其詠"；或者以詩配文，如元稹《李娃行》、李紳《鶯鶯歌》因《李娃傳》《鶯鶯傳》而歌詠。其次是傳奇小說敘事的詩意化，在細節、環境諸方面創造詩的意境。如《湘中怨解》中洞庭湖上汜人作歌，抒發別後相思，"風濤崩怒"的景物動態化描寫，"翔然凝望"的人物神情靜態描寫，都令人在夢幻般的意境中體悟情感上淒婉哀怨的失落與迷惘；《鶯鶯傳》中特意書寫了雖"顏色艷異，光輝動人"但遭張生離棄後的鶯鶯給張生的回覆之信；③《霍小玉傳》中霍小玉與李益最後相見一節，場面淒楚，語言激越，令人感同身受。④

　　中唐時期具有"議論"的單篇傳奇小說增多，與當時社會價值追求有關。中唐時期傳奇小說的著述者多為進士文人，他們是當時社會價值標準的

---

　　①　陳寅恪著：《元白詩箋證稿》，上海：上海古籍出版社 1978 年版，第 87 頁。
　　②　（唐）杜佑撰：《通典》卷十五《選舉（三）》，北京：中華書局 1988 年版，第 357 頁。
　　③　信中有"淚痕在竹，愁緒縈絲，因物達情，永以為好耳。心邇身遐，拜會無期，幽憤所種，千里神傷。千萬珍重！春風多屬，強飲為嘉。慎為自保，無以鄙身深念"等語。
　　④　《霍小玉傳》該節描述：玉沉綿日久，轉側須人，忽聞生來，欻然自起，更衣而出，怳若有神。遂與生相見，含怒凝視，不復有言，羸質嬌姿，如不勝致，時復掩袂，返顧李生。感物傷人，坐皆欷歔。……因遂陳設，相就而坐。玉乃側身轉面，斜視生良久，遂舉杯酒酬地，曰："我為女子，薄命如斯；君是丈夫，負心若此。韶顏稚齒，飲恨而終；慈母在堂，不能供養；綺羅弦管，從此永休。征痛黃泉，皆君所致。李君李君，今當永訣！我死之後，必為厲鬼，使君妻妾，終日不安！"乃引左手握生臂，擲杯於地，長慟號哭數聲而絕。

追求者、承載者和踐行者。中唐進士文人的價值標準承初盛唐而來，主要有三種：一是如上所言"以文章達"的文學價值標準，一是史學價值標準，一是儒學價值標準。關於史學價值標準的社會影響，劉知幾《史通·史官建置》有所記錄，言："近代趨競之士，尤喜居於史職，至於措辭下筆者，十無一二焉。既而書成繕寫，則署名同獻；爵賞既行，則攘袂爭受。遂使是非無準，真偽相雜。生則厚誣當時，死則致惑來代。而書之諧傳，以爲美談，載之碑碣，增其壯觀。"①中唐傳奇小説的著述者大多身歷史職。如沈既濟，在德宗大歷時召爲左拾遺、史館修撰，撰有《建中實録》十卷、《選舉志》十卷。陳鴻《大統紀序》中自言："臣少學乎史氏，志在編年，貞元丁酉歲登太常第，始閑居遂志，乃修《大紀》三十卷。"②韓愈在元和八年（813）改比部郎中、史館修撰，與沈傳師、宇文籍等修《順宗實録》五卷。韋瓘在元和十五年（820）任右補闕、史館修撰。同時，唐朝時史學與文學並非畛域分明，文學也影響著史學領域。如劉知幾《史通·叙事》云："自五經已降，三史而往，以文叙事，可得言焉，而今之所作，有異於是。其立言也，或虛加練飾，輕事雕彩；或體兼賦頌，詞類俳優。"③因此，吸收史學養分成長起來的傳奇小説，在中唐傳奇小説著述者的觀念中，自然而然地承載了史傳"勸善懲惡"的傳統功能。④

此外，儒學在當時社會已發展爲社會的基本價值標準，⑤儒學思想滲透入

---

① （唐）劉知幾著，（清）浦起龍通釋，王煦華整理：《史通通釋》，上海：上海古籍出版社2009年版，第302頁。

② （清）董誥等編：《全唐文》卷六一二，上海：上海古籍出版社1990年版，第2738頁。

③ （唐）劉知幾著，（清）浦起龍通釋，王煦華整理：《史通通釋》，上海：上海古籍出版社2009年版，第167頁。

④ 《左傳·成公十四年》所謂："《春秋》之稱微而顯，志而晦，婉而成章，盡而不污，懲惡而勸善，非聖人誰能修之。"《左傳·昭公三十一年》又云："《春秋》之稱，微而顯，婉而辨。上之人能使昭明，善人勸焉，淫人懼焉。是以君子貴之。"此即爲史傳"勸善懲惡"傳統的淵源。

⑤ 《唐語林》卷二《文學》載："（唐宣宗）嘗構一殿，每退朝，必獨坐內觀書，或至夜中燭地委地，禁中謂上爲'老儒生'。"《太平廣記》卷二百二"田遊巖"條載："唐田遊巖初以儒學累徵不起，侍其母隱嵩山。甘露中，中宗幸中嶽，因訪其居。遊巖出拜。詔命中書侍郎薛元超入問其母，御問其門曰：'隱士田遊巖宅。'徵拜弘文館學士。"《太平廣記》卷四九九"皮日休"條："咸通中，進士皮日休上書兩通。其一，請以孟子爲學科。其略云：臣聞聖人之道，不過乎經，經之降者，不過乎史，史之降者，不過乎子。子不異道者，孟子也。捨是而諸子，必斥乎經史，聖人之賊也，文多不載。（轉下頁）

精神文化和物質文化的各個領域，"經術之外，略不嬰心"①是一種普遍的士人態度，導致文學著述"操道德爲根本，總禮樂爲冠帶，以《易》之精義、《詩》之雅興、《春秋》之褒貶屬之於辭"的德性目的。②如此種種教化的文學觀念，亦滲透到中唐傳奇小説著述之始終，形成主觀上"有益於世"③的著述功能。

中唐單篇傳奇小説大多具有史家"勸善懲惡"傳統和儒家教化意識相結合的特點，表現就是"議論"的增多，且這些"議論"往往是著述者顯身申述，史家"傳論"性的"結構性結尾"應是一種最佳選擇。如李公佐聲言著述《謝小娥》是因爲謝小娥"誓志不舍，復父夫之仇，節也。傭保雜處，不知女人，貞也。女子之行，唯貞與節能終始全之而已，如小娥，足以儆天下逆道亂常之心，足以觀天下貞夫孝婦之節"，且"知善不録，非《春秋》之義，故作傳以旌美之"。陳鴻撰《長恨歌傳》則是爲"懲尤物，窒亂階，垂於將來者也"，④白行簡則是因李娃"節行瑰奇"而著《李娃傳》。

不過，如屬於進士文人階層的牛僧孺、張薦、薛用弱等人所撰著小説集，雖多"以傳奇爲骨"，⑤但其中的傳奇小説却較少"詩筆"和"議論"，其原因在於這類小説集的題材與先唐的志怪和志人一脈相承，其文體規範主要源於筆記體。單篇傳奇小説文體更多來自先唐史傳與詩賦類文學文體的影響，較少受到筆記體傳統的影響。因此，單篇傳奇小説在"擴其波瀾"之

（接上頁）請廢莊列之書，以孟子爲主，有能通其義者，科選請同明經。其二，請以韓愈配饗太學。其略曰：臣聞聖人之道，不過乎求用。用于生前，則一時可知也；用于死後，則萬世可知也。又云：孟子、荀卿，翼輔孔道，以至于文中子。文中子之道曠矣。能嗣其美者，其唯韓愈乎。"以上幾則材料可見唐朝儒家傳統的社會影響力。

① （唐）蕭穎士：《贈韋司業收》，（清）董誥等編《全唐文》卷三二三，上海：上海古籍出版社1990年版，第1449頁。

② （唐）梁肅：《常州刺史獨孤及集後序》，（清）董誥等編：《全唐文》卷五一八，上海：上海古籍出版社1990年版，第2329頁。

③ （唐）柳宗元著：《柳河東集》卷二十一《讀韓愈所著〈毛穎傳〉後題》，上海：上海人民出版社1974年版，第367頁。

④ 魯迅輯：《唐宋傳奇集》，《魯迅全集》第十卷，北京：人民文學出版社1973年版，第270、286頁。

⑤ 魯迅著：《中國小説史略》，上海：上海古籍出版社1998年版，第60頁。

際，能夠自由地融入著述者的詩心與教化。這大體可以解釋單篇傳奇小説和小説集中傳奇小説文體差異的成因。

綜上可知，中唐時期傳奇小説的文體形式其實並不統一，雖仍處多元化狀態，但已經具有規律性的模式。如元和進士王洙的《東陽夜怪録》明顯借鑒《毛穎傳》，而《毛穎傳》却是取法《靈怪集》中的《姚康成》，此即爲中唐傳奇小説文體模範的顯例。又，在文體外在形態上，單篇傳奇小説和小説集中的傳奇小説所呈現出來的差異，是中唐傳奇小説"定體則無"的概貌，但在整體上，兩類不同流傳方式的傳奇小説則又各自"大體則有"。如此等類，從外在形式上揭示了中唐傳奇小説的文體已是"有意爲之"。

第二節　傳奇小説的叙事

從整體而言，中唐時期傳奇小説的時間叙事和空間叙事有較大發展，其最大特徵就是叙事時空的生活化。

中唐時期傳奇小説叙事時間的生活化已非常普遍。大部分傳奇小説叙事時間的展開，起首雖多繫以歷史年表，但僅是叙事慣例地交代歷史時代背景，並不能在叙事進程中支配情節的構造，而具體情節的展開則是生活化的叙事時間。如《離魂記》起首有"天授三年"的歷史年表，但貫串叙事情節的時間概念："日暮"→"夜方半"→"須臾"→"數月"→"凡五年"→"既至"→"後四十年"，則全爲生命時間。又如《霍小玉傳》，起首有"大曆中"的歷史年表，但貫串叙事情節的時間概念："經數月"→"申未間"→"其夕"→"遲明"→"亭午"→"中宵之夜"→"如此二歲"→"其後年春"→"至四月"→"更數日"→"自秋至夏"→"其年臘月"→"時以三月"→"先此一夕"→"凌晨"→"後月餘"→"夏五月"→"後旬日"等，與《離魂記》的叙事時間在性質上一般無二。其他如

《任氏傳》《李娃傳》《柳毅傳》《柳氏傳》《謝小娥傳》等，叙事時間無不如此。需補充的是，初盛唐時期張鷟的《遊仙窟》，其叙事時間基本也是生活化的，可以説是中唐傳奇小説叙事時間生活化的先聲。

　　傳奇小説叙事時間生活化的形成原因，在於中唐傳奇小説的叙事中心由"事"轉向了生活化的"人"，生活化叙事人物的基於生命體驗的時間感受，順理成爲叙事情節結構的時間依據，生命體驗的時間感受必然與宏大歷史書寫的年表相背離。如《霍小玉傳》中大部分叙事時間概念與叙事人物私人性生命體驗相對應："經數月"→"申未間"→"其夕"→"遲明"→"亭午"→"逡巡"，這一段是李益的個人感受，特別是後四個叙事時間，在客觀中融入了李益強烈的主觀感受；[1]"中宵之夜"→"如此二歲"→"其後年春"→"至四月"→"更數日"，這一段爲李益和霍小玉兩個人的感受，以霍小玉的喜和憂爲主；"自秋至夏"→"其年臘月"→"時以三月"→"先此一夕"→"凌晨"→"後月餘"→"夏五月"→"後旬日"，這一段則既有李益和霍小玉的感受，也是叙述者的設定。此外，中唐傳奇小説叙事人物的生活化，還表現在各個人物的生命體驗與性格的差異，因此私人化生命體驗時間也是各不相同的。如《霍小玉傳》與《鶯鶯傳》中霍小玉、崔鶯鶯兩人對愛情的態度，前者剛烈大方，後者柔婉羞澀，因此蔣防用"須臾""即"等短時時間概念來表現霍小玉對愛情的處處主動，而元稹則用"久之，辭疾""久之，乃至"等延長時間概念來表現崔鶯鶯在愛情上的被動。

　　中唐時期傳奇小説叙事空間的生活化表現在兩個方面：一是叙述者叙述空間的生活化，一是叙事人物空間活動的生活化。叙述者的叙述空間主要指叙述者在叙述中表明自己所處的空間，叙述者的叙述空間性質由叙述者所處

---

[1]　李益因爲"每自矜風調，思得佳偶，博求名妓，久而未諧"，故聞知霍小玉之後，心情急迫，然而時間是恒定不變的，因此以"其夕"→"遲明"→"亭午"這一組詳細的時間概念來體現李益的急迫心情，但到霍小玉家後，因爲"本性雅淡，心猶疑懼，忽見鳥語，愕然不敢進"，所以有"逡巡"這一表示心情猶豫的時間概念。

的實際空間和叙述者爲自己玄想的叙事空間綜合決定。一般而言，叙述者所處的實際空間只有在著述者與叙述者身份重合時才存在，否則就只有叙述者爲自己玄想的叙事空間，而叙述者爲自己玄想的叙事空間又是由著述者主觀設置的。在魏晉六朝形成的文言小説的叙事傳統中，著述者的著述空間一般默認爲"史官"空間，即不管著述者身處何處，他假定了自己的"史官"身份，從而使他所處的著述空間具有"史官"屬性，簡稱之爲"史官"空間，其特點是"宏大化"。中唐時期傳奇小説的叙述者與著述者常常身份分離，蓋因中唐時期傳奇小説的著述，或出於友朋相遇，"晝宴夜話，各征其異説"（《任氏傳》），或"會於傳舍，宵話徵異，各盡見聞"（《廬江馮媼傳》），"話及此事"（《長恨傳》），有感於斯，推舉長於叙事者整理成篇，録而傳之。因此，中唐時期的傳奇小説普遍具有"宵話徵異"的娛樂性，逐步回歸到小説"街談巷語""不經之説"的民間傳統，從而擺脱魏晉六朝時形成的文言小説著述者的"史官"空間意識，使中唐傳奇小説叙述者的叙述空間嬗變爲具有民間性的"私人化"空間。

　　叙事人物空間活動的生活化，表現在生理活動空間的私人化、生活化和心理活動的空間化。中唐的傳奇小説開始書寫叙事人物不爲外人所知的閨閣樂趣，多通過私密空間的言行以刻畫人物形象。中唐傳奇小説閨閣情事的書寫，綽有情致，如《離魂記》《任氏傳》《李娃傳》《柳毅傳》《柳氏傳》《鶯鶯傳》《霍小玉傳》《李章武傳》《玄怪録·尹縱之》等即是典範。叙事人物生理活動空間生活化的表現，是將異域（指冥界、仙界等）社會化，而非脱離塵俗，如《玄怪録·崔環》《廬江馮媼傳》《秦夢記》《南柯太守傳》《三夢記》《枕中記》。中唐傳奇小説中叙事人物心理活動的空間化"摹繪"，具體來説是一種對個人化心理的描摹，雖然還比較粗淺，但相對於中國古代小説發展實際來説，確實是一個了不起的進步。如《霍小玉傳》中，霍小玉的出場從李益的感覺著筆："小玉自堂東閣子中而出，生即拜迎，但覺一室之中，

若瓊林玉樹，互相照耀，轉盼精彩射人。"①一"覺"字，如同"詩眼""詞
眼"，引領出李益初見霍小玉時驚艷的主觀心理感受，同時，在李益的主觀
感受中也凸顯了霍小玉的美艷。此是直接呈現心理活動。此外還有一種空間
化的心理呈現，即通過人物的空間活動來表現心理，而且這種空間活動非常
切合叙事人物的個人身份。如《霍小玉傳》中李益前後兩次去霍小玉住所的
情形很有代表性，第一次以"浣衣沐浴""修飾容儀""喜躍交並""通夕不
寐""引鏡自照""徘徊之間"等空間化的生理動作，表現李益"自矜風調，
思得佳偶，博求名妓，久而未諧"之際，猝然遇到霍小玉的興奮又激動的忐
忑不安心理，第二次的"便托事故""欲回馬首""生神情恍惚""鞭馬欲回"
等空間化生理動作則表現了李益負心後的心虚。

　　當然，中唐時期傳奇小説中叙事時空的生活化，並不是真實的客觀再
現，而是一種模擬的虚構，並在此基礎上有意識地對叙事時空結構進行重
建。其表現之一就是空間"大與小"和時間"長與短"的對比，②如中唐部分
寫夢傳奇小説對叙事時空界限的打破即爲顯證，如《枕中記》《南柯太守傳》
等。這部分寫夢傳奇小説中，夢幻與真實悖謬的形成及其所帶來的反諷效
果，一般而言是通過小的現實空間與大的夢幻空間對比、短暫的現實時間與
漫長的夢幻人生對比來達到的。沈亞之《秦夢記》中自述沈亞之在橐泉一宿
之夢中，去遠隔近千年的秦國輔佐秦穆公，並於秦國遍歷寵辱進退，特別是
結尾崔九萬印證橐泉即秦穆公墓地，歷史故實、傳説與奇思妙想的虚構融貫
一體，在時空錯亂中構造出淒婉瑰奇的情節。又如《南柯太守傳》《枕中記》
《集異記·李清》《周秦行紀》《玄怪錄》中的《張佐》《居延部落主》等篇，
皆運用"大與小"的空間對比和"長與短"的時間對比。其表現之二是以一

----

　　① 魯迅輯：《唐宋傳奇集》，《魯迅全集》第十卷，北京：人民文學出版社 1973 年版，第 246—247
頁。標點符號有調整。
　　② 陳文新在《文言小説審美發展史》一書中提出這兩個概念並略有論述，武漢：武漢大學出版社
2002 年版，第 244 頁。

元化的時間貫串二元化的空間。如《離魂記》的叙事空間是兩個並存的生活空間，即倩娘肉身所在的張鎰家與倩娘魂魄和王宙在蜀共同生活的家。在倩娘身魂合一的時候，張鎰家是顯性空間；當倩娘身魂分離時張鎰家就變爲隱性空間，而倩娘之魂與王宙在蜀生活的家就是顯性的，且這個空間只存在於倩娘身魂分離之時。叙事空間的轉換又是以倩娘愛情與親情的需求爲綫索貫穿在時間之軸上，且每一個空間都强調其真實性。陳玄祐在兩個倩娘合爲一體時特別交代："室中女聞，喜而起，飾妝更衣，笑而不語，出與相迎，翕然而合爲一體，其衣裳皆重。"[1]點出"衣裳皆重"這一事實，强調兩個倩娘的真實性，從而使叙事婉曲和情節構造自然而妙絶。因此鍾惺譽之曰："詞無奇麗，而事則微茫有神，至翕然合爲一體處，萬斛萬想，味之無盡。"[2]此外《三夢記》《異夢録》《柳毅傳》，以及《玄怪録》中的《裴諶》《蕭志忠》等篇亦是如此。

因爲中唐傳奇小説叙事時空的生活化，故叙事模式由以"事"爲中心轉向以"人"爲中心。當然以"人"爲中心的叙事模式並不排斥情節，而以情節爲中心的叙事模式則是"叙一事之始末者"。[3]大體來説，中唐時期的"傳體"傳奇小説以"人"爲中心展開叙事，"記體"傳奇小説則以情節爲中心展開叙事。

中唐傳奇小説中叙事人物的身份大多是常人或寓意化的象徵人物，而歷史人物則大大減少，即便是歷史人物，其歷史真實性也大爲減弱。在前述22篇單篇傳奇小説中，有11篇的叙事人物爲歷史人物，但這些叙事人物的真實性並不强，大致可分爲三種情況：一是基本忠實於歷史，如《柳氏傳》《飛燕外傳》和《長恨歌傳》；二是因傳奇小説而入史傳，如《謝小娥傳》中

---

① 魯迅輯：《唐宋傳奇集》，《魯迅全集》第十卷，北京：人民文學出版社1973年版，第209頁。
② 《虞初志》卷一《離魂記》鍾惺尾批，北京：中國書店1986年版，第30頁。
③ （清）永瑢等撰：《四庫全書總目》，北京：中華書局1965年版，第530頁。

的謝小娥、段居貞，因爲謝小娥的貞烈而被收入《新唐書·烈女傳》；三是叙事人物雖爲歷史人物，但僅其身份真實，圍繞其展開的情節則都是虚構的，如《離魂記》中的張鎰、《任氏傳》中的韋崟、《李章武傳》中的李章武、《霍小玉傳》中的李益、《上清傳》中的相國竇公、《秦夢記》中的弄玉、《周秦行紀》中的牛僧孺和薄太后等人。就第一種情况而言，即便其故事的主幹基本真實，在叙事的過程中也增添了著述者的想像與虚構，如《長恨歌傳》中楊貴妃出浴的描述、《柳氏傳》中柳氏對韓翊的閨房私語。小説集中如《玄怪録》中的傳奇小説只有《郭代公》一篇以歷史人物郭元振爲叙事人物，但圍繞其展開的故事則是想像或虚構的。寓意化的象徵人物增多可以説是中唐傳奇小説有意虚構的一個顯著特徵。如牛僧孺《玄怪録》中，24 篇傳奇小説竟有 11 篇叙事人物具有寓意和象徵性。中唐傳奇小説中還有一些叙事人物，如《任氏傳》中的任氏、《柳毅傳》中的龍女、《湘中怨解》中的艷女，《玄怪録》中《崔書生》中的玉厄娘子、《顧總》中的嬌羞娘子等，雖然没有寓意和象徵性，但顯然是憑空虚構出來的。魯迅曾贊嘆《玄怪録》的虚構藝術："造傳奇之文，會萃爲一集者，在唐代多有，而煊赫莫如牛僧孺之《玄怪録》。……其文雖與他傳奇無甚異，而時時示人以出於造作，不求見信；蓋李公佐李朝威輩，僅在顯揚筆妙，故尚不肯言事狀之虚，至僧孺乃並欲以構想之幻自見，因故示其詭設之迹矣。"①

中唐傳奇小説中叙事人物的身份如同常人者更多。即便是各種精、妖、狐、鬼、仙等人物，如《任氏傳》中的任氏、《柳毅傳》中的龍女、《南柯太守傳》中的槐安國人、《湘中怨解》中的艷女、《玄怪録·崔書生》中的玉厄娘子等，也是常人性情。這些如同常人的叙事人物，有兩個方面的變化：首先是叙事人物的真實性與虚構性的統一。中唐時期傳奇小説中如同常人的叙

---

① 魯迅著：《中國小説史略》，上海：上海古籍出版社 1998 年版，第 58 頁。

事人物，大多刺取一點生活的影子進行藝術加工，似真而非真，似幻而非幻，真實性與虛構性交織在一起。如《鶯鶯傳》中的張生與崔鶯鶯。其次是在叙事人物的關係中設置"人物對"以形成對立互補，從而達到豐滿叙事人物形象和推動情節發展的效果。此種情形在愛情題材的傳奇小説中尤爲明顯。如《李娃傳》中"人物對"關係的複雜和多變，滎陽公子與李娃之間經歷了初次見面的一見鍾情、滎陽公子訪李娃後的兩情相悦、滎陽公子"資財僕馬蕩然"後的遺棄、李娃救助滎陽公子、最後"遂如秦晉之偶"，其間穿插著李娃之姥與李娃的合作與分離關係、李娃之姥對滎陽公子的逢迎和遺棄關係、滎陽公對滎陽公子由寄望到鞭捶到相認等關係。正是因爲這些"人物對"之間錯綜複雜的關係，使得《李娃傳》的叙事情節波瀾起伏，而在這些複雜的"人物對"中所展現出的真實而複雜的人物性格，以及由"人物對"之間複雜關係形成的環扣式的大團圓結局，都在中國文學史上占據了重要的地位。

當然，以"人"爲叙事模式中心的傳奇小説，並不排斥情節的複雜與豐富，如《李娃傳》《鶯鶯傳》《柳毅傳》等傳奇小説，都善於選擇有典型意義的事件展開矛盾衝突。其中《柳毅傳》尤爲離奇曲折：柳毅爲龍女傳書，使命完成後準備離開龍宮，錢塘君突然逼婚，使得波瀾再起；柳毅與龍女本有意，但錢塘君的逼婚激使柳毅抗婚，柳毅回家後娶妻兩次均夭折，第三次與盧氏成婚，當讀者爲他的第三次婚姻擔憂時，盧氏生子並自曝身份，正是龍女的化身。情節安排環環相扣，一轉再轉，既出人意料，又在情理之中。

記體傳奇小説的叙事模式，是以情節爲中心"叙一事之始末"。[1] 先唐小説，基本上是記體小説，以簡短的筆墨載録真實事件，其目的乃補史之缺而非著述小説。到初盛唐時，在先唐小説的基礎上"施之藻繪，擴其波瀾"，

---

[1] （清）永瑢等撰：《四庫全書總目》，北京：中華書局 1965 年版，第 530 頁。

著述了一批小説，這些小説雖然塑造了一些叙事人物形象，但相對於它們傳
"事"的巨大功利目的，這些形象顯得輕微模糊，如《古鏡記》即如此。中
唐的記體傳奇小説雖然也有記"事"的目的，但隨著傳奇小説家對傳奇小説
本體性的認識增强，他們自覺在記體傳奇小説中融入詩思意想，因而叙事的
情節性在記體傳奇小説中超過記"事"的目的性。如《離魂記》即以情節取
勝，"顯示出作家在小説寫作上有了較高的自覺性和創造性"，可以"看作唐
代小説成熟的起點"。① 另如沈既濟《枕中記》，更能清楚地看出唐傳奇在情
節創造上的自覺追求。《枕中記》以"人生之適"猶如"夢寐"爲主題，以
旅邸主人"蒸黄粱"這一細節爲綫索，構建一個精巧而波折的情節，使它當
時就爲時人所稱贊。②

第三節　傳奇小説的定體意義

中唐時期傳奇小説文體的定體意義主要有如下四點：

一、傳奇小説文體"虚構"特質的確認

中唐時期，虚構叙事已自覺地融入傳奇小説的著述之中，并成爲本體
特徵。李肇《唐國史補》云："沈既濟撰《枕中記》，莊生寓言之類；韓愈
撰《毛穎傳》，其文尤高，不下史遷。二篇真良史才也。"李肇稱譽沈既濟
爲"良史才"，是從《枕中記》中所表現出的小説叙事技巧的高超角度來立
論的。"史才"即叙事，本來"史才"是著述歷史的才能，但謂《枕中記》

---

① 程毅中著：《唐代小説史》，北京：人民文學出版社 2003 年版，第 116 頁。
② （唐）李肇《唐國史補》卷下："沈既濟撰《枕中記》，莊生寓言之類；韓愈撰《毛穎傳》，其文
尤高。二篇真良史才也。"見《唐國史補　因話録》，上海：上海古籍出版社 1979 年版，第 55 頁。

爲“莊生寓言之類”，即爲《莊子》“空言無事實”之“指事類情”①的叙事方法是一種虛構，因此李肇所謂“良史才”已非專指高超的修史能力，而是指《枕中記》的虛構叙事。中唐傳奇小説大多和《枕中記》一樣進行虛構，如《離魂記》《任氏傳》《魂遊上清記》《柳毅傳》《李章武傳》《湘中怨解》《秦夢記》《霍小玉傳》《鶯鶯傳》《南柯太守傳》《東陽夜怪録》等。特別是牛僧孺《玄怪録》中的傳奇小説以整體面貌出現，所形成的虛構叙事的衝擊影響無疑是深遠的。《玄怪録》“欲以構想之幻自見”與“故示其詭設之迹”②等特徵，正是傳奇小説文體回歸自身的本體特徵，對後來傳奇小説之著述也有巨大的示範意義。

二、傳奇小説文體“情”與“美”的追求

中唐傳奇小説的著述，體現了自覺追求“情”“美”兼具的文體觀念，如沈既濟《任氏傳》所言“著文章之美，傳要妙之情”。傳奇小説中的“傳要妙之情”，一方面是傳叙事人物個體的情感，另一方面又是著述者主體情感的滲透。自晉陸機《文賦》提出“詩緣情而綺靡”後，“情”對文學著述的影響是巨大的，它促成文學對“美”的追求自覺，如所謂“當這種情感表現於藝術（詩）時，就要求有與之相應的美的形式，使之得到充分感人的、能喚起人的審美感受，叫人玩味不盡的抒發表現。‘情’既然已是屬於審美、藝術之情，那麼它的形式也應是具有美的藝術的形式”。③小説的著述亦是如此，有所謂“小説始於唐宋，廣於元，其體不一。田夫野老能與經史並傳

① （漢）司馬遷撰：《史記》卷六十三《老莊申韓列傳》，北京：中華書局1959年版，第2144頁。
② 魯迅著：《中國小説史略》，上海：上海古籍出版社1998年版，第71頁。
③ 李澤厚、劉綱紀著：《中國美學史》（魏晉南北朝編上），合肥：安徽文藝出版社1999年版，第261頁。

者，大抵皆情之所留也。情生，則文附焉，不論其藻與俚也"。①初盛唐時期傳奇小説，雖在某些方面突破了先唐史傳與小説的藩籬，但並没有意識到傳奇小説作爲文學本體的情感意義，因而其文體形式多借鑒於史傳叙事模式。到了中唐，傳奇小説家對"情"的自覺追求，造就了中唐傳奇小説文體"美的藝術的形式"。陳鴻《長恨歌傳》借王質夫之口，道出著述之主張，云："夫希代之事，非遇出世之才潤色之，則與時消没，不聞於世。樂天深於詩，多於情者也。試爲歌之，如何？""情"與"美"並重的著述主張，使中唐傳奇小説達到了"語淵麗而情凄惋"②的藝術境界，取得與詩律並稱一代之奇的藝術成就。所謂"小説至唐，鳥花猿子，紛紛蕩漾"、"小小情事，凄惋欲絶，詢有神遇而不自知者"、③"鬼物假托，莫不宛轉有思致"④等贊譽，雖是針對唐傳奇整體而言，究其實，只有中唐傳奇小説及晚唐五代的部分傳奇小説才當得上這種評價。

三、傳奇小説的語體特徵

關於唐傳奇的語體特徵，前人多有論述。如鄭振鐸認爲傳奇小説是"以典雅的古文或文章寫的"。⑤胡懷琛認爲傳奇小説"詞藻很華麗，很優美"。⑥劉上生則認爲唐傳奇的語體"雜而文"，"在博采交匯基礎上形成的唐傳奇的

---

① （清）西湖釣叟：《續金瓶梅集·序》，黄霖編：《金瓶梅資料彙編》，北京：中華書局 2004 年版，第 15 頁。
② （清）周克達：《唐人説薈序》，轉引自丁錫根編《中國歷代小説序跋集》，北京：人民文學出版社 1996 年版，第 1795 頁。
③ 轉引自（明）桃源居士《唐人小説序》，（明）桃源居士編：《唐人小説》，上海：上海文藝出版社 1992 年影印掃葉山房本，第 1 頁。
④ （宋）洪邁《容齋隨筆》卷十五"唐詩人有名不顯者"條，上海：上海古籍出版社 1996 年版，第 192 頁。
⑤ 鄭振鐸著：《西諦書話》，北京：三聯書店 1983 年版，第 9—10 頁。
⑥ 劉麟生主編：《中國文學八論》中之胡懷琛著《中國小説概論》，北京：中國書店 1985 年版，第 15 頁。

文言語體，是一種以史傳語體爲基礎的富有容受性的叙事語體。總的來説，它的容受性包括兩個方面：一是活的口語和民間語言，一是典雅華美的書面語言，這兩種吸收是同時進行而並不互相排斥的”。① 劉上生把唐傳奇文體成熟的語體概括爲“雜而文”，基本兼顧了成熟傳奇小説語體類型的諸方面。不過劉上生認爲唐傳奇“雜而文”的語體特徵在初盛唐時期就已經確立，但實際上確立於中唐。因爲初盛唐時期小説的語體大多師法史傳語體，如《補江總白猿傳》,《遊仙窟》則師法民間俗賦，爲駢儷體。而中唐時期的傳奇小説在語言、辭采等方面則取得了突出的綜合性成就，其語體已轉向多樣性的叙述語言。

四、傳奇小説文體形式的模式化

中唐時期的傳奇小説以“人”爲中心和以情節爲中心的叙事模式，改變了初盛唐時期小説以“事”爲中心的叙事模式，與六朝志怪小説和史傳以“事”爲中心的叙事模式漸行漸遠。中唐傳奇小説以“人”爲中心的叙事模式大體爲傳體傳奇小説，以情節爲中心的叙事模式大體爲記體傳奇小説，這兩種傳奇文體至此已基本模式化。一般而言，傳奇小説的結構模式可分爲三部分，即起首、叙事中心和結尾，以此爲基礎，可以清晰地分析出中唐時期傳奇小説結構的模式化。傳體傳奇小説的結構模式大致如下：起首，以簡潔的語言介紹人物姓名、籍貫、先世父祖以及時代和故事發生的時間、地點等基本情況，多用判斷句式；叙事中心，叙述主要叙事人物不同尋常的一生或相對完整的一段奇異的生活經歷，在奇異瑰麗的叙事中著重表現主要叙事人物的個性與命運；結尾，交代主人公的結局，著述者多在篇末抒發感慨或議

① 劉上生著：《中國古代小説藝術史》，長沙：湖南師範大學出版社 1993 年版，第 376—378 頁。

論。中唐時期的傳體傳奇小説在叙述情節之時，叙事人物形象的塑造擺在了非常重要的地位。從形式上看，傳體傳奇小説一般用主要叙事人物的姓名作爲篇名。中唐時期53篇單篇傳奇小説中，有33篇以主要叙事人物姓名命篇的傳體傳奇小説。從叙事人物塑造的具體情況看，中唐時期優秀的傳體傳奇小説人物形象豐富多樣而栩栩如生，如任氏、崔鶯鶯、柳毅、李娃、霍小玉等。記體傳奇小説的結構模式大致如下：起首，以簡潔的語言介紹故事時間、地點以及主要叙事人物的身份，交代叙事緣由；叙事中心，圍繞一件或幾件相關聯的事或者叙事人物的某一生活側面展開情節，將故事推向高潮；結尾交代叙事的結局，結束故事，部分小説交代故事的出處或闡發寓意。如《離魂記》《枕中記》《秦夢記》《三夢記》等記體傳奇小説是其代表。此外，中唐時期傳奇小説的篇幅趨向穩定，單篇流傳的傳奇小説大多篇幅較長，小説集中的傳奇小説篇幅也主要以常規爲主，且中唐時期大多傳奇小説都具有文采等特徵。因此，在總體上來説，中唐時期傳奇小説奠定了傳奇體小説在小説文體史上的地位。

第三章
晚唐五代傳奇小說的尊體與變體

　　晚唐五代，傳奇小説的創作依然繁盛，其中單篇傳奇小説約有 34 篇，純粹的傳奇小説集有 4 部，雜有傳奇小説的小説集有 28 種，[①]可見傳奇創作還是比較豐富的。上文説過，中唐時期已確立了傳奇小説的文體模式，但晚唐五代傳奇小説並没有走向因襲之路，而是在繼續發展。概言之，晚唐五代傳奇小説文體的發展，既有對中唐時期傳奇小説藝術的繼承，也有對中唐時期傳奇小説文體形態的變革。

---

　　① 其中存有完帙的有：劉無名《劉無名傳》、曹鄴《梅妃傳》、柳珵《鏡空傳》、佚名《大業拾遺記》、佚名《后土夫人傳》、陸藏用《神告録》、佚名《冥音録》、薛調《無雙傳》、羅隱《中元傳》、佚名《靈應傳》、佚名《隋煬帝海山記》、佚名《隋煬帝迷樓記》、佚名《隋煬帝開河記》、佚名《鄴侯外傳》、《玄門靈妙記》、李琪《田布神傳》、王仁裕《蜀石》等；節存者有：鄭潔《鄭潔妻傳》、張文規《石氏射燈檠傳》、佚名《華嶽靈姻傳》、佚名《余媚娘叙録》、佚名《雙女墳記》、焦隱黄《鄭鶴傳》、沈彬《張懷武死義記》、佚名《張建章傳》等；已佚的則有：李紳《謝小娥傳》、《真珠叙録》、《亭亭叙録》、《靈鬼録》、羅隱《仙種稻》《高僧懶殘傳》、劉谷神《葉法善傳》等。純粹的傳奇小説集有四部：李玖《纂異記》、袁郊《甘澤謡》、裴鉶《傳奇》、陳翰《異聞集》等。小説集中雜有傳奇小説者有：李復言《續玄怪録》、張讀《宣室志》、薛漁思《河東記》、皇甫氏《原化記》、鄭還古《博異志》、鍾輅《前定録》、韋絢《劉賓客嘉話録》、盧肇《逸史》、段成式《酉陽雜爼》、温庭筠《乾臐子》、佚名《陰德傳》、江積《八仙傳》、蘇鶚《杜陽雜編》、高彦休《闕史》、李隱《大唐奇事記》、柳祥《瀟湘録》、康軿《劇談録》、劉山甫《金溪閑談》、皇甫枚《三水小牘》、佚名《五陵十仙傳》、沈汾《續仙傳》、杜光庭《神仙感遇傳》《仙傳拾遺》《墉城集仙録》，隱夫王簡《疑仙傳》、劉崇遠《耳目記》、佚名《燈下閑談》等。已佚小説集，如裴約言《靈異志》、吕道生《定命録》、温畬《續定命録》、佚名《會昌解頤》、陸勳《陸氏集異記》、佚名《靈驗傳》、佚名《女仙傳》、林登《續博物志》、佚名《騰聽異志録》、何光遠《賓仙傳》等，其中也雜有少部分傳奇小説。需補充説明的是，小説集中的傳奇小説有些在結集之前也曾以單篇的形式流傳過，如裴鉶《鄭德璘傳》《虬髯客傳》，皇甫枚《非煙傳》《玉匣記》等。

第一節　傳奇小説的尊體

晚唐五代時期，傳奇小説對中唐傳奇小説文體的繼承，主要表現在傳奇小説外在結構形態和内在文體結構方式上。中唐文人創作的傳奇小説，叙事時空模式基本趨於定型化，且已經形成以人爲中心或以情節爲中心的叙事模式。就整體而言，晚唐五代時期傳奇小説文體，大體上是對之前傳奇小説的繼承。能代表晚唐五代藝術水準的單篇傳奇小説和傳奇小説集，如《劉無名傳》《梅妃傳》《鏡空傳》《大業拾遺記》《后土夫人傳》《神告録》《冥音録》《中元傳》《靈應傳》《隋煬帝海山記》《隋煬帝迷樓記》《隋煬帝開河記》《鄴侯外傳》《田布神傳》《傳奇》《纂異記》《甘澤謡》等，充分體現了中唐傳奇小説所確立的文體規範。①晚唐五代傳奇小説的尊體大致可以歸納爲三個方面：

一、對中唐及以前傳奇小説的有意模仿

晚唐五代傳奇小説的著述，存在著對中唐及以前傳奇小説的有意模仿，大體可以區分爲兩種模式形式：一是單篇傳奇小説的仿作，二是以傳奇小説爲主體的小説集的續書與仿作。晚唐五代單篇傳奇小説對中唐及以前傳奇小説的模仿，最明顯的例子是《梅妃傳》對《長恨歌傳》的模仿、《靈應傳》對《梁四公記》《柳毅傳》的模仿、《無雙傳》對《霍小玉傳》《柳氏傳》的模仿。《梅妃傳》對《長恨歌傳》的模仿，如同李劍國所云："唐人傳奇，傳文與論贊每不相切，本傳一似《長恨傳》，贊諷明皇之失政而傳頌帝妃之情，

---

① 可參見吴志達著：《中國文言小説史》第二編第十章，程毅中著：《唐代小説史》第八章，李宗爲著：《唐人傳奇》第五章，侯忠義著：《隋唐五代小説史》第四章。

乃又以其情掩其過矣。"①《靈應傳》對《梁四公記》《柳毅傳》的模仿，主要
是化用後兩傳中的傳奇事。《靈應傳》中稱九娘子"家世會稽之鄮縣"、"梁
天監中，武帝好奇，召人通龍宫"等，即化用《梁四公記》；"涇陽君與洞庭
外祖，世爲姻戚。後以琴瑟不調，棄擲少婦，遭錢塘之一怒，傷生害稼，懷
山襄陵，涇水窮鱗"等，則是化用了《柳毅傳》。

　　晚唐五代除單篇傳奇小説的仿作之外，還出現了對中唐時期以傳奇小
説爲主體的小説集的仿作。中唐時牛僧孺《玄怪録》是一部以傳奇小説爲主
體的小説集，其中所包含的傳奇小説，可以稱之爲中唐小説集中傳奇小説
的典型代表，其所體現出來的文體特徵，雖與中唐單篇流傳的傳奇小説有差
別，但其虚構的自覺性，却是對中唐單篇傳奇小説的有益補充。同時，牛僧
孺《玄怪録》問世後，文以人傳，盛行一時。晚唐時期對《玄怪録》的續書
和仿作，以李復言《續玄怪録》、薛漁思《河東記》、張讀《宣室志》等爲典
型代表。《郡齋讀書志》卷十三云："《續玄怪録》十卷，右唐李復言撰，續
牛僧孺之書也。"②據《新唐書·藝文志》丙部小説家著録，《續玄怪録》原有
五卷，宋以來《續玄怪録》曾與《玄怪録》合刻，有些篇目已經混淆，如果
不從小説文本自身所表明的年代辨別，兩者風格實難區分。由此也可見《續
玄怪録》一書對《玄怪録》的模仿，何況《續玄怪録》由原名更改爲此名，
即表明續《玄怪録》之意。薛漁思的《河東記》，據《郡齋讀書志》卷十三
云："右唐薛漁思撰，亦記譎怪事，序云續牛僧孺之書。"③《宣室志》④著者張
讀，是《遊仙窟》著者張鷟的後裔，其祖父爲《靈怪集》作者張薦，外祖父
爲《玄怪録》著者牛僧孺。張讀《宣室志》正是在這種家學淵源中耳濡目染

---

① 李劍國撰：《唐五代志怪傳奇叙録》（增訂本），北京：中華書局 2017 年版，第 695 頁。
② （宋）晁公武撰，孫猛校證：《郡齋讀書志》，上海：上海古籍出版社 2011 年版，第 551 頁。
③ 同上，第 553 頁。
④ 《宣室志》書名"宣室"，"蓋取漢文帝宣室受釐，召賈誼問鬼神事"，"皆鬼神靈異之事"。見
（清）永瑢等撰：《四庫全書總目》，北京：中華書局 1965 年版，第 1210 頁。

下的著述。《續玄怪錄》《宣室志》和《河東記》三書中傳奇小説的文體，基本上都是"用傳奇法，而以志怪"，"這種寫作方法可以説從《玄怪錄》就已經開端了"。① 此外，晚唐五代還存在小説集中傳奇小説對晚唐以前單篇流傳傳奇小説的模仿，如李復言《續玄怪錄·尼妙寂》對李公佐《謝小娥傳》的模仿，皇甫枚《三水小牘·步飛煙》對蔣防《霍小玉傳》的模仿，李隱《大唐奇事記·管子文》對韓愈《毛穎傳》的模仿等。

二、傳奇小説集的出現標誌著唐人對傳奇小説文體的自覺體認

晚唐五代傳奇小説集並不多，僅有李玖《纂異記》、袁郊《甘澤謡》、裴鉶《傳奇》、佚名《燈下閑談》等四部，傳奇小説選集則有陳翰《異聞集》一部。總體而言，正是這數量不多的傳奇小説集和選集，表明了晚唐五代人對傳奇小説文體體認的自覺。中唐以前的小説，單純的筆記體總是向史學傳統靠攏，定位於補史之闕。② 牛肅《紀聞》、陳劭《通幽記》、薛用弱《集異記》等小説集，其中雖然雜有傳奇小説，但其主體仍然是"叢殘小語"體的雜事軼事志怪類筆記體小説，其著述之目的或是"慮史氏或闕則補之意"，或是"釋教推報應之理"而"言報應，叙鬼神，徵夢卜，近帷箔"。③ 牛僧孺《玄怪錄》是中國小説史上第一部以傳奇小説爲主的小説集，且有意幻設，顯揚筆妙，然就小説集的整體面貌而言，《玄怪錄》中夾雜筆記體小説，仍然説明其所代表的並不是純粹的傳奇小説文體意識。

李玖《纂異記》成書於大中（847—859）中，袁郊《甘澤謡》成書於咸通九年（869），裴鉶《傳奇》成書於咸通（860—874）中，至於陳翰《異聞

---

① 程毅中著：《唐代小説史》，北京：人民文學出版社 2003 年版，第 192 頁。
② 參見韓雲波《唐代小説觀念與小説興起研究》第四章，成都：四川民族出版社 2002 年版。
③ （唐）李肇撰：《唐國史補》"自序"，《唐國史補　因話錄》，上海：上海古籍出版社 1979 年版，第 3 頁。

集》則成書於乾符二三年至五六年間（875—879）。①李玖《纂異記》原書一卷，《新唐書·藝文志》小説家類、《崇文總目》小説類、《宋史·藝文志》小説類等均著録。原書已佚，《太平廣記》注"出《纂異記》"者凡十四篇，其中《僧晏通》純爲筆記體志怪小説，乃薛用弱《集異記》之一篇，故現可考者共十三篇。關於《纂異記》所載傳奇小説文體形式，列表如下：

《纂異記》傳奇小説文體外在特徵一覽表

篇名	起首	結尾	史才	詩筆	議論	篇幅
嵩岳嫁女	交代人物背景型	印證型情節性結尾	有	表1　歌章12	無	漫長
陳季卿	交代人物背景型	謎幻型情節性結尾	有	詩5	無	一般
劉景復	交代歷史背景型	印證型情節性結尾	有	詩1	無	較短
張生	交代人物背景型	印證型情節性結尾	有	詩7	無	較短
蔣琛	交代人物背景型	印證型情節性結尾	有	詩11	無	漫長
三史王生	交代人物背景型	印證型情節性結尾	有	無	無	較短
張生	交代人物背景型	印證型情節性結尾	有	詩1	無	較短
韋鮑生妓	交代人物背景型	謎幻型情節性結尾	有	詩6	無	一般
許生	直接進入故事型	印證型情節性結尾	有	詩8	無	一般
浮梁張令	交代人物背景型	印證型情節性結尾	有	函書1	無	一般
楊禎	直接進入故事型	印證型情節性結尾	有	詩3	無	一般
齊君房	交代人物背景型	詩歌型情節性結尾	有	詩1	無	較短
徐玄之	直接進入故事型	印證型情節性結尾	有	書表4	無	一般

　　由上表所顯示，《纂異記》的起首與之前的傳奇小説没有明顯的區别，就結尾而言，《纂異記》的結尾全部是"情節性結尾"，亦與中唐小説集中的

---

① 分别參見李劍國《唐五代志怪傳奇叙録》（增訂本）"《纂異記》"條、"《甘澤謡》"條和"《異聞集》"條；另參見周楞伽輯注《裴鉶傳奇》"前言"（上海古籍出版社1980年版）。

傳奇小説呈現的以"情節性結尾"的發展趨勢相符合。至於"詩筆",現存《纂異記》的十三篇傳奇小説中只有《三史王生》一篇没有"詩筆",《嵩岳嫁女》《張生》《蔣琛》和《許生》諸篇,"詩筆"甚至占篇幅大半,與中唐單篇流傳傳奇小説的文體特徵相類。就"議論"而言,《纂異記》没有"結構性結尾",也就没有著述者直接站出來發表道德箴誡的現象。同時,《纂異記》中傳奇小説的篇幅也符合小説集中傳奇小説篇幅的一般模式。對於李玖《纂異記》的價值,李劍國評之云:"李玖此書,乃唐説部絶佳之作。文均長,一兩千字者幾占一半,短者亦六七百字,純爲傳奇之體,悉心構撰,全除志怪餘氣。諸篇皆出自創,非依傍聞見。蓄憤懣以發,出以牛鬼蛇神,説部之《離騷》也。……蓋以情生事,非徒肆齊諧之思,此其別乎他書而自張異幟者也。至布局謀篇皆有法度,筆墨酣暢淋漓,辭采俊麗老健,排偶成文不失逶迤之韻,歌詩連篇亦無堆垛之憾。詩皆清婉深雋,足生意境……著意爲文,逞才抒懷,康駢云'苦心文華',誠是矣。"[①]此論洵不爲過。

　　《甘澤謡》,陳振孫《直齋書録解題》小説家類著録稱:"唐刑部郎中袁郊撰。所記凡九條,咸通戊子自序,以其春雨澤應,故有甘澤成謡之語,以名其書。"[②]晁公武《郡齋讀書志》亦云其"載譎異事九章"。[③]《甘澤謡》原書已佚,現可確定爲其篇目者有《魏先生》《素娥》《陶峴》《懶殘》《韋騶》《圓觀》《紅綫》和《許雲封》八篇。與《纂異記》相比,《甘澤謡》中的傳奇小説以叙事爲主,其中"詩筆"所占比重極少,僅有四篇雜有詩,其他方面與《纂異記》大體相同。其成就與《纂異記》一樣,自出機杼,成就特異。"袁郊八篇傳奇,篇篇皆佳,唐稗第一流也。……其旨乃傳奇人奇事,傳奇而不嗜奇……人事既富異采,文復冷峻健拔。叙事言不絮絮而細處能佳,平緩

　　① 李劍國撰:《唐五代志怪傳奇叙録》(增訂本),北京:中華書局2017年版,第908—909頁。
　　② (宋)陳振孫撰,徐小蠻、顧美華點校:《直齋書録解題》,上海:上海古籍出版社1987年版,第320頁。
　　③ (宋)晁公武撰,孫猛校證:《郡齋讀書志校證》,上海:上海古籍出版社2011年版,第553頁。

之後陡生曲折；議論則長篇大口，時出駢儷以增雄韻；真善爲文者也。"①

裴鉶《傳奇》，《新唐書·藝文志》小説家類著録三卷，《太平廣記》引《傳奇》佚文二十九條，鄭振鐸曾據此輯録，但僅二十四篇。北京圖書館藏清抄本《傳奇》共三十篇。②周楞伽所稽考《傳奇》共三十一篇，被譽"最爲完備"者。③以周楞伽輯注的裴鉶《傳奇》所收三十篇完帙爲標準，其文體形式如下表：

《傳奇》所載傳奇小説文體一覽表

篇名	起首	結尾	史才	詩筆	議論	篇幅
孫恪	直接進入故事型	史實陳述型情節性	有	詩2	無	一般
昆侖奴	交代人物背景型	印證型情節性	有	詩2	無	一般
鄭德璘	交代人物背景型	印證型情節性	有	詩5	無	一般
崔煒	交代人物背景型	謎幻型情節性	有	詩2	無	漫長
聶隱娘	交代人物背景型	謎幻型情節性	有	無	無	一般
許棲巖	交代人物背景型	史實陳述型情節性	有	無	無	一般
韋自東	交代人物背景型	謎幻型情節性	有	詩1	無	一般
周邯	交代人物背景型	印證型情節性	有	無	無	一般
樊夫人	交代人物背景型	史實陳述型情節性	有	無	無	一般
薛昭	交代人物背景型	印證型情節性	有	詩5	無	一般

---

①　李劍國撰：《唐五代志怪傳奇叙録》（增訂本），北京：中華書局2017年版，第1107—1108頁。

②　參見程毅中著：《古小説簡目》，北京：中華書局1981年版，第73—74頁。

③　周楞伽考《傳奇》三十一篇篇目分别是《孫恪》《昆侖奴》《鄭德璘》《崔煒》《聶隱娘》《許棲巖》《韋自東》《周邯》《樊夫人》《薛昭》《元柳二公》《陳鸞鳳》《高昱》《裴航》《張無頗》《馬拯》《封陟》《蔣武》《鄧甲》《趙合》《曾季衡》《蕭曠》《姚坤》《文簫》《江叟》《金剛仙》《盧涵》《顏浚》《桃尹二君》《甯茵》《王居貞》。不過，李劍國《唐五代志怪傳奇叙録》"《傳奇》"條輯考爲三十四篇，除周楞伽的三十一篇外，另有《楊通幽》《紅拂妓》與《杜秋娘》。上海古籍出版社《唐五代筆記小説大觀》本《傳奇》共三十三篇，比周楞伽多出《金釵玉龜》和《紅拂妓》兩篇。李時人《全唐五代小説》輯録《傳奇》三十四篇，比周楞伽多出《虬須客傳》《張不疑》《楊通幽》三篇。李宗爲則認爲《金釵玉龜》《紅拂妓》爲《傳奇》中之作品，而《聶隱娘》則應爲《甘澤謡》中作品。見李宗爲《唐人小説》，北京：中華書局2003年新1版，第139—140頁。

篇名	起首	結尾	史才	詩筆	議論	篇幅
元柳二公	交代人物背景型	謎幻型情節性	有	詩1	無	一般
陳鸞鳳	交代人物背景型	史實陳述型情節性	有	無	無	一般
高昱	直接進入故事型	史實陳述型情節性	有	無	無	一般
裴航	直接進入故事型	謎幻型情節性	有	詩1	無	一般
張無頗	直接進入故事型	謎幻型情節性	有	詩1	無	一般
馬拯	交代人物背景型	史實陳述型情節性	有	詩1	無	一般
封陟	交代人物背景型	史實陳述型情節性	有	詩3	無	一般
蔣武	交代人物背景型	史實陳述型情節性	有	無	無	一般
鄧甲	交代人物背景型	印證型情節性	有	無	無	較短
趙合	交代人物背景型	印證型情節性	有	無	無	一般
曾季衡	直接進入故事型	印證型情節性	有	詩2	無	一般
蕭曠	直接進入故事型	謎幻型情節性	有	詩3	無	一般
姚坤	交代人物背景型	印證型情節性	有	詩1	無	一般
文簫	交代人物背景型	印證型情節性	有	詩2	無	一般
江叟	交代人物背景型	印證型情節性	有	無	無	一般
金剛仙	交代人物背景型	謎幻型情節性	有	無	無	一般
盧涵	交代人物背景型	印證型情節性	有	詩1	無	一般
顏濬	直接進入故事型	印證型情節性	有	詩4	無	一般
桃尹二君	交代人物背景型	印證型情節性	有	詩2	無	一般
甯茵	直接進入故事型	印證型情節性	有	賦詩3、引詩1	無	一般

　　上表很直觀地揭示出裴鉶《傳奇》的著述遵循著比較整一的文體規範，如篇幅基本保持在一定的範圍內，全部采用情節性結尾，後世所謂傳奇小說

文體的"詩筆"特徵，也可以裴鉶《傳奇》爲證明。故此，有學者稱裴鉶《傳奇》爲"傳奇體小説的正宗"。①

三、傳奇小説叙事藝術的進一步成熟

在尊重中唐傳奇小説所確立的文體特徵的基礎上，晚唐五代的傳奇小説文體進一步走向成熟。這主要表現在傳奇小説文體中傳體與記體的融合，中唐時期傳奇小説文體，大體可以分爲傳體傳奇小説和記體傳奇小説兩種，而在晚唐五代，傳體與記體呈現出融合趨向，主要表現在記體向傳體的靠攏。李宗爲曾以《纂異記》爲典型分析這種趨向："它（《纂異記》）在藝術形式上的最大特點是：其中有些作品在保持並突出'記'類傳奇集中描寫具有神奇色彩的一個事件、一個場面的基礎上，吸收了'傳'類刻畫人物形象的某些方法。如其中《嵩岳嫁女》《蔣琛》二文，都詳盡細膩地描寫了一個神仙神鬼宴會的場面，而對宴會上出現的許多人物又通過其對話和所酬唱的詩歌來揭示了他們的思想感情和性格特徵。這樣以不下於那些最長的'傳'類作品的篇幅來集中描寫一個富有戲劇性的場面，從而同時刻畫出好幾個人物形象的寫作方法，使它們突破了'傳'那種集中描寫一個主要人物的格式，又彌補了以往'記'類作品人物形象單薄抽象的缺陷，並使傳奇的樣式進一步地獨立於史傳或志怪之外。"②事實上，如《傳奇》中的《陳鸞鳳》《蔣武》《趙合》等，《酉陽雜俎》中的《盧山人》，以及《隋煬帝海山記》《隋煬帝迷樓記》和《隋煬帝開河記》等傳奇小説，都體現了這種特徵。而傳體和記體的融合，實則是以人物爲中心和以情節爲中心兩種叙事模式的融合，同時兩者的融合又在一定的場景叙事中完成。

---

① 吳志達著：《中國文言小説史》，濟南：齊魯書社1994年版，第457頁。
② 李宗爲著：《唐人傳奇》，北京：中華書局2003年新1版，第128頁。

第二節　傳奇小說的變體

與尊體相反，晚唐五代傳奇小說創作的另一種現象就是變體，表現爲對傳奇小說文體特性的消減。這種變體現象可以歸納爲三個方面：

一是傳奇小說文體的小品化。晚唐五代傳奇小說的小品化，源於傳奇小說的"寓言"性。中國古代小說中有一種傳統的"寓言"意識，如胡應麟說："古今志怪小說，率以祖《夷堅》《齊諧》，然《齊諧》即《莊》，《夷堅》即《列》耳。二書固極詼詭，第寓言爲近，記事爲遠。"① 又洪邁《夷堅志·乙志序》云："干寶之《搜神》，奇章公之《玄怪》，谷神子之《博異》，《河東》之記，《宣室》之志，《稽神》之錄，皆不能無寓言於其間。"② 就唐代傳奇小說而言，晚唐之前具有"寓言"性質的傳奇小說，也非常重視記事，並在記事中通過塑造人物來發展傳奇小說文體的傳奇性。如初盛唐時期的王度《古鏡記》，"托神鏡出没言隋室氣數，鏡亡隋亡，一泄黍離之恨"；③中唐時期如《枕中記》《南柯太守傳》等諷世"寓言"傳奇小說，表現著述者對人生的體悟和脱俗的願望。至於牛僧孺《玄怪錄》，"多造隱語，人不可解"，④ 其中也融入了著述者對人生和社會的看法和評價。晚唐五代時期也有這類諷世"寓言"傳奇小說，如李復言《續玄怪錄》、張讀《宣室志》、李玫《纂異記》等。以《纂異記·徐玄之》爲例，其脱胎於《南柯太守傳》，但擴大了蟻國君臣昏聵糊塗、是非不分的朝政狀況，勾勒出當時社會政治現實的縮影，並以蟻國的最終毀滅喻示了唐王朝必將崩潰的下場，有意識地對社會

---

① （明）胡應麟撰：《少室山房筆叢》卷三十六《二酉綴遺中》，上海：上海書店出版社2001年版，第362頁。
② （宋）洪邁撰，何卓點校：《夷堅志》，北京：中華書局2006年版，第185頁。
③ 李劍國撰：《唐五代志怪傳奇叙錄》（增訂本），北京：中華書局2017年版，第11頁。
④ （唐）李德裕：《周秦行紀論》，傅璇琮、周建國校箋：《李德裕文集校箋》外集卷四，石家莊：河北教育出版社2000年版，第703頁。據（南唐）張泊：《賈氏談錄》，該文作者可能爲李德裕門人韋礎。

和政治現象加以譏刺。李玖《纂異記》等，與中唐諷世"寓言"傳奇小説一樣，構設了較爲豐富的叙事情節，塑造了較爲豐滿的叙事人物形象。晚唐五代還有另外一些諷世"寓言"傳奇小説，如李隱《大唐奇事記》，已失去中唐時期傳奇小説的"傳奇性"色彩，更多的是傳達著述者對現實社會和人生的思索和評判，且這種思索和評判是以概念化神怪人物的議論方式出現；從文體而言，逐漸接近當時的諷刺小品文，如陸龜蒙《記稻鼠》《野廟碑》，羅隱《説天鷄》《英雄之言》等一樣，"隨所著立名，而無一定之體"。①

　　二是傳奇小説文體的雜史雜傳化。晚唐五代傳奇小説文體的雜史雜傳化，有兩種表現：一是稗史化，二是宗教傳記化。晚唐五代傳奇小説文體的稗史化，以薛用弱《集異記》、盧肇《逸史》、皇甫枚《三水小牘》、蘇鶚《杜陽雜編》、康駢《劇談録》和高彦休《闕史》等中的傳奇小説爲典型代表。這批小説集之作，乃是緣於"簿領之暇，搜求遺逸，傳於必信"，②"以備史官之闕"。③如盧肇《逸史序》言："盧子既作《史録》畢，乃集聞見之異者，目爲《逸史》焉。其間神仙交化，幽冥感通，前定升沉，先見禍福，皆摭其實，補其缺而已。凡紀四十五條，皆我唐之事。"④雖然其中的傳奇小説仍然帶有搜奇志異的"傳奇性"色彩，但已經失去中唐時傳奇小説文體的情趣和結構，走向稗史化道路，如《逸史》中的《李林甫》《劉晏》《盧杞》，《三水小牘》中的《王知古》《殷保晦妻》《魚玄機》等。晚唐五代傳奇小説文體的宗教傳記化，集中體現在杜光庭、沈汾等人編撰的《神仙感遇傳》《仙傳拾遺》《續仙傳》等小説集中。這些小説集對中晚唐那些傳神仙異人奇情奇事的傳奇小説進行改寫，與其他神仙傳記一起編撰成道教神仙傳

---

①　（明）吳訥撰：《文章辨體序説·雜著》，北京：人民文學出版社1962年版，第45—46頁。

②　（唐）鄭綮：《開天傳信記》"自序"，（五代）王仁裕等撰，丁如明輯校：《開元天寶遺事十種》，上海：上海古籍出版社1985年版，第49頁。

③　（唐）李德裕：《次柳氏舊聞》"自序"，同上，第1頁。

④　陶敏主編：《全唐五代筆記》，西安：三秦出版社2012年版，第1362頁。

記集。① 杜光庭、沈汾等人在改寫過程中，注重的是"事"，而忽略了傳奇小説如文采、情節等本體性的要求。

　　三是傳奇小説語體的駢儷化。以裴鉶《傳奇》最爲突出，陳振孫《直齋書録解題》中記載的尹師魯評價范仲淹《岳陽樓記》爲所謂"《傳奇》體"，就是指裴鉶《傳奇》用穠麗典雅之"對語"（駢語）描繪時景、以散文進行論與叙的亦駢亦散的表現形式。裴鉶《傳奇》中確實存在大量的駢儷化的語句，如《孫恪》《鄭德璘》《文簫》等篇中對女性容貌的描寫，《元柳二公》中對大海風浪的描述，特別是《封陟》中不僅環境描寫用對偶句，而且對話也用駢體。《傳奇》語體的駢儷化特點突出，晚唐五代時期很多其他傳奇小説語體亦是如此。如《續玄怪録·張逢》對張逢化虎的描寫，《續玄怪録·裴堪》對神仙之境的描寫，《纂異記·嵩岳嫁女》對神仙嫁女盛會環境的描寫，《甘澤謠·紅綫》對藩鎮的傾軋、薛嵩的憂悶、紅綫盜合的經過、田承嗣的情況、餞別紅綫的悲泣場景的描寫，幾乎都是駢體文字。當然，語體中雜有駢偶句是傳奇小説文體與生俱來的，但大量運用駢偶句則是晚唐五代傳奇小説的一個突出特徵。對小説而言，大量運用駢偶句並不是其發展方向，然於傳奇小説文體而言，却使其進一步與史傳叙事語體相分離，并增强了文學性。

第三節　《異聞集》的文體意義

　　陳翰的《異聞集》是流傳下來的唐人選唐代傳奇小説的唯一選集。晁公武《郡齋讀書志》評其"以傳記所載唐朝奇怪事，類爲一書"，從文體和題材兩個方面概括了《異聞集》的特徵，即以"傳記"的文體撰寫"奇怪事"。② 陳翰

---

　　① 可參見李劍國《唐五代志怪傳奇叙録》（增訂本）"神仙感遇傳""仙傳拾遺""續仙傳"等條，北京：中華書局 2017 年版。
　　② （宋）晁公武撰，孫猛校證：《郡齋讀書志校證》，上海：上海古籍出版社 2011 年版，第 548 頁。

《異聞集》的傳奇小說文體意義，體現在如下三個方面：

一是保存了唐代特別是中唐時期絶大多數具有文體典範意義的傳奇小說文本。陳翰以一個具有一定社會地位的文人身份編輯《異聞集》，①對唐代傳奇小說的保存及後代傳奇小說選集的編撰，無疑具有極大的開拓與示範意義。《異聞集》相當完整地保存了原著的面貌，從而也方便了後代小說的編輯，如《紺珠集》卷十摘録三十五條，《類説》卷二十八節録二十五篇，《太平廣記》引二十餘篇。清顧千里《重刻古今説海序》謂："説部之書盛於唐宋，凡見著録，無慮數千百種，而其能傳者，則有賴匯刻之力居多。蓋説部者，遺聞軼事、叢殘瑣屑，非如經義史學諸子等，各有專門名家，師承授受，可以永久勿墜也。獨匯而刻之，然後各書之勢，常居於聚，其於散也較難。儲藏之家，但費收一書之勞，即有累若干書之獲，其搜求也較便。各書各用，而用乎此者，亦不割棄乎彼，牽連倚毗，其流布也較易。"②此言驗之陳翰《異聞集》也毫不爲過。

二是《異聞集》擴展了具有文體典範意義的傳奇小說的傳播。《異聞集》所收作品可分爲三類：一類是主要描寫神仙靈鬼精怪的作品，如《神告録》《神異記》《鏡龍記》《古鏡記》《韋仙翁》《柳毅傳》《離魂記》《韋安道》《周秦行記》《任氏傳》等二十多篇。一類是主要描寫現實人事的作品，如《上清傳》《柳氏傳》《李娃傳》《霍小玉傳》《鶯鶯傳》《謝小娥傳》《東城老父傳》等十多篇。一類是藉故事闡明某種道理，具有寓言性質的作品，如《枕中記》《南柯太守傳》和《櫻桃青衣》。這些傳奇小說題材的共同特徵是"異聞"。唐人傳奇小說興盛的一個原因就在於文人集團的"宵話徵異"愛好，而其本質則是"俗皆愛奇"③社會習俗的縮影。《異聞集》對"異聞"傳奇小

---

① 關於陳翰事迹記載的史料很少，現有材料能證明陳翰曾官屯田員外郎等職，參見李劍國《唐五代志怪傳奇叙録》（增訂本）"《異聞集》"條。

② （明）陸楫編：《古今説海》，上海：上海文藝出版社1989年版，第1頁。

③ （梁）劉勰著，范文瀾注：《文心雕龍注·史傳》，北京：人民文學出版社1958年版，第287頁。

説的輯集，正滿足了"俗皆愛奇"的社會習俗，因而推動了傳奇小説的傳播。同時，《異聞集》中以"異聞"爲旨歸的傳奇小説的傳播，也進一步確立了傳奇小説以"奇"爲美的文體特徵。

三是固化了中唐時期傳奇小説文體的定體特徵。《新唐書·藝文志》著録《異聞集》十卷，已佚，現可考知《異聞集》中的傳奇小説大約有四十篇，其中屬於初盛唐的小説有兩篇，即王度《古鏡記》、張説《鏡龍記》；屬於中唐的傳奇小説有二十五篇，即柳珵《上清傳》、沈既濟《枕中記》、許堯佐《柳氏傳》（《柳氏述》）、白行簡《李娃傳》（《汧國夫人傳》）、李朝威《柳毅傳》（《洞庭靈姻傳》）、蔣防《霍小玉傳》、沈亞之《感異記》、陳玄佑《離魂記》、元稹《鶯鶯傳》（《傳奇》）、李公佐《南柯太守傳》、鄭權《三女星精》、李公佐《謝小娥傳》、李景亮《李章武傳》（《碧玉欄葉》）、韋瓘《周秦行紀》、沈亞之《湘中怨解》（《湘中怨》）、沈既濟《任氏傳》、李吉甫《梁大同古銘記》（《鐘山壙銘》）、沈亞之《秦夢記》（《沈亞之》）、陳劭《僕僕先生傳》、佚名《秀師言記》、沈亞之《異夢録》（《邢鳳》）、李公佐《廬江馮媪傳》、李公佐《古岳瀆經》、薛用弱《韋仙翁》、陳鴻《東城老父傳》；晚唐的有陸藏用《神告録》《神異記》、温畬《稠桑老人》、佚名《華嶽靈姻》、佚名《后土夫人傳》（《韋安道》）、佚名《櫻桃青衣》、《冥音録》等；不能確定年代的有佚名《獨孤穆》《王生》《白皎》《賈籠》《劉惟清》《周頌》等。①魯迅《唐宋傳奇集》所選唐人作品，有二十二篇見於《異聞集》，可見陳翰《異聞集》的選擇非常具有藝術水準和代表性。且《異聞集》中，中唐時期傳奇小説的入選比例占有絶對優勢，而這些入選的中唐時期傳奇小説基本可以代表中唐乃至整個唐朝傳奇小説的實績，因此它對進一步鞏固中唐傳奇小説文體的定體規範有著不一般的意義。

---

① 《異聞集》中還有《相如琴挑》《解襪人》《漕店人》和《雍州人》等篇，程毅中認爲這幾篇都"只能作爲存目待考"，參見程毅中《古小説簡目》附録二《〈異聞集〉考》，北京：中華書局1981年版。

第四章
唐五代筆記小説的文體雜糅

筆記小説經歷了魏晉至六朝時期的初步發展，到此一階段（尤其是唐代）迎來了第二個快速發展期。除了作品、作者的數量增加這些外在表現之外，更爲重要的是筆記小説文體的逐步成熟。古代學者對於文言小説文體有兩個著名論斷："文備衆體"與"一書而兼二體"。前者出自宋代趙彥衛的《雲麓漫鈔》卷八，後者出自清代紀昀的《閲微草堂筆記》卷十八《姑妄聽之》"盛時彥跋"。兩者雖所處時代不同，所論對象亦不同，然都指出了小説中的"文體雜糅"這一現象。具體來説，前者是指唐代小説容納或吸收了其他文體，如詩歌、辭賦、史傳，甚至論説文、書牘、公牘等，使之成爲小説的有機組成部分；後者是指《聊齋志異》融合了"筆記體"與"傳奇體"兩種小説文體，或如魯迅所云"用傳奇法，而以志怪"。① 其實，"文體雜糅"亦適用於唐五代筆記小説。觀唐五代筆記小説之實際，筆記小説文體形成了多元格局，具體而言，主要有"詩話體""説話體""雜俎體""傳奇體"四種體式。

第一節 "詩話體"的産生與"説話體"的變異

"詩話體"筆記小説是唐代筆記小説中特殊的類型，其産生與唐代詩歌

---

① 魯迅著：《中國小説史略》，上海：上海古籍出版社 1998 年版，第 147 頁。

創作的繁盛密不可分。苗壯的《筆記小説史》對此類小説論述道："唐代爲詩歌創作的黄金時代，唐人小説中亦每每穿插詩歌，其中的志人小説更多記詩人軼事及關於詩歌創作的'本事'，尤以《本事詩》《雲溪友議》爲集中。論者或稱之爲'記事體詩話'，或稱爲'詩話體小説'，成爲志人小説的一格。"① 顧名思義，"詩話體"筆記小説其與"詩話"關係緊密，因此討論"詩話體"，不得不先簡單介紹一下"詩話"的概念及其著述形式。關於"詩話"的概念，據學者概括有廣狹之分，其中狹義的"詩話"與小説關係較爲密切：

> 詩話者何也？……狹義者，乃詩歌之話也。"話"者何也？故事也，與宋代話本小説之"話"者同義，即口舌之言者曰"話"，就是講故事。依其内容而言，詩話則詩歌故事；依其體裁而言，詩話則論詩隨筆。此乃詩話之本義也。故歐陽修詩話之作"以資閑談"而已矣。此類詩話者，蓋以"論詩及事"爲本，凡詩歌本事、詩人軼事、詩壇趣聞、名篇佳句之述，以記事爲主，寓論詩之見於詩本事之中。②

以上關於"詩話"的論述有幾個關鍵點：（一）詩話是"詩歌之話"，而"話"之含義乃故事，因此"詩話"的概念即是"關於詩歌的故事"；（二）"詩話"的體裁是"論詩隨筆"，而"隨筆"與"筆記"含義相當，因此"詩話"可歸入筆記小説中；（三）"詩話"的内容以"論詩及事"爲主，除了有詩歌，凡是與詩歌相關的本事、軼事、趣聞等，都可容納，且"以記事爲主"。從這幾點來看，狹義的"詩話"與筆記小説幾乎没有區别，可以説它是筆記小説中的特殊類型。

關於"詩話"的起源，學界有不同的看法，有的認爲始於上古"三代"，

① 苗壯著：《筆記小説史》，杭州：浙江古籍出版社 1998 年版，第 238 頁。
② 蔡鎮楚、龍宿莽著：《比較詩話學》，北京：北京圖書館出版社 2006 年版，第 24—25 頁。

有的認爲始於鍾嶸《詩品》,有的認爲始於詩律之"細",[①] 羅根澤則認爲"詩話"始於《本事詩》:

> 《本事詩》是"詩話"的前身,其來源則與筆記小説有關。唐代有大批的記録遺事的筆記小説,對詩人的遺事,自然也在記録之列。就中如范攄的《雲溪友議》,王定保的《唐摭言》,其所記録,尤其是偏於文人詩人。由這種筆記的轉入純粹的記録詩人遺事,便是《本事詩》。我們知道了"詩話"出於《本事詩》,《本事詩》出於筆記小説,則"詩話"的偏於探求詩本事,毫不奇怪了。[②]

這裏所謂的"本事詩"也可稱"詩本事",並不限於《本事詩》一書,其他作品中記録的有關詩歌之本事的内容都可歸入,如《雲溪友議》《唐摭言》等。羅根澤還強調了"本事詩"源自於筆記小説,則可以推論"詩話"源自於筆記小説。

既然"詩話"源自於筆記小説,則"詩話體"亦源自於"筆記體",屬於"筆記體"中的特殊類型,既具備筆記小説的一般特徵,也因其專門記録"詩之本事"而具有文體的特殊性。前人論"詩話"只是泛泛談到其與小説關係密切,如明代胡應麟云:"他如孟棨《本事》、盧瓌《抒情》,例以詩話、文評,附見集類,究其體制,實小説者流也。"[③] 清代丘仰文的《五代詩話序》云:"史記事,詩言志,詩話當如説部之類,特有韻語。事之互見,則亦補史之闕。"[④] 四庫館臣云:"孟棨《本事詩》,旁採故實;劉攽《中山詩話》、歐陽修

---

① 參見蔡鎮楚著:《中國詩話史》第一章第二節《詩話溯源》,長沙:湖南文藝出版社 2001 年版,第 7—26 頁。

② 羅根澤著:《中國文學批評史》,上海:上海書店 2003 年版,第 540 頁。

③ (明)胡應麟撰:《少室山房筆叢》,上海:上海書店出版社 2009 年版,第 283 頁。

④ (清)王士禛原編,鄭方坤删補,戴鴻森校點:《五代詩話》,北京:人民文學出版社 1998 年版,第 2 頁。

《六一詩話》，又體兼説部。"① 又章學誠《文史通義·詩話》云："唐人詩話，初本論詩，自孟棨《本事詩》出，乃使人知國史叙詩之意；而好事者踵而廣之，則詩話而通於史部之傳記矣。間或詮釋名物，則詩話而通於經部之小學矣。或泛述聞見，則詩話而通於子部之雜家矣。"② 由以上論述可知，"詩話體"的題材與筆記小説相同，有記事、記人，特別之處是加入了韻語，也即詩歌，而所記人事圍繞詩歌展開，即"詩之本事"，其代表作即是《本事詩》。

　　除了《本事詩》這樣專門收録詩歌本事的作品，唐五代筆記小説中載入詩歌的作品數量甚多；③ 然並非載入詩歌即屬於"本事"，還要看詩歌與事之間的關係。早期一些作品如《朝野僉載》，其記録詩歌多屬於民謡，叙事簡略，屬於"描述説明"體，且載入詩歌的目的出於預言，而非記録本事，如下列三則：

　　　　唐神龍已後，謡曰："山南烏鵲窠，山北金駱駝。鎌柯不鑿孔，斧子不施柯。"此突厥强盛，百姓不得斫桑養蠶、種禾刈穀之應也。

　　　　唐景龍中謡曰："可憐聖善寺，身着緑毛衣。牽來河裏飲，踏殺鯉魚兒。"至景雲中，譙王從均州入都作亂，敗走，投洛川而死。

　　　　唐明堂主簿駱賓王《帝京篇》曰："倏忽搏風生羽翼，須臾失浪委泥沙。"賓王後與徐敬業興兵揚州，大敗，投江水而死，此其讖也。④

　　① （清）永瑢等撰：《四庫全書總目》，北京：中華書局1965年版，第1779頁。
　　② （清）章學誠撰，葉瑛校注：《文史通義校注》，北京：中華書局1985年版，第559頁。
　　③ 邱昌員《詩與唐代文言小説研究》第一章第一節所附表二，對唐代文言小説集融入詩歌數量有詳細統計，可參看。邱昌員著：《詩與唐代文言小説研究》，北京：中國社會科學出版社2008年版，第48—60頁。
　　④ 陶敏主編：《全唐五代筆記》，西安：三秦出版社2008年版，第147—148頁。

這幾則嚴格説來不屬於詩歌本事，而是"詩讖"，與前所述預言類似，只是這種預言是以民謠或詩歌的形式展現。此後一些作品開始有所變化，如《隋唐嘉話》所記薛道衡事曰："薛道衡聘陳，爲《人日》詩云：'入春纔七日，離家已二年。'南人嗤之曰：'是底言語？誰謂此虜解作詩？'及云'人歸落雁後，思發在花前'，乃喜曰：'名下固無虛士！'"①又如《靈怪集》"郭翰"寫郭翰與織女分別後以書翰互贈，以慰相思，書末附以詩歌；《廣異記》卷三"王法智"寫神人滕傳胤與僧人及作者本人等以詩歌互相贈答；《通幽記》"唐暄"寫唐暄因妻子亡故，悲慟而賦悼亡詩二首；《集異記》卷中"王之渙"寫歌妓吟唱王昌齡、高適、王之渙的名作等，詩歌已經融入故事的叙述中，且對於情節的推進具有一定導向作用。此後《玄怪録》《博異志》《河東記》《纂異記》《瀟湘録》《宣室志》等作品沿著這一方向繼續發展，且數量逐漸增多，"詩話體"筆記小説的叙事模式此時也大致得以建立，而《本事詩》的出現則標誌"詩話體"筆記小説的獨立。

《本事詩》的作者孟棨（一作啓）是中晚唐時人，唐僖宗乾符二年（875）進士，累官至尚書司勳郎中，賜紫金魚袋。光啓二年（886）集詩人"緣情感事"之作，叙其本事，撰爲此書。其自序云："詩者，情動於中而形於言，故怨思悲愁，常多感慨。抒懷佳作，諷刺雅言，著於群書。雖盈廚溢閣，其間觸事興詠，尤所鍾情，不有發揮，孰明厥義？因采爲《本事詩》，凡七題，猶四始也。情感、事感、高逸、怨憤、徵異、徵咎、嘲戲，各以其類聚之。"②可知此書在整體上采用類書體的形式，將全數內容分爲七類，即七個故事類型。從叙事結構來看，所有故事都以"本事"爲叙述的核心，而以詩歌爲綫索，起串聯事件的作用。有學者將《本事詩》的文本結構概括爲兩種形式：一種是將詩附著於事的發展脈絡上的"事—詩—事"連綴式結

---

① 陶敏主編：《全唐五代筆記》，西安：三秦出版社 2008 年版，第 308 頁。
② 同上，第 2375 頁。

構；另一種是在敘事完畢後將詩作補充入文本的"事—詩"後綴式結構。①
這一概括基本符合實際，以前一種模式爲例，此種模式一般會先在開頭交代
故事的背景，也即詩歌産生的緣由，接著敘述詩歌導致的結果，故事也隨之
結束。如"情感"類"喬知之"這一則：

> 唐武后載初中，左司郎中喬知之有婢名窈娘，藝色爲當時第一。知
> 之寵愛，爲之不婚。武承嗣聞之，求一見，勢不可抑。既見，即留，無
> 復還理。知之痛憤成疾，因爲詩，寫以縑素，厚賄閽守以達。窈娘得
> 詩悲惋，結三章於裙帶，赴井而死。承嗣見詩，遣酷吏誣陷知之，破其
> 家。詩曰："石家金谷重新聲，明珠十斛買娉婷。昔日可憐君自許，此
> 時歌舞得人情。君家閨閣不曾難，好將歌舞借人看。富貴雄豪非分理，
> 驕奢勢力横相干。別君去君終不忍，徒勞掩袂傷紅粉。百年離別在高
> 樓，一旦紅顏爲君盡。"時載初元年三月也。四月下獄，八月死。②

此則故事開頭交代了詩歌産生的背景：喬知之婢女窈娘藝色雙絕，被武
承嗣覬覦，後强行霸占，"知之痛憤成疾，因爲詩"。接著寫詩歌導致的結
果：（一）窈娘之死，"窈娘得詩悲惋，結三章於裙帶，赴井而死"。（二）喬
知之受冤而死，"承嗣見詩，遣酷吏誣陷知之，破其家"，"四月下獄，八月
死"。整則故事圍繞一首詩叙述了一段凄慘動人的愛情慘劇，詩歌是導致悲
劇發生的直接原因，而其深層原因則是武承嗣的霸道狠毒。在這則故事中，
詩歌僅僅是情節發展中的關鍵綫索，構成故事主要矛盾的還在於正反人物的
情感立場，詩歌起到了勾連情節、渲染氣氛、深化主題的作用，是爲故事服
務的。此外如"韓翃""張郎中"等則，皆情節曲折，詩歌鑲嵌其中，作爲

---

① 鄒福清著：《唐五代筆記研究》，北京：中國社會科學出版社 2013 年版，第 263 頁。
② 陶敏主編：《全唐五代筆記》，西安：三秦出版社 2008 年版，第 2376 頁。

人物之間表情達意的工具，成爲故事的有機組成部分，而非主體。而在另外一些故事中，詩歌的比重增多，占據主要地位，故事的展開是爲詩歌服務的，如下面兩則：

　　顧況在洛，乘間與詩友遊於苑中，坐流水上，得大梧葉，上題詩曰：“一入深宫裹，年年不見春。聊題一片葉，寄與有情人。”況明日於上游，亦題葉上，放於波中，詩曰：“花落深宫鶯亦悲，上陽宫女斷腸時。帝城不禁東流水，葉上題詩欲寄誰？”後十餘日，有客來苑中尋春，又於葉上得詩以示況，詩曰：“一葉題詩出禁城，誰人酬和獨含情？自嗟不及波中葉，蕩漾乘春取次行。”

　　劉尚書禹錫罷和州，爲主客郎中、集賢學士。李司空罷鎮在京，慕劉名，嘗邀至第中，厚設飲饌。酒酣，命妙妓歌以送之，劉於席上賦詩曰：“鬟髻梳頭宫樣妝，春風一曲杜韋娘。司空見慣渾閑事，斷盡江南刺史腸。”李因以妓贈之。①

　　以上兩則故事情節都較爲簡單，沒有任何衝突和矛盾，而且情節的展開主要是爲了引出詩歌，停留在詩歌“本事”的層面。

　　與《本事詩》幾乎同時問世的《抒情集》同樣記録詩歌本事，被後世視爲詩話濫觴。此書早已亡佚，原貌已不可知，據後人所輯佚文看，大部分叙事較《本事詩》稍顯簡略，有的甚至没有情節，只剩下詩歌的羅列。如：“羅鄴工詩，《春遊鬱然有懷》云：‘芳草如煙處處青，閑門要地一時生。年來檢點人間事，惟有春風不世情。’《春雨》詩云：‘兼風颯颯灑皇州，能帶輕寒阻

---

①　陶敏主編：《全唐五代筆記》，西安：三秦出版社 2008 年版，第 2378、2381 頁。

勝遊。昨夜五侯池館裏，佳人驚覺爲花愁。'"① 也有叙事較爲委曲者，如：

　　薛宜僚會昌中爲左庶子，充新羅册贈使，由青州泛海。船頻阻惡風
雨，至登州却漂迴，淹泊青州郵傳一年，節使烏漢貞尤加待遇。籍中飲
妓段東美者，薛頗屬情，連帥置於驛中。是春薛發日，祖筵嗚咽流涕，
東美亦然。乃於席上留二詩曰："經年郵驛許安棲，銜命他鄉別恨迷。
今日海帆飄萬里，不堪腸斷對含啼。""阿母桃花方似錦，王孫草色正如
煙。不須更向滄溟望，惆悵歡情恰一年。"薛到外國，未行册禮，旌節
曉夕有聲。旋染疾，謂判官苗甲曰："東美何故頻見夢中乎？"數日而
卒，苗攝大使行禮。薛旋櫬迴及青州，東美乃請告至驛，素服執奠，哀
號撫柩，一慟而卒。情緣相感，頗爲奇事。②

　　至唐末五代，記録詩歌本事者仍絡繹不絶，如《劇談録》《桂苑叢談》
《三水小牘》《唐摭言》《鑑誡録》《北夢瑣言》等，其中尤以《雲溪友議》最
具代表。《雲溪友議》以記載晚唐文壇逸聞趣事爲主，而詩話占十之七八，
魯迅對其評價道："范攄《雲溪友議》之特重歌詠，雖若彌近人情，遠於靈
怪，然選事則新穎，行文則逶迤，固仍以傳奇爲骨者也。"③ 其所記故事大多
情節完整，曲折有致，其中《苧蘿遇》《題紅怨》《閨婦歌》等被後世傳爲文
壇佳話，《題紅怨》所寫顧況、盧渥紅葉題詩事流傳頗廣，文字如下：

　　明皇代，以楊妃、虢國寵盛，宮娥皆願衰悴，不備掖庭。常書落
葉，隨御溝水而流，云："舊寵悲秋扇，新恩寄早春。聊題一片葉，將

---

①　陶敏主編：《全唐五代筆記》，西安：三秦出版社 2008 年版，第 2371 頁。
②　同上，第 2369 頁。
③　魯迅著：《中國小説史略》，上海：上海古籍出版社 1998 年版，第 60 頁。

寄接流人。"顧況著作聞而和之。既達宸聰，遣出禁內者不少。或有五使之號焉。和曰："愁見鶯啼柳絮飛，上陽宮女斷腸時。君恩不禁東流水，葉上題詩寄與誰？"盧渥舍人應舉之歲，偶臨御溝，見一紅葉。命僕搴來，葉上乃有一絕句，置於巾箱，或呈於同志。及宣宗既省宮人，初下詔，許從百官司吏，獨不許貢舉人。渥後亦一任范陽，獲其退宮人，睹紅葉而吁怨久之，曰："當時偶題隨流，不謂郎君收藏巾篋。"驗其書，無不訝焉。詩曰："水流何太急，深宮盡日閑。殷勤謝紅葉，好去到人間。"①

這一則內容實際包含兩段故事，第一段顧況紅葉題詩事在《本事詩》也有記載，而內容有所不同，此處在開頭有背景的介紹，交代了紅葉題詩的原因，且寫到了顧況和詩之後的結果。後一段盧渥事發生在宮女被遣出之後，在時間上可承接上一段，在敘事上較爲巧妙，盧渥在御溝獲得紅葉時並未直接展示詩歌內容，如同設置了懸念，將其延宕至盧渥在范陽任官時，宮人再次見到了紅葉，而此紅葉正是當年自己所提，最後才引出詩歌的內容，構思巧妙，極富戲劇性。

在《本事詩》之後還出現了幾部模仿此書的續作，羅根澤對此有作介紹，②其中處常子的《續本事詩》和羅隱的《續本事詩》可確定是唐末五代人作品，聶奉先的《續廣本事詩》因作者年代無從考察，羅根澤推測是宋初人。其中處常子的《續本事詩》今已亡佚，《郡齋讀書志》"總集類"有著錄，曰："右僞吳處常子撰。未詳其人。自有序云：'比覽孟初中《本事詩》，輒搜篋中所有，依前題七章，類而編之。'然皆唐人詩也。"③據此可知完

① 陶敏主編：《全唐五代筆記》，西安：三秦出版社 2008 年版，第 1511 頁。
② 羅根澤著：《中國文學批評史》，上海：上海書店 2003 年版，第 540—541 頁。
③ （宋）晁公武撰，孫猛校證：《郡齋讀書志校證》，上海：上海古籍出版社 2011 年版，第 1061 頁。

全依照孟書體例分爲七類，具體形式亦當類同。羅隱的《續本事詩》今未見，亦不見著錄，惟《詩話總龜》引數條，其内容與形式當與《本事詩》大體一致。

　　我們再來看"説話體"，所謂"説話"，是以口語爲主的方式説故事，有時候會穿插韻語演唱，講唱結合。"説話"淵源頗早，在古代是一種長期流行的口説技藝，三國時期即有過"俳優小説"①的説法，到了唐五代已發展爲一門較爲成熟的表演形式，段成式《酉陽雜俎》續集卷四對此曾有所記録："予大和末，因弟生日觀雜戲。有市人小説呼扁鵲作褊鵲，字上聲，予令座客任道昇字正之。"②由於佛教的傳播，唐代還出現了演説佛經的唱導、俗講等説話形式，對後世小説文體的發展影響深遠。到了宋代，"説話"技藝已經完全成熟，不僅分工愈加細緻，有所謂"四家數"之分，且體制規範也趨於定型，其與後世話本、章回小説的關係已經成爲學界常識，毋庸多言。在傳統觀念中，"説話"與白話小説的産生與發展關係十分密切，可以説白話小説的源頭之一即是"説話"，由此受到較多關注。而對於文言小説與"説話"的關係則關注較少。實際上，真正的白話小説要到宋代才出現，宋代以前雖然有"説話"技藝的存在，然其内容與形式已無法確切知曉，只有在筆記小説中才有一些殘存的内容。換言之，筆記小説吸納並轉化了"説話"的内容，使之成爲書面化的小説，是"説話體"小説的變異形式。

　　唐五代時期"説話"一直流行於社會的各個階層，各種民間傳説、逸聞趣事、噱頭笑話在口頭間傳播，這些民間故事大多脱去了原始神話的神秘色彩，比較貼近世俗生活，形象也較爲生動，娛樂性較強，可稱之爲"口傳小

---

①　《三國志·魏志》卷二一《王衞二劉傳》裴松之注引《魏略》云："會臨菑侯植亦求淳，太祖遣淳詣植。植初得淳甚喜，延入坐，不先與談。時天暑熱，植因呼常從取水自澡訖，傅粉。遂科頭拍袒、胡舞五椎鍛、跳丸擊劍，誦俳優小説數千言訖，謂淳曰：'邯鄲生何如耶？'"（晉）陳壽撰，陳乃乾校點：《三國志》，北京：中華書局1959年版，第603頁。

②　陶敏主編：《全唐五代筆記》，西安：三秦出版社2008年版，第1716—1717頁。

説”。這些“口傳小説”被文人所采集、加工爲書面形式的小説，是筆記小説重要的素材來源。唐五代文人所喜歡的劇談是“口傳小説”傳播的重要方式，所謂“劇談”，即暢談，或快速之言談。在魏晉六朝時指玄學家之清談，清談的特點是反應敏捷、旨趣玄遠。到了唐代，劇談主要指文人間的諧謔談論，以消閑、娱樂爲目的，是文人聚會交往時重要的娱樂項目。劇談的内容十分廣泛，包括詩文創作、聞見知識、朝野軼事、歷史掌故、民間傳説、鬼神精怪等。如韋絢《劉賓客嘉話録》自序所云，劉禹錫與諸子起居宴坐，所談除了“解釋經史”，“偶及國朝文人劇談，卿相新語，異常夢話，若諧謔卜祝，童謡佳句”。[①] 而且劇談的對象也不限於文人，如《灌畦暇語》自序云劇談之人“或童顛之叟，或粗有知識之少年”，[②] 蘇鶚撰《杜陽雜編》曾“訪問博聞强識之士或潛夫輩”，[③] 王仁裕爲撰《開元天寶遺事》而“詢求軍實，採摭民言”等。[④] 因此，與六朝時的劇談相比，唐五代文人的劇談在内容上大爲開拓，已經不限於談玄説理或笑話諧謔之類。[⑤]

正如《常侍言旨》《戎幕閑談》《佐談》《譚賓録》[⑥]《劉賓客嘉話録》《灌畦暇語》《劇談録》《桂苑叢談》《玉堂閑話》《賈氏談録》等書名所展現的那樣，唐五代不少筆記小説是劇談、客話、閑談的産物。另外一些作品雖在書名上没有顯現，實際上也是由劇談産生，如《尚書故實》《稽神録》等。

---

① 陶敏主編：《全唐五代筆記》，西安：三秦出版社 2008 年版，第 1424 頁。

② （唐）佚名撰：《灌畦暇語》（及其他一種），《叢書集成初編》，北京：中華書局 1991 年版，第 1 頁。

③ 陶敏主編：《全唐五代筆記》，西安：三秦出版社 2008 年版，第 2189 頁。

④ 同上，第 3156 頁。

⑤ 劉知幾《史通・雜述》論“偏記小説”有“瑣言”類，舉劉義慶《世説》、裴榮期《語林》、孔尚思《語録》、陽玠松《談藪》爲例，且云瑣言“多載當時辨對，流俗嘲謔，俾夫樞機者藉爲舌端，談話者將爲口實。及蔽者爲之，則有詆訐相戲，施諸祖宗，褻狎鄙言，出自床笫，莫不昇之紀録，用爲雅言，固以無益風教，有傷名教者矣”，可見此時劇談還局限於辨對、諧謔之類。見（唐）劉知幾著，（清）浦起龍通釋，王煦華整理：《史通通釋》，上海：上海古籍出版社 2009 年版，第 254—255 頁。

⑥ 周勛初《唐代筆記小説叙録》云：“‘譚’當作‘談’。‘談’改作‘譚’，乃避武宗諱……‘談賓’即是‘談笑之賓客’意。”見周勛初著：《唐代筆記小説叙録》，南京：鳳凰出版社 2008 年版，第 57 頁。

這些作品中,《常侍言旨》《戎幕閑談》《劉賓客嘉話録》《尚書故實》《賈氏談録》是單獨記録某一人物談話而成, 其"劇談"的性質尤其突出。其中,《常侍言旨》乃作者柳珵記録其伯父柳登談話而成, 原書已佚。《戎幕閑談》和《劉賓客嘉話録》的作者都是韋絢, 前者是其在李德裕劍南西川節度使幕府時記録李德裕談話而成。其自序云:"贊皇公博物好奇, 尤善語古今異事。當鎮蜀時, 賓佐宣吐, 亹亹不知倦焉。"① 後者是其整理劉禹錫的談話記録寫成, 其自序曰:"或因宴命坐與語論, 大抵根於教誘, 而解釋經史之暇, 偶及國朝文人劇談, 卿相新語, 異常夢話, 若諧謔卜祝, 童謡佳句。即席聽之, 退而默記, 或染翰竹簡, 或簪筆書紳。"② 《尚書故實》是作者李綽避黄巢兵亂寓居圃田佛寺時, 記録同避難的張賓護尚書談話而寫成, 其自序云:"叨遂迎塵, 每容侍話。凡聆徵引, 必異尋常, 足廣後生, 可貽好事。"③ 《賈氏談録》是作者張洎記録賈黄中所述唐代逸聞瑣事而成, 其自序云:"左補闕賈黄中, 丞相魏公之裔也, 好古博學, 善於談論, 每款接, 常益所聞。"④ 這些作品所記録的談話對象都是著名的飽學之士, 喜愛劇談, 且長期在朝廷擔任要職, 熟知歷史掌故、朝野逸聞, 所談内容也是以這些爲主。從叙述方式來看, 這些作品大多較爲隨意, 隨聽隨記, 沒有嚴格的體例, 符合"劇談"的特點。大體可概括爲如下幾點:

1. 直接以談話人的口吻記録所談内容, 如同"語録"

如《戎幕閑談》中有些以"贊皇公曰""公又曰"爲開頭,《劉賓客嘉話録》中有些以"劉禹錫曰""公曰"開頭,《尚書故實》以"公云""又云"開頭,《賈氏談録》以"賈君云"開頭。兹各舉一例:

---

① 陶敏主編:《全唐五代筆記》, 西安:三秦出版社 2008 年版, 第 926 頁。
② 同上, 第 1424 頁。
③ 同上, 第 2278 頁。
④ 同上, 第 3402—3403 頁。

贊皇公曰："余昔爲太原從事，睹公牘中文水縣解牒，稱武士䕶墓前有碑，元和中，忽失龜頭所在。碑上有'武'字凡十處，皆鑴去之。其碑高大於《華嶽碑》，且非人力拔削所及。不經半年，武相遇害。"

劉禹錫曰：韓十八愈直是太輕薄，謂李二十六程曰："某與丞相崔大羣同年往還，直是聰明過人。"李曰："何處是過人者？"韓曰："共愈往還二十餘年，不曾共説著文章，此豈不是敏慧過人也？"

公云：舒州灊山下有九井，其實九眼泉也。旱即煞一犬投其中，大雨必降，犬亦流出。

賈君云，僖、昭之時，長安士族多避寇南山中，雖荐經離亂，而兵難不及。故今衣冠子孫出居鄠杜間者，室廬相比。又説，京兆户民尚鬪雞走犬之戲，習以爲業，罕有勤稼者。蓋豪蕩之俗，猶存餘態爾。[1]

有些還以對話的形式記録，如《劉賓客嘉話録》《賈氏談録》所記：

公曰："諸葛亮所止，令兵士獨種蔓菁者何？"絢曰："莫不是取其纔出甲者可生啖，一也；葉舒可煮食，二也；久居則隨以滋長，三也；棄去不惜，四也；回則易尋而採之，五也；冬有根可劚食，六也。比諸蔬屬，其利不亦博乎？"曰："信矣。三蜀之人，今呼蔓菁爲諸葛菜，江陵亦然。"

----

① 陶敏主編：《全唐五代筆記》，西安：三秦出版社 2008 年版，第 926—927、1436—1437、2288、3408 頁。

予問賈君：“中土人每日火爇而食，罕致壅熱之患，何也？”賈君曰：“夾河風性寒，故民多傷風。河洛以東地鹹，水性冷寒，故民須哺粟食麥而無熱疾。”又曰：“滑臺風水性寒冷尤甚，士民雖在羈卝，其啗附子，如啗芋栗。”①

2. 轉述談話者的談話内容，屬於間接引述

如《尚書故實》所記：

公自言四世祖河東公爲中書令，著緋。又説，傅遊藝居相位，著綠。

公嘗於貴人家見梁昭明太子腦骨，微紅而潤澤，抑異於常也。

又説表弟盧某，一日碧空澄澈，仰見仙人乘鶴而過。別有數鶴飛在前後，適睹自一鶴背遷一鶴背，亦如人換馬之狀。②

3. 記録談話者轉述他人所見聞之事，以“某某曰”開頭，也屬於間接引用

如《劉賓客嘉話録》所記：

刑部侍郎從伯伯芻嘗言：某所居安邑里巷口有鬻餅者，早過户，未嘗不聞謳歌，而當爐興甚早。一旦召之與語，貧窶可憐，因與萬錢，令多其本，日取餅以償之。欣然持錙而去。後過其户，則寂然不聞謳歌之聲，謂其逝矣。及呼，乃至。謂曰：“爾何輟歌之遽乎？”曰：“本流既

---

① 陶敏主編：《全唐五代筆記》，西安：三秦出版社 2008 年版，第 1432、3411 頁。
② 同上，第 2280、2281、2282 頁。

大，心計轉粗，不暇唱《渭城》矣。"從伯曰："吾思官徒亦然。"因成大噱。①

又如《賈氏談録》所記：

賈君云，長安老婦説：曲江池，天祐初，因大風雨，波濤震蕩，累日不止，一夕無故而其水盡竭。自後宮闕成荆棘矣。今爲耕民畜作陂塘，資澆溉之用。每至清明節，都人士女猶有泛舟宴賞於其間者。九龍池，上巳日亦爲士女泛舟之所。②

4. 不作引述而直接記録談話內容

這種形式數量較多，與其他記録雜事的筆記小説無甚區別，其中有些以談話者的評論爲結尾，具有"劇談"的特色。如《劉賓客嘉話録》記張巡、許遠守睢陽事，事末引述了劉禹錫的評述：

劉禹錫曰：此二公天贊其心，俾之守死善道。向若救至身存，不過是一張僕射耳，則張巡、許遠之名，焉得以光揚於萬古哉！巡性明達，不以簿書介意。爲真源宰，縣有豪華南金，悉委之。故時人曰："南金口，明府手。"及巡聞之，不以爲事。③

又如《尚書故實》對京城佛寺有假僧人的評述：

---

① 陶敏主編：《全唐五代筆記》，西安：三秦出版社 2008 年版，第 1426 頁。
② 同上，第 3407 頁。
③ 同上，第 1425 頁。

京城佛寺，率非真僧，曲檻回廊，户牖重複。有一僧室，當門有櫃，扃瑣甚牢。竊知者云，自櫃而入，則別有幽房邃閣，詰曲深嚴，囊囊奸回，何所不有！①

由以上例子可知，唐五代"説話體"筆記小説的變異，除了"説話"内容相較於魏晉六朝大爲拓展外，其具體形式也發生了改變。魏晉六朝小説的"説話體"主要體現在對人物言語辯對的記録，其描繪的對象以説話人的言語、神情、外貌爲主；而唐五代"説話體"作品則轉而以記録説話人的内容爲主，前者的關注點在人，而後者的關注點在事。此外，由於"口傳小説"具有易變性和流動性特點，且口説過程中隨意性較大，一則故事在流傳過程中常常扭曲變形，人物張冠李戴，情節此消彼長，如果被多位文人記録，就會出現多個版本，這也是"説話體"小説的變異性所在。試以下列三則故事爲例：

太宗使宇文士及割肉，以餅拭手，帝屢目焉。士及佯爲不悟，更徐拭而便啖之。(《隋唐嘉話》卷上）

肅宗爲太子時，嘗侍膳。尚食置熟俎，有羊臂臑，上顧使太子割。肅宗既割，餘污漫在刃，以餅潔之。上熟視，不懌。肅宗徐舉餅啖之，上甚悦，謂太子曰："福當如是愛惜。"(《次柳氏舊聞》）

相傳云，德宗幸東宫，太子親割羊牌，水澤手，因以餅潔之，太子覺上色動，乃徐捲而食。司空贊皇公著《次柳氏舊聞》，又云是肅宗。

---

① 陶敏主編：《全唐五代筆記》，西安：三秦出版社 2008 年版，第 2285 頁。

劉餗《傳記》云：太子使宇文士及割肉，以餅拭手，上屢目之，士及佯不語，徐捲而啖。（《酉陽雜俎》續集卷四）①

　　這三則記載的故事框架基本相同，而故事人物發生了變化，情節的詳略也有所改變。由段成式的記載可知，相關的傳聞已經流傳甚久，且在流傳過程中發生了變異，如果沒有被記録成文字，這一變異或將一直延續而不被知曉。當文人將"説話"轉化爲文字後，形成了固定的文本。

第二節　"博物體"的壯大與"傳奇體"的融入

　　"博物體"之得名，除了與張華《博物志》有直接關係外，還與古代中國悠久的博物觀念以及隨之産生的"博物學"有著深層的連接。中國古代很早就有"博物"的觀念，知識分子普遍以博識多聞、通曉古今爲崇高追求，"博物君子"成爲其最高的評價。在博物觀念的影響下形成了一門學問，即"博物學"，"博物"之"物"並不限於自然物，而是包羅萬有，除了自然現象、物質，還包括手工製品、人文知識，以及精神現象（如夢）、超自然現象（如鬼神、精怪）、哲學倫理概念（如忠孝）等，是人們所見所聞的各種知識的匯總。②"博物學"與小説有著天然的契合，最早的小説也多産自於博物類作品，古人也往往將小説與博物聯繫起來。明代胡應麟曾云：

　　　　子之爲類，略有十家，昔人所取凡九，而其一小説弗與焉。然古今著述，小説家特盛；而古今書籍，小説家獨傳，何以故哉？怪、力、

---

①　陶敏主編：《全唐五代筆記》，西安：三秦出版社 2008 年版，第 315、1011、1708 頁。
②　有關中國古代"博物學"之特點，可參看周遠方的《中國傳統博物學的變遷及其特徵》，《科學技術哲學研究》2011 年第 5 期，第 79—84 頁。

亂、神，俗流喜道，而亦博物所珍也；玄虛、廣莫，好事偏攻，而亦洽聞所昵也。談虎者矜誇以示劇，而雕龍者閑掇之以爲奇；辯鼠者證據以成名，而捫蝨類資之以送日。至於大雅君子心知其妄而口競傳之，且斥其非而暮引用之，猶之淫聲麗色，惡之而弗能弗好也。夫好者彌多，傳者彌衆，傳者日衆則作者日繁，夫何怪焉？ ①

　　早期的小説家與博物家都具有博物的觀念，所關注和記録的對象幾乎是一致的，這也導致後來博物學著作與小説的合流，諸如《禹貢》《山海經》之類的作品既被視爲地理著作，也被視作小説的源頭。伴隨地理知識的豐富，對遠國異民的想象也不斷增加，加之與神話、巫術、方術的結合，導致地理博物學的志怪化，可以説地理博物傳説的産生和流傳，直接導致了地理博物體志怪的産生。②

　　博物風尚延續至西晉，則出現了張華的《博物志》，這是首次以“博物”爲名的小説作品。由於《博物志》在内容和形式上的特殊性，已經無法冠以傳統的志人小説或志怪小説之名，而“博物”一詞最能概括其特點，故用“博物體”來命名最爲恰當。“博物體”小説的最大特點就是内容廣博，如《博物志》的内容已不限於地理知識，涉及山水物産、遠國異民、鳥獸蟲魚、巫醫方術、器物制度、文化學術等，如同一部百科全書，具有很强的知識性和學術價值，最爲符合“博物學”之内涵。繼《博物志》之後具有“博物”特色的小説作品有崔豹的《中華古今注》、劉敬叔的《異苑》、郭璞的《玄中記》及任昉的《述異記》等。到了唐五代時期，隨著生産力的不斷發展，疆域的不斷開拓，中外交流的日趨頻繁，人們的認識能力、認識範圍有了大幅

---

① （明）胡應麟撰：《少室山房筆叢》，上海：上海書店 2009 年版，第 282 頁。
② 參見李劍國著：《唐前志怪小説史》（修訂本），天津：天津教育出版社 2005 年版，第 56—71 頁。

度的提升，加上以往知識的不斷積累，使得這時期人們掌握的知識範圍和種類已經大大超過先唐。在這一背景下，唐五代時期的筆記小說在廣博的程度上，也大大超過了先唐作品，顯示出更爲强烈的"博物"特性。這可以從兩方面來説明：首先，唐五代時期具有"博物"特性的作品數量超過了前代，且涵蓋的知識門類也有大幅度拓展。其次，從單個作品來看，以《酉陽雜俎》爲代表的博物體小説也在知識覆蓋的廣度上超過了唐前的代表作品《博物志》。

根據唐宋書目"小説（家）"的著録，具有"博物"性質的作品按照内容性質可分爲以下幾類：1. 博物志系列，作品包括《酉陽雜俎》《封氏聞見記》《録異記》等。2. 地理、異物系列，作品包括《嶺南異物志》《北户録》《嶺表録異》《南方異物志》等。3. 名物訓詁、考訂系列，作品包括《事始》《續事始》《炙轂子雜録》《刊誤》等。4. 譜録系列，作品包括《煎茶水記》《醉鄉日月》《茶經》等。5. 家範類，作品包括《開元御集誡子書》《狄仁傑家範》《盧公家範》《六誡》等。此外，具有"博物"傾向的作品還有《廣異記》《杜陽雜編》《劉賓客嘉話録》《戎幕閑談》《尚書故實》《桂林風土記》《資暇集》《蘇氏演義》《因話録》《開元天寶遺事》《唐摭言》《北夢瑣言》《雲麓漫鈔》等，這些作品也摻雜各類博物内容，如地理動植、遠國異民、奇風異俗、名物制度等。[①]以《杜陽雜編》爲例，此書多載各地供奉的奇珍異寶，如卷上異國所獻"軟玉鞭"，日林國所獻"靈光豆""龍角釵"，新羅國所獻"五彩氍毹"，南方所獻"朱來鳥"，蜀地所獻"瑞鞭"，吳明國所獻"常燃鼎""鸞蜂蜜"，卷中拘弭國所獻"却火雀""履水珠""常堅冰""變晝草"，南海所獻"奇女盧眉娘"，大軫國所獻"重明枕""神錦

---

① 《中國文言小説總目提要》將著録之文言小説分爲五類，其中就有"雜俎類"，其中唐五代"雜俎類"著録《事始》等作品計四十種，可參看。甯稼雨撰：《中國文言小説書目提要》，濟南：齊魯書社1996年版，第103—111頁。

衾"碧麥""紫米"，南昌國所獻"玳瑁盆""浮光裘""夜明犀"，浙東國所獻舞女二人"飛鸞""輕鳳"，卷下夫餘國所獻"火玉""松風石"，他國（亡其國名）所獻"玳瑁帳""火齊床""龍火香""無憂酒"，渤海所獻"馬腦樻""紫瓷盆"，日本國所獻"寶器音樂"等，這些物品皆名目新奇、功能神異，可謂爭奇鬥艷、炫人耳目。

　　就單個作品來看，唐五代"博物體"小說的代表作當屬段成式的《酉陽雜俎》，此書卷帙浩繁，徵引廣博，受到古代學者的高度評價。明代胡應麟云："自《神異》《洞冥》下，無慮數十百家，而獨唐段成式《酉陽雜俎》最爲迥出。"[1]清代李慈銘稱其"采取甚博，遺聞佚事，往往而存，實小說之淵藪"。[2]所謂"雜俎"，乃是以味喻書，其自序云："無若詩書之味大羹，史爲折俎，子爲醯醢也。"[3]可見此書的特點一是"雜"，一是"異"，凡事與經史等無關之內容皆可收容。魯迅稱其"源或出於張華《博物志》"，[4]的爲確論。而實際較《博物志》更爲博雜，光看其所分類目便覺目眩，宋代周登對其評價道："其書類多仙佛詭怪、幽經秘錄之所出。至於推析物理，《器奇》《藝絕》《廣動植》等篇，則有前哲之未及知者。"[5]明代李雲鵠亦云："至於《天咫》《玉格》《壺史》《貝編》之所賅載，與夫《器藝》《酒食》《黥盜》之瑣細，《冥迹》《尸穸》《諾皋》之荒唐，《昆蟲》《草木》《肉攫》之汗漫，無所不有，不所不異。使讀者忽而解頤，忽而髮沖，忽而目眩神駴，愕眙而不能禁。"[6]具體分析此書之內容，其所涉及的知識範圍極爲廣博，李劍國按照現代學科分類統計道："而奇博又遠勝《博物》，本書凡涉佛、道、數術、天

---

　　① （明）胡應麟：《增校酉陽雜俎序》，（唐）段成式撰，許逸民校箋：《酉陽雜俎校箋》附錄二，北京：中華書局 2015 年版，第 2191 頁。

　　② （清）李慈銘撰：《越縵堂讀書記》，北京：中華書局 1963 年版，第 931 頁。

　　③ （唐）段成式：《酉陽雜俎自序》，丁錫根編著：《中國歷代小說序跋集》，北京：人民文學出版社 1996 年版，第 301 頁。

　　④ 魯迅著：《中國小說史略》，上海：上海古籍出版社 1998 年版，第 60 頁。

　　⑤ （宋）周登：《酉陽雜俎後序》，同上，第 301 頁。

　　⑥ （明）李雲鵠：《刻酉陽雜俎序》，同上，第 304 頁。

文、地理、生物、醫藥、文學、法律、歷史、語言、繪畫、書法、音樂、建築、魔術、雜技、飲食、民俗等等，直是百科全書型小説也。"①正因爲此書内容過於博雜，以至於後世學者難以將其歸於某一類小説，魯迅在《中國小説史略》第十篇單獨爲其設立"雜俎"一體，這種做法與將《博物志》及其續作歸於"博物體"小説的原因是一致的。

《酉陽雜俎》之後的"博物體"小説在規模上已經無法與其比肩，然在内容上亦有其特色，其中比較突出的是五代著名道士杜光庭編撰的《録異記》。從體例上看，《録異記》與《酉陽雜俎》有相似之處，二者皆采用了類書體式，並各自展現了二人的身份及知識譜系。段成式乃"博物君子"，在類目安排上，前三卷展現其博通儒道釋三家的知識格局，其他類目紛繁奪目、不拘一格；而杜光庭乃羽流，在類目安排上便有鮮明的道教色彩：將"仙""異人"放在"忠""孝"之前，顯示出道家的立場，也表明其融合三教的企圖，卷五以下雜記自然界的動物、洞穴、河流、岩石等，皆事涉怪異，用以佐證其陰陽五行運行變化的觀念："至於六經、圖緯、河洛之書，別著陰陽神變之事，吉凶兆朕之符，隨二氣而生，應五行而出，雖景星甘露，合璧連珠，嘉麥嘉禾，珍禽珍獸，神芝靈液，卿雲醴泉，異類爲人，人爲異類，皆數至而出，不得不生，數訖而化，不得不没。"②然亦稍具科學價值者，如"異石"類首載帝堯時五星隕石，分別爲"土之精""歲星之精""火星之精""金星之精""水星之精"，雖事涉荒誕，但對研究古代隕石有所幫助。

"博物體"小説在叙事方式上也呈現出"雜糅"的特點，作者會根據所寫内容的特點采用相應的叙事方式。以《酉陽雜俎》爲例，此書采用的叙

---

① 李劍國著：《唐五代志怪傳奇叙録》（增訂本），北京：中華書局 2017 年版，第 987 頁。
② （五代）杜光庭：《録異記序》，陶敏主編：《全唐五代筆記》，西安：三秦出版社 2008 年版，第2930 頁。

事方式有多種，其中"描述説明、考證羅列"的叙事方式占據了較大的比例，這源於此書具有濃厚的"知識性"，而一些寫人事的軼事小説和志怪小説則采用了史傳筆法和傳奇筆法。具體來看，前集前三卷除了"天咫""玉格""壺史"中部分内容采用了史傳筆法，其他都采用了"描述説明、考證羅列"的叙事方式，如"忠志"類有對骨利幹國獻馬、睿宗時内庫所藏"鞭"、交趾國進貢"龍腦"、代宗時楚州獻定國寶一十二的描述説明，有對安禄山所受賞賜物的羅列，"禮異"類有對禮節物品、程式的描述説明，"玉格"有對道教理論、名物、洞天的描述説明，有對道教仙藥、藥草異號、符圖的羅列，"貝編"類有對佛教名目、典故的描述説明，有對"二十八宿"的羅列與説明等；前集卷四至卷二十中，"描述説明""考證羅列"的叙事方式也占據主流。其中對遠國異民、徵兆之事、物變之事、奇特技藝、奇特器具、音樂之事、酒食之事、醫藥之事、雷之事、夢之事、喪禮墓葬之事、猛禽之事等設立專類加以"描述説明"。"酒食"類對食物名稱加以"羅列考證"，"異物"類羅列並描述各種奇特物品，間有考證，"廣知"類雜列各類知識，間有考證，也有對各種書體的羅列，"廣動植"類羅列草木禽魚蟲等植物動物，全用"描述説明"體，間雜考證。"怪術"類記僧道異人方術、"黥"類記有關刺青之事、"盜俠"類記劍士刺客之事、"語資"類記南北朝隋唐名人軼事、"諾皋記"記鬼神怪異之事，部分采用了史傳筆法，"諾皋記"中有幾則篇幅漫長、叙述宛曲，具有傳奇意味；續集基本延續了前集的叙事格局，其中"支諾皋"（上中下）、"支動"、"支植"（上下）承接前集，叙事方式也與之相同，"貶誤"類皆屬於考證，"寺塔記"雜記寺廟見聞，間雜典故，屬於"描述説明"體，"金剛經鳩異"記佛教感應事，多用史傳寫法。

從總體上看，唐五代"博物體"小説在規模和内容廣博程度上超越了前代同類作品，在叙事方式則並未有大的改變，即以"描述説明"和"羅列考證"爲主，間用史傳筆法，而傳奇筆法的運用則顯示出唐代"博物體"小説的新面貌。此外，同樣是對知識、現象的描述説明，唐五代時期的"博物體"小説也有一定的開拓性，這表現在描述説明的方式和深度有了較大提升，已經不再滿足於知識的羅列或簡單的介紹，而轉向更加深入細緻的探求，甚至通過實地觀察、親自試驗得出準確的結論。這已經不同於以往"博物體"小説僅停留在炫人耳目的趣味，而是具有了某種"科學"意識。在唐五代"博物體"小説中，考證、辨析的成分大大增加，除了專門的名物訓詁和考證作品外，一般作品中也屢見不鮮。如段成式對自然界的各種現象有濃厚興趣，曾多次實地觀察，《酉陽雜俎》卷十七"蟲篇"就詳細記錄了對蟻、蠅、蠨蛸、顛當、天牛、異蜂、白蜂、蠍的觀察，茲舉三例：

蟻，秦中多巨黑蟻，好鬭，俗呼爲馬蟻。次有色竊赤者。細蟻中有黑者，遲鈍，力舉等身鐵。有竊黃者，最有兼弱之智。成式兒戲時，常以棘刺標蠅，置其來路，此蟻觸之而返，或去穴一尺，或數寸，纔入穴中者如索而出，疑有聲而相召也。其行每六七有大首者間之，整若隊伍。至徙蠅時，大首者或翼或殿，如備異蟻狀也。元和中，成式假居在長興里，庭中有一穴蟻，形狀如竊赤之蟻之大者，而色正黑，腰節微赤，首鋭足高，走最輕迅。每生致蟓及小蟲入穴，輒壞垤窒穴，蓋防其逸也。自後徙居數處，更不復見此。

蠅，長安秋多蠅。成式晝書，常日讀百家五卷，頗爲所擾，觸睫隱字，敺不能已。偶拂殺一焉，細視之，翼甚似蛆，冠甚似蜂。性察於腐，嗜於酒肉。按理首翼，其類有蒼者，聲雄壯，負金者，聲清耴。其聲在翼也。青者能敗物，巨者首如火。或曰，大麻蠅，茅根所化也。

天牛蟲，黑甲蟲也。長安夏中，此蟲或出於離壁間，必雨，成式七度驗之，皆應。①

　　前兩則對蟻和蠅的觀察極爲仔細，不僅從外觀上對其作了細分，而且對其習性特點有詳細的描述，而這些都得自作者長期的觀察，第三則對天牛與下雨關係的觀察稱"七度驗之"即是如此。除了動物，還有對自然現象的觀察，如封演在《封氏聞見記》中記載了對潮汐的觀察：

　　　　余少居淮海，日夕觀潮。大抵每日兩潮，晝夜各一。假如月出潮以平明，二日三日漸晚，至月半則月初潮飜爲夜潮，夜潮飜爲早潮矣。如是漸轉至月半之早潮復爲夜潮，月半之夜潮復爲早潮。凡一月旋轉一帀，周而復始。雖月有大小，魄有盈虧，而潮常應之，無毫釐之失。月，陰精也，水，陰氣也，潛相感致體於盈縮也。②

　　潮汐運動的産生同太陽、月球的引力有直接關係，封演通過實際的觀察分析，指出潮汐"每日兩潮，晝夜各一"、"凡一月旋轉一帀，周而復始。雖月有大小，魄有盈虧，而潮常應之，無毫釐之失"的規律，表明其具有很强的探索精神和科學精神。這種叙事方式一方面增加了内容的科學性和可信度，另一方面也使"描述説明"的叙事方式從以往的簡略直白增加了一點人物和情節，從而變得更爲生動。

　　唐五代筆記小説與傳奇小説的關係十分密切，兩者有融通之處。就傳奇小説的角度來看，在其孕育到成熟的過程中，與筆記小説特別是志怪小説有著千絲萬縷的聯繫，故魯迅云："傳奇者流，源蓋出於志怪。"③光就題材來

---

① 陶敏主編：《全唐五代筆記》，西安：三秦出版社 2008 年版，第 1656、1657 頁。
② （唐）封演撰，趙貞信校注：《封氏聞見記校注》，北京：中華書局 2005 年版，第 64 頁。
③ 魯迅著：《中國小説史略》，上海：上海古籍出版社 1998 年版，第 44 頁。

説，傳奇小説乃是筆記小説的分化與演進，所謂"小説亦如詩，至唐代而一變"就是這種分化與演進的結果。從作品文本來看，傳奇小説與筆記小説也處在混雜之中，所謂"一書而兼二體"是很常見的現象，明代胡應麟就注意到這一點："至於志怪、傳奇，尤易出入。或一書之中二事並載，一事之内兩端俱存，姑舉其重而已。"① 後世視爲傳奇小説的作品，其中有相當數量寄寓在筆記小説作品集中，導致後人在判斷作品性質時猶疑不決、莫衷一是，或舉其一端，不及其餘，或根據所占比重分爲傳奇集、志怪集、志怪傳奇集、傳奇志怪集、志怪傳奇雜事集等。② 而在當時，作者本人並未作區別對待，統一視之爲"小説"。人們之所以對一些小説集（如《玄怪録》《續玄怪録》《集異記》《三水小牘》等）的性質難以判斷，或持有不同見解，乃是判斷的標準和角度有所不同，有的從著述體例的角度出發，有的則從"叙事"的角度出發。

古人從著述體例的角度區分筆記小説與傳奇小説，將單篇作品與集合多篇作品爲一編者分開，如紀昀批評《聊齋志異》云："劉敬叔《異苑》、陶潛《續搜神記》，小説類也；《飛燕外傳》《會真記》，傳記類也。《太平廣記》，事以類聚，故可並收。今一書而兼二體，所未解也。"③ 章學誠亦云："《洞冥》《拾遺》之篇，《搜神》《靈異》之部，六代以降，家自爲書。唐人乃有單篇，別爲傳奇一類。專書一事始末，不復比類爲書。大抵情鍾男女，不外離合悲歡。"④ 都將小説集（所謂比類爲書者）與單篇傳奇（所謂專書一事始末者）相區別。從著録與選編情況看亦是如此，如《新唐書·藝文志》《崇文總目》《郡齋讀書志》《文獻通考·經籍考》等書目將《玄怪録》《甘澤謠》《傳奇》等小説集著録於"小説家"，而將《補江總白猿傳》《虬髯客傳》《緑珠傳》

① （明）胡應麟撰：《少室山房筆叢》，上海：上海書店出版社 2009 年版，第 282—283 頁。
② 李劍國著：《唐五代志怪傳奇叙録》（增訂本）"凡例"，北京：中華書局 2017 年版，第 122 頁。
③ （清）紀昀著，汪賢度校點：《閲微草堂筆記》，上海：上海古籍出版社 1980 年版，第 472 頁。
④ （清）章學誠撰，葉瑛校注：《文史通義校注》，北京：中華書局 1985 年版，第 560 頁。

等以單篇流行的傳奇著録於"史部・傳記"類,《太平廣記》"雜傳記"類專收唐代單篇傳奇如《李娃傳》《鶯鶯傳》《霍小玉傳》等。可見在某些嚴格區分著述體例的人看來,單篇流傳之傳奇與收入小説集中的小説在性質上不同,哪怕被收入的小説具備傳奇特點。被收入小説集的作品從著述體例上判斷,仍然屬於"小説"(即筆記小説),而非傳奇。

後世在小説集(即筆記小説)中挑選出傳奇小説的做法,其根源在於人們不再從著述體例著眼,而是從敘事學的角度出發,將符合"傳奇體"敘事特點的作品與"記事平實,少幻設之趣,殊乏小説意味"①者區別對待。宋人對此已有所察覺,趙彦衛指出《幽怪録》《傳奇》有"史才、詩筆、議論",其中的"史才""議論"在傳統的筆記小説中都已具備,唯獨"詩筆"與史傳筆法所追求的簡約平實有所不同。所謂"詩筆",在後世看來不僅是行文中有詩歌的穿插,還在於敘事具有詞藻富麗、情意動人、曲折離奇、富有詩意的效果。後人在評價唐人小説的突出之處時,也多從"詩筆"這一層著眼。元代虞集《道園學古録》卷三八《寫韻軒記》云:"蓋唐之才人,於經藝道學有見者少,徒知好爲文辭。閑暇無可用心,輒想像幽怪遇合、才情恍惚之事,作爲詩章答問之意,傅會以爲説。盍簪之次,各出行卷以相娛玩。非必真有是事,謂之'傳奇'。元積、白居易猶或爲之,而况他乎!"②從"好爲文辭""幽怪遇合,才情恍惚""詩章答問""以相娛玩""非必真有是事"等描述中即可知傳奇小説有別於筆記小説之處。明人所編《五朝小説・唐人小説》收録的唐代作品包含了筆記小説與傳奇小説,其序言對唐人小説有如下評價:"唐人於小説摛詞布景,有翻空造微之趣。至纖若錦機,怪同鬼斧……洪容齋謂:'唐人小説,不可不熟,小小情事,凄婉欲絶。'劉貢父

---

① 李劍國著:《唐五代志怪傳奇叙録》(增訂本)"凡例",北京:中華書局 2017 年版,第 121 頁。
② (元)虞集撰:《道園學古録》卷三八,王雲五主編:《萬有文庫》,上海:商務印書館 1937 年版,第 645 頁。

謂：'小説至唐，鳥花猿子，紛紛蕩漾。'"①這裏對唐人小説的描述無疑更符合傳奇小説的特點。此後胡應麟稱唐人小説"紀述多虛而藻繪可觀"，"作意好奇，假小説以寄筆端"，②直到魯迅《中國小説史略》第八至十篇專論唐代的傳奇文和傳奇集，對唐代傳奇的文體特點作了全面的概括，諸如"叙述婉轉，文辭華艷"、"篇幅曼長，記叙委曲"、"施之藻繪，擴其波瀾"、"大歸則究在文采與意想"等，③都體現出與筆記小説不同的叙事特徵。

正因爲有了"傳奇體"的融入，使得唐五代筆記小説呈現出文體的"雜糅"，即"一書而兼二體"的面貌。不僅如此，一些原本應該歸入筆記小説的作品，因其沾染了某些傳奇筆法，也使其在叙事過程中突破了以往筆記小説簡潔明快、質樸自然、不事藻繪的限制，隱約具有了一些"詩筆"的色彩，陳文新對此有所論述："我們説唐代筆記小説以傳奇爲骨，是指傳奇精神和傳奇風度濡染了筆記。"而所謂"傳奇精神"和"傳奇風度"，分別指"一種浪漫情懷"和"與傳奇小説相對應的才情和藻思"。④從是否濡染了"傳奇精神"和"傳奇風度"這一角度審視唐五代筆記小説，會發現有不少作品符合這一情況。其中，出現較早的《紀聞》從題材看是標準的志怪小説，多記神仙釋道、妖鬼精怪、卜祝徵驗之事，而其叙事則多有篇幅曼長、情節曲折、文筆細膩者，如《洪昉》《裴伷先》《吳保安》等篇，故有"志怪集中多見傳奇之體，此書爲首焉"⑤的評價。此後的《靈怪集》《廣異記》皆屬志怪小説，而其中傳奇小説也屢屢出現，如《靈怪集》中《郭翰》采用紀傳體形式，開頭介紹郭翰姓名籍貫、品貌性格，接著便接入與織女的遇合：

---

①　（明）桃源居士：《唐人小説序》，黃霖、韓同文選注：《中國歷代小説論著選》（修訂本）上，南昌：江西人民出版社 2000 年版，第 257 頁。

②　（明）胡應麟撰：《少室山房筆叢》，上海：上海書店出版社 2009 年版，第 283、371 頁。

③　魯迅著：《中國小説史略》，上海：上海古籍出版社 1998 年版，第 44—45 頁。

④　陳文新著：《文言小説審美發展史》（第二版），武漢：武漢大學出版社 2007 年版，第 311 頁。

⑤　李劍國著：《唐五代志怪傳奇叙錄》（增訂本），北京：中華書局 2017 年版，第 249 頁。

仰視空中，見有人冉冉而下，直至翰前，乃一少女也，明艷絶代，光彩溢目，衣玄綃之衣，曳霜羅之帔，戴翠翹鳳凰之冠，躡瓊文九章之履。侍女二人，皆有殊色，感蕩心神。翰整衣巾，下床拜謁，曰："不意尊靈迥降，願垂德音。"女微笑曰："吾天上織女也。久無主對，而佳期阻曠，幽態盈懷。上帝賜命遊人間，仰慕清風，願托神契。"翰曰："非敢望也。"益深所感。女爲敕侍婢净掃室中，張霜霧丹轂之幃，施水晶玉華之簟，轉會風之扇，宛若清秋。乃攜手昇堂，解衣共卧。其襯體輕紅綃衣，似小香囊，氣盈一室。有同心龍腦之枕，覆雙縷鴛文之衾，柔肌膩體，深情密態，妍艷無匹。欲曉辭去，面粉如故，爲試拭之，乃本質也。翰送出户，凌雲而去。[①]

人神相戀本是傳統志怪小説常見題材，然此篇作者想象更爲大膽，將神女設定爲神話故事中的織女，其因與牛郎長期分離，導致"佳期阻曠，幽態盈懷"，又因仰慕郭翰"有清標，姿度美秀"而主動下凡自薦枕席。故事從一開始就營造詩意的意境，辭藻華美，駢散結合，並伴有心理活動，後文還有二人的詩歌往還，已經是較爲標準的傳奇作品。又如《廣異記》卷帙頗豐，所記皆傳統志怪題材，神鬼、冥報故事尤多，其中體近傳奇者有四五十篇，約占全書七分之一。其中《三衛》寫三衛替華嶽第三新婦傳書，訴説自身所遭虐待，三衛後至北海送書，北海王得書大怒，隨即出兵討伐華山，其情節與後出的《柳毅傳》頗爲相似，後者當直接受此篇影響。此篇叙事亦可觀，如北海王討伐華山一幕：

至十五日，既暮，遥見東方黑氣如蓋，稍稍西行，雷電震掣，聲聞

─────────

① 陶敏主編：《全唐五代筆記》，西安：三秦出版社 2008 年版，第 433 頁。

百里。須臾，華山大風折樹，自西吹雲，雲勢益壯，直至華山，雷火喧薄，遍山洞赤，久之方罷。及明，山色焦黑。①

作者並未從正面直接描寫討伐場面，而采用第三者的視角，從遠處加以渲染，讀者跟隨視角的移動會感受到戰鬥場面的聲勢浩大，多用四字句，也具有節奏感。

盛唐至中唐以後筆記小説集增多，其中所載"傳奇體"比重亦漸大。較爲突出者有《玄怪錄》，此書被視爲傳奇集，魯迅云："造傳奇之文，會萃爲一集者，在唐代多有，而煊赫莫如牛僧孺之《玄怪錄》。"②可見此書傳奇所占比重之大。此後《續玄怪錄》《河東記》《宣室志》可視爲《玄怪錄》的續作，其他"傳奇體"占比較大者還有《博異志》《纂異記》《三水小牘》等。《本事詩》《抒情集》《雲溪友議》因其多記詩歌本事，叙事多穿插詩歌等"詩筆"，自然具有傳奇意味。此外還有《通幽記》《原化記》《逸史》《酉陽雜俎》《乾𦠆子》《瀟湘錄》《劇談錄》《唐闕史》等，"傳奇體"所占比例不一。不少作品史傳筆法與傳奇筆法摻雜互融，有些作品雖篇幅較大，但叙事平直，有些作品描摹較爲細緻，但缺少韻味。也有些作品雖結構簡單，題材也較常見，但文辭優美，善於營造氣氛，頗具傳奇筆意，如《通幽記》中《陸憑》一則即較爲突出，其文曰：

　　吳郡陸憑，少有志行，神彩秀澈，篤信謙讓。家於湖州長城，性悦山水，一聞奇麗，千里而往，其縱逸未嘗寧居。貞元乙丑歲三月，遊永嘉，遘疾而歿。憑素與吳興沈萇友善，萇夢憑顔色憔悴，曰："我遊至永嘉，苦疾將困。君爲知我者，願托家事。"萇悲之。又叙舊歡，宴語

---

① 陶敏主編：《全唐五代筆記》，西安：三秦出版社 2008 年版，第 472 頁。
② 魯迅著：《中國小説史略》，上海：上海古籍出版社 1998 年版，第 58 頁。

久之。因述文章，話虛無之事，乃謂萇曰："贈君《浮雲詩》一篇，以寄其懷。"詩曰："虛虛復空空，瞬息天地中。假合成此像，吾亦非吾躬。"悲吟數四。臨去曰："憑船已發來，明日午時到此。"執手而去。及覺，所記甚分明，乃書而録之。如期而憑喪船至，萇撫孤而慟，賻助倍禮。詞人楊丹爲之誌，具旌神感，銘曰："篤生府君，美秀而文。没而不起，寄音浮雲。"①

此則記夢中與朋友鬼魂交接，題材已屬老套，但描繪夢中場景頗爲生動，在宴語贈詩過程中渲染出凄迷哀傷的氛圍，頗具感染力。語言也頗爲秀雅流暢，結尾的銘文也有意蘊悠長之感。有些作品題材較爲新穎，如《原化記》多載豪俠故事，對其高超技能的表現十分生動，如《太平廣記》所引《嘉興繩技》對獄囚繩技的描寫：

> 遂捧一團繩，計百餘尺，置諸地，將一頭，手擲於空中，勁如筆。初拋三二丈，次四五丈，仰直如人牽之，衆大驚異。後乃拋高二十餘丈，仰空不見端緒。此人隨繩手尋，身足離地，拋繩虛空，其勢如鳥，旁飛遠颺，望空而去。脱身行狴，在此日焉。②

一連串的動詞如捧、置、將、擲、拋等將耍繩的技巧和過程表現得引人入勝，最後引繩逃脱的場面全以四字句而出，節奏感十足，獄囚如鳥一般"旁飛遠颺，望空而去"，具有强烈的畫面感，使讀者在吃驚之餘生起無限遐想。《酉陽雜俎》也有"盜俠"類記載俠客故事，較爲出色的有《韋行規》和《黎幹》，前者寫韋行規不聽老者勿夜行的警告，被人尾隨，場面驚險而奇特：

---

① 陶敏主編：《全唐五代筆記》，西安：三秦出版社 2008 年版，第 592 頁。
② 同上，第 1155 頁。

　　行數十里，天黑，有人起草中尾之，韋叱不應。連發矢中之，復不退。矢盡，韋懼，奔焉。有頃，風雷總至，韋下馬，負一大樹，見空中有電光相逐如鞠杖，勢漸逼樹杪，覺物紛紛墜其前。韋視之，乃木札也。須臾，積札埋至膝，韋驚懼，投弓矢，仰空乞命。拜數十，電光漸高而滅，風雷亦息。韋顧大樹，枝幹童矣。鞍馱已失，遂返前店。①

　　此處對遇險場面的描寫既誇張又真切，韋行規從進攻抵擋到躲避求饒一系列動作，伴隨著無形處不知何人的步步緊逼，營造出異常緊張的氛圍。此外還設下懸念，引發讀者對這位高人的猜測，直到韋行規回到旅店，通過先前老者的言行才解開懸念，而老者的安閑慈祥與之前的高超武藝產生鮮明反差，更加襯托出世外高人的變幻莫測。後者寫黎幹遇一老人精通劍術，對其舞劍場面的描寫十分精彩：

　　遂入，良久，紫衣朱鬢，擁劍，長短七口，舞於庭中，迭躍揮霍，揥光電激，或橫若裂盤，旋若規尺。有短劍二尺餘，時時及黎之衽，黎叩頭股栗。食頃，擲劍於地，如北斗狀，顧黎曰："向試黎君膽氣。"②

　　場面描寫出色者還有《逸史》中《李謩》吹笛一幕：

　　到會所，澄波萬頃，景物皆奇。李生拂笛，漸移舟於湖心。時輕雲朦朧，微風拂流，波瀾陡起。李生捧笛，其聲始發之後，昏曀齊開，水木森然，髣髴如有神鬼之來。坐客皆更贊詠之，以爲鈞天之樂不如也。③

---

①　陶敏主編：《全唐五代筆記》，西安：三秦出版社 2008 年版，第 1593—1594 頁。
②　同上，第 1594 頁。
③　同上，第 1397 頁。

這一段對環境的渲染較爲出色，一開始描寫夜晚湖面的廣闊、平静與朦朧，當笛聲響起後周邊的景物似乎隨之而動，通過景物的烘托與想象，表現出笛聲的優美動聽與技藝的高超。

《酉陽雜俎》整體上被視爲“博物體”小説，其中也有不少類目雜有“傳奇體”，除以上提到的“盜俠”類外，還有“天咫”“玉格”“壺史”等類也雜有叙事委曲、描寫細膩者，而以《諾皋記》《支諾皋》最爲明顯，這兩類可單獨列出作爲志怪小説，而“傳奇體”雜居其間，多受後人稱道，如明代顧元慶《博異志跋》云：“唐人小史中，多造奇艷事爲傳志，自是一代才情，非後世可及。然怪深幽渺，無如《諾皋》《博異》二種，此其厥體中韓昌黎、李長吉也。”① 今人李劍國亦云：“《諾皋》之記，皆以瑰麗驚兀之筆述天地之奇，篇幅雖大都不及《玄怪》《傳奇》之長，然巧爲幻設，工事藻繪，自非六朝志怪可比，至盡委曲之韻者亦多，則儼然傳奇之體。昔人之譽，非虚美也。”② 唐五代筆記小説的“雜糅性”，至《酉陽雜俎》已達極致，而正是有了“傳奇體”的融入，才能在博雜之外顯示出“傳奇精神”與“傳奇風度”，從這一角度來看，“小説亦如詩，至唐代而一變”的意義才更爲真切。

---

① 丁錫根編著：《中國歷代小説序跋集》，北京：人民文學出版社 1996 年版，第 551 頁。
② 李劍國著：《唐五代志怪傳奇叙録》（增訂本），北京：中華書局 2017 年版，第 988 頁。

第五章
唐五代筆記小説的體制特徵

與傳奇、話本、章回體小説相比，筆記小説在體制上最突出的特點是以
"殘叢小語"的方式呈現，即將一個個單獨的故事片段、日常見聞、感想心
得、隻言片語聚合而成爲一部作品。正因爲筆記小説内容駁雜短小，且以聚
合的形態呈現，其體制特徵要從宏觀和微觀兩種視角來分析：從宏觀上要看
作品總體的風貌，即作者如何安排數量衆多的條目，作品的體例、秩序有何
特點；從微觀上要看每一則具體的文字在題材内容、語言表達、叙述方式等
方面的特點。

第一節　標題的出現及其文體意義

標題（或稱標目）是筆記小説宏觀特徵的一個要素，這一要素在唐代正
式出現，是唐代筆記小説文體成熟的標誌之一。[①]

標題在筆記小説作品中何時出現？形式如何？如何發展演變？似乎於
筆記小説的文體特徵無甚關係，故常常爲研究者所忽略。在現有的筆記小説
研究論著中，對於標題的討論並不多見。從一般常識來看，標題的有無對筆

---

① 　唐五代筆記小説中一大批已經在流傳過程中亡佚，今所見最早刊本不早於宋代，且已經過重新
整理編輯，其標題不少爲後世書賈或文人所加。現存明清各叢書、類書中所收的唐五代筆記小説其標題
也有不少爲後人所加，有些則無法確定。此處所討論的筆記小説標題乃是能夠大致確認爲原本所有者，
爲明清人及今人所加者不在討論之列。

記小説的文體形態似乎影響不大，就讀者來説，閱讀筆記小説作品不太會注意是否有標題，即使是作者本人，也很少將擬標題作爲筆記小説創作的必要步驟。筆記小説的撰寫本就比較隨意，並無固定之規範，且大多數内容是因見聞而記録，非有意之創作，擬定標題在筆記小説創作過程中也非必要。對此，有學者論述道："實則無題目正是筆記小説乃至大部分筆記的重要形態特徵。這種隨事而述的文體形式並非圍繞某個預設的主題而進行著意的創作，故而一般不擬定題目，此特點正是其與傳奇'有意爲小説''主動傳情'之不同處。"① 縱觀古代筆記小説作品，不擬標題者占大多數，剩下少數會給每一則内容擬定標題，從這個角度看，標題似乎只能稱之爲筆記小説的"次要特徵"。然而，標題從唐代開始出現，畢竟從總體上呈從無到有、由少變多的趨勢，顯示出筆記小説作者對標題的日漸重視。因此，標題之無，固然體現出筆記小説的文體特徵，而標題之有，也是筆記小説發展過程中一個重要的現象，值得對此加以梳理和分析。

　　標題在唐五代筆記小説中何時出現已無法確證，就存世作品來看，擬定標題大概較早出現於考證類作品，如封演《封氏聞見記》、李匡文《資暇集》、段公路《北户録》、丘光庭《兼明書》、李涪《刊誤》等。其中，《封氏聞見記》問世最早，作者封演生卒年未詳，據相關史料可知爲唐玄宗、代宗、德宗時人，此書《新唐書·藝文志》"雜傳記類"有著録，此後《崇文總目》"傳記類下"、《通志·藝文略》"雜史類"、《郡齋讀書志》"小説類"、《直齋書録解題》"小説家類"、《宋史·藝文志》"小説類"皆有著録，諸家著録有五卷本、二卷本，今存版本較多，有十卷本和一卷本。今十卷本② 存101 則，每則皆有標題，每則標題名稱見下表：

　　① 　劉正平：《筆記辨體與筆記小説研究》，《杭州師範大學學報》（社會科學版）2013 年第 6 期。
　　② 　（唐）封演撰，趙貞信校注：《封氏聞見記校注》，北京：中華書局 2005 年版。

卷數	標題名稱
卷一	道教　儒教
卷二	文字　典籍　石經　聲韻
卷三	貢舉　科制　銓曹　風憲
卷四	尊號　運次　降誕　金鷄　露布　匭使　定諡　明堂　武監　漳瀆
卷五	鹵簿　公牙　官銜　頌德　壁記　豹直　燒尾　花燭　第宅　巾幞　圖畫　長嘯
卷六	飲茶　打毬　拔河　繩妓　石誌　碑碣　羊虎　紙錢　道祭　忌日
卷七	視物遠近　海潮　北方白虹　西風則雨　松柏西向　蜀無兔鴿　月桂子　石鼓　弦歌驛　高唐館　溫湯
卷八	歷山　二朱山　繹山　羑里城　文宣王廟樹　孟嘗鑊　佛圖澄姓　巨骨　大魚腮　竊蟲　霹靂石　魚龍昆鐵
卷九	剛正　淳信　端慤　貞介　謇諤　抗直　忠鯁　誠節　任使　禮遣　遷善　惠化　推讓　奇政　掩惡　解紛　陵壓　除蠹
卷十	矜尚　諷切　歡狎　袪惑　修復　贊成　討論　穎悟　敏速　避忌　戲論　失誤　謬識　查談　嘲玩　懇悚　狂譎　侮謔

　　由以上列表可知，《封氏聞見記》的標題總體上較爲整齊，大部分爲兩個字，僅卷七、卷八中有三字、四字、五字標題。從性質來看，這些標題有名詞、動詞和形容詞，也有短語，大部分爲名詞和形容詞。從這些標題的排列及分布來看，標題的擬定最直觀的好處是能讓作品眉目更爲清晰，通過標題可以讓讀者很快了解每一則文字的主題，此外也能夠將衆多的內容安排有序，形成一個相對明晰而緊密的秩序，比起沒有標題而造成的散亂、駁雜的觀感有明顯的進步。具體考察《封氏聞見記》的標題分布，可知作者在編訂成書時態度較爲嚴謹，且有整體上的考慮，每一卷安排的內容、卷次的前後順序都有細心的安排。如卷一只列《道教》《儒教》兩條，是對當時主要思想流派的梳理，卷二所列《文字》《典籍》《石經》《聲韻》，是關於文字典籍的記錄，此外如卷三記載科舉和選官制度，卷四記載朝廷制度，卷五記載

名物等，可謂類例清晰。《郡齋讀書志》稱此書“分門記儒道、經籍、人物、地里、雜事”，[①] 似將此書視作類書，也是因爲此書標題的分布秩序井然的緣故。此外，《封氏聞見記》的標題還有兩點值得注意：一是此書卷七、卷八有幾則的標題，如《視物遠近》《西風則雨》《松柏西向》《蜀無兔鴿》《魚龍畏鐵》等是短語結構，其與内容的關係較名詞或形容詞性短語更爲貼近，概括性也更强；二是卷九、卷十的内容與前八卷有所不同，前八卷都屬於考證類，此二卷則都是記載人物事迹，標題的擬定較爲一致，皆是對人物德行、品格或行爲的概括，比較泛化，標題的屬性較弱，更接近類名，或許是受到《世説新語》中類名的啓發。由此可見，《封氏聞見記》的標題還處於早期階段，具有標題和類名的雙重屬性，不妨視作過渡時期的產物。

　　《封氏聞見記》之後出現的一些考證性筆記小説，諸如《資暇集》《北户錄》《兼明書》《刊誤》《桂林風土記》等，都擬有標題。從總體上看這些標題的擬定還比較隨意，多數據考證之對象擬定。以《北户錄》[②] 和《桂林風土記》[③] 最爲典型，前者以考證嶺南名物爲主，標題皆爲動植物名稱，如卷上的《通犀》《孔雀媒》《鸐鴣》《鸚鵡瘴》《赤白吉了》等；後者考證桂林地區的地理古迹，標題多爲古迹名稱，如《舜祠》《雙女冢》《伏波廟》《東觀》《越亭》等。有些以考證的現象爲標題，如《資暇集》[④] 卷一的《車馬有行色》《不拜單于》《非五臣》，《兼明書》[⑤] 卷一的《放勳重華文命非名》，卷二的《密雲不雨》，卷三的《劉子玄誤説周之諸侯用夏正》《荆敗蔡師於莘》，

①　（宋）晁公武撰，孫猛校證：《郡齋讀書志校證》，上海：上海古籍出版社 2011 年版，第 563 頁。
②　此書《新唐志》“地理類”、《崇文總目》“小説類”、《通志·藝文略四》有著錄，今存最早版本爲《十萬卷樓叢書》（三卷）本（據汲古閣毛氏影抄宋臨安太廟前尹家書籍鋪本校刻）。
③　此書《新唐志》“地理類”、《崇文總目》“小説類”、《通志·藝文略四》、《直齋書錄解題》“地理類”有著錄，今存最早版本爲《四庫全書》本。
④　此書《新唐志》“小説家類”、《崇文總目》“小説類”、《通志·藝文略六》、《郡齋讀書志》“小説類”、《直齋書錄解題》“小説家類”有著錄，今存最早版本爲《顧氏文房小説》（三卷）本。
⑤　此書《通志·藝文略》、《直齋書錄解題》“雜家類”有著錄，今存最早版本爲《寶顏堂秘笈》本。

《刊誤》^①卷一的《二都不並建》《春秋仲月巡陵不合擊樹》《士大夫立私廟不合奏請》《宰相不合受節察防禦團練等使橐鞬拜禮》等，標題字數長短不一，但從發展趨勢來看，標題的結構日漸複雜，對内容的概括日漸具體，與内容的關聯度日漸提高。

除了以上提到的幾部作品外，目前所見唐五代筆記小説中擬有標題的作品還有如下這些：《唐國史補》《集異記》《前定録》《玄怪録》《卓異記》《博異志》《續玄怪録》《雲溪友議》《唐闕史》《北里志》《劇談録》《道教靈驗記》《桂苑叢談》《三水小牘》《鑑誡録》《開元天寶遺事》《北夢瑣言》《賈氏談録》等。這些擬有標題的作品不排除有一部分出自後人所補擬，但從總體上呈現出兩大趨勢：一是擬有標題的作品逐漸增多，表明標題日益成爲筆記小説重要的組成部分；二是有些作品的標題在前人的基礎上有明顯的提高，顯示出唐五代筆記小説在體制上的日趨成熟。綜合來看這些標題，其形式大致可分爲兩大類，即名詞型和短語型，其中名詞型以人名、物名爲主，短語型主要由名詞＋動詞構成。從標題的發展趨勢來看，顯然短語型標題因其結構更複雜，包含内容要素更多，且具有一定的叙事性，體現了"標題"這一文體要素發展的較高層次及其方向。以下就兩種標題類型略作梳理和分析。

先談名詞型標題。受到史傳文學的影響，在志怪、志人類小説中，標題以人名（一般是主人公）爲主，如薛用弱《集異記》^②卷上的標題有《徐佐卿》《王積薪》《裴珙》《蕭穎士》《韋宥》《蔡少霞》等；鍾輅《前定録》^③的標題有《鄭虔》《裴諝》《劉逸之》《武殷》《豆盧署》《喬琳》《韓晉公》《李

---

①　此書《新唐志》"小説家類"、《崇文總目》"小説類"、《通志·藝文略》"小説類"、《直齋書録解題》"小説家類"有著録，今存最早版本爲《百川學海》本。

②　此書《新唐志》"小説家類"、《崇文總目》"小説類"、《通志·藝文略》"傳記·冥異"、《郡齋讀書志》"小説類"有著録，今存最早版本爲《顧氏文房小説》本。

③　此書《新唐志》"小説家類"、《崇文總目》"小説類"有著録，今存最早版本爲《百川學海》本。

相國揆》《延陵包隰》《沙門道昭》等；牛僧孺《玄怪録》[①]卷一的標題有《杜子春》《張老》《裴諶》《韋氏》《元無有》《郭代公》《來君綽》等；鄭還古《博異志》[②]的標題有《敬元穎》《許漢陽》《王昌齡》《張竭忠》《崔玄微》《陰隱客》《岑文本》《沈亞之》《劉方玄》《馬侍中》等；李復言《續玄怪録》[③]卷一的標題有《楊敬真》《辛公平上仙》《凉國武公李愬》《薛中丞存誠》《麒麟客》等；孫棨《北里志》[④]的標題有《天水仙哥》《楚兒》《鄭舉舉》《牙娘》《顔令賓》《楊妙兒》等。志怪、志人或軼事類小説是圍繞人物、事件展開故事情節的，以主人公的姓名爲標題是最爲直接的做法，略有變化之處是在姓名前後加入謚號、官名、地名、身份等限定稱呼。這種擬定標題的方式最爲簡單直接，因而最爲普遍，直到宋初《太平廣記》而蔚爲大觀。

再談短語型標題。短語型標題的形式結構相較名詞型標題要複雜很多，比較常見的是名詞＋動詞、名詞＋形容詞結構，形成一個主謂短語，其他還有偏正短語、動賓短語等，總體上比較隨意多樣，個别作品則在標題的整齊化上有突出的表現。其中，標題呈短語形式，然尚未整齊化的作品有《卓異記》《唐闕史》《劇談録》《桂苑叢談》《三水小牘》《開元天寶遺事》《北夢瑣言》《賈氏談録》等。《卓異記》[⑤]出現較早，作者陳翺生卒年未詳，序言作於唐文宗開成五年（840），《郡齋讀書志》稱此書“記唐室君臣功業殊異者二十七類”，今本僅存二十六則。此書標題不出現人名，而以事迹爲主，突

---

① 此書《新唐志》“小説家類”、《崇文總目》“小説類”、《通志・藝文略》“傳記・冥異”、《郡齋讀書志》“小説類”、《直齋書録解題》“小説家類”有著録，今存最早版本爲明書林陳應翔刻《幽怪録》四卷（“幽”乃避宋諱改），《四庫存目叢書》影印。

② 此書《新唐志》“小説家類”、《崇文總目》“小説類”、《通志・藝文略》“傳記・冥異”、《郡齋讀書志》“小説類”、《直齋書録解題》“小説家類”有著録，今存最早版本爲《顧氏文房小説》本。

③ 此書《新唐志》“小説家類”、《通志・藝文略三》、《郡齋讀書志》“小説類”有著録，今存最早版本爲宋臨安府太廟前尹家書籍鋪刻本（《四庫存目叢書》影印）。

④ 此書《郡齋讀書志》“小説類”、《直齋書録解題》“小説家類”有著録，今存最早版本爲《古今説海》本。

⑤ 此書《新唐志》“小説家類”、《通志・藝文略》“傳記・冥異”、《郡齋讀書志》“小説類”、《直齋書録解題》“小説家類”有著録，今存最早版本爲《顧氏文房小説》本。

出主人公之功業，如《兩即帝位》《平賊同日月》《三代爲相》《三拜中書》
《二十三年居相位》等，有些標題具備人物、事件、地點等元素，如《兄弟
三人爲禮部侍郎》《子弟四人皆任節度使》《父子皆自揚州再入爲相》《門生
爲翰林學士撰座主白麻》等，較爲具體。此後出現的幾部作品標題形式上趨
於一致，多爲主人公姓名＋事件或主人公姓名＋人物評價，而以前者最爲普
遍，如高彦休《唐闕史》①卷上標題有《丁約劍解》《郗尚書鼠妖》《丞相妻命
朱衣吏引馬》《周丞相對敍》《李文公夜醮》等，康軿《劇談録》②卷上標題有
《宣宗夜召翰林學士》《劉平見安禄山魑魅》《王鮪活崔相公歌妓》《渾令公李
西平熱朱泚雲梯》《潘將軍失珠》等，嚴子休《桂苑叢談》③標題有《太尉朱
崖辯獄》《崔張自稱俠》《班支使解大明寺語》《杜可均却鼠》《李將軍爲左
道所惑》等，皇甫枚《三水小牘》④卷上標題有《趙知微雨夕登天柱峰玩月》
《韓文公從大聖討讎》《元稹烹鯉得鏡》《王玄沖登華山蓮花峰》等。後者較
少，如《唐闕史》卷上標題有《榮陽公清儉》《裴晉公大度（皇甫郎中褊直
附）》，《劇談録》卷上標題有《孟才人善歌》，《桂苑叢談》標題有《張綽有
道術》等。

　　五代時出現的《開元天寶遺事》《北夢瑣言》《賈氏談録》在標題形式上
呈現出融合的趨勢。王仁裕的《開元天寶遺事》⑤現存一百四十六則，每則
皆有標題，此書雜記唐玄宗宫廷内外名物、風俗、異聞等，故標題有名詞型

---

　　①　此書《新唐志》"小説家類"、《崇文總目》"小説類"、《通志·藝文略》"雜史類"、《直齋書録
解題》"小説家類"有著録，今存最早版本爲《知不足齋叢書》本。
　　②　此書《新唐志》"小説家類"、《崇文總目》"小説類"、《通志·藝文略六》、《郡齋讀書志》"小
説類"有著録，今存最早版本爲《稽古堂叢刻》本，另據《四庫全書總目提要》所知《四庫全書》本源
出於宋本。
　　③　此書《新唐志》"小説家類"、《崇文總目》"小説類"、《通志·藝文略六》、《郡齋讀書志》"雜
史類"有著録，今存最早版本爲《寶顏堂秘笈》本。
　　④　此書《崇文總目》"傳記類"、《直齋書録解題》"小説家類"有著録，今存最早版本爲《抱經堂
叢書》本。
　　⑤　此書《郡齋讀書志》"傳記類"、《直齋書録解題》"傳記類"有著録，今存最早版本爲《顧氏文
房小説》（二卷）本。

如《記事珠》《遊仙枕》《記惡碑》《自暖杯》《辟寒犀》，也有短語型如《玉有太平字》《步輦召學士》《截鐙留鞭》《慚顏厚如甲》《掃雪迎賓》等，整體上較爲隨意。張洎的《賈氏談録》①全書三十一則，標題有名詞型如《盛世録》《贊皇公莊》《含元殿》《貢院牓》等，也有短語型如《李公尚仙》《牛李相善》《劉趙誑感》《胥徒傲書》《曲江變異》等。孫光憲的《北夢瑣言》②規模頗大，原本三十卷，今存二十卷，逸文四卷（繆荃孫從《太平廣記》中所輯，見《雲自在龕叢書》），然繆刻本未見標題，有標題者見於《雅雨堂叢書》刊本。③此書雜記唐末五代雜事，内容廣泛，故標題形式也融合多種形式，其中姓名＋事件型短語占絶大多數，如卷一的《宣宗稱進士》《鄭光免税》《鄭氏女盧墓》《李太尉抑白少傅》，卷二的《皮日休獻書》《駱山人告王庭湊》《高駢開海路（王審知開海附）》《文宗重王起》等，也有以一般短語爲標題，如卷一的《駁杜預》《再興釋教》，卷二的《授任致寇》《放孤寒三人及第（科松蔭花事附）》，卷三的《戲改畢諴相名》等，還有一些以人名、物名爲標題者，如卷一的《日本國王子棋》《禿角犀》《魏文貞公笏》，卷三的《陳會螳蜋賦》《劉僕射荔枝圖》等，卷四的《趙令公紅拂子》等，此前所有的標題形式在此書中幾乎都能找到。

　　相較上述作品，在標題整齊化上作出貢獻的作品更值得被關注。顧名思義，標題整齊化就是將標題的字數固定，使標題呈現整齊劃一的面貌，這種做法改變了以往擬定標題較爲隨意的態度，是作者精心結撰的成果，具有較

---

① 此書《郡齋讀書志》“小説類”、《直齋書録解題》“傳記類”有著録，今存最早版本爲曾慥《類説》本，而沈曾植海日樓鈔本（藏中國國家圖書館）最爲完整。

② 此書《郡齋讀書志》“小説類”、《直齋書録解題》“小説家類”有著録，今存最早版本爲明萬曆刻本（藏中國國家圖書館，中有傅增湘校語）。另繆荃孫據吳翊鳳、劉喜海兩家鈔本，刻入《雲自在龕叢書》。

③ 據傅增湘考證，《雅雨堂叢書》所刊本卷二十的標題乃盧見曾刻書時“以意標舉”與原本格格不相入。因此，20世紀80年代上海古籍出版社出版的《北夢瑣言》將傅氏所校本卷二十的標題録出，作爲附録（參見林艾園《北夢瑣言·前言》，上海：上海古籍出版社1981年版）。此處標題據（五代）孫光憲撰，賈二强點校：《北夢瑣言》，北京：中華書局2002年版。

高的創造性與審美價值，因而大大推進了擬定標題的水平。

《唐國史補》①是較早在標題整齊化上作出努力的作品，此書約撰於唐敬宗寶曆元年（825），原名《國史補》作者李肇時任左司郎中。全書共 309 條，分上中下三卷，李肇在自序下詳細列出了每一條的標題，且標題都是五字短語，如下所示（卷上前二十則標題）：

魯山乳兄子　崔顥見李邕　張説西嶽碑　兗公答參軍　劉迅著六説

玄宗幸長安　西國獻獅子　裴旻遇真虎　僞撰庚桑子　李白脱靴事

張均答弟垍　王維取嘉句　張旭得筆法　李陽冰小篆　絳州碧落碑

胡雛犯崔令　王積薪聞棋　房氏子問疾　王摩詰辨畫　張果老衣物②

如此整齊劃一的標題在唐五代筆記小説作品中是絶無僅有的，從這些標題的形式可以看出，作者是對每則故事的内容用五字短語加以概括。在這五字標題中濃縮了故事的主人公及主要事件，如《魯山乳兄子》《崔顥見李邕》《張説西嶽碑》《兗公答參軍》《劉迅著六説》《玄宗幸長安》等。因其以人名、動詞與賓語組成完整的陳述句，從而顯示出一定程度的叙事性。從這種對標題整齊性、功能性的努力來看，李肇撰此書以“補史”爲目的，著述的態度是十分嚴謹的。《唐國史補》這種標題的擬定顯然是作者著意追求、精心擬定的結果，受到今人的高度評價：“這種整齊劃一之標目方式的意義極爲重大，因爲此前的小説標目多依事而定，或多或少，或事或地或人，體既不一，形制也各異，事實上還處於不自覺的狀態中”，而《唐國史補》的出現則“把豐富的與貧瘠的、完整的與片段的、史實的與虛構的所有内容都裝

---

① 此書《新唐志》“小説家類”、《崇文總目》“小説類”、《通志·藝文略三》、《郡齋讀書志》“雜史類”、《直齋書録解題》“雜史類”有著録，現存最早版本爲《津逮秘書》本。

② 此處標題據（唐）李肇撰，聶清風校注：《唐國史補校注》，北京：中華書局 2021 年版。

到這五個字的敘事句中，呈現出一種敘事綱目的面貌。更爲重要的是，它把中國古典小説創作的領地延伸到分段的標目中來——此前的創作是不包括標目的，因爲紀傳體直接以傳主爲題，信手即得；從這裏開始，標目也成爲創作，作品藝術世界的展現也自然要從標目開始"。^① 從這一評論來看，可以説《唐國史補》的出現使得筆記小説中"標題"這一文體要素向前跨越了一大步，如果説唐人"有意爲小説"還有所爭議，那麽唐人"有意爲標題"就筆記小説這一領域來看是毫無爭議的。

《雲溪友議》^② 和《鑑誡録》^③ 是另外兩部具有整齊化標題的作品，且標題都是三字，標題形式較爲類似。前書作者范攄生卒年不詳，大約是唐宣宗、僖宗時人，書中記中晚唐文壇軼事，今存六十五則，其中三卷本每則各以三字標題，現列舉卷上標題如下：

名儒對　南陽録　苧蘿遇　魯公明　真詩解　毗陵出　巫詠難　靈丘誤　襄陽傑　馮生佞　江都事　南海非　四背篇　嚴黄門　哀貧誠古製興　夷君誚　餞歌序　宗兄悼　夢神姥　玉泉祠　舞娥異^④

後書作者何光遠是五代時人，生卒年不詳，生前長期仕宦於蜀中。書中多載蜀中君臣事迹、詩文本事、傳説軼聞，體例與《雲溪友議》相近，今存十卷本及一卷本，十卷本共六十六則，各以三字標題，現列舉前五卷標題如下：

瑞應讖　誅利口　知機對　九轉驗　金統事　走車駕（卷一）

<hr>

① 李小龍著：《中國古典小説回目研究》，北京：北京大學出版社 2012 年版，第 59 頁。
② 此書《新唐志》"小説家類"、《崇文總目》"小説類"、《通志·藝文略三》、《郡齋讀書志》"小説類"、《直齋書録解題》"小説家類"有著録，今存最早版本爲明刊三卷本（《四部叢刊續編》影印）。
③ 此書《祕書省續編到四庫闕書目》"小説類"、《郡齋讀書志》"小説類"有著録，今存最早版本爲《知不足齋叢書》（十卷）本。
④ 此處標題據（唐）范攄撰，唐雯校箋：《雲溪友議校箋》，北京：中華書局 2017 年版。

御賜名　逸士諫　判木夾　鬼傳書　耽釋道　灌鐵汁　前定録（卷二）

語忌誠　餌長虹　落韻貶　蜀上醫　妖惑衆（卷三）

蜀門諷　斥亂常　許墓靈　輕薄鑒　危亂黜　得夫地（卷四）

徐后事　帝贈別　容易格　高尚士　禪月吟　因詩辱　武金山（卷五）[①]

　　綜合分析兩書標題，從結構上看這些標題運用了多種短語形式，偏正短語、主謂短語、動賓短語等，還有一些屬於名詞型標題。雖然結構有所不同，但作者有意識將内容各不相同的故事濃縮成三字標題，顯然是出於形式統一、美觀的考慮，具有一定的創作與審美意識。

　　與上述幾部作品相比，杜光庭的《道教靈驗記》[②]顯得更爲獨特，其標題的整齊化主要體現在宗教意識方面。此書作者杜光庭爲晚唐五代著名道士，所記皆爲道教靈驗之事，將道門事務中顯靈應驗之事分爲“宫觀靈驗”“尊像靈驗”“老君靈驗”“天師靈驗”“真人王母將軍神王童子靈驗”“經法符籙靈驗”“鐘磬法物靈驗”“齋醮拜章靈驗”等八類，每類卷數不一，每則皆有標題。形式皆以道教名物、人物或儀式後＋“驗”字構成，如“宫觀靈驗”類有《饒州開元觀驗》《興元北逢山老君觀驗》《洋州素靈宫驗》《上都昭成觀驗》等，“尊像靈驗”類有《南平丹竈臺金銅像驗》《蜀州天尊碑驗》《唐興堰石天尊驗》《常道觀鐵天尊驗》等，“鐘磬法物靈驗”類有《青天縣清溪觀鐘驗》《玄宗觀鐘驗》《太平觀鐘驗》《眉山彭山觀鐘驗》等，這種標題形式是在宗教意識主導下，在“靈驗”這一主題統攝下的結果，雖然字數不一，但仍然具有某種整齊性效果。

　　綜上所述，對於唐五代筆記小説的標題形式及其文體意義，可總結爲以

---

　　① 此處標題據（五代）何光遠撰，鄧星亮、鄔宗玲、楊梅校注：《鑑誡録校注》，成都：巴蜀書社2010年版。

　　② 此書《祕書省續編四庫闕書目》“仙家類”、《通志・藝文略五》、《直齋書録解題》“神仙類”有著録，今存最早版本爲《正統道藏》本（“洞神部・傳記類”存十五卷）。

下幾點：（一）在晚唐之前，擬定標題的基本方式是以事、地、人爲題，形制體例尚不統一，總體上比較隨意，還處在"不自覺"的狀態；到了晚唐五代，標題的形式已經比較成熟與完整，尤其是《唐國史補》《雲溪友議》等作品的出現改變了此前標題擬定"不自覺"的局面，使得標題的擬定成爲作者創作的一部分，具有了"自覺"意識。（二）標題的擬定與作品的題材有直接關係，如考證名物類作品主要以名詞型（物名）標題爲主，志怪、志人類作品則主要選擇名詞型（人名）和短語型（人名＋事件）標題。（三）此後的筆記小説雖在整體上未能徹底走上自覺擬定標題這一道路，但畢竟開闢出一條新路，推動著筆記小説體制的進一步成熟。

第二節　分類的成熟及其文體價值

在筆記小説的體制特徵中，"分門別類"也是較爲突出的方面。筆記小説的取材、成書方式以記録見聞、鈔撮摘録、最終加以整理編纂爲主；而筆記小説的内容又往往數量衆多而駁雜不純。作者在處理紛繁複雜、性質各異的材料時，爲了使作品具備類例清晰、便於檢閲的面貌，"分類"是容易想到也便於著手的方法。在唐前筆記小説發展的初期，分類即被一些作品所運用，隨著筆記小説逐漸走向成熟和繁榮，按門類編排内容被廣泛接受，成爲筆記小説的一個重要標誌。"分門別類"當然無法概括所有筆記小説的體制特徵，但這一形式特徵在唐五代筆記小説中占據了相當的地位，也是筆記小説區分於其他小説文體的重要特徵之一。

"分類"並非筆記小説所獨有，先秦子書即已孕育這一形式，漢代劉向所編《説苑》《新序》等書也采用分類形式。到了魏晉時期，分類被運用到小説的編纂中，出現了最早一批"分類"的筆記小説。"分類"有不同的層級：大層級如志怪、志人、雜記；小層級如志人中可細分爲君、臣、仙、佛、俠、盜等,大層級可包含小層級。劉知幾於《史通》提出所謂的"偏記小説"十家,包含了"逸事""瑣言""別傳""雜記"四類,其中"逸事"即雜記,"瑣言""別傳"可歸爲"志人","雜記"即志怪。"志人"類中,"瑣言"偏向記録瑣屑言談,"別傳"則接近正史的人物傳記,劉知幾論述此類道:"賢士貞女,類聚區分,雖百行殊途,而同歸於善。則有取其所好,各爲之録,若劉向《列女》、梁鴻《逸民》、趙采《忠臣》、徐廣《孝子》。"①將各種人物按性別、階層、道德評價等不同標準劃分,所謂"類聚區分",分爲不同的類別,這是志人小説經常采用的手法。《隋書·經籍志》"雜傳"類著録了各式傳記,大多屬於"類傳",冠以"列仙""列士""列女""耆舊""先賢""高士"等名目;此外還著録了"序鬼物怪奇之事"的志怪作品,可見志怪小説最初也是"雜傳""別傳"中的一類。志怪小説中還可細分爲"神""鬼""怪""魂""符讖""冥異""感應"等類目。由傳記或別傳細分爲"志怪""志人",再細分爲各種名目,顯示出從高層到低層的類目劃分的遞進過程。

綜合來看傳統史學著作和目録對小説的分類,可知對小説的"分類"可采用不同的標準:有的以事物性質分,有的以價值判斷分,不同的分類標準各自有其發展的脈絡和特點。唐五代筆記小説的分類,大體依循《博物志》和《世説新語》的分類標準。《博物志》的内容特點在"博",具有明顯的知識主義傾向;《世説新語》與崇尚人物品評的社會背景密切相關,具有明顯的價值判斷傾向;前者可反映出作者的"知識譜系",後者則反映出作者的"價值譜系"。下文對唐五代筆記小説"分類"這一體制特徵的分析,將從這兩種分類模式分別展開。

① (唐)劉知幾著,(清)浦起龍通釋,王煦華整理:《史通通釋》,上海:上海古籍出版社2009年版,第254頁。

一、"知識譜系"之分類

筆記小説中"知識譜系"的分類模式源自於魏晉時期，張華的《博物志》是其代表。《博物志》的類目呈現包羅萬象的特點，[①] 類目的具體設置和分布呈現由粗到細、由總體到分散的面貌，體現了對世界萬物一切知識的劃分標準和層次，反映出當時的讀書人所構建的一種知識"譜系"。唐五代時期的"博物體"小説，在類目劃分上基本遵照著《博物志》所立的標準，按知識的"譜系"來構建作品，段成式的《酉陽雜俎》是典型代表。《酉陽雜俎》的内容較《博物志》更爲博雜，除了各種地理、動植、礦産知識外，還雜有不少"詭怪不經之談，荒渺無稽之物"，[②] 故魯迅稱此書"或録秘書，或叙異事，仙佛人鬼以至動植，彌不畢載，以類相從，有如類書"。[③] 與《博物志》相比，《酉陽雜俎》的類目更加繁雜，《郡齋讀書志》稱其"分三十門"，[④] 名稱也更加炫人眼目，現將其類目按卷數列表如下：[⑤]

卷數	類目
前集卷一	忠智　禮異　天咫
前集卷二	玉格　壺史
前集卷三	貝編
前集卷四	境異　喜兆　禍兆　物革

---

① 如卷一的地、山、水、山水總論、五方人民、物産都是概括性的類目，卷二外國、異人、異俗、異産，是具體談遠方異民及其風俗物産，卷三異獸、異鳥、異蟲、異魚、異草木，是具體談各種動植物，卷四物性、物理、物類、藥物、藥論、食忌、藥術、戲術，是具體談各種物質的物理、化學特性，卷五方士、服食、辨方士，是具體談方士，卷六則雜談人名、文籍、地理、典禮、服飾、器名等。類目據（晉）張華撰，范寧校證：《博物志校證》，北京：中華書局1980年版。
② （清）永瑢等：《四庫全書總目》，北京：中華書局1965年版，第1214頁。
③ 魯迅：《中國小説史略》，上海：上海古籍出版社1998年版，第60頁。
④ （宋）晁公武撰，孫猛校證：《郡齋讀書志校證》，上海：上海古籍出版社2011年版，第554頁。
⑤ 類目據（唐）段成式撰，許逸民校箋：《酉陽雜俎校箋》，北京：中華書局2015年版。

續 表

卷數	類目
前集卷五	詭習 怪術
前集卷六	藝絕 器奇 樂
前集卷七	酒食 醫
前集卷八	黥 雷 夢
前集卷九	事感 盜俠
前集卷十	物異
前集卷十一	廣知
前集卷十二	語資
前集卷十三	冥迹 尸疒
前集卷十四	諾皋記上
前集卷十五	諾皋記下
前集卷十六	廣動植之一：羽篇 毛篇
前集卷十七	廣動植之二：鱗介篇 蟲篇
前集卷十八	廣動植之三：木篇
前集卷十九	廣動植之四：草篇
前集卷二十	肉攫部
續集卷一	支諾皋上
續集卷二	支諾皋中
續集卷三	支諾皋下
續集卷四	貶誤
續集卷五	寺塔記上
續集卷六	寺塔記下
續集卷七	金剛經鳩異
續集卷八	支動
續集卷九	支植上
續集卷十	支植下

　　由這些類目可直觀地看出段成式對知識掌握的廣博程度，但不足之處是體系稍欠嚴密。段成式首要展示其"該悉内典""博涉三學"的優點，故其書前三卷列"忠智""禮異""天咫"（儒）；"玉格""壺史"（道）；"貝編"（釋）等類目；卷四至卷十三，除了"語資"一類，皆雜録各種怪異事物、故事；卷十四、十五"諾皋記"上下單列一類，專載志怪小説；卷十六至十九"廣動植"一至四亦爲單獨一類，下分禽、鳥、魚、蟲、木、草六小類；卷二十"肉攫部"，專述猛禽。由這些類目可以看出段成式博學多識、好奇尚怪的一面，而類目的分布也顯示出段成式所持有的知識譜系：三教知識提綱挈領，其中又以儒家占據首要地位，以下各種奇聞異説、地理動植則是補充和豐富，處於次要地位。《酉陽雜俎》的知識譜系反映了各類知識的地位高低和接受的先後順序，這在段成式的《好道廟記》的論述中可以得到印證：

　　　予學儒外，遊心釋、老，每遠神訂鬼，初無所信，常希命不付於管輅，性不勞於郭璞。至於夷堅異説，陰陽怪書，一覽輒棄。自臨此郡，郡人尚鬼，病不呼醫，或拜餹墦間，火焚楮錣。故病患率以鈎爲名，有天鈎、樹鈎、籤鈎，所治曰吹，曰方，其病多已，予曉之不迴。抑知元規忘解牛，太真因燬犀，悉能爲禍，前史所著。以好道州人所嚮，不得不爲百姓降志枉尺，非矯舉以媚神也。①

　　文中指出作者本人接受知識首重儒學，其次爲佛、道，而對鬼神怪異之説本持排斥之態度，因所治之郡人"尚鬼"而"病不呼醫"，"曉之不回"，故對鬼神之説有所涉獵，但又强調是爲百姓而"降志"，並非"媚神"，侈談鬼神怪異而未沉溺其中，始終站在儒家立場來看待。

---

① （清）董誥等編：《全唐文》卷七八七，北京：中華書局1983年版，第8236頁。

如果説《博物志》《酉陽雜俎》類目設置反映的是作爲博物家、學問家的知識譜系，是站在儒家立場上對世界萬物的關照，那麼五代杜光庭所編《録異記》的類目設置和排列則反映了作爲一位曾吸收儒家知識的道人的知識譜系。《録異記》[①]今存八卷，作者杜光庭是唐末五代著名的宮廷道士，在道教史及道教文學史上都占有重要地位；他早年學儒，參加科舉，落第後棄儒入道，致力於道家經典的整理編纂，受到皇室的寵信。[②]《録異記》是杜光庭所編衆多道教小説之一，與其他所編各仙傳相比，此書之體例和内容更接近《博物志》。其自序云：

> 怪力亂神，雖聖人不語，經誥史册往往有之。前達作者《述異記》《博物志》《異聞集》，皆其流也。至於六經、圖緯、河洛之書，別著陰陽神變之事，吉凶兆朕之符……異類爲人，人爲異類……亦由田鼠爲駕，野鷄爲蜃，雀化爲蛤，鷹化爲鳩……爲災爲異……大區之内，無日無之。

作者對《述異記》等志怪小説頗爲熟悉，尤其是《博物志》對《録異記》的體例内容影響頗深，這從類目編排可以看出：

卷數	類目
卷一	仙
卷二	異人
卷三	忠孝　感應　異夢
卷四	鬼神

---

① 此書《崇文總目》“小説類”有著録，今存最早版本爲《道藏》本。
② 參見羅争鳴著：《杜光庭道教小説研究》，成都：巴蜀書社 2005 年版，第 22—72 頁。

卷數	類目
卷五	龍異虎　異龜異　黿異蛇　異魚
卷六	洞
卷七	異水　異石
卷八	墓

　　從類目的設置可排列出杜光庭的知識譜系，即"仙—人（異人、人）—鬼—動物—自然"，由自然逐漸向上攀升，從人到異人，最終成仙，達到最高的層次。在這一個過程中，"自然"處在基礎的位置，仙、人、鬼、動物都屬於大自然中的一部分，由自然衍化而出，反映出道家崇尚自然的觀念；而仙處在最頂端的位置，反映出道家的終極追求。另一方面，凡人處在鬼神和異人、仙人之間，以忠孝爲先，又體現了儒家思想的要求。總之，由《錄異記》類目之設置安排，結合自序所論，明顯看出作者知識譜系之儒道結合，又以道爲主的特點。

二、價值譜系之分類

　　《世説新語》被後世稱作"名士底教科書"[1]"人倫之淵鑒""言談之林藪"，[2]其產生於注重人物品評的魏晉六朝時期，所謂"聲名成毀，決於片言"，[3]人物品評能影響到士人的社會聲譽和仕途。[4]從《世説新語》的類目設置和排

---

　　① 魯迅：《中國小説的歷史的變遷》，《魯迅全集》第九卷，北京：人民文學出版社 2005 年版，第 319 頁。
　　② 饒宗頤：《世説新語校箋·序》，楊勇著：《世説新語校箋》，臺北：正文書局 1999 年版，第 1 頁。
　　③ 魯迅著：《中國小説史略》，上海：上海古籍出版社 1998 年版，第 37 頁。
　　④ 徐震堮《世説新語校箋·前言》云："漢代郡國舉士，注重鄉評里選，所以漢末郭泰號稱有人倫之鑒，許劭有'汝南月旦評'；魏晉士大夫好尚清談，講究言談容止，品評標榜，相扇成風，一經品題，身價十倍，世俗流傳，以爲美談。"（南朝宋）劉義慶撰，徐震堮著：《世説新語校箋》，北京：中華書局 1984 年版，第 1—2 頁。

列可以看出，此書具有濃厚的價值評判色彩，可以將其視作品評魏晉士人之範本。饒宗頤曾云：

> 《世説》之書，首揭四科，原本儒術。中卷自"方正"至"豪爽"，瑾瑜在握，德音可懷。下卷之上，類指偏激者流；下卷之下，則陳險徵細行。清濁有禮，良莠昈分，譬諸草木，既區以別。[①]

楊勇對此也有相同的觀點："書以孔門四科居首，而附以'輕詆''排調'之篇，獎善退惡，用旨分明。導揚諷喻，主文傳譎諫之辭；托意勸懲，南史凜風霜之筆。"[②]饒、楊二人都將《世説新語》看作將人物品質行爲作類聚區分的手册，通過對人物作善惡高低之評判，達到勸善懲惡的效果。

《世説新語》全書分爲三十六類，以儒家正統觀念對人物品評的標準，由高到低進行排列，顯示出作者的價值譜系。唐五代模仿《世説新語》的"世説體"小説在繼承這一價值譜系之分類方法的同時，也有了不少改變。如劉肅的《大唐新語》仿《世説新語》體例，記載唐代人物言行故事，分爲三十類，但在類目設置上與《世説新語》有很大不同，顯示出不同的價值取向，現將類目列表如下：[③]

卷數	類目
卷一	匡贊　規諫
卷二	極諫　剛正

---

① 饒宗頤：《世説新語校箋·序》，楊勇著：《世説新語校箋》，臺北：正文書局1999年版，第1頁。
② 楊勇：《世説新語校箋·自序》，同上，第5頁。
③ 類目據（唐）劉肅撰，許德楠、李鼎霞點校：《大唐新語》，北京：中華書局1984年版。

卷數	類目
卷三	公直　清廉
卷四	持法　政能
卷五	忠烈　節義　孝行
卷六	友悌　舉賢
卷七	識量　容恕　知微
卷八	聰敏　文章
卷九	著述　從善　諛佞
卷十	釐革　隱逸
卷十一	褒錫　懲戒
卷十二	勸勵　酷忍
卷十三	諧謔　記異　郊禪

　　這些類目與《世説新語》的類目有明顯的區別,《世説新語》的類目反映了在魏晉時期崇尚品評人物和清談風氣下,對名士的品格、舉止、趣味、好尚作出高低區分。持褒揚態度的有"方正""雅量""識鑒""賞譽""品藻""豪爽""容止"等類,持貶低態度的有"任誕""簡傲""儉嗇""汰侈""忿狷""讒險"等類。《大唐新語》反映了在封建王朝統治下,以及儒家正統思想籠罩下,士大夫和官僚應遵守的道德規範、行爲準則,這從"匡贊""規諫""極諫""剛正""公直""清廉""持法""政能""忠烈""節義""孝行""友悌""舉賢""識量""容恕""知微"等類目中有明顯反映。作者劉肅在自序中談到編纂宗旨時云:"事關政教,言涉文詞,道可師模,志將存古。"①希望此書能夠有裨於勸誡教化。如果説,《世説新

---

　　① （唐）劉肅:《大唐世説新語原序》,（唐）劉肅撰,許德楠、李鼎霞點校:《大唐新語》,北京:中華書局1984年版。

語》可作爲名士教科書的話，那麽，《大唐新語》則可視作唐代官僚的指導書。劉肅身處中唐元和時期，官僚制度和科舉制度日益成熟，劉肅作爲官僚體系中的一員，深受儒家倫理、忠孝思想、君臣道義的浸染，其《大唐新語》一書突出反映了其作爲官僚所具有的價值譜系。此種以價值評判作爲類目排列標準的做法在劉璘的《因話録》[①]上也有所反映，此書按“宫”“商”“角”“徵”“羽”五音分爲五部分，五音有各自屬性，故每部所記各有側重點。“宫”部爲君，記帝王；“商”部爲臣，記王公貴族和百官；“角”部爲人，記凡人不仕者；“徵”部爲事，記典故；“羽”部爲物，記見聞雜物。君—臣—人—事—物的排列方式從高到底，反映出封建時期人的等級劃分，也具有價值譜系特徵。

筆記小説内容豐富，涉獵廣泛，分類方式並不限於上述兩種，針對具體内容的特色，可以設置相應的類目系統。如五代王定保的《唐摭言》主要記載唐代科舉制度及相關的軼聞瑣事、文士風習，《郡齋讀書志》稱其“分六十三門”，[②]其所列類目如“起自苦寒”“好放孤寒”“升沉後進”“爲鄉人輕視而得者”“以賢妻激勸而得者”“反初及第”“反初不第”等也是按情節屬性分類。類似的作品還有孟獻忠的《金剛般若經集驗記》，作者自序云：“今者取其靈驗尤著，異迹剋彰，經典之所傳，耳目之所接，集成三卷，分爲六篇。”[③]“六篇”即六類，分别爲“救護篇第一”“延壽篇第二”“滅罪篇第三”“神力篇第四”“功德篇第五”“誠應篇第六”。竇維鋈的《廣古今五行記》據《玉海》卷五引《書目》云：“集歷代五行咎變，叙其證應，類例詳備。今本止二十六卷，缺‘水行’一門。”[④]推測原書大概按“金”“木”“水”“火”“土”等劃分門類。句道興的《搜神記》現存鈔卷有

① 據陶敏主編：《全唐五代筆記》，西安：三秦出版社 2008 年版。
② （宋）晁公武撰，孫猛校證：《郡齋讀書志校證》，上海：上海古籍出版社 2011 年版，第 568 頁。
③ 陶敏主編：《全唐五代筆記》，西安：三秦出版社 2008 年版，第 114 頁。
④ （宋）王應麟撰：《玉海》（合璧本），京都：中文出版社 1977 年版，第 137 頁。

"行孝第一"字樣，①可知原書也有分類。張詢（一作絢）的《五代新説》"以
梁、陳、北齊、隋君臣雜事，分三十門纂次"。陳翱的《卓異記》"記唐室君
臣功業殊異者，二十七類"。李復言的《續玄怪録》"分'仙術''感應'三
門"。張鷟的《朝野僉載》"分三十五門，載唐朝雜事"。②杜光庭的《道教靈
驗記》分爲"宫觀靈驗""尊像靈驗""老君靈驗""天師靈驗""真人王母將
軍神王童子靈驗""經法符籙靈驗""鐘磬法物靈驗""齋醮拜章靈驗"等八
類。這些作品大致也以故事情節或屬性來分類。

---

① 陶敏主編：《全唐五代筆記》，西安：三秦出版社 2008 年版，第 282 頁。
② （宋）晁公武撰，孫猛校證：《郡齋讀書志校證》，上海：上海古籍出版社 2011 年版，第 243、
547、551、564 頁。

第六章
唐五代筆記小説的多元叙事

　　筆記小説作爲叙事性文體的一種，概括其文體特徵繞不開對其叙事特徵的分析與梳理。而前人對筆記小説叙事特徵的概括，似乎一句"粗陳梗概"即已道盡。然事實遠非如此簡單，尚需更爲細緻深人的考察。

　　從整體上看，大部分筆記小説的叙事呈現出簡短、粗略、平淡的面貌，缺少精巧的構思、細膩的描寫和完整的結構，稱之爲"粗陳梗概"似乎並不冤枉。魯迅將六朝小説與唐傳奇作比較，指出前者"文筆是簡潔的"，"好象很排斥虚構"，而後者"文筆是精細的，曲折的"，"所叙的事，也大抵具有收尾和波瀾，不止一點斷片的談柄"，"作者往往故意顯示著這事迹的虚構"。[①] 故筆記小説的叙事被概括爲"文筆簡潔""排斥虚構"這兩點，再加上"粗陳梗概"，基本上可以代表現有對筆記小説叙事特徵的一般認識。正由於筆記小説的簡短、粗略和平淡，談不上"叙述婉轉、文辭華艷"，與今人心目中的"小説"相去甚遠，故而長期以來得不到重視和公允的評價。

　　其實，筆記小説有其自身的叙述策略、表現手法和語言特色，形成了具有中國本土特色的小説叙事特徵。唐五代時期作爲筆記小説發展史上的重要階段，筆記小説一方面繼承了先唐以來形成的叙事傳統，另一方面受到新的文化因素的影響，産生了諸多變化，對後世的筆記小説文體産生了深遠的影

---

　　① 魯迅：《六朝小説和唐代傳奇文有怎樣的區別？——答文學社問》，見魯迅著：《且介亭雜文二集》，《魯迅全集》第六卷，北京：人民文學出版社1973年版，第321頁。

響。在近代小説觀念中，叙事和虚構是兩個核心要素，同時虚構包含於叙事中，小説 "叙事" 即虚構叙事，兩者是一體兩面、不可分割的，"叙事" 乃小説之靈魂。如董乃斌在《中國古典小説的文體獨立》一書中指出："事" 是構成小説内容的根本和基礎，没有一定的 "事"，就没有小説，"述事" 是小説的基本特徵。① 李劍國也在多篇文章中强調叙事原則和虚構原則是界定小説的重要因素。② 反觀中國傳統的小説觀念，虚構叙事却從來不是核心要素，特別是在筆記小説的觀念構成中，一方面叙事不是構成小説的必要條件，小説中存在大量非叙事成分，另一方面虚構更是被小説及小説家們所排斥，不管這種排斥是否是名義上的，事實上在絶大多數筆記小説作品中，作者總是千方百計證明自己記録的每一則故事都是真實可信的。爲何會出現這種情況？如果單看 "虚構" 還好解釋，魯迅對此曾有所論述，③ 他將原因歸結於一種思想觀念，即 "鬼神觀念"，指出六朝志怪小説作者的觀念中鬼神仙怪是實際存在的，因此他們是把鬼神仙怪作爲事實來記録，同撰寫史書一樣，是據實書寫的 "實録"，並無虚構的意識。然而到了唐五代時期，志怪小説依然存在，而這時的作者記録鬼神仙怪是受怎樣的鬼神觀念支配呢？這時期的鬼神觀念是依舊延續自六朝，還是發生了改變？假設發生了改變，是何種改變？事實上，由於年代久遠加上小説作者的思想觀念各不相同的原因，我們已經無法確知唐五代志怪小説是出於虚構還是實録。我們不能以先

---

　　① 董乃斌著：《中國古典小説的文體獨立》，北京：中國社會科學出版社 1994 年版，第 12 頁。
　　② 參看《文言小説的理論研究和基礎研究——關於文言小説研究的幾點看法》《早期小説觀與小説概念的科學鑒定》《小説的起源與小説獨立文體的形成》，俱收録於李劍國著：《古稗斗筲録·李劍國自選集》，天津：南開大學出版社 2004 年版。
　　③ "文人之作……然亦非有意爲小説，蓋當時以爲幽明雖殊途，而人鬼乃皆實有，故其叙述異事，與記載人間常事，自視固無誠妄之别矣。"（魯迅著：《中國小説史略》，上海：上海古籍出版社 1998 年版，第 24 頁。）"但須知六朝人之志怪，却大抵一如今日之記新聞，在當時並非有意做小説。"（魯迅著：《中國小説的歷史的變遷》，《魯迅全集》第九卷，北京：人民文學出版社 2005 年版，第 318 頁。）"那時（案：指六朝）還相信神仙和鬼神，並不以爲虚造，所以所記雖有仙凡和幽明之殊，却都是史的一類。"（魯迅：《六朝小説和唐傳奇有怎樣的區别？——答文學社問》，見魯迅著：《且介亭雜文二集》，《魯迅全集》第六卷，北京：人民文學出版社 1973 年版，第 320 頁。）

入爲主的觀念去看那時的小説作品，指出何者是虛構的産物，虛構的成分有
多少。因此，從"虛構"這一角度去考察唐五代筆記小説的敘事勢必忽略
"非虛構"的内容，形成某種"遮蔽"，從而無法真正揭示出其敘事特徵。爲
了避免這種"遮蔽"，還原唐五代筆記小説的本來面目，我們必須用"回歸
文本"和"還原歷史"的角度去考察作品文本，即"基本尊重古代小説固有
的文體規範、傳統和文體觀念，大體遵循古人對該文體的認識和理解"。① 本
著這一思路，我們將在全面考察唐五代筆記小説文本的基礎上，概括其所運
用的敘事方式，進而總結各自的敘事特徵。

第一節　描述説明與考證羅列：另一種"敘事"

如果用"虛構的叙事散文"這一小説概念來審視唐五代的筆記小説，很
容易得出一個結論，即很多作品不屬於小説，至少很多作品中的一部分内容
不屬於小説。這是很多當代學者持有的基本觀點，如程毅中在其《唐代小説
史》中談到《酉陽雜俎》，指出此書"内容很雜，其中只有一部分可算作小
説"。② 又如寧宗一主編的《中國小説學通論》指出郡書、家史、地理書、都
邑簿等作品"既無故事情節，又不塑造人物形象，更不講究虛構想象，與小
説沒有共同之處，所以肯定不是小説"。③ 可是在古人的觀念中，《酉陽雜俎》
非但是小説，更稱其"自唐以來，推爲小説之翹楚，莫或廢也"。④ 而郡書等
被視作非小説的作品也往往被著録在古代官私書目的"小説家類"，或在一
些著述中被稱爲小説。既然如此，這部分如今不被人視爲小説的内容，其形

---

① 譚帆、王慶華：《中國古代小説文體流變研究論略》，吴承學、何詩海編：《中國文體學與文體
史研究》，南京：鳳凰出版社 2011 年版，第 46 頁。
② 程毅中著：《唐代小説史》，北京：人民文學出版社 2003 年版，第 249 頁。
③ 寧宗一主編：《中國小説學通論》，合肥：安徽教育出版社 1995 年版，第 364 頁。
④ （清）永瑢等撰：《四庫全書總目》，北京：中華書局 1965 年版，第 1214 頁。

態究竟是如何，它是否屬於"叙事"，是值得細細考察的問題。

　　先從唐宋書目的著録開始説起。在《隋書·經籍志》"小説家類"中，除了著録了《郭子》《瑣語》《笑林》《世説》等瑣言類作品，這些作品如今勉强被納入到叙事的範圍，但《隋志》還著録了《古今藝術》《器準圖》《水飾》等作品，這些作品已經亡佚不存，從書名及後世輯録的佚文可判斷其與如今所謂"叙事"的小説完全不同。宋代官私書目如《新唐書·藝文志》《崇文總目》《郡齋讀書志》《直齋書録解題》等"小説（家）類"著録的作品中，非叙事、非小説的作品充斥其中，被後世視爲"雜考""雜説""雜纂""雜記"，總之不算作小説。再看唐前的小説作品，自被視爲"小説之最古者"的《山海經》，到後來的《神異經》《博物志》《十洲記》《西京雜記》，乃至於《搜神記》《搜神後記》等，其中都包含了大量非叙事的內容，尤其是所謂"博物體"小説，更是如此。這一類型的小説直到唐五代仍不斷出現，諸如《封氏聞見記》《投荒雜録》《南方異物志》《嶺南異物志》《南海異事》《酉陽雜俎》《獨異志》《大唐傳載》《資暇集》《炙轂子雜録》《北户録》《杜陽雜編》《蘇氏演義》《兼明書》《桂林風土記》《刊誤》《嶺表録異》《唐摭言》《録異記》《開元天寶遺事》等，其內容都有非"叙事"成分，這些內容從表述方式上可概括爲以下兩點：描述説明與考證羅列。

　　所謂描述説明，是指用客觀理性的語氣對某一物或事進行描述説明，如同現代的説明文，使人們對該物或事有所了解，在描述説明中會涉及事物的形態、構造、性質、種類、成因、功能、特點、來源、演變等元素。這種表述方式意在傳遞知識，這種知識包括"物"和"事"兩方面。對"物"的描述説明在"博物體"小説中最爲常見，《投荒雜録》《南方異物志》《嶺南異物志》《南海異事》《北户録》《桂林風土記》《嶺表録異》等作品記録南方地區的山川地理、氣候環境、自然物産、古迹名勝、風土民俗等，茲各舉數例如下：

山川地理類：

　　唐羅州之南二百里，至雷州，爲海康郡。雷之南瀕大海，郡蓋因多雷而名焉。其聲恒如在簷宇上。雷之北高，亦多雷，聲如在尋常之外。（《投荒雜録》）

　　灘山。在城南二里灘水之陽，訾家洲西，一名沈水山，以其山在水中，遂名之。其山孤拔，下有澄潭，上高三百餘尺。旁有洞穴，廣數丈，南北直透。上有怪石攲危，藤蘿榮茂。世亂，民保以避寇。古老相傳，龍朔中曾降天使，投龍於此。今每歲旱請雨，潭中多有應。前政元常侍以其名與昭應驪山音同，故遂改爲儀山。近歲於此置温靈廟，廟中時産青蛇，號爲"龍駒"，翠色，或緣人頭頂手中，終無患害。（《桂林風土記》）①

氣候環境類：

　　嶺南方盛夏，率一日十餘陰，十餘霽。雖大雨傾注，頃即赫日，已復驟雨。大凡嶺表，夏之炎熱，甚於北土，且以時熱，多又蒸鬱，此爲甚惡。自三月至九月皆蒸熱。（《投荒雜録》）

　　南海秋夏間，或雲物慘然，則見其暈如虹，長六七丈。比候，則颶風必發，故呼爲"颶母"。忽見有震雷，則颶風不能作矣。舟人常以爲候，豫爲備之。（《嶺表録異》）②

---

① 陶敏主編：《全唐五代筆記》，西安：三秦出版社 2008 年版，第 1099、2563 頁。
② 同上，第 1102、2599 頁。

自然物產類：

雷郡有鹿，腥無味，不可食，俗云海魚所化。郡人嘗見魚首而身爲鹿者，斯信矣，與鷹鳩雀雉之化奚異哉！(《投荒雜録》)

嶺表有樹如冬青，實生枝間，形如枇杷子。每熟即坼裂。蚊子羣飛，唯皮殼而已。土人謂之"蚊子樹"。(《嶺南異物志》)

瀧州山中多紫石英，其色淡紫，其質瑩徹，隨其大小皆五棱，兩頭如箭鏃。煮水飲之，暖而無毒，比北中白石英，其力倍矣。(《嶺表録異》)①

古迹名勝類：

舜祠在虞山之下，有澄潭，號皇潭。古老相承言，舜南巡曾遊此潭。今每遇遂旱，張旗震鼓，請雨多應。中有大魚，遇洪水泛下，至府東門河際，有停客巨舫，往往載起，然終不爲人之害。舊傳舜葬蒼梧丘，在道州江華縣九疑山也。(《桂林風土記》)

堯山廟。在府之東，北隔大江，與舜祠相望，遂名堯山。山有廟，極靈，四時公私饗莫不絶。北接湖山，連亘千餘里。天將降雨，則雲霧四起，逡巡風雨立至。每歲農耕候雨，輒以堯山雲卜期。(《桂林風土記》)②

風土民俗類：

---

① 陶敏主編：《全唐五代筆記》，西安：三秦出版社 2008 年版，第 1100、1132、2602 頁。
② 同上，第 2561、2563 頁。

南荒之人娶婦，或有喜他室之女者。率少年，持刀挺，往趨虛路以偵之。候其過，即擒縛，擁歸爲妻。間一二月，復與妻偕，首罪於妻之父兄，常俗謂"縛婦女婿"。非有父母喪，不復歸其家。(《投荒雜録》)

交趾人多養孔雀，或遺人以充口腹，或殺之以爲脯臘。人又養其雛以爲媒，傍施網罟，捕野孔雀。伺其飛下，則牽網橫掩之。採其金翠毛裝爲扇拂。或全株生截其尾，以爲方物，云生取則金翠之色不減耳。(《嶺南異物志》)①

對"事"的描述説明則多見於志怪、志人類小説作品，雖然所寫對象也有時間、人物、事件等要素，但由於其所記之事僅僅是一個片段，並非"因果畢具的完整故事"，更缺乏"細緻宛曲的描寫"，文字也十分樸素平直，遠遠談不上"文辭華艷"，所以不被視爲"叙事"的小説。如《朝野僉載》中就有不少這樣的"片段"，兹舉卷一中數則爲例：

商州有人患大風，家人惡之，山中爲起茅舍。有烏蛇墜酒罌中，病人不知，飲酒漸差。罌底見蛇骨，方知其由也。

永徽中，有崔爽者，每食生魚，三斗乃足。於後飢，作鱠未成，爽忍飢不禁，遂吐一物，狀如蝦蟆。自此之後，不復能食鱠矣。

廣州録事參軍柳慶，獨居一室。器用食物，並致卧內。奴有私取鹽一撮者，慶鞭之見血。

---

① 陶敏主編：《全唐五代筆記》，西安：三秦出版社 2008 年版，第 1097、1134 頁。

　　　夏侯彪夏月食飲生蟲，在下未曾歷口。嘗送客出門，奴盜食臠肉。
彪還，覺之，大怒，乃捉蠅與食，令嘔出之。①

　　這幾則文字都十分簡略，前兩則寫人得病後皆因偶然情況病愈，後兩則
寫主人公吝嗇，因小事而虐待奴僕，在叙述過程中，作者没有意圖作詳細的
描寫，用語平直不帶感情，僅僅是對事件的忠實記録。
　　對“物”與“事”的描述説明，在許多作品中是混合運用的。如《桂林
風土記》除了對桂林地區古迹名勝的記録外，還記録了與桂林有關的人物事
迹。又如王定保的《唐摭言》記載唐代科舉制度的種種規定，以及與之相關
的逸聞瑣事，卷一至卷三對科舉制度的記録屬於對“物”的描述説明，而大
部分逸聞瑣事則是對“事”的描述説明。再如王仁裕的《開元天寶遺事》雜
記唐代開元、天寶年間的宫廷瑣事、民間習俗，其中有對“物”的記載，如
“遊仙枕”“自暖杯”兩則：

　　　龜兹國進奉枕一枚，其色如碼碯，温潤如玉，其製作甚樸素。若
枕之而寐，則十洲三島，四海五湖，盡在夢中所見，帝因立名爲“遊仙
枕”。後賜與楊國忠。

　　　内庫有一酒杯，青色而有紋如亂絲，其薄如紙。於杯足上有縷金
字，名曰“自暖杯”。上令取酒注之，温温然有氣相次如沸湯，遂收於
内藏。②

　　此外也有對“事”的記載，如“掃雪迎賓”“隨蝶所幸”兩則：

────────

① 陶敏主編：《全唐五代筆記》，西安：三秦出版社 2008 年版，第 143、144、150 頁。
② 同上，第 3158、3159 頁。

巨豪王元寶，每至冬月大雪之際，令僕夫自本家坊巷口掃雪爲徑路。躬親立於坊巷前，迎揖賓客，就本家具酒炙宴樂之，爲"暖寒之會"。

開元末，明皇每至春時，旦暮宴於宮中。使嬪妃輩爭插艷花，帝親捉粉蝶放之，隨蝶所止幸之。後因楊妃專寵，遂不復此戲也。[1]

除了"描述説明"的叙述方式，唐五代筆記小説中還有"考證羅列"的叙述方式。"考證"是通過追溯、比較的方式，考察各類事物的源流，並論證其真僞。《酉陽雜俎》《資暇集》《炙轂子雜録》《北户録》《蘇氏演義》《兼明書》《刊誤》等作品多采用這種叙述方式。如《資暇集》卷上對"行李"的考證：

行李。"李"字除果名、地名、人姓之外，更無別訓義也。《左傳》："行李之往來。"杜不研窮意理，遂注云："行李，使人也。"遂俾今見遠行結束次第，謂之"行李"，而不悟是行使爾。按舊文，"使"字作"峇"，傳寫之誤，誤作"李"焉。[2]

又如《北户録》卷上對"金龜子"的考證：

金龜子，甲蟲也。五六月生於草蔓上，大於榆莢，細視之，真金帖龜子。行則成雙，類璧龜耳。（事見《洞冥記》）其蟲死，則金色隨滅，如熒光也。南人收以養粉，云與養粉相宜。按竺法真《登羅山疏》曰：

---

[1]　陶敏主編：《全唐五代筆記》，西安：三秦出版社 2008 年版，第 3158 頁。
[2]　同上，第 1876 頁。

"金光蟲大如斑貓，形色文彩全是龜。"余偶得之，養玩彌日，疑此是也。又《南雍州記》曰："石橋水經南陽，結爲池，出靈龜，色如金縷也。"①

又如《刊誤》卷上對"棘卿"的考證：

九寺皆爲棘卿。凡言九寺，皆曰"棘卿"。《周禮》："三槐九棘。"槐者懷也，上佐天子，懷來四夷。棘者，言其赤心以奉其君。皆三公九卿之任也。近代唯大理得言棘卿，下寺則否。九卿皆樹棘木，大理則於棘下訊鞫其罪，所謂"大司寇聽刑於棘木之下"。②

"考證"與上文的"描述説明"在叙述方式上有某些類似之處，都含有對事物作客觀描述説明的成分，區別在於"考證"還得有辨析、論證、下結論的過程，期間還有字詞的分析、制度的梳理，還需徵引典籍進行證明，如上舉三例徵引了《左傳》《登羅山疏》《南雍州記》《周禮》等典籍。

"羅列"是指圍繞某一主題，將符合主題的相關事物一一呈現。魯迅在其《中國小説史略》第十篇《唐之傳奇集及雜俎》中所舉之《義山雜纂》就是一部典型的以"羅列"爲叙述方式的作品，魯迅稱此書"皆集俚俗常談鄙事，以類相從，雖止於瑣綴，而頗亦穿世務之幽隱，蓋不特聊資笑噱而已"。③並列舉了"殺風景""惡模樣""十誡"三則内容：

殺風景

松下喝道　看花淚下　苔上鋪席　斫却垂楊

① 陶敏主編：《全唐五代筆記》，西安：三秦出版社 2008 年版，第 2138 頁。
② 同上，第 2580 頁。
③ 魯迅著：《中國小説史略》，上海：上海古籍出版社 1998 年版，第 62 頁。

花下曬裩　　遊春重載　　石筍繫馬　　月下把火

步行將軍　　背山起樓　　果園種菜　　花架下養雞鴨

惡模樣

作客與人相争罵…… 做客踏翻臺桌……

對丈人丈母唱艷曲　　嚼殘魚肉歸盤上　　對衆倒卧　　橫箸在羹碗上

十　誡

不得飲酒至醉　　不得暗黑處驚人　　不得陰損於人　　不得獨入寡婦人房

不得開人家書　　不得戲取物不令人知　　不得暗黑獨自行

不得與無賴子弟往還　　不得借人物用了經旬不還（原缺一則）[①]

　　段成式的《酉陽雜俎》作爲"雜俎體"小説，其内容包羅萬象，而叙述形式也多種多樣，其中就有"羅列"這一形式。

　　有對道教諸神之名稱、職責和成仙途徑等的羅列：

> 夏啓爲東明公，文王爲西明公，邵公爲南明公，季札爲北明公，四時主四方鬼。至忠至孝之人，命終皆爲地下主者，一百四十年，乃授下仙之教，授以大道。有上聖之德，命終受三官書，爲地下主者，一千年，乃轉三官之五帝。復一千四百年，方得遊行太清，爲九官之中仙。[②]

　　有對道教神仙品名層級的羅列：

---

① 魯迅著：《中國小説史略》，上海：上海古籍出版社 1998 年版，第 62 頁。
② 陶敏主編：《全唐五代筆記》，西安：三秦出版社 2008 年版，第 1538 頁。

鬼官有七十五品。仙位有九：太帝二十七，天君一千二百，仙官二萬四千，靈司三十二。司命三品、九品、七城、九階、二十七位，七十二萬之次第也。①

有對仙藥的羅列：

仙藥有：鍾山白膠　閬風石腦　黑河蔡瑚　太微紫麻　太極井泉夜津日草　青津碧荻　圓丘紫柰　白水靈蛤　八天赤薤　高丘餘糧滄浪青錢　三十六芝　龍胎醴　九鼎魚　火棗交梨　鳳林鳴醁　中央紫蜜崩丘電柳　玄郭綺葱　夜牛伏骨　神吾黃藻　炎山夜日　玄霜絳雪環剛樹子　赤樹白子　佪水玉精　白琅霜　紫醬　月醴　虹丹　鴻丹②

以上所探討的幾種敘述方式不僅沒有故事情節，有些甚至連人物、事件都沒有，只有對物、事的描述説明或考證羅列，其目的僅在於傳遞知識，或者是炫耀博識而已，它與現在的“敘事”觀念相去甚遠，却與傳統的小説觀念和敘事觀念十分契合，所謂“資治體，助名教，供談笑，廣見聞”，③“寓勸戒，廣見聞，資考證”。④“廣見聞”“資考證”原本就是古代小説的題中之義。元代楊維禎《説郛序》曾如此評價《説郛》：

閲之經月，能補予考索之遺。學者得是書，開所聞擴所見者多矣。要其博古物，可爲張華、路、段；其覈古文奇字，可爲子雲、許慎；其

----

① 陶敏主編：《全唐五代筆記》，西安：三秦出版社 2008 年版，第 1539 頁。
② 同上，第 1540 頁。
③ （宋）曾慥：《類説序》，（宋）曾慥輯：《類説》，北京：書目文獻出版社 2000 年版，第 6 頁。
④ （清）永瑢等撰：《四庫全書總目》，北京：中華書局 1965 年版，第 1182 頁。

索異事，可爲贊皇公；其知天窮數，可爲淳風、一行；其搜神怪，可爲鬼董狐；其識蟲魚草木，可爲《爾雅》；其記山川風土，可爲《九丘》；其訂古語，可爲鈐契；其究諺談，可爲稗官；其資謔浪調笑，可爲軒渠子。①

明代胡應麟將小説分爲六類，其中就有"叢談""辨訂"兩類，並且説道："小説，子書流也，然談説理道或近於經，又有類注疏者。"②所謂"注疏"，其叙述方式就是描述説明、考證羅列。清代劉廷璣在《在園雜志》中所云："蓋小説之名雖同，而古今之別則相去天淵……有紀其各代之帝略官制，朝政宫幃，上而天文，下而輿土，人物歲時，禽魚花卉，邊塞外國，釋道神鬼，仙妖怪異……讀之可以索幽隱，考正誤，助詞藻之麗華，資談鋒之鋭利，更可以暢行文之奇正，而得叙事之法焉。"③總之，古人對於小説内容"廣見聞""資考證"的認識是一以貫之的。

第二節　"史官化"叙事：傳統的延續

唐五代筆記小説與史的關係極爲密切，這種密切關係一方面繼承自前代的傳統，另一方面受到唐代自身史學觀念、史官制度新變化的影響。在中國的傳統觀念中，"叙事"的權力一直掌握在史官的手中，從"史"字在《説文解字》中的解釋爲"記事者"④即可見一斑。古人對史官的稱贊，也往往著眼其善於"叙事"，如班彪評價司馬遷云："善述序事理，辯而不華，質而不

① （元）楊維禎：《説郛序》，（明）陶宗儀纂：《説郛》，北京：中國書店 1986 年版。
② （明）胡應麟撰：《少室山房筆叢》，上海：上海書店出版社 2009 年版，第 283 頁。
③ （清）劉廷璣撰，張守謙點校：《在園雜志》，北京：中華書局 2005 年版，第 82—83 頁。
④ （漢）許慎撰，（清）段玉裁注：《説文解字注》，上海：上海古籍出版社 1988 年版，第 116 頁。

野，文質相稱，蓋良史之才也。"① 又如《晉書・陳壽傳》稱贊陳壽道："時人稱其善叙事，有良史之才。"② 唐代劉知幾亦言："夫史之稱美者，以叙事爲先。"③ 因此，"叙事"一直是史家所應具備的基本技能，而關於"叙事"的諸種觀念、理論、標準等最早也出自於史官的論述。自小説産生伊始，其與"史"的互動關係便延續下來，這種互動是雙向的，而史對小説的影響無疑更大。其中影響較大的主要有兩方面：一是史學觀念中的"勸懲"和"實録"致使小説對"寓勸戒"和"直書其事"的强調；一是在小説家的書寫過程中，有意無意對歷史叙事體例的效仿。這兩部分影響在唐五代筆記小説中都有顯著的表現，且分別內化爲小説"叙事"的體制特徵，成爲筆記小説文體重要的組成部分。這種"叙事"特徵可稱作爲"史官化"叙事，即小説家在寫人記事過程中，自覺不自覺地站在史官的立場，從史官的角度，用史官的筆法來進行。以下分別述之。

一、"勸懲"與"實録"的叙事目的

"勸懲"與"實録"觀念是一體之兩面，勸懲要以實録作爲基礎，而實録的目的之一即在於"勸善懲惡"。劉知幾曾云："苟愛而知其醜，憎而知其善，善惡必書，斯爲實録。"④ 受這兩種觀念的指引，唐五代筆記小説在叙事過程中每每加入道德説教的成分，以及强調故事來源有據、真實可靠。道德説教在唐五代小説中可謂比比皆是，一部分來自於受宗教影響之作品，即所謂的"輔教小説"，另一部分即來自於受史家意識影響的作品，主要包括

---

① （南朝宋）范曄撰，（唐）李賢等注：《後漢書》，北京：中華書局 1965 年版，第 1325 頁。
② （唐）房玄齡等撰：《晉書》，北京：中華書局 1974 年版，第 2137 頁。
③ （唐）劉知幾撰，（清）浦起龍通釋，王煦華整理：《史通通釋》，上海：上海古籍出版社 2009 年版，第 152 頁。
④ 同上，第 374 頁。

以"補史"爲目的的一批作品。高彥休在《唐闕史》自序中言："故自武德、
貞觀而後，呪筆爲小説小録、稗史野史、雜録雜紀者，多矣。貞觀、大曆已
前，捃拾無遺事。大中、咸通而下，或有可以爲誇尚者，資談笑者，垂訓誡
者，惜乎不書於方册，輒從而記之。其雅登於太史氏者，不復載録。"[1]表明
從初唐開始以"補史"爲名撰寫的各種作品數量已十分可觀，所謂的"小説
小録、稗史野史、雜録雜紀"，都可歸於筆記小説名下。而這些作品的功能
之一即是"垂訓誡"。如《唐闕史》，其行文中的道德説教就不在少數，卷上
"丁約劍解"一則有末尾之議論：

> 參寥子曰：上古以前，帝王將相得仙道者，往往有之，近代則無聞
> 焉。蓋羽化屍解，脱略生死之事，所得何常其人！愚常思之，得非名與
> 利善桎縛其身乎？富與貴能膠䐈其心乎？噫，内膠䐈而外桎縛，是以仙
> 靈之風，清真之氣，無從而入也。[2]

這則故事講述修道者丁約道術頗高，韋子威因"耽玩道書，溺惑神仙修
煉之術"，與之頗相契合，兩人有五十年之約。後丁約因參與叛軍將被施刑，
却在揮刃之際劍解而出，成仙而去。作者在議論中指出近代得仙道者少於過
去，其原因在於名利、富貴對身心的束縛與侵擾，具有一定的批判意味。除
了直接以"參寥子"之名在文末發表議論，[3]作者有時會直接接入議論，如
卷下"李可及戲三教"一則就李可及戲論三教以取悦玄宗評論道："今可及
以不稽之詞，非聖人之論，狐媚於上，遽授崇秩，雖員外環衛，而名品稍

① 陶敏主編：《全唐五代筆記》，西安：三秦出版社 2008 年版，第 2329 頁。
② 同上，第 2331 頁。
③ 全書以"參寥子曰"作爲結尾的有《丁約劍解》《滎陽公清儉》《郗尚書鼠妖》《裴晉公大度
（皇甫郎中褊直附）》《秦中子得先人書》《齊將軍義犬》《趙江陰政事》《渤海僧通鳥獸言》《王居士神
丹》《賤買古畫馬》《韋進士見亡妓》《丞相蘭陵公晚遇》《薛氏子爲左道所誤》《軍中生鱠》等。

過。時非無諫官，竟不能證引近例，抗疏論列者，吁。"① 又如卷下"迎佛骨事"一則針對京城迎接佛骨致使民衆騷動，作者表達不滿曰："此乃上之風行，下則草偃，固其宜也。然有鶴盤其上，牛跪於下，又何情哉！"② 這些議論直接針對所寫之事得出，從是非善惡的道德角度切入加以評斷，帶有明顯的"史官意識"。

《唐闕史》文末"參寥子曰"的形式明顯有模仿《史記》"太史公曰"的痕迹。由司馬遷開創的這種論贊形式，目的是對歷史人物作出道德評價，以達到警示、教化世人的目的。此後歷代史書都有沿用，如《漢書》有"贊曰"，《資治通鑑》有"臣光曰"等。唐代筆記小説除了《唐闕史》外，模仿這一形式的還有《雲溪友議》的"雲溪子曰"、《鑑戒録》的"議者曰"、《北夢瑣言》的"葆光子曰"、《唐摭言》的"論曰"等。這些作品都用這種方式對故事人物、事件進行褒貶，達到勸善懲惡的效果，有些還對故事材料來源加以説明，或對故事的出處真僞加以考證，這些同樣是"史官意識"的體現。

由於"史官意識"的制約，唐五代筆記小説中强調"實録"的表述所在多有，尤其是在那些以"補史"爲目的，或以歷史爲題材的作品中更爲常見。爲了證明所寫内容真實可靠或者有所依憑，一些作者在序言中就作出説明。如劉餗《隋唐嘉話》自序云："釋教推報應之理，余嘗存而不論。若解奉先之事，何其明著！友人天水趙良玉睹而告余，故書以記異。"③ 不僅强調文中没有寫佛教報應之事，更針對"解奉先之事"因事涉怪異而作出解釋，强調是友人"睹而告余"。又如李肇《唐國史補》自序云："慮史氏或闕則補之意，續《傳記》而有不爲。言報應，叙鬼神，徵夢卜，近帷箔，悉去之；

---

① 陶敏主編：《全唐五代筆記》，西安：三秦出版社2008年版，第2350頁。
② 同上，第2355頁。
③ 同上，第308頁。

紀事實，探物理，辨疑惑，示勸誠，採風俗，助談笑，則書之。"①又如李德裕在《次柳氏舊聞》自序中不厭其煩地講述書中内容的來歷，以及從柳芳到李德裕之間的傳承經過，強調此書乃高力士"目睹""非出傳聞"，故"信而有徵"，目的在於證明所述之事的真實性，"以備史官之闕"。②

　　除了在序言中強調"實録"外，在行文中也常常點出故事的"出處"，以此來證明所寫之事有源可溯、真實可信。以皇甫枚的《三水小牘》爲例，此書卷上"元稹烹鯉得鏡"一則文末曰："光啓丁未歲，於鄴下與河南元恕遇，因話焉。"同卷"王知古爲狐招婿"文末曰："余時在洛敦化里第，於庠集中博士渤海徐公讜爲余言之。豈曰語怪，以摭奇聞，故傳言之。"又卷中"殷保晦妻封氏罵賊死"文末曰："辛丑歲，遐構兄出自雍，話兹事，以余有《春秋》學，命筆削以備史官之闕。"同卷"鄭大王聘嚴郜女爲子婦"文末曰："嚴公夫人，即余室之諸姑也，姑得其實而傳之。"③將獲得故事的時間地點、取自誰、爲何記録等交待得十分詳細。唐代小説家出於"史官意識"而對歷史題材有所偏好，但小説畢竟不同於歷史，其所關注的對象不能不溢出歷史的範圍，在軍國大事、朝廷軼事、歷史人物之外，還對鄉間閭里的瑣聞逸事，以及奇人逸士、神仙鬼怪頗感興趣；而由於這些内容自身多涉怪異，不能爲人所信，作者更要強調其出處，力證其真實。以戴孚的《廣異記》爲例，此書卷一"劉清真"事，文末云："中山張倫，親聞清真等説云然耳。"又同卷"袁晁寇永嘉誤入仙境"事，文末云："數日至臨海，船上沙塗，不得下，爲官軍格死，唯婦人六七人獲存，浙東押衙謝詮之配得一婢，名曲葉，親説其事。"④通過"親聞""親説其事"等字眼，強調所述異事的真實性。除了交代故事的出處，小説作者還在故事結尾補充交代事件中出現的

① 陶敏主編：《全唐五代筆記》，西安：三秦出版社 2008 年版，第 800 頁。
② 同上，第 1005—1006 頁。
③ 同上，第 2755、2764、2768、2770 頁。
④ 同上，第 448 頁。

人物、物品等，來顯示作品的真實性。典型如《通幽記》"趙旭"一則寫趙旭與仙女的遇合，最後仙女飛升，旭"恍然自失"，結尾交代道：

> 旭大曆初猶在淮泗，或有人於益州見之，短小美容範，多在市肆商貨，故時人莫得辨也。《仙樞》五篇，篇後有旭紀事，詞甚詳悉。①

通過對旁人、故事中書籍的補充説明增加了故事的可信度。其他如《廣異記》卷一"僕僕先生"事，寫僕僕先生升仙後，州司爲其畫圖、立廟，結尾稱"今見在"。又卷二"僧道憲"事，寫聖善寺僧道憲墮入江中，因念佛而得救，文末云："憲天寶初滅度，今江州大雲寺七菩薩見在，兼畫落水事云耳。"②總之，無論用何種方式證明其真實性，其根源依然是小説家的"史官意識"。

二、對"歷史叙事"體例的模仿

所謂"歷史叙事"，即是歷代史官在撰寫史書過程中，逐漸形成的叙述方式，以及編纂史書的形式原則。隨著時代的推移，史籍逐漸增多，於是就有各種類型的史書産生，其名目可見於歷代官私書目"史部"所列，毋庸多言。從形式上看，史書也可分爲不同類型。③史學家李宗侗謂："以中國史言之，約可分爲三類：一曰編年，二曰記事，三曰傳記。或獨用一體，或綜合衆體，

---

① 陶敏主編：《全唐五代筆記》，西安：三秦出版社 2008 年版，第 579 頁。
② 同上，第 446、459 頁。
③ 唐代劉知幾曾提出史書有"六家""二體"之説，其中"六家"即劉氏所認爲之正史，"二體"則是劉氏認爲六家中之善且可行於後世者。所謂"六家"，浦起龍曰："《尚書》，記言家也；《春秋》，記事家也；《左傳》，編年家也；《國語》，國別家也；《史記》，通古紀傳家也；《漢書》，斷代紀傳家也。""二體"專論編年、紀傳二體，各有優缺點。見（唐）劉知幾撰，（清）浦起龍通釋，王煦華整理：《史通通釋》卷一《六家》、卷二《二體》，上海：上海古籍出版社 2009 年版。

史書大約不出此範圍。"①在這三類中，"編年"和"記事"二體淵源較早，漢代以前史書主要采用此二種模式。第三類"傳記"體則始於司馬遷的《史記》，此後歷代正史皆沿用此體。李氏還指出三種體式可單獨使用，也可綜合使用，基本上不出此範圍。以下即分述這三種體式在唐五代筆記小説中的運用。

所謂"編年體"即以時間爲順序，按照"以事繫日，以日繫月，以月繫時，以時繫年"②的模式記録一國之事，其代表著作是《春秋》。這種叙述模式的最大特點是以時間的推移爲綫索，勾連起諸多的事件，優點是脈絡清晰，缺點是記事過於簡略，只有事件骨幹，缺少細節渲染。《春秋》即嚴格按照時間順序記録魯國的重大的歷史事件，用筆十分簡潔，含蓄凝練而語含褒貶，後世稱爲"春秋筆法"。"編年體"形式與筆記小説的叙事原則從根本上格格不入，"編年體"叙事要求逐年記録，體例結構嚴密整齊，而筆記小説則是隨筆記録，形式上十分自由。因此唐五代筆記小説中甚少采用"編年體"叙事形式，雖然一部分作品以時間順序記録，或者逐日隨筆記録而成，但在體例上較爲隨意，不似"編年體"那般整齊嚴謹。如《隋唐嘉話》主要記録唐太宗一朝軼事，武后時期也略有涉及。《朝野僉載》歷記太宗、高宗、武后、中宗、睿宗、玄宗諸朝雜事，其中尤以武后時期記述最多。《大唐新語》作者自序稱"今起自國初，迄於大曆"，可知内容自唐初至代宗時期。《開天傳信記》從書名可知記開元、天寶事。《明皇雜録》主記玄宗朝事。《大唐傳載》主記中唐時事。《闕史》作者自序稱"大中、咸通而下"，《通志·藝文略》稱此書"記大曆以後至乾符事"。《北夢瑣言》前十六卷記晚唐事，後四卷記五代事。《開元天寶遺事》以"開元""天寶"分上下兩

---

① 李宗侗著：《中國史學史》，北京：中華書局2010年版，第10頁。
② （周）左丘明傳，（晉）杜預注，（唐）孔穎達正義：《春秋左傳正義》，北京：北京大學出版社2000年版，第3頁。

卷。等等。這些作品只能大致看出時間綫索，但都較爲粗略，無法與體系嚴密的"編年體"相比。

"記事體"顧名思義是以"事件"爲中心的叙事體式，這種叙事體式不限於年代，遇事則記，可長可短，可詳可略，較爲隨意，有些事件具有起因、經過、結果，有一定的完整性，有些則只有片段，比較簡略，甚至寥寥數語，屬於典型的"叢殘小語"。"記事體"在後世演化爲記録典章制度、草木蟲魚、風俗民情、逸聞瑣事的雜記類小説，"事"的内涵已經不限於事件，而擴大到世間萬物，叙事方式以描述説明、考證羅列爲主，在上文已有論述，不再贅述。"記事體"的筆記小説早期可以《西京雜記》爲代表，到了唐五代時期數量逐漸增多，除了"博物""雜俎"體小説中一些内容采用外，歷史瑣聞類作品，如《朝野僉載》《隋唐嘉話》《天寶故事》《唐國史補》《大唐説纂》《明皇雜録》《逸史》《雲溪友議》《大唐傳載》《開天傳信記》《尚書故實》《唐闕史》《補國史》《唐摭言》《中朝故事》《開元天寶遺事》《北夢瑣言》等也多采用這一叙事體式。如《朝野僉載》中有大量"記事體"内容，以卷一幾則爲例：

　　唐趙公長孫無忌，以烏羊毛爲渾脱氈帽，天下慕之，其帽爲"趙公渾脱"。後坐事長流嶺南，"渾脱"之言，於是效焉。

　　唐魏王爲巾子，向前踣，天下欣欣慕之，名爲"魏王踣"，後坐死。至孝和時，陸頌亦爲巾子，同此樣，時人又名爲"陸頌踣"。未一年而陸頌殞。

　　唐永徽後，天下唱《武媚娘》歌，後立武氏爲皇后。大帝崩，則天臨朝，改號"大周"。二十餘年，武氏强盛，武三王梁、魏、定等並開府，自餘郡王十餘人，幾遷鼎矣。

　　唐魏僕射子名叔璘。識者曰："叔璘，反語'身戮'也。"後果被羅織而殺之。

　　梁王武三思，唐神龍初改封德靖王。識者言："'德靖'，'鼎賊'也。"果有窺鼎之志，被鄭克乂等斬之。[①]

　　以上幾則都具備時間、人物、事件等元素，事件發生、經過和結果的過程也大致完整，然而對於事件的描寫都十分簡略，幾乎没有叙事性，而且在事件因果的連接中受到了"讖緯"思想的影響，使叙事具有一定的神秘色彩。再舉《隋唐嘉話》卷一中幾則爲例：

　　隋文帝夢洪水没城，意惡之，乃移都大興。術者云："洪水，即唐高祖之名也。"

　　平陽公主聞高祖起義兵太原，乃於鄠司竹園召集亡命以迎軍，時謂之"娘子兵"。

　　秦王府倉曹李守素，尤精譜學，人號爲"肉譜"。虞秘書世南曰："昔任彦昇善談經籍，時稱爲'五經笥'，宜改倉曹爲'人物志'。"

　　隋司隸薛道衡子收，以文學爲秦王府記室。早亡，太宗追悼之，謂梁王曰："薛收不幸短命，若在，當以中書令處之。"

———————

① 陶敏主編：《全唐五代筆記》，西安：三秦出版社 2008 年版，第 148—149 頁。

太宗將誅蕭墻之惡，以匡社稷，謀於衛公李靖，靖辭。謀於英公徐勣，勣亦辭。帝以是珍此二人。

太宗燕見衛公，常呼爲兄，不以臣禮。初嗣位，與鄭公語，恒自名，由是天下之人歸心焉。

太宗每見人上書，有所裨益者，必令黏於寢殿之壁，座卧觀覽焉。①

以上幾則所叙之"事"都屬於歷史的片段或概述，目的在於留存史料，而非講述故事，是典型的"殘叢小語"或"斷片的談柄"。這種叙事方式同史籍中的"記事體"有顯著的區別，表明小説與史在性質上的不同。

"傳記體"是歷代正史中主要采用的叙事模式，"傳記體"以人物爲中心，可專寫一人，也可寫多人，是爲單傳、類傳之分，叙事按照一定的模式進行。張新科《唐前史傳文學研究》對此概括道："作爲叙述模式、史傳開頭一般都寫傳主的姓字籍貫；然後叙其生平事迹，多是選擇幾個典型事例，表現人物的個性特徵；最後寫到傳主之死及子孫的情況。篇末另有一段作者的話，或補充史料，或對傳主進行評論，或抒發作者感慨。"②這種叙事模式可概括爲"某人在某時某地做了某事"或"某時某地某人發生了某事"。自漢魏六朝以來，筆記小説便自覺采用了"傳記體"的叙事模式，持續到唐五代時期。唐五代筆記小説采用"傳記體"叙事模式，其"人物"不限於歷史人物或凡人，而包括神仙精怪、僧道異人。在寫法上，一方面模仿史傳寫法，開頭介紹人物的姓名、籍貫、職位（一部分省略籍貫和職位），接著叙述人物的經歷，一般只選取一兩個片段。表現人物以白描爲主，較少心理描

① 陶敏主編：《全唐五代筆記》，西安：三秦出版社 2008 年版，第 309—310 頁。
② 張新科著：《唐前史傳文學研究》，西安：西北大學出版社 2000 年版，第 14 頁。

寫，叙述事件大多粗陳梗概，語言平實、簡約，較少細節描寫。如張讀的《宣室志》多記鬼神精怪、夢徵休咎、佛道靈異之事，雖内容多涉荒誕，所用叙事則模仿史傳，每一則開頭都介紹時間、地點、人物。舉卷一數則開頭如下：

> 有石憲者，其籍編太原，以商爲業，常行貨於代北。

> 寳曆初，長沙有民王叟者，家貧，營田爲業。

> 吴郡陸顒，家於長城之東，其世以明經仕。①

在介紹完主人公的基本情况之後，便直接講述主人公經歷的一件奇異之事，事情的經過或粗陳梗概，或曲折委曲，語言都較爲平實，簡單夾雜人物的語言、動作、表情，最後一定要交待故事的結局，以顯示故事的完整性。如以上所引三則故事主人公的結局分别爲：石憲將蛙怪“盡殺之”、王叟因蚯蚓螫其臂而卒、陸顒因結交胡人而“甲於巨室”。與正史列傳不同的是，筆記小説所關注的是故事的完整性，而非人物生平的完整性，因此不會將人物從出身到死亡的整個經歷完整呈現，而只對某一兩個具體事件作詳細的記録，很多時候事的重要性超過人物本身。究其原因，在於筆記小説所記人物大部分是名不見經傳的鄉人凡夫、野人處士，即使是被人熟知的著名人物，讀者對於其生平也並無興趣，感興趣的僅僅是其奇特的經歷，這一情形在志怪類小説中尤其突出。如《通幽記》“哥舒翰”一則：

---

① 陶敏主編：《全唐五代筆記》，西安：三秦出版社 2008 年版，第 2019—2020 頁。

　　哥舒翰少時有志氣，長安交遊豪俠，宅新昌坊。有愛妾曰裴六娘者，容範曠代，宅於崇仁，舒翰常悦之。居無何，舒翰有故，遊近畿，數月方回。及至，妾已病死，舒翰甚悼之。既而日暮，因宿其舍。尚未葬，殯於堂奥。既無他室，舒翰曰："平生之愛，存没何間？"獨宿緦帳中。夜半後，庭月皓然，舒翰悲嘆不寐。忽見門屏間有一物，傾首而窺，進退逡巡。入庭中，乃夜叉也，長丈許，著豹皮裩，鋸牙披髮。更有三鬼相繼進，及拽朱索，舞於月下，相與言曰："床上貴人奈何？"又曰："寢矣。"便昇階，入殯所，拆發，舁櫬於月中，破而取其尸，麋割肢體，環坐共食之，血流於庭，衣物狼藉。舒翰恐怖，且痛之，自分曰："向叫我作'貴人'，我今擊之，必無苦。"遂潛取帳外竿，忽於暗中擲出，大叫擊鬼。鬼大駭走，舒翰乘勢逐之西北隅，逾垣而去。有一鬼最後，不得上，舒翰擊中流血，乃得去。家人聞變亂，起來救之，舒翰具道其事。將收餘骸，及至堂，殯所儼然如故，而噉處亦無所見。舒翰恍忽，以爲夢中。驗其牆有血，其上有迹，竟不知其然。後數年，舒翰顯達。①

　　此則故事寫哥舒翰夜見夜叉啃食愛妾尸體，是典型的志怪小説，而主人公哥舒翰是唐玄宗時名將，開疆拓土，屢建功勛，封"涼國公""西平郡王"，②是當時烜赫一時的人物。正因爲主人公哥舒翰如此有名，故事開頭對其介紹十分簡單，没有遵循"傳記體"常規的寫法。且此事乃哥舒翰少年時事，此時哥舒翰還未顯達，所述之事也並非軍國大事，且事涉怪異，因此才會被作爲小説記録。正史載哥舒翰"家富於財，倜儻任俠，好然諾，縱蒱酒"，"好飲酒，頗恣聲色"，③與小説中"交遊豪俠"的描述頗爲契合，故事

①　陶敏主編：《全唐五代筆記》，西安：三秦出版社 2008 年版，第 595 頁。
②　《舊唐書》列傳第五十四、《新唐書》列傳第六十有傳。
③　（後晉）劉昫等撰：《舊唐書》，北京：中華書局 1975 年版，第 3211、3213 頁。

最後留下"後數年，舒翰顯達"這一尾巴，是想將小說與正史相勾連，顯示作者既要與正史相區別，又要補史之闕的意圖。

　　上述哥舒翰的故事在形式上借用了"傳記體"的模式，然此模式僅存一外殼；內容則與正史中的記載大異其趣，在題材上已經屬於小説範疇；敘事上也頗爲細膩，對夜叉啃食尸體的場面描寫得十分生動，有對話和細節描寫，而且還有哥舒翰的心理描寫，這已跟正統的史傳"筆法"拉開了距離，屬於小説"筆法"。也顯示出唐五代筆記小説的作者兼容了"小説家"與"史家"兩種身份及其心態，他們既能借鑒史傳的敘事模式，又不被史傳的敘事要求所框範，正是因爲對史傳敘事堅持借鑒的同時不失去取材與書寫自由的原則，小説的獨立地位才得以體現。

第三節　"類型化"敘事：宗教意識影響下的敘事模式

　　所謂"類型化"，是指在小說的題材演進過程中，由於受到某種意識形態和傳播形態的影響，圍繞某些主題形成了固定的故事類型。由於主題相似，表達的思想內涵也趨同，導致每一種類型的故事也遵循某一固定的敘事模式。因此，可以説導致敘事類型化的源頭就是題材的類型化，它是題材類型固化的結果。題材類型的固化首先發生在"口傳小説"中，在"口傳小説"的傳播過程中，某些題材未能受到歡迎，傳播範圍有限、時間短暫，逐漸被遺忘和湮没，其成爲"書面小説"的機會就小，也就無法成爲固定的題材。有些題材受到歡迎，傳播廣泛、歷久不衰，且在傳播過程中具體的人物和細節發生改變，而大體的情節框架則保留下來。這些情節框架大體相同，具體人物和細節有變化的"口傳小説"被不同的文人記錄成文字，成爲"書面小説"，就形成了同一故事類型的多種版本。人物和細節變異越多越頻繁，版本就越多，將各種具有相同情節框架的版本集合起來，就形成了一種固定的故事類型。"口傳小説"類型衆多，大的類別如神話、傳説、民間故事。各大類下又可細分，如民間故事可分爲"動物故事和寓言""幻想故事""生活故事""笑話"等類；"幻想故事"下又可分爲"超自然形象的故事""神奇寶物的故事""'難題'和法術故事""鬼狐精怪故事"；"鬼狐精怪故事"中的鬼故事又可分爲"途中見鬼""凶宅鬧鬼""報冤報德""顯形兆示""人鬼婚戀""不怕鬼"等類。[①]其中每一種故事類型都具備類似的叙事模式。

　　綜合考察唐五代筆記小説的"類型化"叙事，可以得出以下結論：唐五代筆記小説的"類型化"叙事主要受到宗教意識的影響，其宗教意識主要包含佛教、道教及受傳統陰陽五行、讖緯思想影響的民間宗教。魯迅在論及宗教思想對小説的影響時云："肖語支言，史官末學，神鬼精物，數術波流；真人福地，神仙之中駟，幽驗冥徵，釋氏之下乘。人間小書，致遠恐泥，而洪筆晚起，此其權輿。"[②]其中所列的"數術""神仙""釋氏"就分別代表了以上三種宗教意識，而"神鬼精物""真人福地""幽驗冥徵"就是筆記小説在上述三種宗教意識影響下所形成的故事題材。在小説作者實際的書寫中，每一種故事題材下又可細分成一些不同的故事類型，遵循一定的叙事模式。以下試分別述之。

一、佛教叙事類型

　　在佛書及佛教意識影響下形成的"釋氏輔教之書"，自魏晉六朝興起，作品有《應驗記》《宣驗記》《冥祥記》等，其特點是"大抵記經像之顯效，明應驗之實有"。[③]此風自唐初依然熾盛，作品大量出現，如《金剛般若經靈

---

①　參見許鈺著：《口承故事論》，北京：北京師範大學出版社 1999 年版，第 3—13 頁。
②　魯迅：《〈古小説鉤沉〉序》，《魯迅全集》第十卷《古籍序跋集》，北京：人民文學出版社 2005 年版，第 3 頁。
③　魯迅著：《中國小説史略》，上海：上海古籍出版社 1998 年版，第 32 頁。

驗記》《冥報記》《冥報拾遺》《地獄苦記》《金剛般若經集驗記》等專載冥報
故事。此後雖稍有消歇，仍時有一見，如盧求的《金剛經報應記》，段成式
的《金剛經鳩異》（收入《酉陽雜俎》），而在《紀聞》《廣異記》《通幽記》
《玄怪録》《續玄怪録》《酉陽雜俎》《因話録》《宣室志》等作品中也能零星
看到。"釋氏輔教小説"的故事模式基本上有兩種，一是因果報應，一是入
冥。李劍國評《冥報記》云："所記專明報應，大抵因果地獄之説，叙事幾
成定式。"① 這類作品源自六朝，唐臨《冥報記序》中提到了《觀世音應驗記》
《宣驗記》《冥祥記》，"皆所以徵明善惡，勸戒將來，實使聞者深心感寤"。②
報應故事中最普遍的是所謂"應驗""靈驗"故事，《太平廣記》有"釋證"
一類，大抵是應驗故事。其故事模式相類：因信奉佛教而避免了災禍的降
臨，或在危急關頭念誦佛經而轉危爲安。如唐太宗時蕭瑀因篤信佛法，"八
日念《金剛經》七百遍"而"桎梏忽自脱"，免於重罰，感於此而著《般若
經靈驗》；③ 又如段成式《酉陽雜俎續集·金剛經鳩異序》載其父因持誦《金
剛經》而得庇護，又稱"先君受持此經十餘萬遍，徵應孔著"，且"觀晉、
宋已來，時人咸著傳記彰明其事"，故鳩集《金剛經》感應事爲此書。④ 應
驗故事除了集中在"輔教之書"外，其他作品中也偶有一見，如趙璘《因話
録》"羽部"記載了一則故事：

> 博陵崔子年出書一通示余曰："劉逸准在汴時，韓弘爲右廂虞候，
> 王某爲左廂虞候，與弘相善。或譖二人取軍情，將不利於劉，劉大怒，
> 俱召詰之。弘即劉之甥，因控地叩首，大言數百，劉意稍解。王某年
> 老，股戰不能自辯。劉叱令拉坐，杖三十。時新造赤棒，頭徑數寸，固

---

① 李劍國著：《唐五代志怪傳奇叙録》（增訂本），北京：中華書局 2017 年版，第 167 頁。
② 陶敏主編：《全唐五代筆記》，西安：三秦出版社 2008 年版，第 12 頁。
③ （宋）李昉等編：《太平廣記》卷一〇二引《報應記》，北京：中華書局 1961 年版，第 688 頁。
④ 陶敏主編：《全唐五代筆記》，西安：三秦出版社 2008 年版，第 1734 頁。

以筋漆，立之不仆，數五六當死矣。韓意其必死，及昏，造其家，怪無哭聲。又謂其懼不敢哭，訪其門卒，即言大使無恙。弘素與某熟，遂至臥內問之。王曰：'我讀《金剛經》四十年矣，今方得力。記初被坐時，見巨手如簸箕，吸然遮背。'因袒示韓，都無撻痕。韓舊不好釋氏，由此始與僧往來，日自寫十紙。及貴，計數百軸矣。後在中書，盛暑時，有諫官因事謁見，韓方泣汗寫經。諫官怪問之，韓乃具道王某事。予職在集仙，常侍柳公常爲予説。"①

這則故事中王某讀《金剛經》四十年，是虔誠的佛教信徒，其被上司懷疑而受杖刑，却因信佛而受到神力的保護，而令不好釋氏的韓弘因此轉而信奉了佛教，是典型的應驗故事。既有信佛而受善報，當然就有因不信佛而受惡報，唐佚名《大唐傳載》就有一則故事：

賈至常侍平生毀佛，嘗假寐廳事，忽見一牛首人，長不滿尺，攜小鍋而燃薪於床前。公驚起而訊之，對曰："所謂鑊湯者，罪其毀佛人。"公曰："小鬼何足畏耶？"遂伸足床下，其湯沸，忽染於足，涌然而上，未幾，烘爛而卒。②

除了"應驗"故事外，報應還有不少類型，《太平廣記》"報應類"分爲"金剛經""法華經""觀音經""崇經像""陰德""異類""冤報""婢妾""殺生""宿業畜生"等小類，其中前三類專講誦經念佛而應驗故事，後幾類泛述善惡報應事。入冥故事也十分典型，可視作報應故事中特別的一類，其特點是因某事而入地獄，羅列所見種種恐怖景象，以及受惡報之人的

---

① 陶敏主編：《全唐五代筆記》，西安：三秦出版社 2008 年版，第 1937—1938 頁。
② 同上，第 1847 頁。

種種慘像，以證明佛經的正確；故事簡單，模式雷同，僅有篇幅長短、叙述詳略的不同，長者如《玄怪録》"崔紹"條長達三千五百餘字，情節曲折，描寫細緻，人物對話頻繁，有性格刻畫。對地獄情景描繪較爲詳細的如《冥報記》"李山龍"條：

> 吏即引東行百餘步，見一鐵城，甚廣大，城旁多小窗，見諸男女，從地飛入窗中，即不復出。山龍怪問之，吏曰："此是大地獄，中有分隔，罪計各隨本業，赴獄受罪耳。"山龍聞之悲懼，稱南無佛，請吏求出院。見有大鑊，火猛湯沸，旁有二人坐卧。山龍問之，二人曰："我罪報入此鑊湯，蒙賢者稱南無佛，故獄中諸罪人，皆得一日休息疲睡耳。"山龍又稱南無佛。①

入冥故事的結構也較爲簡單，即某人因某種原因暫時死去，進入冥界接受審判，又因某種原因（或因冥司弄錯，或因其在世奉佛有善舉）而放回，在放回前冥司會帶其遊歷一番，見到地獄中各類報業的慘狀。基本結構爲"暫死——入冥——復蘇"，其中入冥是故事的主體，在此期間入冥之人會遇見冥界的各層官吏，遊歷冥府各個機構，其中或有某些插曲，使故事突生波瀾、增加懸念。如李劍國所云："然《眭仁蒨》《柳智感》《兗州人》等篇，文筆曲折細緻，乃見傳奇之意，《冥祥》地獄之作已尚形容，至此尤劇矣。而眭仁蒨之交鬼，兗州人之友神，柳智感之判冥，皆前所未見，較之呼佛免難，誦經消災，入冥證罪，復生修福之類，殊稱新異也。"②但大體上不會超越上述這一基本結構。③

---

① （宋）李昉等：《太平廣記》卷一百九，中華書局 1961 年版，第 744—745 頁。又見陶敏主編：《全唐五代筆記》，西安：三秦出版社 2008 年版，第 33 頁。文字略有異。
② 李劍國著：《唐五代志怪傳奇叙録》（增訂本），北京：中華書局 2017 年版，第 167 頁。
③ 參見鄭紅翠：《中國古代遊冥故事的分布及類型特徵探析》，《學術交流》2009 年第 3 期。

二、道教叙事類型

　　道教小説的代表是仙傳，《隋書·經籍志》"雜傳類"序稱漢時阮倉作
《列仙圖》，劉向始作《列仙傳》，是爲仙傳之始。後葛洪《神仙傳》繼之，
爲仙傳樹立榜樣，至唐宋而大盛，出現各類仙傳，其基本模式是人物傳記。
除此之外，非仙傳類道教小説也主要以人物傳記爲主，如《玄怪録》《續玄
怪録》《杜陽雜編》《博異志》《傳奇》《宣室志》等。在故事模式方面，可分
爲修道模式、濟世模式、遊仙模式、謫仙模式、輔教模式等。① 其中，"修
道模式"是修道者通過種種考驗（宗教考驗、倫理考驗等）、克服磨難、鍛
煉意志，希圖修道成仙，結果是成功或失敗。其中以《玄怪録》"杜子春"、
《河東記》"蕭洞玄"、《傳奇》"韋自東"、《酉陽雜俎·貶誤》"顧玄績"一
組情節結構類似的作品較爲典型：給道士或神仙守藥鼎丹爐的主人公們在經
受了種種考驗之後終因闖不過最後一關——多數是"愛"——而功敗垂成。②
在這一過程中描寫最爲細緻、最具情節張力的是主人公受到的種種考驗，如
"蕭洞玄"中的描寫：

　　　　遂十日設壇場，焚金爐，飾丹竈，洞玄繞壇行道步虛，無爲於藥
　　竈前端拱而坐，心誓死不言。一更後，忽見兩道士自天而降，謂無爲
　　曰："上帝使問爾，要成道否。"無爲不應。須臾，又見群仙，自稱王

---

　　① 黄勇在其《道教筆記小説研究》中按表達道教思想分爲五種類别，即"修道體道教筆記小
説""濟世體道教筆記小説""遊仙體道教筆記小説""謫仙體道教筆記小説""輔教體道教筆記小説"。
此處借用其分類方法而將故事模式分成五類。見黄勇著：《道教筆記小説研究》，成都：四川大學出版社
2007年版，第35—38頁。另萬晴川《宗教信仰與中國古代小説叙事》第六章《宗教主題》將道教小説
分爲"道教考驗主題""道教濟世主題""天書崇拜主題""仙凡艷遇主題""仙境遊歷主題""道教修行
主題""神仙降世主題"七大主題，每一類主題具備相應的叙事模。杭州：浙江大學出版社2013年版。
　　② 李劍國著：《唐五代志怪傳奇叙録》（增訂本），北京：中華書局2017年版，第84頁。

喬、安期等，謂曰："適來上帝使左右問爾所謂，何得不對？"無爲亦不言。有頃，見一女人，年可二八，容華端麗，音韻幽閑，綺羅繽紛，薰灼動地，盤旋良久，調戲無爲，無爲亦不顧。俄然有虎狼猛獸十餘種類，哮叫騰擲，張口向無爲，無爲亦不動。有頃，見其祖考父母先亡眷屬等，並在其前，謂曰："汝見我，何得無言？"無爲涕淚交下，而終不言。俄見一夜叉，身長三丈，目如電㦸，口赤如血，朱髮植竿，鋸牙鈎爪，直衝無爲，無爲不動。既而有黄衫人，領二手力至，謂無爲曰："大王追，不願行，但言其故即免。"無爲不言。黄衫人即叱二手力可拽去，無爲不得已而隨之。須臾，至一府署，云是平等王，南面憑几，威儀甚嚴，厲聲謂無爲曰："爾未合至此，若能一言自辨，即放爾回。"無爲不對。平等王又令引向獄中，看諸受罪者，慘毒痛楚，萬狀千名。既回，仍謂之曰："爾若不言，便入此中矣。"無爲心雖恐懼，終亦不言。平等王曰："即令別受生，不得放歸本處。"無爲自此心迷，寂無所知，俄然復覺，其身託生於長安貴人王氏家。初在母胎，猶記宿誓不言。既生，相貌具足，唯不解啼。三日滿月，其家大會親賓，廣張聲樂，乳母抱兒出。衆中遞相憐撫。父母相謂曰："我兒他日必是貴人。"因名曰貴郎，聰慧日甚，祇不解啼。纔及三歲便行，弱不好弄。至五六歲，雖不能言，所爲雅有高致。十歲操筆，即成文章，動靜嬉遊，必盈紙墨。既及弱冠，儀形甚都，舉止雍雍，可爲人表，然自以瘖瘂，不肯入仕。其家富比王室，金玉滿堂。婢妾歌鐘，極於奢侈。年二十六，父母爲之娶妻。妻亦豪家，又絕代姿容，工巧伎樂，無不妙絕。貴郎官名慎微，一生自矜快樂，娶妻一年，生一男，端敏惠黠，略無倫比。慎微愛念，復過常情。一旦妻及慎微，俱在春庭遊戲，庭中有磐石，可爲十人之坐，妻抱其子在上，忽謂慎微曰："觀君於我，恩愛甚深，今日若不爲我發言，便當撲殺君兒。"慎微争其子不勝，妻舉手向石撲之，腦髓迸出，慎微痛惜撫膺，不覺失聲驚駭，恍然而寤，則在丹竈之前，而向之磐石，乃丹竈也。時洞玄壇上法事方畢，天欲曉矣。俄聞無爲嘆息之聲，忽失丹竈所在。二人相與慟哭，即更煉心修行，後亦不知所終。[①]

蕭洞玄與終無爲二人爲修道成仙，設立法壇修煉，而最爲關鍵處即要接受諸種考驗而不能出言，期間無爲按照時間順序逐步接受道士、群仙、美女、猛獸、祖考父母、夜叉、黄衫人、平等王的層層考驗，無爲始終不言，顯示出强大的意志。最後一層考驗讓無爲托生人間，經歷一番富貴生活，娶妻生子，終於在愛子命喪磐石之際"失聲驚駭"，而後"恍然而寤"，功虧一簣。

"濟世模式"的故事情節一般是：某位神仙或修道者對人間自然災害、社會災難的拯救，對害人邪魔的鎮壓，以及解救人世厄運，接引、度脱凡人成仙，顯示道術的神通廣大。如《紀聞》卷上"邢和璞"[②]開頭寫邢和璞"善方術"，有多種神通，"能增人算壽，又能活其死者"，接著就敘述其救活友人及少妾二事：

和璞乃出亡人，寘於床，引其衾，解衣同寢，令閉户，眠熟。良久起，具湯，而友人猶死。和璞長嘆曰："大人與我約而妄，何也？"復令閉户。又寢，俄而起曰："活矣。"母入視之，其子已蘇矣。母問之，其子曰："被録在牢禁繫，栲訊正苦，忽聞外曰：王唤其人。官不肯，曰：'訊未畢。'不使去。少頃，又驚走至者曰：'邢仙人自來唤其人。'官吏出迎，再拜恐懼，遂令從仙人歸，故生。"又有納少妾，妾善歌舞而暴死者，請和璞活之。和璞墨書一符，使置妾卧處。俄而言曰："墨符無

_____

① 陶敏主編：《全唐五代筆記》，西安：三秦出版社 2008 年版，第 1067—1068 頁。
② 同上，第 348—349 頁。

益。"又朱書一符，復命置於床。俄而又曰："此山神取之，可令追之。"
又書一大符焚之。俄而妄活，言曰："爲一胡神領從者數百人拘去，閉
官門，作樂酣飲。忽有排户者曰：'五道大使呼歌者。'神不應，頃又
曰：'羅大王使召歌者。'方駭，仍曰：'且留少時。'須臾，數百騎馳入
官中，大呼曰：'天帝詔，何敢輒取歌人！'令曳神下，杖一百，仍放歌
人還，於是遂生。"

　　文中通過友人及少妄親述死後所見，將邢和璞解救自己的過程描繪得
一波三折，十分具體生動，又通過陰間官吏的反映及遭遇，諸如"再拜恐
懼""方駭""杖一百"等，顯示出邢和璞道術之高明。

　　"遊仙模式"講述凡人進入仙境遊歷的故事，最常見的情節模式有誤入
仙境、由神仙引導進入仙境、修道者求仙訪道進入仙境、夢遊仙境四種，在
遊歷過程中會對仙境作細緻的描繪。以"遊"爲綫索，進入仙境、遇仙、服
食、傳法、與仙女遇合、得道成仙（或回到凡間）是主要的情節構成。這種
模式在六朝小説中便較爲常見，尤以《搜神後記》"袁相、根碩入赤城"和
《幽冥録》"劉晨、阮肇入天台"最爲著名。唐五代筆記小説中也時有記録，
如《博異志》"陰隱客"、《續玄怪録》"裴諶"、《逸史》"盧李二生"、《杜陽
雜編》"元藏幾"、《原化記》"裴氏子"、《仙傳拾遺》"薛肇""唐若山"、《神
仙感遇傳》"李師稷""崔生""韋弇""宋文才"等。在這些作品的叙述中，
不管進入仙境的方式如何，描寫的重點都在仙境的神聖與美好，以"陰隱
客"一則爲例：

　　……俄轉會有如日月之光，遂下。其穴下連一山峰，工人乃下於
山，正立而視，則別一天地日月世界。其山傍向萬仞，千巖萬壑，莫非
靈景，石盡碧琉璃色，每巖壑中，皆有金銀宫闕。有大樹，身如竹有

節，葉如芭蕉，又有紫花如盤。五色蛺蝶，翅大如扇，翔舞花間。五色鳥大如鶴，翺翔乎樹杪。每巖中有清泉一眼，色如鏡；白泉一眼，白如乳。工人漸下至官闕所，欲入詢問。行至闕前，見牌上署曰"天桂山官"，以銀字書之。門兩闥內，各有一人驚出，各長五尺餘，童顏如玉，衣服輕細，如白霧綠煙，絳唇皓齒，鬢髮如青絲，首冠金冠而跣足。……①

作者通過主人公的視角，大肆渲染仙境的山水風光、奇花異草、珍禽異獸、良田美舍、珍饈美酒、絲竹歌舞，以及仙境中仙女容貌之嬌艷、服飾之華美，總之充滿了凡人嚮往的所有美妙事物，與凡間濁世形成鮮明的對比，激起人們對道教彼岸世界的神往和修道之心。

"謫仙模式"與遊仙模式正好相反，情節模式一般是某位神仙因犯錯被貶謫凡間，在凡間遊歷，與凡人遇合，最後重回仙界。與之類似的還有"神仙降世"的叙事模式，一般寫某人仰慕道術或潛心修道，神仙主動降臨與之交談，授予其修仙方法或秘訣。前者例子有《仙傳拾遺》的"陽平謫仙"，②寫一對少年男女自願爲張守珪摘茶，並結爲夫婦，後因展現道術暴露身份，遂自道身份曰："我陽平洞中仙人耳，因有小過，謫於人間，不久當去。"接著向守珪描述洞府景象。同書還有"萬寶常""馬周"等屬於謫仙故事。《太平廣記》引《廣異記》"李仙人"③寫謫仙與凡人的情緣，李仙人乃天上謫仙，娶高五娘爲妻，恩愛和睦，過了五六載，天上召還李仙人，感念夫妻恩情授予高五娘黄白術，後高五娘貪得無厭，大練金銀，最後遭天罰而死。此外還有《通幽記》"妙女"④寫妙女本是提頭賴吒天王小女，"爲泄天門間事，故

---

① （宋）李昉等編：《太平廣記》卷二十，北京：中華書局 1961 年版，第 134 頁。另見陶敏主編：《全唐五代筆記》，第 1190 頁。文字略異。
② （宋）李昉等編：《太平廣記》卷三十七，北京：中華書局 1961 年版，第 235 頁。
③ （宋）李昉等編：《太平廣記》卷四十二，北京：中華書局 1961 年版，第 264 頁。
④ 陶敏主編：《全唐五代筆記》，西安：三秦出版社 2008 年版，第 579—581 頁。

謫墮人世"；《仙傳拾遺》"楊通幽"①寫楊貴妃乃上元女仙太真，"偶以宿緣世念，其愿頗重，聖上降於世，我謫於人間，以爲侍衛耳"。後者比較典型的是《靈怪集》"郭翰"②和《通幽記》"趙旭"，③前一則寫郭翰"少簡貴，有清標，資度美秀，善談論，工草隸"，某晚一少女降臨，自道曰："吾天上織女也。久無主對，而佳期阻曠，幽態盈懷。上帝賜命遊人間，仰慕清風，願托神契。"於是兩情相悅，夜夜歡會，後因帝命而訣別，別後仍以書函互寄，言辭清麗纏綿；後一則寫趙旭"孤介好學，有資貌，善清言，習黄老之道"，女仙主動下凡追求，自稱是上界仙女，因"聞君累德清素，幸因瘄寐，願托清風"，由此展開一段仙凡情緣。

"輔教模式"與釋氏輔教小説類似，即通過各種應驗、靈驗故事凸顯神仙的神奇，宣揚教義，取得讀者的信奉。采用此種模式的唐五代筆記小説以杜光庭的《道教靈驗記》爲代表，此書以道教靈驗爲主題，分爲"宮觀靈驗""尊像靈驗"等八類，所記均屬於以靈驗自神其教、震悚人心，使讀者敬信仰慕。此外如《宣室志》"尹君"④和《録異記》"仙人許君"⑤均屬於道教靈驗小説。

三、民間宗教叙事類型

在佛道二教之外，唐五代筆記小説中受民間宗教影響而形成的作品數量也較多，是志怪小説中的重要一支。而對於叙事的"類型化"貢獻較大者，則要屬受陰陽五行、讖緯影響下的"命定"思想。命定即"命數天定"，指

---

① （宋）李昉等編：《太平廣記》卷二十，北京：中華書局1961年版，第138—139頁。
② 陶敏主編：《全唐五代筆記》，西安：三秦出版社2008年版，第433—434頁。
③ 同上，第578—579頁。
④ 同上，第2023—2024頁。
⑤ 同上，第2933—2934頁。

人的"命"是由某種神秘的力量——通常是天所決定，或者某種現象必然
會發生，不以人的意志爲轉移。與命定相似的説法有符命、徵應、感應、定
數、讖應等，基本上是在"天人感應"的理論基礎上發展變化而來的。中國
自上古時期就有"天命"觀念，所謂"命"涵蓋個人的生死壽夭貴賤，以及
國家王朝的興衰與更替。①古人認爲"天命"不可違，只能順應，否則就有
災禍降臨。到了漢代，董仲舒、揚雄、王充等不斷闡述"天命"思想，其中
王充的論述較爲充分：

> 凡人遇偶及遭累害，皆由命也。有死生壽夭之命，亦有貴賤貧富
> 之命。自王公逮庶人，聖賢及下愚，凡有首目之類，含血之屬，莫不有
> 命。命當貧賤，雖富貴之，猶涉禍患矣；命當富貴，雖貧賤之，猶逢福
> 善矣。故命貴從賤地自達，命賤從富位自危。②

此處的"命"似乎是擁有無限威力的神，可以任意主宰人的命運，人在
其面前只能順應，而不能違逆。因此，人在命定思想的影響下有了畏命、信
命、認命等觀念，所謂命由天定、聽天由命，命數在中國人的思維中占據了
十分重要的位置。

以"命定"爲主題的小説在唐前還不多見，至唐代而大量出現，《太平
廣記》有"徵應""定數""感應""讖應""卜筮""相"等類目，以及"夢"
類中的"休徵""咎徵"等，基本上屬於命定小説，或稱"宿命小説""符命
小説"。其所徵引的小説大部分來自唐代，如《廣古今五行記》《祥異集驗》

---

① 相關論述有《尚書·皋陶謨》："天命有德，五服五章哉；天討有罪，五刑五用哉。"又《湯誓》："有夏多罪，天命殛之。"《易·乾·彖》："乾道變化，各正性命。"孔穎達釋"命"曰："命者，人所稟受，若貴賤壽夭之屬是也。"《論語·顏淵》："死生有命，富貴在天。"《論語·堯曰》："不知命，無以爲君子。"
② （漢）王充著，張宗祥校注，鄭紹昌標點：《論衡校注》，上海：上海古籍出版社 2013 年版，第 12 頁。

《夢雋》《夢書》《夢記》《夢苑》《夢系》《定命録》《續定命録》《前定録》《感定録》等，此外還有未徵引的《定命録》《知命録》《廣前定録》等。除了以"命定"爲主題的作品之外，宣揚命定觀念的故事在其他筆記小説中隨處可見，如《朝野僉載》《明皇雜録》《玄怪録》《續玄怪録》《逸史》《酉陽雜俎》《杜陽雜編》《玉堂閑話》《聞奇録》等，命定觀念在唐五代瀰漫之廣，影響之深，可見一斑。

　　在"命定"類小説的叙事模式中，"言語應驗"模式較爲常見，其結構大致爲某某人能預言未來，對人預測將來之事，包括壽夭、貴賤、吉凶，乃至國家大事等，此後通過實踐一一應驗。如《獨異志》"歷陽嫗"寫一少年通過預言教人避禍：

　　　　歷陽縣有一嫗，常爲善。忽有少年過門求食，待之甚恭。臨去謂嫗曰："時往縣，見門閫有血，即可登山避難。"自是嫗日往之。門吏問其狀，嫗答以少年所教。吏即戲以雞血塗門閫。明日，嫗見有血，乃攜雞籠走上山。其夕，縣陷爲湖，今和州歷陽湖是也。①

　　又如鍾輅《前定録》"鄭虔"②寫鄭虔從子鄭相如自稱能預測未來，鄭虔"大異之，因詰所驗，其應如響"，之後作出如下預測：（一）後七年，（自己）選授衢州信安縣尉，秩滿當卒；（二）自此五年，國家當改年號。又十五年，大盜起幽薊。叔父（指鄭虔）此時當被玷污。如能赤誠向國，即可以免遷謫。接下來寫道：

　　　　明年春，果明經及第。後七年，調授衢州信安縣尉。將之官，告以

①　陶敏主編：《全唐五代筆記》，西安：三秦出版社 2008 年版，第 1793 頁。
②　同上，第 910—911 頁。

永訣，涕泣爲別。後三年，有考使來，虔問相如存否，曰："替後數月，
暴終於佛寺。"至二十九年，改天寶。十五年，安禄山亂東都，遣僞署
西京留守張通儒至長安，驅朝官就東洛。虔至東都，僞署水部郎中，乃
思相如之言，伴中風疾，攝市令以自污，而亦潛拜章疏上肅宗。肅宗即
位靈武。其年，東京平，令三司以按受逆命者罪，虔以心不附賊，貶台
州司户而卒。

通過事實的展示，一一驗證了鄭相如的預測，呼應了"命定"的主題。
此外"做夢應驗"模式的結構也較爲固定，大致爲某某人做夢，夢中一番經
歷在夢醒後成爲現實，證明了夢的正確預測。如《酉陽雜俎》"楊元慎能解
夢"一則：

　　魏楊元慎能解夢。廣陽王元淵夢著衮衣倚槐樹，問元慎。元慎言，
當得三公。退謂人曰："死後得三公耳，槐字木傍鬼。"果爲爾朱榮所
殺，贈司徒。①

雖然故事情節簡單，却包含了三個部分：（一）做夢→夢著衮衣倚槐樹；
（二）解夢→死後得三公；（三）應驗→果爲爾朱榮所殺，贈司徒。有些故
事在應驗過程中會增加波折，或者延長應驗的過程，或者補充了應驗後的應
對。前者如《冥報記》"戴胄"寫戴胄夢到死去的朋友沈裕相告將得五品官：
"君今自得五品，文書已過天曹，相助欣慶，故以相報。"然而之後此夢並未
立刻應驗，而是經過兩次波折：

---

　　① 陶敏主編：《全唐五代筆記》，西安：三秦出版社 2008 年版，第 1589 頁。

言畢而瘖，向人説之，冀夢有徵。其年冬，裕入京參選，爲有銅罰，不得官。又向人説所夢無驗。九年春，裕時歸江南，行至徐州，忽奉詔書，授裕五品，爲婺州治中。①

戴胄夢後兩次向人説所夢之事，皆無驗，之後到達徐州才被授予五品，從貞觀八年八月做夢，到九年春應驗，經過了半年左右才應驗，可謂一波三折。後者如《朝野僉載》"天后"寫武則天夢一鸚鵡，"羽毛甚偉，兩翅俱折"，詢問群臣，獨狄仁傑爲之解夢道："鵡者，陛下姓也。兩翅折者，陛下二子廬陵、相王也。陛下起此二子，兩翅全也。"後契丹圍幽州，檄文曰："還我廬陵、相王來。"果然應驗。故事並未在此作結，接著寫了武則天通過立廬陵王爲太子，充元帥，天下群起響應朝廷募兵，最後"賊自退散"，是爲應驗之後的解救過程。②

①　陶敏主編：《全唐五代筆記》，西安：三秦出版社 2008 年版，第 23 頁。
②　同上，第 171 頁。